Buch

»Mistrals Tochter« erzählt die Geschichte dreier außergewöhnlicher Frauen und ihrer Liebe zu einem unbezähmbaren Künstler. Mit dem genialen, ganz von seiner Kunst besessenen Maler Julien Mistral durchlebt das bildhübsche Malermodell Maggy Lunel im Paris der zwanziger Jahre alle Höhen der Liebe. Sie erfährt aber auch deren Tiefen, als Mistral sie wegen einer anderen Frau verläßt. Es dauert lange, bis Maggy wieder eine neue Liebesbeziehung einzugehen vermag, aus der ihre Tochter Teddy hervorgeht. Doch auch dieses Verhältnis geht durch tragische Umstände in die Brüche. Daraufhin beschließt die leidgeprüfte Maggy, ihr weiteres Schicksal selbst in die Hand zu nehmen. In New York steigt sie zur strahlenden Königin der Modewelt auf.
Zwanzig Jahre später begegnet ihre Tochter Teddy dem Maler Mistral. Auch sie kann sich der Faszination des großen Künstlers nicht entziehen. Und zum erstenmal vergißt dieser seine Malerei und ist ganz Liebhaber. Das durch die Geburt der gemeinsamen Tochter Fauve gekrönte Glück findet aber durch den Tod Teddys ein jähes Ende. Der gebrochene Mistral stürzt sich in einen wahren Rausch des Malens, um zu vergessen.
Als die heranwachsende Fauve einen dunklen Punkt in der Vergangenheit ihres Vaters entdeckt, bricht sie jeden Kontakt zu ihm ab. Erst sein Tod zwingt sie zu einer neuen Auseinandersetzung mit dem Phänomen »Mistral«.
»Mistrals Tochter« – eine Geschichte von rauschhaftem Glück und bitterem Schmerz, erzählt mit der Wärme und Leidenschaft einer großen Unterhaltungsschriftstellerin.

Autorin

Judith Krantz ist mit einem Filmproduzenten verheiratet und lebt in Beverly Hills. Bevor sie mit ihren Romanen »Prinzess Daisy« und »Skrupel« Welterfolge erzielte, war sie als Autorin und Korrespondentin für Zeitschriften wie *Ladies Home Journal* und *Cosmopolitan* tätig. Außerdem arbeitete sie als Moderedakteurin und als Werbemanagerin für Pariser Couturiers.

Von Judith Krantz sind als Goldmann-Taschenbücher bereits erschienen:

Princess Daisy (6589)
Skrupel (6713)
Ich will Manhattan (9300)

JUDITH KRANTZ
Mistrals Tochter

Roman

Aus dem Amerikanischen von
Gisela Stege

GOLDMANN VERLAG

Die Originalausgabe erschien unter dem Titel
»Mistral's Daughter«
bei Crown Publisher Inc. New York

Der Goldmann Verlag
ist ein Unternehmen der Verlagsgruppe Bertelsmann

Made in Germany · 7/90 · 9. Auflage
Genehmigte Taschenbuchausgabe
© 1982 by Judith Krantz
Alle deutschen Rechte bei Blanvalet GmbH, München 1984
Umschlaggestaltung: Design Team München
Umschlagfoto: Gruner & Jahr, Pfander, Hamburg
Druck: Elsnerdruck, Berlin
Verlagsnummer: 8496
G.R. · Herstellung: Peter Papenbrok/Voi
ISBN 3-442 -08496-2

*Für Ginette Spanier,
die mir die Tore von Paris öffnete,
in Liebe und im Gedenken
an viele Jahre der Freundschaft.*

*Für Steve,
dem meine ganze Liebe gehört.
Ohne ihn wäre dieses Buch
niemals geschrieben worden.*

*Folgenden Freunden bin ich für die
Beantwortung meiner Fragen in Dankbarkeit verbunden:*

Jean Garcin, *Le Président, Conseil Général de Vaucluse*
Jacques und Marie-France Mille vom *Le Prieuré,*
    Villeneuve-les-Avignon
Bill Weinberg von der *Wilhelmina Agency*
Karen Hilton und Faith Kates von der *Wilhelmina Agency*
Joe Downing
Aaron Shikler
Micheline Swift
Betty Dorso
Grace Mirabella von *Vogue*
Ann Heilperin von *Van Cleef and Arpels*

Erstes Kapitel

Mit wehendem signalrotem Regenmantel stürmte Fauve durch die Eingangshalle und zwängte sich noch schnell in den Lift, ehe die Türen sich ganz schließen konnten. Heftig atmend versuchte sie, ihren großen gestreiften Regenschirm aufzurollen, damit das Wasser nicht auf die Leute tropfte; in dieser Enge jedoch konnte sie kaum die Arme bewegen.

Etwas früher am Morgen hätte Fauve den Lift praktisch für sich allein gehabt, aber an diesem regnerischen Septembervormittag des Jahres 1975 war in ganz Manhattan kein einziges leeres Taxi zu bekommen gewesen. So hatte sie an der Madison Avenue endlos auf einen Bus warten müssen. Jetzt wandte sie den Kopf, um die Leute zu mustern, die hier mit ihr zusammengepfercht waren. Der uralte, quietschende Lift des Carnegie-Hall-Bürogebäudes, der sich unendlich langsam nach oben quälte, war von einer fast greifbaren Atmosphäre der Nervosität und Beklommenheit erfüllt. Vom Liftboy abgesehen, standen hier dicht an dicht nur junge Mädchen – jede einzelne von ihnen fest davon überzeugt, die Schönste ihrer High School, ja, der ganzen Stadt, des ganzen Staates zu sein.

Diese Liftfahrt war für sie der letzte Schritt zu einem Ziel, von dem sie seit Jahren voll heißer Erregung träumten: Sie hatten einen Probetermin bei der *Lunel Agency*, der berühmtesten Modelagentur der Welt. Fauve spürte den schier unerträglichen Druck der angstvollen Erwartung, der sie umgab.

»Casey hat mich gefragt, ob ich Sie nicht gesehen hätte«, sagte der Liftboy so laut, daß alle es hörten. »Sie wartet oben.«

»Danke, Harry.« Fauve verkroch sich noch tiefer in ihren Mantelkragen, hätte sich am liebsten in Luft aufgelöst, denn sie spürte, wie zwanzig Augenpaare sich ihr mit feindseligem Argwohn zuwandten. Von beiden Seiten wurde sie jetzt mit unverhülltem Konkurrenzneid begutachtet. Die Mädchen taxierten ihre Größe und mußten mit deutlich erkennbarer Enttäuschung feststellen, daß Fauve mindestens ebenso groß – wenn nicht noch größer – war als sie alle. Und selbst weit hinten im Lift gab es nicht eine, deren Sicht so sehr blockiert war, daß ihr das flammende Rot von Fauves Haarmähne entging, ein so auffallendes Rot, daß es ganz einfach echt sein mußte.

»Sie sind Fotomodell, nicht wahr?« erkundigte sich das Mädchen rechts von ihr mit deutlichem Vorwurf und argwöhnischem Neid in der Stimme.

»Aber nein, ich arbeite nur hier.« Fauve spürte die Erleichterung rund um sie herum. Endlich unsichtbar und wunderbar unbedeutend geworden, richtete sie sich wieder auf. Sobald sich die Lifttüren im neunten Stock öffneten, sprintete sie in den Gang hinaus und verschwand ohne eine Blick zurück hinter den Türen der *Lunel Agency.*

Sie wußte genau, was die Mädchen hinter ihr jetzt tun würden: Jede würde ihren Platz in der Schlange einnehmen, die sich vor einer halben Stunde gebildet hatte. Es ging um einen der dreimal in der Woche vormittags angesetzten Probetermine in der Agentur, die vor über vierzig Jahren von Maggy Lunel, Fauve Lunels Großmutter, gegründet worden war. Von den vielen Tausenden, die hier jedes Jahr erschienen, wurden im Höchstfall dreißig genommen.

Während Fauve eilig ihrem Büro zustrebte, überlegte sie, daß von den jungen Mädchen im Lift vielleicht eines den winzigen Bruchteil einer Erfolgschance hatte. Woher sollten sie wissen, fragte sie sich, als sie die Tür zu ihrem Büro in der Direktion der Damen-Abteilung aufstieß, daß Schönheit allein niemals genügte?

Casey d'Augustino, Fauves Assistentin, hockte in einem Sessel und blickte erstaunt von einem Vorausexemplar der Zeitschrift *Vogue* auf. Casey, winzig klein und mit einem Kopf voll Locken, war mit ihren fünfundzwanzig Jahren um einiges älter als Fauve.

»Du siehst aus, als wärst du von allen Furien gehetzt«, kicherte sie, belustigt über Fauves Miene.

»Ich bin gerade einem ganzen Lift voll junger, hoffnungsfroher Talente entwischt.«

»Geschieht dir ganz recht – wenn du so spät kommst.«
»Und wie oft passiert das?« fragte Fauve ein wenig kriegerisch, während sie den Regenmantel abwarf und sich mit einem erleichterten Seufzer die nassen Stiefel auszog. Bei schlechtem Wetter zog sie sich immer besonders farbenfroh an, und so trug sie heute einen orangeroten Rollkragenpullover zur dunkelvioletten Tweedhose.
»Sehr selten«, mußte Casey zugeben, »aber immer noch früh genug zur Krise der Woche!«
»Krise?« Fauve spähte durch die Glastür ihres Büros. Wo sie auch hinsah – überall entdeckte sie nur die gewohnte Hektik der Agentur. Und solange die Telefone funktionierten, konnte es bei Lunel keine Krise geben.
»Ärger mit Jane«, erklärte Casey ernst.
»Schon wieder?« Fauve warf den Bleistift heftig auf den Notizblock. »Letzte Woche habe ich ihr doch erst die Leviten gelesen!«
»Sie war gestern für *Bazaar* gebucht – Arthur Brown machte die Aufnahmen. Bunny, ihre Stylistin, rief gleich heute morgen an, richtiggehend schäumend...«
Fauve nahm sich vor, sich diesen schon unangenehm begonnenen Tag durch Janes neueste Kapricen nicht ganz verderben zu lassen. Jane war Lunels Topmodell und arbeitete schlicht unter ihrem Vornamen, weil sie die auffallenden Phantasienamen der anderen nicht nötig hatte, denn ihre blonde Schönheit war so atemberaubend, daß sie keinerlei Hervorhebung brauchte. Die Natur hatte ihr einfach alles gegeben, dieser Jane. Und sie war das einzige Modell – das wußte Fauve –, das restlos mit seinem Aussehen zufrieden war: Jane war sich bewußt, vollkommen zu sein.
»Schäumend vor Wut«, fuhr Casey fort. »Jane kam wie üblich zwei Stunden zu spät, was Bunny aber erwartet hatte, und ihre Haare waren völlig verdreckt. Das war aber gar nicht das Problem, denn die Stylistin konnte sie ihr ja waschen. Zunächst beleidigte sie den Visagisten tödlich, doch er verzieh ihr das, weil er auf Beleidigungen steht. Dann fühlte sie sich zu schwach zum Arbeiten, weil sie nichts zu Mittag gegessen hatte. Also besorgten sie ihr was, holten ihr drei verschiedene Sorten Joghurt, bis sie endlich zufrieden war. Dann mußte sie unbedingt eine halbe Stunde lang telefonieren und mit ihrem ganz persönlichen Astrologen spre-

chen. Alles schön und gut, bis dahin. Aber schließlich platzte alles, weil sie sich nicht die Haare schneiden lassen wollte.«

Fauve sprang fassungslos auf, die großen, grauen Augen vor Empörung aufgerissen.

»Aber Jane wußte, daß es ein Mode-Leitartikel werden sollte. Sie wußte, daß ihre Haare um fünf Zentimeter gestutzt werden mußten, denn der winzige Unterschied in der Haarlänge für die nächste Saison sind eben diese fünf Zentimeter! – Ich hab das alles ausführlich mit ihr besprochen.«

»Ja, aber ihr Astrologe hat ihr nun geraten, bis die Sonne im Neptun steht, möglichst keine Veränderungen vorzunehmen.«

»Das reicht! Jane wird gefeuert. Ich werde ihren Vertrag heute noch kündigen.«

»Ach Fauve...« stöhnte Casey, die an die nächsten drei voll ausgebuchten Monate in Janes Terminkalender dachte.

»Nein! Jane hat uns einmal zu oft ins schlechte Licht gesetzt. Wie kann ich erwarten, daß die anderen Mädchen spuren und hart arbeiten, wenn ich ihr das durchgehen lasse?«

»Wenn du sie rausschmeißt, geht sie morgen zu Ford oder zu Wilhelmina. Die Leute werden sich alles bieten lassen, um sie zu kriegen – es gibt schließlich nur eine Jane«, warnte Casey nachdrücklich.

»Falsch, Casey. Früher oder später wird es immer eine neue Jane geben«, antwortete Fauve ruhig. »Aber Lunel gibt es nur ein einziges Mal.«

»Ein Punkt für dich. Okay. Aber willst du denn nicht wenigstens erst mit Maggy sprechen?«

»Maggy?« wiederholte Fauve erstaunt. »Sie wollte doch heute gar nicht kommen – heute ist Freitag.« Wenn ihre Großmutter in ihr langes Wochenende fuhr, übernahm Fauve die Leitung des Hauses allein.

»Es regnete ihr zu sehr, also ist sie in ihrem Büro«, erklärte Casey.

»Selbstverständlich werde ich mit der Chefin über Jane sprechen«, sagte Fauve nachdenklich. Sie verließ ihr Büro und nahm Kurs auf das große Eckzimmer, von dem aus Maggy Lunel seit vielen Jahren die Welt der Fotomodelle und Mannequins regierte.

Zuweilen behalten große Schönheiten auch im Alter noch all ihre Anmut, während andere ihre Schönheit so unvermittelt verlieren, daß alle, die ihnen wieder begegnen, diese Schönheit nur in ihrer Phantasie flüchtig rekonstruieren können. Maggy Lunel war alterslos gealtert. Aus der Entfernung hätte man sie noch immer für das siebzehnjährige, einstmals hübscheste Malermodell von ganz Montparnasse halten können. Außerdem war sie eindeutig die eleganteste Frau von ganz New York, eine Frau, die sich ihren schlanken Körper und ihre Haltung mit einem Elan bewahrte, den zu kopieren Generationen von Frauen versucht hatten. Auch aus größter Nähe konnte man sich einfach nicht vorstellen, daß sie über sechzig war.

»Magali! Wie schade, mit deinem Wochenende... War Darcy sehr enttäuscht?« Fauve eilte auf ihre Großmutter zu, um sie zu küssen. Sie war die einzige, die sie bei ihrem richtigen Vornamen rief; kein anderer hatte das Recht dazu.

»Erst hat er ein bißchen geknurrt, aber dann hat er Herb Mayes angerufen und sich mit ihm zum Lunch verabredet, was ihn sofort wieder aufmunterte«, antwortete Maggy und schloß ihre Enkelin in die Arme. »Gestern abend hieß es im Radio, die Stromleitungen seien ausgefallen, deswegen habe ich mich geweigert, die Stadt zu verlassen... Ich bin nicht so sehr drauf versessen, bei Kerzenlicht rumzukrauchen und im Kamin Würstchen grillen zu müssen.«

»Und ich hab dich für viel romantischer gehalten! Aber ich bin froh, daß du noch hier bist. Ich habe nämlich beschlossen, Jane rauszuwerfen...« Fauve sah Maggy mit einem Ausdruck an, in dem sich Frage und Entschlossenheit mischten.

»Na, also! Ich hatte mich schon gefragt, wie lange es dauert, bis es soweit ist. Loulou und ich wetten seit drei Monaten.«

Fauve blieb vor Staunen der Mund offenstehen. Loulou, Hauptbucherin und Maggys spezielle Freundin, hatte sich, was Janes unberechenbare Launen betraf, nie etwas anmerken lassen.

Lächelnd zuckte Maggy die Achseln.

Fauve sieht an diesem trüben Vormittag besonders bezaubernd aus, mit ihrer gewagten Kombination von Kleidungsstücken, dachte sie. Jeder einzelne der *Fauves*, der Malergruppe, von der ihr Name abgeleitet war, wäre von ihr hingerissen gewesen. Nach Maggys Ansicht mußte überhaupt jeder Mann von ihr hingerissen sein, obwohl sie es nicht für ratsam hielt, Fauve das zu sagen. Seit Jahrzehnten besaß Maggy den besten, sichersten Blick der Welt für Schönheit, und trotzdem war sie froh, daß Fauve kein Fotomodell geworden war, obwohl Fauve auf ihre besondere Art sogar Jane hätte ausstechen können, dachte Maggy.

»Kommt nicht jetzt gleich der Werbespot für Hüttenkäse mit Angel?« erkundigte sich Fauve auf einmal. »Darf ich deinen Fernseher einschalten?« Maggy hatte den Apparat im Zimmer, um sich die verschiedenen Werbespots anzusehen, in denen ihre Mädchen auftraten.

»Ja, sicher. Ich möchte es auch sehen. Wie ich hörte, interviewt Angel Industriemanager und ist tatsächlich so gut, wie du vermutet hast.«

Fauve schaltete den Fernseher ein und nahm in Maggys Schreibtischsessel Platz. Die beiden Frauen ließen sich von ihrem Modell Angel dreißig verblüffende Sekunden lang suggerieren, daß Magermilch-Hüttenkäse auch für Gourmets eßbar wäre.

Anschließend schüttelten sie einander die Hand und lachten beide das gleiche übermütige, unkonventionelle Lachen, das in jedem, der es hörte, den Wunsch erweckte, es öfter hören zu dürfen.

»Du hattest recht, Angel auf das *Big Board* zu setzen«, sagte Maggy. »Dieser Spot wird ewig laufen.«

Als Fauve die Hand ausstreckte, um den Apparat abzuschalten, wurden gerade die neuesten Meldungen angekündigt. Darum wartete sie noch, um zu erfahren, was wieder passiert war. Eine Nachrichtensprecherin erschien und meldete rasch:

»Julien Mistral, der als Frankreichs größter zeitgenössischer Maler gilt, ist heute in seinem Haus in Südfrankreich einer Lungenentzündung erlegen. Der Künstler war fünfundsiebzig Jahre alt. Madame Nadine Dalmas, seine Tochter, war zum Zeitpunkt seines Todes bei ihm. Weitere Einzelheiten in Kürze.«

Fauve und Maggy saßen wie versteinert. Der Schock hielt sie auch noch an ihren Plätzen fest, als schon das nächste Commercial lief. Plötzlich aber sprang Maggy auf und schaltete den Fernseher aus. Fauve dagegen blieb reglos sitzen; in ihren Augen war das Licht erloschen. Maggy beugte sich zu ihr hinunter und nahm sie in die Arme.

»Mein Gott, o mein Gott! Das jetzt auf diese Weise erfahren zu müssen!« murmelte sie, Fauve in ihren Armen wiegend.

»Ich empfinde überhaupt nichts. Kein bißchen. Aber ich müßte doch etwas empfinden, nicht wahr?« Fauve sagte es so leise, daß Maggy es kaum verstehen konnte.

»Das ist nur, weil es so plötzlich geschehen ist... Ich empfinde auch nichts, aber das wird noch kommen.« Sekundenlang waren sie beide still, klammerten sich aneinander, lauschten auf das Klagen einer Sirene, ohne sie wirklich zu vernehmen. Julien Mistral war tot, und die Zeit blieb stehen für diese zwei Frauen, die ihn beide geliebt hatten.

Auf Maggys Schreibtisch stand eine einzige, gerahmte Fotografie. Und beide betrachteten jetzt die Aufnahme: Eine junge Frau – Teddy, das beste Fotomodell aller Zeiten, die Maggys Tochter, Julien Mistrals Geliebte und Fauves Mutter gewesen war.

Schließlich, als ihr typisch französischer Sinn fürs Praktische die Überhand über ihre Gefühle gewann, erhob sich Maggy.

»Die Beerdigung, Fauve... Du mußt hin. Also komm jetzt; ich fahre mit dir in deine Wohnung und helfe dir packen. Casey kann deinen Flug buchen.«

Jetzt raffte Fauve sich auch auf. Sie trat an eines der Fenster und starrte in den Regen hinaus.

Ohne sich zu Maggy umzudrehen, sagte sie: »Nein.«

»Was soll das heißen?«

»Nein, Magali. Ich kann einfach nicht.«

»Das ist der Schock, Fauve! Dein Vater ist gestorben. Ich weiß, du hast seit über sechs Jahren nicht mehr mit ihm gesprochen, aber zu seiner Beerdigung wirst du fahren *müssen*.«

»Nein, Magali, ich werde nicht fahren. Ich *kann* einfach nicht!«

Zweites Kapitel

Paris in Frühlingsstimmung an einem Montag im Mai 1925; überall versicherten die Menschen einander, daß die Kastanienbäume noch nie, solange sie sich erinnern konnten, so viele schaumweiße Blütenkerzen getragen hatten. Diese Jahreszeit ließ die Hauptstadt aller Hauptstädte der Welt, was Kunst, Mode und Society betraf, noch prikkelnder und berauschender als üblich erscheinen.

An diesem Vormittag im Mai war die Chanel in ihrem Atelier damit beschäftigt, das allererste kleine Schwarze zu kreieren; an diesem Vormittag gab die Colette dem skandalösen Manuskript von *La Fin de Chéri* den letzten Schliff. Der junge Hemingway und der halbblinde James Joyce hatten bis zum Morgengrauen miteinander gezecht, während die Mistinguette am Abend zuvor im *Casino de Paris* Premiere gehabt und wieder einmal bewiesen hatte, daß die Kunst, eine Treppe herabzuschreiten, ihre ureigenste Domäne war. Die Brüder Cartier hatten die ausgefallenste Halskette der Welt erworben, drei makellose Reihen rosafarbener Perlen, die zusammenzustellen zweihundert Jahre gedauert hatte – und viele fragten sich, wer sie ihnen wohl abkaufen würde.

An derartige Perlenketten verschwendete Maggy Lunel allerdings keinen Gedanken, als sie auf einem Platz in Montparnasse gerade ihr zweites Frühstück verschlang: eine Handvoll Pommes frites, die sie für vier Centimes bei einem Straßenhändler gekauft hatte. Sie war seit knapp vierundzwanzig Stunden in Paris und fand mit ihren siebzehn Jahren, daß das Davonlaufen von zu Hause in Tours und die Suche nach ihrer Bestimmung wirklich ganz fürchterlich hungrig mache.

Die Passanten auf de Rue de la Grance Chaumière drehten sich nach ihr um, wie sie dort hochgewachsen, langgliedrig und selbstsicher stand, der neuesten Mode entsprechend gekleidet in einen adretten Faltenrock aus marineblauem

Serge, der ihre Knie bedeckte, und dazu eine weiße, unterhalb der Taille gegürtete Bluse aus Crêpe de Chine.

Zu einer Zeit jedoch, da keine Dame sich, ob reich oder arm, ohne Hut auf der Straße sehen ließ, war sie nicht nur barhäuptig, sie hatte auch ihr Gesicht nicht zu jener gepuderten, kräftig mit Rouge bemalten pausbäckigen Puppenschönheit hergerichtet, die alle Frauen zum Verwechseln ähnlich machte. Nein, Maggy hatte schon die kraftvolle, kühne Schönheit der Zukunft, sie war ihrer Zeit um fast ein Vierteljahrhundert voraus mit ihren ausgeprägten Wangenknochen, die sich unter der weißen Haut abzeichneten, und dem hocherhobenen Kopf.

Obwohl alle Mädchen sich einen Bubikopf schneiden ließen, wollte sie ihre lange Haarmähne behalten, die einen glatten, glänzenden Wasserfall vom dunklen Orange der Aprikosenmarmelade bildete. Ihre dichten, ungezupften Augenbrauen, die nur um eine Nuance dunkler waren, wölbten sich über weit auseinanderstehenden Augen. Es waren freimütige, blitzende, weit offene Augen, mit frischem, klarem Weiß und einer Iris vom hellen Gelbgrün des Pernods im Glase, bevor er mit Wasser verdünnt worden ist. Und Maggys Lippen waren so üppig und ausdrucksvoll, daß sie den zentralen Punkt ihres Gesichtes bildeten, ein Signal, so auffallend wie ein grellrotes Stoppzeichen.

An ihrer selbstbewußten Haltung hätte niemand ihr Alter erraten können, ihre Haut jedoch war so zart und jung wie die eines Säuglings und auf der wohlgeformten, geraden Nase mit blassen Sommersprossen gesprenkelt.

Maggy wischte sich die Hände an ihrem Taschentuch ab und sah sich auf der Carrefour Vavin um. Sie stand etwa einen Schritt vom Boulevard Raspail entfernt. Gegenüber, auf der anderen Seite der großen Kreuzung, begann die Rue Delambre. Von ihrem Platz auf dem Gehsteig aus schienen alle anderen Straßen bergab zu führen. Über ihr erstreckte sich der frische, windige Frühlingshimmel, in den die Wipfel der Kastanienbäume ragten. Doch friedlich war dieser Anblick nicht. Die Luft war mit einer vibrierenden, elektrischen Atmosphäre geladen, und selbst die Tauben verhielten sich hektisch.

Paris ist etwas, das einem auf der Zunge zergeht, dachte sie. Am liebsten hätte sie die Stadt auf einen Biß ganz in sich aufgenommen, dieses noch ungeöffnete Schatzkästlein, gefüllt bis zum Rand mit den Objekten all ihrer Träume. Vor ungeduldigem Verlangen trat sie von einem Fuß auf den anderen, klopfte mit den Spitzen ihrer Pumps mit Louis-Seize-Absatz und seitlich geknöpfter Spange aufs Pflaster, blickte hierhin und dahin und war so überwältigt von Neugier und Eifer, daß sie nicht bemerkte, wie sehr sie selbst zum Mittelpunkt der Aufmerksamkeit einer wachsenden Gruppe von Neugierigen wurde. Es war eine seltsame Mischung von Personen: junge Frauen in billigen, grellbunten Fähnchen; alte Frauen in Schürze und Hausschuhen; rauchende Großväter; kleine Kinder an der Hand ihrer Mütter; sie alle warteten hier mit einer irgendwie resigniert anmutenden Geduld, neben der Maggy wirkte wie ein nervöses Fohlen.

Nach und nach bildeten sie einen unregelmäßigen Kreis, und während ihre Gespräche verstummten, musterten sie die Fremde eingehend und stießen einander vielsagend an.

»Warten Sie auf jemanden?« fragte eine dralle Frau von etwa fünfunddreißig Jahren.

Verblüfft blickte Maggy auf, sah sich im Kreis um und lächelte. »Das hoffe ich, Madame. Ich bin doch richtig hier, nicht wahr?«

»Kommt drauf an.«

»Auf dem Modellmarkt? Muß ich nicht hier warten, um Arbeit als Malermodell zu finden?«

»Da sind Sie hier richtig«, bestätigte ein halbwüchsiger Junge, der sie interessiert betrachtete. »Ich bin ebenfalls vom *métier*. Als ich zum erstenmal gemalt wurde, war ich noch nicht mal geboren«, prahlte er. »Meine Mutter war nämlich im letzten Monat.«

Seine Mutter schob ihn kurzerhand hinter sich. »Sie sind kein Modell«, wandte sie sich angriffslustig Maggy zu.

Die *foire aux modèles* war eine Institution, die sich fünfundsiebzig Jahre zuvor auf dem Montmartre etabliert hatte, als sich professionelle Malermodelle rings um den Brunnen der Place Pigalle versammelten, um sich dort anwerben zu lassen. Als die Künstler nach Montparnasse weiterzogen, folgten ihnen auch die Modelle dorthin.

Maggy wurde von ihnen mit jener Ablehnung empfangen, wie sie Profis jedem unverkennbaren Amateur gegenüber an den Tag legen.

»Und wenn mich nun jemand malen möchte?« fragte Maggy. »Bin ich dann ein Modell?«

Energisch rammte sie die Hände in ihre Rocktaschen und richtete sich hoch auf.

Die Modelle wandten jetzt die Köpfe, um ein hübsches, junges Mädchen zu beobachten, das, eine knapp sitzende, jadegrüne Cloche über dem kurz geschnittenen dunklen Haar, an jedem Arm einen Bewunderer, die Straße entlanggeschlendert kam. Als sie Maggy entdeckte, maß sie sie aufmerksam von oben bis unten. Zunächst zog sie erstaunt die Brauen hoch, zuckte dann aber geringschätzig die Achseln und verkündete so laut, daß alle es hören mußten: »Jede Landpomeranze wagt sich heutzutage also nach Paris! Die da hat anscheinend noch nie was von einer Schere gehört, und wer weiß, ob sie überhaupt Wasser und Seife kennt ... Irgendwie riecht es hier ein bißchen streng – nach Ackerbau und Viehzucht.« Sie lachte verächtlich, tat, als höre sie das hämische Kichern nicht, das ihre Worte ausgelöst hatten, und ging weiter.

»Wer war denn diese Person?« fragte Maggy empört.

»Das war Kiki de Montparnasse. *Die* ist ein Modell! Eine richtige Königin.« Voller Genugtuung betonte die Frau: »Jeder kennt Kiki, und Kiki kennt jeden. Sie sind vom Mond – das merkt man gleich!«

Gerade, als Maggy antworten wollte, spürte sie, wie eine Hand ihren Arm packte und sie herumzog. »Was haben wir denn da?« Zwei Männer musterten sie interessiert. Der eine, der das gesagt hatte, war kleiner als sie, trug ein stutzerhaftes, paspeliertes Jackett zu makellos gebügelter Hose, eine Krawattennadel im Schlips und einen schief sitzenden Strohhut auf dem Kopf. Er hatte kleine, pfiffige Augen und ein Grinsen, das winzige, gelbe Zähne sehen ließ.

Der zweite Mann wirkte nicht weniger wuchtig als der massive Baumstamm, an dem er lehnte. Seine Augen, blau wie das weite Meer, hatten einen starren, fast durchbohrenden Blick. Er war etwa ein Meter neunzig groß und hatte eine ungezähmte und machtvolle Ausstrahlung. In der engen Stadtatmosphäre wirkte er doppelt verblüffend. Er hätte ein Bergsteiger sein können, der von der Höhe eines eroberten Gipfels aus die Welt tief unter sich betrachtet. Sein mächtiger Schädel saß stolz auf dem kräftigen Hals, seine breite, offene Stirn, eine schmale, aber große Nase und ein breiter Mund prägten das Gesicht. Sein Haar war dunkelrot, lockig und wirr. So, wie er Maggy musterte, machte er den Eindruck eines galanten, kampflustigen Kavaliers aus der Vergangenheit, und das trotz seiner einfachen Arbeitshose aus braunem Kord und dem am Hals offenen blauen Hemd.

»He, Mistral«, fragte der Kleinere ihn, »was meinst du?«

Dabei legte er Maggy die Hand unters Kinn und drehte ihren Kopf langsam von einer Seite zur anderen. »Sehr interessant, findest du nicht? Diese Augen – eine höchst seltene Farbe. Und ganz eindeutig ist da etwas absolut Außergewöhnliches an diesem Mund, eine Spur Kannibalisches, meinst du nicht? Van Dongen könnte nicht viel damit anfangen.« Er befühlte Maggys Haar und rieb es, als sei es Material in einem Stoffgeschäft.

Maggy stand wie versteinert vor Schreck. Noch nie in ihrem ganzen Leben hatte ein Mann sie so angefaßt. Ihr fielen die drei Bund Porree auf, die der Größere wie ein Buch unter den Arm geklemmt trug, und fast zwanghaft trat sie vor, streckte die Hand aus und packte eine der großen, weißen Porreestangen bei den grauen Wurzelsträngen. Dann hob sie die Stange an den Mund und biß sie in der Mitte durch. Der Mann im paspelierten Jackett ließ die Hand sinken und beobachtete sie beim Kauen. Spontan biß sie noch einmal zu.

»Sie hätten wenigstens ›bitte‹ sagen können«, warf Julien Mistral ein.

»Wenn Sie sich die Tiere im Zoo ansehen, müssen Sie sie auch füttern«, gab Maggy mit vollem Mund zurück. Mistral jedoch lächelte nicht.

»Mistral«, verkündete der Kleinere entschlossen, »ich werde sie in die Akademie mitnehmen und mir ansehen, wie sie aussieht. Kommen Sie.« Mit einem Wink bedeutete er Maggy, ihn zu der wenige Schritte entfernten Kunstakademie zu begleiten.

»Wieso? Sie haben mich doch schon begutachtet. Was wollen Sie noch?« fragte Maggy.

»Er will Ihre Brüste sehen«, erklärte der Junge mit wichtiger Miene.

»Da drinnen? Jetzt?« Maggy war völlig verwirrt.

Die Mutter des Jungen lachte boshaft. »Bewegen Sie Ihren Arsch, junge Dame! Sie werden sich genauso in einem leeren Klassenzimmer ausziehen müssen wie wir. Aber glauben Sie nicht, Sie hielten da was Besonderes versteckt! O Gott, diese Anfänger! Die glaubt wohl, sie ist aus Alabaster, wie?«

»Kommen Sie jetzt mit oder nicht? Entschließen Sie sich!« verlangte der Kleine. »Im Grunde brauche ich heute gar kein Modell.«

»O ja«, hörte Maggy sich antworten. »Natürlich.«

»Warte noch, Vava!« Mit einem Schritt hatte Mistral sie eingeholt und hielt den Kleineren zurück. »Ich nehme das Mädchen mit.«

»Aber ich habe sie zuerst entdeckt!«

»Was macht das schon! Das kümmert mich einen Dreck, Vava.«

Vava zeigte sein gelbliches Grinsen. »Ein dutzendmal hast du mir schon diesen Streich gespielt.«

»Ja, aber niemals nur, um dich zu ärgern.«

»Aha! Bravo! Das klingt ja fast wie eine Entschuldigung, Mistral. Na schön, nimm sie nur mit! Deine Schinken kauft ohnehin keiner, deswegen hast du Zeit, deine Neugier zu befriedigen. Aber sag mal, kannst du es dir überhaupt leisten, ein Modell zu bezahlen?«

»Wer zum Teufel kann das schon? Auf jeden Fall kann ich es mir nicht leisten, meine Zeit auf schmeichelhafte Porträts reicher Frauen zu verschwenden«, gab Mistral unbeteiligt zurück, ohne sich darum zu kümmern, ob er Vava damit beleidigte.

»Kommen Sie«, wandte Mistral sich dann an Maggy, schüttelte Vava zum Abschied flüchtig die Hand und ging den Boulevard du Montparnasse entlang, ohne abzuwarten, ob sie auch mitkam. Maggy eilte dem Maler nach, während sie ein paar Takte einer Melodie vor sich hin pfiff, den *Java*, einen Ohrwurm von Tanzweise, die sie am Abend zuvor gehört hatte, als die Musik durch die offenen Tür des *bal musette* neben ihrem billigen Hotel zu ihr heraufgedrungen war.

Als Julien Mistral die Abkürzungswege zu seinem Atelier am Boulevard Arago einschlug, war er in allerschwärzester Laune. Seit Jahren schlug er sich nun schon mit der Leinwand herum, als sei er ein Kettensträfling. Der Kampf hatte an dem Tag begonnen, als er die Vorlesungen der *Ecole des*

Beaux-Arts an der Sorbonne kurzerhand verlassen und beschlossen hatte, auf seine eigene Art zu malen, das heißt, ganz aus dem Gefühl heraus und nicht mit dem Verstand. In den vier Jahren seit jenem Tag hatte Mistral feststellen müssen, daß es fast unmöglich war, den Kopf abzuschalten, dem engen Kerker der französischen Erziehung zu entrinnen und sich frei über die Dogmen zu erheben, die von jeher den Kern der französischen Malerei beherrschen. Er war erfüllt von dem Bestreben, einfach Farbe auf die Leinwand zu bringen.

Er eilte dahin, ohne auf das junge Mädchen zu achten, das sich beinahe in Trab setzen mußte, um mit ihm Schritt halten zu können. Er hatte ihre Existenz vollkommen vergessen, weil er unablässig und voller Wut nur an die Ausstellung dachte, die er am selben Morgen mit Vava zusammen besichtigt hatte.

Dieser Kerl, dieser Matisse, sollte lieber beim Schachspielen bleiben, statt zu malen! Er nutzte den Kontrast zweier Farben, um eine dritte Farbe zu erzielen – eine, die ganz einfach nicht *da* war, verdammt noch mal! Ein Mathematiker, ein Innenarchitekt! Und was diesen verdammten Akrobaten anbetraf, Picasso, und seinen Freund Braque, grau, langweilig, ein ewiger Nachahmer – die beiden machten doch nur den Unsinn nach, den Cézanne verzapft hatte! Die ganze Natur in einen Kegel, ein Quadrat und einen Kreis auflösen, pah! In den tiefsten Kreis der Hölle mit ihnen!

So wütend war er, daß er an Nummer 65 vorbeiging. Fluchend machte er auf dem Absatz kehrt und stürmte durch die offene Tür, die in eine überdachte Passage führte.

Das Künstler-Quartier am Boulevard Arago glich einem Dorf in der Normandie. Eine Straße mit Kopfsteinpflaster führte zwischen zwei Reihen zweistöckiger Häuser mit Spitzdächern und Glaswänden hindurch. Lange Kieswege rahmten einen wuchernden Park mit Apfelbäumen, Stockrosen und Geranien. Jedes einzelne der kleinen Ateliers verfügte außerdem über einen eigenen, kleinen Garten, umschlossen von Buchsbaumhecken mit niedrigen Pforten.

Maggy hielt sich hinter Mistral, der drei steile Stufen emporstieg und die Haustür öffnete. In der chaotischen Küche sah er sich gereizt nach einem Platz um, wo er die Lauchstangen ablegen konnte, während sie, eingeschüchtert durch seine Schweigsamkeit und die Art, wie er dahinstürmte, als wäre selbst die Luft sein Feind, ängstlich an der Tür stehenblieb.

Schließlich bedeutete Mistral Maggy mit einer Kopfbewegung, ihm in sein weiträumiges Atelier zu folgen. Staunend blickte sie sich um: Überall hingen und standen Bilder in Farben, wie sie sie noch nie gesehen, Farben, von denen sie nicht geahnt hatte, daß sie in einem geschlossenen Raum existieren könnten, Farben, in denen sie schwimmen zu können vermeinte wie in einem großen Strom. Regenbogen gab es, Wolken, Sterne und riesige Blumen; es gab Kinder, Zirkus, nackte Frauen, Flaggen und springende Pferde – ein Strom von Farben, der der Sonne selbst zu entspringen schien.

»Da drüben ist das Schlafzimmer. Machen Sie sich inzwischen fertig! Einen Kittel finden Sie dort auch.« Maggy trat in ein winziges Zimmer, das kaum mehr als ein Bett enthielt. An einem Haken hinter der Tür hing ein stumpfroter Seidenkimono.

Maggy zog Rock und Bluse aus, faltete sie sorgfältig zusammen und legte sie aufs Bett. Dann hielt sie mit trockenem Mund plötzlich inne. »Maler malen Haut«, ermahnte sie sich in panischer Angst, suchte Rückhalt bei ihrem Kunstunterricht an der Oberschule. »Rubens hat Berge von weißer Haut gemalt. Rembrandt hat gelbgrüne Haut gemalt. Boucher hat rosige Haut gemalt. Haut ist das meistgemalte Sujet in der Geschichte der Malerei.« Mit bebenden Fingern rollte sie ihre Seidenstrümpfe auf. »Maler sind wie Ärzte; ein menschlicher Körper ist für sie nur ein Gegenstand, nicht eine Person«, redete sie sich ein.

Wie oft schon hatte Maggy sich in eine Situation hineinmanövriert, die sie nur durch ihre angeborene Selbstsicherheit zu überstehen in der Lage war. Als sie sich entschloß, nach Paris durchzubrennen und Malermodell zu werden, war ihr durchaus klar gewesen, daß sie ganz nackt würde posieren müssen.

Nun aber, an diesem sonnigen Maimorgen, mußte sie feststellen, daß sie bebte, zitterte und schwitzte – alles auf einmal. Noch nie hatte ein Mann sie nackt gesehen, nicht einmal ein Arzt, denn sie war kein einziges Mal krank gewesen.

Während sie mit verzweifelter Entschlossenheit die Träger ihres Hemdchens von den Schultern streifte, versuchte sie ein Bruchstück der Melodie des *Java* von gestern abend zu pfeifen, ihr Mund war viel zu trocken zum Pfeifen. Unter dem weißen Batisthemd trug sie eine neues, sehr weites weißes Höschen, so duftig, wie die Mode es neuerdings diktierte. Und nichts, keine Macht der Erde, würde sie dazu bringen können, dieses Höschen abzulegen.

»Verdammt, wie lange brauchen Sie denn noch?« rief Mistral ungeduldig aus dem Atelier.

»Ich komme schon«, antwortete sie leise. Die Ungeduld in seinem Ton veranlaßte sie, schnell den Kimono anzuziehen und ihn sich fest um die Taille zu wickeln. Der Boden war so eiskalt unter ihren nackten Füßen, daß sie schnell ihre Schuhe wieder anzog. Drei Meter entfernt von Mistral, der startbereit vor der Staffelei stand, machte sie halt, um auf seine Anweisungen zu warten. Das ganze Licht des Ateliers sammelte sich auf dem flammenden Orange ihrer Haare und dem tiefen Rot der japanischen Seide.

»Stellen Sie sich ans Fenster, und stützen Sie sich mit einer Hand auf die Lehne des Sessels dort!«

Sie gehorchte und stand vollkommen still.

»Herrgott noch mal – der Kimono!« fuhr Mistral auf.

Maggy biß sich auf die Lippe und spürte, wie ihre Hände zitterten, als sie die Schärpe löste und den Kimono herabgleiten ließ.

Maggy hatte breite Schultern; ihre Nackenlinie war kraftvoll und aufregend. Die Brüste, zart und lebendig, glichen beinahe perfekten Halbkugeln, hoch angesetzt, weit auseinanderstehend, mit winzigen Knospen, die deutlich vorsprangen. Die Linie ihres Brustkorbs von der Achselhöhle bis zur Taille war fein gespannt und klar ausgearbeitet. Ihre Haut war so glatt, so weiß, daß sie das ganze hereinströmende Licht auf sich zog und es zurückwarf, so daß sie schimmerte, als gehe ein inneres Leuchten von ihr aus.

Mistral reagierte auf ihre Schönheit ganz instinktiv. Er war an die lässig dargebotene Nacktheit der Berufsmodelle gewöhnt, die ihre Haut genauso selbstverständlich trugen wie ein altes Kleid. Maggy jedoch, die so entschlossen dastand wie die Jungfrau von Orleans auf dem Scheiterhaufen, wirkte auf ihn unmittelbar und unwiderstehlich erotisch.

Und als er merkte, daß sie ihn erregte, packte ihn ein trotziger Zorn.

»Verdammt noch mal, was glauben Sie eigentlich, wo Sie hier sind – in den *Folies Bergère*? Eh?« Wütend funkelte er Maggy an. Sie schleuderte ihre Schuhe von den Füßen und versuchte die Knöpfe zu lösen, die ihre Höschen an der Taille zusammenhielten. Vor Demütigung und Wut rannen ihr Tränen übers Gesicht.

»Was soll das? Eine Striptease-Vorführung vielleicht? Wie in einem Puff? Glauben Sie, ich hätte Sie deswegen mitgenommen?« schrie Mistral. »Genug jetzt! Schluß!«

»Ich bin gleich soweit«, murmelte Maggy mit gesenktem Kopf.

»Raus!« schrie Mistral. »Ich sagte, genug! Mit einem Modell, das sich schämt, kann ich nichts anfangen. Lächerlich sind Sie, einfach absurd! Sie hätten überhaupt nicht erst mitkommen sollen! Meine kostbare Zeit stehlen Sie mir, verdammt noch mal! Verschwinden Sie!« Er machte eine so wütende Geste, daß sie, den Kimono schützend um sich gewikkelt, fluchtartig ins Schlafzimmer lief.

»Närrin, Idiotin!« schalt Maggy sich im fluchtartigen Fortlaufen. Sie wagte es nicht, ihm noch einmal einen Blick zuzuwerfen, doch hätte sie das getan – sie hätte gesehen, wie er den Sessel am Fenster anstarrte, als wolle er sich das Bild ihres nackten Körpers für immer unauslöschlich in sein Gehirn einprägen.

Drittes Kapitel

Zitternd und voll Zorn auf sich selbst floh Maggy in den Jardin du Luxembourg und ließ sich, ohne auf die herumtollenden Kinder zu achten, auf den erstbesten leeren Stuhl fallen. Im Verlauf der letzten halben Stunde war der Traum, der sie vier Jahre lang beherrscht hatte, so sehr zu einem Gefühl des Versagens geworden, daß sie am liebsten vor Scham versunken wäre.

Eine junge Mutter setzte sich neben Maggy und beschäftigte sich mit ihrem Baby. Das Selbstbewußtsein und der Stolz, den sie ganz eindeutig empfand, beeindruckten Maggy trotz ihrer eigenen Gefühle sehr. Sie hob den Kopf und betrachtete diese lichtgefleckte Welt, in der die Alten sich sonnten, während die Jungen, ganz in ihre Spiele vertieft, fröhlich umhersprangen. Sie dachte an ihre allererste Schulzeit, als sie noch ein Wildfang gewesen war, eine ausgelassene Range mit einem breiten Fächer wild flatternder Haare, die im Wind wehten wie die Schwingen eines großen Vogels, das einzige Mädchen der ganzen Schule, das besser Steine werfen konnte als alle Jungen, das jeden Ball fing und jede Mauer erkletterte.

Als dann alle zum Mittagessen nach Hause zogen, entschloß sich auch Maggy, den Park zu verlassen. Der Hunger trieb sie zur Carrefour Vavin zurück, doch alle Restaurants waren voll besetzt. Auf den Terrassen des *Le Dôme* und der *Rotonde* war kein einziger Platz mehr frei. Zwar beeilten geschäftige Kellner sich, zusätzliche Stühle und Tische aufzustellen, so daß die Terrassen sich fast bis zum Rand des Gehsteigs hinzogen, aber wer nicht dazugehörte, fand dennoch keine Sitzmöglichkeit, da niemand ihm einen Logenplatz im aufregendsten Theater der Welt freiwillig anbot.

Maggy machte an einem Blumenstand halt und kaufte eine rote Nelke, die sie sich an die Bluse steckte. Das besserte ihre augenblickliche Stimmung erheblich, und so betrat sie hoch erhobenen Kopfes das *Select*, denn sie hoffte, in diesem etwas kleineren Café doch noch einen Platz finden zu können. Drinnen wandte sie sich scharf nach links, um den Männern an der langen Bar auszuweichen, und entdeckte ganz hinten in einer Ecke, gut geschützt und unauffällig, einen winzigen freien Tisch.

Aus Sparsamkeitsgründen bestellte sie sich nicht mehr als ein Käsebrot und ein Glas Limonade, um dann diese lärmenden, lachenden, exzentrisch gekleideten Menschen zu beobachten, die dichtgedrängt an den kleinen Holztischen saßen, als hätten sie vor, den ganzen Tag hierzubleiben. Der Geräuschpegel der schrillen, hitzigen Diskussionen ringsum schwoll an wie ein Fluß im Frühling. Das Französisch wies mindestens ein Dutzend verschiedener Akzente auf, denn der Montparnasse war voller ausländischer Künstler, von Picasso, Chagall, Soutine, Zadkine und Kisling über de Chirico, Brancusi, Mondrian zu Diego Rivera und Foujita. Französische Künstler wie Leger und Matisse waren in der Minderzahl, während Amerikaner und Deutsche, Skandinavier und Russen en masse ins *quartier* drängten.

Zufrieden in ihrer Anonymität, in dem Gefühl, unsichtbar zu sein, weil sie hier niemanden kannte, übersah Maggy die interessierten Blicke, die ihr galten. Hier endlich hatte sie das exotische Spektakel gefunden, nach dem sie so sehnsüchtig gesucht hatte! Dies war das Leben, das Constantin Moreau, ihr Zeichenlehrer an der Oberschule, ihnen beschrieben hatte. Moreau, ein verhinderter Maler, hatte seinen Schülerinnen die Köpfe mit schwärmerischen Berichten vom Kulturleben in Montparnasse vollgestopft, mit nur halb wahren Geschichten von Partys, zu denen er niemals eingeladen worden, von Fehden, in die er niemals verwickelt gewesen war. Moreau war es gewesen, der Maggys Phantasie die Richtung wies, der ein Bohèmeleben in Montparnasse zum Ziel all ihrer stets gegenwärtigen Träume machte. Voll Staunen beobachtete sie die Zurschaustellung bewußt gepflegter Exzentrizität. So muß es im Himmel sein, dachte sie. Ach, könnte ich doch dazugehören!

»Soso, meine Kleine, du bist also die Neue, nicht wahr! Darf ich dir was zu trinken anbieten?«

Verdutzt fuhr Maggy herum. Sie hatte die Frau, die da am Nebentisch saß, überhaupt nicht bemerkt.

»Was ist? Bist du's nun oder nicht?« fragte die Frau.

»Ja, also – neu bin ich schon, das stimmt«, antwortete Maggy verblüfft. Die Unbekannte mußte mindestens vierzig sein, aber sie war, obwohl wahrhaftig mehr als mollig, immer noch rosig und hübsch, wie eines jener üppigen Mädchen, die Fragonard zu malen pflegte.

»Ich bin Paula Deslandes«, verkündete die Frau selbstbewußt.

»Und wie heißt du?«

»Maggy Lunel.«

»Maggy Lunel, soso«, wiederholte sie langsam. Mit ihren kurzsichtigen Augen, vom warmen Braun teurer Zigarren, starrte sie Maggy durchdringend an. »Nicht schlecht. Hat einen gewissen Charme, einen gewissen Esprit, dein Name. Auf jeden Fall gibt es im *quartier*, soweit ich weiß – und ich weiß alles, was man wissen muß –, keine andere Maggy. Also, nichts dagegen einzuwenden, meine Liebe. Für den Moment, jedenfalls.«

»Wie mich das freut! Und wenn ich nicht Ihren Beifall gefunden hätte?«

»*Tiens, tiens!* Sie zeigt die Zähne!« Paulas Lächeln, das die Eigenschaft besaß, jede Befangenheit zu verscheuchen, vertiefte sich.

»Ganz schön keß, für eine Provinzlerin.«

»Provinzlerin!« Maggy fuhr hoch. »Das ist das zweitemal an einem Tag. Also nein, das ist zuviel!« Obwohl sie keinen anderen Pariser kannte als Moreau, begriff sie sofort, daß das Provinzlertum für alle, die das unerhörte Glück hatten, in Paris geboren zu sein, eine Quelle ständiger, herablassender Belustigung ist.

»Aber das springt einem doch förmlich ins Gesicht, mein armes Täubchen«, sagte Paula, ohne sich zu entschuldigen.

»Na, macht nichts. Hier im *quartier* sind neunundneunzig Prozent der Leute Provinzler. Nur ich – ich bin die große Ausnahme.« Sie war ungeheuer stolz darauf, ein Kind des Montparnasse zu sein, eine Asphaltblüte – wie sie sich mit einem romantischen Seufzer nannte. Alles, was Paula Deslandes von der Natur kannte und jemals kennenlernen wollte, lag in den vier Mauern des Jardin du Luxembourg, und alles, was sie von den Menschen wußte, hatte sie in den Tausenden von Stunden gelernt, die sie als Modell in den

Ateliers der Maler oder in den Cafés verbracht hatte. Paula war die perfekte Verkörperung der Klatschsucht, die im Leben der Künstler von Monparnasse so tief verwurzelt ist.

Jeden Morgen schätzte sie ihre Gemütstemperatur ein und erlaubte sich niemals eine Stimmung, die nicht entweder gut, besser oder hervorragend war. Hervorragend war lange den Vorzügen ihrer Liebhaber reserviert geblieben – es gab und würde immer Männer geben, die eine Frau wie Paula zu schätzen wußten, die drei klassische Tugenden verkörperte: Sie war blond, dick und vierzig. Vor kurzem hatte Paula jedoch gemerkt, daß sie auch dann in eine hervorragende Stimmung geriet, wenn sie etwas Neues in Erfahrung gebracht hatte, bevor ein anderer aus dem *quartier* Wind davon bekam. Und Maggy verhieß ein wahres Festessen an Neuigkeiten.

Montags, wenn *La Pomme d'Or*, Paulas Restaurant, geschlossen war, gönnte sie sich eine Runde durch Montparnasse, um die zahllosen Fäden des Klatsches, die ihr im Verlauf der arbeitsreichen Woche anvertraut worden waren, miteinander zu verknüpfen. Paula Deslandes war eine geborene, unverbildete Historikerin, der es nicht schwerfiel, einzelne Bruchstücke von Informationen zusammenzusetzen, bis sie ein homogenes, soziales Ganzes bildeten.

»Also, Maggy Lunel – es ist heute morgen bei Mistral nicht so besonders gelaufen, wie?«

»O nein!« rief Maggy aufgebracht. »Woher wissen Sie das? Sie sehen mich doch zum erstenmal!«

»So was spricht sich in diesem kleinen Winkel von Paris sehr schnell herum«, antwortete Paula selbstgefällig.

»Aber ... aber wer hat Ihnen das erzählt?«

»Vava. Er war bei Mistral, kurz nachdem dieser Mistkerl dich rausgeschmissen hat, mein armes Kleines, und nachdem Vava nun mal so ist, wie er ist, hatte er natürlich nichts Eiligeres zu tun, als die ganze Geschichte weiterzutratschen. Ein altes Klatschweib ist er, sage ich immer.«

»O Gott, nein!« Maggy spürte, wie ihr die Röte in die Wangen stieg, weil sie sich unerträglich gedemütigt fühlte, als kindische, kleine Prüde aus der Provinz gebrandmarkt worden war.

»Nicht weiter wichtig«, beschwichtigte Paula. »Du darfst

das nicht so ernst nehmen. Jeder muß mal irgendwo anfangen.«

Doch Maggy hörte ihr nicht mehr zu. Denn eben hatten zwei Frauen und drei Männer wie selbstverständlich von einem Tisch in der Mitte des Cafés Besitz ergriffen. Die eine der beiden Frauen war Kiki de Montparnasse, die Maggy unverhohlen musterte, um dann ihre Freundinnen anzustoßen und zu Maggy und Paula herüberzuzeigen.

»Schon wieder die! Das hat mir gerade noch gefehlt«, zischte Maggy ärgerlich.

»Was hat Kiki mit dir zu tun?« erkundigte sich Paula.

»Sie hat mich heute morgen, als sie auf der Straße an mir vorbeikam, beleidigt.«

»Ach nein! Tatsächlich?« murmelte Paula. »Das ist ja faszinierend. Dieses Weib ist normalerweise zu überheblich, um einfach irgend jemanden zu beleidigen. Also bist du ihr aufgefallen...«

»Sie kennen sie?«

»Allerdings. Ich kenne sie. Komm, wir gehen. In diesem Café riecht es auf einmal nicht mehr sehr gut. Ich lade dich zu einem richtigen Mittagessen ein. Nun hör endlich auf, diese Schlampe und ihr Gesindel anzustarren! Tu einfach so, als gäb es die gar nicht. Wir beiden gehen jetzt auf ein Schaschlik zu Dominique. Na, klingt das gut?«

»Schaschlik? Was ist das? Hoffentlich was zu essen – ich sterbe vor Hunger! Eigentlich hab ich immer Hunger.« Maggy stand auf und zeigte sich dabei in ihrer ganzen Größe von ein Meter vierundsiebzig. Mit zusammengekniffenen Augen blickte Paula an ihr empor.

»Großer Gott! Wieviel brauchst du, um satt zu werden? Na, macht nichts. Komm nur!« Entschlossen steuerte Paula Maggy zur Tür hinaus.

Draußen bogen sie um die Ecke und gingen ein Stück die Rue Bréa entlang, bis sie vor einer unauffälligen Tür haltmachten, die in eine *charcuterie* zu führen schien. Hinter den Schauvitrinen jedoch, die eine Auswahl kalter russischer Horsd'œuvres enthielten, lag ein kleiner, niedriger Raum mit rotgestrichenen Wänden, Marmortheke und hohen Hokkern.

Nachdem sie an einer Theke Platz genommen hatten, gab Paula für sie beide die Bestellungen auf und fuhr dann fort,

Maggy auszufragen. »Du mußt mir alles von dir erzählen. Aber paß auf! Wenn du was ausläßt, merke ich das sofort.«

Maggy zögerte. In Tours, wo sie geboren und aufgewachsen war, wußten die Leute alles über sie, was es zu wissen gab. Sollte sie die Tatsachen ein bißchen beschönigen? Ein gewisser Ausdruck in Paulas Augen jedoch veranlaßte sie, bei der Wahrheit zu bleiben. Der Blick dieser Augen war unendlich erfahren und dennoch gütig, und Maggy brauchte einen Menschen, mit dem sie reden konnte. Also faßte sie sich ein Herz, atmete tief durch und stürzte sich in ihren Bericht: »Mein Vater ist eine Woche vor der Hochzeit mit meiner Mutter an Pocken gestorben. Wäre er am Leben geblieben, wäre ich ganz einfach eine Frühgeburt geworden; so aber bin ich – unehelich.«

»Eindeutig – aber das kommt in den besten Familien vor.«

»Aber nicht in anständigen jüdischen Familien. Da kommt so was niemals vor. Ich bin der einzige Bastard in der gesamten jüdischen Gemeinde von Tours, und das hat man mir immer wieder unter die Nase gerieben.«

»Und warum hat deine Mutter Tours dann nicht einfach verlassen und ist woanders hingegangen, wo sie behaupten konnte, Witwe zu sein, wie das so viele andere Frauen auch schon getan haben?«

»Sie ist bei meiner Geburt gestorben. Und Tante Esther hat immer nur mir die Schuld daran gegeben, daß sie gestorben ist und sich dadurch den Folgen ihres skandalösen Verhaltens entzogen hat.«

»Reizend! Eine vorbildliche Nächstenliebe! Und diese liebenswürdige Tante, hat die dich großgezogen?«

»Nein, meine Großmutter. Ich habe bei ihr gelebt bis zu ihrem Tod vor vier Monaten.« Bekümmert dachte Maggy an die gütige, alte Frau, die sie mit so großer Zärtlichkeit in ihrem Häuschen umsorgt und ihr mit ihrer vorbehaltlosen Liebe immer wieder Mut gemacht hatte. Der Überzeugung von Tante Esther, Maggy müsse irgendwie für die Schande ihrer Geburt büßen, hatte sie stets hartnäckig widersprochen.

»Auch meinen Namen habe ich von meiner Großmutter Cécile. Sie hat mich, obwohl die anderen mich alle Maggy nennen, immer Magali gerufen, weil es ein Lieblingsname ihrer Familie war. Die Lunels kamen nach der Revolution aus der Provence nach Tours, und auch mein Vater kam aus dem Süden. Er hieß David Astruc. Astruc bedeutet auf provençalisch ›unter einem glücklichen Stern geboren‹ . . . Aber das traf auf ihn leider nicht zu. Meine Großmutter hat mir immer Geschichten von meiner Familie erzählt. Obwohl meine Eltern einen Fehler begangen hätten, erklärte sie mir, stamme ich doch von den ältesten jüdischen Familien Frankreichs ab – die viele Jahrhunderte vor den Kreuzzügen hierhergekommen waren –, und daran sollte ich immer denken und stolz darauf sein.«

Maggy war erfüllt von der Erinnerung an die Erzählungen ihrer Großmutter von einem Leben in Städten mit klangvollen Namen: Nîmes, Cavaillon, Avignon.

»Aber was geschah nach ihrem Tod?« erkundigte sich Paula, gerührt von Maggys beinahe kindlicher Begeisterung.

»Also, deswegen bin ich ja hier! Meine Tante konnte es gar nicht abwarten, bis sie mich loswurde. Die Beerdigung war kaum vorbei, da fing sie schon an mit der Jagd nach einem Ehemann. Nicht in Tours, natürlich – dort war ich ja stets nur der Lunel-Bastard! Schließlich fand sie in Lille eine Familie, die einen so häßlichen Sohn hatte, daß sie noch nicht mal ein Mädchen fanden, das auch nur mit ihm ausgehen, geschweige denn ihn heiraten mochte . . . Mit denen hat sie alles verabredet!«

Empört strich Maggy sich die Haare hinter die Ohren. »Eine arrangierte Heirat. Heutzutage . . . ! Sobald ich das erfuhr, schmiedete ich eigene Pläne.«

Während sie innehielt, um sich über das marinierte Lammfleisch herzumachen, dachte sie an den Tag zurück, an dem die befohlene Heirat in ihr die Idee entstehen ließ, nach Paris auszureißen. Im Laufe der Jahre hatte sie von den kleinen Geldgeschenken ihrer Großmutter fünfhundert Francs gespart, von denen sie dreihundert für einen billigen Koffer und ein paar Kleider von der Stange ausgab. Die einzige Extravaganz waren die Seidenstrümpfe gewesen, drei Paar, denn schließlich konnte sie in Paris nicht mit schwarzen Baumwollstrümpfen rumlaufen!

»Dann«, riß Paula sie aus ihren Gedanken, »bist du also, kurz gesagt, eine schöne, verwaiste, jüdische Jungfrau.«

Maggy mußte über diese Interpretation sehr lachen, ein fröhliches, ansteigendes Gelächter, bei dem ihre makellosen

Zähne im Dämmerlicht des Restaurants blitzten und ihre gelbgrünen Augen funkelten.

»So klar hat das bis jetzt noch keiner formuliert, und mir sind schon manche Bezeichnungen an den Kopf geworfen worden. Meine Großmutter schickte mich immer zum Rabbi unserer Gemeinde, zu Rabbi Taradash, damit der mir eine richtige Strafpredigt hielt, denn sie selbst brachte das niemals sehr überzeugend fertig. Und so tauchte ich mindestens einmal im Monat zutiefst zerknirscht bei ihm auf. Er hatte nichts übrig für die Logik meiner Erklärungen, sondern nahm mir jedesmal wieder das Versprechen ab, mich zu bessern. Aber es passierte immer etwas noch Schlimmeres.«

»Und du willst tatsächlich noch Jungfrau sein?«

»Aber natürlich!« Maggy blickte erschrocken drein. Sie hatte ihr Leben lang meist mit einer Bande von Jungen herumgetobt, aber das waren nur Kameraden gewesen, Komplizen bei all ihren dummen Streichen.

»Um so besser«, antwortete Paula, »jedenfalls vorläufig. Da hast du noch alles vor dir, und das ist die beste Basis für einen Start in Paris.«

Paula hatte Generationen von Montparnasse-Mädchen kommen und gehen sehen. Sie hatte welche mit Millionären in Bugattis davonfahren und niemals wiederkommen sehen, und sie hatte andere innerhalb einer Woche an einer heftig verlaufenden Form von Syphilis sterben sehen; sie hatte sie Künstler heiraten und sich in stolze Hausfrauen verwandeln sehen, und weit häufiger hatte sie sie Künstler heiraten und sich in wahre Drachen verwandeln sehen. Ein so verheißungsvolles Mädchen wie Maggy Lunel glaubte sie jedoch noch niemals gesehen zu haben.

»Nun, das wär's. Mehr gibt es nicht über mich zu sagen. Höchstens, daß ich den allerschlimmsten Start gehabt habe.«

»Hör zu, mein Kleines. Du mußt Mistral und seine abscheulichen Manieren vergessen. Vava behauptet, er ist ein Genie, aber wenn das stimmt, frage ich dich – warum verkauft er dann nichts? Wie groß kann seine Genialität schon sein, wenn er es sich nicht mal leisten kann, in meinem Restaurant zu essen?« Eindeutig war dies Paulas Maßstab für den Erfolg.

»Diese Frau, Kiki de Montparnasse – ißt sie denn in Ihrem Restaurant?« fragte Maggy neugierig.

»Die würde es nicht wagen, auch nur einen Fuß hineinzusetzen, diese Alice Prin. Kiki de Montparnasse – daß ich nicht lache!« Paulas Miene wurde grimmig. »Nicht mal geboren ist sie in Paris, und dann einen solchen Namen anzunehmen – einfach empörend!«

»Aber man hat mir erklärt, sie sei die Königin der Modelle...«

»Dann haben die Leute gelogen. Die haben doch keine Ahnung. *Ich* war einmal die Königin der Modelle; Alice Prin aber ist nie an das herangekommen, was ich früher war, nicht mal von weitem!« Paulas Lippen bildeten einen unversöhnlichen Strich. Einem so naiven Mädchen wie Maggy konnte sie kaum erklären, daß die Frau, die sich Kiki nannte, ihr nicht nur einen, sondern viele Liebhaber gestohlen und sich dann in ganz Montparnasse auch noch damit gebrüstet hatte. Sie würde es ihr nun zeigen!

»Hör zu, Maggy: Du siehst unvergleichlich aus. Du bist zum Gemaltwerden geboren.«

»Wie bitte?« Maggy erschrak. Paulas Worte kamen so unerwartet, daß es ihr richtig die Sprache verschlug.

»Jawohl, so wie ein Kolibri dazu geboren ist, Nektar zu suchen, und ein Huhn dazu geboren ist, gebraten zu werden. Aber daß du dich auf der Straße, auf der Modell-Börse anbietest, das kommt für dich nicht mehr in Frage, verstanden? Ich werde dich mit den Malern bekannt machen, die es sich leisten können, für eine Dreistundensitzung mehr als fünfzehn Francs zu bezahlen – die sind nämlich alle Freunde von mir. Übrigens, hat Mistral dich bezahlt? Natürlich nicht, das wundert mich gar nicht. Zunächst mußt du natürlich noch einiges lernen, aber das kann ich dir alles beibringen. Es geht im Grunde nur darum, daß du dich entschließt, das Höschen auszuziehen – und ist das denn wirklich so schwer? Weißt du, ein Maler muß bei jeder Frau sehen, wie sie gebaut ist. Egal, was wir vielleicht denken mögen – die brauchen uns weit dringender als wir sie.«

»Ach, wirklich?« Maggy staunte.

»Aber ja! Stell dir doch bloß mal vor, Maggy. Seit eintausendfünfhundert Jahren mindestens laufen die Maler dem Körper einer nackten Frau hinterher. Nichts fordert das Können eines Malers so sehr heraus, nichts legt so schnell seine Schwächen bloß. Ein Mann, der keine nackte Frau malen kann, ist ein Mann, der nicht richtig malen kann.«

Maggy schwieg verblüfft. »Also, was ist? Ich habe dir angeboten, dich zu protegieren! Aber bestimmt nicht aus reiner Nächstenliebe. Ich will, daß du dieses Miststück ausstichst, diese unerträgliche, unmögliche Alice Prin, die so eingebildet ist, daß sie glaubt, nur weil meine Jugend vorbei ist, nur weil ich ein oder zwei Kilo zugenommen habe, könnte sie meinen Platz einnehmen. Sie kann nicht in die Zukunft sehen, aber eines Tages wird es auch mit ihrer Jugend vorbei sein – genau wie mit deiner, mein siebzehnjähriges Täubchen, sogar mit deiner! Also was ist, Maggy?«

Bevor das junge Mädchen antworten konnte, hob Paula jedoch warnend die Hand. »Bist du ganz sicher, daß du es schaffst? Wenn nicht, möchte ich meine Zeit nicht vergeuden. Es ist eine langweilige Arbeit, es wird dir immer entweder zu warm oder zu kalt sein, und vor allem ist es weit schwieriger, eine bestimmte Pose zu halten, als man sich das vorstellt. Erst wenn die halbe Stunde um ist, und wirklich erst dann, darfst du dich bewegen. Aber schon nach zehn Minuten – wieder an die Arbeit zurück. Also. Wollen wir Alice Prin dazu bringen, daß sie den Tag bereut, an dem sie dich beleidigt hat? Gehen wir zum Angriff über?«

»O ja ... bitte ja!« Plötzlich war Maggys Traum wieder zum Greifen nahe, und sie hatte das Gefühl, sie brauche nur die Arme auszubreiten, und ganz Paris läge an ihrer Brust.

Viertes Kapitel

»Hör mir zu, Maggy Lunel«, sagte Paula mit Nachdruck. »Trägt ein Ei vielleicht einen Rock?«

»Nicht die Eier, die ich kenne«, antwortete Maggy mit respektlosem Augenrollen. In der knappen Woche ihrer Bekanntschaft hatte sie Paula liebengelernt – und Menschen, die sie liebte, pflegte sie gern zu necken.

»Mach nie den Fehler, mich nicht ernst zu nehmen, mein Kind! Du mußt dir vorstellen, dein Körper bestünde aus lauter Eiern. Eier von verschiedener Farbe und verschiedener Größe. Deine Brüste zum Beispiel Straußeneier, dein Schamhaar das getupfte Ei einer Möwe, deine Brustspitzen die Eier eines unterernährten Spätzchens. Und – ein nacktes Ei ist das Natürlichste von der Welt.«

Auf diese Weise lernte Maggy schneller, als sie es jemals für möglich gehalten hätte, sich ganz selbstverständlich den Blicken der Maler darzubieten, die ihr zunächst als Paulas Protegé Arbeit gaben, um kurz darauf festzustellen, daß sie miteinander um ihre Zeit konkurrieren mußten. Maggy lernte, sobald sie spürte, daß sie errötete, ihr Gesicht für die wenigen Sekunden, die sie brauchte, um sich wieder als Ei zu fühlen, hinter ihren Haaren zu verbergen. Innerhalb weniger Wochen gelang es ihr, immer selbstverständlicher von einer Pose in die andere zu wechseln und ihren Körper nur noch Objekt sein zu lassen.

Pascin malte sie mit Rosen im Schoß: eine Ikone sinnlicher Ausdruckskraft; Chagall malte sie als Braut, die staunend an einem purpurnen Himmel dahinfliegt; Picasso malte sie immer wieder in seinem monumentalen, neoklassizistischen Stil, und Matisse machte sie zu seiner bevorzugten Odaliske. »Du, *popotte*«, sagte sie zu ihm, »bist mir der liebste von meinen Klienten. Nicht wegen deiner schönen Augen, sondern wegen deines Perserteppichs. Hier kann ich mich wenigstens hinsetzen – das ist wie Ferien.«

Am Tag nachdem sie Paula kennengelernt hatte, war Maggy aus ihrem Hotel in ein Dachzimmer mit Kamin, Waschtisch und Bidet im Haus neben Paulas Restaurant umgezogen. Es kostete fünfundachtzig Francs pro Monat und enthielt nur ein einziges Möbelstück: ein riesiges, mit vergoldeten Schnörkeln verziertes Bett. Maggy kaufte sich neues Bettzeug und besorgte sich in einem Trödelladen ein paar alte Möbel. Wenn sie aus dem Fenster sah und vor dem ständig wechselnden Himmel von Paris die Mansarden und Schornsteine der grauweißen Dächer von Montparnasse betrachtete, war das für sie der schönste Anblick der Welt.

Das Haus, in dem sie wohnte, wurde von etwas so Einmaligem wie einer gutmütigen, fröhlichen Concierge besorgt. Madame Poulard saß den ganzen Tag in der schlecht beleuchteten Loge an ihrer Singer-Nähmaschine und arbeitete munter als kleine Schneiderin für die gesamte Nachbarschaft. Sie hockte mit Maggy zusammen über dem *Journal des Modes,* um nach Schnitten zu fahnden, die sie kopieren konnte, denn die beiden Röcke und Blusen von der Stange, die Maggy aus Tours mitgebracht hatte, paßten wirklich nicht in ihr neues Leben.

Im Oktober 1925 hatte sich Maggy als Kikis einzige, ebenbürtige Rivalin etabliert, und Paula strahlte vor Stolz.

Maggy war die einmalige, die unnachahmliche Maggy geworden, die stets eine frische rote Nelke im Knopfloch trug, die im *Le Jockey* und im *La Jungle* ganze Nächte zu Tango- oder Shimmyrhythmen durchtanzte; Maggy, die sich zu den sinnlichen Weisen der *Beguine* im *Bal Nègre* wiegte, mitten unter den in Martinique oder Guadeloupe geborenen Tänzern, fasziniert davon wie Jean Cocteau und Scott Fitzgerald, die man ebenfalls dort tanzen sah.

Maggy wurde zu den Zwanzigrunden-Boxkämpfen im *Cirque de'Hiver* eingeladen und erschien mit einer Eskorte männlicher Bewunderer, die sie vor dem ungehobelten Volk beschützten, ging aber ebensooft zum *Steeplechase* von Auteuil, jubelte, wenn ihr Pferd alle Hindernisse bewältigte, und verschleuderte ihren Gewinn anschließend mit Champagner für ihre Freunde.

Betrat Maggy das *Rotonde* oder das *Coupole,* stand immer,

wenn sie von einem Tisch ihrer *copains* zum anderen ging, ein Stuhl für sie bereit. Sie selbst sah in Montparnasse inzwischen so etwas wie ihr eigenes Dorf, und als sie in diesem Herbst ihren achtzehnten Geburtstag feierte, lud sie etwa hundert Gäste ein.

Gelegentlich verbrachte sie auch einen Abend allein zu Hause; dann lag sie auf ihrer Steppdecke, betrachtete durchs Fenster den Himmel und versuchte in Gedanken die vielen neuen Dinge zu ordnen, die sie gesehen, die neuen Menschen, die sie kennengelernt hatte. Rabbi Taradash würde das alles zutiefst mißbilligen, dachte Maggy lächelnd, hätte es wohl überhaupt nicht für möglich gehalten; doch sie vermutete, daß er sie, wie früher, auch heute noch »meine kleine *mazik*« nennen würde, ein hebräischer Ausdruck, den man für ein geliebtes Kind verwendet, das gleichzeitig ein fixer kleiner Schlingel ist.

Heimweh hatte Maggy nicht, aber sie trauerte um ihre Großmutter, vor allem am Freitag, dem Vorabend des Sabbat, an dem das kleine Haus, mit den beiden Kerzen auf dem Eßzimmertisch, dem Segen des Lichtes und des Weines, von Frieden und Freude erfüllt gewesen war. In der Familie Lunel hatte es eigentlich nie einen praktizierenden oder besonders frommen Juden gegeben, doch diese allwöchentliche Zeremonie hatte auf Maggy überaus tröstlich gewirkt. Jeden Tag wurde eine Kerze an der schönen Chanukka-Menora ihrer Großmutter angezündet, bis alle sieben brannten, zum Gedenken an jene Flammen, die einstmals im Tempel von Jerusalem mit einem Ölvorrat für höchstens einen Tag ganze acht Tage lang gebrannt hatten. Nun gehörte das alles zu einem Leben, das hinter ihr lag. Die Familien-Seder am Vorabend des Pessach-Festes, die immer bei Tante Esther stattgefunden hatte – nein, nach der sehnte sie sich überhaupt nicht! Denn dabei hatte es Maggys versammelte Verwandtschaft nie unterlassen, sie nachdrücklich an ihre Schande zu erinnern, ihr in jedem Jahr von neuem zu spüren gegeben, daß sie allein schon durch ihre Existenz ein Schandfleck auf dem guten Namen ihrer Familie war... Nein! dachte sie trotzig. Dieses Leben hätte ich keine Minute länger ertragen, und jetzt kann ich es endgültig vergessen.

Maggy brauchte diese ruhigen Stunden des Nachdenkens zuweilen zum Ausgleich und zur Erholung.

Maggy bekam von der dunklen Seite des Lebens in Montparnasse, die von Alkohol und Drogen bestimmt wurde, kaum etwas mit. Sie tanzte völlig unberührt davon durch die nie endende Party der Montparnasse-Nächte, denn nach wie vor war sie geschützt durch eine reine, unverletzliche Unschuld, Vermächtnis der siebzehn im Haus ihrer Großmutter verbrachten Jahre.

Oft tanzte Maggy sogar barfuß – nicht, weil es bequemer war, sondern weil sie so viele Tanzpartner überragte. Noch immer weigerte sie sich kategorisch, sich die Haare abschneiden zu lassen. Am Abend, bevor sie ausging, scheitelte sie sich das Haar in der Mitte und rollte es über den Ohren zu Schnecken oder band sich ein straßbesticktes Tuch um den Kopf, das sie auf einer Seite verknotete und über ihre Schulter herabfallen ließ. Was sie jedoch auch anstellte, um die zur Zeit modischen Frisuren zu imitieren – nach spätestens einer halben Stunde auf dem Tanzboden merkte Maggy, daß ihr das Kopftuch herabgerutscht war, die festgeflochtenen Haarschnecken sich irgendwie gelöst hatten und ihre Haare so frei umherschwangen, als galoppiere sie über weite Felder.

Aber es war nicht etwa eine Marotte, die sie hinderte, sich eine modischere Frisur zuzulegen: Die Maler, denen sie Modell stand, bevorzugten lange Haare und bezahlten dafür sogar einige Francs mehr. Die meisten verabscheuten die neue Mode, die diktierte, die Frauen müßten die Haare kurz und glatt tragen. Wie die meisten anderen Frauen der westlichen Welt auch, fügte Maggy sich dem von der Mode vorgeschriebenen Kleiderstil mit der bis auf die Hüften hinabgerutschten Taille und den möglichst platten Brüsten. Marie Laurencin, die eigenwillige Malerin, protestierte zwar, eine Frau sei kein Stock, Chanel, Patou und Molyneux jedoch hatten bestimmt, sie müsse zumindest versuchen, möglichst genau wie einer auszusehen.

»Du brauchst dich gar nicht so anzustrengen«, versicherte sie Picasso fröhlich, während sie kritisch die Art begutachtete, wie er ihren Körper wieder einmal auf seinen Bildern verzerrt hatte. »Deine Idee ist gar nicht so einmalig, *chouchou*, denn auch wir Frauen können die Anatomie neu erfinden. Hast du mein neues Kleid gesehen, eh? Und vergiß nicht, sie gehören uns ganz allein, diese Brüste und Schenkel und all die anderen kleinen Dinge, mit denen du da Schindluder treibst. Berühren verboten!«

Für ihre Arbeit hatte sie sich einen apfelgrünen Kittel aus Seide gekauft, den sie während der Ruhepausen oft überwarf, um im Atelier umherzuschlendern und die noch nicht beendete Leinwand mit Luchsaugen zu inspizieren.

»So sehe ich für dich also aus, eh? Also, bei mir zu Hause habe ich zwar keinen großen Spiegel, aber ich brauche ja bloß an mir herabzusehen, um festzustellen, daß meine Brüste beide dieselbe Farbe haben! Und meine Augen – haben sie wirklich so viele verschiedene Formen?«

All ihre Kunden, »*mes popottes*«, überschüttete Maggy mit ihrem Sarkasmus, ihrer Großzügigkeit und ihrer unverbesserlichen Impertinenz. Paula jedoch schenkte sie eine unerschütterliche Liebe, die keine Kapricen kannte und der Älteren sehr gefiel. Sie genoß Maggys Triumphe, als wären sie ihre eigenen. Doch von Zeit zu Zeit, wenn die beiden Frauen am frühen Abend in der Küche des *Pomme d'Or* miteinander dinierten, stellte Paula bei sich fest, daß das junge Mädchen sich wohl noch immer nicht verliebt hatte. Nicht, solange sie diesen ungeheuerlichen Appetit an den Tag legte, den Appetit eines Menschen, der noch keinen einzigen Tag lang liebeskrank gewesen ist. Zeit wär's, sagte sie sich.

Während Maggy Montparnasse eroberte, stand Julien Mistral vor einer Finanzkrise. Jahrelang hatte er das bescheidene Vermögen zu strecken versucht, das er nach dem Tod seiner Mutter vor beinahe drei Jahren geerbt hatte, nun aber mußte er erschrocken feststellen, daß es nahezu aufgebraucht war.

Sein Material kaufte er immer in solchen Mengen, daß es ihm gelungen war, Lucien Lefebvre, den Inhaber der Firma für Künstlerbedarf in der Rue Bréa, zu einem kleinen Rabatt zu überreden. Gewiß, es gab auch billigere Farben, doch nur Lefebvre rieb sie von Hand und mischte sie mit Mohnöl statt mit dem üblichen Leinöl, so daß sie dufteten und einen satten Ton besaßen, der anderen Farben fehlte. Inzwischen war dort eine beunruhigend hohe Rechnung zusammengekommen. Aber sich einschränken? Völlig unmöglich!

Sich bescheiden, sparen, einteilen, innerhalb seiner Möglichkeiten leben – in all diesen Tugenden übte Mistral sich im täglichen Leben, trank in Cafés nur sehr wenig billigen Wein und brauchte fast gar nichts für Miete und Lebensmittel. Und die Frauen, dachte er, als er sich für den Kostümball der Surrealisten an diesem Abend zurechtmachte, zu dem er von Kate Browning, einer reichen, jungen Amerikanerin eingeladen worden war, die Frauen sind für mich kein Ausgabeposten. Die waren zahlreich in seinem Leben, doch bisher hatte noch keine ihn auch nur einen Centime gekostet.

Mistral reckte sich und stieß mit dem Kopf beinahe an die Schlafzimmerdecke. Er beschloß, sich gar nicht erst zu rasieren oder die wirren, roten Locken zu kämmen, denn seine einzige Konzession an den Kostümzwang bestand in einem altmodischen, schwarzen Schlapphut. Er verspürte wenig Lust, sich für die Surrealisten anzustrengen, deren Auffassung von Schönheit – die zufällige Begegnung einer Nähmaschine mit einem Regenschirm auf einem Sektionstisch – ihm ein Greuel war.

Ihm waren überhaupt alle »ismen« ein Greuel, und dazu zählte er politische Parteien jeglicher Couleur, sämtliche Religionsgruppen und alle, die an irgendein festgelegtes Moralsystem glaubten. Kunst hatte mit Begriffen wie Moral und Unmoral nichts zu tun; sie stand über allem. Warum, fragte er sich oft, regen die Leute sich auf und verrennen sich in Ideen, statt einfach zu malen?

Immerhin war er bereit, Zeit zu investieren und den Ball zu besuchen. Vielleicht kauft Kate Browning bald wieder ein Bild, dachte er, und das Geld kann ich weiß Gott gebrauchen. Sie war nicht unattraktiv in ihrer adrett gepflegten, beinahe asketisch hübschen, blonden und eindeutig amerikanischen Art. Im Laufe der letzten Monate hatte er ihr immerhin zwei kleine Bilder verkauft.

Wie dem auch sei, kein Künstler war damals zu ernst oder zu beschäftigt, um einen Kostümball zu besuchen – nicht einmal Julien Mistral.

Im Jahre 1926 gab es sicher jede Woche einen anderen, von irgendeiner Gruppe veranstalteten Ball. In dieser zweiten Aprilwoche des Jahres 1926 hatten die russischen Maler bereits ihren *Bal Banal* und die Homosexuellen-Internationale ihren *Bal des Lopes* im *Cité Magique* gegeben. Und als nun die Surrealisten ihren *Bal Sans Raison d'Etre* gaben, um gar nichts und doch alles auf einmal zu feiern, waren sich alle darin einig, daß man den nicht verpassen durfte.

Erst ein Jahr zuvor hatten die Surrealisten in der *Closerie des Lilas* einen Riesenskandal bei einem Bankett verursacht. Als Freidenker rebellierten sie in gewalttätiger Form gegen Regierung, Militär, Kirche und, um das Maß voll zu machen, auch gegen die Wirtschaft und sonnten sich in dem Ruhm, der Schrecken des Boulevard Montparnasse zu sein. Als zwei von ihnen, Miró und Max Ernst, das Bühnenbild für Diaghilevs *Ballet Russe* entwerfen durften, störten vor lauter Begeisterung Dutzende von Surrealisten die Aufführung, indem sie Trompeten bliesen und mit ihnen die Zuschauer attackierten.

Wer von denen, die einen Platz in der Welt der Kunst, Literatur oder Mode beanspruchten, konnte also an diesem Abend zu Hause bleiben?

»Surrealistisch oder nicht«, hatte Paula eine Woche zuvor verkündet, »auf einen Kostümball zu gehen, dafür gibt es nur einen einzigen Grund. Man geht dorthin, um den Teil seines Körpers vorzuführen, den zu zeigen einem sonst verwehrt wird. Ich versuche nicht ausgefallen zu sein – das überlasse ich denen, die nichts Besonderes zu zeigen, die nicht meine herrlichen, weißen Schultern, meine köstlichen Brüste, meine immer noch schlanke Taille haben. Aber ich werde – zur Abwechslung – diesmal als Dubarry gehn statt als Pompadour. Das ist doch wohl ein Unterschied, oder?«

»Ein so kleiner, daß er kaum ins Gewicht fällt. Wieder deine weiten, roten Taftröcke, die enge, blaue Samttaille, das Spitzenfichu, die Spitzen an den Handgelenken, die gepuderte Perücke und das Schönheitspflästerchen – du machst mir Schande!«

»Oje, ich werde doch immer wieder unterschätzt!« seufzte Paula. »Anstelle des Spitzenfichus werde ich eine ausgestopfte Pythonschlange tragen, die an der rechten Schulter befestigt wird, unter meinen nackten Brüsten hindurchführt und dann so an der linken Schulter endet, daß sie mir ins Ohr zu züngeln scheint.«

»Nackte Brüste?«

»Aber gewiß doch – ich dachte, das hätte ich deutlich erklärt.«

»*Félicitations!* Ich bin stolz auf dich.«
»Weiter nicht schwierig. Aber was ist mit dir?«
»Ich werde als Obstschale gehen.«
»Wie entsetzlich!«
»Abwarten und Tee trinken.« Maggy rührte in ihrem Kaffee und senkte die Lider.
»Mit wem gehst du hin – mit Alain?«
»Mit Alain und drei anderen Freunden. Um es ganz deutlich zu formulieren: mit vier Männern.«
»Aha, wie gehabt: Je mehr, desto ungefährlicher. Stimmt's?«

Maggy spitzte die Lippen und blies sich, wie immer, wenn sie verlegen war, ein eingebildetes Haar aus der Stirn – eine kindliche Gewohnheit, wegen der man sie früher so manches Mal ausgelacht hatte. Paula hatte natürlich wieder mal recht.

Montparnasse glich einem übervölkerten Sexualzoo. Hier fand man jede nur mögliche Art, Variante und Kombination sexueller Partnerschaft vom friedlichen Haushalt eines heterosexuellen Paares bis zum hemmungslosesten Fetischismus.

In dieser Atmosphäre uneingeschränkter und daher beängstigender Freizügigkeit hatte sich Maggy von vornherein in der Rolle der Zuschauerin weitaus wohler gefühlt denn als Teilnehmerin. Außerdem blieb die Tatsache bestehen, daß sie noch immer Jungfrau war, obwohl seit ihrem achtzehnten Geburtstag inzwischen Monate ins Land gegangen waren.

Diesen Zustand hartnäckiger, ganz und gar unmoderner Keuschheit verbarg Maggy vor jedermann. Einzig Paula ließ sich durch ihre freie, offene Art, mit der sie die Männer behandelte, nicht täuschen, die lachende Abwehr ihrer Zudringlichkeiten, ihre lässige, selbstverständliche Nacktheit. Da alle voraussetzten, daß sie einen Liebhaber hatte, sah man darin, daß sie jeden Mann zurückwies, sobald es ernst wurde, daß sie besonders treu wäre, und beneidete insgeheim den Glücklichen.

Alain und seine Malerfreunde brauchten den ganzen Nachmittag, um Maggys *trompe l'œil*-Kostüm fertigzustellen. Ihre rechte Brust wurde zu einer hellgrünen Weintraube gestaltet, die linke zu einer kleinen Cavaillons-Melone. Arme und Schultern verwandelten sich in Bananenbündel, und von ihren Brüsten ausgehend lag über ihrem Nabel eine Ananas, deren scharfkantige Blätter sich in ihren Schamhaaren verloren. Jede Hüfte wurde zu einer Kürbisscheibe, die Schenkel waren Rhabarberstengel. Von den Knien bis zu den Füßen war sie von gemalten Weinreben umrankt.

Ihr Gesicht blieb – bis auf zwei Honigbienen auf der Stirn – vollkommen frei, die Haare wurden von einer Blumengirlande gehalten.

Die Maler hatten eine ovale, hölzerne Obstschale konstruiert, ein Meter achtzig lang, mit Silberfarbe angestrichen, auf der sie Maggy in Schulterhöhe zu tragen gedachten. Alle vier Männer hatten sich bemalte Papptafeln über die schwarzen Hosen und Pullover gehängt. André stellte einen Brie dar, Pierre einen ganzen Camembert, Henri eine Scheibe Roquefort und Alain einen halben Chèvre ... und jeder Käse war so appetitlich gemalt, daß man hätte reinbeißen mögen. Die vier Künstler gehörten zu einer realistischen Schule der Malerei, und ihr Ensemble von Käse und Obst war ein Protest gegen die Surrealisten und ihre wilden Entstellungen.

»Augenblick!« wehrte Maggy ab, als sie zur Probe versuchten, die Obstschale zu stemmen. »Ich muß was mit meinen Händen tun. Kann ich nicht eine Blume nehmen oder so ähnlich?«

»Nein, das würde alles ruinieren. Stütz einfach den Kopf auf eine Hand und bleib still liegen!«

Maggy versuchte es. »Alain, diese Silberfarbe fühlt sich ein bißchen klebrig an. Ich glaube, die ist noch nicht ganz trocken!«

»Macht nichts, die bleibt höchstens an deinem Hintern hängen. Und jetzt müssen wir los – der Ball hat vor einer Stunde angefangen. Komm runter da, Maggy; du kannst mit uns zu Fuß gehen. Vor der Tür werden wir das Wunderwerk dann zusammensetzen.«

»Ich will nur schnell Mantel und Schuhe anziehen.«

»Wozu? Es ist doch warm draußen«, protestierte André.

»Aber es ist weit!«

»Paß bloß auf, daß du nichts verschmierst«, warnte Pierre besorgt.

»Andererseits werde ich, glaube ich, doch lieber mit dem Taxi fahren – im Mantel! Wir treffen uns dort.«

»Mein Gott, diese kleine *bourgeoise*!« spöttelte André.

Drohend ging Maggy auf den klein gewachsenen Maler zu. »Nimm das sofort zurück!«

Mit einem flinken Satz entfernte er sich aus ihrer Reichweite.

»Heda! Wir haben keine Zeit für Liebesspielchen!« rief Alain. »Wenn wir zu spät kommen, sind die anderen schon so weit hinüber, daß sie keine Notiz von uns nehmen. Also vorwärts! Auf die Barrikaden, Freunde!«

Als Maggy kam, waren im *Bullier* fünfhundert Personen zusammengepfercht, darunter Darius Milhaud, Satie und Massine. Die Comtesse de Noailles war ebenso anwesend wie Paul Poiret und Schiaparelli, begleitet von Pablo Picasso in seinem spanischen Picadoren-Kostüm. Brancusi spielte den orientalischen Prinzen mit Perlen und einem Perserteppich um die Schultern. Pascin, wie immer von seiner Zigeunertruppe, seinen Jazzmusikern und hübschen Mädchen begleitet, trug sein gewohntes Schwarz.

Kaum tauchte Maggy am Kopf der breiten Treppe auf, wurden verblüffte Bravo-Rufe laut. Ein Musiker nach dem anderen begrüßte sie mit einer Fanfare, so daß sie, regungslos auf ihrem Silbertablett ruhend, nach und nach von allen Instrumenten angekündigt wurde. Überall, wo sie erschienen, hörten die Leute auf zu tanzen und drängten sich Beifall klatschend und mit begeisterten Rufen um die Gruppe der Realisten. So geschickt war Maggy bemalt worden, daß es eine Weile dauerte, bis die Leute merkten, daß sie – bis auf einen winzigen Hauch Chiffon – splitternackt war: eine Feststellung, die nur noch mehr Ovationen auslöste.

»Großer Gott, was ist denn *das*?« erkundigte sich Kate Browning bei Mistral.

»Eine Demonstration der Realisten«, antwortete er achselzuckend. Er hatte Maggy sofort erkannt. Kein anderes Mädchen hatte Haare von einem so flammenden Orange, einer Farbe, die er niemals vergessen hatte. Aber es wollte ihm nicht gelingen, jenes linkische, verlegene junge Mädchen von damals, das keinen Schimmer vom Modellstehen hatte, mit diesem ungeniert entblößten Wesen in Einklang zu bringen, das sich hier unzähligen Augenpaaren preisgab und dabei lachte. *Lachte!*

Er hatte immer wieder von ihr gehört und sie auch oft aus der Ferne gesehen, aber in den elf Monaten, die seit ihrem ersten Tag als Modell vergangen waren, hatte er kein einziges Wort mit ihr gewechselt. Wäre er aufrichtig gewesen, hätte er zugeben müssen, daß er sie mied, daß er sich schämte, sie hinausgeworfen zu haben – doch derartige Gedanken paßten nicht in Mistrals Lebensauffassung. Gewissensbisse wegen eines dummen, kleinen Mädchens? O nein – dafür war das Leben viel zu kurz.

»Julien! Können Sie tanzen?« fragte Kate Browning in ihrer etwas strengen Art, die sie sich schon mit ihren dreiundzwanzig Jahren angewöhnt hatte.

»Tanzen? Aber natürlich kann ich tanzen! Nur nicht sehr gut. Ich muß Sie warnen.«

»Ja, also – dann wollen Sie wohl nicht tanzen?«

»In diesem Gedränge?«

»Kommen Sie! Ich bin gerade so schön in Stimmung.« Sie ließ sich nicht abweisen.

Widerstrebend stand er auf, einen halben Kopf größer als alle anderen im Saal, und folgte der gepflegten Amerikanerin auf das Inferno der Tanzfläche. Minutenlang bewegten sie sich am Rand der wogenden Menge, bis die Band zu einem Ragtime überging. Dann waren sie plötzlich auf allen Seiten von Tänzern umringt, die rücksichtslos schoben und stießen, damit sie Maggy besser sehen konnten, die sich auf den Schultern ihrer vier Träger allmählich näherte.

Maggy, auf ihrem Tablett, war ganz von einer sich ständig steigernden Euphorie erfüllt. Welch ein befreiendes Gefühl war es doch, nackt und dennoch von Farbe bedeckt zu sein – als sei man sichtbar und unsichtbar zugleich! Sie kam sich vor, als schwebe sie frei und schwerelos hoch über dem Ballsaal dahin. Obwohl die vier Maler das Silberoval immer höher stemmten, um sie dem Zugriff der Menge zu entziehen, war sie sich keiner Gefahr bewußt.

Plötzlich rief eine Stimme im Gedränge: »Nieder mit den Realisten!«

»Nieder mit den Surrealisten!« schrien zahlreiche andere zurück.

Die Menge, noch eine Sekunde zuvor trotz der drangvollen Enge auf der Tanzfläche durchaus gutmütig, stürzte sich kampflustig in die Schlacht: Darauf hatten sie den ganzen Abend gewartet! Kate Browning, die die Gefahr erkannte, entzog sich geschickt Mistrals Armen, bahnte sich einen Weg zum Rand des Getümmels und überließ es Mistral, ihr zu folgen.

Schiebend und stoßend, unter dem Geheul von Schlagworten, rammten die Tänzer sich gegenseitig die Ellbogen in die Rippen und rückten gegen Maggys vier Maler vor, wobei sie sie fast von den Füßen rissen. Das Tablett wurde dabei seines Gleichgewichts beraubt, begann sich beunruhigend zu neigen, und Maggy erkannte voll Schreck, daß sie Gefahr lief, herunterzufallen und von den Kämpfenden praktisch zertrampelt zu werden. Plötzlich ernüchtert, blickte sie sich um. Überall sah sie nur wogende Körper, Männer, die sich prügelten, Frauen, die sich kreischend zu retten suchten. Der ganze Saal explodierte zu brodelndem Chaos.

Vorsichtig richtete Maggy sich ein wenig auf, spannte sich und sprang mit einem kräftigen Satz seitwärts vom Tablett – geradenwegs auf den einzigen Punkt in der Menge zu, der ihr einigermaßen statisch erschien: Mistrals schwarzen Hut.

Mit einem verblüfften »Uff!«, jedoch standhaft wie ein Fels in der Brandung und viel zu stark, um im Gewoge den Halt zu verlieren, fing er sie auf. Wie ein Kind in der Wiege lag Maggy in seinen Armen, furchtlos und trotz ihrer instinktiven Flucht aus der Gefahrenzone noch immer im Bann des Augenblicks.

Sie schlang die Arme um Mistrals Hals und ließ den Kopf an seine Schulter sinken. Automatisch griff er fester zu, hielt sie an sich gepreßt und setzte sich in Bewegung. Ungefähr dreißig Meter entfernt führte eine Tür auf die Straße hinaus; auf die hielt Mistral zu, als er sich kraftvoll durch die Menge schob und Maggy hielt, als sei sie eine Schiffbrüchige, die er aus dem Meer gerettet hatte.

Auf der Straße fragte Maggy: »Und wohin gehen wir jetzt?«

»Nicht weit.«

Mistral überquerte die Straße, bog um eine Ecke und betrat ein großes Gebäude mit reichverzierter, imitiert marokkanischer Fassade. Drinnen gab es einen Schalter, hinter dem eine Frau offensichtlich auf Kunden wartete.

»Guten Abend, Monsieur. Eine oder zwei Personen?« Die Tatsache, daß da ein Mann eine bunt bemalte, nackte Frau auf dem Arm trug, schien sie überhaupt nicht zu stören.

»Eine, bitte. Müssen wir warten?«

»Nein, nein, Sie haben Glück. Ich habe gerade etwas frei. Folgen Sie mir bitte, *Monsieur, 'dame.*«

Die Frau ging voraus, einen Korridor mit vielen Türen entlang. Eine dieser Türen öffnete sie, ließ sie eintreten und zog hinter ihnen die Tür ins Schloß.

Mitten in dem kahlen Raum stand eine bis zum Rand mit heißem Wasser gefüllte Wanne. Auf einem Stuhl daneben lagen ein Handtuch, ein Stück Seife und ein Waschlappen. Maggy immer noch auf den Armen, bückte sich Mistral und kontrollierte mit einem Finger die Temperatur. Nachdem er zufrieden war, versenkte er sie, obwohl seine Ärmel dabei bis über die Ellbogen naß wurden, ins Wasser, ohne sie vorher zu Boden zu setzen.

Er zog die feuchte Jacke aus, rollte die naß gewordenen Ärmel hoch und kniete sich neben die volle Wanne. Maggy versuchte sich im Wasser zu erheben, fand in der tiefen Wanne jedoch nicht genug Halt. Sie zappelte umher, stemmte sich halbwegs hinaus, nur um sofort wieder zurückzurutschen. Mistral ignorierte ihre Bemühungen und wurde überall dort mit dem Waschlappen tätig, wo sich ihm ein Stück Haut präsentierte. Innerhalb weniger Sekunden verfärbte sich das Wasser zu einem schmutzigen Grau.

Maggy begann haltlos zu lachen. Sie sah widerspruchslos zu, wie er ihr Schultern und Beine schrubbte. Erst als er sich ihren Brüsten näherte, wehrte sie sich plötzlich. Sein Hut fiel ins Wasser, und sie schwappte ihm eine Ladung Wasser direkt in die Augen. Während er, halb blind, beim Abtrocknen fürchterlich ins Handtuch hineinfluchte, gelang es ihr, den letzten Farbrest von ihrem Körper zu waschen.

Schließlich warf Maggy den Waschlappen auf die Holzbohlen und blieb, die Arme auf dem Wannenrand verschränkt, das Kinn auf die Hände gestützt, im trüben Wasser sitzen, das ihr bis an die Achseln ging. Das nasse Haar klebte ihr an den Schultern, ihre Augen tränten, ihre Lippen verzogen sich zu ihrem altgewohnten Lausbubengrinsen, und auf den Hinterkopf hatte sie sich Mistrals triefenden Schlapphut gestülpt.

»Gut gemacht«, lobte sie ihn. »Aber was haben Sie für den restlichen Abend vor?«

Mistral hockte sich auf die Fersen. Ja wirklich – was?

»Mir wird langsam kalt, und ich kriege Hunger«, drohte Maggy. »Und wenn ich friere und Hunger habe, werde ich bösartig. Wollen Sie das wirklich riskieren?« Die Herausforderung lag nicht nur in ihrem Ton, sondern auch in ihren Augen. Sie mochte nackt sein und im tiefen Wasser sitzen, aber allein schon die Art, wie sie Besitz von seinem Hut ergriffen hatte, wirkte auf ihn wie eine Provokation.

»Warten Sie!« Mistral sprang auf, nahm seine Jacke und das nasse Handtuch, verließ den Raum und machte die Tür hinter sich zu.

»Verdammt, so ein Mistkerl!« schimpfte Maggy laut. Sie wollte Wasser nachlaufen lassen, aber der Hahn ließ sich nicht aufdrehen. Achselzuckend erhob sie sich. Beruhigt sah sie, daß ihre Haut sich nicht auch grau gefärbt hatte. Vorsichtig stieg sie aus der Wanne, schüttelte sich kraftvoll wie ein Hund und wrang das Wasser aus ihren Haaren.

Plötzlich wurde die Tür aufgerissen, und Mistral kam wieder herein. Maggy fuhr hoch:

»Können Sie nicht anklopfen?«

»Tut mir leid.« Er reichte ihr zwei frische Handtücher. »Trockne dich ab – los doch, ich seh schon nicht hin! Und hier ist meine Jacke – die kannst du anziehen, wenn du fertig bist. Draußen wartet ein Taxi auf uns.«

Maggy kämpfte sich in seine Jacke. Die Ärmel hingen ihr bis unter die Knie, ihre Hände waren völlig verschwunden. Ungeschickt schlang sie die Arme um ihren Körper, um die Jacke zusammenzuhalten. So war sie praktisch völlig bedeckt – bis auf ihre nackten Beine. »Na schön, ich bin fertig angezogen, und sogar recht schick, aber mit Ihnen kann man wirklich nicht viel Staat machen. Ihr Hemd ist klatschnaß«, beschwerte sie sich.

»Ich finde, wir sehen beide ... sehr sauber aus«, gab Mistral zurück und ging zum Ausgang des Badehauses.

Auf nackten Füßen patschte Maggy hinter ihm her. Draußen hasteten sie quer über den Bürgersteig zum Taxi, das sie am Straßenrand erwartete.

»Boulevard Arago fünfundsechzig«, befahl Mistral dem verdutzten Chauffeur.

Immer noch barfuß, doch in den berühmten roten Kimono gewickelt, betrat Maggy das Atelier, das jetzt, bei Nacht, da das Arbeitslicht ausgeschaltet war, im Halbdunkel lag, und suchte nach einer Sitzmöglichkeit.

Das Atelier war so vollgestopft, wie das Schlafzimmer leer war. Mistral hatte die Gewohnheit, bei den *brocantes*, den Trödlern des Viertels, herumzustöbern und dort alles zu kaufen, was ihm so ins Auge fiel: eine riesige Kasserolle aus Quimper-Steingut mit einem Loch, die halb von Holzwürmern zerfressene Galionsfigur eines Schiffes, einen mit purpurrotem Satin bezogenen und mit mottenzerfressenen Tressen besetzten viktorianischen Sessel.

Vorsichtig schlängelte Maggy sich zu dem viktorianischen Sessel durch, der wenigstens eine erkennbare Funktion zu haben schien, und ließ sich mit einem erleichterten Seufzer darin nieder. Sie war erfüllt von einer gewissen Neugier und gleichzeitig von Abenteuerlust. Nie hätte sie erwartet, noch einmal hierherzukommen!

»Gibt's Suppe?« rief sie in die winzige Küche hinüber, wo sie Mistral rumoren hörte.

»Was glaubst du eigentlich, wo du hier bist – in einem Restaurant? Wenn ich Suppe will, gehe ich zum Essen aus. Brot wirst du kriegen und Käse und Wurst und Wein.«

Irritiert musterte Mistral die Wurst, die er gerade in Scheiben schnitt: Sie wirkte auch irgendwie antiquiert. Rasch stellte er ein paar nicht zueinander passende Teller auf ein Tablett, dazu eine Flasche Wein mit zwei Gläsern und trug das Ganze ins Atelier. Als er Maggy sah, in seinem purpurroten Sessel, das organgefarbene Haar wie ein Fächer auf dem Rot der japanischen Seide, verhielt er unwillkürlich den Schritt. Es war, als sei in diesem Winkel seines Ateliers plötzlich ein heißes Feuer entflammt.

»In dem Sessel kannst du nicht sitzen!«
»Wieso nicht?«
»Weil er gleich zusammenbricht.«
»Wo soll ich denn sonst sitzen – auf dem Boden?«
»Draußen im Garten steht ein kleiner Tisch; ich hatte gedacht, wir könnten dort essen.«

Maggy folgte Mistral in den Garten hinaus, wo wuchernder Flieder, die weißen Dolden voll aufgeblüht, matt schimmernd einen weißgestrichenen Holztisch beschirmte. Im ungemähten Gras standen zwei Wiener Stühle mit herzförmigen Lehnen und gestreiften Baumwollkissen. Fast feierlich entzündete Mistral eine hohe Kerze, die in einem kurzen, gedrehten Kupferleuchter steckte. »Na los, greif zu!« drängte er sie.

»Der Wurst ermangelt es, scheint mir, einer gewissen Jugend«, stellte Maggy fest.

»Dann eben nicht.« Schnell stellte er den Teller ins Gras. »Aber der Käse ist gut. Hast du wirklich so großen Hunger?«

»Nein, nein! Ich wollte Sie ja nur aufziehen. Aber haben Sie denn schon was gegessen?«

»O Gott!«

»Was ist?«

»Mir ist gerade eingefallen, wo ich zu Abend gegessen habe.«

»Na und?«

»Bei einer Frau ... einer reichen Amerikanerin, so einer Art Kunstsammlerin. Der Frau, die mich zu diesem Surrealisten-Wahnsinn eingeladen hat.«

Maggy hob ihr Glas, beugte sich mit ernster Miene vor und bedeutete Mistral, er möge mit ihr anstoßen. »Auf die Dame! Trinken wir auf die Dame, die den Abend mit Monsieur Mistral begann. Wer weiß, mit wem sie ihn beenden wird? Ich wünsche ihr jedenfalls viel Glück.«

»Viel Glück«, wiederholte Mistral und berührte ihr Glas mit dem seinen. Und als er trank, erlosch jede Erinnerung an Kate Browning. Nichts mehr gab es, außer dieser stillen, dämmrigen Ecke seines duftenden, kleinen Gartens; ein Ort, an dem die Musik, die Maggys Stimme war, ihn von seinem früheren Leben trennte; ein Ort, so frisch, geheim und versteckt, als liege er im Zentrum eines Regenwaldes.

Er spürte, wie seine Willenskraft, seine so zuverlässige, unbändige Willenskraft, von ihm abglitt wie ein Gewand, das er zu lange getragen hatte. Zehn Jahre jünger fühlte er sich und mußte feststellen, daß er auf einmal empfänglich war für die warme Berührung der Aprilluft, das üppige Gewisper des hohen Grases, den süßen Duft der Fliederblüten und den herben Geschmack des roten Weins. Maggy war ein

Schock, auf den er nicht vorbereitet gewesen war. Er hatte sie nicht erwartet. Was tat sie hier?

Wenn sie sich bewegte, spiegelte ihre Haut den Mond. Im Grün ihrer Augen entzündete die Kerzenflamme einen Gegenfunken, so voll Leben, daß er den Aprilmond hinter den Bäumen unbedeutend und fern wirken ließ. Der Klang ihrer Stimme schien in ihm ein vages Gefühl der Auflehnung zu wecken – wogegen, vermochte er nicht zu sagen.

Beinahe widerwillig, als folge er einem Befehl, gab er einem ungewohnten, doch unwiderstehlichen Bedürfnis nach: Er warf sich ins Gras, nahm Maggys nackte Füße in seine beiden Hände und begann sie sanft zu massieren.

Bei der Berührung seiner Hände, der großen, geschickten, kraftvollen Hände, seiner ein wenig rauhen Haut erschauerte Maggy unter einem Gefühl, das ihr unbekannt war. Sie warf den Kopf zurück, und ihr schien, als summe der Sternenstaub für sie.

Jetzt streiften seine Lippen ihre Fußsohlen – behutsam, fragend, fast ohne die Haut zu berühren. Maggy hielt den Atem an, wagte sich nicht zu rühren, gebannt von den Empfindungen, die ihr von den Füßen bis in die Haarwurzeln schossen, heiße, drängende Empfindungen, wie eine fremde Sprache, zum erstenmal gehört, und doch auf wunderbare Weise verstanden. Als seine Zunge den Spann ihres Fußes berührte, ihn erforschte, mit jeder Sekunde kühner wurde, biß sie sich auf die Lippen, stöhnte laut auf und machte den hilflosen Versuch, ihm ihre Füße zu entziehen, aber er packte sie nur noch fester. Als seine Zunge unter der japanischen Seide zuerst an einem Unterschenkel und dann am anderen emporschlängelte, bis sie die samtweiche, versteckte Biegung der Kniekehle fand, merkte sie, daß ihre Beine sich ohne ihr Zutun öffneten. »Aufhören!« keuchte sie. »Bitte!«

Sofort erhob sich Mistral, eine gigantische Gestalt im Dunkel des Gartens, und nahm sie auf seine Arme.

»Aufhören? Wirklich?« Flüchtig küßte er ihre Lippen, zog aber den Kopf gleich wieder zurück, um ihre Miene erkennen zu können. »Aha! Wohl doch nicht wirklich«, erklärte er und küßte sie auf den Mund, der so köstlich war, so sinnlich und zugleich unschuldig.

Sobald er sie küßte, waren Maggys Unsicherheit und die plötzlich erwachte Angst wie weggeblasen. Sie lachte – nicht vor Freude, sondern mit einem ganz neuen Ton in der Stimme: dem Ton der Rebellin, die immer in ihr gelebt hatte und sich nun unvermittelt zu Wort meldete. Ihre Lippen wurden zu den Lippen einer Rebellin, ihre Hände zu den Händen einer Rebellin, als sie seinen kraftvollen Hals streichelte und nach seinem Lockenkopf griff, um ihn von neuem zu sich herabzuziehen. Sie wand sich aus seinen Armen, stellte sich auf die Füße und preßte sich mit ihrer ganzen Länge an seinen Körper. Mit einem Knurren, das sein Begehren verriet, teilte Mistral den schweren Seidenkimono, beherrscht von dem Wunsch, jenen Körper zu berühren, den er nur mit den Augen kannte, dem Wunsch, ihre Haut zu spüren, ihre Brüste, die harten Brustwarzen mit den Fingerspitzen zu erforschen. Wie in Trance flüsterte sie: »Nicht hier – drinnen!« Stolpernd, im Gehen schon sein Hemd öffnend, folgte er ihr ins Schlafzimmer, zu dem breiten Bett unterm Fenster, durch das der Mond schien. Innerhalb von Sekunden stand er vor ihr – nackt, hoch aufgerichtet und prachtvoll.

»Laß mich sehen!« befahl sie in einem so zwingend neugierigen Ton, daß er still stehenblieb, als sie sich ihm näherte und als ihre Finger ganz zart über seine Schultern, seine Brust und bis zur Taille hinabwanderten, zögernd, forschend bei den fremdartigen Umrissen und Strukturen, den sehnigen Armmuskeln. Erst als sie ganz zufrieden war, als ihr sein Körper nicht mehr so völlig fremd war, löste sie den Gürtel ihres Kimonos und warf ihn ab. Dann legte sie sich aufs Bett und erwartete ihn.

Endlich, dachte Maggy – endlich! Sie ergab sich nicht seinen Händen, sie forderte sie heraus. Bog sich und streckte sich wie eine Katze, spielte mit ihm, hielt ihre Brüste mit den Händen, um sie seinem Mund darzubieten, damit er nach ihnen lechzte, bis er beinahe schrie und sie, unfähig, diese Erregung länger zu ertragen, von sich fortschob, um gleich darauf mit bebenden Händen ihre Beine zu teilen, sich, auf dem Bett kniend, über sie zu beugen und zwischen ihren Schenkeln seine Zunge spielen zu lassen. Eine ungeheure Stille schien sie beide zu umfangen. Maggy merkte, daß sie starr, reglos, fast atemlos und ohne jede Verspieltheit ganz einfach wartete.

Immer noch kniend, hielt Mistral ihre Taille mit beiden

Händen umfaßt und schob sich in ihren Körper hinein. Sie war so feucht, daß er mehrere Zentimeter weit in sie eindringen konnte, bevor er auf die Barriere stieß. Ohne zu begreifen, wiederholte er den Versuch – ohne Erfolg.

»Was zum...?« murmelte er, von Leidenschaft erfüllt, und sah auf das dunkle Dreieck hinab, den Punkt, an dem sie beide vereinigt waren. Abermals machte er einen Vorstoß, wiederum ohne Erfolg. Jetzt war Maggys Bann gebrochen; sie nahm all ihren Mut zusammen und drängte vorwärts, zwang sich selbst, sich ihm zu öffnen. Jeder Muskel ihrer langen, kräftigen Beine war gespannt, die Zehen emporgebogen, ihre Hände krampften sich in die Matratze und ihr Rücken bog sich durch, als sie ihr Becken hoch emporreckte, dem stoßenden, heißen Sporn aus Fleisch entgegen, dem Mittelpunkt des Universums. Ein heißer Schmerz zuckte auf, den sie jedoch ignorierte, um sich ihm wieder entgegenzuwerfen. Und auf einmal war er in ihr, plötzlich war sein Speer ganz und gar von ihrem Körper umschlossen, und sie blieben beide still liegen, keuchend wie zwei ebenbürtige Gladiatoren, die innehalten, um einander zu grüßen, bevor sie den Kampf wieder aufnehmen.

»Das habe ich nicht gewußt«, flüsterte er.

»Ich hab's dir nicht gesagt. Hätte das etwas geändert?«

»Nein, nein!« Sie lagen jetzt beide auf der Seite und sahen einander an. Mit einem Arm stützte Mistral ihre Schultern und tastete mit der freien Hand behutsam nach dem feuchten Gewirr ihrer Schamhaare, bis er das zarte Fleisch fand, das er suchte, und es behutsam, unablässig streichelte, bis sie vor fassungsloser Freude aufschrie. Dann erst nahm er sich selbst sein Vergnügen, immer noch vorsichtig, mit einer ungewohnten Behutsamkeit, die jedoch das schwelende Fieber nur noch verstärkte, bis er sich zuletzt mächtig in sie ergoß.

Fünftes Kapitel

Als Julien Mistral Maggy zum erstenmal malte, sich zum erstenmal mit dem Schatten zwischen ihren Brüsten beschäftigte, zum erstenmal instinktiv den Pinsel in Zinnober tauchte und diesen Schatten malte, drohte ein übermächtiges Aha-Erlebnis seinen Schädel zu sprengen. Völlig benommen, beinahe von den Füßen gerissen sah er plötzlich – sah, wie er noch niemals zuvor gesehen hatte, sah mit allen inneren Organen, während er die Leinwand bearbeitete, während sein Pinsel fast außer Kontrolle geriet, weil seine Finger taub waren vom Schock der Entdeckung und seine Ungeduld, diese Vision umzusetzen, so groß wurde, daß er schließlich den Pinsel hinwarf und die Farbe direkt aus der Tube auf die Leinwand drückte.

Endlich *malte* er, hemmungslos, ohne Berechnung, im Gefühl einer so ungeheuren Befreiung, daß es war, als seien Wände und Decke des Ateliers eingerissen worden, und er stünde unter dem freien, blauen Himmel.

Fasziniert sah Maggy ihm zu, während sie reglos auf einem Berg grüner Kissen lag, wagte keinen Muskel zu regen, bis er, nach weit über einer Stunde, endlich seinen Sturm auf die Leinwand unterbrach und sich neben sie warf, strahlend und schweißgebadet.

Mit einer Geste, an die er zuvor nicht mal im Traum gedacht hätte, griff er mit seinen farbverschmierten Händen in ihre Schamhaare, zeichnete sie mit Streifen von Grün und Tizianrot, als sei sie ebenfalls eine Leinwand. Ungestüm riß er sich die Hose auf, stürzte sich auf Maggy, preßte sie mit seinem großen, heißen, nassen Körper tief in die Kissen, bis er zu einer gigantischen Entladung kam, begleitet von einem Schrei, der ein Triumphgeheul war.

Wochen vergingen, während Mistral Maggy malte. Es war ihm klar, daß irgend etwas an der Art, wie sich das Licht auf ihrer Haut brach, die Inspiration für seinen Durchbruch gewesen war. Es war nicht nur eine Frage der Technik, ein Phänomen, das sich durch die helle Durchsichtigkeit ihrer Haut erklärte, oder die Art, wie sich ihr Haar in Lichtstreifen auflöste. Es war darüber hinaus seine innerste Überzeugung, daß von ihrem Körper Licht ausging, daß er es von innen heraus verströmte. Maggy spürte, daß in ihm etwas außergewöhnlich Wichtiges vorging, doch als sie ihn danach fragte, fand er keine Worte. Da es kein intellektuelles Erlebnis war, konnte er es auch nicht in Worte fassen, und außerdem war Mistral von einer so abergläubischen Ehrfurcht erfüllt, daß er nicht darüber sprechen wollte.

Nach jener ersten Nacht im April begann für Maggy ein Frühling, an dem alle späteren gemessen und für nicht ausreichend befunden werden sollten, und während Maggy ihn erlebte, beobachtete sie sich selber dabei. Sie wußte – mit einem Teil ihres Gehirns, der emotionslos war, der lediglich Erinnerungen aufzeichnete und abheftete, mit dem allen Frauen angeborenen Wissen –, daß etwas so Wunderbares nicht ewig währen konnte, und dennoch sah sie, als ein Tag nach dem anderen verging, niemals nach vorn, dachte nie an die Zukunft, fragte sich nie, was morgen sein würde.

Auch für Mistral war es eine Zeit überwältigender Freude; jedoch entsprang seine Freude eher der eigenen Arbeit als den Gefühlen, die er für Maggy hegte.

Nach jener ersten Nacht kam Julien Mistral keine Sekunde auf den Gedanken, daß Maggy ein Privatleben haben könnte. Er beanspruchte ihre gesamte Zeit als sein gutes Recht und erwartete von ihr, daß sie ihre Posen außergewöhnlich lange hielt, denn er selbst war unermüdlich und hörte nie auf zu malen, bis sie so große Muskelschmerzen bekam, daß sie ihn um eine Pause bitten mußte. Mit seinem absoluten Egoismus setzte er als selbstverständlich voraus, daß sie ihr eigenes Leben opfern, ihren Freundeskreis verlassen und auch auf den letzten Rest ihrer persönlichen Freiheit verzichten werde. Wenn er seinen Pinsel hinwarf, war es nur natürlich, daß sie dalag und darauf wartete, die nervöse Gespanntheit des kreativen Arbeitens lösen zu dürfen, indem sie sich seinem gierigen, gewalttätigen Liebesakt öffnete.

Maggy bot sich ihm in schlichter Großzügigkeit auf jeder

Ebene dar, als sei sie eine Wiese voll hoher, sich wiegender Blumen, die nur wuchsen, damit er sie nach Lust und Laune pflücken konnte.

Stunde um Stunde ertrug sie mit Freuden seinen konzentrierten Blick, obwohl sie wußte, daß er dabei gar nicht an sie dachte. Ihre Liebe verlangte nichts für sich selbst, nur das Glück, ihm bei der Arbeit zusehen zu dürfen. Er war von einer so tiefen Leidenschaft für das Kreative erfüllt, daß sie ihr heilig war. Die beiden Monate, in denen Mistral die sieben Bilder von Maggy malte, jene Serie, die später *La Rouquinne* – Rotschopf – genannt wurde, waren Monate, die sich schon bald von allem unterschieden, was Maggy oder Mistral vom normalen Leben kannten. Für beide wurden sie so legendär, als hätten sie gemeinsam ein Heldenabenteuer bestanden, wie es noch nie zuvor ein Mensch gewagt hatte. Die Serie wurde zum Meilenstein der Kunstgeschichte, doch keiner von ihnen sollte jemals darüber sprechen.

Ungefähr Ende Mai 1926, nachdem Mistral das siebte Bild fertiggestellt hatte, war seine ausschließliche Konzentration auf den Akt genauso plötzlich verflogen, wie sie begonnen hatte. Jetzt wandte er sich Stilleben zu. Sein vernachlässigter Garten, mit den wuchernden Juniblumen; jede Ecke seines mit Flohmarkt-Kuriositäten vollgestopften Ateliers präsentierte sich seinem ganz neu inspirierten Blick, als hätte er sie nie zuvor gesehen. Alles lebte, atmete Licht. Die Welt war neu.

Mistral malte immer nur nach dem Leben, doch sein sprühender Geist veränderte unwiderruflich die Art, wie die Menschen die Welt sahen. Er plünderte die geheimen Lichtungen seiner Seele, öffnete sie der Sonne, der Luft, dem Wind und benutzte den Pinsel, als sei er eine Trompete, mit der er sich den Weg zum Himmelstor freiblasen konnte.

Die Tatsache, daß Maggy mitsamt Mistral aus dem Leben des *quartier* verschwunden war, hatte eine Flut von Klatsch ausgelöst, und als Mistral sie vom Modellstehen entband, wurde ihr Wiederauftauchen Anlaß zu weiteren neugierigen Fragen.

»Du«, sagte Paula, »hast das alles natürlich rein aus Liebe getan.«

»Aber Paula!« entgegnete Maggy schockiert. »Du kannst

doch nicht von mir erwarten, daß ich Geld von ihm verlange!«

»Nein, das werde ich wohl leider nicht können. Mein Gott, wie dumm die Weiber doch alle sind!«

»Aber du verstehst das einfach nicht.« Maggy war viel zu glücklich, um böse zu werden.

»Im Gegenteil. Ich bin nur hundertprozentig dagegen. Es handelt sich um eine *folie furieuse*, eine verrückte Leidenschaft, jawohl. Aber ich dachte, du hättest gelernt, dich wie ein Profi zu benehmen.«

»Was das angeht, du alte Zynikerin – Julien hat mir mein Lieblingsbild geschenkt, das größte und beste von allen, das ich viel mehr liebe als alle anderen, das erste, das er von mir gemalt hat, das mit den grünen Kissen.«

»Na großartig! Monatelange Arbeit, und nun besitzt du ein Bild von einem Maler, für dessen Werke keine Nachfrage besteht! Ach Maggy, nie hätte ich gedacht, daß du mal bei einem Maler als Mädchen für alles landen würdest. Das ist was für andere junge Mädchen, aber bestimmt nicht für dich«, schalt Paula, viel zu empört, um ihre Gefühle zu verbergen. »Und nun braucht er dich gerade nicht zum Modellstehen, und du gehst wieder gegen Bezahlung arbeiten und wirst ihm vermutlich all dein verdientes Geld in den Rachen werfen, nicht wahr?«

»Das ist nicht fair!« protestierte Maggy. »Julien schuftet wie ein Dämon und hat keinen Sou – da ist es doch nur natürlich, daß ich einspringe und bezahle. Aber nur, bis er anfängt, Bilder zu verkaufen.«

Maggy konnte es kaum fassen, daß Paula das Wesen ihrer Bindung an Mistral so total mißverstehen konnte.

»Typisch«, knurrte Paula ernst. »Und wer kocht die Mahlzeiten, und wer putzt das Atelier, wer sorgt dafür, daß immer genug Wein im Haus ist, und geht morgens Croissants holen und brüht Kaffee und macht das arg strapazierte Bett? Tut Monsieur Mistral das vielleicht zum Ausgleich für das Geld, das du ihm heimbringst?«

»Mach dich doch nicht lächerlich, Paula! Selbstverständlich hat er keine Zeit, all das zu tun.«

»Kein Wort mehr!« befahl Paula. Es war also noch schlimmer, als sie befürchtet hatte. Alle Frauen aus ihrem Bekanntenkreis, die mit einem Maler zusammenlebten – und das waren viele –, hatten fast ohne Ausnahme ein schlechtes Ende genommen. Denn alle Maler, sogar die schlechten, besaßen das Ego großer Kinder, jeder war der Mittelpunkt seines eigenen Universums, und die anderen Menschen waren nur dazu da, ihre Bedürfnisse zu stillen.

Manchmal gab Paula wohl zu, daß der Kampf um Anerkennung als Maler in einer Welt, in der ihrer Meinung nach die größten Werke bereits gemalt worden waren, so hart war, daß nur ein Mann mit einem ungeheuren Ego sich selbst ernst genug nehmen konnte, um weiterzumachen. Aber es kümmerte sie einen Dreck, nicht für einen Sou Mitleid hatte sie mit diesen Herren, wenn es ums Schicksal einer Frau ging. Zuweilen – man mußte ja fair sein – kam es vor, daß ein Maler sein Modell heiratete, und sie blieben sogar verheiratet.

Aber Paula machte sich keine Illusionen über Mistral. Er war einfach zu schön! Mein Gott, sogar sie selbst, Paula Deslandes, die Mistral nicht leiden konnte, hatte sich dabei ertappt, wie sie ihn anstarrte, wenn er auf der Straße an ihr vorüberging wie ein Straßenräuber, und hatte überlegt, wie es wohl wäre, nach der Liebe, ganz warm und feucht, im starken Schutz dieses prachtvollen, muskulösen Körpers zu liegen! Aber dieser arrogante, anmaßende Kerl, der, wie sie wußte, mit einem Dutzend Mädchen von Montparnasse kurze Liebesgeschichten gehabt hatte, war kein potentieller Ehemann – für niemanden. Und als Liebhaber... Ach, warum hatte sich Maggy nicht einen weniger großen Egoisten angeln können?

Hätte Paula mehr über Julien Mistral gewußt, hätte sie ihn vielleicht besser verstanden, wäre im Hinblick auf Maggys Liebe zu ihm mit Sicherheit nicht weniger besorgt gewesen.

Der Maler war als Einzelkind in Versailles geboren und aufgewachsen. Wären seine beiden Eltern zu Hause geblieben, während er heranwuchs, hätte er sich vielleicht in einer normalen Familienatmosphäre entwickelt, doch seine Kindheit war sonderbar leer gewesen, ganz ohne Lachen.

Sein Vater, ein Ingenieur, Brückenbauer im Dienst der französischen Regierung, war fast das ganze Jahr über fort, arbeitete in den Kolonien, und seine Mutter schien es durchaus zufrieden zu sein.

Solange er ein Baby war, hatte Madame Mistral sich um

ihren Sohn gekümmert; sobald Julien jedoch zur *Ecole Maternelle* gehen konnte, überließ sie ihn ruhigen Gewissens sich selbst: Der Junge war gesund und wohlgestaltet, es gab eine Hausangestellte, die für ihn kochte, ihn sauberhielt und ihn zur Schule brachte.

Julien hatte früh gewußt, daß das meiste, was er in der Schule lernen konnte, der Mühe nicht wert war. Er lebte für andere Informationen, für die Lektionen, die er sich selbst beibrachte.

Als er sechs Jahre alt war, noch vor dem Alter, in dem die meisten Kinder sich in ihren Zeichnungen für den Realismus begeistern, hatte Julien begonnen, die Augen zu gebrauchen, um die Elemente, die er zeichnete, zu einem einheitlichen Ganzen zusammenzufügen: zu einer Komposition. Bald lebte er nur noch für die Papierblätter, die er in der Schultasche mit sich herumtrug, die kostbaren Bleistifte, die er stets scharf gespitzt hielt, die Farbstifte, für die er sein ganzes Taschengeld ausgab. Er wurde immer wortkarger, nahm den Ablauf der Zeit immer weniger wahr, weil er sich mit den grundlegenden Fragen beschäftigte: der Form der Dinge, dem Verhältnis der Formen zueinander und dem Verhältnis aller Formen zum Ganzen. Grammatik, Rechtschreibung, Mathematik und sogar das Lesen selbst hatten nicht das geringste zu tun mit den wesentlichen Problemen von Muster und Struktur, mit denen er sich im Geist beschäftigte.

Bald hatten ihn die Lehrer als Dummkopf aufgegeben, und er hielt den letzten Platz in der Klasse, bis er alt genug war, um von der Schule abgehen zu können. Vor Jahren schon hatten seine Mitschüler jeden Versuch aufgegeben, an diesen in sich gekehrten Jungen heranzukommen. Wäre er schüchtern gewesen, hätten sie ihn vielleicht zum Prügelknaben gemacht; sein unverhohlener Mangel an Interesse für die Mitschüler jedoch schützte ihn genauso vor ihnen wie seine außergewöhnliche Größe und Kraft.

Mit siebzehn, als die Mitschüler sich freiwillig für den Kampf gegen den Kaiser meldeten, schrieb Mistral sich bei einer privaten Kunstschule in Paris ein, wo er innerhalb der akademischen Tradition brillante Arbeiten lieferte, bis er das Examen für die *Ecole des Beaux-Arts* bestand. Nach wenigen Jahren an der Sorbonne jedoch lag er im Streit mit jeder traditionellen Auffassung der Kunst. Er behauptete schließlich, Kunst könne man nicht lernen. »Technik, ja; Farbe, ja; Anatomie, ja... alles andere aber – nein!« Als er knapp zwanzig war, verließ er die *Beaux-Arts*, doch sein Vater schickte ihm großzügig weiter Geld, bis er ein Jahr später verstarb. Als Mistral dreiundzwanzig war, starb auch die Mutter und hinterließ ihm ihren nicht sehr üppigen Besitz.

Inzwischen war Julien Mistral fast sechsundzwanzig und in der Welt der Kunst immer noch unbekannt. Für ihn fielen alle Galeriebesitzer und Kunsthändler unter die Kategorie »Feind«. Als Mistral hörte, Marcel Duchamp habe die Kunsthändler als »Läuse im Pelz der Maler« bezeichnet, fand er, Duchamp sei längst nicht weit genug gegangen.

»Nehmt nur Cheron, der Zadkine für sechzig Zeichnungen zehn Francs bezahlt hat! Nur eine Laus? Hängen sollte man den, runternehmen, solange er noch atmet, und ihm die Eingeweide rausreißen. Zwanzig Francs an Modigliani für ein Porträt – eine Ungeheuerlichkeit!«

Seine Erbschaft war jetzt fast dahin, und Kate Browning, die adrette, reiche Amerikanerin, die ihn zum Surrealistenball eingeladen hatte, war nicht mehr wiedergekommen, um ihm ein weiteres Bild abzukaufen. Flüchtig dachte Mistral, daß das mit seinem plötzlichen Verschwinden auf dem Ball zu tun haben könnte – aber er schob den Gedanken fort.

Katherine Maxwell Browning aus New York City verfügte über kein besonderes Talent, eher war es ein sehr, sehr kleines Talent, und was unendlich viel schlimmer war: Sie wußte es irgendwie. Sie war intelligent, ihr Blick für alles Schöne sicher; sie war mit der schmerzlichen Begabung geboren, das Beste schätzen zu können, doch ohne die Möglichkeit, es selber zu produzieren. Sie bezeichnete sich als Bildhauerin, von ihrer Familie, reichen Börsenmaklern, wurde sie voller Bewunderung und Staunen für eine echte Künstlerin gehalten, weil keiner von ihnen etwas von Kunst verstand.

Kate Browning war Anfang 1925 nach Paris gekommen, weil sie bei Brancusi studieren wollte, der sie aber nicht nahm. Der Leiter des Ateliers im *Beaux-Arts*, bei dem Kate sich anschließend vorstellte, war nachsichtig genug, sie in seine Klasse aufzunehmen. Ihm imponierte neben ihrem makellosen, hübschen Äußeren, einem Aussehen, das auf eine ruhige Art eindrucksvoll war, vor allem die Willenskraft, die diese im Grunde unbegabte junge Frau veranlaßt hatte, sich mitten ins Herz der Kunstwelt zu stürzen.

Sie war zweiundzwanzig und besaß jene seltene, perfekte Kopfform, die es ihr gestattete, ihr kurzes, aschblondes Haar ungestraft in der Mitte zu scheiteln. Die hohe Stirn stand über Brauen, die zu einem feinen Strich gezupft waren, und die ausgeprägten Knochen rings um die grauen Augen verliehen ihrem Gesicht Charakter. Kates Nase war schmal, ihr Mund ein Strich, ihr Kinn spitz – und dennoch waren es diese sehr harten Knochen, die sie in Verbindung mit ihrem delikat geformten Schädel zu einer auffallenden Frau machten.

Im Frühjahr 1926 war Kate Browning – die ein flüssiges Schulfranzösisch sprach, das an Wortschatz wettmachte, was ihr an Gebärdenspiel fehlte – von einem Studienkollegen zu einem Besuch in Mistrals Atelier mitgenommen worden.

Vom allerersten, zügellosen Ansturm seiner Bilder auf ihren geübten Blick an war sie von dem rasenden Verlangen erfüllt, die Arbeiten dieses Mannes zu besitzen. Sie wußte alles. Ein Blick auf seine Werke, und sie ließ sich hineinsinken in diesen überwältigenden Strom der Farben und wußte es ein für allemal. Nie gab es für sie den geringsten Zweifel daran, damals nicht und später auch nicht, daß Julien Mistral der größte Maler seiner Zeit war.

Dennoch war Kate klug und diszipliniert genug, der Begierde, die sie ganz ausfüllte, der Begierde, so viele von Mistrals Arbeiten wie nur möglich zu besitzen, zu widerstehen. Bei ihrer ersten Begegnung hatte sie stumm zugehört, wie er gegen die Privatsammler wetterte.

»Ich kenne einige, die alles, was so ein armer Teufel von Maler ihnen überläßt, zu Bettelpreisen kaufen und geduldig warten, bis der Markt ihren persönlichen Geschmack eingeholt hat. Und dann – hoppla! Riesenprofit! Die sind noch schlimmer als alle Kunsthändler!«

Hätte irgend jemand behauptet, Kate sehe sich schon, als er noch sprach, als seine zukünftige Mäzenin, Managerin seines Talents und seiner Karriere – Julien Mistral hätte vor Empörung aufgeschrien. Sie jedoch ertappte sich von diesem Tag an dabei, daß sie mitten in der Nacht mit dem Gedanken an ihn erwachte und überlegte, wie sie ihn so berühmt machen konnte, wie er es ihrer Überzeugung nach verdiente.

Ihre habgierige Natur war nur ganz leicht von einem dünnen, glatten Firnis kultivierten Verhaltens übertüncht. Unter der zugeknöpften Persönlichkeit, die sie der Welt nach außen präsentierte, schlummerten archaische Kräfte, und diese Kräfte setzte sie ein, um sich zum Abwarten zu zwingen. Mit Bedacht suchte sie sich eine von Mistrals Arbeiten aus, um einen Monat später erst eine zweite zu kaufen. Sie hielt sich zurück, weil sie sofort erkannt hatte, daß Mistral trotz seiner finanziellen Misere – die sie mit der feinen Antenne, die die Reichen dafür haben, sehr schnell erkannt hatte – unheimlich argwöhnisch jedem gegenüber war, der etwas von ihm in Besitz nehmen wollte.

Es war ihr gelungen, Mistral auf eine ganz beiläufige Art zum Surrealistenball einzuladen, und als er sich dort mit Maggy aus dem Staub machte, hatte sie sich lediglich zur Geduld ermahnt und sich geweigert, in seiner Handlungsweise eine Beleidigung zu sehen.

Entsprang Kate Brownings Hingabe an Mistrals Arbeit der Erkenntnis, daß sie damit eine günstige Gelegenheit gefunden hätte, ihre eigenen, fruchtlosen Bemühungen um Kreativität in allen Ehren aufgeben zu können? Oder war es Mistral selbst, den sie gehehrte, und nicht seine Arbeiten? War dieser ungehobelte, zügellose, schwer zugängliche Mann das eigentliche Ziel ihres Interesses?

Sie selbst stellte sich diese Fragen nie. Für sie hatte sich in einem einzigen Moment der Erkenntnis alles entschieden, und von da an hatte sich Kate Browning auf ihre herbe, besitzergreifende und energische Art bis an ihr Lebensende dieser Aufgabe verschrieben.

Als Maggy an einem Samstagnachmittag Anfang Juli vor sich hin summend in Mistrals Küche stand und Kartoffeln schälte, hörte sie es an der Haustür klopfen. Sie warf einen Blick ins Atelier, wo Julien arbeitete. Auch als sich das Klopfen wiederholte, reagierte er nicht. Mit einer gewissen Neugier ging Maggy öffnen. Draußen stand eine zierliche, doch offensichtlich sehr selbstbewußte junge Dame, die viel zu elegant für diese Gegend wirkte. Der Mann neben ihr kam Maggy vor wie ein Bauer, der sich für einen Besuch in der Großstadt feingemacht hat. »Ist Monsieur Mistral zu Hause?« erkundigte sich die Dame.

»Ja, aber er arbeitet.« Nie hätte Maggy es gewagt, ihn wegen einer unwichtigen Besucherin zu stören.

»Aber ich werde erwartet, Mademoiselle«, entgegnete Kate mit höflichem Lächeln.

»Davon hat er mir nichts gesagt...« Maggy verstummte, weil Kate sich einfach an ihr vorbeidrängte. Sie sah Mistral unwirsch den Pinsel hinlegen. Aber er kam herüber, um der Dame, auf die er mit finsterer Miene hinunterblickte, die Hand zu schütteln.

»Dann haben Sie's also doch vergessen, Julien! Na, macht nichts – ich hatte Adrien schon prophezeit, daß Sie uns nicht erwarten würden. Adrien, das ist Julien Mistral – Julien, dies ist der Freund, den ich in meiner Nachricht erwähnt habe – Adrien Avigdor.« Als sich die beiden Männer die Hand reichten, stieß Kate ein unechtes Salonlachen aus, mit einem charakteristischen Ton absoluter Selbstsicherheit und hundertprozentiger Überzeugung, daß alles, was sie tat oder sagte, richtig war.

Maggy nahm hastig die Schürze ab und trocknete sich daran die Hände. Sie straffte die Schultern und ging mit ihrem langen, geschmeidigen Schritt ins Atelier. Wie gut, daß ich groß bin, dachte sie, als sie Kate Browning und Avigdor die Hand schüttelte, die beide kleiner waren als sie. Warum, fragte sie sich, hat Julien mir nicht gesagt, daß er Besuch erwartet? Das mußte in dem kleinen, blauen Telegramm gestanden haben, das er früh am selben Tag bekommen und mit verärgertem Knurren beiseite geworfen hatte.

»Ein Glas Roten?« hörte sie Mistral fragen. »Setzen Sie sich irgendwohin!« Und zu Maggy: »Maggy, hol Wein.«

Während Maggy in der Küche nach vier heilen Gläsern fahndete, spürte sie, wie ihr eine heiße Welle vom Hals bis in die Stirn hinaufstieg. *Verdammt!* Diese Frau war also die Amerikanerin, die er in der Ballnacht sitzengelassen hatte. Nie hatte er etwas davon erwähnt, daß sie jung war und gut aussah. Und dieses phantastische Kleid! Und dieser Avigdor! Ihr Liebhaber konnte er nicht sein, und dennoch kam ihr sein Name irgendwie bekannt vor. Sie entdeckte eine fast volle Flasche Rotwein, entschied sich für vier nicht zueinander passende Gläser – den Teufel würde sie tun und das Küchenmädchen spielen! –, und trug alles ins Atelier hinüber.

Während Mistral einschenkte, plauderte Kate unaufhörlich weiter, mit einer Stimme, deren schleppender, amerikanischer Klang auf reizende Weise mit ihrem formellen, korrekten Französisch in Widerspruch stand. Adrien Avigdor sah sich, wie Maggy feststellte, mit zerstreutem Blick im Atelier um. Er schien Kate überhaupt nicht zuzuhören; als sie jedoch eine Pause machte, wandte er sich selbst an Mistral.

»Ich habe die beiden Bilder gesehen, die Kate Ihnen abgekauft hat. Sie gefallen mir sehr.«

»Das schrieb sie mir«, gab Mistral brüsk zurück.

Und noch einmal *verdammt*, dachte Maggy. Wenn dieser Bauer möglicherweise ein Käufer ist, könnte Julien wenigstens höflich sein! Was stellt er sich vor, womit ich bezahlen soll, wenn ich auf den Markt gehe? Die Geschäftsleute geben mir keine Lebensmittel auf Kredit, wie er es bei seinen Farben gewohnt ist.

»Darf ich mich mal ein bißchen umsehen?« fragte Avigdor, dessen helle Augen in dem runden Gesicht mit ihrem offenen, aufrichtigen Blick von freimütiger Freundlichkeit zeugten. Er strahlte eine Anständigkeit und Gutmütigkeit aus, die auf Maggy trotz ihrer Verärgerung über den überraschenden Besuch Eindruck machte.

»Hören Sie, Avigdor, Händler wie Sie sehen sich nicht nur mal ›ein bißchen‹ um«, sagte Mistral, jetzt plötzlich giftig. »Ihr besucht keine Künstler am Samstagnachmittag, nur weil ihr nichts anderes zu tun habt, es sei denn, ihr wollt in die eigene Tasche arbeiten...«

»Sie irren sich, Monsieur Mistral«, fiel Avigdor ihm nachsichtig ins Wort. »Sie dürfen nicht alle Kunsthändler in einen Topf werfen, das ist wirklich nicht fair von Ihnen. Was ist zum Beispiel mit Zborowski – der hat Modiglianis Preise doch schließlich auf vierhundertfünfzig Francs hinaufgedrückt, oder? Und nehmen Sie ein paar andere ehrliche Kunstmakler. Was ist mit Basler und Couquiot? Sie wollen mir doch nicht erzählen, daß die allesamt Gauner sind, oder?«

»Na schön, es gibt da vielleicht ein oder zwei Ausnahmen, doch insgesamt sind die Kunsthändler gemeine Diebe, Hurenböcke und Scheißkerle!«

Kate quittierte seine Worte mit ihrem leisen, klingenden Lachen. »Gut gesprochen, Julien! Aber wie ich Ihnen geschrieben habe, gehört Adrien auch zu den Ausnahmen. Sonst hätte ich es nicht gewagt, ihn mitzubringen. Also, darf er sich nun bei Ihnen umsehen? Und ich vielleicht auch? Ich habe seit Monaten nichts mehr von Ihnen gesehen.«

»Na schön, von mir aus«, knurrte Mistral unliebenswürdig. »Aber erwarten Sie nicht von mir, daß ich hierbleibe! Ich habe einen Horror vor Menschen, die Dinge sagen, von denen sie meinen, sie müßten sie sagen, sobald sie Bilder betrachten. Ich gehe solange in den Garten. Komm mit, Maggy! Und vergiß die Flasche nicht.«

Allein im Atelier, begann Avigdor umherzuschlendern, aufmerksam die Bilder an der Wand zu betrachten.

»Nein, Adrien«, sagte Kate ungeduldig, »sehen wir uns lieber die neuen Arbeiten an...« Sie zerrte an einer großen Leinwand, die mit der Rückseite zum Atelier auf dem Fußboden an der Wand lehnte. »Helfen Sie mir doch mal!«

Rasch und geschickt drehte Avigdor sämtliche Bilder um, die Mistral nachlässig an die Wände gestellt hatte. Schließlich standen alle Bilder richtig herum, und er stellte sich mit Kate in die Mitte, um sie zu betrachten – Avigdor keuchend vor Anstrengung, Kate zitternd vor Erregung und einem Gefühl, das sie nicht benennen konnte, einem Gefühl, das sie wütend machte, stinkwütend.

Während sein Blick von einem der Bilder, die Mistral von Maggy gemalt hatte, zum anderen wanderte, dachte Adrien Avigdor, es sei, als schmiege er sich nackt an lebendes Fleisch, als schwelge er in blühender Jugend. Am liebsten hätte er sich auf den Bildern gewälzt, stellte er zu seiner Verwunderung fest: er, der doch nur seinem nüchternen Urteil vertraute! Er hätte vor explodierender Erregung mit den Füßen strampeln können. Die Bilder dieses jungen Mädchens erregten ihn weit mehr als die lebendige Maggy.

Schließlich riß er sich von den sieben großen Bildern los und wandte sich den Stilleben zu. Als er die betrachtete, hatte er das Gefühl, im Freien zu sein, im hohen, süß duftenden Gras zu liegen, erdnah, von Freude erfüllt, ohne etwas zu spüren als den Strom seiner Sinne.

Als Kate ihn beobachtete, härteten sich in ihr Kristalle des Triumphs. Obwohl sie, was Mistrals Genialität betraf, ganz sicher gewesen war, hatte sie doch gespannt auf Avigdors Reaktion gewartet. Er war nach Auffassung vieler Leute der geschickteste der gegenwärtigen Avant-Garde-Kunsthändler. Innerhalb eines einzigen Jahres hatte er in seiner neuen Galerie in der Rue de Seine eine ganze Reihe von Ausstellungen mit Arbeiten einer neuen Gruppe von Malern veranstaltet, die beträchtliches Aufsehen erregt hatten.

Sie kehrte den Aktbildern den Rücken. Sie hatten etwas, das sie als abstoßend empfand, das sie regelrecht krank machte. Aber die anderen Arbeiten! Die waren verblüffend. Alle früheren Bilder Mistrals verblaßten neben der neuen Kraft, dieser explosiven Vitalität, die seine Stilleben beherrschte. Hier stand eine einzige, riesige Zinnie mit ihrem Doppelkranz steifer, rosaroter Blütenblätter vor dem Himmel, Ausdruck des Wesens aller Blumen, die jemals geblüht hatten. Daneben zeigte eine große Leinwand eine Ecke des Ateliers, in der jeder Gegenstand eine so starke Lebenskraft ausstrahlte, daß sie schließlich seine gesamte Umgebung auslöschte und sie sich schwindlig, verwirrt, überwältigt fühlte.

»Nun?« fragte Kate ihren Freund Avigdor schließlich auf englisch, das er recht gut beherrschte. Für sie würde es immer die Sprache des Geschäftslebens bleiben, und rein geschäftlich hatte sie ihn hierhergebracht.

»Ich stehe in Ihrer Schuld, meine Liebe«, sagte er zerstreut, während er sich wie im Traum wieder dem Bild von Maggy auf den grünen Kissen zuwandte.

»Adrien! Hören Sie doch zu!« Kate ging zu ihm hinüber. »Ich habe Sie nicht zum Maulaufsperren hierhergebracht.«

»Mein Gott, Kate – mir sind die Knie weich, die Augen fallen mir fast aus dem Kopf. Ich komme mir vor wie vom Blitz getroffen. Geben Sie mir Gelegenheit, mich zu fassen!« entgegnete Avigdor.

»Was ist – geben Sie mir nun recht?« stieß Kate sofort nach.

»Hundertprozentig.«

»Was ist also mit einer Einzelausstellung? Sie haben behauptet, das nächste Jahr vollkommen ausgebucht zu sein. Wie sehen Sie das jetzt?«

»Ich habe plötzlich einen neuen Monat im Jahr 1926 entdeckt – nennen wir ihn Oktober.«

»Die Ausstellung zu Saisonbeginn?« Kates schmale Brauen stiegen in die Höhe.

»Aber natürlich«, antwortete er mit absoluter Selbstverständlichkeit.

»Natürlich«, echote Kate, atemlos vor Staunen über ihren gewaltigen Sieg. Sie hatte bei Avigdor gekauft, seit er eröffnet hatte, und als er nun ebenso schnell und sicher wie sie selbst eine Entscheidung traf, begriff sie diesen Mann besser denn je zuvor.

Wie recht hatte sie mit ihrem Plan gehabt, ihn hierherzubringen, ohne Julien die Chance zur Verweigerung zu geben! Wie viele andere Kunsthändler, kaufte Avigdor die Bilder, die er ausstellen wollte. Der Unterschied zwischen dem Preis, den er für sie zahlte, und dem Preis, zu dem er sie verkaufte, repräsentierte nicht nur das Risiko, das er einging, sondern auch seinen potentiellen Profit.

Er würde Mistral wenig zahlen, das aber war ihr nur recht. Ein finanziell unabhängiger Mistral war das letzte, was sie sich wünschte. Ich bin seine Mäzenin, dachte Kate, und wenn seine Preise steigen, dann werde ich es sein, der er das verdankt.

Beide waren sie plötzlich verstummt – wie zwei Komplizen, jedoch mit einem gewissen Mißtrauen voreinander. Jeder wartete darauf, daß der andere etwas sagte. Schließlich meinte Avigdor: »Ich sollte wohl lieber hinausgehen und mit ihm sprechen.«

»O nein, Adrien!«

»Aber, meine liebe Kate, solange Mistral mir nicht einen Exklusivvertrag unterschrieben hat, habe ich kein Interesse.«

»Haben Sie Vertrauen zu mir, Adrien! Heute ist nicht der richtige Zeitpunkt, um mit ihm über den Vertrag zu sprechen, um über irgend etwas mit ihm zu sprechen. Nur darüber, daß Sie ihm in drei Monaten eine Einzelausstellung geben werden. Bisher hab ich doch auch immer recht gehabt, oder?«

»Ich kann für diesen Mann nichts tun, wenn ich nicht hundertprozentig sicher sein kann, daß er nicht vielleicht schon morgen zu einer anderen Galerie überläuft«, sagte Avigdor mit Nachdruck.

»Sie haben mein Wort.«

»Erwarten Sie etwa, daß ich auf nichts weiter hin aktiv werde als auf Ihr Wort? Wie kommen Sie darauf, daß Sie für ihn sprechen können?«

»Sie dürfen's mir glauben«, behauptete Kate gelassen.

Adrien betrachtete sie nachdenklich. Er wußte nicht recht, ob er Kate Browning mochte, aber er bewunderte sie. Sie verfügte über ein Urteilsvermögen und eine Geschmackssicherheit, die bemerkenswert war für jemanden, der nicht aus der Branche war. Konnte es sein, daß Julien Mistral, dieser überhebliche, ungeduldige, rüde Riese, unter ihrem Einfluß stand? Die Art, wie er sie begrüßt hatte, ließ nicht darauf schließen, und doch... Es war ein Risiko, das einzugehen sich lohnte. Derselbe Instinkt, der Avigdor zu dem Entschluß veranlaßt hatte, die Saison mit den Arbeiten eines Mannes zu eröffnen, dessen jüngste Werke er vor einer Stunde erst zu Gesicht bekommen hatte, sagte ihm, daß er nur durch Kate an Mistral herankam. Er wandte sich der Gartentür zu.

»Soll ich es ihm sagen, Kate, oder Sie?«

»Aber, Adrien! Natürlich Sie! Es ist doch Ihre Entscheidung; und Ihre Galerie.«

O ja! dachte Avigdor, sie *ist* gerissen. Ein winziger Schauer lief seinen Rücken entlang. Er mochte Frauen nicht, die ebenso gerissen waren wie er. Oder noch gerissener.

Sechstes Kapitel

Adrien Avigdor war achtundzwanzig, als er Julien Mistral kennenlernte.

Aufgewachsen war er im Antiquitätenhandel. »Wir«, pflegte sein Vater mit einer feierlichen Geste auf sein blühendes Geschäft am Quai Voltaire zu sagen, »haben ihnen schon Antiquitäten verkauft, als sie noch nicht mal Notre Dame gebaut hatten.« »Wir«, das waren die jüdischen Avigdors, »sie«, alle anderen Franzosen. Adrien fragte sich, warum der Vater nicht gleich gesagt hatte, die Avigdors hätten den Pharaonen Antiquitäten verkauft, während sie die Pyramiden bauten.

Als Kind hatte Adrien seinen Vater auf dessen Einkaufsreisen über Land begleitet. Schnell hatte der junge Adrien dabei den grundlegenden Unterschied zwischen der Einstellung der Antiquitätenhändler und jener der Antiquitätenkäufer begriffen. Schon mit acht Jahren konnte er Ware beurteilen, indem er sich vorstellte, von außen ins Schaufenster seines Vaters zu blicken und sich einzubilden, etwas ganz Bestimmtes *müsse* er einfach haben. Und als er zehn war, konnte er absolut sicher jene Gegenstände aussortieren, die zwar bewundert wurden, die sich aber niemals verkaufen ließen. Angesichts von zwei Dutzend Teetassen aus Limoges-Porzellan würde seine Hand fast wie von selbst nach jener greifen, die einen winzigen Sprung am Boden hatte.

Als sein Vater starb, eröffnete Adrien, statt mit den beiden älteren Brüdern zusammen im Familiengeschäft zu arbeiten, eine eigene Firma wenige Schritte von der Kirche von St.-Germain-des-Prés. Mit fünfundzwanzig hatte er ein Vermögen gemacht, und der Antiquitätenhandel – unerhört für einen Avigdor – interessierte ihn nicht mehr. Er erzielte beim Verkauf für manche Antiquitäten fünfmal soviel, wie er bezahlt hatte, aber er hatte Mühe, während der Transaktion nicht einzuschlafen.

Daraufhin faßte er den Entschluß, das *métier* zu wechseln: Von der Welt der Antiquitäten, in der alles, was verkauft werden konnte, bereits existierte, in die Welt der Kunst, in der Gewinne aus noch zu schaffenden Werken winkten.

Der letzte Rest Langeweile verflog, als Avigdor an die Herausforderung dachte, die es bedeutete, sich einen Platz in einem Fach zu erobern, in dem es bereits solche Giganten gab wie Paul Rosenberg, die Gebrüder Bernheim, Réne Gimpel, Wildenstein und, den reichsten von allen, Vollard, dessen Vermögen aus den zweihundertfünfzig Cézannes stammte, die er dem Maler einst für durchschnittlich fünfzig Francs pro Stück abgeluchst hatte. Es würde nicht leicht sein, sich gegen diese etablierten Kunsthändler durchzusetzen, durch deren Hände die Arbeiten der bedeutendsten modernen Maler wie Matisse und Picasso gingen, und die es gleichzeitig verstanden, sich durch die selbstverständliche Art, mit der sie aus ihrem Lager immer noch einen Velasquez, noch eine Goya-Zeichnung oder eine Arbeit von einem der großen Impressionisten hervorzauberten, die Kundschaft der größten Sammler, viele von ihnen Amerikaner, zu sichern.

Trotz all der feierlichen Würde dieser großen Kunsthändler wußte Avigdor, daß er sich in eine Schlangengrube voll zischelndem Neid und unverhohlener, gehässiger Rivalität begab, besonders als die Erfolgsmeldungen der New Yorker Filialen französischer Kunsthändler sich mehrten. Dort wurden Preise gemacht – zwanzigtausend Dollar für einen Matisse und für einen großen Cézanne sechzigtausend Dollar –, die bisher in Frankreich noch niemals erzielt worden waren.

Wenn man mit Künstlern, die noch vor fünfundzwanzig Jahren vollkommen unbekannt waren, soviel Geld machen kann, kalkulierte Adrien Avigdor, wird es für die jüngeren irgendwann zweifellos bald einen ähnlichen Markt geben. Nur ganze wenige, steinreiche Sammler können es sich leisten, alte Meister zu kaufen, um sich selbst dadurch unsterblich zu machen. Dafür aber existieren vermutlich zahlreiche Möchtegern-Sammler, die eine geringere Summe riskieren würden als die, die man für einen Matisse aufwenden müßte.

Zwei Jahre lang widmete er sich dem Erlernen seines neuen Berufs. Immer wieder besuchte er die besten Galerien, wo er als wohlhabender, kultivierter Kollege aus der Welt der Antiquitäten willkommen geheißen wurde. Er zeigte sein aufrichtiges, wenn auch ein wenig rustikales Lächeln und sprach davon, daß er erwäge, sich eine Bildersammlung zuzulegen... ein Gebiet, auf dem er, wie er gestehen müsse, leider ein völliger Neuling sei.

Auch bei einer Anzahl sorgfältig ausgewählter Kunstkritiker suchte Avigdor Rat, die in Fachzeitschriften für Leser schrieben, die regelmäßig Kunst kauften. Auf sehr schmeichelhafte Weise bat er sie um Hilfe beim Aufbau seiner geplanten Kunstsammlung. Einige berieten ihn, wie es üblich war, gegen Bezahlung, anderen konnte er besonders günstige Bedingungen beim Kauf von Antiquitäten vermitteln.

Schließlich stürzte er sich in das verlotterte Revier der Malerateliers von Montparnasse. Er lehnte weder etwas ab noch akzeptierte er etwas, sondern sah sich überall nur um.

Im Jahre 1925 war Avigdor so weit, daß er die Galerie in der Rue de Seine eröffnen konnte. Sieben Maler hatte er sich ausgesucht, die ihn interessierten. Und er hatte eine glückliche Hand bewiesen mit seiner Wahl; nach einem Jahr schon galt er als Avantgarde-Kunsthändler mit einer außergewöhnlichen Urteilskraft. Bald summte es in der gesamten Kunstwelt vor Aufregung über jeden neuen Schritt, den er unternahm. Seine Freunde unter den Kritikern lobten ihn, denn hatten sie ihn nicht alles gelehrt, was er wußte? Die nicht seine Freunde waren, griffen ihn heftig an, doch das wirkte sich auf seine Geschäfte nur förderlich aus, denn wenn neue Kunst in Paris nicht einen Skandal auslöst, ist sie es nicht wert, beachtet zu werden.

Und auch Mistral gab sein Einverständnis zu der Einzelausstellung. Als das geregelt war, ging es noch um die Unterzeichnung des Exklusivvertrags. Kate erklärte ihm, es sei relativ unwichtig und nur logisch, daß das eine nicht ohne das andere ginge, wobei sie ihm auseinandersetzte, er habe viel zu niedrige Preis für seine Arbeiten verlangt.

»Lassen Sie mich für Sie mit Avigdor verhandeln«, sagte sie. »Jeder weiß doch, daß ein Künstler niemals genug für seine Arbeiten verlangt: Sie brauchen jemanden, der emotional unbeteiligt ist. Wirklich Julien – Sie würden mir einen Gefallen tun.« Mistral, dem die Vorstellung, mit Avigdor feilschen zu müssen, gar nicht behagte, legte also seine Finanzprobleme voll Dankbarkeit in ihre Hand. Nun konnte er sich mit um so größerer Aufmerksamkeit seiner Ausstellung widmen.

Jahrelang war er recht nachlässig mit seinen fertigen Bildern umgegangen, hatte sie irgendwo an die Wand gelehnt, ohne sie vorher zu spannen und zu firnissen. Jetzt aber war er so stolz auf das, was er in den letzten Monaten geschaffen hatte, daß ihm jede Einzelheit wichtig wurde. In den drei Monaten vor der Ausstellung hatte er sogar zum Malen fast keine Zeit mehr. Kate kam immer wieder und nahm ihn in ihrem blauen Talbot-Kabrio mit, um die Druckfahnen für den Katalog anzusehen, die Schrifttype für die Einladungskarten zur Vernissage auszusuchen oder Avigdor auf einen Drink zu treffen.

Eine ganz hervorragende Zusammenarbeit gelang Kate auch mit den Rahmenmachern, die man besonders vorsichtig behandeln mußte, denn es war überall bekannt, wie empfindlich sie in ihrer Berufsehre waren. Immer abhängiger wurde Mistral von ihr als Vermittlerin zwischen ihm und diesen Handwerkern, die sich von ungeduldigen Malern nicht drängen ließen, mit dieser charmanten Amerikanerin, die es ihnen gegenüber nie an der angemessenen Hochachtung fehlen ließ, jedoch gern zu verhandeln schienen.

Maggy beobachtete das alles und wartete ab, während in ihrem Herzen eine uneingestandene Vorahnung furchtbaren Kummers wuchs. Sie hatte als Waffen nur ihren Körper und ihre Liebe, Mistrals Aufmerksamkeit jedoch galt ganz allein seiner Ausstellung, und er kam immer seltener zu ihr. Und wenn sie sich liebten, standen Schatten zwischen ihnen: der Schatten ihrer uneingestandenen Eifersucht, der Schatten seiner ganz neuen Gefühle hinsichtlich der Ausstellung.

Dieser Mann, der so lange höhnisch über seine Malerkollegen gelacht hatte, der rücksichtslos seinen eigenen Weg gegangen war, der verächtlich über den Kommerz in der Kunstwelt geschimpft hatte – dieser Mann sehnte sich jetzt auf einmal mit der ganzen Kraft seines barbarischen, ausgehungerten Charakters danach, den ihm zustehenden Platz in jener Welt einzunehmen und endlich, endlich anerkannt zu werden.

Je näher das Datum der Vernissage rückte, desto aufgeregter wurde Mistral.

Irgendwie gelang es Kate mit ihrem felsenfesten Glauben an seine Genialität, genau die richtigen Worte zu finden, die er brauchte, um sich zu beruhigen, eine Tröstung, nach der es ihn immer häufiger verlangte, obwohl er so tat, als ignoriere er sie, während sie sprach.

Selbstverständlich hielt Maggy seine Arbeit für großartig. Warum auch nicht? Aber was wußte sie denn schon vom Malen, außer dem, was sie aufgeschnappt hatte? Doch wieviel mehr Rückhalt konnte er in einem Gespräch mit einer kultivierten Frau von Welt finden, der Tochter eines reichen Mannes, die mit ihren dreiundzwanzig Jahren im Handumdrehen all jene Menschen kennengelernt hatte, die in den Künstlerkreisen von Paris zählten!

Im Juni 1926 hatte Paul Rosenberg Picassos Arbeiten der letzten zwanzig Jahre ausgestellt. Am 5. Oktober 1926, als Avigdor zum erstenmal Mistral ausstellte, war sofort klar, daß hier das zweite große Kunstereignis des Jahres stattfand. Die Gäste, die zu einer Vernissage eingeladen werden, kennen weder Mitleid noch falschen Stolz. Finden sie die Arbeiten uninteressant, trinken sie rasch ein Glas Wein, um sich sodann, ohne ein Wort der Entschuldigung für den Galeristen, dorthin zu begeben, wo sie etwas Interessanteres zu finden hoffen.

Sprechen die Arbeiten sie jedoch an, wittern sie ein neues Talent, dann bringen sie es sogar fertig, mit so großer Rücksichtslosigkeit zu drängeln, um einen besseren Blick auf die Bilder werfen zu können, als stritten sie sich an einem Regenabend um ein Taxi. Und wenn sie sich zum Kauf entschließen, beginnt sich in der Galerie eine Woge von Gier aufzubauen, die sich von einem Betrachter zum anderen so ansteckend fortsetzt wie Massenhysterie.

Avigdor, dicht umlagert, konnte das letzte der fünfzig Biler mit einem »Verkauft«-Schildchen versehen, als nicht einmal ganz zwei Stunden vergangen waren, seit die Sammler und die ersten Neugierigen in die Galerie geströmt kamen. Er brauchte seine ganze Geduld und Umgänglichkeit, um die alten Kunden zu beschwichtigen, die sich, voll Zorn darüber, daß sie die Bilder nicht kaufen konnten, die sie nun einmal unbedingt haben wollten, bei ihm beschwerten.

»Kommen Sie morgen wieder«, sagte er immer von neuem mit vertraulichem Augenzwinkern. Wenn es so weitergeht, werde ich sämtliche früheren Arbeiten von Julien Mistral loswerden, dachte er.

Mistral saß brütend in einer Ecke des langgestreckten, überfüllten Ausstellungsraums. Mit dem Verstand begriff er seinen Erfolg, statt des Triumphes jedoch, den er erwartet hatte, empfand er nur Leere, Benommenheit, Konfusion. Und noch etwas weit Schlimmeres: Angst. Der Erfolg, so lange verachtet und dann zuletzt mit so ungezügelter Gier gesucht, dieser Erfolg war eine so große Umstellung für ihn, daß er ihn kaum akzeptieren konnte.

Jedesmal, wenn wieder ein fremder Mensch an ihn herantrat, um ihm zu gratulieren, schienen die Worte mehr an Bedeutung zu verlieren. Es sollte ihm nicht gelingen, eine Verbindung zwischen seiner Arbeit, der Arbeit, die er ganz allein geschaffen hatte, der Arbeit, die ihm aus tiefster Seele gekommen war, und den Komplimenten herzustellen, mit denen er überschüttet wurde. Er murmelte Dank, während er den Blick über die Köpfe der Leute hinweg richtete, die mit ihm sprachen, und strich sich geistesabwesend die dunkelroten Locken aus der Stirn, die von der Hitze im Raum feucht geworden war.

Nur bei Kate, die sich leichtfüßig durch das Gedränge schob und von Zeit zu Zeit zu ihm zurückkehrte, brachte er es fertig, ganz schwach zu grinsen. Er holte sich Kraft bei Kate, weil sie keine der unwillkommenen Emotionen zeigte, die ihm diesen Augenblick vergällten. Um so mehr genoß sie im stillen die Genugtuung, die ihr das Bewußtsein verlieh, *spiritus rector* des Ganzen gewesen zu sein.

Maggy stand in einer Ecke, bewußt hoch aufgerichtet und voll stolzem Trotz. Als sie sah, wie sich die Leute um die sieben Bilder drängten, auf denen sie in all ihrer Nacktheit zu sehen war, hatte ein furchtbarer Schmerz sie durchzuckt. Hätte sie gewußt, was für ein Gefühl das sein würde, wäre sie gar nicht zur Vernissage erschienen. Sie mußte die ganze Erfahrung des letzten Jahres aufbieten, um die Glückwünsche entgegennehmen zu können, die von flüchtigem Händeschütteln und begehrlichen, offen neugierigen, bohrenden Blicken begleitet wurden.

Es ist fast, dachte sie, als wäre ich ein Tier, ein Pferd, das ein Rennen gewonnen hat, oder ein Hund, dem der erste Preis bei der Hundeschau zuerkannt worden ist.

Wenn nur Julien kommen und ihr beistehen, nur einmal ihrem Blick begegnen würde! Warum ignoriert er mich nur ausgerechnet heute? fragte sie sich.

Selbst Paula, die sich zunächst in ihrer Nähe gehalten hatte, war inzwischen davongeschlendert, um die Parade der vielen Sammler, Künstler und Kritiker abzunehmen, derselben Leute, die Abend für Abend ihr Restaurant besuchten. Als sie sich mit jenem undefinierbaren Ausdruck umsah, den Insider an sich haben, Teilnehmer an einem öffentlichen Ereignis, die Bescheid wissen, wurde sie von einem Mann angesprochen, der ihr völlig unbekannt war.

»Ein außergewöhnliches Ereignis, Madame – finden Sie nicht?«

»Allerdings«, antwortete Paula mit einem angedeuteten Neigen des Kopfes. Augenblicklich wußte sie, daß sie einen Amerikaner vor sich hatte.

»Ist Madame Sammlerin?«

»Eine ganz kleine«, antwortete Paula, die den Mann interessiert musterte. »Und Monsieur?« Wie immer reagierte sie zuerst auf seine Männlichkeit, sein gutes Aussehen. Sodann stellte sie fest, daß er ganz außergewöhnlich gut gekleidet war und seinen teuren Anzug dennoch mit amerikanischer Nonchanlance trug, einer Art frischer Sauberkeit.

»Ebenfalls ein ganz kleiner. Kann man in Paris leben und nicht irgend etwas sammeln?«

»Manche können das... aber mit denen kann ich nichts anfangen«, antwortete Paula mit einem geringschätzigen Schniefen ihrer kecken Nase.

»Darf ich mich vorstellen? Perry Kilkullen.«

»Paula Deslandes.«

Während sie sich die Hand reichten, nahm Paula ihren neuen Bekannten in Augenschein. Er war schätzungsweise knapp vierzig. Die Aura von Wohlstand, die ihn umgab, kontrastierte angenehm mit seinem dichten, blonden Haar, das an den Schläfen zu ergrauen begann, und den grauen Augen, in denen jugendliche Begeisterung stand. Er gehörte, fand Paula, zu jenen prachtvollen Amerikanern, die man als perfekte Gentlemen im englischen Sinn bezeichnen konnte.

»Haben Sie etwas erstanden?« erkundigte sich Paula.

»Leider nein. Die Bilder, die ich mir gewünscht hätte, waren alle schon verkauft.«

»Welche hätten Sie sich denn gewünscht?« fragte Paula mit ihrem allerschönsten Schmollmund.

»Einen von den Akten. Für mich sind sie das Schönste, was es hier gibt.«

»Monsieur liebt anscheinend das Besondere«, spöttelte Paula.

»Ich habe gesehen, daß Sie sich mit der jungen Dame dort unterhalten haben.« Perry Kilkullen deutete zu Maggy hinüber. »Sie ist doch das Modell, nicht wahr?«

»Sie glauben doch nicht, daß es von der Sorte zwei auf der Welt gibt!«

»Offenbar die Frau des Künstlers.«

»Gott behüte!«

»Seine Freundin vielleicht?« Das Wort »Freundin« betonte er dabei fast unmerklich auf jene Art – eine winzige Betonung –, die für Franzosen einen Sexualpartner kennzeichnet.

»*Pas du tout!*« protestierte Paula. »Maggy ist Malermodell von Beruf – das beste von ganz Paris, wie jeder Kenner Ihnen bestätigen wird. Sie arbeitet für viele Maler.«

»Maggy?«

»Maggy Lunel – mein *Protegé*«, antwortete Paula stolz.

»Sie ist wunderschön!« Perry Kilkullen sagte es in einem so seltsamen Ton, daß Paula ihn mißtrauisch musterte. Er starrte Maggy unverhohlen an – mit einem Ausdruck so eindeutigen Begehrens, daß Paula am liebsten laut über sich selber gelacht hätte. Ach, was will ich denn eigentlich? Im Vergleich zu Maggys wundervollen achtzehn bin ich mit meinen dreiundvierzig Jahren ein Nichts!

Maggy, immer noch in ihrer Ecke, sah zu Mistral hinüber, der etwa sieben Meter von ihr entfernt war. Mein Gott, es war unerträglich! Sie konnte keine einzige Minute mehr durchstehen, ohne irgendwie mit ihm Kontakt zu bekommen! Irgend etwas brauchte sie jetzt, ein liebevolles Wort, eine winzige Geste. Sogar das kleinste Lächeln würde ihr helfen, diese Situation zu überstehen. Maggy machte sich daran, sich durch die dichtgedrängte Menge einen Weg zu Mistral zu bahnen. Sie wurde aufgehalten durch Avigdor, der gerade von einem dicken Mann mit schwarz gefärbten Haaren angesprochen wurde.

»Adrien – wem gehört die Liegende auf den grünen Kissen? Ich werde ihm das Bild abkaufen – komme, was wolle. Er kann verlangen, was er will – ich zahle jeden Preis! Seien Sie nett zu mir: Sagen Sie mir, wer es ist!«

»Das Bild ist unverkäuflich«, sagte Maggy leise.

»Mademoiselle Lunel hat recht«, bestätigte Avigdor. »Es gehört Miss Browning.«

»Den Teufel tut es!« rief der Dicke aufgebracht. »Wo ist sie? Ich will mit ihr sprechen!«

»Monsieur Avigdor irrt sich«, behauptete Maggy energisch. »Dieses Bild ist mein Eigentum seit dem Tag, an dem es gemalt wurde. Julien hat es mir geschenkt, und es hat keinen Preis, weil ich es niemals verkaufen werde!«

»Was sagen Sie dazu, Avigdor?« wollte der Mann unbeeindruckt wissen.

»Es scheint da eine Verwechslung vorzuliegen... Vielleicht kann Miss Browning...« Avigdor sah aus, als wäre ihm die Petersilie verhagelt.

»Kommen Sie mit«, forderte Maggy den Dicken auf. Avigdor hatte offenbar keine Ahnung. Mühsam drängte sie sich durch das Gewühl bis zu Mistral und packte ihn am Arm.

»Julien, dein Kunsthändler hat diesem Herrn hier gerade gesagt, daß mein Bild mir nicht gehört. Würdest du ihm das bitte erklären?«

Mistral drehte sich um und musterte beide mit finster gerunzelter Stirn.

»Was soll dieser Unsinn, Maggy? Du benimmst dich genauso idiotisch wie alle anderen in diesem beschissenen Zirkus!«

»Hör zu, Julien – bitte hör mir zu! Es geht um mein Bild, das erste, das du jemals von mir gemalt hast – auf den grünen Kissen! Avigdor hat diesem Mann hier erklärt, es gehöre Mademoiselle Browning.«

»Und das stimmt«, mischte sich Kate gelassen ein. Sie war ganz plötzlich neben Mistral aufgetaucht.

Mistral schüttelte ärgerlich den Kopf. »Was ist hier eigentlich los?«

»Ganz einfach, Julien«, behauptete Kate mit ihrer emotionslosen Stimme, »ich habe sämtliche Akte schon vor Beginn der Ausstellung für mich reservieren lassen. Denn sie sind eindeutig viel zu wichtig, um einzeln verkauft zu werden. Ich wollte sicherstellen, daß sie als Serie erhalten bleiben!«

Maggy ließ Mistrals Arm fahren. »Sie können das Bild gar nicht gekauft haben, Mademoiselle Browning! Es war überhaupt nie zu verkaufen. Es gehört mir. Fragen Sie Julien! Julien, so sag's ihr doch! Weißt du nicht mehr? Du mußt dich doch erinnern, du mußt doch noch wissen...«

Mistral machte die Augen zu, als wolle er Maggys Worte nicht hören, und Maggy hatte blitzartig jenen Moment vor Augen, als er über sie hergefallen war – mit diesem Ausdruck absoluten Besitzergreifens, mit seinen riesigen Händen, voller Farbe, mit denen er in primitivem Siegerstolz über ihr Schamhaar gestrichen hatte.

»Er wird Ihnen ein neues Bild malen«, sagte Kate, ohne zu merken, daß sie die Stimme erhoben hatte. »Nicht wahr, Julien? Seien Sie doch vernünftig, Mademoiselle! Beruhigen Sie sich! Sie können wirklich nicht erwarten, daß er dieses vorschnelle Versprechen hält.«

»Julien! Warum sagst du denn nichts? Du weißt doch, daß du mir das Bild geschenkt hast!« Maggy, unvermittelt wütend geworden, ließ ihre Stimme unbeherrscht ansteigen.

Mistral blickte von einer Frau zur anderen. Maggys Gesicht war vor Zorn und ungläubiger Empörung blutrot geworden; hilflos stand sie inmitten der dichtgedrängten Menschen. Kate dagegen wirkte ruhig, überlegen und graziös, ihre Haltung ließ deutlicher als alle Worte erkennen, daß an der Berechtigung ihres Anspruchs keinerlei Zweifel aufkommen konnten.

»Hör auf, dich wie ein Kind zu benehmen, Maggy!« befahl Mistral brutal. »Kate hat ganz recht, die sieben Bilder gehören zusammen. Verdammt noch mal, ich werde dich entschädigen! Mein Gott, du wirst dich doch wohl von einem einzigen Bild trennen können!«

Einen Augenblick sah Maggy ihm offen ins Gesicht. Sie war vollkommen ruhig geworden, und eine Maske strenger Gefaßtheit hatte sich über ihren hitzigen Zorn gelegt. Die

Bedeutung dessen, was Mistral gesagt hatte, war ihr augenblicklich klar. In diesem Moment wußte sie mehr über die beiden, als Kate und Mistral selbst – vielleicht sogar mehr, als sie jemals wissen würden.

Es war Maggy klar gewesen, daß Kate ihre Feindin war; jetzt jedoch erkannte sie in den Augen der Amerikanerin, daß sie die Bilder nicht gekauft hatte, weil sie ihr gefielen, sondern weil sie sie haßte, weil sie sie verschwinden lassen wollte. Und Mistral? Merkte er es nicht?

Hier, in diesem Moment, der ein Augenblick des Triumphs hätte sein müssen, hatte Maggy den Eindruck, einen Geschlagenen, Herabgewürdigten – ein in die Falle gegangenes wildes Tier vor sich zu haben. Und an Kate witterte Maggy eine Unbarmherzigkeit, deren ganzes Ausmaß sich nur dunkel erahnen ließ. Sie fühlte sich, als sei ein lebenswichtiger Pfropfen aus ihrem Körper gezogen worden. Wenn sie noch länger blieb und die beiden ansehen mußte, würde sie vom Schmerz überwältigt wild aufheulen... und nichts damit erreichen.

Langsam, betont ruhig, wandte sie sich an Kate.

»Da Sie mein Porträt so sehr begehren, Mademoiselle, daß Sie sogar bereit sind, es mir zu stehlen, werde ich es Ihnen schenken. Es hat keinen Preis. Nur vergessen Sie eines nicht: Es wird Ihnen niemals wirklich gehören.« Nun wandte sie sich an Mistral. »Du kannst mich nicht ›entschädigen‹, Julien. Du hast mir etwas geschenkt, du hast es dir anders überlegt und das Geschenk wieder zurückgenommen... Das ist so einfach, daß sogar ich, die ich noch ein Kind bin, diese Tatsache begreife.«

»Unsinn, Maggy! Übertreib doch nicht so...«

»Leb wohl, Julien.« Mit einem förmlichen Kopfnicken zu Avigdor und Kate hinüber machte sie auf dem Absatz kehrt und verließ die Galerie – so steif, als seien ihre Beine zu Eis erstarrt, aber mit hoch erhobenem Haupt auf dem schlanken Hals. Die Anwesenden machten ihr unwillkürlich Platz, um ihr verwundert nachzusehen. Das, dachte wohl mehr als einer von ihnen, kann eigentlich doch nicht das junge Mädchen sein, das für die Aktbilder gesessen hat. Das Modell war ein lachendes, erotisches Geschöpf gewesen, jung und lebensfrisch. Dies jedoch war eine Frau von strenger Schönheit: unnahbar, überlegen, reif und erwachsen.

Siebentes Kapitel

Als Perry Mackay Kilkullen sich schließlich von Mistrals Vernissage losriß, hätte er sich eigentlich ein Taxi nehmen müssen, denn er war spät dran. Die Entfernung von Avigdors Galerie zum Hotel Ritz, in dem Kilkullen wohnte, war allerdings so gering, daß er einen Spaziergang vorzog. Mit einem Taxi würde es schneller gehen, doch Perry Kilkullen fühlte sich verlockt von der frühen Oktoberdämmerung mit ihrer Verträumtheit, der noch immer von Sommerdüften schweren, verheißungsvollen Wärme, die nicht zu genießen beinahe ein Verbrechen gewesen wäre.

Er sollte im Ritz an einem Geschäftsessen teilnehmen, doch er blieb noch einen Moment auf dem Pont du Carrousel stehen und blickte zur Ile de la Cité hinüber, der prächtigen Insel inmitten der Seine, die die gewichtige, allbekannte Kirche Notre Dame beheimatete. Er kehrte dieser uralten Mahnerin an seinen Glauben den Rücken und blickte gen Westen, in die zitronengelbe Ferne, die mäandernde Seine entlang, über die schmalen, grauen Gebäude links und hinweg über den lockenden Schatten der blauen Jardins des Tuileries rechts. Gewöhnlich versuchte er sich mit all seinen Sinnen zu konzentrieren, um die großartige Szenerie für immer seinem Gedächtnis einzuprägen.

Heute abend jedoch sah er nichts als ein junges Mädchen, ein hochgewachsenes Mädchen, ein Mädchen wie eine junge Königin, mit rotem Haar, mit einem Mund, der wirkte, als sei er für ihn allein geschaffen worden, und einem Körper, bei dem er das Gefühl hatte, wenn er ihn nicht berühren dürfe, müsse er sterben. Verlangen und Qual verspürte er, und doch lachte er vor Glück, weil er etwas empfand, das er noch niemals zuvor empfunden hatte, ein Gefühl, das die Dichter, wie er immer geglaubt hatte, voll Bosheit absichtlich so eingehend besangen, um alle anderen neidisch zu machen.

Der zweiundvierzigjährige Perry Kilkullen war ein typischer Vertreter der irisch-katholischen Aristokratie in Amerika. Er war verwandt mit der berühmten Familie Mackays und hatte sich früh mit einer Tochter aus dem vornehmen McDonnell-Clan verheiratet. Sie war eine elegante und immens fromme junge Dame, die sogar nachweisen konnte, daß ihr spezieller Zweig dieser großen, prominenten Familie direkt vom *Lord of the Isles* abstammte, und die von den McDonnells des dreizehnten Jahrhunderts sprach, als seien sie unmittelbare Cousins.

Im Laufe der Jahre mußte Mary Jane Kilkullens Liebe zur Abstammung als Ersatz für die Liebe zur Nachkommenschaft herhalten, da sie und Perry schließlich die einzigen unter ihren Altersgenossen blieben, die keine Kinder hatten. Die Tatsache, daß ihnen jene Söhne und Töchter versagt blieben, die sie als fromme, katholische Familie eng miteinander verbunden hätten, führte bei ihnen nicht dazu, daß sie beieinander Trost suchten.

Zunächst löste die Unfruchtbarkeit bei ihnen ein Gefühl enttäuschender, unerklärlicher Leere aus, doch als dieses Gefühl sich auf die Dauer in verbitterte Resignation verwandelte, gaben sie ihre persönliche Beziehung, die auf einer flüchtigen, jugendlichen Anziehungskraft beruhte, gänzlich auf und konzentrierten sich jeder für sich auf Dinge, die ihnen eine gewisse Erfüllung garantierten.

Mary Jane Kilkullen machte sich unentbehrlich beim Kinderschutzbund und bei den katholischen karitativen Vereinigungen, von der Blindenhilfe bis zur Krankenpflege. Perry Kilkullen widmete sich ganz seinem internationalen Bankinstitut und lebte 1926 einen größeren Teil des Jahres in Paris, als er in der Riesenwohnung in der Park Avenue verbrachte.

Paris war zu seiner wahren Liebe geworden, zum Trost für die Leere seines Privatlebens, und Paris hatte ihn jung gehalten, wie es das bei allen tut, die es aufrichtig lieben.

Perry Kilkullen hielt sich eine Suite mit drei Zimmern, die auf einen Innengarten des Ritz blickte, und obwohl sein Pariser Leben mit Kabeln, Konferenzen, Geschäftsessen und eleganten Diners mit Kollegen der internationalen Bankiersgemeinde ausgefüllt war, machte er sich gern zu Fuß auf den Weg, um ziellos durch die immer wieder faszinierenden Straßen seiner Stadt zu wandern.

Als er jetzt der Place Vendôme zueilte, war er das Ziel vieler neugieriger Frauenblicke. Man sah ihm auf den ersten Blick an, daß er kein Franzose war. Es lag etwas in diesem schnellen, kampflustigen, selbstsicheren Schritt, das den Eindruck erweckte, er marschiere zum Klang einer Trommel.

Doch Perry Kilkullen hatte für keine der Frauen auch nur einen Blick. Er hastete durch die von Stimmengewirr und Parfümduft erfüllte, in Grau und Gold gehaltene Halle des Ritz, vergaß, dem würdevollen Portier zuzunicken, unterließ den gewohnten Gruß für den weiß behandschuhten Liftboy, schob sich wortlos an seinem Kammerdiener vorbei, ignorierte die Handvoll Briefe, die auf ihn warteten, und warf sich in seinen Abendanzug – immer nur vier kleine Silben im Kopf: Maggy Lunel. Maggy Lunel.

Am nächsten Morgen brachte er nach nur einer halben Stunde des Telefonierens in Erfahrung, daß Madame Paula Deslandes die Inhaberin des *Pomme d'Or* war.

Er bat seine Sekretärin, ihm für den Abend einen Tisch reservieren zu lassen, und speiste allein, ohne Sinn für die köstliche Lammkeule und den reifen Brie, voll Erwartung auf den Augenblick, da Madame Deslandes sich herabließ, an seinem Tisch stehenzubleiben. Sie hatte ihn, als er das Lokal betrat, freundlich begrüßt, doch als sie dann in ihrem voll besetzten Restaurant von Tisch zu Tisch ging, schien jede Gesellschaft eine schier endlose Zeit lang ihre Aufmerksamkeit zu beanspruchen. Sie sah aus den Augenwinkeln, daß er voll Ungeduld dasaß und kaum einen Bissen aß. Soll er warten, dachte sie, nicht ohne einen winzigen, doch unleugbaren Rest von verletztem Stolz. Erst als er die zweite Tasse Kaffee trank, trat Paula auch an seinen Tisch. Perry sprang auf.

»Darf ich Sie zu einem Cognac einladen, Madame?«

»Aber gern!« Paula nahm ihm gegenüber Platz. Wie, fragte sie sich, wird er es anstellen, das Thema anzuschneiden, das der Grund seines Besuchs ist, ohne allzu deutlich zu werden?

»Madame, ich muß sie kennenlernen!«

Bewundernd hob Paula eine Braue. Frontalangriff. Nicht schlecht für einen Amerikaner.

»Können Sie mir helfen, Madame?«

Jetzt zog sie die andere Braue hoch, die freundlichen Züge zu einem Ausdruck zwischen Aufnahmebereitschaft und Zögern arrangiert.

»Madame – ich liebe sie!«

Sie schnalzte geringschätzig mit den Fingern. »Einfach so? Das ist unmöglich.«

»Madame, ich bin ein ernster Mensch, ich neige nicht zu Launenhaftigkeit, verstehen Sie, oder zu Phantasievorstellungen. So etwas ist mir noch nie passiert... Aber nun ist es so! Ich bin Bankier...«

»Bankier? *Tiens* – das wird ja immer unmöglicher!«

»Bitte lachen Sie nicht! Ich bin Teilhaber der Kilkullen International Trust – hier meine Karte. Bitte, geben Sie mir Gelegenheit, sie kennenzulernen.«

Paula betrachtete die Karte so lange und so aufmerksam, als versuche sie darin die Zukunft zu lesen. Maggy hatte die Nacht bei Paula verbracht, und sie hatten bis lange nach Mitternacht miteinander gesprochen. Maggy war fertig mit Mistral. Es sei unwichtig, ob er mit Kate geschlafen habe oder nicht, hatte sie erklärt, und aus ihrem Ton hatte Paula unverkennbar die Wahrheit herausgehört. Es war eine Frage des persönlichen Stolzes für Maggy. Sie war behandelt worden, als sei sie ein Nichts. Seit Wochen hatte sie nicht erkennen wollen, was da vorging. Nun wußte sie, daß Mistral sie weniger schätzte als die Amerikanerin, nun begriff sie endlich und würde nie mehr auch nur die kleinste Geste von ihm verlangen. Nichts. Niemals. Es war eines, sich von der Liebe zum Narren machen zu lassen – das konnte schließlich jedem passieren! –, aber es war etwas ganz anderes, sich selbst zum Narren zu machen.

Paula hatte ihr einfach zugehört in dem Wissen, daß eine kluge Frau in einem Streit unter Liebenden niemals Partei ergreift.

Im Laufe der Stunden aber erkannte sie, daß Maggy zu weit gegangen war, um noch einmal umzukehren, daß die Ereignisse der letzten Wochen sie langsam und widerstrebend Mistrals Charakter richtig einzuschätzen gelehrt hatten.

Paula zweifelte nicht daran, daß Maggy Mistral immer noch liebte. Diese erste Leidenschaft, die sie mit ihm erlebt hatte, zeichnete sie fürs ganze Leben. Von einer solchen Liebe kann eine Frau sich nie ganz befreien. Doch der Verlust des Bildes hatte ihr, wie es kein anderes Erlebnis vermocht hätte, seinen wahren Charakter gezeigt. Nie wieder konnte sie ihn blindlings lieben. Die Selbstlosigkeit, mit der sie Mistral so rückhaltlos überschüttet hatte, basierte auf ihrer Überzeugung, daß er sie ebenso sehr liebte wie sie ihn. Nachdem dieser Glaube zerstört worden war, hatte sie nichts mehr, woran sie sich halten konnte.

Über den Zorn war Maggy inzwischen hinaus. Julien hatte, um fair zu sein, niemals erklärt, daß er genauso empfinde wie sie. Das hatte sie ganz einfach für selbstverständlich gehalten. Sie war tränenlos, entschlossen und unnachgiebig. Nur so konnte sie mit der Situation fertig werden. Also hatte sie einen Jungen zu Mistral geschickt, um ihre Sachen abholen zu lassen.

Wenn sie diese Karte noch länger so anstarrt, dachte Perry Kilkullen, vergilbt das Papier und bricht.

Paula hob den Kopf. Er war ein anständiger Mann. In einer so grundlegenden Frage konnte sie sich kaum irren. Er war reich – das sprang einem aus jedem Faden seiner Weste ins Auge. Er war aufrichtig. Ob er Maggy gegenüber wirklich von Liebe sprechen konnte, ohne ein einziges Wort mit ihr gewechselt zu haben, wollte sie dahingestellt sein lassen, aber er selbst glaubte es wenigstens. Wahrscheinlich war er verheiratet, aber das stand nicht zur Debatte. Maggys schmerzende Wunden brauchten Balsam. Und dieser Kilkullen sah, weiß Gott, großartig aus! Was konnte es Besseres für Maggy geben, um sich von diesem dummen Abenteuer mit Julien Mistral zu erholen, als so einen netten, reichen, gutaussehenden Amerikaner?

»Morgen abend, Monsieur Kilkullen, dürfen Sie uns zum Essen einladen«, erklärte Paula feierlich.

»Ah . . .« Er seufzte vor Erleichterung.

»Bei Marius und Jeanette«, fuhr Paula fort. »Denn jetzt ist gerade Austernzeit.« Und, dachte sie, Maggy hat nicht die richtige Garderobe fürs Maxim.

»Wie kann ich Ihnen nur danken?« sagte er.

»Indem Sie's nicht beachten, wenn ich mir das zweite Dutzend Belons bestelle; indem Sie mir das dritte bestellen; und indem Sie mir ein Dessert verweigern. Ich bin nicht sehr anspruchsvoll. Mir genügen die einfachen Genüsse.«

Während jenes ersten, ein wenig von Verlegenheit bestimmten Diners erkannte Perry Kilkullen deutlich, daß unter Maggys gesammelter Ruhe ein tiefer, furchtbarer Schmerz versteckt war, ein so schwerer Kummer, daß es ihr kaum gelang, ihn zu verbergen. Das jedoch verlieh ihm mehr Zuversicht, als wenn sie fröhlich gewesen wäre, denn es bedeutete, daß sie litt, und worum es sich auch handeln mochte – er würde sie davon befreien. Er war darauf gefaßt gewesen, von ihr bezaubert zu sein, im Verlauf des Abends jedoch erschrak er über die Maßlosigkeit seiner Gefühle und fürchtete sich dennoch nicht davor. In den nun folgenden Wochen machte er ihr in aller Form den Hof.

Maggys Wohnung quoll über von den Blumenkörben, die tagtäglich angeliefert wurden – etwas anderes wagte er ihr nicht zu schenken. Jeden Morgen, wenn er das Ritz verließ und durch die Rue de la Paix schlenderte, warf er sehnsüchtige Blicke in die Schaufenster von *Cartier*. Zu gern wäre er hineingestürmt und hätte ihr – ach, einfach alles gekauft! Doch das war, wie er genau wußte, absolut ungehörig. Sooft sie sich einverstanden erklärte, führte er sie zum Essen aus. Da in den berühmten Restaurants Abendkleidung vorgeschrieben war, beugte er sich ihrem Wunsch und besuchte mit ihr einfachere Lokale, in denen sie sich mit ihren kleinen Hängerkleidchen und dem schwarzen Cape zu Hause fühlte. Ganz behutsam, als sei sie ein seltener, wilder Vogel, hatte er sie dazu gebracht, ihm von ihrer Kindheit, ihrer Großmutter und von Rabbi Taradash zu erzählen. Dafür berichtete er ihr von seinem legendären Vorfahren *Honest Ned Kilkullen* und erklärte ihr den Unterschied zwischen den Iren und den anderen Einwanderern in den Vereinigten Staaten.

»Sie lieben eine kräftige Prügelei, Maggy, und sie singen gern. Sie sind streitsüchtig und verteufelt stolz und würden für Freiheit und Gerechtigkeit, wie sie sie sehen, alles tun. Sie sind natürlich stets fest überzeugt, im Recht zu sein, selbst dann, wenn sie im Unrecht sind, aber das ist eben das feurige Temperament der Iren.«

»Ich glaube, ich mag die Iren«, erklärte sie, belustigt von seiner Begeisterung.

Auf einmal sah Perry seine Frau vor sich, deren irisches Feuer schon vor Jahren erloschen war. Mary Jane Kilkullen war eine vertrocknete, pflichtbesessene Komiteedame, und vage Bilder einer riesigen, mit Antiquitäten gefüllten Wohnung stiegen in ihm auf, in der das wertvolle Silber stets blitzblank geputzt und die kostbare Bettwäsche stets frisch gebügelt war; Bilder von einem sauber geschlagenen Golfball, von einem perfekt gemixten Cocktail, jedoch keine Erinnerung an das Gefühl ihrer Haare unter seiner Hand, ihres Duftes oder ihrer Lippen. Doch diese plötzliche Vision verblaßte vor der Wirklichkeit von Maggys fein gerundeter Schulter, vor dem Funkeln ihrer weit auseinanderstehenden Augen, die ihr gerade jenen Hauch von Einmaligkeit gaben, ohne den bloße Schönheit etwas Leeres ist.

Nachdem diese behutsame Werbung zwei Wochen lang gedauert hatte, begann Perry Kilkullen klarzuwerden, daß ihn die Macht seiner Gefühle für Maggy lähmte. Es kam ihm vor, als sei er in einen schüchternen Primaner zurückverwandelt worden, der seinem Schwarm vor lauter Angst vor einem Korb nicht mal die Hand zu reichen wagt.

Eine weitere Woche verging, bis auch Maggy allmählich begann, nach Anzeichen für das Ausschau zu halten, was Paula seine »Absichten« nannte. Sie hatte nicht gewußt, daß ein Mann so galant und so schüchtern sein konnte. Eines Abends nach einem üppigen Diner im *Grand Véfour* entdeckte Maggy, daß sie auf einmal Lust zum Tanzen hatte. Nein, erklärte sie Perry feierlich, es sei mehr als Lust, es sei eine physische Notwendigkeit.

»Und wo?« erkundigte er sich, hocherfreut über diese Unterbrechung einer schier endlosen Folge von Abendessen.

»Im *Le Jockey*«, antwortete sie. Seit der Vernissage hatte Maggy weder einen Nightclub noch ein Bistro oder ein Café am Montparnasse besucht. Daß sie sich an diesem Abend für *Le Jockey* entschied, war ein Zeichen dafür, daß es ihr gleichgültig war, wem sie begegnete, denn das Lokal war der bei den Künstlern beliebteste Nightclub.

Bald steckten Perry und Maggy mitten im Gedränge des schmalen, dunklen Lokals. Die Besitzer, zwei Männer – einer Maler, der andere ein ehemaliger Schiffssteward –, hatten Wände und Decke des ersten und berühmtesten Nachtklubs von Montparnasse wie einen Western-Saloon dekoriert. Lee Copeland, ein ehemaliger Cowboy, spielte zur Begleitung von zwei Hawaiigitarren Klavier, und wenn er müde wurde, dröhnte ein Grammophon die neuesten Jazz- und Bluesplatten aus den Vereinigten Staaten hinaus.

Während der vier Jahre seiner kurzen, legendären Existenz hielten vor dem winzigen *Le Jockey* jeden Abend auch Limousinen wie die von Perry, und Paare, von steifen Bällen geflohen, verschwanden drinnen, um endlose Gläser Whiskey zu trinken und die ganze Nacht wie im Delirium zu tanzen. Als Maggy und Perry Platz nahmen, plärrte eine Schallplatte gerade den »Black Bottom« aus George Whites »Scandals« vom Jahr zuvor. Auf der winzigen Tanzfläche schlenkerten die Paare wie wahnsinnig mit Armen und Beinen.

»Verdammt noch mal, ich glaube, das kann ich nicht!« stöhnte Perry ein wenig verzweifelt.

»Ich auch nicht; ich bin schon seit Monaten nicht mehr hier gewesen.« Maggy trank einen Schluck Whiskey.

Dann stimmte Lee Copeland die ersten Takte von »Someone to Watch Over Me« an, und Perry begann erleichtert zu grinsen. »Das schaffe ich gerade noch – wollen wir?«

Maggy erhob sich und streifte unwillkürlich die Schuhe ab. Es war das erstemal, daß er sie in den Armen hielt.

Sobald ein Mann beim Gesellschaftstanz den Arm um eine Frau legt und sich mit ihr zusammen im Takt einer Musik bewegt, gibt es eine Unzahl weiterer Möglichkeiten, zu denen eine Gavotte oder ein Menuett niemals geführt hätten.

Von allen in den zwanziger Jahren bekannten Tänzen war der Foxtrott – oder der Slow, wie er in Frankreich genannt wird – der gefährlichste, weitaus tödlicher als die ausgesprochene Sinnlichkeit des Tango oder der lebhafte Shimmy. Ein Slow ist nichts anderes als eine Umarmung zu einem ganz einfachen Schritt, und die Ausmaße der Tanzfläche im *Le Jokkey* machte sogar diesen Schritt fast unmöglich.

Während die Hawaiigitarren Gershwins Meisterwerk erklingen ließen, wurden Maggy und Perry auf einmal wunderbar zugänglich füreinander. Alle Zwänge, die sie sich in den letzten drei Wochen auferlegt hatten, fielen bei der Musik von ihnen ab.

»*I'm a little lamb that's lost in the wood . . .*
Oh, how I would try to be good.«

Sie hielten einander umfangen, bis die Musik endete, und als das Klavier zur nächsten Nummer überging, blieben sie, eng aneinandergeschmiegt, ganz still stehen und blickten einander in die Augen. Ohne einen Muskel zu regen, vermittelte Maggy Perry das Gefühl, daß sie in Bewegung war, daß ein Frühlingswind sie ergriffen hatte.

»Ich könnte ihn bitten, das Lied zu wiederholen«, meinte Perry sehnsüchtig.

»Oder du könntest mich nach Hause bringen«, flüsterte Maggy mit einem fragenden, verheißungsvollen Ton in der Stimme.

Einander immer noch an den Händen haltend, machten sie nur noch kurz halt, um Geld für die Rechnung auf dem Tisch zu hinterlassen und Maggys Schuhe zu holen, verließen das Lokal, stiegen in die wartende Limousine und ließen sich ein paar Straßen weiter zu dem hohen, schmalen Haus neben dem *Pomme d'Or* bringen.

Maggy summte noch immer die Melodie, als sie Hand in Hand die ausgetretene Treppe zu ihrem Zimmer im fünften Stock hinaufstiegen. Schon als sie im dritten Stock ankamen, mußten sie vorsichtig zwischen den zahllosen, noch immer frischen Blumenkörben hindurchnavigieren, die jede Stufe dekorierten. Auch der Korridor, der zu Maggys Wohnung führte, war voll davon, und als Maggy die Tür öffnete, hielt Perry den Atem an: Das breite Bett schwamm mitten im Schlafzimmer wie in einem Meer von Blumen.

»Ich sehe ein, ich hab's übertrieben«, sagte er leise.

»Man kann sich nirgends hinsetzen«, lachte sie. »Und ich kann die Schranktür nicht öffnen, um deinen Mantel aufzuhängen.«

»Ich trage gar keinen Mantel.«

»Ah, das vereinfacht die Dinge. Es bleibt uns keine andere Wahl, nicht wahr?«

»Nein. Wir müssen uns entweder aufs Bett legen oder die ganze Nacht hier stehenbleiben.«

»Mir tun die Füße weh«, klagte sie.

»Dann ist die einzige Alternative ... die Alternative ...«

Bevor er sie küßte, in dieser vibrierenden Sekunde, wurde ihm klar, daß ihm alles Glück der Welt angeboten wurde und daß er unbewußt sein Leben lang genau darauf zugestrebt hatte. Als er seine Lippen auf die ihren senkte und spürte, wie sich ihr Atem mit dem seinen mischte, wußte er, daß er endlich angekommen war.

Lange standen sie da und küßten sich inmitten dieses Blumenmeeres – so lange, bis ihre Herzen so wild schlugen, daß beide zitterten.

»Die Alternative?« murmelte sie und legte sich auf die Steppdecke, und Perry zog sich mit bebenden Fingern aus, während Maggy ihm im matten Licht der Straßenlaterne zusah. Dann stand er nackt und ohne den eleganten Anzug, die Weste, die gestärkte Wäsche verblüffend jung aussehend vor ihr.

Er streifte ihr die schmalen Träger des Kleides über die Schultern und zog es bis zur Taille hinab. Mit einem Arm stützte er sie, so daß sie halb zurückgelehnt auf dem Bett ruhte, während er sie vom Hals bis zur Taille streichelte und mit seiner warmen Hand Zentimeter um Zentimeter von ihrem Körper Besitz ergriff, sie sanft beruhigte, bis sie vollkommen entspannt, mit zurückgeworfenem Kopf in den Kissen lag. Nun zog er ihr das Kleid ganz aus, und bald war sie ebenso nackt wie er, ihr Körper still, doch von einer aufregenden Verheißung erfüllt, während sie, bewußt und genußvoll passiv, abwartete, was er als nächstes tun werde. Lange betrachtete er ihren vollkommenen Körper. Dann schmiegte er sich dicht an sie, so daß sie einander ansahen, Seite an Seite, beinahe gleich groß, Lippen auf Lippen, Brust an Brust, Herz an Herz.

»Ach, Maggy, ich liebe dich so sehr! Wirst du mir erlauben, dich zu lieben?«

»O ja, bitte liebe mich ... Perry, liebe mich ... Und stell jetzt keine Fragen mehr!«

Anfangs gab es eine Dissonanz in ihrem Rhythmus. Maggy, an Mistrals Ungeduld und Heftigkeit gewöhnt, war Perry um mehrere Schritte voraus, der eine feierliche, gemächliche Hingabe in seine Zärtlichkeiten legte, immer nur einen Schritt nach dem anderen tat, jedesmal lange dabei verweilend. Doch Maggy spürte, wie sie vor lauter Bereitschaft heiß und gierig schwoll und dann noch fordernder schwoll und erkannte, daß es gar nicht notwendig war, einer schnelleren Befriedigung zuzuhasten. Also paßte sie sich ihm an, ließ die Eile, begann träge zu warten, hielt beinahe den Atem an und gab sich mit glückseliger Neugier seinen Fingerspitzen und Lippen hin. Er duftet wie Honig, dachte sie willenlos, als er sie endlich nahm, sehr selbstbewußt, sehr stark. Und als sie gemeinsam zum Letzten kamen, hatte sie plötzlich das Gefühl, als habe sich ein Schwarm bunter Schmetterlinge aus ihrem Körper gelöst, in warmer Überraschung zwischen ihren Schenkeln geboren und in die vibrierende Luft hinausgestoßen.

Zweimal erwachten sie im Lauf dieser einmalig vollkommenen Nacht aus dem Schlaf, wandten sich einander zu, um ihr Verlangen zu vertiefen und zu bestätigen.

Als Maggy schließlich aufwachte, war draußen heller Tag, und Perry schlief, als könne nichts und niemand ihn stören. Sie glitt aus dem Bett und huschte, splitternackt unter dem schwarzen Cape, die Treppe hinab zur Bäckerei an der Ecke, wo sie sechs warme Croissants kaufte. Auch als sie zurückkam und vorsichtig durch die Blumenkörbe zum Gaskocher stelzte, um Kaffee zu machen und Milch zu wärmen, schlief er noch immer. Maggy füllte zwei riesige Tassen zur Hälfte mit dem starken Kaffee und stellte sie zusammen mit einem Krug dampfender Milch, einer Schale Zucker und den Croissants auf ein Tablett, für das sie auf dem Fußboden neben dem großen Bett Platz machte.

Perry lag flach auf dem Bauch und hatte irgendwann in der Nacht die Bettdecke so weit heraufgezogen, daß sein Körper bis auf den Kopf und eine ausgestreckte Hand darunter verborgen war. Maggy beugte sich über ihn, und er stöhnte kurz auf, schlief aber weiter. Sie schob die Zunge zwischen die Spitzen des kleinen und des Ringfingers seiner herunterhängenden Hand und ließ sie zwischen den Fingern vor und zurück gleiten. Er zog die Hand fort, doch sie fing sie ein und begann an seiner Zeigefingerspitze zu saugen. Sofort fuhr er unter der gesteppten Decke hoch, als hätte in seinem Ohr eine Glocke geschrillt.

»Was, zum Teufel...? Wo...? Maggy, du...!« Er stürzte sich auf sie und warf sie aufs Bett. »Warum trägst du deinen Umhang? Zieh ihn aus! Küß mich! Küß mich!«

Er packte sie und stieß sie in die Kissen zurück, daß ihr Haar sich ausbreitete wie rote Flaggen vor einer weißen Wolke. Als er spürte, wie ihre Lippen sich den seinen öffneten, hatte er das Gefühl, ein Kind zu sein, für das jede Stunde von Möglichkeiten erfüllt war, für das noch kein Tag verbraucht, getrübt oder vergessen war.

»Der Kaffee!« stieß sie schließlich hervor. »Er wird kalt.«

Er ließ sie los, und Maggy rutschte an die Bettkante und hob das Tablett vorsichtig herauf.

»Großer Gott, wo kommt denn das auf einmal her?« fragte er, als sie die heiße Milch in die großen Tassen goß. »Das ist ja ein Festmahl!«

»Am Morgen sind gewisse Dinge sehr wichtig. Hier, nimm ein Croissant.«

»Es schmeckt so gut! Das Beste, was ich jemals gegessen habe.«

Als das Tablett leer gegessen war, legte sich Perry aufs Bett zurück und reckte sich. Dann sah er sich im Zimmer um und betrachtete es zum erstenmal richtig. Das einzig Schöne daran waren die Blumenkörbe, und die waren im Augenblick zum Teil unter seinen hastig hingeworfenen Kleidungsstücken versteckt. Die Wände waren mit einer vergilbten, fleckigen Tapete beklebt, die Vergoldung des Bettes war verkratzt und blind. Maggys Kleiderschrank aus zehnter Hand sackte in der Mitte durch, die Zimmerdecke war niedrig, und der Raum wirkte trotz der Sonne, die durch die beiden offenen Fenster hereinschien, beklemmend.

»Darf ich mal dein Bad benutzen?« erkundigte er sich.

»Den Gang hinunter, zweite Tür links.«

»Hast du kein eigenes?«

»Pro Etage eins, mein Herr. Ich habe einen Spülstein und ein Bidet, und wenn ich baden will, geh ich den Gang hinunter.«

»Du erinnerst dich nicht zufällig, was aus meiner Hose geworden ist?« Suchend sah er sich im Zimmer um.

»Die müßte eigentlich hier irgendwo liegen.«

»Wenn nicht, pinkele ich ins Bidet«, drohte er, über die eigenen Worte erstaunt. In all den zwanzig Jahren ihrer Ehe hatte er Mary Jane gegenüber niemals so frei gesprochen.

»Da ist sie ja, auf den roten Rosen – nein, warte! Ich hole sie dir.« Wie eine Katze stieg Maggy zwischen den Blumen umher, ganz selbstverständlich in ihrer prachtvollen Nacktheit, mit einem derartigen Mangel an Prüderie, daß Perry sekundenlang zwischen Bewunderung und Schock schwankte. Niemals, in seinem ganzen Eheleben, war seine im Kloster erzogene Frau so herumgelaufen.

Als er aus dem Bad zurückkehrte, hatte Maggy sich hastig

die Zähne geputzt, das Gesicht gewaschen und seine Kleider auf dem Bett ausgebreitet.

»Maggy.« Mit der Miene eines Menschen, der eine Erklärung abgeben will, setzte er sich zu ihr aufs Bett. »Hör zu, mein Geliebtes, du kannst hier nicht bleiben.«

»Aber warum denn nicht? Ich hab den schönsten Blick von ganz Paris.«

»Weil wir nicht nur von Kaffee und Croissants leben können. Weil ich den Gedanken, daß du nicht mal ein Bad hast, nicht ertragen kann. Weil hier nicht genug Platz für mich *und* deine Blumen ist.«

»Nicht genug Platz für dich?« fragte sie, auf die einzige Formulierung zurückgreifend, die sie wirklich begriffen hatte.

»Ja, willst du mich denn nicht bei dir haben?«

»O doch, das will ich!«

»Jede Nacht?« Seine grauen Augen forderten Bestätigung.

»Hm. Jede Nacht, das weiß ich nicht. Aber mit Sicherheit heute nacht und morgen nacht und übermorgen...«

»Dann, mein schönes Kind, wirst du umziehen müssen. Weil hier nicht genug Platz für meine Kleider ist.«

»Und für deinen Kammerdiener.«

»Vor allem für den. Möchtest du im Ritz wohnen? Aber nein, lieber nicht: Nach fünf Minuten würde das gesamte Personal darüber tratschen, und ich sehe nicht ein, warum alle Leute Dinge erfahren sollen, die nur uns beide angehen. Darf ich dir eine Wohnung suchen, Maggy? Erlaubst du mir, dafür zu sorgen, daß wir eine anständige Wohnung kriegen?«

»Warum bist du so?« protestierte sie. »Jetzt hast du mal Gelegenheit zu einem Abenteuer im echten Paris, in jenem Teil von Paris, den nur die Künstler und die Pariser wirklich kennen. Welche Gelegenheit für einen Amerikaner! Und schon willst du eine anständige Wohnung zum Leben und Schlafen, ganz zweifellos mit Dienstboten, und das beste Fleisch vom besten Schlachter und alle Rechnungen pünktlich bezahlt... Diese ›anständige Wohnung‹, wäre die dann für mich oder für uns?«

»Gibt es da einen Unterschied?«

»Ich werde nie in eine Wohnung, ein Haus oder eine Suite ziehen, die einem Mann gehört – lieber behalte ich mein kleines Zimmer. Aber wenn es eine eigene Wohnung sein würde, zu der ich allein den Schlüssel habe, meine ganz eigene, private Wohnung, so wie hier, dann könnte ich anfangen, verstehst du, erst *anfangen*, mir die Sache zu überlegen ...«

»Das verspreche ich dir! Es ist deine eigene Wohnung. Nur ein einziger Schlüssel. Ich werde mich stets anmelden. Würde Mademoiselle Monsieur Kilkullen empfangen? Hat Mademoiselle Lust, Herrenbesuch zu bewirten? Wünscht Mademoiselle auf den Nacken geküßt zu werden, oder hat Mademoiselle apartere Wünsche?«

»Aufhören!« Maggy rutschte von ihm fort. »Mademoiselle hat heute morgen keinerlei Wünsche mehr.«

»Aber, Maggy? Wirst du umziehen? Du hast immer noch nicht ja gesagt.« Erwartungsvoll sah er sie an. Sie ist so unberechenbar, dachte er und fürchtete, sie könnte ein Leben vorziehen, das ihr absolute Freiheit garantierte. Aber er konnte den Gedanken, daß sie weiter in diesem Zimmer hauste, in dem er gerade die schönste Nacht seines Lebens verbracht hatte, nicht ertragen.

»Also, Perry – das, was du willst, das ist doch, offen und ohne Chichi ausgedrückt, mich aushalten«, sagte Maggy, auf einmal ernst geworden. »Mit eigenem Schlüssel oder ohne – wenn ich zustimme, werde ich eine ausgehaltene Frau sein, nicht wahr?«

»Mein Gott, Maggy, das ist ein so häßliches Wort«, gab er entsetzt zurück. »Warum mußt du es unbedingt so formulieren?«

»Aber es stimmt doch, oder? Würden die Leute nicht genau das sagen? Was sonst würde ich sein, wenn nicht eine ausgehaltene Frau, *une femme entretenue*?« bohrte sie unnachsichtig weiter.

»Ach, Maggy, du bist einfach unmöglich!« stöhnte er zerknirscht.

»Und vermutlich willst du, daß ich Couture-Kleider trage – meine eigenen sind in deinen Augen nicht gut genug –, und dann willst du mir Schmuck kaufen und Pelze ...«

»Ja! Verdammt noch mal, ja! Was ist denn so schrecklich daran? Verflixt!«

Maggy sprang plötzlich aufs Bett und hopste darauf herum mit einem strahlenden Lächeln auf ihren Lippen.

»Brillantarmbänder bis zu den Ellbogen? Chinchilla knöchellang? Reisen nach Deauville? Mein eigenes Auto?«

Perry entdeckte den Schalk in ihrem Blick. »Armbänder an beiden Armen bis zu den Schultern, falls es das gibt . . . zehn Pelzmäntel . . . eine vierspännige Kutsche . . . sechs hochgewachsene Lakaien . . . ein Exemplar von jeder Nummer der neuen Chanel-Kollektion . . . und das ist alles erst der Anfang!«

»Oh . . . Oh. . .!« Sie ließ sich auf ihn drauffallen. »Ich hab mir immer gewünscht, eine ausgehaltene Frau zu sein! Es war der Traum meiner elenden Jugend . . . O Gott, wie aufregend! Ausgehalten . . . Genau wie damals in der Belle Epoque!« Sie erschauerte genüßlich. »Wenn das Tante Esther wüßte!«

»Wir werden's ihr einfach nicht sagen«, gab Perry hastig zurück.

»Ich würde nicht im Traum dran denken. Hör zu, Liebling – wann könntest du anfangen, mich auszuhalten? Ehrlich gesagt, ich möchte weg von Montparnasse. Und nie wieder zurückkommen. Mit meinem Leben hier bin ich fertig. Das ist vorbei, ein abgeschlossenes Kapitel. Alles – bis auf Paula.«

»Heute noch, heute vormittag werde ich für dich eine Suite im Lotti nehmen. Das ist nur ein paar Schritte vom Ritz entfernt. Und dann werden wir uns auf die Suche nach einer Wohnung machen.«

»O ja.« Maggy bedeckte sein Gesicht mit einer Flut von Küssen. »*Ça alors, ça c'est la vie, mon chérie – la bonne vie!*«

»Das gute Leben«, wiederholte Perry. »Jawohl, mein Liebling; das verspreche ich dir.«

Achtes Kapitel

*E*r arbeitet nicht«, sagte Kate, die mit Avigdor in einem Café saß. »Seit der Vernissage ist er nicht mehr in der Lage gewesen, einen Pinsel zur Hand zu nehmen.« Der Kunsthändler erstarrte. Ein Maler, der nicht so regelmäßig malt, als ginge er in ein Büro, ist wie eine Goldader, die sich im Gestein verliert.

»Es ist dieses verdammte Mädchen. Sie ist nicht mehr zurückgekommen, nicht wahr?«

»Ach was, das war es keineswegs!« fuhr Kate auf. »Selbstverständlich war er außer sich, als sie dieses alberne Theater aufführte, aber Mistral ist kaum der Typ, der einer Frau nachweint. Als Modell braucht er sie nicht mehr, und sie sind kaum mehr als ein paar Monate zusammengewesen. Im Grunde ist sie also unwesentlich.«

»Wie Sie meinen.« Obwohl Avigdor zustimmte, war er nicht so ganz sicher. Irgend etwas auf Kates hoher, glatter Stirn und der eisige Ton ihrer Stimme rieten ihm jedoch, nicht länger darüber nachzudenken, jedenfalls nicht laut.

»Meine Theorie wäre, daß es eine Art Katerstimmung ist. Die Vernissage war ein derartiger Höhepunkt, daß es hinterher einfach eine Reaktion geben mußte.«

»Hat er denn wenigstens versucht zu malen?« erkundigte sich Avigdor.

»O ja! Das ist ja das, was mir die größten Sorgen macht. Seit zwei Wochen steht er vor seiner Staffelei und starrt einfach drauf – Stunde um Stunde, Tag um Tag –, während die Farben auf der Palette eintrocknen und er keinen einzigen Strich auf die Leinwand bringt. Abends betrinkt er sich dann sinnlos – das hat er vorher nie getan. Und er will nicht darüber sprechen. Er wirkt . . . Adrien, es ist, als lebe er in einer Art ganz persönlicher Panik . . . Ich begreife das alles nicht!«

»Ich glaube, er muß mal eine Weile weg von allem, muß etwas anderes sehen als immer nur seine vier Wände. Er ist nicht der erste Maler, der es nicht schafft, nach einem großen Erfolg den Pinsel wieder zur Hand zu nehmen.«

»Ich habe ihm vorgeschlagen, er soll irgendwohin verreisen.«

»Und?«

»Er sagt, er hat keine Lust. Er sagt, er sei nicht der Mensch, der Urlaub nimmt. Er glaubt, er muß dranbleiben, bis es ihn wieder richtig packt.«

»Soll ich vielleicht mal mit ihm reden?«

»Das wäre schön, Adrien.«

Mitte Oktober, am Abend vor seiner Reise in die Provence, war Kate dann zu einem Abschiedsdrink zu Mistral geladen. Sehr beiläufig erbot sie sich, ihn zu chauffieren, als sei ihr der Gedanke gerade erst gekommen.

»Ich kenne eigentlich nur Paris und ein bißchen von der Normandie. Ich würde wirklich gern Aix und Avignon kennenlernen, möchte aber nicht allein fahren... Und Sie brauchten dann nicht mit der Bahn zu fahren...«

Mistral war gekränkt. »Kate, glauben Sie wirklich, ich ließe es zu, daß Sie mich durch die Gegend chauffieren?«

»Nein, Sie können ja fahren... Mir ist das ehrlich gesagt egal«, entgegnete Kate gereizt.

»Typisch amerikanisch, einfach vorauszusetzen, daß ich Auto fahren kann. Als hätte ich jemals ein Auto gehabt!«

»Das Fahren kann ich Ihnen in einer halben Stunde beibringen, sobald wir draußen auf dem Land sind. Es ist wirklich nichts dabei.«

Sobald sie Fontainebleau hinter sich gelassen hatten, bog Kate von der Hauptstraße ab und übergab den Talbot-Sportzweisitzer nach einer kurzen Demonstration und einigen Erklärungen an Mistral. Sie wußte, daß seine Reaktionen so schnell waren, als befinde er sich ständig in Gefahr, und daß sein Konzentrationsvermögen bei allem, was mit optischen Eindrücken zu tun hatte, phantastisch war. Sie war gespannt, wie er mit dieser Aufgabe fertig werden würde. Ohne ihm mit einem erklärenden Wort zu helfen, sah sie zu, wie seine großen, langen Hände mit den feingliedrigen Fingern geschickt mit Lenkrad und Schalthebel umgingen.

Innerhalb von zehn Minuten hatte er gelernt, den Wagen

zu beherrschen; also kehrten sie auf die Hauptstraße zurück und nahmen Kurs auf Saulieu.

Kate entspannte sich wohlig neben ihm in ihrem erstklassig geschnittenen braun-rostfarbenen Tweedkostüm, den weichen Lederhandschuhen und der Filz-Cloche auf dem Kopf. Durch die ebene Landschaft des Département Yonne ging es, über endlose Platanenalleen, an Feldern entlang, auf denen fast überall schon der letzte Weizen geschnitten war. Es war ein Herbsttag ohne die kleinste Andeutung von Melancholie, eine prickelnde Verheißung lag fast greifbar in der frischen Luft.

In Avallon nahmen sie ein kleines Mittagessen ein und setzten ihre Fahrt dann fort. Mistral schien von einer Art Geschwindigkeitsrausch besessen zu sein.

»Wie weit fahren wir noch?« erkundigte sich Kate schließlich, als sich der Nachmittag dem Ende zuneigte und sie im offenen Wagen trotz ihres warmen Kostüms und des dicken Pullovers die abendliche Kühle zu spüren begann.

»Bis nach Lyon, wo die Saône in die Rhône mündet. In alter Zeit war das ein geweihter Ort. Für mich ist es der eigentliche Beginn der Provence. Obwohl die Provençalen sicher behaupten werden, dafür liege es viel zu weit nördlich. Bis Lyon also kein Stopp mehr.«

»Das sind aber noch fast zweihundert Kilometer«, protestierte Kate.

»Ja, aber immer bergab«, gab Mistral beruhigend zurück. »Nach Süden geht es immer bergab.«

In Lyon fanden sie ein kleines Hotel, bekamen für wenig Geld eine ausgezeichnete Mahlzeit und suchten bald ihre Zimmer auf. Am nächsten Tag folgten sie der majestätischen Rhône, passierten Dörfer, deren Namen klangen wie eine Liste großer Weine, fuhren zwischen gewaltigen Weinbergen hindurch, einer kostbarer als der andere, und kamen über Valence und Orange schließlich nach Avignon. Dort fuhren sie über den Fluß nach Villeneuve-les-Avignon, wo sie endlich, beinahe um Mitternacht, in einer Pension abstiegen, die Mistral von einer früheren Reise her kannte.

Diese Pension war ursprünglich einmal ein Kardinalspalast gewesen, und später, von 1333 bis zur Revolution, eine Priorei. Danach wurde sie säkularisiert und als Gutshof genutzt. Dennoch herrschte hier immer noch eine Atmosphäre tiefsten Friedens. Das Haus war U-förmig um einen Innenhof gebaut, die moosbewachsenen Marmorsäulen des ehemaligen Klosters schienen im Dunkel des Gartens Wache zu stehen. Die ruhige Wärme des Ortes war die eines Refugiums, einer Zuflucht vor der Welt, aber nicht die einer Flucht vor den Früchten und Freuden dieser Erde. Den Mittelpunkt des Innenhofs bildete eine Treppe, die in den Weinkeller hinabführte. Dort lag das eigentliche Herz des Gebäudes.

»Ich muß mir einen Reiseführer für diese Gegend besorgen«, sagte Kate am nächsten Morgen nach dem Frühstück.
»Warum?«
»Wir sind immer so schnell gefahren, daß ich mich ganz verwirrt fühle. Ich weiß nicht, was östlich oder westlich von hier liegt, aber ich weiß, daß das alles wahnsinnig historisch ist, und ich komme mir sehr ungebildet vor.«
»Historisch?« Mit gespieltem Staunen zog Mistral die schweren Brauen empor.
»Himmel, Julien! Machen Sie nicht so ein erstauntes Gesicht! Was haben Sie dagegen, daß ich mich informieren möchte? Ich möchte wissen, warum Sie ausgerechnet hier haltmachen mußten, wo doch ganz Frankreich zur Wahl stand.«
»Und das erfahren Sie aus einem Buch?«
»Na ja... warum nicht? Wir können doch nicht einfach rumlaufen, ohne das geringste bißchen zu wissen.«
»Sie könnten zehn Reiseführer haben und zehn Jahre, um sich danach zu richten, und es würde Ihnen immer noch etwas ganz Großartiges entgehen, das direkt vor Ihrer überaus amerikanischen Nase liegt. Warum entspannen Sie sich nicht und sehen sich in der Gegend um? Dazu bin ich nämlich hergekommen – um mich umzusehen.«
Kate brach die Auseinandersetzung ab. Obwohl ihr tief eingewurzelter Ordnungssinn durch die Vorstellung, einfach so herumzustreifen, empfindlich gestört wurde, wollte sie unter keinen Umständen Streit mit ihm anfangen.
Also wanderten sie den ganzen restlichen und auch den folgenden Tag zu Fuß in Villeneuve-les-Avignon umher und erforschten den Ort, der im vierzehnten Jahrhundert nach der Umsiedlung des Papstes von Rom nach Avignon entstanden war. Die kirchlichen Würdenträger hatten sich in

Villeneuve niedergelassen und eine blühende Stadt mit einem großen Kloster und einem herrlichen Fort gegründet, die nun auf ein paar verschlafene, blütenduftende Plätze und einige schmale, von Arkaden gesäumte Gassen geschrumpft war.

Am dritten Tag fuhren sie nach Osten durch das Apt-Becken – ein reiches, fruchtbares Tal, das zwischen zwei etwa sechs Meilen voneinander entfernten Bergketten lag. Weit hinten im Norden lagen die Monts de Vaucluse und im Süden, beinahe an die Straße grenzend, die Berge des Lubéron. Von dieser Gegend war Mistral schon bei seinem früheren Besuch fasziniert gewesen. Nie hatte er diese bizarren Kalksteinklippen vergessen, an die sich die spärliche Vegetation ebenso verbissen klammerte wie die eng zusammengedrängten Dörfer, die scheinbar unzugänglich dreihundert Meter über der Hauptstraße hockten. Mistral hatte dann doch den schmalen Bergpfad entdeckt, der hinaufführte in die verzauberten Orte: Maubec, Oppède-le-Vieux, Félice, Ménerbes, Lacoste und Bonnieux.

In prähistorischen Zeiten schon hatten sich hier Menschen angesiedelt. Vierhundert Jahre lang hatten sie die blutige Tyrannei aus dem Norden erduldet, diese winzigen, verschlafenen Dörfchen mit ihren Straßen so steil wie Trittleitern und den eng zusammengedrängten Häusern in mattem Grau und noch matterem Ocker, umrankt von Grün, betupft mit dem flirrenden Silber der Olivenhaine und dem Korallenrot der Blüten des roten Fingerhut, den sie hier Feenfinger nannten. In diesen friedlichen Dörfern wohnten Ladenbesitzer und Handwerker, die von der Kundschaft zahlreicher kleiner, blühender Farmen im Apt-Becken lebten.

Mistral war freudig erregt. Kaum war er zu den weißen Marmorruinen der Schloßfestung von Oppède-le-Vieux hinaufgeklettert, von wo aus er tief unten einen besonders attraktiven Bauernhof erspähte, hastete er schon wieder den steilen Pfad hinab, warf sich in den Wagen und fuhr ins Tal zurück, um sich das Bauernhaus aus der Nähe anzusehen.

Jeder der großen Bauernhöfe oder *mas*, wie sie in der Provence genannt werden, besteht aus mehreren Steingebäuden, die annähernd quadratisch einen Innenhof umgeben, ergänzt durch zahlreiche, miteinander verbundene Anbauten und Türmchen, mit vielen unterschiedlich hohen Dächern und einer bunten Sammlung von Fenstern mit Läden und Bogendurchgängen mit wuchernden Ranken.

Souverän ignorierte Mistral die Schilder, die warnten, die Straße, die zum *mas* führte, sei ein Privatweg, und hielt unmittelbar vor dem Gehöft. Er stieg aus dem Wagen und ging trotz des wütenden Gebells der Hofhunde auf das Gebäude zu. Als die Bäuerin herauskam, redete er munter mit ihr, was zur Folge hatte, daß sie ihn auf ein Glas Wein ins Haus einlud. Mistral war ganz versessen darauf, ins Innere dieser ländlichen Wehrburgen mit ihren meterdicken Mauern und den Riesenkaminen vorzudringen, denn keine von ihnen glich den anderen.

Die provençalischen Bäuerinnen, wortkarg und mißtrauisch gegen jeden Fremden, hätten normalerweise niemals zwei Unbekannte zu sich ins Haus geladen. Doch von Mistrals offener Bewunderung und seinem Interesse waren sie schnell ebenso hingerissen wie von seinem Auftreten: ein so feiner Kavalier, dieser hochgewachsene Mann aus dem Norden, mit dem roten Haar und den meerblauen Augen! Intuitiv spürten sie sein Verständnis für ihre Art zu leben, das ihn nicht ganz so fremd wirken ließ, obwohl sie selbst die Bewohner des Nachbardorfes als »Fremde« bezeichneten.

»Auf der ganzen Welt gibt es keine schönere Landschaft«, sagte er zu Kate, nachdem sie drei Tage lang kreuz und quer durch die Berge und Täler des nördlichen Lubéron gefahren waren.

»Haben Sie denn schon genug von der Welt gesehen, um das beurteilen zu können?« fragte Kate erstaunt.

»Das brauche ich nicht. Es gibt Dinge, die klar auf der Hand liegen. Was könnte man mehr von der Natur verlangen, Kate, und was auch mehr von den Menschen als diese Dörfer, diesen Himmel, diese Bäume, Steine und Erde? Es war richtig, daß ich hierher zurückgekommen bin. In Paris hatte ich fast den Horizont vergessen, hatte vergessen, was richtiges Grün ist. Nichts, Kate, nichts auf der ganzen Welt ist so grün wie die Blätter eines Weingartens in der späten Nachmittagssonne.«

Noch nie hatte Kate ihn so erlebt. Er wirkte, als sei jede Pore seines Wesens mit dem ganz eigenen reinen und lebendigen Licht der provençalischen Landschaft erfüllt, jener

Landschaft, die der Dichter Frédéric Mistral als »Reich der Sonne« bezeichnet hatte.

Auch sie hatte sich durch diese Tage an der frischen Luft, die nach Heide, Rosmarin und Thymian duftete, verändert. Die scharfen Konturen ihrer Züge waren von einer leichten Sonnenbräune gemildert worden, die ihr Gesicht rundete und wärmte. Ihr schmaler Mund, jetzt nicht mehr sorgfältig mit grellrotem Lippenstift nachgezogen, wirkte voller und weicher, und ihre strenge Stirn verschwand unter dem feinen, aschblonden Haar, das der Wind durcheinanderpustete. Diese neue Gelöstheit unterstrich die Klarheit ihrer Gesichtszüge, und in dieser ländlichen Stimmung wirkte sie auf einmal weit weniger einschüchternd und endlich so jung wie ihre dreiundzwanzig Jahre.

»Sie hatten recht mit dem Reiseführer«, gestand sie, als sie nach dem Abendessen im Garten ihrer Pension saßen.

»Aber, Kate – bedenken Sie doch, was Ihnen entgangen ist! Der Papstpalast in Avignon – nicht einmal am anderen Flußufer sind wir gewesen. Und die römische Arena in Arles und die Brunnen von Aix – ach, ja, nicht zu vergessen das *Maison Carrée* von Nîmes ... All die berühmten, antiken Sehenswürdigkeiten, zu denen seit Jahrhunderten die Touristen strömen, und alles, was Sie gesehen haben, sind ein paar verschlafene Dörfer und etwa ein Dutzend Bauernhöfe!«

»Warum müssen Sie sich immer über mich lustig machen, Julien? Ich hab doch gesagt, daß Sie recht hatten. Verlangen Sie eine offizielle Entschuldigung?«

»Eine Entschuldigung? Von Ihnen, der hochnäsigen Dame aus New York, der reichen, eleganten Amerikanerin, die Menschen so geschickt manipuliert, daß die es selbst kaum merken?« Er schenkte ihr ein herablassendes Grinsen.

»Also, das ist nicht fair, Julien! Das mag ich gar nicht.« Kate sagte es ruhig, aber sie merkte, wie heißer Zorn in ihr aufstieg. Warum machte er sofort Front gegen sie, wenn sie ihm ein Zugeständnis machte?

»Warum wollen Sie sich nicht so sehen, wie Sie wirklich sind? Hier sind Sie anders, das muß ich zugeben. Aber in Paris, wo Sie in Ihrem Element sind, kenne ich keine Frau, der es so perfekt gelingt wie Ihnen, alles nach ihren eigenen Wünschen zu arrangieren. Sie sind enorm. Was haben Sie dagegen, in der Lage zu sein, dafür zu sorgen, daß alles im Leben genauso läuft, wie Sie es wollen?«

»*Verdammt* noch mal, Julien! Was zum Teufel bilden Sie sich ein, daß Sie glauben, Sie könnten mir sagen, was für ein Mensch ich bin? Für Sie ist niemand, ist überhaupt nichts wichtig, wie? Außer Ihrer Arbeit – gibt es da irgend etwas, das für Sie Bedeutung besitzt? Falls ja, habe ich noch nichts davon gesehen. Sie sind ein Ungeheuer!« Kate konnte kaum glauben, daß ihr diese Worte über die Lippen kamen. Ihre ganze Gelassenheit war in einem Sturm des Zorns untergegangen.

Mistral lächelte wie ein kleiner Junge, der mit einem Kätzchen spielt. »Glauben Sie, meine Liebe, daß ich Ihnen die anspruchslose Kate Browning, die vom Leben nur die kleinen Früchte verlangt, die ihr vom Baum herunter zu Füßen fallen, abnehme?« Viel zu aufgebracht, um etwas zu erwidern, blieb Kate stumm, biß sich auf die Lippen, kämpfte gegen einen Bauch voll Zorn.

Träge fuhr Mistral fort: »Zwei so durch und durch anständige Menschen, zwei so fabelhafte Charaktere wie wir könnten eine interessante Kombination ergeben. Was meinen Sie, Kate – wollen wir das Experiment wagen?«

Kate sprang vom Tisch auf und flüchtete sich in den dunklen Garten. Mistral folgte ihr und drehte sie mit seinen starken Händen zu sich herum. Sofort versteifte sie sich gegen ihn und wandte den Kopf ab. Er jedoch hielt sie mit einer Hand fest und zwang mit der anderen ihr Gesicht wieder zurück, aber sie wollte den Blick nicht heben. Er hatte sich im Lauf dieser letzten Tage von ihr angezogen gefühlt, und sie hatte sich ihm für diese Fahrt bestimmt nicht nur wegen der Landschaft aufgedrängt. So etwas taten Frauen seinen Erfahrungen nach nicht. Nicht einmal reiche Amerikanerinnen in teuren Tweedkostümen.

»Komm, Kate, wir gehen auf mein Zimmer. Ich will dich nackt sehen, ausgestreckt auf meinem Bett.«

»Julien!«

»Nun sag mir bloß nicht, du wärst schockiert. War ich zu offen für Miß Browning? Möchtest du vielleicht schöne Worte? Ich will mit dir schlafen. Wenn dir das nicht paßt, brauchst du's nur zu sagen. Ein zweites Mal werde ich dich nicht darum bitten. Was ist nun also: ja oder nein?«

»Wie typisch, wie romantisch!« sagte sie leise.

»Ja oder nein, habe ich dich gefragt!«

In dem matten Licht sah er, wie ihr Gesicht einen bebenden Ausdruck widerwilligen, doch unbezähmbaren Sehnens annahm. Ohne ein weiteres Wort legte er den Arm um sie. Den ganzen Weg die geschwungene Treppe hinauf schwiegen sie beide. Obwohl er spürte, daß sie sich steif machte, sich auf keinen Fall an ihn schmiegen wollte, wehrte sie sich auch nicht gegen ihn. Es war fast, als steige sie mit einer finsteren Entschlossenheit die Treppe zu seinem Bett hinauf, die etwas so Intimes, soviel Stärkeres als normale sexuelle Erregung hatte, daß Mistral vor einem Rätsel stand.

Um seine Zimmertür abzuschließen, mußte er sie loslassen. Als er sich zu ihr umdrehte, hatte sie sich ans Fenster zurückgezogen. Er trat hinter sie und strich ihr mit einem Finger ganz sacht über den Nacken. Sie zuckte weder zusammen noch fuhr sie herum, aber sie packte mit beiden Händen den Fensterrahmen.

»Wie sollen wir unser Experiment durchführen, wenn du dich nicht einmal umdrehen willst, Kate?« flüsterte er ihr neckend ins Ohr. Sie rührte sich nicht, ließ nicht erkennen, ob sie ihn verstanden hatte. Er lächelte ein wenig, berührte mit der Zungenspitze ihren Nacken genau an der Stelle, wo ihr Bubikopf zu einer sauberen Spitze auslief, und fuhr mit der Zunge dann ganz langsam an ihrer Wirbelsäule entlang, den Hals hinab bis zu einem Punkt zwischen den Schulterblättern. Dort drückte er seinen Mund auf ihre Haut und atmete sanft, geduldig, ohne weitere Bewegung, bis ihre Hände schlaff herabfielen und sie sich, schneeweiß im Gesicht und heftig zitternd, zu ihm umwandte.

»Du hast mich nie geküßt, Julien. Nicht ein einziges Mal geküßt hast du mich!«

»Eine Unterlassung, Kate, ich gebe es zu.« Ihre Lippen waren kühl und so fest zusammengepreßt, so unnachgiebig, daß er sich erstaunt von ihr löste. »Hör zu, Kate – du mußt nicht weitermachen. Ich pflege mich den Frauen nicht gegen ihren Willen aufzudrängen.«

»Nein, nein, Julien – ich will ja!« Sie warf sich an seine Brust, schlang ihm die Arme um den Hals und drückte ihren Mund mit kurzen, heftigen Küssen auf seine Lippen.

Einen Moment war Mistral belustigt, duldete diese ungeschickte Attacke, doch bald schon schob er sie auf Armeslänge von sich. »Kate, Kate – nicht so hastig!«

»Mein Gott! Wirst du nie aufhören, dich über mich lustig zu machen?«

Statt einer Antwort hob er sie auf und trug sie zum Bett. Ohne sie aus den Armen zu lassen, legte er sich neben sie. »Ich hatte vergessen, wie ungeduldig du bist ... Ich werde dich Geduld lehren, Kate, die brauchst du dringend – ganz dringend.« Während sie steif und starr dalag, ließ er seine Hände ganz zart von oben bis unten über ihren Körper wandern. Sie zuckte zusammen, wehrte sich aber nicht. »Ich denke nicht daran, dich auszuziehen, Kate, noch lange nicht«, murmelte Julien, als er sich über ihre Lippen neigte. »Halt still!« befahl er und küßte ihren geschlossenen Mund, konzentrierte seine ganze Neugier, sein ganzes Begehren – denn er hatte seit Wochen nicht mehr mit einer Frau geschlafen – auf ihre fein gezeichneten Lippen, bis sie sich allmählich erwärmten, zu schwellen begannen und sich schließlich bereitwillig teilten, seiner Zunge gestatteten, in ihren Mund einzudringen. Er hielt sich zurück, strich nur ganz leicht, ganz langsam über die Innenseite ihrer Lippen, von einem Mundwinkel zum anderen, leistete Widerstand, als sie versuchte, seine Zunge einzufangen und tiefer in ihren Mund hineinzusaugen, und überließ sie ihr dann eine kurze Sekunde, bevor er sie wieder herauszog und ihren Mund ganz mit dem seinen bedeckte. Während er so mit ihr weiterspielte, spürte er, wie all ihre Muskeln nach und nach erschlafften, bis sie absolut passiv dalag, nicht mehr verkrampft, sondern mit ihrem ganzen Sein auf seinen Mund konzentriert, auf das, was dieser Mund mit ihr tat. Bald jedoch war die Phase der Hingabe vorüber, und er merkte, wie ihre Arm-, Bein- und Beckenmuskeln sich allmählich spannten und sie mehr wollte als nur Küsse. Er lachte innerlich über die Lektion, die sie über sich ergehen lassen mußte. Sie stöhnte unter dieser Folter und knirschte heftig mit den Zähnen. Du wirst mich darum bitten, schwor er sich, du wirst mich darum bitten *müssen*, du eiskaltes, amerikanisches Biest!

»Zieh mich aus, Julien ...«, keuchte Kate. »Zieh mich aus!«

»Nein.«

»Julien ... bitte!«

»Wenn du mich willst ... zieh mich aus!« entgegnete er, warf sich in die Kissen zurück. In einem Anfall wütender Entschlossenheit, urplötzlich und mit zitternden Fingern stürzte sie sich auf seine Hemdknöpfe, um sie vor Ungeduld geradezu aufzureißen. Er half ihr, die Ärmel über seine Arme herabzuziehen, und sie ließ sich kaum Zeit, um mit den Händen gierig über seine Brust zu streichen, bevor sie die Gürtelschnalle in Angriff nahm. Dann jedoch kam sie zu seinen Hosenknöpfen, und sie entdeckte die mächtigen, harten Umrisse unter dem Stoff, und da war sie auf einmal unfähig weiterzumachen. Ihre Hände sanken herab. »Du ... Julien ... *du* mußt es tun«, bat sie flehend.

»Hast du etwa den Mut verloren, Kate?« neckte er sie und beobachtete sie aufmerksam, obwohl jede Faser seines Körpers danach drängte, sie einfach aufs Bett zu werfen und zu nehmen.

»Verdammt noch mal, nein!« gab sie heftig zurück und holte tief Luft, bevor sie sich daranmachte, seine Hose zu öffnen. Mistrals Atem ging nicht weniger schnell als der ihre, während Kate sich zwang, einen Knopf nach dem anderen zu öffnen. Als sie auch den letzten geschafft hatte, riß er sich mit einer einzigen Bewegung die Hose herunter und warf Kate aufs Bett zurück. »Gut, Kate, gut ... Du warst geduldig ...«, knurrte er und begann sie mit geübten Fingern auszuziehen, wobei er feststellte, daß ihre Brüste klein, ihre Hüften schmal, ihre Taille schlank und ihre Schamhaare so fein waren wie bei einem jungen Mädchen – alles genauso, wie er es erwartet hatte.

»Bezaubernde Kate«, murmelte er, als er ihren zierlichen Körper in die Arme nahm und ihn ganz mit dem seinen bedeckte. Wäre sie eine andere gewesen, er wäre sofort in sie eingedrungen; Kate jedoch, diese unsinnliche, unerfahrene Frau, stellte ihn vor eine Herausforderung, der er sich nicht verweigern wollte. Sie begehrte ihn – o ja; aber sie wollte es möglichst schnell hinter sich bringen, ohne sich selbst zu verlieren, und das war etwas, das er ihr nicht zuzugestehen gedachte.

Schließlich, als ihr Körper ebenso warm war wie der seine, begann er mit den Fingerspitzen ihre Wirbelsäule nachzuzeichnen, hielt sie dabei jedoch weiterhin an sich gepreßt.

Mit einer raschen Bewegung streichelte er ihre fast jungenhaft festen Gesäßbacken, und als sie sich sofort verspannte, murmelte er: »Geduld, Kate, Geduld!« Schließlich merkte er, daß sie sich seinen Händen entgegenbog, sich ihm darbot. »Geduld ... Geduld«, wiederholte er und empfand ein ganz neues Lustgefühl bei dieser gemächlichen Erweckung – er, der sich noch nie die Mühe gemacht hatte, bei einer Frau auf den Grad ihrer Bereitschaft zu achten, der noch nie die köstliche, selbstauferlegte Qual des Sich-Zurückhaltens ausprobiert hatte, weil die Erfüllung ja doch so leicht zu erreichen war. Mit einem Arm zwang er Kate zur Reglosigkeit, während er mit den Fingern vorfühlte und sie erstaunlich bereit vorfand, obwohl sie zunächst in halbherzigem Protest zurückzuckte. Nun aber wurde er unbarmherzig, schob seine langen Finger tiefer zwischen ihre Schenkel und fand die Stelle, die er suchte. Sofort wurde sein Mittelfinger aktiv, attackierte zart, immer wieder von neuem, einmal behutsam pressend, mit langsamen Bewegungen, dann wieder flink und zielbewußt hin und her schnellend.

»Mein Gott ... Julien ... hör auf!« stöhnte Kate. Er aber antwortete nur: »Geduld« und spürte bald darauf ein unverwechselbares Straffen und Spannen ihrer Beckenmuskeln. Immer schneller bewegte sich sein Finger, bis er schließlich merkte, daß sie, von allen Hemmungen befreit, erschauerte, sich aufbäumte und ihren Lustschrei an seinem Hals erstickte. Erschöpft, mit Staunen im Blick, lag sie da. »Siehst du nun, was ein bißchen Geduld dir für einen Lohn einbringen kann, Kate?« flüsterte Mistral ihr ins Ohr, aber sie nickte nicht und sie lächelte nicht, sondern sah ihn groß und ernsthaft an.

»So etwas habe ich noch nie erlebt«, gestand sie flüsternd.

»Dann ist unser Experiment zur Hälfte gelungen – aber nun bin ich an der Reihe, Kate«, antwortete Julien und gab sich seiner eigenen, ungezügelten Herrschaft über ihren willigen, geöffneten, schmiegsamen Körper hin.

Später begann Kate wie ein Mensch, der aus einer Trance erwacht, seine Hände mit flatternden Dankesküssen zu bedecken. Es dauerte eine ganze Weile, bis sie merkte, daß Mistral inzwischen fest eingeschlafen war.

Neuntes Kapitel

Kate Browning war zerrissen vor Qual. Nacht für Nacht lag sie wach, während ihr Körper von einer Leidenschaft widerhallte, die sie bisher nicht einmal erahnt hatte, denn sie war immer viel zu vorsichtig gewesen. Erinnerungen an die Freuden, mit denen Mistral sie so überraschend schnell vertraut gemacht hatten, durchbohrten ihr Innerstes wie süße Pfeile. Sie legte die Finger auf jenen kleinen Dorn aus Fleisch zwischen den Beinen, der diese Berührung so gar nicht gewohnt war. Den ganzen Tag lang war er geschwollen gewesen, hatte gebrannt, nach seinen Händen und Lippen verlangt. Bei den Mahlzeiten sah sie, wie jene Hände Brot brachen oder Fleisch schnitten, und mußte überrascht feststellen, daß sie unterm Tisch heimlich die Schenkel aneinanderrieb. Beim Anblick seines Mundes, der jetzt so fest wirkte, sich aber schon bald heiß und weich auf ihre Haut pressen würde, stöhnte sie laut auf. Ihre Brustwarzen waren wund, und dennoch ließ sie sie verstohlen über Mistrals Arm streichen.

Ihr Leben war in seinen Grundfesten erschüttert, und sie spürte die Last unentrinnbaren Schicksals. Wie konnte sie es wagen, sich in diesem unkontrollierten Rausch treiben zu lassen, solange der Mann ihr nicht ganz und gar gehörte? Sicher fühlte sich Kate nur, wenn Julien ihr beim Liebesakt volle Aufmerksamkeit widmete. Doch selbst dann hatte er sich ihr niemals vollständig hingegeben, hatte ihr niemals gesagt, daß er sie liebe. Hielt er sich – genau wie sie – bewußt zurück, oder war sie für ihn doch nur eine von vielen Frauen im Bett?

»*Je t'aime bien*, Kate«, sagte er – diesen unverbindlichen Satz mit dem vorsichtigen »*bien*«, durch das das Wort »lieben« auf »mögen« reduziert wurde. Sie sehnte sich verzweifelt danach, von ihm dieses »Ich liebe dich« zu hören, und bevor er es nicht ausspräch, würde sie es auf keinen Fall aussprechen. Dennoch merkte sie ganz deutlich, daß sie ihn von Tag zu Tag heißer liebte. Ihre Gefühle für ihn waren von einer blinden Unersättlichkeit. Alle Probleme, die er verkörperte, alle Fehler, die sie so deutlich an ihm erkannte, alle Frauen, die er vor ihr geliebt hatte – sie alle waren unwichtig. Wichtig war ganz allein diese heiße, verlangende Gier, die nur durch absoluten Besitz zu stillen war.

Kate war eine Frau von enormer Kraft, stolz, listenreich und klug, doch ihre Nerven waren von dem ständigen Versuch, ihre Gefühle zu verbergen, so strapaziert, daß sie zu weinen begann, wenn sie neben dem faszinierenden Körper des Mannes lag, der ohne einen Gedanken an sie tief und fest schlief. Nachdem sie sich jedoch ausgeweint hatte, lag sie wach und analysierte die Situation mit einer kühlen, weitblickenden Intelligenz, die kein noch so heiß brennendes Feuer verzehren konnte.

Frustrationen waren Kate von Natur aus fremd. Sie war überzeugt, daß es nichts gab, was sie nicht erreichen konnte, wenn sie es wirklich erreichen wollte.

Während der zweiten Woche in der Provence beschloß Mistral, in westlicher Richtung nach Nîmes zu fahren. Dort ging er mit Kate im Park spazieren, und sie erkletterten zahllose steile Steinstufen, bis sie schließlich am Fuß der *Tour Magne*, der Ruine eines römischen Wachtturms, ankamen. Angenehm ermüdet legten sie sich ins Gras, und nach langem Schweigen sagte Mistral: »Diese Landschaft könnte ich niemals malen, ich würde nicht mal den Versuch wagen. Sie ist zu perfekt, zu grandios. Sie ist die Antwort auf jede Frage, die man stellen könnte, sie braucht keine Menschen.«

»Hast du hier in der Provence denn gar nichts gefunden, was du gern malen würdest?« erkundigte sich Kate behutsam. Es war das erstemal seit ihrer Abreise aus Paris, daß er wieder vom Malen sprach.

»Nein«, antwortete er. Nein, dachte er, ich habe nicht den Wunsch gehabt, etwas zu malen – das ist es ja, was mich so erschreckt. Nicht den Wunsch, nicht das Bedürfnis haben, etwas zu malen – noch nie habe ich eine solche Leere empfunden! Doch wenn ich kein Maler bin, wozu lebe ich dann?

»Ich könnte mir vorstellen«, sagte Kate vorsichtig, »daß diese Landschaft schon viel zu oft gemalt worden ist. Hier ist alles so malerisch, daß es dich vermutlich nicht interessiert, stimmt das nicht?«

»So ähnlich, ja«, antwortete Mistral kurz. Als ich das letztemal hier war, dachte er, wäre ich ohne mein Skizzenbuch nicht mal kurz um die Ecke gegangen, ich glühte vor Begeisterung, alles sah aus, als hätte noch nie ein Mensch es vor mir gesehen, geschweige denn gemalt. Die ganze Provence rief nach mir, bis ich glaubte, verrückt zu werden wie van Gogh. »Malerisch« – von wegen! Du verstehst mich nicht, Kate, und ich kann's dir nicht erklären. Malerisch ist nicht schlechter als irgendeine andere Erklärung, Tatsache aber ist, daß ich es verloren habe, das Bedürfnis zu malen, *verloren*, und selbst die Provence hat es mir nicht zurückgebracht.

»Komm schon, Kate.« Unvermittelt stand er auf. »Das Gras ist noch naß.«

Immer öfter nahm Mistral während der folgenden Woche Kurs auf Félice, das Dorf an der Nordflanke des Lubéron, östlich von Ménerbes und westlich von Lacoste. Denn in Félice gab es eine Attraktion, die ihn, je länger sich ihm das Bedürfnis zu malen verweigerte, immer mehr fesselte: das Boulespiel.

In dem einzigen Café des Dorfes versammelten sich jeden Mittag und jeden Abend die Männer auf ein oder zwei Glas Pastis. Nach einigen Runden schlenderten sie auf den ebenen, schattigen Platz hinter dem Café hinaus und fingen an Boule zu spielen, jenes Kugelspiel des französischen Südens, das hier soviel gilt wie Fußball, Radrennen und Billard zusammen.

Einer der Bauern, ein junger Mann namens Josephe Bernard, hatte Mistral, als er zum zweitenmal mit Kate im Café auftauchte, von Kopf bis Fuß begutachtet.

»Spielen Sie Boule?« erkundigte er sich schließlich.

»Ich bin nur Tourist«, entschuldigte sich Mistral.

»Macht nichts. Möchten Sie's probieren?«

Boule ist trotz genauer Regeln im Grunde so leicht, daß es Mistral gelungen war, obwohl er noch nie so eine Stahlkugel in der Hand gehalten hatte, nach einer Stunde schon bemerkenswert erfolgreich zu sein. Schon an jenem ersten Tag hatte er die Kugel eines Mitspielers aus ihrer siegreichen Lage dicht vor dem Ziel schießen können, und das hatte seinen Gönner so begeistert, daß er ihn zu einem Spielchen einlud, wann immer er in der Nähe sei.

Immer wieder war Mistral dorthin zurückgekehrt, bezaubert von der Dramatik des Spiels, zu dem endlose Diskussionen gehörten, voll Witz, gutmütiger Beleidigungen, Gelächter und Schlitzohrigkeit.

Kate sah ihnen zu und wunderte sich, wieso Mistral sich so sehr in ein Spiel vertiefen konnte, das ihr unendlich langweilig vorkam. Wie mühelos er die Manierismen der anderen Boulespieler annimmt, dachte sie. Er warf den Arm ebenso hoch in die Luft wie sie, diskutierte ebenso ernst, lachte ebenso laut, spielte wie sie, ohne zu merken, daß die Zeit verging, und seine Geschicklichkeit wuchs mit jedem Tag.

»Bist du sicher, daß du nicht von hier bist?« fragte Josephe Bernard seinen neuen Freund. »Die Provence muß dir im Blut liegen ... und im Namen. Mistral – das heißt ›Meister Wind‹ auf provençalisch. Vielleicht kommen deine Vorfahren von hier.«

»Kann sein, aber ich kann's nicht beweisen. Ich weiß nicht, woher meine Großeltern stammten.«

»Die meisten Fremden machen sich lächerlich, wenn sie die Kugel werfen wollen. Das sieht wirklich nur so einfach aus. Wenn du noch ein paar Wochen übst, könntest du in meine Mannschaft kommen. Am letzten Samstag im November gibt's ein Turnier.«

Mistral legte dem jungen Bauern den Arm um die Schultern und bestellte eine Lokalrunde. Er wußte, was ein derartiges Angebot bedeutete. Jedes Bouleturnier war ein Ereignis, das man noch monatelang eingehend und interessiert diskutierte.

»Ich wollte, das könnte ich, Josephe, aber ich muß arbeiten und Geld verdienen.« Nur wie, fragte sich Mistral, werde ich wieder arbeiten können? Das Boulespielen hatte ihn ein paar Stunden abgelenkt, ihn die Suche nach einem Sündenbock vergessen lassen, dem er die Schuld für das Erlöschen des Feuers aufbürden konnte.

»Wir müssen auch arbeiten«, gab Josephe zurück, »aber für Boule haben wir immer Zeit. Wenn das nicht so wäre, wozu dann arbeiten?«

Außer dem Boule bot Félice jedoch noch eine andere Attraktion: Unterhalb des Dorfes, nicht allzu weit von der Hauptstraße entfernt, hatte Mistral einen verlassenen *mas* entdeckt. Eines Tages war er einem zerfurchten Weg gefolgt, der sich in Kurven eine niedrige Anhöhe emporwand durch ein Wäldchen kostbarer Lebenseichen, den einzigen Bäumen, zu deren Füßen Trüffeln wachsen. Der schattige Wald öffnete sich auf eine Allee schlank aufragender, grünschwarzer Zypressen, die auf die hohe Umfassungsmauer eines *mas* zuführte.

Breite Doppeltore versperrten die Sicht. Das Singen der Zikaden war das einzige Geräusch in der Mittagsstille. Hinter der Mauer war keines der vertrauten Bauernhofgeräusche zu hören; kein Hund bellte, es gab weder Küchengeklapper noch Kinderlärm. Das Geißblatt, das alle Mauern dicht überwucherte, strömte einen starken, süßen Duft aus und summte von Bienen. Gemeinsam machten Mistral und Kate einen Rundgang um das Anwesen, wollten gern in den Hof hineinsehen, aber die Mauern waren von heimtückischen Brombeersträuchern bewachsen.

An einer Stelle verband sich die Mauer mit dem Fuß eines dicken Rundturms, der viel zu hoch oben zwei Fensteröffnungen hatte; wer immer den *mas* verlassen haben mochte, hatte dafür gesorgt, daß niemand eindringen konnte. Auf ihrer Runde entdeckten die beiden fünf Schrägdächer von unterschiedlicher Höhe und den oberen Rand einiger Fenster. Das mauergeschützte Anwesen bildete die Nabe eines Rades aus keilförmigen Feldern, jedes vom anderen durch hohe Windfänger aus Zypressen oder Schilfrohr getrennt: ein Olivenhain, ein Acker, ein Weingarten, daneben ein Aprikosengarten, dann abermals ein Weingarten und weitere Segmente mit brachliegenden Feldern, deren Erde so klumpig war, als hätten sie nie einen Pflug gesehen.

»Es ist unglaublich!« schimpfte Mistral, »eine Schande ist das! Sieh dir die Aprikosen an! Sie sind gewachsen und reif geworden, und keiner hat sie gepflückt. Ein Skandal!«

»Wahrscheinlich ist der *mas* zu verkaufen«, meinte Kate.

»Ich habe kein Hinweisschild entdeckt. Nur einen Namen auf dem Briefkasten. *La Tourrello* – provençalisch das Türmchen«, erwiderte er.

»Wir könnten uns danach erkundigen. In Félice werden sie bestimmt etwas wissen«, schlug Kate vor. »Wenn es zu verkaufen ist, muß man es auch besichtigen dürfen.«

»Nein, lieber nicht. Ich möchte dort nicht hinein.« Mistral wirkte beunruhigt.

»Du? Du hast doch jeden *mas* von Maubec bis nach Bonnieux besichtigt. Warum ausgerechnet diesen nicht?«

»Ich kann's nicht erklären. Einfach so ein Gefühl.« Eine innere Stimme sagte ihm, daß er den Anblick dieses fest ummauerten Gehöftes niemals vergessen werde. Es besaß in seiner schlichten Geometrie eine so vollendete Harmonie, daß es sein Herz anrührte. Der *mas* auf seiner Anhöhe war vollkommen eins mit der Natur, und da der Reiz der Verlassenheit so groß war, zog er es vor, nicht mehr davon zu sehen.

Mistral hatte noch nie ein Haus gehabt und auch noch nie das Bedürfnis danach gespürt. Er hatte sich die Höfe der Provence angesehen, weil er diese Bauwerke bewunderte, die so perfekt in diese wunderbare Landschaft paßten. Es war eine ästhetische Freude für ihn gewesen, niemals verbunden mit dem Wunsch nach Besitz. Dieses *mas* jedoch konnte für ihn alles verändern.

»Na schön.« Kate respektierte seinen Wunsch. Sie und Mistral waren einander darin sehr ähnlich, daß sie Dinge, die sie nicht wissen wollten, in feste Schranken verwiesen.

In der darauffolgenden Woche fuhren sie noch viermal zu dem verlassenen *mas* hinaus. Er hofiert das alte Bauernhaus, dachte sie eifersüchtig, umwirbt es wie eine Frau, streicht um seine Mauern wie ein liebeskranker Primaner. Mit dem Café, dem Boulespielen und dem Herumlungern bei diesem Gehöft gelingt es ihm tatsächlich, den ganzen Tag zu verplempern, ohne etwas geschafft zu haben. Wann wird er endlich wieder malen?

Im Café von Félice begann Josephe Bernard einige Tage darauf, Mistral auszufragen.

»Du bist Maler – eh, Julien? Die haben wir hier schon seit Jahren kommen und wieder gehen sehen. Sie haben alle nichts anderes gemalt als die Landschaft hier. Ich finde, ein richtiger Maler sollte ein Bild von einem Menschen malen können, auf dem er haargenau aussieht wie im Leben. Meinst du nicht?«

»Nicht jeder Maler malt Porträts, Josephe, und nicht jedes Porträt sieht dem Modell ähnlich oder dem Bild, das sich das Modell von sich selber macht, was durchaus nicht dasselbe ist.«

»Das hab ich mir schon gedacht, daß du mit so hochgestochenem Zeug daherkommen würdest«, gab Josephe mit offen enttäuschter Miene zurück. »Du könntest mich also nicht so malen, wie ich im Spiegel aussehe, stimmt's?«

»Vielleicht ja, vielleicht nein. Aber ich kann dich sicher zum Lachen bringen, alter Freund.« Mistral holte sich einen Bleistift von der Bar und zeichnete mit schnellen Bewegungen etwas auf die Rückseite eines Zettels. »Na, was hältst du davon?«

Er schob Bernard den Zettel zu. Mit wenigen, knappen Strichen hatte er innerhalb einer Minute das Wesentliche an Josephe Bernard zu einer Karikatur verarbeitet.

»Verdammt noch mal, das bin ja ich! Mit meiner großen Nase und allem!« rief Bernard lachend. »Und jetzt mal Henri – der hat genau so 'ne häßliche Visage!« Er packte den alten Bauern, schob ihn auf Mistral zu und drückte ihm einen neuen Zettel in die Hand. Bald war Mistral von Männern umringt, die alle Karikaturen von ihm haben wollten. Er bannte sie alle mit so leichter Hand aufs Papier, daß sie staunten.

Also das ist nun wirklich mal was, sagten sie zueinander, ein Bild, das einem Menschen so ähnlich ist, daß es keinen anderen auf der Welt darstellen kann – und so schnell gezeichnet, daß es an Zauberei grenzt! Frauen und Kinder wurden geholt, und alle standen Schlange, um auf die erstaunlichen Zettel zu warten. Schließlich hatte auch der letzte Einwohner von Félice sein von da an sorgsam gehütetes Porträt erhalten.

Als Mistral und Kate endlich aufbrachen, um nach Villeneuve zurückzukehren, war es schon spät. Mistrals Herz war so erfüllt, daß er nicht reden mochte. Karikaturen, ein einfacher Partytrick, den er fast vergessen hatte, hatten in ihm den Dämon kreativen Schaffens wiedererweckt! Es juckte ihn in den Fingern vor Verlangen, zum Pinsel zu greifen, seine Nase sehnte sich nach dem Geruch von Ölfarben und Terpentin, sein Kopf war voll von Bildern, die er ganz einfach auf die Leinwand bringen *mußte* – und alles, weil er ohne nachzudenken einen Bleistift genommen und törichtes Zeug produziert hatte, um diese einfachen Leute zu unterhalten, die er so gern hatte. Und sie hatten mit einer so tief von Herzen kommenden Bewunderung darauf reagiert, daß er den Beifall, den sie ihm zollten, als selbstverständlich akzeptieren konnte, ohne sich seiner Arbeit entfremdet zu fühlen.

Plötzlich spürte Mistral jenes Triumphgefühl, das er am Abend der Vernissage vermißt hatte. Er vermochte seine Erregung kaum zu zügeln. Wie sollte er es bis zum Morgen aushalten?

Am Abend nach dem Essen machte Mistral noch einen Spaziergang. Er war erfüllt von Schaffensdrang, innerem Jubel. Es war ihm so klar, daß er sich fragte, wieso er das nicht schon früher erkannt hatte – daß er die Provence niemals verlassen durfte.

Nie mehr, dachte er, nie mehr die Einsamkeit der Städte. Nie mehr den Ameisenhügel Montparnasse! Nie mehr den kalten Pariser Winter mit dem trostlosen Regen, der alles Licht auslöscht. Nie mehr ein Tag ohne den Anblick des Horizonts!

Und während er sich diese Gründe aufzählte, wußte er schon, daß er sie nicht brauchte. Er durfte die Provence nicht verlassen, weil er hier arbeiten konnte. Es war, als hätte er eine Offenbarung, als hätte er eine Vision gehabt: weit mehr als Aberglaube und klarer denn jede Logik.

Kate erwachte bei Morgengrauen.

»Der Urlaub ist vorbei, Kate. Ich fange wieder an zu arbeiten.«

Kate blinzelte vor Erleichterung. »Laß mir eine halbe Stunde Zeit. Ich will mich nur schnell anziehen und packen.«

»Nein, nein. Nur keine Eile. Du kannst ruhig noch etwas bleiben.«

»Aber du hast doch gerade gesagt, daß du wieder arbeiten willst. Wie meinst du das?«

»Ich werde hierbleiben, Kate.«

»Wie bitte?«

»Hierbleiben. Die Pension hat das ganze Jahr über geöffnet, es gibt in Villeneuve genug leere Häuser, die ich als Atelier mieten kann. Ich werde sofort den alten Lefebvre anrufen und ihn bitten, mir mit dem nächsten Zug das Material zu schicken, das ich brauche, und die Rechnung an Avigdor zu adressieren – nichts leichter als das. Ich hab mir alles genau überlegt.«

»Das machst du natürlich alles nur, um in diese verdammte Boule-Mannschaft zu kommen, stimmt's?« fauchte Kate giftig.

»Das wäre gar kein so schlechter Grund, aber – nein, es ist diese Landschaft, Kate, diese Landschaft.« Er wußte nicht, wie er ihr seine Überzeugung klarmachen sollte. »Es ist das Licht hier, kannst du das verstehen?«

»Ich verstehe durchaus«, antwortete sie gelassen. Jede weitere Diskussion war sinnlos. In einer Hinsicht täuschte sich Kate nämlich nie: In der Stärke der gegnerischen Position, und Mistrals Position war hart wie Granit. »Dann werde ich also noch ein, zwei Tage bleiben.«

»Du kannst bleiben, solange du willst – es sei denn, du langweilst dich, wenn ich den ganzen Tag arbeite. Ich würde mich freuen, dich hierzuhaben, Kate – ehrlich!«

»Wir werden sehen.« Glaubt er vielleicht, ich werde hier rumlungern wie eine Hauskatze? dachte sie wütend. Seine Ankündigung hatte sie aus einem regelrechten Dämmerzustand gerissen. Die Liebe hatte sie in ihrer Aufmerksamkeit erlahmen lassen. »Nun gut, Julien. Ich muß noch einiges erledigen und außerdem nach Avignon fahren und mir für die Reise ein paar warme Pullover kaufen – oder einen anständigen Mantel, falls es hier überhaupt so was gibt.«

Kate blieb den ganzen Tag lang fort; nicht mal zum Mittagessen kam sie zurück. Als sie schließlich am Spätnachmittag auftauchte, wurde sie von Mistral ungeduldig erwartet. Bis nach Félice waren es mindestens vierzig Minuten, und er hatte es eilig, die Freunde im Café von seinem Entschluß zu unterrichten.

Nach einem Kilometer auf der schmalen Straße nach Félice legte Kate Mistral die Hand auf den Arm. »Links abbiegen«, verlangte sie.

»Wieso? Wir werden zum Spiel zu spät kommen. La Tourrello kann ich doch jetzt besuchen, wann immer ich will.«
»Ich möchte dir etwas zeigen. Es wird bestimmt nicht lange dauern. Bitte!«

Er lenkte den Wagen in den Weg und parkte wie üblich auf der Wiese.

»Ein Abschiedsbesuch?« erkundigte er sich. »Ich habe gar nicht gewußt, daß du so sehr daran hängst.«

Kate stieg aus, trat an das große Doppeltor in der Mauer, zog einen Schlüssel aus der Handtasche, schob ihn ins Schloß und drehte ihn mit einiger Mühe um. Während Mistral verdutzt zusah, stieß sie einen der schweren Torflügel auf.

»Was machst du da? Woher hast du den Schlüssel?« rief er ihr nach, ohne den Wagen zu verlassen.

Kate kam zu ihm zurück und hielt ihm den Schlüssel auffordernd entgegen. »Nimm nur. Er gehört mir. Oder vielmehr dir. Um genau zu sein: Er ist meine Mitgift.«

Mistral schnaufte vor Überraschung. Sie konnte die Leute doch immer wieder überrumpeln. Und auf welchem Niveau! Nie tat sie etwas halb und machte sich doch auch niemals lächerlich.

»Willst du mich heiraten, Julien?« fragte Kate.

Er schwieg. Er wußte, daß sie noch vieles zu sagen hatte, und fand sie unerhört interessant.

»Ich liebe dich, und du brauchst eine Frau. Du brauchst ein Heim. Deswegen habe ich heute in Félice einen Notar aufgesucht und diesen Bauernhof gekauft. Nächste Woche wird ein junges Bauern-Ehepaar den linken Flügel beziehen und Leute einstellen, die das Land wieder in Ordnung bringen werden, die Olivenhaine, die Obstgärten, die Weingärten.« Da er immer noch nichts sagte, fuhr sie fort, ihm ein herrliches Leben so klar, so deutlich zu schildern, als hätte sie ein buntes Tuch auf dem Gras ausgebreitet, eine Menge von Schüsseln mit allen möglichen Delikatessen sowie Flaschen mit Wein darauf gestellt und ihn zum Festmahl eingeladen. »Ich suche einen Architekten, der dir ein Atelier entwirft. In Avignon hab ich schon einen Baumeister engagiert; mit dem werde ich mich morgen hier treffen. Er wird einen Klempner und einen Elektriker mitbringen: Es gibt nämlich eine Menge Arbeit, bis das Haus ...«

»Könntest denn du hier leben . . . hier auf dem Land . . . in La Tourrello?« unterbrach er sie endlich.

»Mir scheint, daß ich ohne dich nirgendwo glücklich sein kann.«

»Aber ich habe nie an eine Heirat gedacht«, wandte Mistral ein.

»Dann denkst du eben jetzt daran«, antwortete Kate mit einem Anflug von Humor. »Es wird Zeit, daß wir unser Leben beginnen. Es wird Zeit für dich, richtig zu arbeiten. Vor dir liegen Jahre voller Arbeit, die all deine Kraft erfordern wird. Schon Flaubert hat den Künstlern geraten, ein geregeltes, normales Leben zu führen, damit sie in ihrer Arbeit zügellos und ursprünglich sein können.«

»Ich habe Flaubert nie gelesen«, gestand Mistral. Das einzig Wichtige ist, dachte er, daß ich hier malen kann.

»Stell dir vor, Julien – ein Atelier, von dem aus du direkt nach Félice hinabschauen kannst!«

Sie gestikulierte nicht. Der überwältigend große Schatz, der vor seinen Augen lag, sprach für sich allein. Ihre Liebe manifestierte sich auch ohne schmückendes Beiwerk. Er blickte sich um, sah eine Zukunft voll Ordnung, Frieden und Fülle und erkannte, daß sie für ihn erreichbar war.

»Denk nur«, ergänzte sie mit einer Stimme, die vor Nervosität vibrierte, weil er stumm blieb, »denk an die Boule-Turniere!«

»Kate, du versuchst mich zu bestechen!«

»Aber natürlich!« Voller Entschlossenheit stand sie da, den Schlüssel immer noch in der ausgestreckten Hand, den Wind in den Haaren, ihre ernsthaften, grauen Augen strahlten. In ihrem Ausdruck mischten sich blinder Glaube und ungeheure Verletzlichkeit.

Er sprang aus dem Wagen und entriß ihr den Schlüssel. Hielt ihn fest in der Hand, spürte das schwere, glatte Gewicht des Eisens. Eine Erkenntnis durchflutete ihn: Dieses Stück Land, diese Frau . . . beides war seine Zukunft! Gemeinsam lachten sie, ein verschwörerisches Lachen, und nicht das erste. So war es vom ersten Tag ihrer Bekanntschaft an gewesen.

»Wie merkwürdig das Leben ist!« sagte er staunend.

Zehntes Kapitel

*N*ein, nein, auf gar keinen Fall! Es ist unmöglich, vollkommen unmöglich. Kommt nicht in Frage!« protestierte Paula entsetzt. »Deine Wäsche und deine Schuhe, die kannst du einfach nicht mitnehmen. Sieh dir doch bloß mal das hier an! Ich könnte heulen.« Erregt deutete Paula auf das Häufchen Unterwäsche, das sie aus Maggys Kleiderschrank genommen und auf dem Bett ausgebreitet hatte. Dann hielt sie drei Unterröcke so vorwurfsvoll empor, als handele es sich um Putzlumpen.

»Der hier ist geflickt, der hier am Saum ausgefranst, bei dem fehlt, soweit ich sehe, das halbe Band. Du hast nicht eine einzige vollständige Wäschegarnitur, die in einigermaßen anständigem Zustand ist«, fuhr sie fort, sich in ihre Empörung hineinsteigernd. »Und wo, wenn ich fragen darf, sind deine Korseletts und *soutien-gorges*?« Anklagend warf sie die Hände empor.

Maggy blies sich eine Haarsträhne aus den Augen. »Himmel, warum stellst du dich so an? Du glaubst doch wohl nicht im Ernst, daß ich mir darüber den Kopf zerbreche! Meine Unterröcke sind absolut in Ordnung, hier und da ein kleiner Stich . . .«

Mit energischer Miene setzte sich Paula aufs Bett.

»Ich glaube, Maggy, du bist verrückt. Wie kannst du erwarten, daß du bei Patou oder Molyneux respektvoll behandelt wirst, wenn sie dich in diesen Fetzen sehen? Ganz gleich, wieviel Geld du ausgeben kannst – wenn du keine anständige Wäsche, anständige Schuhe und keinen anständigen Hut vorzeigen kannst, wird kein Couturier, keine Verkäuferin und keine Zuschneiderin dich ernst nehmen.«

»Na schön, meine gloriose Karriere als ausgehaltene Frau! Vorbei, bevor sie richtig begann. Ich habe nicht die richtige Kleidung, die man besitzen muß, um die richtige Kleidung zu kaufen, wie also könnte ich da eine Suite im Lotti beziehen? Vielleicht könnte ich Monsieur Patou erzählen, ich wäre gerade einer Schiffskatastrophe entronnen und hätte dabei alles verloren. Wie stellen die Leute es denn an, sich Maßkleider machen zu lassen, wenn sie zuvor noch nie welche besessen haben?«

Maggy hockte sich auf den Fußboden, kreuzte die nackten Beine und beugte sich, das Kinn auf die Hände gestützt, kriegerisch vor.

»Heute morgen schien alles so einfach, und jetzt machst du es so kompliziert, daß ich nicht mal dran denken mag. Vor einem Jahr hast du mich gelehrt, wie ich mein Höschen ausziehen soll, und heute willst du mich in ein Korsett stecken! Ich werde Perry sagen, daß wir hier wohnen bleiben müssen, und zum Teufel mit seinem Kammerdiener und seiner Bank. Wenn er mich nicht so mag, wie ich bin, kann ich ihm auch nicht helfen.«

»Na, na«, gab Paula hastig zurück, »so unlösbar ist das Problem bestimmt nicht. Beruhige dich, Kleines. Bei der Wäsche fangen wir ganz von vorn an. Alles muß neu sein. Es gibt da ein Geschäft, gleich bei der Rue St. Honoré, das gehört drei russischen Emigrantinnen, alle adelig, absolut diskret, höchst verständnisvoll und – was noch wichtiger ist – überaus flink. Die sind auf Fälle wie den deinen spezialisiert . . .«

»Wie bitte?« fiel Maggy ihr indigniert ins Wort.

Ungerührt fuhr Paula fort: »Wenn sie den Auftrag heute nachmittag bekommen und ich ihnen deine Notlage erkläre, müßtest du innerhalb einer Woche über erstklassige Wäsche verfügen können. Und was die Schuhe angeht, da gibt es einen fabelhaften, kleinen italienischen *bottier*. Bei dem brauchst du dir keine Gedanken wegen deiner Wäsche zu machen, also können wir den schon heute aufsuchen.«

»Ich könnte doch einfach schnell bei Raoul reinschauen . . .«

»Raoul? Dieser miese, kleine Laden unter den Arkaden, mit den Schuhen für achtzig Francs, die dir die Füße ruiniert haben?« Paula war zutiefst gekränkt. »Willst du denn nicht, daß Perry stolz auf dich ist?«

»Das ist er schon.« Angesichts von Paulas praktischem Verstand fiel Maggys romantische Vorstellung von einer ausgehaltenen Frau sehr rasch in Scherben. Das Ganze klang bedenklich nach Arbeit, und zwar nach furchtbar langweiliger!

Urplötzlich stieg Kate Brownings Bild vor ihren Augen auf, wie sie sie zum erstenmal gesehen hatte, damals, als sie Mistral im Atelier besuchte – selbstsicher, in kühler, weißer Seide, mit makellos weißen Handschuhen. Kate Browning, die so elegant und selbstbeherrscht wirkte, daß sie schon den Schoß ihrer Mutter mit zierlichen Schrittchen in winzigen, perfekten Schuhen und einem phantastischen Hut von Rose Descat verlassen haben mußte.

Maggy sprang so unvermittelt auf, daß Paula zusammenzuckte. »Und wo bleiben die Handschuhe?« fragte sie, nahm Paula bei beiden Schultern und schüttelte sie. »Du dummes Weib, hast du so lange in deiner Küche gestanden, daß du vergessen hast, daß eine Dame ohne Handschuhe einfach nicht vollständig angezogen ist, wenn sie das Haus verläßt? Auf den Korsetts hackst du herum, aber die Handschuhe hast du vergessen. Wie kann ich mein neues Leben beginnen, wenn ich nicht wenigstens sechs Dutzend Handschuhe habe, denn ich werde jedes Paar höchstens einmal tragen, ein einziges Mal, hast du gehört?«

Sie ließ Paula wieder los, um im Zimmer herumzutanzen. Sie untersuchte ihre Strümpfe auf Stopfstellen und fand schließlich zwei, die noch intakt waren. Die anderen warf sie in einen Papierkorb. »Zwölf Dutzend Paar Seidenstrümpfe – noch vor dem Mittagessen! Und dann zu den russischen Aristokratinnen – ich bin ganz wild auf neue Wäsche: alles aus Seidenchiffon mit den herrlichsten Spitzenapplikationen; pfirsichfarbener Crêpe de Chine; Strumpfhaltergürtel, Hemdhöschen, *soutiens-gorges,* um meinen Busen flachzudrücken, schräg geschnittene Höschen in Hellgrün, Lavendelblau und Mokkabraun, rote Chiffon-Nachthemden... Was noch? Chinesische Pyjamas! Aber kein Korsett!« Maggy unterbrach ihre Tanzrunde vor dem Spiegel. Sie musterte sich aufmerksam und schüttelte ihr langes Haar. Sie strich es hinter die Ohren zurück, hob es mit beiden Händen an und türmte es auf dem Kopf zusammen. Langsam, mißbilligend bewegte sie den Kopf von einer Seite zur anderen.

»Ich muß mir die Haare schneiden lassen.«

»Selbstverständlich. Bei dem Haarwust kannst du unmöglich Hüte tragen, und ohne die richtigen Hüte...«

»Hör auf, ich weiß Bescheid! Aber sag mir eines, Paula: Muß ich mir die Haare abschneiden lassen, bevor ich zum Haareschneiden zu Antoine gehe, oder wird sich Antoine herablassen, mir die Haare in ihrem jetzigen, beklagenswert altmodischen Zustand zu schneiden?«

Paula machte große Augen. Antoine war der berühmteste Coiffeur der Welt. Er hatte vor zwanzig Jahren den Bubikopf erfunden. Eve Lavallière, die große Schauspielerin, hatte ihre Haare seiner Schere geopfert – ein Experiment, das ihn so nervte, daß er es sechs Jahre lang kein zweites Mal versuchte. Jetzt residierte er glanzvoll in seinem Salon an der Rue Didier. Jede Frau in ganz Frankreich träumte davon, ihr Haupt dem großen Meister anvertrauen zu dürfen.

»Antoine!« hauchte Paula ehrfürchtig.

»Aber gewiß«, entgegnete Maggy. »Ein Blick auf mich, und ihm wird klar sein, daß ich seiner Schere würdig bin.«

»Wie willst du einen Termin bekommen?«

»Ich gehe ganz einfach hin. Glaubst du, er wird sich die Chance entgehen lassen, diese Haare abzuschneiden?«

»Ich glaube, das schafft er nicht«, antwortete Paula lachend.

»Dann also auf, meine *coco*. Glaubst du, ich würde ohne dich gehen?«

»Das würde ich nie zulassen. Denn was wäre, wenn du's dir mitten im Schneiden anders überlegst?«

Maggy strich sich übers Haar. Es mußte weg, soviel war klar, aber sie war in dieser Hinsicht durchaus nicht so tapfer, wie sie tat. Im Gegenteil – ihr flatterte das Herz. Aber sie warf ihr bestes Tageskleid über und bugsierte Paula schnell in ein Taxi, bevor sie sich tatsächlich anders besann.

Nie war es schwieriger für eine Frau, schön zu sein, als in den zwanziger Jahren unseres Jahrhunderts. Die Mode schmeichelte keiner einzigen Frau, alles Weibliche war verpönt, wurde versteckt, verstümmelt, verzerrt. Die Hüte verbargen Stirn und Augen; die Brauen wurden unnatürlich stark gezupft, der Körper unnachsichtig in eine jungenhaft-flache Silhouette gezwungen. Es gab nur drei Lippenstiftfarben, und der Haarschnitt, der in Mode war, konnte eine Frau groß machen oder vernichten. Frauen, die einst stolze

Schönheiten waren, wirkten wie Vogelscheuchen mit ihren skalpierten Häuptern.

Maggy saß vor Antoines Spiegel im Sessel, während der Meister, von einem kleinen Hofstaat von Lehrlingen und Gehilfen umringt, hinter ihrem Rücken stand. Paula saß mit grimmiger Miene daneben.

»Großer Gott . . . Ihr Haaransatz!« stöhnte Antoine erregt mit seinem polnisch gefärbten Französisch.

»Was ist damit?« erkundigte sich Maggy, kurz vor einem Wutanfall. Jeder kleinste Vorwand war ihr recht, wenn sie nur wieder gehen konnte, ohne zuviel Gesicht zu verlieren. In schwindelnder Panik sah sie sich um. Die Wände des Salons waren riesige Kristallglasflächen, sogar die Treppe bestand aus Glas; Tische und Stühle des Salons, Dekorationen und Beleuchtungskörper – alles war aus Glas gemacht.

»Wie konnten Sie das so lange verstecken?« fragte er vorwurfsvoll. »Die Eleganz beginnt beim Haaransatz, Madame, und Ihrer ist – ein Gedicht. Das hier« – mit seinem langen, dünnen Finger fuhr er quer über ihre Stirn – »muß unbedingt gezeigt werden!«

»Wie Sie meinen«, murmelte Maggy und schloß die Augen, weil er zur Schere griff, die mit einem gräßlichen, leise knirschenden Geräusch durch ihre Haarpracht fuhr. Die einzelnen Locken wurden, bevor sie zu Boden fielen, geschickt von einem Gehilfen aufgefangen, dessen Aufgabe es war, lange Haarsträhnen zu verwahren und zu Zöpfen, Chignons oder Flechten zu verarbeiten, mit denen die geschorene Kundin am Abend ihre Frisur ergänzen konnte. Als Maggy vorsichtig ein Auge öffnete, sah sie sich mit eingezogenem Kopf im Sessel hocken.

Tapfer richtete sie sich auf, denn nun war es endgültig zu spät, den Feigling zu spielen, und zwang ein Lächeln auf ihre Lippen. Jetzt befeuchtete Antoine ihren Kopf mit Wasser und griff zum Rasiermesser, das ihre restlichen Haare allmählich zu einer schimmernden, eng anliegenden Kappe formte, so kurz wie es nur die allerschönsten Frauen tragen konnten. Dann wurde es streng zurückgekämmt, präzise an einer Seite gescheitelt und so gelegt, daß es vor den Ohren auf der Wange in einem glatten Sechser verlief. Die Nackenhaare wurden zum Herrenschnitt gestutzt. Maggys große, gelbgrüne, weitstehende Augen wirkten doppelt so groß wie sonst, und der nunmehr ganz entblößte, lange biegsame Hals betonte die schön geschwungenen Wangenknochen.

Sie warf den Frisierumhang ab, stand auf und betrachtete sich im Spiegel, drehte sich hin und her, um sich von allen Seiten und auch von hinten sehen zu können. Die Zuschauer verhielten sich vollkommen still. Sogar Antoine sagte kein Wort, während Maggy neugierig die völlig neue Person begutachtete, die ihr im Spiegel gegenüberstand.

Ihr war ganz schwach. Ihr Kopf schien sich von den Schultern gelöst zu haben, als wolle er gleich emporfliegen. Die Frau im Spiegel war älter als Maggy und sehr selbstbeherrscht; die Frau im Spiegel war überwältigend chic, obwohl sie Maggys Kostüm und Maggys unmögliche Schuhe trug. Ihr Kopf, dieser glatte, superb geschnittene Kopf, so glänzend, daß er lackiert wirkte, beherrschte den ganzen Raum.

Maggy verzog keine Miene. Paula hielt den Atem an. Langsam bewegte sich Maggy immer näher zum Spiegel. Keinen Blick ließ sie von ihrem Bild, das allmählich größer wurde, sah es fragend an, bis die Augen ineinander verschmolzen und ihre Nasenspitze das Glas berührte. So verharrte sie eine Sekunde, vernebelte den Spiegel mit ihrem Atem, um dann mit einer entschlossenen Bewegung den vollen Mund aufs kalte Glas zu drücken.

»Ah!« seufzten die Zuschauer erleichtert.

»Madame ist zufrieden«, stellte Antoine mit Besitzerstolz fest.

»Madame ist begeistert!« Maggy packte den verdutzten Polen, drückte ihn an sich und pflanzte ihm einen Kuß aufs Ohr. »Madame wird von nun an Monsieur genannt.« Sie löste die Nelke von ihrem Jackenaufschlag und steckte sie Antoine hinters Ohr. »Von einem Monsieur für den anderen – ich liebe Sie«, erklärte sie ihm.

Perry Kilkullen hatte nicht die geringste Ahnung davon, wie man es anstellte, eine Frau auszuhalten. Es klang alles so einfach, die Formulierung glitt einem so glatt von der Zunge; schließlich wurden Frauen schon seit Jahrtausenden von Männern ausgehalten, versuchte Perry sich zu beruhigen.

Er fühlte sich amerikanischer denn je in Paris, als er einen

Immobilien-Makler suchte. Aber es mußte sein. Er besichtigte ein Dutzend Häuser und Wohnungen in den vornehmen Vierteln des rechten Ufers. Schließlich entdeckte er in der Avenue Vélasquez eine weitläufige Wohnung im ersten Stock, die direkt auf das grüne, windschiefe Rechteck des Parc Monceau blickte. Hier fühlte sich Perry trotz der leeren Räume sofort zu Hause.

Am selben Abend fuhr er mit Maggy dorthin und führte sie durch die Wohnung. Maggy war sprachlos, als er ihr stolz ein Zimmer nach dem anderen zeigte.

»Mein Gott!« platzte sie schließlich heraus.

»Gefällt sie dir nicht?« erkundigte sich Perry besorgt.

»Hast du mal die Zimmer gezählt?« gab sie ungläubig zurück.

»Nein, nicht genau. Ich hielt sie für angemessen.«

»Es sind elf, und mindestens zwei Dutzend Wandschränke. Gott weiß wie viele Bäder, Küchen und Anrichten und die Waschküche und die Zimmer des Personals!«

»Ist das zu groß?« Das klang zerknirscht.

»Für mich ist alles zu groß, was mehr als zwei Zimmer hat. Und in einem davon muß eine Badewanne stehen.«

»Ja, aber ... aber du hast doch gesagt, es wäre dein Traum, in ganz großem Stil ausgehalten zu werden.«

»Ach, Perry!« rief sie und kuschelte sich an ihn. »Ich weiß, was ich gesagt habe, aber das waren Phantastereien, und dies ist die Wirklichkeit. Am liebsten möchte ich aufs Linke Ufer zurückkehren, mir ein winziges Zimmer in einem winzigen Hotel suchen, zu Bett gehen, mir die Decke über die Ohren ziehen und nie wieder rauskommen!«

Perry zog sie liebevoll an sich und streichelte sie sanft.

»Hör zu, Liebling«, flüsterte er, als müsse er einem Kind gut zureden, »wenn du willst, bleiben wir weiterhin im Hotel, keine Angst. Aber sollten wir dieser Wohnung nicht wenigstens eine Chance geben? Du brauchst ja nicht schon morgen hier einzuziehen, Liebes. Es wird etwas dauern, bis sie ganz eingerichtet ist, und wenn sie fertig ist – wenn du dann noch den leisesten Zweifel hast, wenn du sie immer noch zu groß findest, werde ich sie einfach wieder aufgeben. Na, wie klingt das?« Während er sprach, wurde ihm klar, wie verzweifelt er sich danach sehnte, für Maggy ein richtiges Zuhause zu schaffen – nicht im Hotel, sondern hier in dieser wunderschönen Wohnung, wo sie zusammensein konnten, ganz allein.

Maggys Stimme klang erstickt, weil sie den Kopf an seine Weste schmiegte.

»Wie viele Monate wird es dauern?« erkundigte sie sich.

»Ach«, versicherte Perry, »bestimmt sehr lange.« Er wußte selber nicht, wie man eine Wohnung einrichtete. Seine Frau, seine Schwiegermutter und seine Mutter waren vor seiner Hochzeit alle eine Zeitlang in hektischer Aufregung gewesen wegen der neuen Wohnung. Aber er hatte nicht drauf geachtet. Wohnungen präsentierten sich Männern seiner Art und Generation nur fertig eingerichtet.

Während der nächsten sechs Monate hatte Maggy das Gefühl, jeden Tag eine erstaunliche Menge Neues zu lernen. Zunächst einmal Englisch. Das hatte sie beschlossen, weil es in ihren Augen nicht fair erschien, daß Perry immer im Nachteil war, wenn sie sich unterhielten. Außerdem hörte man, wo man auch hinging – ob in den *Bal Tabarin*, um den Cancan zu sehen, ob zum Abendessen bei Maxim – ringsum so gut wie nur noch Englisch.

Die Kaufkraft des amerikanischen Dollars war so hoch, daß es in Paris von Emigranten wimmelte, die mit fünfzehn Dollar pro Woche ein herrliches Leben führten. Sie faszinierten Maggy mit ihrer unbekümmerten, lärmenden Fröhlichkeit, der Art, wie sie sich der Stadt so respektlos aufdrängten, als sei sie der größte Spielplatz der Welt. Wer außer den Amerikanern würde in Josephine Bakers Nightclub mit Papierschlägern und -bällen Tennis spielen? Wer außer den Amerikanern würde sich im *Bricktop* zu den Musikern setzen und einen so wilden Jazz produzieren, wie sie ihn noch nie gehört hatte? Im Paris von 1926 nicht Englisch zu sprechen bedeutete, die beste Party der Menschheitsgeschichte zu verpassen.

Jeden Vormittag nach dem Frühstück bekam Maggy also von der ernsten, aus Boston stammenden Ehefrau eines amerikanischen Schriftstellers Englisch-Unterricht.

Perry hatte Jean Michel Frank, den berühmtesten Innendekorateur der Zeit und führenden Vertreter von *Les Arts Décoratifs*, mit dem Einrichten der Wohnung beauftragt. Maggy hatte den Tag über Zeit für sich.

»Hast du eine Ahnung, Paula«, stöhnte sie verdrossen, »wie schwer eine ausgehaltene Frau arbeiten muß? Das ist anstrengend, sage ich dir! Man darf am Morgen das Haus nicht verlassen, ohne ein Kostüm von Chanel anzulegen, am Nachmittag traut man sich nicht auf die Straße, solange man nicht Patou trägt, Cocktails darf man nicht einfach nur trinken – o nein, man muß dazu richtig gekleidet sein, in etwas von Molyneux, mit ganz schmalen Trägern und gezipfeltem Rocksaum...«

»Worüber beklagst du dich?« gab Paula zurück. »Jedes Metier hat seinen Preis.«

»Ausgehalten zu werden scheint darauf hinauszulaufen, daß man ein Prozent der Zeit nackt im Bett verbringt und die übrigen neunundneunzig Prozent mit Umkleiden«, sagte Maggy nachdenklich.

»Ich hätte dich warnen können«, behauptete Paula selbstsicher, »aber ich fürchte, das hätte nichts geholfen.«

»Jetzt ist es jedenfalls zu spät.« Maggy hatte zu ihrer guten Laune zurückgefunden.

»Einen Butler aussuchen?« wiederholte Maggy fassungslos.

»Die Wohnung wird nächsten Monat fertig«, erwiderte Perry. »Wir brauchen Personal, und das bedeutet, wir brauchen unbedingt einen Butler, der dir bei der Einstellung der übrigen Dienstboten hilft.«

»Ich frage mich wirklich, ob ich diese Wohnung jemals beziehen soll.«

»Du hast ja noch nicht mal gesehen, was sich da alles tut! Bist du denn gar nicht neugierig?«

»Nein«, flunkerte Maggy. In Wirklichkeit dachte sie täglich daran, wie sie mit dem Leben in dieser riesigen Wohnung fertig werden sollte, die Perry für sie erworben hatte. Das Hotelleben, sogar das im piekfeinen Lotti, hatte etwas bezaubernd Unbekümmertes. Man traf Liebespaare in den Fahrstühlen, die unmöglich verheiratet sein konnten, das Foyer hallte von Musik und Lachen wider, die Zimmermädchen hatten immer Zeit für einen Plausch, und was die würdevollen Portiers betraf, so hockten die tagtäglich mit ihr über den Rennzeitschriften.

»Nun gut, dann werde ich das selbst übernehmen«, sagte Perry resigniert.

»O nein! Laß Paula das machen. Das kann sie wirklich am allerbesten. Sie hat soviel Menschenkenntnis, vergiß nicht die letzte *shiddach*, die sie arrangiert hat.«

»*Shiddach?*«

»Die Bekanntschaft zwischen dir und mir . . . Na ja, in weitestem Sinne gebraucht. Eigentlich bedeutet es eine Heirat arrangieren. Das Wort kommt aus dem Hebräischen«, erklärte Maggy weise.

»Und dieses Wissen stammt vermutlich von Rabbi Taradash, wie?« Perry liebte es, wenn Maggy gelegentlich jiddische Ausdrücke verwendete. Sie wirkten auf ihn genauso reizvoll und fröhlich wie die rote Nelke in ihrem Knopfloch.

»Erinnere mich nicht an meinen armen, lieben Rabbi! Eine ausgehaltene Frau, die mit einem Katholiken in Sünde lebt? O Gott, ich möchte nicht wissen, was der wohl dazu sagen würde!«

»Würde er in die Luft gehen?«

»Vor Zorn explodieren würde er, vor Kummer verzweifeln, vor Schmerz vergehen – such dir's aus. Verstehen aber würde er es nicht – genausowenig wie dein Priester, wenn du einen hättest. Aber ich weigere mich, ein schlechtes Gewissen zu haben!«

»Ich möchte auch nicht, daß du meinetwegen ein schlechtes Gewissen hast«, sagte Perry, auf einmal sehr ernst geworden.

»Ach, mein Liebling – natürlich nicht! Ich habe kein schlechtes Gewissen, weil ich dich so unendlich liebe!« Sie hätte ihm gern gesagt, was sie wirklich für ihn empfand: eine Liebe ohne Wirrungen, frei von Überraschungen und Leiden, eine Liebe, die ihr nie Schmerzen bereiten konnte. Perrys Arme waren ein Bollwerk gegen die Angst, jemals wieder verletzt zu werden. Bei ihm fühlte sie sich absolut sicher.

Aber es gab Momente, da wurde sie überflutet von Erinnerungen an Julien Mistral, da spürte sie wieder, wie die harte Kontur seines Mundes unter ihren Lippen so wunderbar weich wurde. Dann jedoch wandte sie sich energisch von diesen unwillkommenen Erinnerungen ab, um sich das Positive, das sie besaß, ins Gedächtnis zu rufen. Was wäre wohl, wenn sie jahrelang mit Mistral zusammengelebt hätte? Was wäre, wenn sie ihn satt gehabt hätte, wenn ihr Herz von diesem malbesessenen Mann gebrochen worden wäre, der sich um keinen Menschen scherte? Welch ein unwahrscheinliches Glück sie doch gehabt hatte!

»Mach ganz fest die Augen zu und versprich mir, nicht zu blinzeln. Ich führe dich jetzt in den Salon, denn ich möchte, daß du den zuerst siehst«, sagte Perry zu Maggy. Es war im April 1927, und sie standen vor der Eingangstür ihrer Wohnung am Parc Monceau.

»Aber das ist doch albern! Na ja, von mir aus.« Maggy kniff die Augen zu und nahm Perrys Arm. Es kam ihr vor, als hätten sie einen langen Weg zurückgelegt, bevor er mit vor Bewegung heiserer Stimme verkündete: »Jetzt kannst du die Augen aufmachen.«

Als sie gehorchte, erblickte sie eines der ersten wahrhaft modernen Zimmer des zwanzigsten Jahrhunderts. Sie hatte das Gefühl, eine frische Brise habe sie in eine neue Welt getragen, eine Welt aus Gold und Beige, Elfenbein und Weiß, in der in reinsten Formen äußerster Luxus Ausdruck fand. Hier gab es nichts, was sie an jemals zuvor Gesehenes erinnerte. Die düsteren, mit dunklem Holz getäfelten Wände, die sie damals gesehen hatte, waren vom Fußboden bis zur Decke mit Hunderten von Pergament-Quadraten verkleidet worden, jedes ein klein wenig anders als die anderen. Ohne von einem einzigen Bild unterbrochen zu werden, stellten sie in ihrer Gesamtheit ein durchdachtes und meisterliches Kunstwerk dar, das im Licht der kühn geformten weißen Alabasterlampen mattgolden schimmerte.

Der Raum, der ihr auf den ersten Blick damals fast unerträglich groß vorgekommen war, umfing sie nun mit einer überraschenden Festlichkeit. Und als sie über die weißen Teppiche schritt, wurde ihr klar, daß sie sich in einer ganz neuen Art von Raum bewegte, in einem Raum, in dem sie niemals Bewohner vermutet hätte, in einem von Frische und Weite erfüllten Raum, der alle anderen Interieurs überfüllt, eng und altmodisch erscheinen ließ. Mit den Fingern strich Maggy über die Lehnen der schlichten, mit schwerer, elfenbeinfarbener Seide bezogenen Sessel, streichelte die Platten der niedrigen, goldlackierten Tischchen, um sich dann überwältigt auf eines der langen Sofas sinken zu lassen.

»Nun, was hältst du davon? Ist es nicht phantastisch?« fragte Perry sie eifrig. »Die Lampen sind ein Design von Giacometti, die Teppiche in Grasse handgeknüpft ...«

»Belaste mich bitte nicht mit Einzelheiten, Liebling«, bat Maggy. »Komm einfach her und leg dich zu mir. Es ist, als schwebe man im Weltraum.«

Drei Tage später zogen sie ein.

Am ersten Abend in der neuen Wohnung konnte Maggy nicht einschlafen. Leise stieg sie aus dem Bett, wickelte sich in ihr Negligé aus Marabou-Seide und wanderte durch die Wohnung.

Niemals, dachte Maggy, als sie an den Wandschränken voll Weißwäsche und Silber vorbeikam, hätte ich mir vorstellen können, daß jemand so viele Dinge besitzen könnte. Wochen würde es dauern, bis sie sich mit ihrem Inhalt vertraut gemacht hatte.

Im Salon blieb Maggy vor den Fenstertüren stehen, die auf den Park hinausgingen. Von hier oben im ersten Stock konnte sie den größten Teil dieses fröhlichsten aller Pariser Parks überblicken: die klassische Kolonnade, den ovalen Teich und die Pyramide, die der Herzog von Orléans im Jahre 1778 hatte hierherbringen lassen. Der zu dieser Stunde menschenleere Park wirkte mit seinen reich verzierten Eisengittern mit den vergoldenten Spitzen wie eine Bühnendekoration, dachte sie, geschaffen für einen Maskenball oder eine Vergnügung aus uralten Zeiten. Ruhelos ging sie von Zimmer zu Zimmer, doch obwohl das Gefühl, daß etwas fehlte, ständig zunahm, konnte sie kein menschliches Bedürfnis finden, dem hier nicht Rechnung getragen war. Schließlich kehrte Maggy ins Bett zurück und fiel in einen unruhigen Schlaf.

Am folgenden Tag, als es dunkelte, betrat sie mit Hilfe ihres neuen Schlüssels zum erstenmal allein die Wohnung. Unter dem Arm trug sie ein großes, unförmiges, in Zeitungspapier gewickeltes Paket.

Den ganzen Nachmittag hatte sie damit verbracht, die Geschäfte in der Rue des Rosiers zu durchstöbern, und dieses Paket enthielt den Gegenstand, den sie dort gesucht hatte.

Sinnend stand Maggy vor dem mit Vellinpapier bezogenen Sideboard. Auf dem Schränkchen gab es zwei schwere Leuchter aus Silber und Lapislazuli, von dem berühmten Silberschmied Jean Puiforcat extra für diesen Raum entworfen. Sie paßten zu der Deckelschale aus Silber und Lapislazuli auf dem Eßtisch. Behutsam trug Maggy beide Leuchter vom Sideboard zum Tisch und placierte sie rechts und links von der Silberschale. Dann löste sie das Zeitungspapier und brachte einen großen, etwas ramponierten siebenarmigen Leuchter zum Vorschein.

»So, das war es!« sagte sie laut, als sie der Menora einen Ehrenplatz in ihrer neuen Wohnung einräumte.

Elftes Kapitel

Perry Kilkullen scherte sich nicht um die entsetzten Briefe seiner Mutter und seiner Geschwister, um die unausgesprochene Mißbilligung seiner Kompagnons und das aufgeregte Getuschel ihrer Ehefrauen, um die Meinung aller Menschen, die er jemals gekannt, gemocht und sogar geliebt hatte, bevor er Maggy kennenlernte. Ganz und gar gleichgültig waren ihm diese schattenhaften Gestalten, die er einstmals als wichtig empfunden hatte. Er war zweiundvierzig, er hatte mehr als die Hälfte der Jahre hinter sich, die der Mensch durchschnittlich auf Erden erwarten durfte, und erst jetzt begriff er, was es hieß, wirklich zu leben. *Maggy*. Ohne sie wäre er niemals ein richtiger Mann geworden und hätte es nicht einmal gewußt.

Seine Arbeit in der Bank erledigte er nach wie vor korrekt; im übrigen jedoch trennte er sich bewußt und vollständig von seiner Vergangenheit. Er nahm keine Dinner-Einladungen seiner Freunde unter den Pariser Bankiers mehr an; wenn seine ehemaligen Yale-Kommilitonen mit ihren Frauen nach Paris kamen, ging er ihnen aus dem Weg. Seine geschäftlichen Verpflichtungen arrangierte er so, daß er sich nicht in New York aufhalten mußte, wo seine Frau, verschanzt hinter dem Panzer ihrer Würde und ihrer religiösen Überzeugung, scheinbar gelassen darauf wartete, daß er eine Lebensphase überwand, die, wie ihre Mutter ihr versicherte, so mancher andere hervorragende Mann ebenfalls durchgemacht hatte. Mary Jane McDonnell Kilkullen war zu stolz, um ihre Freunde merken zu lassen, was sie angesichts der skandalösen Tatsache empfand, daß Perry sich eine französische Mätresse hielt. Niemals würde sie sich auf ein so primitives, vulgäres Niveau hinabbegeben und etwa die empörte, betrogene Ehefrau spielen!

Im Herbst 1927 wurde Maggy zwanzig. Trotzdem wirkte sie, wie immer schon, erfahrener, als es ihrem Alter entsprach. Sie war einfach kein junges Ding, war nie eines gewesen, und paßte auch nicht in die aktuelle kindlich-spröde Mode. Im Verlauf der letzten Monate hatte sie sich eine eigene zeitlose und geheimnisvolle Eleganz erworben.

Zur Feier ihres Geburtstags ging Perry mit ihr zu Marius und Jeanette, wo sie zum erstenmal miteinander gespeist hatten, und anschließend in ihren bevorzugten Montmartre-Nightclub, *Chez Josephine*, wo Maggy sich immer wieder über Josephine Bakers exzentrische Haustiere amüsierte, eine Ziege und ein Schwein, die von Hoheiten aus einem Dutzend europäischer Länder verwöhnt wurden.

Heute abend jedoch war sie sonderbar nachdenklich. Zwanzig war etwas ganz anderes als neunzehn. Es war das Alter einer Frau, nicht das eines jungen Mädchens. Meine Jungmädchenzeit ist vorüber, sinnierte Maggy und wußte nicht recht, ob sie sich darüber freuen sollte. Seufzend spielte sie mit der doppelten Perlenkette, die Perry ihr zum Geburtstag geschenkt hatte.

»Was ist denn los, mein Baby?« erkundigte er sich.

»Ich werde nie wieder jung sein – richtig jung. Und sag jetzt bloß nicht, daß ich dumm bin!«

»War ›richtig jung‹ sein denn wirklich so schön?«

Sie schüttelte den Kopf: »Es bedeutete, daß noch alles vor mir lag. Daß ich nicht an die Zukunft zu denken brauchte, weil sie unendlich fern war. Irgendwie zählte das, was ich tat, noch gar nicht richtig. Jetzt aber – jetzt fühle ich mich so ... so ...« Sie machte eine unbestimmte Geste und schüttelte den Kopf, weil sie nicht die richtigen Worte fand.

»Als ob du Entscheidungen treffen müßtest?« versuchte Perry ihr liebevoll zu helfen.

»So ungefähr. Als müßte ich irgend etwas erreichen.« Sie lächelte bedauernd und zuckte mit ganz uncharakteristischer Hilflosigkeit die Achseln.

»Du wirst auch etwas erreichen. Du wirst mich heiraten.«

Ungläubig hob Maggy beide Hände. »Bitte, sag das nicht! Du weißt doch, daß das unmöglich ist! Wie kannst du so etwas sagen – selbst im Scherz? Ich habe nie daran gedacht.«

»Das weiß ich, aber ich habe daran gedacht. Ich habe – von dem Tag an, da ich dich zum erstenmal sah – an den theoretisch unvorstellbaren Plan gedacht, mich scheiden zu lassen, dich zu heiraten und den Rest meines Lebens mit dir zu verbringen. Wir beide gehören zusammen.«

»Du bist katholisch und du bist verheiratet!« erinnerte ihn Maggy. Zwischen ihnen standen unüberwindliche Hindernisse, aber sie liebte ihn so sehr, daß sie die Situation akzeptierte.

»Meine Frau und ich leben seit Jahren praktisch getrennt, das weißt du. Und wir haben auch keine Kinder, die uns binden . . .«

»Ach, Perry, warum mußtest du dieses Thema anschneiden?« rief Maggy unglücklich. »Du weißt doch, daß du dich nie scheiden lassen kannst.«

Sicher, auch Katholiken ließen sich scheiden; doch selbst Perry würde einen geschiedenen Katholiken nicht für einen guten Katholiken halten. Aber um Maggy heiraten zu können, war Perry Kilkullen bereit, ein schlechter Katholik zu werden. Sein Glaube war weit weniger stark als seine Liebe. Konnten Glaubensvorschriften richtig sein, die von ihm verlangten, daß er seine profundesten Bedürfnisse verleugnete? Mußte er die paar guten Jahre, die ihm von seinem Leben als Mann noch bleiben mochten, einem von Rom verordneten Netz aus Geboten und Verboten opfern? Nach den Dogmen, die ihm eingebleut worden waren, hatte er jedesmal, wenn er mit Maggy schlief, eine Sünde begangen. Und doch fühlte er sich gesegnet, wenn er in ihr ruhte.

»Würdest du mich denn nicht heiraten, falls es möglich sein sollte?« Perry war bestürzt über ihre Reaktion. Er hatte diese strikte Weigerung, sich über seine Pläne zu freuen, nicht erwartet.

»Ich möchte nicht, daß du meinetwegen Schwierigkeiten bekommst«, gab Maggy störrisch zurück.

»Ich war verdurstet, und du hast mich gerettet«, sagte Perry heftig.

»Aber würde es denn nicht schlimme Schwierigkeiten geben?« bohrte Maggy.

Er grinste erleichtert. Das war also alles, was sie beunruhigte! »Die schlimmsten Schwierigkeiten, die man sich vorstellen kann! Aber wenn du mich danach heiratest, wenn du mir sagst, daß du mich liebst, lohnt sich für mich jede Minute des Kampfes, so lange er auch dauern mag.«

»Das werde ich, und das weißt du auch«, antwortete sie

langsam. Sein Verlangen war so tief, daß sie ihre Bedenken beiseite schob.

»Obwohl du nicht mehr richtig jung bist? Ich muß dich warnen: Es kann einige Jahre dauern, und du möchtest doch sicher nicht riskieren, eine alte Jungfer zu werden!«

»Möglich, daß ich langsam reif werde«, entgegnete Maggy, »aber bestimmt nicht zu alt, um ein Risiko einzugehen.«

»Dann ist es also abgemacht?« fragte er eifrig.

»Zwischen uns beiden, ja, ja, mein Liebling. Was jedoch alles übrige betrifft...«

»Mit dem nächsten Schiff reise ich nach New York«, versprach Perry.

Weniger als zehn Tage nach Maggys zwanzigstem Geburtstag saßen sich Perry Kilkullen und seine Frau in der Bibliothek ihrer Park-Avenue-Wohnung gegenüber. Zwei Stunden lang war Mary Jane nicht ein einziges Wort über die Lippen gekommen. Still und ohne ihn zu unterbrechen hatte sie sich alles angehört, was er zu sagen hatte – die schlanken Füße sittsam gekreuzt, das hübsche Gesicht nahezu ausdruckslos, die Hände ruhig in ihrem Schoß. Sie macht es mir nicht schwer, dachte Perry. Sie schien ihm zuzuhören, wirklich zuzuhören. Vielleicht hatte sie während der langen Zeit, die er fort gewesen war, auch jemanden gefunden, der sie liebte. Endlich verstummte er, heiser vom vielen Reden. Nun gab es nichts mehr, was sie nicht wußte, nichts, was er ihr nicht gestanden, was er ihr nicht zu erklären versucht hatte.

Ein tiefes Schweigen entstand, bis sie schließlich ganz sanft und leise zu ihm sagte: »Eine Scheidung? Aber Perry, das könnte ich dir niemals antun!«

»Aber du würdest mir nichts antun! Ich ganz allein bin der Schuldige.«

»Ich könnte dich unmöglich verlassen, Perry. Wie kannst du mich nur für so grausam halten?« fragte sie mit mitleidiger Miene.

»Hör endlich auf, alles zu verdrehen, Mary Jane! Du würdest mich nicht verlassen – ich habe dich verlassen.«

»Du hast nichts getan, was nicht wieder in Ordnung zu bringen wäre, Perry«, entgegnete sie so freundlich, als suche sie ein verängstigtes Kind zu beruhigen. »Die Leute würden vermutlich sagen, du seist ›vom rechten Weg abgekommen‹, du hast ganz einfach einen Fehler gemacht. Das ist zwar schwerwiegend, aber durchaus nicht irreparabel. Zum Glück hat die Kirche Verständnis dafür und wird dich liebevoll wieder aufnehmen, wenn alles vorbei ist.«

»Verdammt noch mal, ich dachte, du hättest zugehört!«

»Das habe ich auch. Jedes Wort habe ich verstanden. Doch, mein armer Perry, du scheinst zu vergessen, daß du eine unsterbliche Seele besitzt.«

»Mary Jane, ich bin ein erwachsener Mann! Überlaß es doch bitte mir, mich um meine Seele zu kümmern.«

»Du verlangst Unmögliches, Perry. Wenn ich zustimmen sollte, wenn du tatsächlich eine Scheidung erreichen und zu meinen Lebzeiten das Mädchen heiraten würdest, müßtest du exkommuniziert werden. Und das wäre dann ebensosehr meine Schuld wie die deine.«

»Das Risiko nehme ich gern auf mich.«

»Aber ich bin nicht bereit, dich der Verdammung auszuliefern.«

Er musterte sie aufmerksam. Gab es auch nur den kleinsten Hinweis darauf, daß sie ein Spiel mit ihm trieb, sich hinter ihrer Frömmigkeit verschanzte? Aber nur ruhige Überzeugung und feste Entschlossenheit las er in ihrem Gesicht, eine so tödliche Gelassenheit, daß er sofort alle Hoffnung fahren ließ. Alle Worte der Welt konnten keine Brücke zwischen ihnen schlagen. Ihr Glaube negierte die Existenz seiner Leidenschaft. Er lebte im ›Zustand der Sünde‹, aus dem er durch Beichte, Buße und Rückkehr zu ihr erlöst werden konnte. Obwohl er fortfuhr, zu argumentieren, zu protestieren, zu flehen, wußte er schon, daß er verloren hatte.

Perry blieb ein paar Wochen in New York, wo er einige Familienmitglieder, die Einfluß auf seine Frau hatten, zu überreden versuchte, zu seinen Gunsten zu sprechen. Es mißlang ihm total. In der Frage der Scheidung standen die Kilkullens und Mackays geschlossen hinter ihr. Also ließ er es lieber sein, überhaupt von Maggy zu reden, denn nur allzu leicht konnte er sich vorstellen, wie seine Verwandten allesamt reagieren würden: »Ein Malermodell, zwanzig Jahre alt, meine Liebe – und was das bedeutet, wirst du wohl wissen!«

Einige seiner männlichen Verwandten zeigten durchaus Verständnis für seine Probleme – solange er sich darauf beschränkte, verrückt zu sein nach einem Mädchen, das nicht seine angetraute Ehefrau war. Das war den meisten von ihnen schon mal passiert, hatte jedoch niemals auch nur im entferntesten zu dem Gedanken an Scheidung geführt. Warum, fragten einige von ihnen, sei er denn nicht bereit, die Dinge einfach so laufen zu lassen? So mancher Katholik habe doch nebenher eine Freundin; warum, zum Henker, müsse er das Boot unbedingt ins Schwanken bringen?

Wochen vergingen, und Perry gelang es nicht, sich den geschäftlichen Anforderungen zu entziehen, die seine Kompagnons nun an ihn stellten, da er sich in New York aufhielt.

Damit Maggy sich nicht damit zu belasten brauchte, beauftragte Perry Maître Jacques Hulot, seinen Pariser Anwalt, mit der Erledigung der Haushaltsfinanzen. Hulot entlohnte das Personal, kontrollierte und regelte sämtliche Haushaltskonten und bezahlte auch Maggys persönliche Rechnungen. Da eine Französin kein eigenes Bankkonto unterhalten durfte, brachte ein Kanzleiangestellter Maggy allwöchentlich einen bestimmten Bargeldvorrat. Perry schrieb ihr, er wünsche ihre Börse stets so wohlgefüllt zu wissen, daß sie all ihre Wünsche befriedigen könne. Was er in seinen täglichen Briefen an seine Liebste nicht erwähnte, war das Ergebnis der Unterredung mit seiner Frau, und Maggy fragte in ihren Briefen auch nie danach.

Sie sei guten Mutes, versicherte sie ihm; sie treffe sich oft mit Paula, sie habe sich einen Zobelmantel bestellt, wie er es vor seiner Abreise von ihr verlangt habe; sie habe den Englisch-Unterricht wiederaufgenommen und lerne allmählich fließend zu sprechen; ja, und sie sehne sich furchtbar nach ihm!

Jedesmal, wenn Perry Kilkullen in seiner Suite im Yale Club Maggys Briefe noch einmal las, dankte er dem Herrgott dafür, daß er reich war. So ungeheuer reich, daß ihm die Zustimmung der übrigen Welt egal sein konnte. Gesellschaftlich konnte seine Familie die Türen vor ihm verschließen, aber sie konnte ihn nicht daran hindern, für sich und Maggy eine eigene Welt zu schaffen. Eine herrliche, weite, abenteuerliche Welt, in der sie sich jeden Wunsch erfüllen konnten – alles, außer einer legalen Ehe! Er schwor sich aber, nie solle Maggy das Gefühl haben, er sei für sie – Scheidung oder nicht – etwas anderes als ein getreuer Ehemann.

Und was das ewige Leben und seine unsterbliche Seele betraf, um die Mary Jane so verdammt besorgt war: Wenn Perry Kilkullen an Maggy dachte, wußte er, daß er unverwundbar war, und seine Seele würde schon allein für ihre Unsterblichkeit sorgen.

Maggy holte ihn in Cherbourg ab. Während Perry darauf wartete, daß sein Gepäck vom Zoll abgefertigt wurde, entdeckte er sie hinter der Absperrung. Diesen Augenblick hatte er sich während der langen Tage der stürmischen Überfahrt immer wieder ausgemalt. Und nun auf einmal, in wenigen Sekunden, sollten die schmerzlichen Wochen der Trennung vorüber sein!

Unvermutet schlüpfte Maggy plötzlich unter der Absperrung hindurch, lief auf ihn zu, warf sich in seine Arme und bedeckte sein Gesicht mit Küssen. Zu dem protestierenden Zollbeamten sagte Maggy etwas in einem so schnellen Argot, daß Perry nichts davon verstand; aber der Mann fing an zu kichern, errötete und wurde unerwarteterweise wohlwollend.

»Ach Liebling, ich hab ja so wunderbare Neuigkeiten! Ich kann's nicht abwarten – wirklich nicht! Um vier Uhr früh bin ich heute schon aufgestanden, damit ich nur ja rechtzeitig hier war... Ach Perry...« Unvermittelt brach sie ab und verstummte.

Perry achtete kaum auf ihre Worte, denn er spürte, wie er in den Bann ihres Charmes gezogen wurde, der ihn ja vom ersten Augenblick an verzaubert hatte. Sofort verfiel er in die gewohnte Neckerei, als setzten sie ein Gespräch fort, das nur ganz kurz unterbrochen worden war, während er ihren Kopf fest zwischen beide Hände nahm und ihr zärtlich die Wangen streichelte.

»Wenn du's nicht abwarten kannst – warum erzählst du's mir nicht?«

»Ich bin zu schüchtern«, gestand sie, und ihr Gesicht hob sich wie ein Strauß weißer Blüten aus dem großen Kragen des flauschigen, seidig-dunklen Pelzmantels.

»Seit wann bist du schüchtern?« gab er zurück.

»Ich sehe nur nicht schüchtern aus, weil ich zu groß bin«, erklärte Maggy ernsthaft.

»Also, ich rate mal«, sagte er. »Du hast die Köchin gefeuert!«

»Perry, bleib ernst«, flehte sie.

»Liebling, ich habe dich seit fast zwei Monaten nicht mehr gesehen, und in deinen Briefen stand nicht der kleinste Hinweis auf ein Geheimnis. Nein, warte – ich hab's! Du hast gestern eine Perle in deinen Austern gefunden!«

»Das kommt der Wahrheit schon sehr nahe«, sagte sie leise.

»Oder man hat dir eine Rolle in einem Valentino-Film angeboten, und nun verläßt du mich, um nach Hollywood umzusiedeln; du hast ein kleines Château auf dem Land gefunden, das wir uns für die Wochenenden kaufen könnten ... Muß ich weiterraten, oder darf ich dich jetzt noch einmal küssen?«

Maggy holte ganz tief Luft und wechselte von Französisch zu Englisch. »Ich bekomme ein Baby. Nein, wir bekommen ein Baby.«

»Das ist unmöglich!«

»Mir ist morgens schon immer ganz schlecht«, verkündete sie.

»Aber Maggy, du kannst nicht schwanger sein ... Ich kann keine Kinder zeugen ...«

»Wenn du die Frau wechselst, wechselst du damit auch deine Möglichkeiten.« Mit dem Mund lächelte sie, ihre Augen blickten jedoch eindringlich fragend.

»Ich kann's einfach nicht glauben«, gestand er benommen.

»Dann freust du dich nicht? O Gott, ich hab so große Angst gehabt, daß du dich nicht freuen würdest! Ach Perry, es tut mir ja so leid ...«

»Nein! Herrgott noch mal – nein! Es braucht dir nicht leid zu tun, sag so was nie wieder ... Es ist das unglaublichste, das ... Ach Maggy, mein Liebling, du kannst dir ja gar nicht vorstellen, wie sehr ich mir immer ein Kind gewünscht habe! Ich hatte die Hoffnung schon längst aufgegeben ... Das ist die herrlichste, die wunderbarste Nachricht ... Herrgott im Himmel, ich kann dir einfach nicht beschreiben ...« Freudentränen traten ihm in die Augen, und als sie das sah, stieg ihr ein Hauch von Farbe in das schneeweiße Gesicht.

Wochenlang hatte sich Maggy zwischen Angst und Jubel hin- und hergerissen gefühlt, zwischen wilder Begeisterung und Millionen von Ängsten. Gleich nachdem er in die Vereinigten Staaten abgereist war, hatte sie den Verdacht geschöpft, daß sie schwanger war. Sie hatte aber bis vor ein paar Wochen gewartet und war dann erst zum Arzt gegangen. Soweit ihr Arzt das feststellen konnte, war sie jetzt seit fast drei Monaten schwanger.

»Gott sei Dank, daß es nicht eher passiert ist«, hatte Paula gesagt, als sie die große Neuigkeit erfuhr. »Hätte Mistral dir ein Kind gemacht, dann, mein liebes Mädchen, hätte ich dir sofort geraten, es abzutreiben. Und glaub nur ja nicht, daß ich nicht ein Dutzend vornehme Ärzte kenne, die das machen würden. Perry dagegen ist ein Mann, dem du vertrauen kannst. Zugegeben, diese Geschichte mit seiner Scheidung ist unangenehm, doch früher oder später wird er mit Sicherheit alles regeln. Und dann stell dir vor, Maggy: ein guter Ehemann und dazu ein Baby – mein Gott, ein Baby ist das einzige, was mir im Leben jemals gefehlt hat! Doch du, mein Kleines, du wirst wirklich alles haben – und in einem so glanzvollen Stil! Ich muß zugeben, daß ich dich beneide.«

Maggy klammerte sich an Paulas Worte. Sie legte den Kopf an Perrys Schulter. »Halt mich fest Liebling, ganz fest! Du weißt ja gar nicht, wie ich mich nach dir gesehnt habe!«

Erst als sie Paris fast erreicht hatten, fragte sie mit gespielter Nonchalance: »Und, was war mit deiner Frau?«

»Es wird sich alles zum Besten regeln, mein Liebling«, antwortete er sofort. »Es ist nur eine Frage der Zeit. Das ist wirklich unser einziges Problem.«

»Man könnte den Vatikan nicht ein bißchen zur Eile drängen, wie? Ihm einen ganz kleinen, winzigen Stoß versetzen?«

»Möchtest du wissen, ob ich geschieden bin, bis das Baby zur Welt kommt?«

»Ich ... glaube schon, daß ich das gehofft hatte«, gestand sie.

Er zögerte, dann sagte er: »Es tut mir leid, aber das ist wohl nicht möglich. Trotzdem, mein Liebes, brauchst du nicht das geringste zu befürchten, das verspreche ich dir.

Und wenn unser Kind alt genug ist, um es zu verstehen, wird alles lange geschafft sein, und wir sind ein altes Ehepaar. Hauptsache ist doch, daß du auf dich aufpaßt, damit bestimmt nichts schiefgehen kann.«

»Was meinst du?«

»Ich wünsche mir dieses Kind so sehr, Maggy!«

Im Mai 1928 wurde Théodora Lunel geboren. Der Name bedeutet auf griechisch »Gottesgeschenk«, deswegen fanden Maggy und Perry ihn einfach perfekt. Das Baby war vom ersten Erdentag an ein kluges Kind, das kaum einmal schrie, gekonnt an der Mutterbrust trank, wunderbar durchschlief und nach dem Aufwachen nie grantig war. Und es war überwältigend schön. Teddys Gesichtszüge waren von fast klassischer Ebenmäßigkeit, sie hatte hellrote, bezaubernd gelockte Haare, und ihre Gliedmaßen waren in jeder Hinsicht perfekt geformt. Kurz: Teddy war das Wunderkind der ganzen Station.

Perry Kilkullen fühlte sich auf das Herrlichste bestätigt. Dieses nicht wegzuleugnende, atavistische Bedürfnis, die eigene Existenz fortzusetzen, das er so lange unterdrückt hatte, brach jetzt heftiger hervor als jedes andere Gefühl, das er erlebt hatte. Das Wunder seines Kindes nahm ihn so ganz und gar gefangen, daß Maggy beinahe eifersüchtig wurde und sich, als sie den Grund ihrer Verärgerung erkannte, sehr schämte.

Sie genoß die zwanzig Minuten, in denen sie mit ihrem Kind beim Stillen allein war. »Mein kleiner Bankert«, flüsterte sie dem Baby liebevoll zu, »mein kleiner, bezaubernder Bankert, warum siehst du so nachdenklich aus? O ja, du nimmst dich selbst furchtbar ernst, nicht wahr? Kein Gedanke an deine arme, alte Mutter. Denk nur an all die Mühe, die es gekostet hat, dich in die Welt zu setzen! Ich verlange ein wenig Respekt! Aber was kümmert es dich? Ich hatte keine Mutter, die mich gestillt hat, und ich habe trotzdem überlebt. Du bist in vieler Hinsicht besser dran, aber trotzdem immer noch – ein Bankert.«

Wenn Maggy und Perry zusammen waren, erwähnten sie nie, daß das Kind Maggys Namen trug. Das würde geändert werden, sobald sie verheiratet waren, das wußte sie. Dennoch lag Maggy diese Tatsache schwer auf der Seele. An ihre eigene Unehelichkeit hatte sie, sobald sie Tours hinter sich gelassen hatte, nicht mehr sehr oft gedacht. Doch jetzt wurden alte Erinnerungen in ihr wachgerufen, sie war wieder auf diesem grausamen Schulhof und mußte lernen, sich zu wehren gegen alle, die sie hänselten, so heftig zu wehren, daß selbst die Stärksten sie allmählich in Ruhe gelassen hatten.

Der einzige Mensch, dem sie ihre Ängste und Besorgnisse anvertraute, war Paula.

»Für eine Französin bist du ein richtiger Dummkopf, mein Mädchen!« schalt Paula. »Mach dir keine Sorgen, das wird bald geregelt werden! Sieh dich doch um! Was könnte von soliderem Luxus sprechen, was könnte perfekter organisiert sein als diese phantastische Wohnung, die du hier hast? Ich persönlich habe nichts daran auszusetzen, von Théodoras englischer Nanny Butterfield bis zu den kostbaren Perlen, die du so lässig um den Hals trägst. Sieh dich um, Maggy! Du bist umgeben von allem, was einer Frau das Gefühl der Sicherheit verleiht, von lauter Beweisen dafür, daß Perry dich zu seiner Frau zu machen gedenkt. Schämen solltest du dich, im Zusammenhang mit diesem himmlischen Baby das Wort ›Bankert‹ auch nur zu denken!«

Das Jahr von Teddys Geburt wurde ein friedliches Jahr. In Paris unterzeichneten fünfzehn Nationen den Briand-Kellogg-Pakt, durch den der Krieg auf ewig geächtet werden sollte. Die Franzosen strömten ins Kino, um Mary Pickford, Charlie Chaplin und Gloria Swanson zu sehen, das Haus Hermès produzierte die erste wirklich praktische Handtasche, und Coco Chanel wurde die Geliebte des Herzogs von Westminster, des reichsten Mannes von ganz England.

Es war ein so ruhiges, fruchtbares Jahr, daß Maggy ihre Befürchtungen vergaß und sich entspannt dem erfüllten, verspielten Leben einer jungen Mutter hingab. Die große Welt draußen schien sie nicht zu berühren. Während sie zusah, wie Teddy das unglaubliche Kunststück fertigbrachte, sich zum erstenmal aufzurichten, las Perry ihr aus der Zeitung vor, und sie quittierte die Nachricht, zwei Amerikaner seien in der Rekordzeit von dreiundzwanzig Tagen, fünfzehn Stunden, einundzwanzig Minuten und drei Sekunden per Dampfer und Flugzeug um die Welt gereist, mit einem geistesabwesenden Gemurmel. Auch das Interesse an einer schnellen Scheidung von seiner Frau schien sie verloren zu haben, das schien sich von selber zu regeln. Er selbst jedoch war nicht so verblendet. Scheidung war sein erster Gedanke, wenn er des Morgens aufwachte, und täglich nahm er sich vor, etwas zu unternehmen. Im Laufe des Tages fiel ihm dann jedoch die unnachgiebige Ablehnung ein, mit der Mary Jane auf seinen Vorschlag reagiert hatte, und er ließ sich in die Untätigkeit zurücksinken.

Teddys erster Geburtstag war vorbei, und noch immer unternahm er nichts, verharrte in einer von Frieden erfüllten Trance. Im Sommer 1929 fuhren Perry und Maggy mit dem Baby, der Nurse und Maggys Zofe für sechs Wochen in ein großes Strandhotel in der Bretagne. Teddy war sehr lebhaft geworden, kein Krabbler mehr, sondern ein leichtfüßiges, kleines Ding, das erstaunlicherweise stets so lange auf den Beinen blieb, bis es das Ziel seines kleinen Ausflugs erreicht hatte.

Als Perry ihr eines Tages am Strand einen Ball zurollte, bemerkte er in der Nähe vier Personen, die unter einem riesigen Sonnenschirm auf einer Wolldecke saßen. Er sah hinüber, im selben Moment jedoch, als er das tat, wandten sie ihre Blicke ab. Und als Teddy mit dem Ball auf ihn zugelaufen kam und sich mit einem glücklichen »Papa, Papa!« in seinen Schoß warf, wich ihm plötzlich das Blut aus dem Gesicht. Dort unter dem Schirm saßen zwei seiner Geschäftspartner mit ihren Frauen.

Rasch hob er Teddy vom Boden auf und verließ mit ihr den Strand, hielt sie so fest in seinem schützenden Griff, daß sie sich wehrte. Verbittert und zornig schalt er sich einen Feigling. O ja, er hatte sich das Glück erkauft, zwei ganze Jahre lang, und hatte Maggy jede Minute eines jeden Tages belogen, auch wenn sie selbst nichts davon wußte. Sie war bereit gewesen, mit ihm zusammenzuleben, bevor von Heirat gesprochen wurde. Ja, Maggy hatte frei gewählt. Doch, wie war das mit Teddy und ihrer freien Wahl? Was für eine Zukunft wartete auf sie? Was für ein Vater war er seinem Kind, diesem einzigen Kind seiner Liebe?

Bevor Perry nach New York fuhr, um sich in den Kampf gegen Mary Jane zu stürzen, ging er zu Maître Hulot, seinem

Anwalt. Falls es für die Scheidung von Vorteil wäre, französischer Staatsbürger zu werden, war er bereit, die Staatsangehörigkeit zu wechseln. Hulot erklärte ihm umständlich, daß ihm das leider nicht helfen würde, und er könne die französischen Gesetze nicht nach Belieben benutzen. Als Perry aufstand und gehen wollte, beugte der Anwalt sich an seinem gewaltigen Schreibtisch gebieterisch vor. »Einen Moment noch, Monsieur Kilkullen.«

Zwei Jahre lang hatte er die Zahlung riesiger Geldsummen beaufsichtigt, die dieser reiche und eigensinnige Amerikaner so gedankenlos ausgab, um eine vermutlich höchst pikante und perfekte Mätresse auszuhalten.

»Wir sind doch beide Männer von Welt, nicht wahr?« begann Hulot jetzt. »So etwas muß man doch nicht gleich als Tragödie betrachten. Sie haben augenblicklich den Eindruck, daß sich alles gegen Sie verschworen hat, um Ihren Wunsch, Mademoiselle Lunel zu heiraten, zu vereiteln. In zehn Jahren aber, vielleicht auch schon in fünf, werden Sie der Kirche und dem Staat, die mehr Weisheit besitzen, als Sie ahnen, dankbar dafür sein, daß sie Sie davor bewahrt haben, in dieser ungestümen Leidenschaft unterzugehen. Wenn der Tag kommt, da Sie eine neue, andere... Freundin... finden – werden Sie da nicht froh sein, über die Hindernisse...« Er hielt inne, denn Perry war um den Schreibtisch herumgekommen, packte ihn bei den Jackenaufschlägen und zerrte ihn aus dem Sessel empor.

»Wagen Sie es nie, nie wieder, noch ein einziges Mal von Mademoiselle Lunel zu sprechen!« Damit ließ er den Anwalt los: Bis er einen neuen fand, brauchte er diesen Kerl leider noch! Hulot hielt sämtliche finanziellen Zügel des Haushalts in der Hand.

Sobald es ihm möglich war, reiste Perry nach diesem Gespräch mit Hulot abermals nach New York – fest entschlossen, Mary Jane die Zustimmung zur Scheidung diesmal bestimmt abzuringen. Er fand sie magerer denn je, und sie sah weit älter aus, als es den zwei Jahren, die inzwischen vergangen waren, entsprach: Eine ergrauende Frau mittleren Alters, nur noch andeutungsweise hübsch, dachte er überrascht, während sie ihn mit ihren blaßblauen Augen musterte und mit einem Anflug schmerzlicher Bitterkeit feststellte, daß er eindeutig jugendlich wirkte. Die Zeit hatte ihn gut behandelt, fand sie. Wie unfair!

»Mary Jane, ich habe eine Tochter.«

»Du wirst doch nicht denken, daß mir das neu ist, Perry! Ich habe, glaube ich, keine einzige Freundin auf der Welt, der es noch nicht gelungen ist, diese Information irgendwie einfließen zu lassen. Verlangst du etwa, daß ich dir gratuliere?«

»Mein Gott, gibt ihre Existenz der Situation denn nicht ein ganz neues Gesicht? Es handelt sich doch jetzt gar nicht mehr um deine religiösen Überzeugungen oder um meine Exkommunikation, es handelt sich um die Zukunft meines einzigen Kindes! Wenn ich bereit bin, Fegefeuer und ewige Verdammnis und sämtliche anderen Strafen auf mich zu nehmen, mit denen mir die Kirche droht – warum kannst du dann meinen Willen nicht akzeptieren?«

»Ich fühle mich nicht verantwortlich für die Zukunft deiner Tochter. Sie wurde in Sünde empfangen und in Sünde geboren; sie bedeutet mir nichts. Doch Gottes Gebote sind klar und deutlich, und ich wenigstens werde mich nach ihnen richten.«

»Mary Jane! Das kann nicht dein Ernst sein! Du bist doch keine harte Frau und...«

»Woher weißt du das? Woher willst du wissen, was für eine Frau ich geworden bin? Wie viele Jahre ist es her, seit du dich von mir abgewandt hast? Geh, Perry! Du und dein Bankert, ihr widert mich an!«

Sie ließ Perry allein in der Bibliothek, wo er auf die abweisenden grauen Steine der Park Avenue hinabstarrte. Er war froh, daß Mary Jane endlich einmal zornig geworden war. Sie hatte endlich die Pose der Heiligen, die einzig an sein Seelenheil dachte, aufgegeben. Jetzt würden sie sicher eine Lösung finden. Er würde es wieder und wieder versuchen. Mit allen Mitteln.

Zwei Wochen später, am 29. Oktober 1929, brach die Börse zusammen. Der Wirtschaftsaufschwung war plötzlich wie weggewischt, weil nahezu siebzehn Millionen Aktien zu ständig sinkenden Preisen verschleudert wurden. Während der folgenden hektischen Wochen hatte Perry alle Hände voll zu tun, um der Panik der Investoren zu begegnen, deren

Geld er und seine Partner verwalteten. Da er keinerlei Möglichkeit sah, New York in absehbarer Zeit zu verlassen, bat er Maggy, mit Teddy zu ihm in die Vereinigten Staaten zu kommen.

»Ein Glück, daß ich Englisch gelernt habe«, sagte Maggy zu Paula, während sie das Packen der sechs Überseekoffer überwachte.

»Hat dieser amerikanische Börsenkrach Perrys Vermögen beeinträchtigt?« erkundigte sich Paula besorgt. Innerhalb weniger Wochen war die Zahl der zahlungskräftigen amerikanischen Kunden ihres Restaurants auf nahezu Null geschrumpft.

»Ich weiß es nicht, aber ich glaube kaum. Er ist doch so klug. Über Geld haben wir nie gesprochen. Es war wie ein fliegender Zauberteppich – oft habe ich sogar vergessen, nach dem Preis zu fragen, wenn ich mir was gekauft habe.«

»Nein!« Paula war entsetzt. Es war schön und gut, im Stil einer Großherzogin ausgehalten zu werden, doch beim Einkaufen nicht nach dem Preis zu fragen war unfranzösisch.

Maggy warf die Kleider aufs Bett, lief zu Paula hinüber und nahm sie liebevoll in den Arm. »Warum kommst du nicht einfach mit? Ich lade dich ein – du bist doch nie aus Paris herausgekommen!«

»Vielen Dank, aber nein. Ich bin zu alt, um mich umzustellen. Paris genügt mir, wird mir immer genügen. Aber wann kommst du zurück?«

»Das weiß ich noch nicht genau – sobald sich die Dinge wieder beruhigt haben.«

»Na, hoffentlich bald«, knurrte Paula. »Schlecht fürs Geschäft, dieser Börsenkrach.«

Neun Tage darauf ging Maggy in New York von Bord. Teddys Hand fest in der ihren, schritt sie die Gangway hinab und versuchte, ihre Erregung zu dämpfen. Ihr auf dem Fuß folgte Nanny Butterfield, die freundliche Engländerin, die noch immer Teddys Nurse war. Die Überfahrt war ruhig und ereignislos verlaufen. Das Schiff war voll besetzt mit bedrückten Passagieren, die beunruhigt in die Heimat zurückkehrten. Perry hatte versprochen, sie an der Pier abzuholen und sie sofort in die möblierte Wohnung zu bringen, die er für sie gemietet hatte.

In dem langgestreckten, dunklen Zollschuppen stand Maggy unter dem riesigen Buchstaben »L« und sah sich mit großen Augen lächelnd um. Der winzige Schleier der grünen Seidencloche reichte nur eben bis an ihre Nasenspitze. Der schmale, grüne Wollmantel mit dem Zobelkragen hatte ein kurzes, angenähtes Cape, das ebenfalls mit dunklem Zobel besetzt war. Dennoch zitterte sie im New Yorker Wind, einer kalten, wirbelnden, schmutzigen Brise mit einem fremden, unvertrauten Geruch. Ihr Lächeln erlosch, als ein eifriger Zollinspektor darauf bestand, jeden einzelnen ihrer Schrank- und Handkoffer zu öffnen. Wo blieb Perry? Warum war er nicht hier und kümmerte sich um alles? Als Maggy endlich abgefertigt war, hatte sich der finstere Schuppen inzwischen fast ganz geleert. Drei Gepäckträger luden ihre Siebensachen auf, und einer von ihnen erkundigte sich: »Wohin, Lady? Wartet irgendwo ein Wagen auf Sie, oder wollen Sie ein Taxi? Für das Zeug hier brauchen Sie mindestens zwei.«

»Ich muß telefonieren«, gab Maggy zerstreut zurück, denn sie hielt ständig Ausschau nach Perrys hochgewachsener Gestalt.

»Gleich da drüben.«

Erst in der Telefonzelle fiel ihr ein, daß sie kein amerikanisches Geld in der Handtasche hatte. Wieso verspätete sich Perry so sehr? Warum war er so rücksichtslos? Maggy kehrte zu dem Gepäckträger zurück. »Könnten Sie mir bitte etwas Kleingeld fürs Telefon leihen? Und könnten Sie mir vielleicht auch zeigen, wie es funktioniert?«

»Aber sicher, Lady. Kommen Sie nur mit.« Er warf fünf Cent für sie in den Schlitz und nannte der Vermittlung die Nummer, die sie ihm gab, die Nummer von Perrys Büro in der Wall Street. Dann schloß er die Tür der Telefonzelle und wartete draußen, fragte sich, was sie ihm wohl als Trinkgeld zu geben gedachte.

»Könnte ich bitte Mr. Perry Kilkullen sprechen?«

»Ach ... Moment, ich verbinde Sie mit seiner Sekretärin. Wen darf ich melden?«

»Miß Lunel.«

»Einen Augenblick, bitte.«

Als sie dann eine andere Frauenstimme vernahm, sagte Maggy ungeduldig: »Bitte, hier spricht Miß Lunel. Können

Sie mir sagen, wo Mr. Kilkullen ist? Er hätte mich schon vor Stunden abholen sollen.«

»Sind Sie eine Klientin von Mr. Kilkullen?« erkundigte sich die Frau. Ihre Stimme verriet Unsicherheit und Vorsicht.

»Keineswegs«, antwortete Maggy zunehmend gereizt.

»Sind Sie mit ihm befreundet, Miß Lunel?«

»Selbstverständlich!« fuhr Maggy auf. »Könnte ich ihn jetzt endlich sprechen? Dies ist doch absurd!«

»Sie wissen es nicht«, sagte die Stimme tonlos. Es war eine Feststellung, nicht eine Frage.

»Wissen? Was weiß ich nicht?«

»Es tut mir leid, daß ich es sein muß ... Es ist so ... Alle hier sind so durcheinander ... Mr. Kilkullen hatte vor vier Tagen beim Tennisspielen einen Herzanfall. Leider ... hat er ihn nicht überlebt.«

»Mr. Perry Kilkullen?« fragte Maggy mechanisch. Es mußte einer von seinen Verwandten sein, ein anderer Kilkullen.

»Ja. Es tut mir sehr leid. Die Beerdigung war gestern, es hat in allen Zeitungen gestanden. Gibt es vielleicht noch jemanden, den Sie sprechen möchten? Kann ich irgend etwas für Sie tun?«

»Nein, nein ...«

Zwölftes Kapitel

Wäre Nanny Butterfield nicht gewesen, so fragte sich Maggy, als sie wieder klar denken konnte, wie hätte ich wohl die nächsten Minuten, die nächsten Stunden, die nächsten Tage überstanden? Die praktische und vernünftige Engländerin hatte kurzerhand die Regie übernommen und alle notwendigen Einzelheiten geregelt, während Maggy unter Schock stand, gelähmt war vor fassungslosem Kummer.

Nanny Butterfield machte den Schiffszahlmeister ausfindig, tauschte bei ihm Maggys Francs in Dollars um, fragte ihn nach einem Hotel und mietete sie alle in zwei benachbarten Zimmern des Dorset ein, wo sie Maggy mit Hilfe des Hotelarztes zu Bett brachte. Während der folgenden Tage behandelte sie die gebrochene junge Frau, als wäre sie nicht älter als Teddy, redete ihr so lange zu, bis sie ein paar Häppchen aß, und blieb bei ihr sitzen, bis sie in einen drogenbetäubten Schlaf versank.

Wenn Maggy des Morgens erwachte, empfand sie sofort wieder eine Qual, die so brutal war, daß sie es nicht ertragen konnte, im Bett zu bleiben. Vor Kälte zitternd, blieb sie lange vor dem Waschbecken stehen, bevor sie die Bewegungen zustande brachte, die notwendig waren, um sich die Zähne zu putzen und das Gesicht zu waschen. Jedes kleinste Detail ihrer Körperpflege war ein eisbedeckter Berggipfel, über den sie die Last ihres geschundenen, schmerzenden Körpers schleppen mußte.

Stundenlang ging Maggy dann auf und ab, fröstelnd, die Schultern hochgezogen, mit schweren Schritten, als müsse sie vor Qualen sterben, wenn sie auch nur eine Sekunde in ihrer Bewegung innehielt. Sie fürchtete sich, ins Bett zu gehen, solange sie nicht vor Erschöpfung in die Kissen fiel.

Manchmal brachte Nanny Teddy herein, damit sie sich eine Minute in Maggys Arme schmiegte. Maggy hielt ihre Tochter mit müder Teilnahmslosigkeit, bis Teddy, lebhaft und schnell gelangweilt, sich aus ihren Armen befreite und davonlief, um zu spielen. Mein Kind ist das einzige auf der Welt, das warm ist, dachte Maggy. Ihre Füße waren wie Eis, obwohl sie dicke, pelzgefütterte Hausschuhe trug. Sie fühlte sich wie ein Mensch, der furchtlos auf einem sonnenbeschienenen, silbrigen Teich eisgelaufen war und dann, in Sekundenschnelle, in die tödliche Kälte arktischen Wassers gebrochen ist. Ertrunken ... ertrunken. Teddy dagegen war warm. Sie, Maggy, konnte nicht ertrinken, sie durfte nicht ertrinken, weil Teddy da war.

»Werden wir nach Paris zurückkehren, Madame?« fragte Nanny Butterfield, als sie sah, daß Maggy bereit war, der Zukunft ins Auge zu sehen.

»Wieviel Geld haben wir noch?«

»Ungefähr dreihundert Dollar, Madame.«

»Ich werde Maître Hulot kabeln, damit er mir etwas schickt«, antwortete Maggy stumpf.

Sein Antworttelegramm kam am folgenden Tag.

HERZLICHES BEILEID ZU IHREM VERLUST. MR. PERRY KILKULIEN HINTERLIESS KEINERLEI ANWEISUNG FÜR GELDAUSZAHLUNGEN ÜBER HAUSHALTS- UND PERSÖNLICHE KOSTEN AUF MONATLICHER BASIS HINAUS. DIESE SIND ALLE GEREGELT. WEITERE BETRÄGE KÖNNEN NICHT ÜBERWIESEN WERDEN. HABE ALLE WOHNUNGSANGELEGENHEITEN SEINEM NEW YORKER ANWALT, MR. LOUIS FAIRCHILD, 45 BROADWAY, ÜBERGEBEN. SCHLAGE VOR, SICH WEGEN WEITEREN BEISTANDS AN IHN ZU WENDEN. MAITRE JACQUES HULOT

»Sehen Sie sich das an.« Viel zu benommen, um empört zu sein, reichte Maggy der Nurse das Kabel. »Dann sollte ich wohl zu Mr. Fairchild gehen«, meinte Maggy energielos.

»Allerdings, und zwar bald ...« Sie sah Maggy an, die hilflos dastand, leichenblaß, mit roten, entzündeten Augen, das Gesicht von unstillbaren, sinnlosen Tränen geschwollen. »Schreiben Sie ihm und bitten Sie ihn um einen Termin! Und, Madame, Sie sollten sich heute wirklich mal anziehen und einen schönen Spaziergang machen, mit Teddy und mir. Es ist sehr hübsch, draußen im Park. Eine herrlich frische Luft gibt es hier.«

»O nein, Nanny! Das kann ich nicht!«
»Aber Sie müssen!« gab Nanny freundlich, aber energisch zurück.

Drei Tage später saß Maggy dem Anwalt Louis Fairchild in seiner Kanzlei gegenüber. Sie hatte sich am Vormittag in Richard Blocks Salon frisieren lassen, wo sie fast ebenso gut bedient wurde wie früher, in einem anderen Leben bei Antoine.

»Ich danke Ihnen, daß Sie ein wenig Zeit für mich erübrigen können«, sagte sie zu dem bekümmert dreinblickenden, grauhaarigen Mann.

»Keine Ursache. Ich muß sagen, daß ich erstaunt war, als ich Ihren Brief bekam...«

»Aber Sie wissen doch, wer ich bin?« erkundigte sie sich besorgt.

»Selbstverständlich! Nur hat der arme Perry mir nicht gesagt, daß Sie nach New York kommen wollten. Darf ich Ihnen versichern, wie unendlich leid mir das alles tut? Er war mir ein sehr guter Freund. Ich kann's immer noch nicht fassen... Ein so junger Mann, und nie krank gewesen...«

»Mr. Fairchild«, fiel Maggy ihm ins Wort, »bitte nicht! Ich kann nicht darüber sprechen. Ich komme zu Ihnen, weil ich Ihren Rat brauche. Würden Sie bitte dieses Kabel lesen und mir sagen, was ich tun soll?«

Er las das Telegramm langsam, nachdenklich. Dann schüttelte er den Kopf. »Ich habe Perry immer geraten, ein Testament zu machen! Immer wieder, aber er ist einfach nicht dazu gekommen. Wie die meisten Männer seines Alters hat er geglaubt, noch viel Zeit zu haben.«

»Ich verstehe nicht... Würden Sie mir bitte erklären, was für eine Position ich im Augenblick habe?«

»Position? Ich fürchte, leider... gar keine.«

»Aber er wollte sich scheiden lassen! Wir wollten heiraten!« protestierte sie.

»Er ist als verheirateter Mann gestorben, Miß Lunel. Sie haben keinerlei legale Ansprüche. Unglücklicherweise existiert ja nichts Schriftliches.«

»Aber Teddy, unsere Tochter! Was ist mir ihr? Hat sie denn überhaupt keine Rechte?« Maggy konnte es nicht fassen.

»So leid es mir tut – nein.« Louis Fairchild sagte sich, wenn Mary Jane Kilkullen nicht so verbittert wäre, hätte er sie vielleicht überreden können, dem Kind etwas zu überlassen, wenigstens ein bißchen. Doch dieser Bankert, behauptete sie, sei schließlich der Grund dafür, daß er im Zustand der Todsünde gestorben sei, diese Französin und ihr Bankert.

»Aber er hatte mir versprochen...« Maggy hielt inne. Das einzige, was sie seit ihrer Ankunft in New York empfunden hatte, war ein Gefühl von Verlust gewesen, eines nicht endenwollenden Verlustes. Jetzt krampfte die Wut ihr die Kehle zu. Sie sah sich selbst, wie sie hier wirken mußte mit ihrem: Er hat mir doch versprochen! Eine törichte Frau, dumm, unentschuldbar kriminell dumm gegenüber diesen unbekümmerten Männern, die sich nahmen, was sie begehrten, und die es versäumten, die einfachste Vorsorge für die Frauen zu treffen, die sie doch beschützen sollten. Männer, die logen, logen, logen. Julien Mistral und Perry Kilkullen. Sie richtete sich hoch auf in ihrem Sessel und sah den bekümmerten Anwalt an.

»Bitte, Mr. Fairchild, was genau besitze ich noch auf dieser Welt?«

»Ihr persönliches Eigentum, Schmuck etwa, Pelze und andere Geschenke, die Mr. Kilkullen Ihnen gemacht hat, vielleicht einen Wagen.«

Maggy schüttelte den Kopf. »*Tiens,* ich hätte lieber etwas Nützliches lernen sollen.«

»Was werden Sie jetzt tun?« erkundigte sich Louis Fairchild. Er sträubte sich, über die Zukunft dieser faszinierenden Frau nachzudenken, die alles verloren hatte, aber der Anstand erforderte es, daß er ihr wenigstens zu helfen versuchte.

»Oh, darüber werde ich sehr gründlich nachdenken.« Maggy zog ihre Silberfüchse enger um sich und begann ihre langen, grauen Handschuhe überzustreifen.

»Wenn ich Ihnen noch irgendeinen Rat geben kann...«

»Vielleicht könnten Sie mir einen ehrlichen Juwelier empfehlen. Ich würde es für ratsam halten, ein paar von diesen kleinen Stücken zu verkaufen, die zu tragen ich einfach nie Zeit finde«, antwortete Maggy so beiläufig, wie sie nur konnte. Ende der Woche war die Hotelrechnung fällig.

Fairchild schrieb einen Namen auf seine Karte. »Sagen Sie ruhig, Sie seien eine Bekannte von mir. Hören Sie . . .« Er zögerte, da es ihm peinlich war, der begehrenswertesten Frau, die er jemals gesehen hatte, ein Darlehen anzubieten. »Falls Sie Bargeld benötigen sollten, würde es mir eine Freude sein, Ihnen aushelfen zu dürfen . . .«

»Vielen Dank, das ist sehr freundlich, aber es wird nicht nötig sein«, gab Maggy mit einem Anflug von Stolz zurück.

Louis Fairchild begleitete sie zum Fahrstuhl und kehrte bedrückt an seinen Schreibtisch zurück. Eine scheußliche Situation! Und wenn er ganz ehrlich war, konnte er Kilkullen verstehen. Wenn er die Chance gehabt hätte, ein solches Mädchen zu bekommen – er hätte ebenfalls zugegriffen. Nur wäre er klug genug gewesen, ein Testament zu machen. Das hoffte er jedenfalls. Denn ein solches Mädchen konnte einen Mann wirklich eine Menge Dinge vergessen lassen, die er eigentlich hätte tun sollen.

An diesem Abend öffnete Maggy zum erstenmal, seit sie in den Vereinigten Staaten war, ihren Schmuckkasten. Die hübschen, glitzernden Juwelen wirkten wie längst vergessenes Spielzeug aus der Kinderzeit. Nachdenklich legte sie den wirklich wertvollen Schmuck auf einen Haufen. Auf einen anderen, sehr viel größeren Haufen legte sie den Modeschmuck, den sie weitaus bevorzugte, weil er so chic war: Die Broschen und Halsketten von Coco Chanel, die den Frauen diktiert hatte: »Tragt, was ihr wollt, Hauptsache, es sieht aus wie Talmi.«

Trotzdem müßte es ausreichend sein, um uns eine sehr, sehr lange Zeit bequem leben zu lassen, sinnierte sie.

Resolut nahm sie den gesamten echten Schmuck, mit Ausnahme ihrer Perlen und ihres Lieblingsarmbands, aus dem Samtetui und steckte ihn in ihre Handtasche. Sie konnte es sich nicht leisten, sentimental zu sein, denn früher oder später würde Sentimentalität zu einer tödlichen Schwäche führen. Seit ihrer Unterredung mit Louis Fairchild kam Maggy sich vor, als sei sie um Jahrhunderte weiser und härter geworden. Nie wieder würde sie einem Mann glauben, das wußte Maggy im tiefsten Herzen, und als dieses Wissen in ihr aufkeimte, fühlte sie sich auf einmal gewärmt, gestärkt und sonderbar aufmerksam. Es war zwar nicht angenehm, zu erkennen, daß man sich nur auf sich selbst verlassen konnte. Aber es war eine klare Erkenntnis, ohne Fragezeichen und Ausnahmen. Sie war schon einmal in einer derartigen Lage gewesen und hatte sie überstanden ... Es war eine vertraute Situation.

Maggy richtete sich zu ihrer vollen Größe auf und musterte sich aufmerksam im Spiegel. Du hast keine andere Möglichkeit mehr, du kannst nur noch vorwärtsgehen, sagte sie sich und lenkte ihre Gedanken energisch auf die Frage, welche Kleidung am vorteilhaftesten sein würde, wenn sie ihren Schmuck verkaufen wollte. Ihr schwarzer Schiaparelli-Mantel mit den breiten, wattierten Epauletten-Schultern und zweireihig geknöpfter Zinnsoldaten-Silhouette wirkte so kriegerisch, wie sie sich bewußt fühlen wollte – streng, auffallend und vor allem ganz und gar neu. Dazu wählte sie einen schlichten schwarzen Filzhut von Caroline Reboux, dessen kantige Linien besonders klar gezeichnet waren. Sah sie wie eine Witwe aus? Gewiß, aber keineswegs wie eine bedauernswerte Witwe, die in ihrem Urteilsvermögen eingeschränkt war.

Am Tag darauf betrat Maggy in ihrer stolzen Rüstung gelassen den Laden von Tiffany, wo sie nach dem Verkäufer fragte, dessen Namen Louis Fairchild ihr gegeben hatte. Der junge Mann strahlte, als sie sich vorstellte.

»Ich habe da einige Schmuckstücke, die mir nicht mehr so gut gefallen«, erklärte Maggy lässig. »Wie ich von Mr. Louis Fairchild hörte, könnten Sie mir eventuell behilflich sein, sie abzustoßen.«

Der Verkäufer machte ein langes Gesicht. »Sie meinen, die Stücke zurückkaufen?«

»Sie wurden nicht hier gekauft; sie sind aus Paris.«

»Aber Madame, wir kaufen nicht einmal unsere eigenen Stücke zurück. Das ist bei uns nicht üblich.«

»Ist das bei allen amerikanischen Juwelieren so?« erkundigte sich Maggy von oben herab und legte einen leicht erstaunten Ton in ihre Stimme.

»Soweit ich weiß, ja. Vor allem augenblicklich, Madame. Es gibt jetzt so viele Damen, die plötzlich feststellen, daß sie mehr Schmuck haben, als sie benötigen.«

»Nun, das ist ... ärgerlich.« Sie zögerte, seufzte und schenkte ihm dann einen elektrisierenden Seitenblick.

Er hüstelte diskret. »Wissen Sie, Madame, in einem kleineren Geschäft wäre es vielleicht günstiger. Diese kleinen Juweliere sind flexibler. Sie sind die Eigentümer ihrer Geschäfte und daher immer offen für ein gutes Angebot.«

»Könnten Sie mir einen empfehlen?« fragte Maggy mit einer mutwillig-bittenden Nuance im Ton, die in ihm den Wunsch weckte, Drachen für sie töten zu dürfen.

»Empfehlen? Leider ... Ich wünschte, ich könnte es. Ich weiß nur, in der Madison Avenue, ein paar Häuserblocks weiter, da ist ein kleines Geschäft – Harry C. Klein. Aber das ist nur ein Vorschlag, keine Empfehlung, verstehen Sie?«

»Selbstverständlich, und ich bin Ihnen sehr dankbar. Sie sind wirklich äußerst freundlich.«

»Es war mir ein Vergnügen!« Sehnsüchtig sah er Maggy nach.

Harry C. Klein hatte einen schlechten Vormittag hinter sich. Eine alte Kundin war gekommen, um sich einen Saphirring, den er ihr vor einigen Jahren verkauft hatte, neu fassen zu lassen. Sie hatte darauf bestanden, dabeizusein, während ihr Stein bearbeitet wurde, damit er nicht mit einem weniger wertvollen vertauscht werden konnte. Paranoid! Die Leute drehten alle durch. Fast hätte er ihr gesagt, sie solle sich einen anderen Juwelier suchen. Und jetzt hatte diese junge Frau gerade einen Haufen Schmuckstücke auf seinen Tresen gekippt. Als ob er gerade jetzt seinen Warenbestand vergrößern würde! Sachverständig musterte er die Clips, Ohrringe und Armbänder.

»Ein Goldgräber sind Sie wirklich nicht, wie ich sehe«, sagte er seufzend zu Maggy. »Schade. *Melée* – mehr ist das nicht, was Sie da haben.«

»*Melée?*« fragte sie verdutzt.

»Wir Juweliere meinen damit eine große Menge kleiner Steine.« Verdrossen nahm er ein Paar große, dicht mit winzigen Brillanten besetzte Clips zur Hand. »Sehen Sie?«

»Aber große Steine sind so langweilig!« rief Maggy aus. »Ich wollte immer nur amüsante Stücke, besonders aparte. Große Steine sind was für alte Fürstinnen in der Oper – für mich sind die viel zu schwer.«

»Große Steine sind zum Weiterverkauf.« Belehrend schwenkte er einen Finger vor ihrer Nase.

»Als Investition habe ich meinen Schmuck nie betrachtet«, gestand Maggy leise. Perry hätte ihr alles geschenkt, was sie sich gewünscht hätte! Aber sie . . .?

»Lady, Lady, wissen Sie denn nicht, daß Schmuck nur eine Geldanlage ist, wenn Sie ihn fünfzig Jahre lang behalten? Ich spreche nicht von Investition. Ich spreche davon, wie man annähernd soviel dafür bekommt, wie man bezahlt hat. Wiederverkauf bedeutet erstklassige Steine. Lieber einen Rubin von zwei Karat mit dem richtigen Erdbeerschimmer als einen Rubin von fünf Karat, der ein bißchen danebenliegt.«

»Aber sehen Sie sich doch die künstlerische Gestaltung an, die Arbeit!« protestierte Maggy ärgerlich. Waren ihre Schätze denn wirklich allesamt wertlos? Dieser Mann wollte sie offenbar übervorteilen.

»Hat nichts zu sagen. Wenn Sie *melée* verkaufen wollen, zählt nur das Gewicht der Steine und der Wert des Metalls.« Er musterte ihre Perlen und nickte bedauernd. »Die haben ein Vermögen gekostet, nicht wahr? Burmesisch, würde ich sagen. Dann haben die Japaner gelernt, Perlen zu züchten, und nun . . .« Er seufzte traurig beim Anblick der schimmernden, einstmals so hoch geschätzten Objekte, von denen selbst Maggy wußte, daß sie nicht zu verkaufen waren.

»Na ja«, seufzte Maggy, ebenso betrübt wie er, und streichelte wehmütig ihre hübschen, des Wertes beraubten Phantasien. »*Bubkes* . . . Nichts.«

»*Bubkes?*« fragte er verdutzt. »Sie sind Jüdin?«

Sie nickte. »Das verwandelt mein *melée* sicher auch nicht in dicke, wertvolle Rubine?«

»Leider nein. Aber was macht ein schönes, jüdisches Mädchen wie Sie ohne den obligaten Brillantsolitär?« fragte Harry C. Klein streng. »Wie kommt es, daß Sie nicht wenigstens einen großen Saphir besitzen? Klug waren Sie nicht.«

»Klug war ich nicht«, bestätigte Maggy nachdrücklich und grinste trotz ihrer Empörung.

»Einen Moment mal – was ist das?« Er nahm ihren Arm und begutachtete das Armband, das sie hatte behalten wollen.

»Noch etwas *melée*, nehme ich an. Und ein paar Smaragde.«

»Diese Smaragde interessieren mich. Nehmen Sie's doch bitte mal ab, ich möchte es mir genauer ansehen. Bei Ihrem

Pech ist bestimmt irgendwas nicht in Ordnung damit.« Er untersuchte das Armband mit seiner Juwelierslupe, betrachtete jeden einzelnen Smaragd. Schließlich gab er es Maggy mit zufriedenem Knurren zurück. »Gut, sehr gut sogar. Bei diesen Smaragden mache ich gern eine Ausnahme. Da ist es mir gleich, wenn es eine Weile dauert, bis ich sie verkaufen kann.«

»Soll das heißen, daß Sie das Armband kaufen wollen?«

»Allerdings, und ich werde Ihnen einen möglichst fairen Preis bezahlen. Wenn Sie wollen, können Sie's ja erst mal schätzen lassen. Ich habe nichts dagegen.«

»Aber Mr. Klein«, entgegnete Maggy scharf, »ich will nicht das Armband verkaufen, ich will alles verkaufen. Derjenige, der das Armband kauft, muß die übrigen Stücke auch nehmen.«

Ganz dumm ist sie nicht, dachte Harry C. Klein mit einer Mischung aus Vergnügen und Verdruß. Die Chance, daß ein kleiner Juwelier wie er jemals in der Lage sein würde, vier perfekt zueinander passende Smaragde von je zwei Karat zu kaufen, war gering. Man konnte zwei Paar herrliche Ohrringe daraus machen, oder sogar ein Collier – nein, *zwei* Colliers mit je zwei von Brillanten umgebenen Smaragden. Wenn solche Steine jemals ihren Wert verloren, dann war alles wertlos, was seit König Salomons Zeiten ausgegraben worden war. Und selbst wenn er jahrelang auf den Smaragden sitzenblieb – er konnte unmöglich an ihnen vorbeigehen.

Maggy legte das Armband wieder an und griff nach ihrem Mantel.

»Wohin wollen Sie?«

»Jemanden suchen, der das ganze Paket kauft.«

»Na schön, na schön. Wir werden schon zum Abschluß kommen ... Nur immer langsam!«

Sie musterte ihn argwöhnisch, dann entspannte sie sich. Er hätte ihr nicht zu sagen brauchen, daß die Smaragde gut waren. Aber zunächst wollte sie sie doch schätzen lassen.

Als Maggy den Verkauf ihres Schmucks an Harry C. Klein zum Abschluß gebracht hatte, waren die beiden inzwischen gute Freunde geworden. Er kannte ihr trauriges Schicksal: Der französische Ehemann, der gutaussehende David Lunel, der so wenig umsichtig in den Vereinigten Staaten investiert hatte, war, während er die Höhe seiner Verluste in New York festzustellen versuchte, bei einem Autounfall ums Leben gekommen und hatte sie mit ihrem Töchterchen allein zurückgelassen. Er wußte von Rabbi Taradash und von ihrer Großmutter. Aber er erfuhr nichts von einem lebenslustigen, unbeschwerten jungen Mädchen, das vor jedem, der es malen wollte, unbekümmert den grünen Seidenkimono vom nackten Körper fallen ließ. Als der Zeitpunkt für die Übergabe der zwölftausend Dollar nahte, die Maggys Schmuck letztlich einbrachte und deren Löwenanteil der Preis für die Smaragde waren, nahm Harry C. Klein ein richtiggehend besitzergreifendes Interesse an ihrer Zukunft.

»Jetzt werden Sie vermutlich Ihr Töchterchen nehmen und mit ihr nach Hause zurückkehren, wie? Vielleicht ein kleines Geschäft aufmachen? Mit soviel Bargeld kann man heutzutage eine Menge anfangen.«

»Ich weiß es noch nicht genau.«

Tief in Gedanken versunken ging Maggy die Madison Avenue entlang. Sie hatte einen Notgroschen – genug, um mit Teddy vier bis fünf Jahre lang in bescheidenem Komfort zu leben, falls sie eine kleine Wohnung in einem nicht sehr vornehmen Teil von Paris fand. Doch wenn das Geld zu Ende ging, was sollte sie dann tun? Ein Geschäft aufmachen, so ganz ohne Ausbildung?

Sie blickte um sich und schnupperte die Luft. Es war wenige Wochen vor Weihnachten. New York war umwerfend lebendig, mit einem Knistern der Verheißung, einem unwiderstehlichen Ansturm von Vitalität, neben dem Paris altmodisch, traditionsbeladen und unattraktiv wirkte. Warum nicht reinen Tisch machen? Warum nicht hierbleiben, statt in ein Land zurückzukehren, wo zu viele Menschen zu vieles von ihr wußten? Freudig erregt machte sie kehrt und legte die paar Häuserblocks bis zum Juweliergeschäft beinahe im Laufschritt zurück.

»Es ist zu spät, Sie können es nicht mehr rückgängig machen. Wir hatten uns geeinigt: ein fairer Marktpreis«, protestierte Mr. Klein, der aufblickte, als sie mit flammenden Wangen hereingestürmt kam.

»Ich brauche unbedingt einen Job! Hier in New York! Ich kehre nicht nach Frankreich zurück . . .«

»Und was wollen Sie tun?«

»Keine Ahnung. Haben Sie vielleicht einen Vorschlag?«

»Ein Mädchen, das noch nie im Leben einen Tag gearbeitet hat – soll das ein Witz sein?«

»Na ja, ein bißchen Modell gestanden habe ich schon.«

»Wo?«

»Bei . . . Modeschöpfern.«

»Aha.« Er musterte sie aufmerksam. »Ich habe einen Freund, der in der Modebranche ist; wir spielen zweimal im Monat Poker zusammen, ein Italiener. Ihm geht es recht gut, er stammt aus unserem alten Viertel, aber das würde ihm heute keiner mehr anmerken. Alberto Bianchi. Ich werde ihn anrufen und fragen, ob da was frei ist.« Er zog sich ins Büro zurück, telefonierte und kam strahlend wieder zum Vorschein. »Die können vielleicht ein Mädchen brauchen – aber wirklich nur vielleicht. Eins von den fest angestellten Mannequins ist mit dem Ehemann der besten Kundin durchgebrannt. Gehn Sie schnell hin – heutzutage bleiben die freien Stellen nicht sehr lange frei. Hier ist die Adresse und hier –« er drückte Maggy einen flüchtigen Kuß auf die Wange – »ein Kuß, für den Erfolg.«

Als Maggy sich dem Eingang von Bianchis Salon näherte, war sie sehr aufgeregt. Die Türen in der East Fifty-fifth Street waren aus dunklem Rauchglas, und es gab kein Schaufenster.

Sie trat ein und fühlte sich – zum erstenmal in New York – sofort zu Hause. Hier pulsierte die Atmosphäre in einem so vertrauten Rhythmus, daß sie ihn mit ihrem Blut erspürte, dem Rhythmus einer *maison de couture*. Auch die Geräusche erkannte sie: die Stimmen hinter den Türen der Anprobekabinen, die der Verkäuferinnen devot und ruhig, die der Kundinnen schrill, unentschlossen und verwöhnt.

Ihr Herz tat einen Sprung, als sie tief diese Luft einsog, diesen ganz besonderen Duft, diese Intensität, die den Frauen zu Kopf steigt wie ein elektrischer Schlag, diese Mischung aus Millionen von Phantasien, die hier hereingetragen wurden: Phantasien von der allgewaltigen Macht der Kleider, denen die Kleider jedoch niemals gerecht werden konnten.

Dies ist das Lourdes der Eitelkeit, dachte Maggy. Hierher

pilgerten sie – nicht um geheilt zu werden, sondern um sich hektisch in die Phantasiegestalten ihrer Träume verwandeln zu lassen: jünger, schöner, schlanker, begehrenswerter. Und doch herrschte in diesem mit grauem Samt ausgeschlagenen, mit Spiegeln verzierten Empfangsraum eine gelassene, heitere Ruhe.

Patricia Falkland, eine elegant gekleidete, dunkelhaarige Frau mittleren Alters, saß hinter ihrem blankpolierten Schreibtisch, auf dem nur eine Vase mit einer einzigen weißen Rose stand. Sie arbeitete schon seit Jahren bei Alberto Bianchi, beaufsichtigte das Verkaufspersonal und übernahm die unentbehrliche Rolle der Vermittlerin zwischen Verkäuferinnen und Kundinnen. Neue Kundinnen zu taxieren war ihre besondere Spezialität.

Als Maggy eintrat, schürzte Patricia Falkland die Lippen unmerklich zu einem lautlosen Pfiff uneingeschränkter Bewunderung, den ihr nur wenige Frauen entlockten. Und während Patricia Falklands Blick die gewohnte Wanderung von unten nach oben antrat, von den feinen, perfekt geputzten Schuhen bis zu dem geschickt modellierten Hut kein einziges Detail übersah, war ihr sofort klar, daß dies eine Frau war, die Originale der Kleider trug, die Alberto Bianchi für seine Kundinnen kopierte. Sie erkannte das Echte, jene unnachahmliche Pariser Essenz, die niemand kopieren konnte, und wenn noch so genau Stoff um Stoff, Saum um Saum, Knopf um Knopf imitiert waren.

Sekundenlang sprach keine der beiden Frauen ein Wort. Maggy stand da und sah sich mit jenem unverkennbaren Blick einer potentiellen Kundin in der Empfangshalle um, abschätzend, beurteilend, und dennoch hundertprozentig sicher, daß sie willkommen war – eine Haltung, die sie in den letzten zwei luxuriösen Jahren erworben hatte. Es war eine Haltung, die niemand bewußt erlernen, die niemand sich aneignen konnte, der nicht sehr lange daran gewöhnt war, sehr viel Geld auszugeben. Sie besagte überdeutlich: Ihr habt hier nichts, was ich mir nicht kaufen könnte, wenn ich wollte. Aber will ich? Eure Aufgabe ist es, mich in Versuchung zu führen. Breitet eure schönsten Schätze vor mir aus! Wenn mir etwas gefällt, werde ich es kaufen. Oder auch nicht – das müßt ihr ganz allein mir überlassen!

Patricia Falkland beendete das Schweigen, indem sie sich

zuvorkommend erhob und Maggy entgegenging. »Kann ich Ihnen helfen, Madame?« erkundigte sie sich in dem Ton, den sie für ihre besten Kundinnen reservierte.

»Das hoffe ich«, gab Maggy zurück.

»Wenn Sie inzwischen Platz nehmen wollen – ich werde sofort eine von unseren Damen rufen.« Miß Falkland lächelte, als wolle sie sich dafür entschuldigen, daß nicht sofort, als Maggy eintrat, eine Verkäuferin erschienen war.

»Nein, bitte bemühen Sie sich nicht. Ich komme wegen der Stelle als Mannequin.«

»Der Stelle?« echote Miß Falkland, und ihr Lächeln erlosch.

»Wie ich hörte, brauchen Sie eine Vorführdame. Ich möchte mich um die Stelle bewerben.«

»Völlig unmöglich«, entgegnete Miß Falkland scharf, mit deutlichem Ärger in der Stimme. Wie konnte diese Frau es wagen, hier in den Salon hereinzustolzieren, sich aufzuführen wie eine Kundin, wo sie doch nur eine Stellung wollte? Einfach empörend! Es machte sie rasend, daß sie ihre freundlichste Miene aufgesetzt hatte – für eine einfache Stellungsuchende.

»Mein Freund, Mr. Klein, hat erst vor einer Viertelstunde mit Mr. Bianchi persönlich telefoniert.«

»Mr. Bianchi sucht ein Berufsmannequin. Wir zahlen fünfunddreißig Dollar die Woche; damit könnten Sie nicht einmal einen von Ihren Schuhen bezahlen. Es würde uns niemals einfallen, jemanden ohne Berufserfahrung zu nehmen.«

»Bitte, machen Sie einen Versuch mit mir«, erwiderte Maggy. Dieses Weib, dachte sie, wird mich so leicht nicht loswerden. Ich bin nicht mehr das schüchterne Kind, das sich geniert, sein Höschen auszuziehen. »Mr. Bianchi hat Mr. Klein gesagt, er brauche...«

Die feste Entschlossenheit und eiserne Hartnäckigkeit in Maggys Ton entging Patricia Falkland nicht. Also beugte sie sich der Tatsache, daß sie Maggy nicht rauswerfen konnte, ohne Ärger mit Bianchi zu riskieren.

»Folgen Sie mir«, befahl sie barsch. »Doch Sie verschwenden nur Ihre Zeit.« Sie führte Maggy die Treppe hinauf zu einem im Augenblick leeren Zimmer, in dem neben den Schminktischen der Mannequins an langen Gestellen die neuen französischen Originalmodelle hingen. Hier suchte sie ein Abendkleid aus weißem Satin heraus, schräg geschnitten, mit einem so tiefen Vorder- und Rückendekolleté, daß man kaum unterscheiden konnte, was vorn und hinten war. Mit seinem gerafften Schoßvolant, der von der Hüfte bis zum Knie vom Körper abstand, war es wohl das untragbarste Kleid, das je kreiert worden war. Miß Falkland überreichte es Maggy ohne ein Wort und kehrte an ihren Schreibtisch zurück.

Verdammtes Weib! schäumte Patricia Falkland. Sie würde sich zum Vorführen von Kleidern überhaupt nicht eignen, denn nie durfte ein Mannequin für eine Kundin zur Konkurrenz werden. Neid erregen, sich den Anschein geben, gesellschaftlich oder finanziell mit der Kundin auf derselben Stufe zu stehen. Die Kundin mußte sich stets überlegen fühlen. Das war ein ungeschriebenes Gesetz, das jedem, der Kleider verkaufte, in Fleisch und Blut übergegangen war.

Sie war noch immer in ihre zornigen Gedanken vertieft, als Maggy am Kopf der Treppe erschien – ganz in ein Hermelincape gewickelt, das sie irgendwo in der Mannequingarderobe gefunden hatte. Wie eine lebene Statue kam sie die Treppe herab, mit gleitenden Schritten, weder langsam noch schnell, sondern in einem Tempo, das es den Zuschauern erlaubte, sämtliche Details des Modells, das sie so lässig trug, in sich aufzunehmen. Ihr Blick jedoch gestattete nicht den geringsten persönlichen Kontakt. Verschwunden war die unbewußt herausfordernde, privilegierte Arroganz, mit der Maggy das Haus betreten hatte, und an ihre Stelle war eine Haltung getreten, die eindeutig zu verstehen gab, daß Maggy einzig für die Kundin da sei.

Seht nur, seht mich an, schien sie zu sagen, doch seht das an, was ich trage, denn wenn es euch gefällt, könnt ihr es kaufen. Ich bin nur die Vermittlerin, die euch vorführt, wie ihr eure Träume verwirklichen könnt. Ich bin neutral, die Kleider sind alles, und sind sie nicht schön? Ich bin sehr stolz darauf, daß ich sie tragen darf. Doch sie gehören mir nicht. Stellt euch nur vor, wie wunderbar *ihr* darin aussehen werdet!

Als Maggy die unterste Stufe erreicht hatte, schritt sie quer durch die Empfangshalle. Miß Falkland beobachtete sie mit unfreundlicher, gleichgültiger Miene. Jede Frau, selbst eine Vogelscheuche konnte sich in ein Hermelincape wickeln und damit große Wirkung erzielen. Sie war unbeeindruckt.

Vor dem Schreibtisch wandte sich Maggy um und schritt zum Fuß der Treppe zurück. Dort ließ sie langsam, mit einer Bewegung, in die sie alles legte, was sie jemals über Verführung gelernt hatte, das Cape herabgleiten, faltete es so mühelos leicht, als sei es aus Organdy, und ließ es in einer Hand auf dem Boden schleifen, während sie sich in dem weißen Seidenkleid präsentierte, das allein dadurch, daß sie es trug, unwiderstehlich geworden war.

Einer der beiden Brillantclips, die Maggy bei Chanel gekauft hatte, markierte den tiefsten Punkt des vorderen Dekolletés. Den ganzen Raum umrundete sie mit dem Hermelin, der zart flüsternd über den Teppich strich, und nun wärmte ein winziges, verträumtes Lächeln ihr Gesicht, ein Lächeln, haargenau genug, um den Zuschauern den sinnlichen Genuß zu vermitteln, den es bereitete, ein solches Kleid zu tragen, ein Lächeln, das die Verführung garantierte. Kein einziges Mal blickte sie zu Patricia Falkland hinüber, um zu sehen, ob sie von ihr Beifall oder Mißbilligung zu gewärtigen habe.

»Wer ist das?« fragte eine männliche Stimme. Miß Falkland zuckte zusammen, Maggy jedoch blieb reglos und abwartend stehen, bot sich rückhaltlos dar, ohne jedoch die Distanz zu verlieren.

»Eine Bewerberin für die Stellung als Mannequin, Mr. Bianchi«, antwortete Miß Falkland. »Aber ich glaube kaum, daß sie in Frage kommt.«

»Sie sollten Ihre Augen untersuchen lassen, Patsy. Wie heißen Sie, Miß?« Maggys neutrale, ausdruckslose Miene verwandelte sich, und nun zeigte sie ihren ganzen Charme.

»Magali Lunel, im Beruf aber werde ich einfach Maggy genannt.«

»Aha, Sie sind das junge Mädchen, von dem Harry am Telefon gesprochen hat ... Ich hatte nicht erwartet ... Wann könnten Sie anfangen?«

»Jederzeit. Morgen, wenn Sie gern möchten.«

»Wie wär's denn mit jetzt gleich? Patsy, Mrs. Townsend hat eben angerufen. Sie will nun doch nicht nach Palm Beach, braucht verzweifelt neue Garderobe für die Weihnachtspartys im Tuxedo Park, und wir haben zuwenig Personal.«

»Jetzt gleich ist sogar noch besser als morgen«, entgegnete Maggy. Mr. Bianchi gefiel ihr. Er wirkte wunderbar gepflegt, sein Hemd, sein glänzendes Haar und seine ganze Erscheinung waren mehr europäisch als amerikanisch. Einen solchen Mann konnte sie intuitiv verstehen. Er würde ein Teufel sein, wenn sie ihn enttäuschte, aber freundlich, ja sogar großzügig, wenn sie ihm die Perfektion lieferte, die er von ihr erwartete.

Mehrere Stunden später, nachdem sie für Mrs. Townsend Dutzende von Kleidern, Kostümen und Mänteln vorgeführt hatte, verließ Maggy das Haus Alberto Bianchi mit einem Job, der ihr fünfunddreißig Dollar pro Woche einbrachte. Ihr Herz hüpfte, als sie sich voll Freude sagte, daß sie also doch eine nützliche Ausbildung erhalten hatte. Die zahlreichen Besuche der Modenschauen und ihr Nachahmungstalent kamen ihr hier zustatten. Sie würde genug Geld verdienen, um Nanny Butterfield zu bezahlen und noch fünfzehn Dollar beiseite zu legen.

Als Maggy die Ecke Fifth Avenue/Fifty-seventh Street erreichte, machte sie halt. Ihr fiel ein siebzehnjähriges Mädchen ein, das im Frühling im Zentrum von Montparnasse gestanden und ungeduldig darauf gewartet hatte, daß für sie das Leben begann. Wie wenig habe ich damals gewußt, dachte Maggy. Wie wenig weiß ich heute. Und wieviel, wie unendlich viel werde ich noch lernen! Sie schaute sich nach einem Blumengeschäft um. Sie brauchte unbedingt eine rote Nelke fürs Knopfloch.

Dreizehntes Kapitel

Was mochte der Grund für die Vorrangstellung sein, die Lavinia Longbridge unter der jüngeren Generation der New Yorker feinen Gesellschaft innehatte? Das fragten sich viele, aber sie konnten den Grund nicht so recht finden. Lavinia Pendennis hatte schon bei ihrer Einführung in die Gesellschaft als die am meisten gefeierte Debütantin ihre nächstfolgende Konkurrentin so weit aus dem Feld geschlagen, daß alle anderen jungen Mädchen neben ihr zu einer undifferenzierten Gruppe verblaßten.

Als sie Cornwallis Longbridge heiratete, hätte sie sich in die traditionelle Rolle einer reichen, jungen Ehefrau fügen können, aber sie weigerte sich und bewahrte sich im Zeitalter der Paare die eigene Identität.

Lally war ebenso schön wie zierlich, mit schwarzen Augen und schwarzem Haar, das ihr schneeweißes, zartes Gesicht wie ein Kranz umrahmte, mit den weißesten Armen und Schultern, dem weißesten Rücken von ganz New York, und blutroten Lippen, dem einzigen Farbtupfer, den sie sich gestattete; doch es gab um sie herum noch viele andere schöne junge Mädchen: Mary Taylor, Isabel Henry, Helen Kellogg, Justine Allen und Alice Doubleday – und alle hatten sie Bewunderer, die jede einzelne für die Schönste hielten.

Nein, es waren nicht nur Beliebtheit und Schönheit, die ihren Einfluß rechtfertigten – es war die Großzügigkeit, mit der sie sich der Aufgabe widmete, das Leben zu genießen. Und Lally genoß das Leben nur, wenn sie es für andere ebenfalls amüsant gestalten konnte.

Mit Lally Longbridge war die unbekümmerte Fröhlichkeit der lebenslustigen zwanziger Jahre direkt ins erste, bedrückende Jahr der dreißiger getanzt. Cornie Longbridges Vermögen war gesichert und Lallys Leben von dem ernsten Bestreben erfüllt, unernstes Amüsement zu bieten; ihr Haus glich einem tröstlichen Lagerfeuer, das zuverlässig jeden wärmte, der in seine Nähe kam. Lally galt als der beste Barmixer der ganzen Stadt und kannte eindeutig die besten Alkoholschmuggler. Sie erfand das kalte Buffet, und ihr weit gestreutes Interesse an Menschen war das Gewürz, das ihren Partys den Schwung verlieh. Lally lud Jazzmusiker zu ihren Partys ein, Zeitungsreporter, Berufsboxer, Steptänzer aus Brodway-Shows und, wie neidische Gastgeberinnen tuschelten, sogar Gangster. Mit ihrem Lachen und ihrer Freundlichkeit schmiedete sie alle zu einem homogenen Ganzen zusammen.

Häufig zog Lally sich, wenn eine Party so richtig in Gang gekommen war, in den Schatten eines Alkovens zurück, beobachtete minutenlang die neuen, unerwarteten Gruppierungen, die durch sie zustande gekommen waren, und kam sich dabei vor wie ein erfolgreicher Regisseur.

Lally Longbridge war seit ihrem Debüt Kundin bei Bianchi. Sie gehörte zu jenen äußerst seltenen kleinen Frauen, die sich auf die Kunst verstehen, sich so anzuziehen, daß sie auf andere groß wirken. Diese Kunst entsprang der Tatsache, daß Lally sich nicht etwa für zu klein, sondern die anderen Menschen für zu groß hielt. Maggy gewann ihre Zuneigung, weil sie das begriff und bereit war, ihr Kleider vorzuführen, die theoretisch nur von großen Frauen getragen werden konnten.

Im Laufe der Zeit wuchs Lallys Interesse an Maggy, weil sie feststellte, daß mehr in ihr drinsteckte. Doch worin lag das Geheimnis dieser französischen Witwe, die sich nie dazu verleiten ließ, von sich zu erzählen? Jeder, für den Lally Interesse bekundete, *mußte* ihr einfach alles über sich selbst erzählen!

Eines Tages im Frühling 1931 überraschte sie Maggy mit der Einladung zu einer Party am folgenden Abend.

»Sagen Sie ja, Maggy – Sie müssen kommen! Nach dem Essen veranstalten wir eine Trophäenjagd, und die Gewinner kriegen einen phantastischen Preis. Wir werden uns großartig amüsieren.«

Maggy zögerte. Die Hausmannequins verkehrten niemals mit den Kundinnen. Zwischen ihnen klaffte eine tiefe, doch allgemein akzeptierte gesellschaftliche Kluft.

»Ich weiß genau, was Sie jetzt denken, aber heutzutage arbeiten viele Frauen, das wird langsam richtig Mode. Und es bedeutet ganz bestimmt nicht, daß Sie sich nicht amüsieren dürfen.«

»Ich komme gern«, entschied Maggy energisch. Sie war es sich schuldig, einmal so richtig auszugehen. Seit anderthalb Jahren bestand ihr Leben ausschließlich aus Disziplin und harter Arbeit.

Aber es war eine heilsame Arbeit, die sie am Nachdenken über die Vergangenheit hinderte, die ihr gesunden Schlaf brachte, so daß sie nur selten einmal aus einem Traum von Perry Kilkullen erwachte, der sie zum Weinen brachte, oder aus einem Traum von Julien Mistral, der sie unweigerlich in Zorn versetzte. Wie konnte sie jetzt noch von diesem Mann träumen? An solchen Tagen ging sie besonders gern zu ihrem Job, der ihr keine Zeit für unangenehme Einsichten ließ.

Maggy war inzwischen zum Topmodell bei Alberto Bianchi aufgerückt, und die anderen neun Mannequins blickten zu ihr empor. Sogar Patricia Falkland hatte sich eingestehen müssen, daß keine die Kleider so gut vorführen und verkaufen konnte wie Maggy. In den kurzen Pausen, die den Mannequins in ihrem Umkleideraum blieben, erbaten die anderen Mädchen Maggys Rat, und es gab nichts, worüber sie sich nicht sofort und entschieden positiv oder negativ ausließ, von der Linie einer neuen Frisur bis zum Farbton der Seidenstrümpfe. Irgendwie gelang es Maggy, die Mädchen zu beruhigen, wenn sie Lampenfieber hatten, sich beschwerten oder miteinander stritten. Sie lauschte den Berichten über zahlreiche Liebschaften und verteilte kräftige, doch einfühlsame Dosen harter Ratschläge, in denen sich ihre eigene, schwer erfahrene Weisheit mit Bruchstücken von Paulas nie vergessenen Warnungen mischte.

Im Moment waren in New York Wohltätigkeits-Modenschauen *en vogue,* und das Haus Bianchi wurde immer wieder gebeten, doch daran teilzunehmen. Nicht lange, und die Organisatorinnen dieser Vorführungen wollten immer Maggy dabeihaben, denn sie verstand es, sich um die Amateur-Mannequins zu kümmern, von denen die meisten zitternde, nervöse, ungeschickte Damen der Gesellschaft waren, die noch nie einen Laufsteg betreten hatten.

Aufgrund dieser zusätzlichen Arbeit wurde Maggys Gehalt auf fünfzig Dollar pro Woche erhöht. Trotzdem reichte es gerade eben aus, um den Lebensunterhalt von Teddy und Nanny Butterfield zu bestreiten. Ihre persönlichen Ausgaben waren minimal: Ihre Pariser Kleider waren noch modern, denn es waren sehr avantgardistische Modelle gewesen, aber sie ging auch sowieso nie aus.

Die anderen Mannequins bei Bianchi hatten sie während der ersten Tage aufgefordert, mit ihnen in Flüsterkneipen und Nightclubs zu gehen – dort warteten immer zahlreiche junge Männer, die sie sehr gern kennengelernt hätten. Immer wieder jedoch hatte sie abgelehnt, und schließlich wurde sie nicht mehr eingeladen. In ihren Briefen an Paula erwähnte sie nie etwas von ihrer selbstgewählten Einsamkeit, denn die hätte das, wie sie wohl wußte, zutiefst mißbilligt. Nach der Arbeit eilte Maggy stets sofort nach Hause, um mit Teddy zusammen zu Abend zu essen und ein ausgiebiges Fußbad zu nehmen.

Bei Lally Longbridges überraschender und schmeichelhafter Einladung fand sie auf einmal, daß sie lange genug darauf verzichtet hatte, sich zu amüsieren. Das Jazz-Zeitalter war vorbei, beendet durch die Depression, doch Maggy spürte plötzlich, wie sehr sie sich auch jetzt noch nach dem Klang eines Saxophons, den Tönen einer Gitarre sehnte. Die Melodie von »Sweet Georgia Brown«, sechs Jahre lang vergessen, kam ihr wieder auf die Lippen. Als sie sich für die Party ankleidete, merkte sie, daß ein Maiabend selbst in New York, dieser einsamen, spannungsgeladenen Großstadt aus Stahl und Beton, sich in elektrisierende, rosige Vorfreude verwandeln konnte.

Als die impulsiv geleistete Arbeit des Gäste-Einladens erledigt war, widmete sich Lally Longbridge eine Stunde lang konzentriert der Zusammenstellung der Teams für die Trophäenjagd. Personen zusammenzutun, die sich schon lange kannten, war sinnlos: Eine Trophäenjagd war immer nur so lustig, wie die Teams selbst sie machten.

Maggy Lunel, dachte sie, ist so gescheit, daß sie im selben Team sein sollte wie Gay Barnes, die nur Unsinn in ihrem übersprudelnden Blondkopf hatte. Bevor sie Henry Oliver Barnes heiratete, der mindestens fünfunddreißig Jahre älter sein mußte, war Gay das berühmteste Showgirl in Earl Carrolls »Vanities« gewesen.

Und welche Männer sollte sie den beiden zugesellen? Warum eigentlich nicht Jerry Holt? Die Kolumne, die er für die *World* schrieb, wurde von allen Leuten gelesen, und er war so geistreich, wie sein Ruf zweifelhaft war. Und ... jawohl, es geschah ihm ganz recht, nachdem er so schwer festzunageln war: Der zweite Mann mußte dann Darcy sein, Jason Darcy, den alle nur beim Nachnamen riefen. Dieses allzu selbstzufriedene, neunundzwanzigjährige Wunderkind der Verlagsbranche würde herrlich empört sein, wenn er merkte, daß er mit einem ehemaligen Showgirl, einem Hausmannequin und einem – vermutlich – schwulen Kolumnisten zusammengesteckt wurde! Es war ein Team, wie Lally sie stets besonders amüsant fand.

Nach dem Dinner versammelten sich die zehn Teams in Lallys modisch-sterilem Salon aus Chrom und Glas, überall gab es Gestöhn und Protest gegen die Listen, die sie verteilte. Es mußten gefunden werden: eine Debütantin dieser Saison, aber nur eine schöne; ein Schuh von Ethel Barrymore, ein schneeweißer Hund, ein Programm von »Smiles«, mit Autogrammen von Adele und Fred Astaire, ein Tafeltuch aus dem *Colony* Restaurant, ein echter englischer Butler, ein nagelneues Exemplar von »In einem anderen Land«, ein einzelner gelber Handschuh, die Mütze eines New Yorker Polizisten und eine Kellnerjacke aus dem *Jack and Charlie*.

»Das ist gemein!« jammerte Gay Barnes. »Wir werden nie gewinnen, niemals!«

»Wieviel Zeit haben wir?« erkundigte sich Maggy.

»Zwei Stunden«, erklärte Jerry Holt. »Das Team, das es bis dahin auf die meisten Trophäen gebracht hat, ist Sieger.«

»Ich habe eine Idee«, verkündete Gay Barnes. »Es steht doch nirgends geschrieben, daß wir uns nicht trennen dürfen, oder? Es ist doch Unsinn, daß wir alle vier hinter denselben Sachen herjagen! Ich finde, Jerry und ich sollten die ersten und ihr beiden die übrigen fünf übernehmen. Was meint ihr?«

»Wie ihr wollt«, stimmte Darcy zu. »Aber laßt uns jetzt aufbrechen. Wir haben schon fünf Minuten vertan.«

Unten, auf der Park Avenue, half Darcy Maggy in eine langgestreckte Limousine. »East Fifty-second Street einundzwanzig«, befahl er dem Chauffeur, der in einem offenen Abteil saß.

»Ich hatte mir schon gedacht, daß Lally wieder eine Trophäenjagd anzettelt, deswegen hab ich den Wagen warten lassen«, erklärte er Maggy.

Der riesige, dunkelblaue Packard, der auch für J. P. Morgan vornehm genug gewesen wäre, gehörte zu jenen Dingen, die Jason Darcy benutzte, um sich von anderen jungen Männern seines Alters zu distanzieren. Als einziger Sohn eines reichen Versicherungsunternehmers aus Hartford galt er als einer der brillantesten Studenten seines Jahrgangs in Harvard. In den folgenden Jahren gründete er mit geliehenem Geld drei neue Zeitschriften, die in der damaligen Blütezeit allesamt sofort erfolgreich waren.

Nachdem das Geld zurückgezahlt war, benutzte Darcy sein hohes Einkommen, um wie ein Pascha zu leben. Er hatte Liebschaften mit einem erstaunlich hohen Prozentsatz der hübschesten New Yorkerinnen, die er bequemlichkeitshalber in nur zwei Hauptkategorien einteilte: Die Damen der Gesellschaft behandelte er wie Revuetänzerinnen, die Revuetänzerinnen wie Damen, und irgendwie schien dieses Arrangement allen Teilen Vergnügen zu bereiten. Keine Frau hatte es bisher fertiggebracht, ihn einzufangen, und die ständig wachsende Zahl seiner enttäuschten, vorübergehenden Flammen tröstete sich mit der prestigewahrenden Vermutung, er sei mit seiner Arbeit verheiratet.

Jason Darcy war ein wahrhaft einflußreicher Mann, der Gefahr lief, überheblich zu werden. Zum Nachteil für seinen Charakter hatte er nie etwas erstrebt, das er sich nicht zu verschaffen gewußt hätte, weder die Bewunderung seiner Altersgenossen noch seine Selbstwertschätzung. Augenblicklich war Maggy das Spielzeug, das er zu erwerben trachtete. Beim Dinner war er zweimal ihrem Blick begegnet, obwohl sie an verschiedenen Tischen saßen. Gay Barnes, dieses sonst so hirnlose Etwas, hatte einen überaus zweckdienlichen Sinn für Timing bewiesen, als sie den Vorschlag machte, das Team zu teilen. Obwohl er ohne den bequemen Vorwand der Trophäenjagd einfach zu direkteren Maßnahmen gegriffen hätte.

Maggy wurde von der Erinnerung an Perrys taubengrauen Voisin gequält, als sie sich in die tiefen, weichen Polster des Packard zurücklehnte.

Sie musterte Darcy mit mäßigem Interesse. Er hatte ein schmales, langes, eindeutig distinguiertes Gesicht. Trotz seiner Jugend das Gesicht eines Wissenschaftlers oder Philosophen, dachte sie. Seine Bewegungen waren sparsam und geschmeidig; der Blick seiner grauen Augen war offen und gerade, ein Blick, in dem sie einigen Humor vermutete, und er hatte einen geraden, harten Mund, der aussah, als sei er zu tiefster Verachtung fähig. Das dunkle Haar lag glatt am Kopf, und er war leicht zehn Zentimeter größer als sie. Ein Mann wie eine Klinge, dachte sie und verdrängte ihn aus ihren Gedanken.

Sie war enttäuscht, als die Fahrt allzu schnell endete und sie den niemals endenden Karneval bei *Jack and Charlie* betraten, die teuerste Flüsterkneipe New Yorks. Hier traf sich täglich eine fröhliche Mischung aus Studenten, Sportjournalisten und Börsenmaklern, und es herrschte ein erregter Lärm, wie ihn nur eine Menge glücklicher Menschen beim Trinken, Essen, Lachen und Flirten in einem überfüllten Raum erzeugen kann.

Sie wurden zu einem Tisch geführt, wo Darcy nach einem kurzen Gespräch mit dem Kellner Champagner bestellte.

»Ist das nicht Verschwendung?« fragte Maggy. »Wir können die Flasche doch gar nicht austrinken – sehen Sie sich bloß die Liste an: der englische Butler, die Polizeimütze ... Wieviel Uhr ist es jetzt?« Allmählich erwachte ihr Wettbewerbssinn. Dies war kaum der geeignete Moment, um untätig herumzusitzen.

Darcy sah sie mit selbstzufriedener, ein wenig zu überheblicher Miene an. »Ich habe soeben die Jacke unseres Kellners gemietet. Gleich rufe ich zu Hause an und gebe meinem Butler Anweisung, mit meinem Hemingway-Exemplar vor Lallys Haustür auf uns zu warten – Clarkson war früher beim Herzog von Sutherland angestellt –, und auf dem Rückweg können wir dann einen gelben Handschuh holen, falls Sie einen besitzen.«

»Ist das Ihre Auffassung von sportlicher Fairneß?« fragte Maggie stirnrunzelnd. Dieser Mann mit seiner Selbstgefälligkeit und seiner Angeberei verdarb ihr den ganzen Spaß!

»Ich nenne es essentielle Klugheit. Wir haben doch nicht geschworen, daß wir gewinnen – nur, daß wir mitspielen! Und außerdem – hängen Ihnen die Trophäenjagden nicht auch schon zum Hals raus?«

»Keineswegs! Ich hab noch nie eine mitgemacht. Woher nehmen Sie sich das Recht, diesen Abend einfach zu einem Zweiertreff zu machen?« fuhr sie ihn an. Wie sehr sie sie haßte, diese Männer, die glaubten, über die Frauen bestimmen zu können!

Er antwortete nicht, sondern trank stumm seinen Champagner und blickte ihr tief in die zornigen, herausfordernden grünen Augen. Er spürte, wie er auf ihre im ureigensten Sinn ungezähmte und doch gut kontrollierte Art reagierte.

»Wo hat Lally Sie aufgetrieben?« fragte er sie. »Und warum sind wir uns nicht schon früher begegnet?«

»Ich arbeite bei Alberto Bianchi«, antwortete sie kurz.

»Und was machen Sie da?« Also gehörte sie zu den Frauen, die nie zuvor auch nur einen einzigen Tag gearbeitet, jetzt aber einen »komischen, kleinen Job« angenommen hatten, um zu beweisen, wie unbeeindruckt sie von der Depression waren.

»Ich führe Kleider vor ... die andere Frauen kaufen.«

»Das möchte ich doch eher bezweifeln.«

»Aber es stimmt.«

»Sie meinen, Sie müssen Geld verdienen?«

»Fünfzig Dollar die Woche. Damit geht es mir zufällig noch sehr gut.«

»Bitte erzählen Sie mir alles«, verlangte er, fest überzeugt, daß sie nichts lieber tun würde.

»Alles? Wissen Sie was? Sie sind verdammt unhöflich. Wieso sollte ich Ihnen überhaupt etwas erzählen? Ich glaube, ich habe nicht einmal Ihren Namen verstanden, wie immer Sie auch heißen mögen. Sie haben mir meine Trophäenjagd verdorben, und nun sind Sie ganz einfach unverschämt. Und was noch schlimmer ist: Sie haben mich nicht mal gefragt, ob ich Champagner mag, bevor Sie ihn bestellt haben!«

»Sie haben vollkommen recht«, gab er leicht erschüttert zurück. »Ich entschuldige mich tausendmal. Hätten Sie gern etwas anderes zu trinken?«

»Vielen Dank, aber das hier genügt mir durchaus«, antwortete Maggy. Sie sah sich um, ohne ihm weiter Beachtung zu schenken.

»Ich bin Jason Darcy, Mrs. Lunel, neunundzwanzig Jahre alt und in Hartford, Connecticut, als Sohn einer ehrenwerten Familie geboren. Ich habe niemals im Gefängnis gesessen, ich schummele nicht beim Poker, ich liebe Tiere, meine Mutter hält sehr viel von mir, und ich habe normalerweise bessere Manieren, als ich sie Ihnen heute vorgeführt habe.«

»Ist das nun tatsächlich ›alles‹?« fragte Maggy mit einer Andeutung von Lächeln.

»Ich bin Verleger. ›Mode‹, ›Women's Journal‹ und ›City and Country Life‹.«

»*Tiens, tiens,* drei Zeitschriften für einen einzigen Mann«, spöttelte sie. »Was genau tut eigentlich ein Verleger? Außer fremden Damen gegenüber unangenehm neugierig zu sein.«

Er sah sie an und entdeckte ihren kaum verhohlenen Spott.

»Könnten Sie nicht wenigstens ein bißchen beeindruckt sein?«

»Sollte ich das? Ich habe keine Ahnung, was ein Verleger tut.«

»Ich habe mir diese Zeitschriften ausgedacht, ich habe bestimmt, wie sie aussehen sollen, ich habe mir die Zielgruppen ausgesucht, das Niveau, das Format festgelegt. Die Redakteure sind mir Rechenschaft schuldig, die Verwaltungsabteilungen ebenfalls und außerdem alle, die die Zeitschriften praktisch produzieren.«

»Ist das ein Presse-Imperium, ein Kaiserreich?« erkundigte sich Maggy. »So wie das Presse-Imperium von Mr. Hearst?«

»Meines ist eher ein Königreich«, gestand Darcy.

»Wie bescheiden von Ihnen, Mr. Darcy.«

»Sie finden es nicht besonders aufregend, mit einem relativ bedeutenden Verleger Champagner zu trinken, wie?«

»Für überwältigte Freude bin ich bei weitem zu alt und zu erfahren, Mr. Darcy.«

»Darcy.«

»Darcy. Das bißchen, was ich von der Welt gesehen habe, hat mich *blasé* gemacht, übersättigt und verdorben.« Seit ihrer Ankunft in den Vereinigten Staaten hatte Maggy sich nicht mehr so impulsiv, so berauschend, so wunderbar albern gefühlt! Ach, was ist es doch für ein herrlicher Spaß, endlich mal wieder einen Mann so richtig an der Nase herumzuführen, dachte sie.

Jason Darcy konnte nicht aufhören, Maggy anzustarren. Sie verschoß mehr Flammen als ein schwarzer Opal, mit ihren goldgrünen Augen und ihrem orangeroten Haar, das glattschimmernd den zauberhaft geformten Kopf bedeckte und unmittelbar unter dem Kinn in tief gelegte Wellen fiel: Sie zeigte das freudig erregte Strahlen eines Kindes, das in den ersten Schnee des Winters hinausstürmt. Verdammt noch mal, wer *war* diese Maggy Lunel?

»Ich hab's! Sie sind eins von den neuen Powers-Girls!«

»Und was ist das?« fragte Maggy neugierig. Seit einiger Zeit hörte sie diesen Ausdruck immer öfter, hatte aber weder die Zeit noch genügend Interesse gehabt, sich nach diesem seltsamen Amerikanismus zu erkundigen.

»Ein Fotomodell, bei der John-Robert-Powers-Agentur ... Ach kommen Sie! Tun Sie doch nicht so, als wüßten Sie das nicht!«

»Ehrlich gesagt, mit dieser Branche habe ich nichts zu tun. Aber es würde mich interessieren, was diese Powers-Girls mit ihrer Arbeit verdienen?«

»Soweit ich mich erinnere, haben sie mit fünf Dollar pro Stunde angefangen, die Spitzenmodelle bekommen inzwischen aber fünfzehn.«

»Fünfzehn pro Stunde! Das ist ein Vermögen!« Maggy war tief beeindruckt.

»Allerdings! Vor allem, wenn ein Mädchen tatsächlich ausgebucht ist. Heutzutage muß jede Firma entweder Werbung machen, oder sie geht baden. Und nichts kann ein Produkt so gut verkaufen wie ein hübsches Mädchen.«

»Und Mr. Powers – was verdient der?«

»Zehn Prozent von allem, was seine Fotomodelle einnehmen.«

»Und wie viele Modelle arbeiten bei ihm?« wollte sie wissen.

»Ich bin nicht ganz sicher – ungefähr hundert, könnte ich mir vorstellen, darunter auch Männer und Kinder. Wenn Sie als Mannequin wirklich nur fünfzig Dollar die Woche verdienen, sollten Sie lieber bei ihm anfangen.«

»Vielen Dank«, gab Maggy geistesabwesend zurück.

Jason Darcy war alles andere als überzeugt davon, daß Maggy Lunel das war, was sie behauptete. Sie hatte etwas an sich, das nach all seinen Erfahrungen so einmalig war, daß es ihn argwöhnisch stimmte.

Maggy Lunels Verhalten war nicht normal. In ihrer ganzen Art, in ihren Augen und ihren Worten war nichts zu spüren, was Anlaß zu der Vermutung gab, sie versuche ihn einzufangen, und das war für Darcy einfach unfaßbar. Er wußte genauso gut oder noch sehr viel besser als alle anderen, daß er zu den begehrenswertesten Junggesellen der Vereinigten Staaten gehörte. Er hatte alles, und er war ein Mann, der außerdem noch sehr gut aussah.

Warum und wieso saß nun diese Frau hier, trank seinen Champagner und fragte ihn dabei über die Powers-Agentur aus, als sei er eine Art Auskunftsbüro und weiter nichts?

Ein innerer Zorn drängte ihn, mehr über Maggy in Erfahrung zu bringen. »Und wieso ist mein Glas leer?« fragte sie plötzlich. »Wollen wir tanzen gehen?« Sie war ganz nüchtern, kein bißchen provokativ.

»Und was ist mit Lallys Trophäenjagd?«

»Ach was, das ist ein alberner, langweiliger amerikanischer Brauch – sind Sie nicht derselben Meinung?«

Darcy war entzückt.

Adrien Avigdor stand auf sicherem Boden. Seit Julien Mistral vor fünf Jahren nach Félice gezogen war, seit dieser unglaublichen Heirat mit Kate Browning, hatte der Mann drei Einzelausstellungen in Paris gehabt, die alle ausverkauft gewesen waren, jede ein noch triumphalerer Erfolg als die vom Jahr zuvor.

Jetzt, im Frühjahr 1931, wurde es Zeit, ihn auch in New York zu präsentieren. Seine Bilderproduktion war gering – oder, um genau zu sein, er malte zwar viel, stellte jedoch sehr wenig aus. Jedem französischen Maler stand nämlich das Recht zu, auf die Rückseite eines Gemäldes einen ganz einfachen Satz zu schreiben: *Ne pas à vendre* und damit das Bild vor dem Verkauf zu schützen, obwohl er mit Avigdor einen Vertrag über alles hatte, was er tatsächlich verkaufen wollte.

Jedes Jahr fuhr Avigdor vier Monate vor der geplanten

Ausstellung in die Provence hinunter und verbrachte eine anstrengende, schwierige Woche in La Tourelle, wo er mit Mistral um seine neuesten Arbeiten rang. Einmal, im Jahr 1928, war Mistral mit einem einzigen Bild zufrieden gewesen, darum hatte es im Herbst jenes Jahres, wie Avigdor sich bedrückt erinnerte, überhaupt keine Ausstellung gegeben. Jedes Jahr verbrannte Mistral die Arbeiten, die ihm nicht gefielen, auf einem riesigen Scheiterhaufen, um den er herumtanzte und auf den er eine Leinwand nach der anderen warf wie ein Teufel auf den Bildern von Hieronymus Bosch. Avigdor mußte zusehen, wie Gemälde im Wert von mehreren hunderttausend Francs in öligem Rauch aufgingen.

»Das tue ich für den Fall, daß ich plötzlich tot umfallen sollte, Adrien, und du das ganze Zeug in die Hände kriegst. Wer würde denn dann wohl dafür sorgen, daß du die Bilder nicht doch verkaufst, eh?« Er war so mißtrauisch wie die Bauern, mit denen er lebte, und traute niemandem außer Kate. Und der traute er auch nicht weit genug, um sicher zu sein, daß sie die Verbote beachten würde, die er in dicken Buchstaben auf Hunderte seiner Bilder schrieb. Und seine Lieblingsbilder behielt Mistral stets für sich selbst.

Die Preise, die dieser Mann erzielte, überstiegen wegen der wenigen Stücke, die zum Verkauf angeboten wurden, inzwischen alles, was Avigdor für möglich gehalten hätte.

Nun gut. Mistral hatte sich endlich zu einer Ausstellung seiner neuesten Arbeiten und einer Auswahl seiner Werke seit 1926 in New York bereit erklärt. Verschiedene amerikanische Sammler stellten ebenfalls Bilder zur Verfügung, so daß es eine recht umfangreiche Ausstellung werden würde. Kunstkritiker amerikanischer Zeitungen und Zeitschriften standen bereits in lebhaftem Kontakt mit Avigdor, *Vanity Fair* hatte einen langen Artikel über ihn gebracht, und Man Ray war nach Félice gefahren, um Mistral im Atelier zu fotografieren. Mark Nathen, dem eine der besten New Yorker Galerien gehörte, plante eine Vernissage, zu der das gesamte kunstorientierte und gesellschaftlich prominente New York strömen würde.

»Vor dem Dinner könnten wir uns vielleicht noch die neueste Ausstellung bei Nathen ansehen«, schlug Darcy Maggy am Telefon vor.

»Welche Ausstellung?« fragte sie uninteressiert. Sie hatte keine Zeit, mit dem weit gestreuten Kulturleben der Stadt Schritt zu halten.

»Mistral – der französische Maler. Sie müssen doch von ihm gehört haben!«

Sie hielt den Telefonhörer in einer Hand, während sie sich mit der anderen auf den Kaminsims stützen mußte, weil ihr Herz unerträglich hart an ihre Rippen schlug. Der Schock, so völlig unerwartet Mistrals Namen zu hören, hatte ihre Gedanken in eine Eiswüste verwandelt. Ihr Magen verkrampfte sich, mechanisch antwortete sie: »Ja, ich weiß, wer das ist, aber ich fühle mich nicht in der Lage, heute abend auszugehen.«

»Hallo, Maggy – was ist mit Ihnen?«

»Ich bin ganz einfach so todmüde, daß ich mich kaum auf den Beinen halten kann. Ich glaube, ich kriege eine Grippe.«

»Dann bin ich aber sehr, sehr enttäuscht«, sagte er ernst. »Ich auch.«

In den drei Wochen, seit er Maggy kannte, hatte Darcy sie weitaus öfter zum Ausgehen eingeladen, als sie seine Einladungen angenommen hatte. Jedesmal, wenn er sie sah, verwirrte ihn ihre Reserviertheit, ihre freundliche, jedoch hartnäckige Weigerung, von sich zu sprechen. Nie bat sie ihn zu sich nach Hause, und wenn er sie bis zum Fahrstuhl ihres Wohnhauses begleitet hatte, schüttelte sie ihm kurz und energisch die Hand, ohne sich ihm jemals so weit zu nähern, daß er einen winzigen Kuß riskieren konnte.

War sie frigide, war sie verängstigt, litt sie an einer verdammten französischen Neurose, von der er noch nie gehört hatte?

Eine wahrhaft besessene Neugier trieb Darcy dazu, ständig über sie nachzudenken. Ihre Witwenschaft und Teddys Existenz waren zwei Dinge in ihrem Leben, für die sie ihm nie eine Erklärung gegeben hatte. Sie blieb abweisend, reserviert und auf eine ruhige, geheimnisvolle Weise rätselhaft. Und was, verdammt noch mal, viel schlimmer war: Sie blieb so unnahbar wie eine Eisprinzessin! Wenn er mit ihr sprach, hatte er manchmal den Eindruck, daß irgend etwas, das er sagte, in ihr ein höflich, doch nahezu schmerzhaft unterdrücktes Gelächter verursachte, doch niemals ertappte er sie tatsächlich dabei. Mein Gott, hatte diese Frau Nerven!

»Hören Sie, ich werde Sie morgen wieder anrufen. Aber geben Sie acht auf sich, werden Sie mir nur nicht krank! Versprechen Sie mir, zeitig zu Bett zu gehen?« fragte er besorgt.

»Ja«, antwortete sie tonlos. »Das verspreche ich Ihnen.«

Auf dem Weg zur Nathen Gallery ertappte sich der tief unglückliche Darcy dabei, daß er sich selbst einzureden versuchte, daß Maggy Lunel ihn zumindest mögen müsse. Jason Darcy, der vielbegehrte, schwer zu erobernde, stolze Darcy rekapitulierte all seine Vorzüge, um sich über die Tatsache hinwegzutrösten, daß sie ihm niemals gestattete, auch nur in die Nähe ihrer Lippen zu gelangen. Dann jedoch sagte er sich sehr schnell, wie lächerlich es sei, all seine weltlichen Errungenschaften aufzuzählen, als müsse er beweisen, daß er Werte genug aufzuweisen habe, um den verborgenen Garten von Maggy Lunels privater, wohlgehüteter Welt betreten zu dürfen.

Er musterte die Besucher der Nathen Gallery. Viele Anwesende kannte er. Der Gesprächspegel ähnelte dem einer Pause in der Metropolitan Opera. Die ungewöhnlich große Zahl vornehmer Damen war wohl darauf zurückzuführen, daß die Ausstellung zugunsten des Children's Hospital veranstaltet wurde: Es geschah selten, daß man die Whitneys, die Ochses, die Kilkullens, die Gimbels, die Jays, die Rutherfords und die Vanderbilts zusammen mit den berühmtesten Gesichtern von Greenwich Village und Southampton antraf.

Als Darcy dann die Bilder zu besichtigen begann, hatte er plötzlich das Gefühl, von zwei riesigen, starken Händen gepackt und unter einem neuen Horizont abgesetzt zu werden. Jedes Bild glich einem Schritt auf dem Weg in eine andere Welt, eine Alternativwelt, eine bessere Welt. Vernunft, Überlegung, Logik, Zeit und sogar Raum versanken in einem grenzenlosen Leuchten, einer Farbenpracht, die die Struktur einer lebendigen, atmenden Substanz besaß.

Und doch, fragte sich Darcy verwundert, was hat dieser Mann eigentlich schon gemalt? Einen Cafétisch mit Stühlen unter einer orangefarbenen Markise, eine in der Hitze flimmernde Pappelreihe, einen Marktkorb mit Brot, Radieschen und einem Strauß Dahlien, eine Frau, die sich am frühen Morgen in einem Garten bückt – ganz einfach Dinge, nichts, das nicht schon Tausende von Malern vor Mistral gemalt hatten.

Alle Empfindungen des Künstlers hatten sich beim Betrachten seiner Sujets jedoch mit den Abbildungen, die er auf seine Leinwand brachte, so intensiv verbunden, daß eine Transparenz entstand, durch die eine Brücke geschlagen wurde von der Welt, in der Mistral fühlte, zu der Welt, in der der Betrachter lebte, so daß Darcy einen unvergeßlichen Augenblick lang mit Mistrals Augen sah, daß er in Mistrals Welt eintrat.

Staunend, verblüfft, beschwingt vom Aufblühen seiner Sinne, mit dem Gefühl, New York verlassen zu haben und durch eine weite, besonnte, wolkenbetupfte Landschaft zu wandern, schlenderte Darcy durch die große Galerie, ohne darauf zu achten, daß der letzte Raum, den er betrat, ungewöhnlich voll und von erregtem Stimmengewirr erfüllt war.

Maggy! Ein eiskalter Schauer überlief ihn, seine Nackenhaare sträubten sich, als er vor den riesigen Bildern von Maggy stand, Maggy an allen Wänden, nackt und absolut unbekümmert, als biete sie bewußt die Pracht ihres Fleisches dar, entblößt, schamlos, glücklicher, als er sie sich jemals hätte vorstellen können, für aller Augen sichtbar, Maggy, erotischer, wilder und ungezügelter sinnlich als jede Frau, die er jemals in Farbe oder in Fleisch und Blut gesehen hatte.

Sinnlichkeit, greifbar wie Rauch, das war Maggy, hingegossen auf einem grünen Kissenberg, lachend, mit leuchtenden Brustspitzen und mit einem Lichtstrahl auf dem Schamhaar, der jedes einzelne rote Härchen für sich lebendig erscheinen ließ.

Während Darcy dastand, reglos, erstarrt, unfähig, den Blick von den Bildern zu wenden, fing er ringsum Gesprächsfetzen auf. Es lag eine schadenfrohe, schrille, kaum unterdrückte Erregung in dem Geschwätz, das diesen wie jeden saftigen Skandal begleitete.

»Mannequin bei Bianchi, meine Liebe, diese Französin ... Geliebte ... Perry Kilkullen natürlich ... Was für eine Haut ... Ich hab sie zusammen im Maxim gesehen ... Sagten Sie Bianchi? ... Witwe – von wegen ... unglaubliche Brüste ... Hatten die beiden nicht ein Kind? ... Hab sie bei Lally kennengelernt, ja, ich bin sicher ... ein Kind, jawohl ... Wie konnte der Krankenhausausschuß das jemals durchgehen lassen... Die Kilkullens werden... Shokking... Sei doch nicht so provinziell... Shocking... Gemalt, wann, sagten Sie?... Mannequin bei Bianchi... Arme Mary Jane... Perrys *was*?«

Warum zum Teufel hat er sie nicht mit Sperma gemalt? dachte Darcy, warum nicht gleich die Leinwand gevögelt? Er wurde von unkontrolliertem Lachen geschüttelt. Noch nie hatte das Leben ihn so hinterrücks angesprungen. Diese lilienweiße Jungfrau, diese beherrschte, unzugängliche Prinzessin – o Gott, wie herrlich hatte sie ihn hereingelegt! Was für eine großartige Frau! Seine Bewunderung für Maggy verwandelte sich in ein vergnügtes Kichern, als er die Mienen der Männer ringsum beobachtete, die Augen, die gierig über die Leinwand schweiften: Jede Wette, daß sie alle heftigst bemüht waren, ihren erigierenden Penis zu beruhigen – genau wie er. O Maggy, liebe, bezaubernde Maggy, von Mistral gehört hast du also, nicht wahr – und wie oft hat er den Pinsel hingeworfen, um mit dir zu schlafen? Ja, wie gelang es ihm überhaupt, sich auf die Malerei zu konzentrieren? Ach Maggy, keine Frau hat mir je eine derartige Überraschung bereitet – ich fühle mich wieder wie fünfzehn und ganz unberührt. Bravo!

Am Mittag des folgenden Tages war Maggy arbeitslos. Sie konnte es Bianchi nicht verdenken; für ihn war sie untragbar geworden. Er hatte ein Dutzend empörter Anrufe bekommen, bevor er sie in sein Büro bat. Maggy würde ganz eindeutig keine Modenschau mehr für die feine Gesellschaft organisieren können, und was ihre Arbeit im Haus selbst betraf, so würde ihr neu erworbener Ruf den Kleidern nur schaden. Die Kundinnen würden kommen, um die Ursache des Skandals zu sehen, würden aber nicht mal im Traum daran denken, eine der Roben, die sie trug, zu kaufen.

Gleich nachdem Darcy die Nathen Gallery verlassen hatte, versuchte er Maggy zu erreichen. Sie sei zu Bett gegangen, hatte ihm Nanny Butterfield erklärt. Auch am nächsten Tag rief er sie zu Hause an, doch Maggy weigerte sich, Anrufe entgegenzunehmen, nicht einmal von Lally, die ebenfalls mehrfach angerufen hatte. Sie bat Nanny Butterfield, das Telefon zu beantworten und zu sagen, sie sei verreist und werde eine Zeitlang fortbleiben.

Als es Darcy nicht gelang, Maggy telefonisch zu erreichen, wollte er sie persönlich aufsuchen, der Portier hatte jedoch strengsten Befehl, niemanden außer den Lieferanten hinaufzulassen. Zweimal täglich schickte er Blumen. Ungeduldig wartete er stundenlang auf der Straße vor dem Haus, aber sie ließ sich nicht blicken. Er hätte sich am liebsten als Botenjunge verkleidet und war gleichzeitig fassungslos über sein eigenes Verhalten.

Vier Tage nach der Vernissage von Mistrals Ausstellung rief Darcy abermals am Spätnachmittag an, weil er hoffte, sie sei inzwischen vielleicht bereit, ihre Isolation aufzugeben. Als das Telefon klingelte, war Maggy im Bad, Nanny Butterfield machte das Abendessen für Teddy, und so wagte es Teddy endlich einmal, selbst an den Apparat zu gehen, was ihr normalerweise strengstens verboten war.

Sie war drei, ein herrliches Alter für kleine Mädchen. Schon jetzt war Teddy an die bewundernden Ausrufe von Fremden im Park gewöhnt, die sie zum erstenmal in all ihrer Schönheit sahen, schon jetzt hatte sie begriffen, daß es bestimmte Gesetze gab, die sie ob ihres Aussehens ungestraft übertreten konnte. Aber zu Hause waren dieselben Gesetze unnachsichtig in Kraft, denn Nanny und Maggy gaben sich große Mühe, besonders streng mit ihr zu sein, weil sie wußten, wie gefährlich leicht es ihnen fallen würde, sie zu verwöhnen. Ein klingelndes Telefon übte auf Teddy eine unwiderstehliche Anziehungskraft aus. Spitzbübisch nahm sie den Hörer ab und meldete sich mit einem gedämpften Hallo.

»Wer ist dort?« fragte Darcy, der glaubte, die falsche Nummer gewählt zu haben.

»Teddy Lunel. Und wer ist dort?«

»Ein Freund deiner Mutter. Hallo, Teddy!«

»Hallo, hallo, hallo.« Sie kicherte und blickte zu Boden. »Ich hab ganz neue rote Schuhe.«

»Ist deine Mutter da, Teddy?«

»Ja, aber willst du denn nicht mit mir sprechen? Wie heißt du?«

»Darcy.«

»Hallo, Darcy. Hallo, Darcy. Wie alt bist du?«

»Hallo, Teddy. Ich bin . . . Ach, laß nur. Ist deine Mutter da?«

»Die ist im Bad ... Nein, da kommt sie ... Telefon für dich, Mommy.«

Schnell reichte Teddy den Hörer der Mutter, die sich hilfesuchend nach Nanny Butterfield umsah, fast wieder auflegte, dann aber wütend mit den Fingern schnalzte und unwirsch sagte: »Ja?«

»Gott sei Dank, Maggy! Ich dachte, Sie würden nie wieder aus Ihrem Versteck hervorkommen.«

»Ich verstecke mich nicht!« behauptete sie zornig.

»Also, wie wär's denn – gehn wir heut abend essen?«

»Auf gar keinen Fall. Ich gehe nicht aus.«

»Aber Sie werden von ganz New York gefeiert.«

»Bisher waren Sie noch nie boshaft zu mir, Darcy.«

»Ich sag nur die Wahrheit. Die Galerie wird von Leuten überrannt, die gehört haben, wie hinreißend Sie sind. Sie gelten als die schönste Frau des Jahrzehnts.«

»Als *succès de scandale* – glauben Sie, das ist mir angenehm?«

»Wir sind in New York, Maggy, und Erfolg ist Erfolg. Kein Mensch kümmert sich darum, worauf so ein Erfolg beruht; Hauptsache, man spricht über Sie.« Er gab sich die größte Mühe, ihr auf die einzige Art, die er kannte, neues Selbstvertrauen einzuflößen.

»Wenn das so wäre, hätte ich noch meinen Job«, gab Maggy, von seiner praktischen Art verletzt, gekränkt zurück. Begriff er denn nicht, wie tief beschämt, wie gedemütigt sie war?

»Erinnern Sie sich noch, Maggy, daß ich Sie einmal für ein Powers-Girl gehalten habe? Warum gehen Sie nicht zu ihm?«

»Nein!« entgegnete Maggy scharf. »Ich will nie mehr als Modell arbeiten! Mir ist etwas anderes eingefallen ...« Sie hielt inne, wollte nicht weitersprechen.

»Sagen Sie's mir, Maggy. Bitte!«

»Es ist nur so eine Idee. Erinnern Sie sich, daß Sie mir erklärt haben, Powers hätte hundert Modelle, die für ihn arbeiten, und er bekomme zehn Prozent von ihren Einnahmen?«

»Natürlich erinnere ich mich. Was ist damit?«

»Ich bin daran gewöhnt, Mannequins zu zeigen, was sie tun und wie sie es tun müssen. Bei Bianchi haben mich die Mädchen immer um Rat gefragt. Ich habe keine Ahnung, was ein Fotograf von einem Modell verlangt, aber es kann nicht viel anders sein als das, was die Maler verlangen, deswegen, na ja ... deswegen dachte ich, ich könnte ja mal ... versuchen ... eine eigene Agentur zu gründen«, stieß sie schließlich in einem Anfall von Wagemut hervor.

»John Robert Powers Konkurrenz machen?« fragte er zweifelnd.

»Warum denn nicht? Was ein Mann kann, das kann ich auch. Und möglicherweise sogar besser. Er ist doch nichts weiter als ein Vermittler, und von denen kenne ich Dutzende! Glauben Sie mir, das ist nichts Besonderes.« Angespornt von seinen Zweifeln, fuhr sie hastig fort: »Zufällig, Darcy, hab ich ein kleines Kapital, das ich aufs Spiel setzen kann.«

»Maggy, Sie sind verdammt fabelhaft! Wollen Sie Aufträge, von »Mode« und »Women's Journal« und »City and Country Life«?«

»Aber natürlich will ich die! Ach Darcy, es könnte doch klappen, oder?«

»Es hat schon geklappt!« Wie ihm ihr Lachen gefehlt hatte! Es ließ die Welt tanzen. »Kommen Sie, Maggy, gehen Sie heute abend mit mir aus, damit wir feiern können – Champagner, zur Taufe der neuen Agentur!«

»Unter einer Bedingung: Ich bezahle.«

»Aber warum denn in aller Welt?«

»Die Lunel Agency möchte ihren ersten Kunden mit Champagner bewirten.«

Vierzehntes Kapitel

Maggys Girls, wie die Fotomodelle der Lunel Agency von allen genannt wurden, waren anfangs nur eine sorgfältig ausgewählte Elite von einigen wenigen, aus denen jedoch schon bald mehrere Dutzend wurden: bezaubernde Mädchen, Schmetterlinge, die unendlich viel strahlender, reizvoller, unendlich viel eleganter waren als ihre einzigen Rivalinnen, die typischen *American Beauties* der Agentur Powers.

Maggys Girls tanzten durch die dreißiger Jahre, als gäbe es keine Depression. Sie verkörperten die Realitätsflucht von Millionen Amerikanern, die in die Kinos drängten, um Filme über die Reichen zu sehen, in denen alle Telefone weiß waren. Maggys Girls stillten das dringende Bedürfnis der Massen, sich zu amüsieren, und sei es auch nur aus zweiter Hand. Auf eine Umfrage der *New York Daily News* entschieden sich auf die Frage, ob sie lieber Filmstar, Debütantin oder eins von Lunels Fotomodellen sein würden, zweiundvierzig Prozent der Frauen für die Arbeit bei Maggy.

Während Maggys Agentur in New York florierte, saß Julien Mistral in seinem Atelier in Félice und malte mit fieberhafter Energie. Er befand sich in seiner »Mittleren Periode«, die zwanzig Jahre dauern sollte. Er malte nicht mehr wie früher wahllos Szenen oder Objekte, die ihm gerade ins Auge fielen, sondern widmete sich zwei, drei Jahre lang einem einzigen Sujet, und aus dieser Konzentration auf ein Thema, aus Tausenden von Studien und Werkskizzen, die er anfertigte und später vernichtete, entstand schließlich eine Serie von Gemälden – mal nur ein Dutzend, mal bis zu fünfunddreißig.

Défense d'Afficher, Bilder von Mauern mit zahllosen Schichten abblätternder Plakate, war die erste dieser historischen Serien. Es folgte *Vendredi Matin* mit Darstellungen des üppigen Wochenmarktes von Apt. *Stella Artois,* die Serie, die nach Mistrals bevorzugter Biersorte benannt war, zeigte wie niemals etwas zuvor das lebensvolle Dasein der Männer des Dorfes, die ihre Abende mit Trinken, Glücksspiel und Gesprächen im Café von Félice verbrachten. *Jours de Fête,* die wichtigste Serie der Mittleren Periode, war von den Festlichkeiten der Dörfer des Lubéron inspiriert, mit Prozessionen und Feuerwerk, mit wilder Ausgelassenheit und aufkeimenden ländlichen Leidenschaften.

Mistral stand täglich vom Frühstück bis zum Abendessen im Atelier. Kate nutzte die Tatsache, daß ihr Mann sich für nichts anderes als seine Arbeit interessierte, um sich desto intensiver um seine geschäftlichen Angelegenheiten zu kümmern. Sie handelte sämtliche Verträge mit Avigdor aus, sie führte den Schriftwechsel mit Galerien in vielen fremden Ländern, die Mistrals Werk ausstellen wollten, und sie war es, die alle Entscheidungen hinsichtlich der Gutsverwaltung traf.

Einmal im Jahr, zur Erntezeit, verließ Mistral das Atelier und arbeitete mit seinen Leuten auf den Feldern, davon abgesehen jedoch lebte er in seiner eigenen Welt. Die politischen Veränderungen in Europa kümmerten ihn kaum. Die Boule-Turniere in Félice bedeuteten ihm noch immer einiges; der Reichstagsbrand dagegen war ein Ereignis ohne jegliches Interesse für ihn.

Julien Mistral war auf der Höhe seiner Schaffenskraft. Sein angeborener Egoismus wurde durch das Bewußtsein, niemals so gut gemalt zu haben, noch verstärkt. Wie konnte irgend etwas, das in der Welt geschah, von auch nur geringster Bedeutung für ihn sein, wenn er jeden Morgen mit dem unwiderstehlichen Bedürfnis erwachte, an seine Staffelei zu treten, einem Bedürfnis, das in jeder Zelle seines Körpers brannte? Kein menschliches Geschick, keine geschichtliche Strömung waren imstande, ihn zu berühren, solange er wußte, daß nichts ihn davon abhalten konnte, den Tag im Atelier zu verbringen.

Kate Mistral dagegen hatte den Kontakt mit dem Leben außerhalb von Félice nie ganz verloren. Mehrmals im Jahr fuhr sie nach Paris, sie arbeitete mit Avigdor zusammen die

Ausstellungen aus und vertrat ihren Mann häufig bei seinen Vernissagen. Gelegentlich ließ sie ihn auch einen Monat allein, um ihre Familie in New York zu besuchen, doch er nahm kaum Notiz von ihrer Abwesenheit.

Als Folge des Börsenkrachs war Kate jetzt nicht mehr so reich wie früher. Rückblickend konnte sie von Glück sagen, daß sie einen so großen Teil ihres Kapitals für den Verkauf von La Tourrello ausgegeben hatte. Denn obwohl sie ihr Versprechen, das der Köder für Mistral gewesen war, gehalten und ihm das Gut als Mitgift überschrieben hatte, war es eine ausgezeichnete Investition gewesen. Ihr Mann ahnte nicht, wie reich sie mit der Zeit wurden. Die vielen fruchtbaren Hektar Land rings um den *mas* waren wohlgepflegt und voll Obst und Gemüse. Prachtvolle Schweine hatten sie, Scharen von Hühnern und Enten, mehrere Pferde, die modernsten Landwirtschaftsmaschinen und zahlreiche Hilfskräfte für die Landarbeit. Sobald ein neues, angrenzendes Stück Land zum Verkauf stand, wurde es von Kate erworben. Das Gut allein genügt schon, um uns zu ernähren, dachte sie voll Genugtuung, wenn sie die ständig steigenden Einnahmen aus dem Verkauf der Bilder zählte, die sie zur Bank in Avignon trug.

Außerdem war Kate eine berühmte Gastgeberin geworden. Der *mas* war herrlich komfortabel, und nach und nach wurden alle, die sie oder Mistral in Paris kennengelernt hatten, für ein langes Wochenende eingeladen. Sie war sehr stolz auf ihr Haus, und wenn sie es den Gästen zeigte, sonnte sie sich in seinem Glanz.

Während der Jahreszeit, da sich die Boule-Spieler hinter dem Café trafen, gesellte Mistral sich nach dem Malen fast immer zu ihnen und kam erst wenn das letzte Spiel beendet war zum Abendessen nach Hause. Im Winter, wenn es zu kalt zum Boule-Spielen war, arbeitete er den ganzen Tag und ging, wie ein erschöpfter Bauer, sehr früh zu Bett. Sein stets hungriger, unendlich leidenschaftlicher Körper und die herrische, ungezügelte Gier, mit der er seine Befriedigung bei Kate suchte, wurde ihr nie über. Kate lebte im Zustand immerwährender Bereitschaft, weil sie in seinem Kraftfeld der Sinnlichkeit gefangen war. Er brauchte nur »Geduld, Kate, Geduld« zu murmeln, und schon war sie für ihn bereit.

Daß sie ihm immer noch rückhaltlos verfallen war, wurde

Kate klar, wenn er zu Bett ging und sie allein am großen Kamin sitzen blieb. Daß sie das Leben in der Welt draußen aufgegeben hatte, bereute sie nicht. Und der kleine Teil von Julien Mistral, der nicht seiner Arbeit gehörte, war ihr ausschließliches Eigentum, davon war sie fest überzeugt. Lächelnd blickte sie dann in die Glut und fühlte sich in den dicken Mauern von La Tourrello wohlig geborgen.

Den Spanischen Bürgerkrieg von 1936 spielte Kate so gut es ging herunter, um ihren Seelenfrieden nicht zu stören, denn im Gegensatz zu Julien las sie täglich die Zeitungen. Am 29. September 1938 wurde das Münchener Abkommen unterzeichnet, und Millionen Franzosen, Engländer und Deutsche versicherten sich erleichtert, daß es nun bestimmt keinen Krieg geben werde.

Im Sommer 1939 reiste Kate, die ihre Familie seit zwei Jahren nicht mehr gesehen hatte, nach New York. In ihrer Heimatstadt herrschte wegen der Weltausstellung unter dem Motto »Welt von Morgen« eine besonders übermütige Stimmung.

Zwei Monate zuvor hatte Hitler die Tschechoslowakei besetzt, und doch besichtigten jeden Tag achtundzwanzigtausend Menschen, denen dieses ferne Ereignis wenig bedeutete, das »Futurama«, in dem General Motors eine herrlich optimistische Version des Jahres 1960 zeigte: Dieselautos, für zweihundert Dollar das Stück wurden am laufenden Band gebaut und jagten auf unfallsicheren Autobahnen dahin; es gab ein Mittel gegen Krebs; Bundesgesetze schützten Wälder, Seen und Täler; jedermann bekam zwei Monate Urlaub im Jahr, und die Frauen hatten noch mit fünfundsiebzig Jahren eine wunderbar glatte Haut.

Maxwell Woodson Browning, Kates Lieblingsonkel, der vor seiner Pensionierung Diplomat gewesen war, sagte zu ihr: »Es ist gefährlich, in Europa zu bleiben.«

»Warum bist du so pessimistisch, Onkel Max? Denk doch an das Münchener Abkommen! Hitler hat jetzt, was er will. Und so töricht, irgend etwas gegen Frankreich zu unternehmen, wird er bestimmt nicht sein. Wir haben die Maginot-Linie, und Hitlers Armee ist nur ein armseliger, schlecht ausgerüsteter Haufen.«

»Propaganda! Du mußt nicht alles glauben, was du hörst. Glaub mir, die Lage ist sehr ernst, liebe Kate. Es ist nur noch eine Frage der Zeit, bis Hitler versucht, den gesamten Rest von Europa zu überrumpeln. Es könnte leicht sein, daß es plötzlich zum Krieg kommt und du da drüben in der Falle sitzt.«

»Aber Onkel Max – kein Mensch will Krieg, kein Mensch will jemals wieder kämpfen. Du bist ein Schwarzseher.«

»Und du, Kate, bist eine Närrin geworden.« Bei diesen Worten begann Kate doch aufzuhorchen. Am Ende des Abends war sie so fest überzeugt von seiner Ansicht, daß sie Julien umgehend schrieb, er solle in die Vereinigten Staaten kommen.

Als Mistral ihren ersten Brief bekam, legte er ihn beiseite, ohne ihn ein zweites Mal zu lesen. Er war gerade mit der Entwicklung des Konzepts für eine neue Serie beschäftigt, Bilder von Olivenhainen, und in dieser Phase seiner Arbeit war er stets ganz besessen von dem Wunsch, in seinen Denkvorgängen nicht gestört zu werden. Ihr zweiter und ihr dritter Brief, einer dringlicher als der andere, zwangen ihn schließlich zu einer Antwort, und so schrieb er ihr knapp und wütend zurück, kein Mensch im Dorf glaube an einen Krieg. Hitler habe nicht den Mut, der französischen Armee gegenüberzutreten.

Nun nahm Kate die Sache allein in die Hand. Wenn die Lage bedrohlicher wurde, würde er mit Sicherheit einsehen, daß sie recht hatte. Wie sie Julien kannte, mußte sie ihm nur ein schönes Atelier anbieten, dann würde sie ihn zum Übersiedeln überreden können. Sobald sie ihm ein Atelier eingerichtet hatte, wollte sie nach Félice zurückkehren und ihn holen.

Am ersten September 1939 marschierten die Deutschen in Polen ein, und zwei Tage später erklärten England und Frankreich aufgrund eines Beistandspaktes Deutschland widerwillig den Krieg.

Hätte Julien Mistral Frankreich wirklich verlassen wollen, so hätte er jetzt dazu noch Zeit gehabt, aber er hatte an der Serie zu arbeiten begonnen, die später *Les Oliviers* genannt werden sollte. Das Licht hatte jene durchsichtige, tiefgoldene Farbe angenommen, die verkündete, daß der Sommer vorüber war; der Wind, der rauhe, eisig-beschwingende Mistral, den er so liebte, hatte den Hitzeglanz der Olivenhaine davongeweht, und er selbst hatte sich in eine hemmungslose, blinde Konzentration gestürzt. Jetzt konnte Mistral genausowenig packen und Félice verlassen wie eine Frau im letzten Stadium der Geburtswehen.

Den ganzen Winter malte Mistral im Atelier die seltsam mythischen Bäume mit ihren uralten, männlichen Stämmen, knorrig, verkrümmt, beinahe häßlich, aus denen wie etwas Weibliches Zweige und Blätter sprossen, silbrig und schlank, in ständiger Zwiesprache mit der Sonne.

Kam Mistral nach Félice hinein, fand er die Stimmung im Café gelassen. Alle waren sich einig darin, daß es mit Sicherheit einen Weg geben mußte, um ohne Kampfhandlungen aus diesem *drôle de guerre* herauszukommen, den die Deutschen selbst Blitzkrieg nannten. Doch während Mistral an nichts anderes dachte als an seine Olivenbäume, überrannten die Deutschen, frisch und ausgeruht, ganz Europa. Am siebzehnten Juni 1940 bat Pétain, ehemaliger Marschall der französischen Armee und dann Premierminister von Frankreich, um Waffenruhe, Waffenstillstand, Kapitulation oder Feuereinstellung – je nach der politischen Ansicht. Die Falle war zugeschnappt.

Warum jetzt, wütete Mistral und verfluchte sein Pech. Warum jetzt, wo ich soviel zu tun habe! Warum jetzt, wo ich keine Sekunde übrig habe, *warum jetzt*, wo ich male, wie niemals zuvor, warum jetzt, ausgerechnet jetzt diese beschissene, empörende Unterbrechung? Was, wenn ich keine Lieferungen aus Paris mehr bekomme? Woher, zum Teufel, soll ich neue Leinwände bekommen?

Aufgebracht werkelte er im Atelier herum. Als ob nicht alles schon schlimm genug war: Auch der Hof kam immer weiter herunter, seit Kate in New York war.

Jean Pollison, der junge Bauer, den Kate vor ihrer Heirat für die Landwirtschaft angestellt hatte, benötigte im Frühjahr und Herbst eine Menge zusätzliche Hilfskräfte für die Arbeit. Doch seit dem letzten Frühjahr gab es keine Männer mehr, die helfen konnten; sie waren entweder eingezogen und saßen in deutschen Kriegsgefangenenlagern, oder sie wurden als Ersatz für die Eingezogenen auf ihren eigenen

Höfen gebraucht. Pollison hatte nach besten Kräften allein und nur mit Hilfe der landwirtschaftlichen Maschinen gearbeitet, die Kate angeschafft hatte, doch nun kam er zu Mistral, um ihm zu sagen, er fürchte, bald nicht mehr genug Benzin für die Maschinen zu haben. Die neue Regierung in Vichy beginne alles zu rationieren.

»*Merde*, Pollison! Was geht das mich an?« brüllte Mistral.

»Tut mir leid, Monsieur Mistral, aber ich dachte, ich müßte es Ihnen mitteilen. Weil Madame doch nicht da ist.«

»Tun Sie alles, was notwendig ist, Pollison, aber belästigen Sie mich nie mehr im Atelier, verstanden?«

»Aber Monsieur Mistral . . .«

»Pollison«, schrie er, »jetzt reicht's! Lassen Sie sich was einfallen; dafür sind Sie ja schließlich da!«

Und Jean Pollison, der hastig das Atelier verließ, dachte bei sich, ganz gleich, wie Monsieur Mistral sich auch bemühte, den Dazugehörigen im Dorf zu spielen, ganz gleich, ob er der Boule-Champion der Region war, ganz gleich, wie viele Runden Pastis er im Café spendierte – er war immer noch ein Fremder, ein Mann aus Paris, und daran würde sich nie etwas ändern.

Fünf Tage nach der Feuereinstellung am 17. Juni klopfte Marte Pollison am Spätnachmittag schüchtern an die Tür von Mistrals Atelier.

»Was ist?« blaffte er.

»Ich muß Sie sprechen, Monsieur Mistral.«

»Dann kommen Sie rein! Was zum Teufel ist passiert?«

»Es sind Leute gekommen, Monsieur und Madame Behrmann mit ihren drei Kindern. Sie möchten hier übernachten. Ich hab sie gebeten, draußen zu warten, bis ich mit Ihnen gesprochen habe. Sie wollen zur Grenze, nach Spanien rüber. In Frankreich sind Juden nicht mehr sicher, sagt er.«

Aufgebracht hieb Mistral sich mit der Faust in die Hand. Behrmann, einen Bildhauer, kannte er seit der Zeit von Montparnasse. Er hatte das Atelier neben Mistral am Boulevard Arago bewohnt und Mistral häufig durchgefüttert. Mistral überlegte. Unerträglich, daß Behrmann jetzt dachte, er könnte mit seiner ganzen, lästigen Familie einfach hier eindringen und Essen und Unterkunft verlangen! Und wer konnte wissen, wie lange sie blieben, wenn sie sich erst mal eingenistet hatten?

»Haben Sie ihm gesagt, daß ich hier bin?« fragte er Marte Pollison.

»Nicht direkt. Nur, daß ich Sie fragen müßte, bevor ich sie einlassen könnte.«

»Dann gehen Sie hin und sagen Sie, daß ich fortgegangen bin und Sie nicht wissen, wann ich zurückkomme. Sagen Sie, daß Sie nicht befugt sind, sie ohne meine Erlaubnis aufzunehmen. Werden Sie sie irgendwie los!«

Am Tag, nachdem er die Behrmanns abgewiesen hatte, ging Mistral ins Café von Félice und lud seine Freunde zu einer Runde Pastis ein. Mit ungewohnter Aufmerksamkeit lauschte er den Problemen der Männer. Tiefe Besorgnis und Erbitterung spaltete die Männer, die früher jahrelang gutmütige, ausgedehnte politische Diskussionen geführt hatten, jetzt in zwei feindliche Lager: die einen meinten, Pétains Waffenstillstand habe Frankreich gerettet, und die anderen hielten ihn für einen Verräter.

Nur in einer Hinsicht waren sich alle einig: im Zorn über die Invasion dieser verdammten Nordfranzosen, die aus der besetzten Zone in den Süden flohen. In verzweifelter Suche nach Lebensmitteln und Benzin überfielen sie die Ortsverwaltungen mit ihren Bitten, wurden für Dörfer und Höfe zur Pest und Plage.

Nachdenklich kehrte Mistral heim. Er kannte zu viele Menschen in Paris. Er kannte zu viele Juden. Durch Kate und ihre ewige Gastfreundlichkeit, durch die vielen Jahre, in denen sie ihren Stolz auf den *mas* offen zur Schau getragen hatte, war zu vielen Freunden der Weg nach La Tourrello zur vertrauten Route geworden. Sie wußten, wie viele Gästezimmer das Haus besaß, wie fruchtbar die Felder waren, wie unabhängig das Gut von äußerer Versorgung war. Es würden zweifellos eine Menge weiterer unerwarteter Besucher wie die Behrmanns auftauchen.

Er rief Marte und Jean Pollison in der Küche zusammen.

»Pollison«, wandte er sich an den Mann, »ich möchte, daß Sie einen hohen Zaun dort errichten, wo der Weg zum *mas* von der Straße nach Félice abzweigt. Das Land wimmelt ja geradezu von Menschen, die uns hier unten ausnutzen wollen, und ich will nicht von ihnen belästigt werden!«

»Jawohl, Monsieur Mistral.«

»Und, Madame Pollison, ich wünsche keinerlei Störungen bei der Arbeit. Sollte irgend jemand das Tor ignorieren und durch den Wald laufen – kommen Sie damit nicht zu mir. Sagen Sie, daß ich schon länger verreist bin, und daß Sie sie nicht aufnehmen können. Öffnen Sie niemandem das Tor, unter gar keinen Umständen! Haben Sie das verstanden?«

»Jawohl, Monsieur.«

In den beiden darauffolgenden Jahren kam eine ganze Anzahl alter Freunde und Bekannter, die Mistral seit vielen Jahren kannte, auf ihrem gefährlichen, mühsamen und angstvollen Weg in den Süden nach La Tourrello. Viele von diesen verzweifelten, gehetzten Flüchtlingen überwanden den festen Zaun und schafften es, bis zum *mas* vorzudringen. Doch das große Holztor war stets fest verschlossen, und Marte Pollison beantwortete das hektische Läuten der Türglocke, das durch die ganze Küche schrillte, mit mürrischen, abweisenden Worten.

Die meisten von denen, die kamen, waren Juden, und nur wenige von ihnen überlebten den Krieg.

Als Adrien Avigdor im Juni 1942 dem kleinen Leichenzug seiner Mutter folgte, wurde ihm klar, daß auch er jetzt Paris verlassen mußte. Er vergewisserte sich, daß der gelbe, schwarz umrandete Davidstern, etwa so groß wie seine Handfläche und mit dem Wort *Juif* in schwarzen Buchstaben in der Mitte, an seiner Jacke deutlich zu sehen war. Drei Sterne für jeden Juden, hatte der Befehl vom 29. Mai 1942 gelautet, und für jeden hatte er Abschnitte von seiner Textilkarte abgeben müssen.

Avigdor war in Paris geblieben, weil seine Mutter an einer zu schweren Arthritis litt, um einen Umzug überstehen zu können. Er hatte während der heißen Juniwochen zwei Jahre zuvor durch die geschlossenen Fensterläden seiner Wohnung den großen Exodus beobachtet.

»Geh fort, Adrien, geh fort!« hatte Madame Avigdor ihn gedrängt. »Ich bin eine alte Frau. Du darfst nicht bei mir bleiben... Madame Blanchet nebenan hat sich erboten, mir alles zu holen, was ich brauche. Geh jetzt, Adrien, solange es noch möglich ist!«

»Sei nicht töricht, *Maman*. Wie kann ich meine Künstler im Stich lassen, wie kann ich meine Galerie aufgeben!«

Daß er den Versprechungen der Nachbarin nicht glaubte, daß er sie beim Einmarsch der Deutschen unmöglich allein lassen konnte, verschwieg er ihr. Und es traf zu, daß er sehr viel damit zu tun hatte, die Hunderte von Bildern zu retten, die ihm von vielen Malern anvertraut worden waren, die sich auf die Flucht gemacht hatten. Sie repräsentierten die besten Arbeiten der Künstler, deren beauftragter Agent er war, und es war seine Pflicht, dafür zu sorgen, daß sie gut versteckt wurden. Wer wußte denn, was die Deutschen tun würden, wenn sie kamen? Hitler haßte moderne Kunst. Sogar der alte Picasso war in den Augen der Nazis »entartet«. Irgend jemand mußte bleiben.

Jetzt, zwei Jahre später, konnte er über seinen Leichtsinn nur grimmig lächeln, und dennoch hätte er heute genauso gehandelt. Er hatte seiner Mutter die letzten Jahre erträglich gestalten können und war froh, daß sie nach dem Befehl, der das Tragen des Davidsterns für jeden französischen Juden zur Pflicht machte, nicht mehr lange gelebt hatte.

Sie hatte jedoch lange genug gelebt, um sich auf ihren verkrüppelten Beinen mit Hilfe anderer in die Schlange auf der Polizeipräfektur stellen zu müssen, wo sie als Jüdin registriert wurde; wo das Wort *Juif* mit dicken Buchstaben in ihren Ausweis gestempelt wurde.

Zum Glück hatte sie nicht lange genug gelebt, um zu erfahren, daß es jetzt allen französischen Juden, die seit vielen Jahrhunderten in Frankreich lebten, verboten war, einen akademischen Beruf auszuüben, in irgendeiner Firma zu arbeiten, das Telefon zu benutzen, Briefmarken zu kaufen, Restaurants, Cafés, Bibliotheken und Kinos zu besuchen. Selbst das Sitzen auf öffentlichen Plätzen war ihnen verboten. Ein Recht ist uns jedoch geblieben, dachte Avigdor mit bitterem Humor: Wir dürfen jeden Tag eine Stunde lang Lebensmittel einkaufen – von drei bis vier, wenn die meisten Geschäfte geschlossen sind.

Hin und wieder fuhren noch Züge, und Zivilisten durften auch reisen, aber nicht ohne Ausweis und ohne deutsche Reisegenehmigung. Für die meisten Franzosen ging das Leben unter den Deutschen im Hinblick auf Essen, Heizung, Rationierung und Restriktionen jeglicher Art unter den härtesten und schlimmsten Bedingungen weiter, doch ihnen wurde wenigstens der *Versuch* zum Überleben gestattet.

Soutine hatte, wie Avigdor wußte, Zuflucht in der Touraine gefunden, Max Jacob in St.-Benôt-sur-Loire, Bracque war in L'Isle sur la Sorgue, sein Freund, der große Kunsthändler Kahnweiller, lebte im Limousin unter dem Namen Kersaint, und Picasso arbeitete fleißig in Paris weiter.

Avigdors Galerie war beschlagnahmt und auf Befehl der Deutschen einem nichtjüdischen Kunsthändler übergeben worden, der einen lebhaften Handel mit den Feinden trieb, an die er Kleckereien von zehntklassigen Malern verhökerte. Während der letzten Monate hatte sich Avigdor vorsichtig nach der besten Fluchtmöglichkeit aus Paris zu erkundigen versucht, doch die beste Quelle für derartige Informationen, Paula Deslandes, war kurz zuvor einem Herzanfall erlegen, und *La Pomme d'Or* war endgültig geschlossen.

Von den ersten Tagen der *Résistance* an hatte Paula Menschen geholfen, die in Gefahr waren. »Darauf hab ich mich mein Leben lang vorbereitet«, erklärte sie vergnügt. »Ich wußte, daß es viele Gründe gab, Paris nicht zu verlassen, und jetzt hab ich den triftigsten von allen gefunden: Ich bleibe hier und suche Möglichkeiten, andere hinauszuschmuggeln.«

Die meisten Pariser waren nach dem ersten Schock wieder nach Hause zurückgekehrt; hübsche Frauen trugen neue Hüte, und wer Geld hatte, konnte offen und ohne schlechtes Gewissen in Schwarzmarktrestaurants essen, denn zehn Prozent der Rechnung gingen an die nationale Wohlfahrt. In den Cafés saßen immer noch die Intellektuellen und diskutierten; immer noch verliebten die Menschen sich und gingen zur Kirche, brachten Frauen Kinder zur Welt. Dennoch gab es nicht einen einzigen, dessen Leben sich nicht grundlegend verändert hätte.

Avigdor, der seine Menschenkenntnis früher dazu verwendet hatte, den Kunden Antiquitäten und Bilder zu verkaufen, benutzte seinen guten Instinkt jetzt, um zu entscheiden, an wen er sich ungefährdet mit dem Wunsch nach einem gefälschten Ausweis wenden konnte. Erhältlich war alles, jede nur denkbare Variation gefälschter Papiere, von einem »echten« falschen Ausweis, der direkt von der Polizei stammte, bis zu den schlechtesten und auffallendsten Falsifikaten.

O ja, er hatte seine Ressourcen, er hatte Freunde, hatte sie sich seit langem für diese Eventualität bewahrt. Und zum Glück hatte er Geld genug, um seine Flucht aus dem Gefängnis Paris zu finanzieren.

Eines Tages saß Adrien Avigdor dann, bewaffnet mit einem Ausweis ohne das Wort *Juif*, den unerläßlichen Lebensmittel- und Textilkarten und einer gültigen Reisegenehmigung in der blauen Kleidung der Landarbeiter, ein kostbares Fahrrad fest umklammert, in einem Zug in Richtung Süden.

Mehrmals hatten Deutsche, die sich durch die Züge arbeiteten, gründlich seine Papiere geprüft, sein Gesicht mit dem Foto im Ausweis verglichen. Nie hatte sein offenes, freundliches, nicht allzu intelligentes Bauerngesicht den geringsten Verdacht erregt. Seine Ausweise, die ihn soviel wie ein Landhaus gekostet hatten, waren einwandfrei. Avigdor wollte Kontakt mit der großen Widerstandsorganisation in den Bergen bei Aix-en-Provence aufnehmen, hatte jedoch beschlossen, zuvor noch einmal nach Mistral zu sehen.

Wer konnte wissen, ob er den Maler je wiedersah? Er mußte sich vergewissern, daß er sich in Sicherheit befand. Was, wenn er nun, wie so viele andere, zur Zwangsarbeit nach Deutschland geschickt worden war? Nach Frankreichs Kapitulation war die Verbindung zwischen ihnen abgerissen. Was, wenn Kate, die ihre amerikanische Staatsbürgerschaft nie aufgegeben hatte, verhaftet und deportiert worden war? Avigdor hatte sich die ganze Zeit größte Sorgen gemacht, weil über Mistral nicht die geringste Information an ihn gelangte.

Es war ein langer, anstrengender Weg mit dem Fahrrad, vom Bahnhof in Avignon bis nach Félice, doch Adrien Avigdor genoß ihn von Herzen. Während er von Beaumettes aus bergauf strampelte, wurde ihm klar, daß er sich beeilen mußte, wenn er La Tourrello noch vor der Sperrstunde erreichen wollte.

Erschöpft schob er das Fahrrad durchs Eichenwäldchen die Steigung zum *mas* empor, überquerte die Wiese und hämmerte an das hohe Tor, das er so gut kannte. Nach langem Warten öffnete Madame Pollison das kleine Holzfenster und schaute mit abweisender Miene heraus.

Avigdor lächelte diesem vertrauten Gesicht, das er während seiner Besuche in den vergangenen Jahren so gut kennengelernt hatte, freundlich zu. »Sicher glauben Sie, einen Geist vor sich zu haben, wie? Es ist wunderbar, Sie wiederzusehen, Madame Pollison, einfach wunderbar! Hoffentlich haben Sie noch eine gute Flasche Wein für mich im Keller! Na los, nun machen Sie schon auf! Wo ist Monsieur Mistral?«

»Sie können nicht hereinkommen, Monsieur Avigdor«, sagte die Frau.

»Warum – ist was passiert?« Ihr Ausdruck beunruhigte ihn zutiefst.

»Es darf überhaupt niemand herein, Monsieur.«

»Was reden Sie da? Ich bin den ganzen Weg von Avignon mit dem Fahrrad gekommen. Fürchten Sie sich vor irgend etwas, Madame Pollison?«

»Nein, Monsieur, aber ich habe strikte Anweisungen. Wir dürfen niemanden hereinlassen.«

»Aber ich muß Monsieur Mistral sprechen!«

»Er ist nicht da.«

»Aber, Madame Pollison, Sie kennen mich doch! Verdammt noch mal, wie oft war ich hier! Ich bin ein Freund – mehr als ein Freund. Kommen Sie, machen Sie auf – was ist denn nur los mit Ihnen?«

»Das war früher. Monsieur Mistral ist nicht da, und ich darf Sie nicht hereinlassen.«

»Wo ist er denn? Ist er zur Zwangsarbeit abgeholt worden? Wo ist er, Madame?«

»Ich hab's Ihnen doch bereits gesagt – Monsieur ist nicht da. Madame ist in ihrer Heimat geblieben. Ich kann nichts für sie tun. *Au revoir,* Monsieur Avigdor.« Damit zog die Haushälterin den Kopf zurück und warf ihm die Holzklappe vor der Nase zu.

Avigdor blieb fassungslos stehen. Der *mas* war so fest gesichert wie ein ummauertes mittelalterliches Dorf. Dieses Biest von einem Weib! Sie wußte genau, wie nahe er der Familie stand. Wo konnte Mistral sich aufhalten? Was würde Mistral mit ihr machen, wenn er herausfand, daß sie ihn fortgeschickt hatte? Abermals hämmerte er an das Tor, sah aber zuvor prüfend zum Himmel auf. Es war zwar noch hell, aber die Dunkelheit und damit die Sperrstunde nahten schnell. Er hatte gerade noch ausreichend Zeit, nach Beaumettes zurückzufahren.

Zornig fluchend wendete Avigdor sein Fahrrad; ehe er jedoch ins Eichenwäldchen fuhr, machte er noch einmal halt, drehte sich um und warf einen letzten, ungläubigen Blick zurück.

Dort oben, im hochliegenden Fenster des *pigeonnier* zeigte sich ein schwerer, unverwechselbarer Kopf. Julien Mistral sah zu, wie er davonfuhr. Mit seinen scharfen Augen erkannte Avigdor sogar den finster entschlossenen Ausdruck des Künstlers. Über die Entfernung sahen sie einander lange an. Dann zog Mistral sich vom Fenster zurück. Klopfenden Herzens eilte Avigdor wieder ans Tor und wartete darauf, daß Mistral ihm öffnete.

Minuten vergingen in der lautlosen Dämmerung, lange Minuten, in denen das Schweigen des *mas* immer lastender wurde, bis Adrien Avigdor endlich begriff und wieder auf sein Fahrrad stieg. Er hatte nicht geweint, als die Deutschen die Champs-Elysées entlangmarschierten. Er hatte nicht geweint, als er sich den Judenstern annähte. Er hatte nicht geweint, als seine Mutter starb. Jetzt weinte er.

Fünf Monate nachdem Avigdor seine Arbeit bei der Résistance begonnen hatte, landeten die Alliierten in Nordafrika, und die Deutschen besetzten das ganze Frankreich. In Avignon wurde eine große deutsche Garnison mit ihrer unvermeidlichen Gestapo-Abteilung eingerichtet, und fünf Kilometer von Félice, in Notre Dame-des-Lumières, wurden Truppen stationiert.

Beinahe zwei Jahre lang hatte Julien Mistral auf den Feldern gearbeitet. Selbst er war zu der Erkenntnis gezwungen gewesen, daß er Gefahr lief, zur Zwangsarbeit abkommandiert zu werden, wenn er nicht, wie jedermann in der Provence, offiziell bei der Lebensmittelproduktion mithalf. In jedem Fall mußte er den Boden bearbeiten, wenn er essen wollte. Die Geschäftsleute von Félice hatten praktisch keine Lebensmittel mehr zu verkaufen, auch nicht zu Wucherpreisen. Jetzt waren die Bauern die einzigen, die etwas zu essen hatten.

Mistral gab bei Tag seine Arbeitskraft auf den Feldern, bei Nacht malte er mit fest geschlossenen Fensterläden, damit niemand den matten Lichtschein der Kerzen sah. Kerzen, vor dem Krieg von Kate gehortet, von der vorausdenkenden Kate, die Seifenstücke gestapelt hatte wie Goldbarren, die trotz Mistrals Spott große Schränke mit Wolldecken und Dutzenden von schweren, handgewebten Leintüchern gefüllt hatte, die nie benutzt worden waren.

Jetzt dienten ihm diese Laken, nachdem er sie mit einem Leim aus Kaninchenknochen behandelt hatte, als Malleinwand. Sie waren unbezahlbar, sein kostbarster Besitz. Wie bitter er jetzt die Scheiterhaufen der früheren Jahre bereute! Was hätte er nicht darum gegeben, die alten Bilder noch zu haben, damit er sie übermalen konnte! Mit wachsender Verzweiflung sah er seinen Vorrat an Farben schwinden, obwohl er aufrichtig bemüht war, sie möglichst sparsam zu verwenden. Doch wenn er arbeitete, vergaß er zuweilen die Sparsamkeit und ging in der Trance kreativen Schaffens so verschwenderisch mit den Farben um wie früher.

Wenige Wochen nachdem die Deutschen nach Avignon gekommen waren, hielt ein schwarzer Citroën vor dem Tor von Mistrals *mas*. Ein deutscher Offizier in feldgrauer Uniform stieg aus, gefolgt von zwei Soldaten mit schußbereiter Maschinenpistole. Marte Pollison eilte herbei, um das Tor zu öffnen, damit sie hindurchfahren konnten.

»Wohnt hier Julien Mistral?« erkundigte sich der Offizier in passablem Französisch.

»Ja, Monsieur.«

»Dann holen Sie ihn.«

Kein Franzose folgte der Vorladung eines deutschen Offiziers ganz ohne Angst, nicht einmal Mistral, der kein auf BBC eingestelltes Radio versteckt hielt und nie an Unternehmungen der Résistance teilgenommen hatte.

Der Offizier stellte sich höflich vor. »Hauptmann Schmitt.« Dann reichte er Mistral die Hand. Auf eine Armbewegung des Deutschen hin ließen die Soldaten die Maschinenpistolen sinken.

»Es ist mir eine Ehre, Ihre Bekanntschaft zu machen, Monsieur Mistral«, erklärte Schmitt. »Seit Jahren schon bewundere ich Ihre Arbeiten. Ich bin sogar selbst so eine Art Maler – ein Amateur zwar, natürlich, aber ich liebe jede Art von Kunst.«

»Vielen Dank«, antwortete Mistral reserviert.

»Ich war bis vor kurzem in Paris stationiert und hatte das Vergnügen, Picasso in seinem Atelier aufsuchen zu dürfen. Ich hoffe, ich komme Ihnen nicht allzu ungelegen und Sie gestatten mir, mich in Ihrem Atelier umzusehen – ich habe soviel davon gelesen.«

»Aber gewiß«, gab Mistral zurück. Er ging in den Atelierflügel des Hauses voran. Schmitt betrachtete die Bilder, und seine bewundernden Ausrufe verrieten Einfühlungsvermögen, Intelligenz und eine gründliche Kenntnis von Mistrals Gesamtwerk. Vor dem Krieg war er, wie er erklärte, jedes Jahr im Herbst in Paris gewesen, um sich die neuen Ausstellungen anzusehen und die Runde durch die Museen zu machen. In seinem Haus bei Frankfurt hatte er ein eigenes kleines Atelier, und sogar jetzt, in Avignon, arbeitete er, wann immer er Muße hatte, an seiner tragbaren Staffelei.

Mistral starrte diesen höflichen, enthusiastischen, kultivierten Mann durchdringend an, den einzigen Menschen seit zweieinhalb Jahren, der seine neuen Bilder sah. Bilder, die seinen Körper, seinen Herzschlag, seinen Atem, die all seine lebenswichtigen Funktionen repräsentierten. Die Soldaten waren verschwunden.

»Nehmen Sie Platz«, sagte Mistral. »Ich hole Gläser. Wir wollen etwas trinken.«

Von da an wurde Hauptmann Schmitt regelmäßiger Gast im *mas* und tauchte alle zwei bis drei Wochen auf. Bei seinem ersten Besuch erbot er sich, Mistral Farben zu besorgen, und Mistral nahm das Angebot begeistert an.

Später im Jahr, als die Organisation Todt, die sehr schnell zum größten Arbeitgeber in Frankreich wurde, im Lubéron Tausende von Bauern zum Bau von U-Boot-Basen, Blockhäusern und Flugplätzen heranzog, ließ Schmitt sich Mistrals Akte geben und markierte sie so, daß er von jeder Arbeit befreit wurde, die ihn letztlich gezwungen hätte, doch noch sein Atelier zu verlassen.

Falls die Nachbarn über Mistrals Freundschaft – denn das war es allmählich geworden – mit einem deutschen Offizier sprachen, erfuhr Mistral nichts davon, denn er ging nicht mehr ins Café von Félice.

Als Mistral eines Tages erst spät von seinen Kohlköpfen zurückkam, kreischte Madame Pollison vor Zorn.

»Sie haben alles mitgenommen – alles! Sämtliche Hühner, die Steckrüben, die Marmelade, die Lebensmittelmarken – das ganze Haus haben sie durchsucht, diese Banditen, sogar mich selbst! Ach, Monsieur Mistral, wenn Sie nur hiergewesen wären...«

»Wer war das?« herrschte Mistral sie an.

»Ich weiß es nicht, ich hab sie noch nie gesehen, niemand aus der Gegend hier – junge Rabauken, Gangster, Verbrecher – sie sind durch den Wald weggelaufen, in Richtung Lacoste...«

»Waren sie auch im Atelier?«

»Überall waren sie, es gibt keine Tür, die sie nicht aufgemacht haben...«

Mistral lief ins Atelier und sah sich um. Als er herauskam, brüllte er: »Wo sind meine Laken?«

»Die haben sie auch mitgenommen, und die im Haus ebenfalls, und sämtliche Decken...«

Als Hauptmann Schmitt am Tag darauf zu Besuche kam, fand er Mistral, fahl und hohlwangig.

»Was ist los? Ist was passiert?«

»Man hat mich beraubt«, antwortete Mistral grimmig.

»Waren es Deutsche? Dann werde ich mich der Sache annehmen, das versichere ich Ihnen.«

»Nein. Ich weiß nicht, wer es war. Eine Bande von Vandalen.«

»Was haben sie gestohlen?« erkundigte sich Schmitt, beunruhigt von der verzweifelten Maske, zu der Mistrals Gesicht erstarrt war.

»Alles mögliche, unwichtige Dinge. Zur tiefsten, verdammten Hölle mit ihnen, aber warum haben sie meine Laken mitgenommen? Wie soll ich jetzt malen?«

»Wo sind sie hin?«

»Keine Ahnung – Madame Pollison meint, in Richtung Lacoste. Inzwischen können sie überall sein.«

»Ich werde sehen, was ich tun kann, um Ihnen etwas Leinwand zu verschaffen – leicht ist es nicht, aber ich werde mein möglichstes tun.«

Zwei Tage später kam Hauptmann Schmitt wieder, und sein Wagen war vollgepackt mit Mistrals großen Bettlaken.

»Keine Leinwand – aber Ihre Laken kann ich Ihnen zurückgeben«, berichtete er strahlend.

»Ja, aber wie...?«

»Wir haben die Diebe im Wald gefunden, ein ganzes Nest... Sie waren voll beladen mit Diebesgut, überall hatten sie requiriert. Sie gehörten zum *Maquis*.«

»Das kann nicht sein!«

»Och doch, Julien. Zwanzig Mann vom *Maquis*. Keine Sorge, diese Schweine werden Sie nicht wieder belästigen.«

Fünfzehntes Kapitel

Klein, dachte Teddy Lunel sehnsüchtig, jedoch ganz ohne Hoffnung, als sie sich im Klassenzimmer umsah, klein muß man sein, das ist die Lösung.

Wie oft hatte sie während der letzten sieben Jahre an der Elm School, einer kleinen Privatschule in der Nähe des Central Park West, endgültig geglaubt, die Tatsache, daß sie nicht beliebt war, müsse an der einen oder anderen ihrer Eigenschaften liegen, durch die sie sich von ihren Mitschülerinnen unterschied.

Im Gegensatz zu allen anderen Mädchen hatte sie zum Beispiel weder einen Vater noch eine Familie. Im Gegensatz zu den Müttern der anderen arbeitete die ihre den ganzen Tag. Sie hatte die dritte Klasse übersprungen und war ein Jahr jünger als ihre Klassenkameradinnen. Und nun war Teddy zu der Erkenntnis gekommen, daß es ihre Größe sein müsse, durch die sie in die Reihen der Außenseiter verwiesen wurde.

Nie wurde sie zu einer Geburtstagsfeier eingeladen, es sei denn, eine demokratisch eingestellte Mutter bestand darauf, die ganze Klasse einzuladen; wenn sich in den Unterrichtspausen Cliquen von Mädchen bildeten, die kichernd ihre Geheimnisse austauschten, wurde Teddy niemals hinzugewinkt, um an diesen Vertraulichkeiten teilzunehmen.

Diese Verfemung schien schon am ersten Schultag begonnen zu haben, doch es gab niemanden, der Teddy darüber aufklären wollte, daß es nur ihre so außergewöhnliche Schönheit war, die zwischen ihr und den anderen eine Mauer errichtete; niemanden, der sie darauf hinwies, daß ihre Altersgenossinnen gar nicht fähig waren, eine Schönheit zu akzeptieren, so kompromißlos, so unübersehbar, daß sie einer ganz anderen Spezies anzugehören schien.

Genau wie Teddy, wenn sie in den Spiegel blickte, nicht sehen konnte, daß sie schon jetzt eine klassische Schönheit war, vermochte sie die Situation nicht aus einem gewissen Abstand zu betrachten und das System des Zusammenlebens in der Schule zu begreifen. Wie sollte auch eine Dreizehnjährige mit philosophischer Gelassenheit jenes intuitive Bedürfnis verstehen, das nicht nur Kindern, sondern sämtlichen sozialen Gruppen eigen ist – das Bedürfnis nämlich, eine Hackordnung zu bilden?

Doch auch das Wissen hätte Teddy Lunel nicht getröstet, die mit dreizehn Jahren schon ihre voll ausgewachsene Größe von einssiebenundsiebzig erreicht hatte und damit um fast acht Zentimeter größer war als Mr. Simon, ihr Lehrer in der achten Klasse.

Maggy ahnte nichts von Teddys Position als eine der Parias ihrer Klasse. Denn Teddy hatte es nie übers Herz gebracht, diese deprimierende Tatsache der Mutter einzugestehen, die sie mit so unendlichem Stolz liebte, die Teddy nur glücklich sehen wollte und alles in ihr sah, was sie sich je von einem Kind erträumt hatte. Teddy wurde von der Angst gequält, ihre Position als einzige Freude im Leben ihrer Mutter zu gefährden, falls sie deren Liebe mit der Realität ihres abgrundtiefen Kummers und ihrer einsamen, hilflosen Verwirrung belastete. Schon sehr früh im Leben lernte sie dadurch, die Menschen zu täuschen, entdeckte sehr schnell, das Märchen von einem unbeschwerten Tag so perfekt zu erfinden, daß Maggy ihr alles glaubte und beruhigt war.

Maggy hatte oft das Gefühl, Teddy lasse eine ganz normale Eitelkeit vermissen. Aber das ist in Anbetracht ihres Alters vielleicht ganz gut so, dachte sie und kam sich dabei sehr klug und umsichtig vor. Teddy bestand aus romantischen Gegensätzen: Ihr Haar schimmerte von einem tiefdunklem Rot bis zu einem warmen Goldton, ihre Haut war sehr hell, und wenn sie errötete, glühte ihr Gesicht sekundenlang wie im Fieber; ihr zarter Mund war von einem so leuchtenden, natürlichen Rosa, daß es aussah, als trage sie Lippenstift. Unter den wunderschön gewölbten Brauen strahlten die Augen ihres Vaters abwechselnd in Blau, Grün und Grau, standen jedoch so weit auseinander wie bei Maggy. Ihre Nase war großartig, eine richtige Nase, dachte Maggy stolz, eine fein geschnittene, gut geformte, kräftige Nase, die Teddy einen leicht überheblichen Ausdruck verlieh. Zugegeben, es war vielleicht eine etwas zu ausdrucksvolle Nase für ein Kindergesicht, aber das würde die Zeit ausgleichen. Maggy sah in Teddy eigentlich nie ganz einfach ein Kind unter Kindern, denn ihr geübtes Auge, immer bereit, Schönheit zu entdecken, sah in ihr die Frau, die sie einmal werden würde, und nicht das zu groß geratene, zu stolze, zu außergewöhnlich wirkende Mädchen.

Maggy hatte keine Ahnung, daß Teddy mit Freuden ihre Schönheit hergegeben hätte, um dafür klein und niedlich zu sein. Es bekümmerte sie nur, daß Teddy keinen einzigen Verwandten auf der Welt besaß, keine Familie außer ihr selbst.

In den Anfangstagen der Lunel Agency, als Maggy noch von ihrer Wohnung aus arbeitete, hatte sie voll Dankbarkeit bemerkt, daß ihre ersten Modelle Teddy wie eine kleine Schwester behandelten. Als Maggy bald darauf in eine Büroflucht im Haus der Carnegie Hall umzog und mit jedem Jahr mehr Telefonanschlüsse, mehr Assistentinnen und mehr Büroräume hinzunahm, wurde Teddy in einem ruhigen Winkel ein eigener Schreibtisch eingerichtet. Die Lunel-Girls, inzwischen einhundertzwanzig, kamen immer wieder einmal schnell zu Teddy in ihr »Privatbüro«, um sie in den Arm zu nehmen, ihr das neueste Foto von sich zu zeigen, über ihre schmerzenden Füße zu klagen oder um einen Apfel aus dem Korb auf Teddys Schreibtisch zu bitten, den Maggy ständig wohlgefüllt hielt. Sie sind eine wunderbare Familie von Verwandten ehrenhalber, dachte Maggy trotzig, wenn sie nach Büroschluß am Samstag bei *Saks* oder *De Pinna* noch mehr Kaschmirpullover in Pastellfarben, noch mehr kostspielige importierte Tweed- oder Flanellröcke kaufte, die Teddy in die Schule anziehen sollte.

Die Elm School lag nur eine kurze Wegstrecke von der großen, hochgelegenen Wohnung entfernt, die Maggy im hübschen San Remo House Ecke Seventy-fourth Street und Central Park West mit Blick auf den Park gemietet hatte. Die Hochhäuser der Fifth Avenue waren durch die ganze Breite des Parks von ihnen getrennt, und genau dieser Abstand war es, aufgrund dessen Maggy sich für diese Wohnung entschieden hatte, obwohl sie es sich mühelos leisten konnte, im elegantesten Teil der East Sixties oder Seventies zu wohnen und ihre Tochter auf eine bekanntere, vornehmere Schule zu schicken.

Doch auf der East Side wäre Teddy ständig Gefahr gelaufen, einem Kilkullen, McDonnell, Murray oder Buckley zu begegnen. In einer Großstadt ist es geradezu lächerlich einfach, aus dem kleinen Kreis vornehmer Viertel und Schulen zu verschwinden. Vor allem, dachte Maggy, wenn man nie richtig dazugehört hat.

Teddy durchstreifte das San Remo, als sei es ihr Eigentum. Es gab nicht einen der schwarzen Liftboys, dessen Lebensgeschichte sie nicht kannte; sie war der Liebling der gestrengen Portiers, die ihr bereitwillig ein Stück Kreide liehen, damit sie auf dem Bürgersteig Kästchenhüpfen spielen konnte, das sie mit ihren langen Beinen natürlich perfekt beherrschte. Außerhalb der Schule war sie ein lebhaftes, gesprächiges Kind und wirklich ständig in Bewegung: auf Rollschuhen, mit dem Fahrrad oder, im Winter, mit dem Schlitten, auf dem sie bäuchlings die Hügel im Park hinabrutschte.

Es gab aber auch Tage, gewöhnlich im Frühling, Tage, an denen ein sanfter Regen fiel und die ersten Forsythien ihre goldgelbe Verheißung über den grauen Park verteilten. Voll überschäumender Phantasie, mit aufkeimender Hoffnung und schwellendem Herzen träumte Teddy vage, köstliche Träume von Liebe und fragte sich, wann, ach, wann sie wohl Wirklichkeit werden würden.

Als Teddy mit dreizehn die Grundschule abschloß, hielt sie an der Spitze ihrer Klasse in der Aula Einzug – eine Entscheidung ihrer Lehrer nach einer halbstündigen Debatte über die Frage, ob sie mit ihrer Länge weniger auffiel, wenn sie als erste oder wenn sie als letzte ging, denn in der Mitte der Reihe wirkte sie ganz eindeutig unmöglich.

Sie trat vor, um ihr Diplom entgegenzunehmen, und die Zuschauer brachen in Beifall aus. Maggy hatte Darcy, die Longworths, Gay und Oliver Barnes und ein Dutzend ihrer Lieblingsmodelle eingeladen, damit sie dabei waren, wenn ihre Tochter von der Grundschule Abschied nahm. Die zwölf schönsten Covergirls von 1941 in ihren elegantesten

Hüten jubelten, riefen und pfiffen, als Teddy mit so graziösen Bewegungen vortrat, daß sie sogar einige von ihnen in den Schatten stellte.

In der High School schloß Teddy kurz entschlossen ein Bündnis mit den unbeliebten Mädchen ihrer Klasse und machte sie zu ihren Freundinnen.

Nach der Schule ging Teddy nun nicht mehr zur Lunel-Agency oder in den Park, sondern machte mit ihren neuen Verbündeten Hausaufgaben. Zu viert setzten sie sich bei der einen oder anderen zu Hause zusammen und erledigten ihre Aufgaben so schnell wie möglich, damit sie zur Hauptbeschäftigung des Nachmittags übergehen konnten, den unweigerlich in kleinste, faszinierendste Details gehenden Gesprächen über ihre romantischen Träume. An einen speziellen Jungen dachten sie dabei nicht, nur an das unbestimmte Bild eines Mannes irgendwann in der fernen Zukunft. Die brennendste Frage, mit der sie sich herumschlugen, galt dabei der Hochzeitsnacht. Wie konnte man ein Nachthemd tragen, wie es ihre Mütter besaßen? Schließlich waren diese Nachtgewänder durchsichtig: Sie hatten alle heimlich in den Schubladen der Mütter gewühlt, die hübschen, eleganten Dinger emporgehalten und diese unbegreifliche, erschreckende Tatsache bestätigt gefunden. Wie gelangte man vom Badezimmer zum Bett – in einem Nachthemd, das praktisch durchsichtig war? Wie konnte man – angenommen, man trug einen Bademantel über dem Nachthemd – diesen Bademantel jemals ablegen? Legte man sich tatsächlich ins Bett? Oder legte man sich nur obendrauf? Und was dann? An diesem Punkt endeten die Diskussionen in Anfällen von Gekicher, und die Mädchen begaben sich in die Küche, um sich mit Cola und Keksen zu stärken.

Eines Tages hatte Teddy versucht, ihnen zu schildern, was dann kam. »Der Vater holt seinen Penis heraus, steckt ihn in die Vagina der Mutter, und dann kommen Samen heraus, die anfangen zu schwimmen...« Sie wurde von einem Chor entsetzter, angewiderter Quietschlaute unterbrochen. Diese ekelhaften Einzelheiten wollten ihre Freundinnen nicht hören und konnten einfach nicht glauben, daß Teddys Mutter ihr all diese widerlichen Geschichten erzählt hatte. Mit knapp vierzehn Jahren hatten sie sich noch nicht vom Schock ihrer ersten Periode erholt, und das, was Maggy als Tatsachen des Lebens bezeichnete, war viel zu unromantisch und viel zu klinisch für sie.

Was, fragte sich Teddy, würden sie dann aber wohl denken, wenn sie die ganze Wahrheit über *sie* wüßten? Wenn sie sich nicht mal anhören konnten, wie ein Baby entstand, was würden sie sagen, wenn sie erfuhren, daß sie ein Bankert war? O ja, Mom hatte natürlich einen anderen Ausdruck gebraucht, aber das änderte schließlich nichts an der Tatsache selbst.

Sie sei *un enfant naturel,* hatte Maggy ihr erklärt, und sie war mit diesem Bewußtsein aufgewachsen, obwohl sie erst viel später dahinterkam, was es bedeutete. Wie hatte Maggy ihr klargemacht, daß ihre Abstammung etwas war, dem sie niemals nachforschen durfte? Wie hatte sie ihr beigebracht, auf eine Art und Weise zu sagen, ihr Vater sei tot, die alle weiteren Fragen unmöglich machte? Das konnte sie sich nicht einmal selbst erklären, aber es war sehr lange her, und sie akzeptierte es hundertprozentig.

Wie um sich selbst zu schützen, wich Teddy von da an vor dem verbotenen Thema zurück. Es war ein so absolutes, so strenges Verbot, daß sie Maggy nie mehr danach zu fragen wagte. Und dieses Tabu bildete für immer eine Barriere zwischen Teddy und ihren Freundinnen, denn keine von ihnen hatte ein echtes Geheimnis. Im Gegenteil: Hauptziel ihrer gemeinsamen Freundschaft war es, Geheimnisse zu teilen, sich einander anzuvertrauen und in der schwierigen Phase der Pubertät einander Begleiterin und Kameradin zu sein.

Maggy hatte Teddy nur wenig von ihrem Vater erzählt. Als sie fand, Teddy sei alt genug, um es verstehen zu können, erzählte sie ihr, er sei irisch-katholischer Abstammung gewesen und, bevor er einem Herzinfarkt erlag, durch die Gesetze seines Glaubens daran gehindert worden, sie zu heiraten. In einem so angespannten, so abweisend traurigen Ton sprach sie diese wenigen, zögernden Worte, daß sie allein dadurch weitere Fragen verhinderte, die Teddy ihr vielleicht hätte stellen wollen.

Teddy betete ihre Mutter an, fürchtete sich aber auch ein wenig vor ihr. Das taten viele.

Die Gewohnheit, Befehle zu erteilen, das Oberkommando

über eine wachsende, blühende Firma zu führen, hatte Maggys Wesen eine einschüchternde Dimension verliehen, die beinahe jede andere Frau der vierziger Jahre vermissen ließ. Es war eine Dimension, die es zwar schwermachte, sie als mütterliche Frau zu sehen, jedoch sehr leicht, sie sich als »Boß« vorzustellen, wie ihre Mädchen sie alle nannten. Besonders wenn sie zornig war, erfand jedes Mädchen, das mehr als ein einziges Pfund zugenommen hatte, irgendeine Ausrede, um nicht in die Agentur kommen zu müssen, legte jedes Modell, das am Abend zuvor zu lange im *Stork Club* oder im *El Morocco* gewesen war, ihr Make-up besonders sorgfältig auf, und keine, nicht eine einzige, kam auch nur eine Minute zu spät zu einem Termin.

Mit ihren vierunddreißig Jahren war Maggy erst recht eine anerkannte Schönheit. Mit siebzehn hatte sie sieben Jahre älter ausgesehen; jetzt wirkte sie jünger als ihre Altersgenossinnen. Die Zeit hatte die Umrisse des Knochenbaus unter ihrer straffen, immer noch leuchtenden Haut nur noch betont. Ihre Bewegungen waren sehr selbstbewußt geworden, der Glanz ihrer pernodfarbenen Augen war durch Geist und Erfahrung noch strahlender geworden.

Im Büro erschien Maggy stets nur in schwarzen oder grauen, während des Sommers in weißen Kostümen, von Hattie Carnegie in fast übermenschlicher Perfektion geschnitten. Stets trug sie die burmesischen Perlen, die sie zum zwanzigsten Geburtstag bekommen hatte, und dazu täglich eine frische, rote Nelke am Jackenaufschlag. Titania von Saks, Fifth Avenue entwarf die bezaubernden Hüte, die sie auch im Büro nicht ablegte, eine Gewohnheit, die auch den meisten Top-Modejournalistinnen ihrer Zeit eigen war. Maggy war mit ihnen allen befreundet; oft ging sie mit der einen oder anderen zum Lunch.

Abends war sie stets mit Jason Darcy zusammen, ihrem besten Freund, langjährigem Liebhaber und Mitverschwörer, dem Mann, den sie niemals heiraten würde. Ihre intimste Freundin, Lally Longworth, hatte sie vor Jahren einmal zur Rede gestellt: »Bist du total verrückt geworden, Maggy Lunel?« hatte sie gefragt. »Darcy würde nichts lieber tun als dich heiraten. Warum in aller Welt sagst du nicht ja?«

»Ach Lally, ich möchte mich nie wieder von einem Mann abhängig machen. Und wenn ich ihn heirate, weiß ich genau, was passieren wird. Langsam, aber sicher werde ich immer weniger arbeiten können, bis ich eines Tages meine Agentur ganz aufgeben und nur noch Darcys Gefährtin sein werde, mit ihm reisen, mich um unsere Häuser, unsere Dienstboten und unsere Dinnereinladungen, ja vielleicht sogar unsere Kinder kümmern muß. Ich wäre in seiner Gewalt, Lally, und das darf mir nie wieder passieren. Ich kann mich nicht darauf einlassen, daß ein Mann mich ernährt und versorgt. Es ist viel besser, wenn wir weitermachen wie bisher: Darcy weiß, daß er mich hat, es gibt keinen anderen Mann, der mir etwas bedeutet. Und wenn ihm das nicht genügt, dann tut es mir leid, aber anders geht es für mich leider nicht.«

»Und ich wollte so gern eure Hochzeit ausrichten!« klagte Lally in übertrieben enttäuschtem Ton, war insgeheim aber entsetzt von Maggys negativen Ansichten über die Ehe.

Maggy wußte, daß Teddy Vermutungen über ihr Verhältnis zu Darcy anstellte, doch wie konnte sie das einem Teenager erklären? Ach Gott, es gibt ja so vieles, das ich Teddy nicht erklären kann, dachte sie mit einem allzu vertrauten, angstvollen Schuldgefühl. Nie hatte sie Teddy zum Beispiel erzählt, daß sie selbst ebenfalls unehelich geboren war. Statt dessen hatte sie eine Geschichte erfunden, nach der sie sehr früh die Eltern verloren hatte. Ein weiteres Problem war, daß Teddy keine festumrissene Religion hatte. Maggys eigene – jüdische – Identität war, obwohl sie in einer eng verbundenen jüdischen Gemeinde herangewachsen und Rabbi Taradash für sie ein Vorbild an jüdischer Würde und Weisheit gewesen war, niemals von der Religionsausübung abhängig gewesen. Nachdem sie von zu Hause durchgebrannt war, hatte sie nie mehr das Bedürfnis gehabt, spezifische Traditionen fortzusetzen. Sie *fühlte* sich als Jüdin, empfand jedoch keinerlei Verpflichtung, praktizierende Jüdin zu sein. Die Menora, die in Paris zurückgeblieben war, hatte sie sich nie nachschicken lassen und auch nicht den Mut gehabt, sie zu ersetzen.

Spät erst schickte sie Teddy einmal zur Sonntagsschule in die Spanisch-Portugiesische Synagoge am Central Park West. Ein einziger, verwirrender Vormittag genügte Teddy für die Erkenntnis, daß alle außer ihr sich dort auskannten, und sie beschloß, nie mehr wieder dorthin zu gehen. Etwas später wagte sie sich in die St. Patrick's Cathedral, setzte sich unauffällig in eine Bank und sah sich mit schüchterner Neugier um.

Dieses unermeßlich große Steinbauwerk, diese sanft summende Höhle mit ihren blauen, roten und goldenen Lichtern, diese vielen Reihen von Kerzen, diese ernsten, verschlossenen Menschen, die so gelassen hier umhergingen – was hatte sie mit ihnen zu tun? Nicht mehr als mit denen in der Synagoge, stellte sie fest. Sie war ebensowenig katholisch wie jüdisch. Und Maggy erklärte sie, sie sei Pantheistin oder vielleicht auch Heidin, je nachdem, wer von den beiden stärkere Gefühle entwickelte für blühende Apfelbäume, die Schwestern Brontë, Trauerweiden, Siamkatzen, die Hot Dogs von Jones Beach und die Fähre nach Staten Island.

»Patsy Berg hat das Ding von einem Jungen angefaßt!« berichtete Sally den Freundinnen im Ton ungläubiger, doch faszinierter Verwunderung.

»Das glaub ich nicht!« gab Mary-Anne überwältigt zurück.

»Wenn das stimmt, dann muß er sie dazu gezwungen haben«, behauptete Harriet mit der Miene einer Frau, die über ein weit überlegenes Wissen verfügt.

Teddy schwieg. Sie hätte alles darum gegeben, das Ding von einem Jungen bloß mal zu *sehen*. Es zu berühren, davon wagte man nicht mal zu träumen.

Sie war jetzt fast sechzehn, und erst ein einziger Junge wollte sich mit ihr verabreden: Melvin Allenberg, Harriets Cousin zweiten Grades. Melvin war klein, beinahe zwergenhaft, und trug eine dicke Brille, aber wenn er lachte, lag etwas in seinem Grinsen, das sie für den Bruchteil einer Sekunde an Van Johnson erinnerte, nur eben, daß Melvin weder groß noch blond oder ansehnlich war. Andererseits hatte er keine Pickel. Als Melvin Allenberg Teddy das nächstemal ins Kino einlud, ging sie mit.

Vom ersten Augenblick ihrer Bekanntschaft an hatte Melvin sich erträumt, Teddy in einer Umarmung zu halten, in der sich Ehrfurcht mit Verlangen mischte. In seiner Phantasie lebte er immer wieder auf einer nur von großen, wunderschönen Frauen bewohnten Insel, die auf seinen Befehl hin alles taten, was er verlangte.

Vor dieser Verabredung rasierte sich Teddy als erste der vier Freundinnen die feinen, goldenen Härchen von den Beinen. Die anderen sahen ihr zweifelnd zu. »Ich kann mir einfach nicht vorstellen, daß du das alles für meinen Cousin Melvin tust – du mußt verrückt sein, Teddy Lunel«, sagte Harriet, die kritischste von allen. »Weißt du, was seine Mutter meiner Mutter von ihm erzählt hat? Er ist nicht normal! Angeblich hat er diesen wahnsinnigen IQ, aber er sagt, er will nicht aufs College gehen, er interessiert sich nicht für Sport, er interessiert sich für gar nichts außer seiner idiotischen Kamera und der Dunkelkammer, die er sich in seinem Wandschrank eingerichtet hat. Kein Dienstmädchen will bei Tante Ethel bleiben, weil Melvin sie dauernd drängt, sie sollen für ihn posieren. Einmal hat meine Tante Hunderte von unanständigen Zeitschriften in seinem Zimmer gefunden. Paß lieber auf bei dem, Teddy. Er reicht dir zwar wirklich kaum bis zur Schulter, aber wer weiß, was in seinem Kopf vorgeht?«

Teddy lächelte Harriet zu und dachte: Die sind alle zusammen bloß neidisch. Keine von ihnen hat bisher eine Verabredung gehabt.

Während des ganzen Films wagte sie nicht, Melvins Blick zu begegnen, war sich aber dessen bewußt, daß er sie pausenlos anstarrte.

Als sie nach dem Kino Waffeln aßen, erklärte Melvin feierlich: »Teddy Lunel, du bist das schönste Mädchen von der Welt.«

»Wirklich?« hauchte sie zurück.

»Ganz zweifellos.« Seine Brillengläser funkelten. »Ich bin ein anerkannter Connaisseur weiblicher Lieblichkeit.«

»Das glaube ich nicht!«

»Was du glaubst, spielt keine Rolle. Das hat gar nichts damit zu tun.«

Teddy errötete, und in ihren Ohren rauschte es. Von allen Komplimenten, die sie von den Erwachsenen bekommen hatte, war keins von Bedeutung für sie gewesen – aber dies! Es war deutlich zu erkennen, daß Melvin seine Worte ernst meinte. Er sprach, als verkünde er eine dokumentarisch belegte akademische These, in seiner Stimme lag ein abwägender Ton, und hinter seiner Brille entdeckte sie leuchtende, kluge und sehr große, sehr klare blaue Augen. Sein ganzes komisches, kleines Gesicht kündete von absoluter Überzeugung.

»Ich habe beschlossen, dich Red zu nennen«, fuhr er fort. »Jede schöne Frau braucht einen Kosenamen, damit sie nicht allzu einschüchternd wirkt. Wenn ein Mann dich ansieht, Red, dann sieht er etwas, wovon er nie gedacht hat, es könnte außerhalb der Kinoleinwand existieren, deswegen hat er Angst. Das wird mal eins von deinen Problemen sein – die Leute so weit zu bringen, daß sie dich ganz normal behandeln ... in ganz normalen menschlichen Kontakt mit ihnen zu kommen ... Wahrscheinlich wird das praktisch unmöglich sein. Die schönen Frauen leiden alle unter demselben Nachteil: Nur eine ganz besondere Art von Mann kann sie verstehen.«

»Melvin Allenberg, du bist verrückt.« Teddy war ganz überwältigt von all den intimen, schmeichelhaften Dingen, die er so ruhig, mit einer so großen Sicherheit aussprach.

»Denk mal darüber nach, Red«, verlangte er ruhig. »Eines Tages, wenn wir beide reich und berühmt sind, wirst du mir zugeben, daß ich recht gehabt habe.«

Teddy konnte nicht antworten. Seine Worte hatten auf sie gewirkt, als weise plötzlich ein Lichtstrahl bis in die ferne Zukunft hinein und beleuchte niemals erträumte Ausblicke, als sei Teddy Lunel ein anderer Mensch, der sich leichtfüßig in einer Welt bewegte, in der das Unmögliche möglich wurde. Etwas regte sich in ihr, und sie fragte bewußt provokativ: »Was ist eine unanständige Zeitschrift, Melvin?«

»Ach so, das hat Harriet dir wohl gesagt. Nicht mal eine Sammlung künstlerischer Photographien kann ich anlegen, ohne daß meine Familie mich für einen *dirty old man* hält. Findest du, daß ich so aussehe, Red?«

»Das hat Harriet nie gesagt«, verteidigte Teddy ihre Freundin. »Bevor du mich ins Kino eingeladen hast, hat sie überhaupt nicht von dir gesprochen.«

»Na ja, dich hat sie mir gegenüber auch nie erwähnt, also ist das nur fair.«

»Hat Harriet dir von meiner Familie erzählt – von meinem Vater?«

»Nein. Hätte sie das tun sollen?«

»Na ja ... Er war bei der Abraham-Lincoln-Brigade ...

und ist in Spanien beim Kampf gegen die Faschisten gefallen. Er war ein Held.«

Melvin blinzelte gerührt mit den Augen. »Gott, mußt du stolz auf ihn sein!«

»Bin ich auch. Meine Mutter ist nie ganz darüber hinweggekommen. Sie vergräbt sich in ihre Arbeit. Sie ist Französin, weißt du. Ihre Familie war aristokratisch, und fast alle Mitglieder wurden in der Französischen Revolution geköpft. Mom ist die letzte ihrer Linie ... oder vielmehr, ich bin es«, behauptete Teddy verträumten Tones.

Vor Ehrfurcht schluckte Melvin dreimal hintereinander. Kein Wunder, daß Red anders war als alle anderen Mädchen, die er kannte! »Gehst du viel aus?« erkundigte er sich vorsichtig.

»Mom ist furchtbar streng mit mir. Ich darf nur zweimal pro Woche ausgehen: freitags und samstags.«

Solcherart an die Zeit erinnert, warf Melvin einen Blick auf die Uhr. »Komm jetzt, Red. Spätestens halb zwölf, hat sie gesagt. Ich will nicht, daß du Ärger kriegst.«

Vor Teddys Wohnungstür blickte Melvin zu Teddy auf, die auf dem Heimweg merkwürdig still gewesen war.

»Hast du ›Jane Eyre‹ schon gesehen?« Er war zwar klein und sah komisch aus, aber er scheute sich nicht, nach allem zu fragen, was er sich wünschte, und mochten die Chancen auch noch so gering sein.

»Nein«, antwortete Teddy, die den Film dreimal gesehen hatte.

»Möchtest du nächsten Samstag hingehen? Das heißt natürlich, falls du Zeit hast.«

»Hmmm ... Könnten wir Freitag gehen? Am Samstag bin ich leider schon besetzt.«

»Abgemacht«, sagte er strahlend. Wieder einmal hatte er mit der simplen Tour, die den meisten Jungen mit achtzehn unbekannt war, sein Ziel erreicht. »Hoffentlich hat es dir ebenso gut gefallen wie mir. Hör zu, ich weiß, daß du nicht die Sorte Mädchen bist, die sich vor der dritten Verabredung von einem Jungen küssen läßt, aber meinst du nicht, es täte dir gut, diesmal eine Ausnahme zu machen?«

Teddy zögerte keine Sekunde. Sie nahm ihm die Brille ab, schlang ihm die langen Arme fest um den Hals und drückte sein Gesicht voll heißer Dankbarkeit an ihr Schlüsselbein. Er machte sich los. »Aber doch nicht so, Red! Komm her, beug dich runter und halt still!« Er pflanzte ihr einen keuschen Kuß auf die Lippen. »So! Und laß dir das von keinem andern gefallen. Versprichst du mir das?«

»Ich verspreche es dir«, hauchte Teddy. Männliche Lippen fühlten sich anders an als weibliche, sie waren stachlig an den Rändern. Wer hätte das gedacht? »Aber sag keinem was«, flüsterte sie eindringlich. »Sonst ist mein guter Ruf dahin.«

Sechzehntes Kapitel

»Was hast du ihm gesagt?« Bunny Abbott, Teddys Zimmergenossin in Wellesley, war verblüfft. Gerade, als sie sich an die köstlichen Eskapaden gewöhnt zu haben glaubte, die Teddy sofort zur Legende bei den vierhundert Erstsemestern werden ließen, die im Herbst 1945 mit ihr im College Einzug hielten, kam eine neue Caprice zum Vorschein.

»Ich hab nur vier Zentimeter dazugeschwindelt und ihm erklärt, ich sei einsdreiundachtzig«, wiederholte Teddy gelassen. »Wenn sie das hören, verlieren sie plötzlich das Interesse – es sei denn, sie sind einsachtundachtzig und einsneunzig. Dadurch eliminiert man die Knirpse.«

»Warum verabredest du dich überhaupt noch mit Unbekannten?« fragte Bonny. »Du kannst sie doch kaum noch in deinen Terminkalender reinquetschen.«

»Ach weißt du – sie amüsieren mich. Es ist fast wie beim Auspacken von Weihnachtsgeschenken.« Teddy gab sich Mühe, lässig zu klingen, denn sie wußte genau, daß sie es den anderen nicht erklären konnte. Am Tag ihrer Ankunft in Wellesley war sie neugeboren worden und lebte von da an in einem so unerwarteten Rausch, daß sie bei Nacht stundenlang wach lag, weil sie versuchte, die Dimensionen der schier unbändigen Freude, die sie empfand, festzuhalten und zu erforschen.

Teddys Leben war zu einem erregenden Taumel der Popularität geworden; jeden Nachmittag klingelte das Telefon im Wohnheim mindestens ein Dutzendmal für sie. In Wellesley hatte Teddy endlich die Zauberbühne gefunden, auf der es nicht schadete, anders zu sein.

Auch ihre Klasse hatte den obligatorischen Prozentsatz intelligenter Mädchen, die bis tief in die Nacht hinein büffelten; andere konzentrierten sich darauf, einen Platz in der Rudermannschaft zu ergattern, die gegen Radcliffe antrat; es gab Mädchen, die sich um kaum etwas anderes kümmerten als um Kunst, Musik oder Philosophie, und wieder andere spielten den ganzen Nachmittag Bridge, während sie dabei Socken strickten. Na schön, Teddy Lunel interessierte sich beinahe ausschließlich für Jungen – doch wen kümmerte das, solange sie nicht im College durchfiel? Sie war intelligent genug, um in Wellesley aufgenommen worden zu sein, also gehörte sie automatisch dazu.

Der Wellesley-Campus war vornehmer Schauplatz jener wahren Epidemie von Verabredungen, die seit Herausgabe des kleinen, roten Erstsemester-Handbuchs mit den Fotos der Jahrgangsteilnehmer samt Namen und Heimatstadt entstanden war. Das Buch sollte den Erstsemestern helfen, einander schneller kennenzulernen, aber es war noch keine vierundzwanzig Stunden alt, da hatten zahlreiche Exemplare schon den Weg zu sämtlichen Jungen-Colleges von New England gefunden, deren Reihen zur Zeit durch heimkehrende Teilnehmer am Zweiten Weltkrieg ergänzt wurden.

In der zweiten Woche des ersten Semesters war Teddy bereits zu jedem wichtigen Football-Wochenende der Ivy League bis zu den Weihnachtsferien eingeladen worden und sie hätte jeden Abend der Woche mit einem anderen Studenten vom nahe gelegenen Harvard zum Essen ausgehen können.

Als sie in den Weihnachtsferien nach Hause kam, erkannte Maggy, daß ihre hoch aufgeschossene Tochter zu einer jungen Frau geworden war, die verführte und bezauberte, selbst wenn sie ganz einfach stillstand. Im Kühlschrank lagerte ein Berg Orchideen-Gestecke, jeden Tag brachte die Post Liebesbriefe, jeden Abend ging Teddy aus und schlief am folgenden Tag bis mittags. Immerhin besser, sie war eine absolut herzlose und erbarmungslose Flirterin, als eine Törin, die jeder Mann ausnutzen konnte, nur weil sie sich einbildete, er liebe sie.

Übermütig wirbelte Teddy durch die ersten College-Jahre. Sie erwarb allmählich eine gewisse Selbstsicherheit, die als eine bezaubernde Art strahlenden Glücks ausgelegt wurde, als hätte es auf der Welt niemals etwas gegeben, das sie aus der Fassung gebracht, nervös gemacht oder bekümmert hätte. Jeden Raum betrat sie mit der heiteren Gewißheit, willkommen zu sein, jede Veränderung nahm sie hin, als sei sie zu ihrem persönlichen Vergnügen geplant worden.

Ich kann nicht glauben, daß mir dies passiert, dachte sie immer wieder, sagte es aber niemals laut, denn hinter all ihren Triumphen lauerte die Furcht, daß sie sich ebenso plötzlich wieder zum Außenseiter gestempelt sehen würde, wie ihre Träume von Popularität wahr geworden waren.

Von dieser neuen Realität konnte Teddy niemals genug bekommen. Irgendwie drang die Wirklichkeit niemals so tief in ihr Unterbewußtsein ein, daß sie zur sicheren Erfahrungsbasis wurde, auf die sie ihre Gefühle gründen konnte. Den äußeren Erfolg konnte sie nicht voll und ganz zum Bild ihrer eigenen Persönlichkeit verarbeiten. Deshalb gediehen die Phantasien, die Teddy sich von sich selbst machte, und ließen sie für Melvin Allenberg einen in Spanien gefallenen Vater und eine aristokratische französische Abstammung erfinden.

Bei einem Spiel Harvard gegen Yale erzählte Teddy ihrem Begleiter: »Mein Vater hat in Harvard studiert. Als er noch lebte, ist er mit mir zu allen Harvard-Spielen gegangen, die in der Nähe von New York stattfanden. Er starb beim Bergsteigen in Tibet – aber die anderen hat er noch retten können.« In Princeton, bei einer Gruppe, die ihre Pläne für den Sommer besprach, wurde sie sentimental. »Als ich noch klein war, habe ich jeden Sommer im Château meiner Familie in der Dordogne verbracht – die Lunels leben in der Dordogne, solange man denken kann – das Château hat hundert Zimmer, die Hälfte davon zerfallen – seit Großvaters Tod bin ich nicht mehr dort gewesen.« Als das Gespräch auf die Weihnachtsferien kam, erzählte Teddy: »Wir sind immer zu meiner Ururgroßmutter nach Quebec gefahren. Sie hatte immer den größten Weihnachtsbaum, den es gab – eine Fichte, mindestens neun Meter hoch –, um die bin ich mit all meinen kleinen Vettern und Cousinen herumgetanzt, das müssen zwei Dutzend gewesen sein ... Nein, heute sehen wir uns nicht mehr. Nach dem Tod meines Vaters hat meine Mutter sich mit seiner Familie zerstritten. Weil sie ihr die Schuld an seinem Tod gaben. Er starb bei einem Geheimauftrag für General de Gaulle. Nein, was für ein Auftrag das war, hat bis heute kein Mensch erfahren.«

Ihre Erzählungen wurden nie in Frage gestellt; ein so ungewöhnlich aussehendes Mädchen mußte tragische und romantische Geschehnisse in ihrer Vergangenheit haben.

Maggy machte es sich zum Prinzip, Teddys Verehrer möglichst alle kennenzulernen. Die ständig wechselnde Parade der jungen Männer in Kamelhaarmänteln mit den frischen Gesichtern, die alle respektvoll und im Grunde unschuldig aussahen, war ihr eine Beruhigung. Es sind ja nur Kinder, dachte sie, und wirklich ganz harmlos.

»Keine Frage, die Sicherheit liegt in der Menge«, erklärte sie Lally Longworth. »Es ist mir lieber, Teddy geht mit Dutzenden von Jungen aus, als nur mit einem oder zweien. Jetzt, wo sie im College lebt, ist es zu spät, das ist mir klar, aber ich habe das beunruhigende Gefühl, den Kontakt mit ihr verloren zu haben... als hätte mein Herz einen Takt ausgesetzt... Ich sage mir ständig, ich hätte irgend etwas tun müssen, um mein Verhältnis zu Teddy enger zu gestalten, um sie besser kennenzulernen. Ehrlich gesagt ist sie mir ein Rätsel, Lally, dabei hab ich ihr alles gegeben, was ich zu geben hatte... Ich liebe sie so sehr... Also, ich weiß einfach nicht!«

»Die Hälfte der Mütter, die ich kenne, sagen das gleiche von ihren Töchtern«, entgegnete Lally voll Behagen und aus der uneinnehmbaren Festung ihrer kaum betrauerten Kinderlosigkeit heraus. »Sobald sie aufs College gehen, werden sie ihren Müttern fremd. Bist du sicher, daß es keinen Mann in Teddys Leben gibt? Sie wird bald zwanzig. Ich möchte wissen, was du in ihrem Alter getan hast!«

»Ich war den ganzen Tag mit Anproben beschäftigt und habe gelebt wie eine Frau«, antwortete Maggy nachdenklich. »Wir sind in Frankreich um soviel schneller erwachsen geworden. Oder es waren ganz einfach die zwanziger Jahre – ich weiß es nicht... Teddy behauptet, daß diese Knaben gar nicht daran denken – geschweige denn versuchen –, sie zu verführen... Hältst du das für möglich?«

»Selbstverständlich! Was redest du da, Maggy Lunel? Ein netter Junge versucht niemals, ein nettes Mädchen zu verführen.«

Kommt immer drauf an, was man unter »nett« versteht, dachte Maggy und erinnerte sich daran, wie ihr die heißen Rhythmen der Hawaiigitarren ins Blut gegangen waren, erinnerte sich einer Frühlingsnacht, in der fünfhundert Personen beim Anblick ihres nackten Körpers laut und begeistert gejohlt hatten.

Doch Lally Longworth hatte recht, wenigstens, was die zweite Hälfte der vierziger Jahre betraf, diese zutiefst konservative Periode. Eine überwältigende Mehrheit des Wellesley-Jahrgangs 1949 blieb bis zur Hochzeit unberührt, und in dieser Ära des oberflächlichen Schmusens hatte Teddy Lunel mehr schmerzende männliche Geschlechtsteile auf dem Gewissen als jedes andere Mädchen in Groß-Boston. Sie war von Maggys tief eingewurzeltem Mißtrauen gegen Männer viel stärker beeinflußt worden, als sie ahnte.

Einige ihrer bevorzugten Verehrer durften sie auf dem Rücksitz ihrer Kabrios oder auf den Sofas schummrig beleuchteter Zimmer in Speiseklubs oder Verbindungshäusern stundenlang küssen, doch nie erlaubte es Teddy einem von ihnen, den Reißverschluß seiner Hose zu öffnen oder die Hand unter ihren Rock zu schieben. Sie triumphierte über ihr Verlangen, indem sie ihnen jegliche Erlösung verweigerte, es sei denn, die Ärmsten erreichten sie, ohne daß sie selbst etwas davon zu bemerken schien. Keiner von ihnen blieb gelassen genug, um festzustellen, daß Teddy selbst jedesmal ebenfalls zum Orgasmus kam – ganz ohne Anstrengung, ohne einen Laut, ohne spürbare Bewegung, hervorgerufen allein durch den Druck eines prallen Penis, der gegen den Hosenstoff drängte –, zu einem heimlichen Orgasmus, den sie sogar auf dem Tanzboden erreichen konnte. Zum Dank für ihre Grausamkeit überschütteten die jungen Männer sie mit Heiratsanträgen.

Die Männer, die sie liebten, waren Teddy keineswegs gleichgültig, doch irgendwo tief in ihr herrschte ein profunder Mangel an Mitgefühl für ihre Qualen. So sehr verliebt war sie in die Idee ihrer Beliebtheit, daß sie sich nie in einen einzelnen Mann verliebte. Ihre unzugängliche, aber unbekümmerte, verträumte Sinnlichkeit machte die Männer wahnsinnig – weit mehr, als wenn sie ihnen die Küsse verwehrt hätte. »Teddy Lunel«, hatte einer von ihnen einmal vor Wut geschrien, »ich hoffe nur, daß eines Tages ein Mann dich so leiden lassen wird wie du mich!«

Sie zog ein entsprechend mitleidiges Gesicht, wußte aber genau, daß so etwas niemals passieren würde.

Nun war vorehelicher Sex Ende der vierziger Jahre zwar sehr selten, dafür wurde aber um so mehr getrunken. Beim allerersten Footballspiel, das Teddy im Harvard-Stadion besuchte, war sie mit einem Pappbecher voll jener starken Rumbowle begrüßt worden, die stets in einem der roten Feuereimer ins Stadion geschmuggelt wurde, die überall im Eliot House in den Gängen standen. Diese Eimer sollten eigentlich mit Sand gefüllt sein, um brennende Papierkörbe zu löschen, wurden aber zumeist zu Cocktail-Shakern und Bowlenschüsseln umfunktioniert.

Nach dem Spiel zogen sie alle von einer Party zur anderen und probierten die verschiedenen, auf billigstem Gin basierenden Getränke, die in den einzelnen Zimmern serviert wurden. Der Samstagabend endete in der gesamten Ivy League normalerweise mit Besäufnissen, nur Wellesley war ein streng trockener Campus. Jedem, der auf dem College-Gelände beim Trinken erwischt wurde, drohte sofortige Relegation.

Teddy trank gern Alkohol. Ja, es machte ihr richtiggehend Spaß. Kaum ein Gefühl fand sie so wunderbar wie dieses Verschwimmen der Wahrnehmung, das nur der Alkohol zustande brachte, dieses unvermittelte Gefühl, daß sie die Welt endlich begreifen, mit den Händen fassen konnte. Teddy studierte, weil es notwendig war, hauptsächlich aber flirtete und trank sie sich durch drei ganze College-Jahre, und jedes war unvergeßlicher als das zuvor.

An einem Sonntagnachmittag im Frühherbst ihres letzten College-Jahres kamen fünf Mitglieder einer Singgruppe aus Harvard nach Wellesley, um Teddy einen Besuch abzustatten. Ausgelassen tobten sie auf dem berühmt schönen Campus herum, und nachdem sie beschlossen hatten, nicht ganz um den See herumzulaufen, zeigte Teddy ihnen ein Wäldchen aus seltenen Bäumen, das fast verlassen und versteckt hinter dem Naturwissenschafts-Gebäude lag. Ein Teil dieses Arboretums bestand aus einer Gruppe von Kiefern, in der es ganz wundervoll duftete; der Boden war zentimeterhoch mit einem glatten, weichen Nadelteppich bedeckt. Instinktiv senkten sie ihre Stimmen und verlangsamten den Schritt. Dieser Ort schien nicht richtig zu Wellesley zu gehören, hatte nichts mit den gotischen Türmen und der Atmosphäre des Pflichteifers zu tun, die auf diesem so lieblichen Campus auch an den trägsten Tagen herrschte.

»Einen Drink, Théodora?« erkundigte sich einer der Jungen, zog einen Flachmann aus der Tasche und setzte sich unter einen Baum.

»Bist du wahnsinnig geworden, Harry?«

»Es geht nichts über Schnaps an der frischen Luft – komm schon, ist doch niemand hier, außer uns, und wir sind, wie du weißt, absolut harmlos. Also?«

Die Jungen ließen die Flasche kreisen. Teddy lehnte zunächst ab, es dauerte jedoch nicht lange, und der beruhigende Einfluß des Kiefernnadelduftes, der lauen Oktoberluft veranlaßte sie, einen winzigen Schluck zu wagen. Und dann noch einen, und dann einen dritten. Harry hatte absolut recht mit dem, was er über das Trinken in frischer Luft gesagt hatte. Es war wahrhaft beseligend, Teil der Natur zu sein, dachte sie, als sie einen kräftigen Schluck aus der zweiten Flasche trank.

»Gin riecht scheußlich, Bourbon ist zu stark, Rye ist einfach widerlich, doch wer den Scotch erfunden hat, der muß ein guter, ehrlicher Mann gewesen sein«, verkündete sie in dem Gefühl, eine bedeutende Entdeckung gemacht zu haben.

Und dann fingen sie an zu singen – leise zuerst, mehrstimmig, uralte Balladen, mit so gedämpften Stimmen, daß die Vögel noch zu hören waren. In einen Nebel von Glückseligkeit gehüllt, legte Teddy sich zurück und lauschte. Wie schön das war! Doch als sie dann Football-Songs sangen, merkte keiner, daß ihre Stimmen jetzt viel lauter durch das Kiefernwäldchen schallten. »With the Crimson in Triumph Flashing . . .« Unwillkürlich fiel Teddy in das Lied ein, doch ihre Stimme wurde von denen der Jungen übertönt, deswegen erhob sie sich von den Kiefernnadeln und vollführte einen kleinen, wilden, grotesken Tanz. Die fünf Freunde applaudierten begeistert.

»Da capo, Teddy! Da capo!«

»Singt den Yale-Song, dann tanze ich weiter.«

»Niemals!«

»Dann singt den Notre-Dame-Song!« verlangte Teddy unter wilden Bocksprüngen. »Ach, was soll's, tun wir der jungen Dame den Gefallen. Los, Teddy, los!« Sie stimmten das Kampflied von Notre Dame an, und Teddy schlug Kapriolen wie eine Sternschnuppe, ein faszinierender Dämon in Bermuda-Shorts, haarsträubend graziös und sehr, sehr betrunken.

Inmitten dieses bacchantischen Taumels geschah es, daß Teddys Philosophieprofessor auf einem Nachmittagsspaziergang mit seiner Frau den Lärm hörte und in das Kiefernwäldchen gewandert kam.

Zwei Tage später nahm Teddy Abschied von Wellesley. Ihr Fall war untersucht und mit der gebotenen Feierlichkeit diskutiert worden, doch ihre Sünde wog zu schwer.

Als der Zug am Stadtrand von Boston Tempo aufnahm, senkte sie ihren heißen, schmerzenden Kopf in beide Hände und dachte: Du dummes Ding, du! Es ist ganz und gar deine eigene Schuld, du hättest es besser wissen müssen. Hast du dir eingebildet, mit allem durchkommen zu können? Hast du dich für immun gehalten? Du verdammte Idiotin! Alles habe ich verloren, alles dahin, auf ewig aus dem Paradies vertrieben... Nie wieder werde ich glücklich sein. Am liebsten hätte sie laut geweint. Noch nie hatte sie eine so lähmende Hoffnungslosigkeit empfunden. Alle Ängste, von denen sie je geplagt worden war, alle bösen Vorahnungen, daß dieses Leben zu schön war, um wahr zu sein, daß so etwas Wunderbares nicht lange währen könne, verknoteten sich zu einem dicken Kloß, der schmerzhaft in ihrer Brust steckte und ihr bis in die Kehle stieg.

Drei Stunden saß Teddy ganz still da, von Selbstvorwürfen fast erstickt. Den ganzen Weg bis nach Hartford starrte sie blind durch das von Schmutz verschmierte Fenster. Schließlich raffte sie sich auf, um sich ein Sandwich und einen Kaffee zu bestellen. Und während sie aß, sah sie sich zum erstenmal, seit sie ihn betreten hatte, in dem Salonwagen um.

Der Wagen war voll mit Geschäftsleuten, und wo sie auch hinsah, entdeckte sie bewundernde Mienen. Nein, mehr als das: intensives Interesse, unverhohlene Aufforderung, Faszination. Zum erstenmal, seit Professor Tompkins ins Kiefernwäldchen gekommen, entsetzt stehengeblieben war und ungläubig: »Miß Lunel!« gesagt hatte, empfand Teddy ein wenig Erleichterung von ihrem Schmerz. Instinktiv stand sie auf und schritt durch den ganzen Wagen zu der winzigen Toilette hinaus. Ungeduldig öffnete sie die Tür, um sich ihrem eigenen Bild in dem gesprungenen Spiegel über dem Waschbecken zu stellen. Seltsam – so scheußlich sie sich auch fühlte –, sie sah nicht anders aus als vor zwei Tagen. Nachdenklich stützte sie sich an den Wänden ab, so daß sie sich im Rhythmus des Zuges wiegte, der sie mit jeder Meile der Heimat und damit der Konfrontation mit Maggy näherbrachte, vor der sie sich so sehr fürchtete, daß sie gar nicht daran zu denken wagte.

Irgend etwas mußt du tun, sagte sie sich grimmig, während sie in den Spiegel sah. Du kannst da nicht einfach auftauchen und erklären, die drei Jahre seien zum Fenster hinausgeworfen gewesen. Irgendeinen Zukunftsplan mußt du haben, irgendeine Vorstellung davon, wie dein weiteres Leben aussehen soll. Du hast jetzt nichts weiter als dein Aussehen. Also dann ...

In Gedanken rekapitulierte Teddy jede Bemerkung, die Maggy gemacht hatte, wenn sie abends zu Hause über den Fotos der Modelle brütete. Sieben Jahre waren vergangen, seit Teddy sich zuletzt längere Zeit im Büro der Mutter aufgehalten hatte, sieben Jahre, in denen eine ganze Generation von Modellen Abschied genommen und eine neue Garnitur von Gesichtern ihren Platz eingenommen hatte. Die unabdinglichen Erfordernisse für das Gesicht eines Modells hatte sie nicht vergessen. Wie oft hatte sie Maggy sie aufzählen hören, wenn sie ein Foto nach dem anderen verwarf!

Verzweifelt in den schmutzigen Spiegel starrend, ging sie die ganze Liste durch, und ihr Herz begann immer schneller zu schlagen. Ausgeprägte Wangenknochen; weitstehende Augen; eine prägnant geformte Nase, doch nicht zu groß oder zu klein; Haare, mit denen man alles anfangen konnte; reine Haut; perfekte Zähne; einen überlangen Hals; ein kleines Kinn; hohe Stirn; schöner Haaransatz; *ein großflächiges Gesicht* ... ja, o ja, sie hatte alles. Sie war mehr als groß genug, das wußte sie; und mager genug war sie schon immer gewesen ... Aber war sie auch fotogen?

Das konnte nur die Kamera entscheiden, soviel war Teddy klar. Die kritische Frage, ob alle Teile, so perfekt sie auch sein mögen, sich zu einem Gesicht zusammenfügen, das in nur zwei Dimensionen, ohne die Dimension der Tiefe und ohne die zusätzliche Hilfe der Farbe, eindrucksvoll genug wirkt, können die Augen allein nicht beantworten. Sehr viele Mädchen ließen sich nicht so gut fotografieren, wie sie in Wirklichkeit aussahen, während einige der besten Modelle in Fleisch und Blut merkwürdig unaufregend wirkten.

Nein, ganz sicher bin ich nicht, dachte Teddy, als sie an ihren Platz zurückkehrte, doch einen Versuch kann ich wagen, etwas, das Maggy vielleicht billigt ... Oh, ich verdammte Idiotin, wem will ich eigentlich was vormachen? Wenn sie gewollt hätte, daß ich Fotomodell werde – warum hat sie dann niemals davon gesprochen? Warum hat sie mich dann nach Wellesley geschickt? Aber ein Strohhalm ist schließlich besser als gar nichts.

Nachdem sich ihre Enttäuschung gelegt hatte und ihr Zorn verraucht war, stellte Maggy sich eine Frage: Warum wurde ihre Tochter für das Alkoholtrinken auf dem Campus so hart bestraft, so tief gedemütigt, während sie selbst in Teddys Alter mit einem verheirateten Mann in Sünde gelebt und ein uneheliches Kind zur Welt gebracht hatte? Ein bißchen historische Perspektive, bitte, sagte sie sich grimmig. Es wird sie nicht umbringen, keinen College-Abschluß zu haben. Außerdem würde es eine gute Übung in Disziplin sein, wenn Teddy sich als Fotomodell versuchte.

Die Lunel-Girls waren harte Arbeit gewohnt, motiviert und nicht verwöhnt. Niemand, der die Modefotos und Werbeaufnahmen sah, für die sie Modell standen, hätte geahnt, wie ungeheuer viel Kraft, Energie und Härte diese unbeschwerten Bilder voraussetzten.

Bis auf ein paar leichtsinnige Ausnahmen ging jedes erfolgreiche Modell so zeitig zu Bett, daß es als Vorbereitung auf den nächsten anstrengenden Tag mindestens acht Stunden Schlaf bekam. Anstandslos, sachlich und so heiter wie möglich stand es früh genug auf, um pünktlich zum ersten Termin zu erscheinen: Pünktlichkeit war lebenswichtig, sowohl für die Redakteure wie auch für Kunden und Fotografen, die verlangten, daß jedes Modell mit dem Glockenschlag eintraf – fertig geschminkt und arbeitsbereit. Die Schwester der Pünktlichkeit war Zuverlässigkeit: Kein Modell würde einen Termin absagen, wenn es nicht mindestens im Krankenhaus lag, und selbst wenn es zwischen den Aufnahmen vor Erschöpfung zitterte, ließ es sich das, wenn es vor der Kamera stand, nicht anmerken. Top-Modelle bekamen dafür vierzig Dollar pro Stunde.

Über diesen Betrag staunte Maggy noch immer, obwohl sie selber darum kämpfte, daß er noch weiter erhöht wurde. Als sie damals nach Montparnasse kam, arbeiteten die Malermodelle im Durchschnitt für das Äquivalent von sechzig Cent für drei Stunden. Sie hatte es geschafft, davon zu leben, die Miete davon zu zahlen, sich Kleider zu kaufen, jeden Tag eine frische Nelke zu tragen – und sogar, einen unvergeßlich perfekten Frühling lang, Julien Mistral zu ernähren. Maggy hielt inne und versuchte angestrengt, sich in die Lage jenes Mädchens von damals zu versetzen. Was hatte sie gedacht, was hatte sie empfunden? Ein paar Erinnerungsfetzen waren lebendig geblieben, der Rest verloren.

Maggy überlegte, zu welchem Fotografen sie Teddy für die Testaufnahmen schicken sollte. Normalerweise kümmerte sie sich um derartige Fragen nicht mehr: Sie hatte zweiundzwanzig Angestellte, und sechs davon hätten die Angelegenheit mit einem einzigen Anruf erledigen können. Maggy wußte natürlich, daß sie sich übermäßig beschützend verhielt, doch diese Fotos waren entscheidend. Wenn sie enttäuschend ausfielen, war Teddy keine Zukunft als Fotomodell beschieden. Wurden sie gut, würden sie als Visitenkarte, Paß und vorläufiger Personalausweis dienen, bis sie sich im Verlauf von Monaten in mühsamer Arbeit eine Mappe mit einer Vielzahl von Aufnahmen zusammengestellt hatte – *ihre* Mappe, die sie stets bei sich tragen würde, damit sie sie Zeitschriften-Redakteuren, Werbeagenturen und Fotografen vorlegen konnte.

Maggy, die es gewohnt war, ihr Herz vor dem Ehrgeiz, den Hoffnungen und Träumen Tausender junger Mädchen pro Jahr zu verschließen, wünschte sich plötzlich so sehr, daß die Bilder gut wurden, als wolle sie selbst in diesen Beruf einsteigen. Sie stellte sich vor, wie sie Teddys Probeaufnahmen durchblätterte, stellte sich vor, wie sie Teddys Vorzüge gegen die der großartigsten Fotomodelle abwägen mußte. Sunny Harnett, zum Beispiel, deren Lächeln den Betrachter sofort zu sich ins Foto hineinzog, ein so fröhliches Lächeln, daß es auf den Betrachter abfärbte; Sunny Harnett, die einen blonden Windstoß von Southampton-Chic verkörperte, die aussah, als lebe sie ständig draußen im Freien und jage hinter einem Tennisball her, selbst wenn sie ganz ruhig dasaß. Besaß Teddy etwas von dieser Energie? Wie Maggy feststellen mußte, konnte sie Teddy trotz ihrer großen Erfahrung praktisch nur dadurch helfen, daß sie mit ihr daran arbeitete, ihr einfaches Make-up zu vervollständigen, das zwar fürs College angebracht war, zum Fotografieren aber bei weitem nicht ausreichte.

Coffin, Toni Frisell, Horst, Rawlings, Bill Helburn, Milton Greene, Jimmy Abbee, Roger Prigent – von all diesen Top-Fotografen konnte sie eine solche Gefälligkeit verlangen. Doch als Maggy in Gedanken ihre Namen rekapitulierte, wurde ihr klar, daß nur drei Fotografen in Frage kamen, die begabtesten der ganzen Welt: Avedon, Falk und Penn. Zur Zeit wurden allerdings in Paris die neuen Kollektionen vorgeführt, Avedon war für *Vogue* dort und Penn für *Bazaar*. Also würde sie Falk nehmen müssen.

Es ist wie im Schinderkarren auf dem Weg zur Guillotine, dachte Teddy. Erstarrt vor Schüchternheit stand sie vor der umgebauten Remise zwischen der Lexington und der Third Avenue, in der sich Falk sein Atelier eingerichtet hatte. Es war nach fünf Uhr an einem Freitagnachmittag, und die Straße war voller Menschen, die von der Arbeit zu einem erholsamen Wochenende nach Hause eilten.

Es war Footballwetter, wie Teddy feststellte, als sie in der kühlen Brise erschauerte, und eigentlich müßte sie Hunderte von Meilen weit von hier entfernt sein und sich zu einer Verabredung umziehen. Statt dessen war sie hier, aufgeputzt und feingemacht, frisiert und bemalt, in neue Kleider gesteckt, so perfekt, wie ihre Mutter sie nur hatte ausstaffieren können. Nie hatte sie besser ausgesehen, das wußte sie. Doch dieses Bewußtsein half ihr nicht viel.

Ihre Wimpern waren ganz ungewohnt mit Mascara getuscht, ihre Haut mit Puder, Base und kunstvoll aufgelegtem Rouge bedeckt, und frisiert worden war sie von Elizabeth Arden. Von Maggy war die Tochter einheitlich im eleganten ›New Look‹ von Dior angezogen worden: mit einem eng anliegenden, zweireihigen grauen Flanellkostüm mit schwarzen Samtaufschlägen. Die Jacke war in der Taille straff eingehalten, die Hüften mit Steifleinenfutter übertrieben gerundet, und der schmale Rock endete wenige Zentimeter oberhalb der Knöchel. Dazu trug Teddy hochhackige schwarze Antilopen-Pumps, einen kleinen, schwarzen Samthut mit einem Schleier, der ihr bis an die Nasenspitze reichte, und blaßgraue Glacé-Handschuhe. Sich selbst überwindend, drückte sie auf die Türklingel.

Falk hatte sich bereit erklärt, die Probeaufnahmen des neuen Lunel-Mädchens zu übernehmen, aber erst, wenn er mit sämtlichen Aufnahmen für diese Woche fertig war.

Auf Teddys Klingeln wurde die Tür von einer freundlichen, kleinen Frau geöffnet.

»Sie sind die Neue von Lunel, nicht wahr? Treten Sie näher.«

Teddy sah sich im Empfangszimmer um. Es herrschte eine Atmosphäre lässigen Komforts, doch außer den Fotos an den Wänden gab es nichts Auffallendes im Raum. »Darf ich sie mir ansehen?« fragte sie die Sekretärin, weil sie viel zu nervös war, um stillzusitzen.

»Aber sicher, nur zu.«

Teddy ging von einem Foto zum anderen und wurde mit jeder Sekunde verkrampfter. Sie hatte den Modefotos immer ein bißchen mehr Beachtung geschenkt als andere junge Mädchen ihres Alters, doch diese Fotos glichen gewissen Träumen, in denen sich eine Welt auftut, die der realen Welt zwar ähnelt, auf geheimnisvolle Weise jedoch intensiviert und von einer magischen Kraft erfüllt ist. Viele Gesichter kannte sie; die meisten Modelle kamen von Lunel. Das Auge der Kamera hatte in einer Tausendstelsekunde das Aufblitzen der Persönlichkeit erfaßt. Dies waren nicht einfache Modefotos, es waren Porträts von Frauen, die ihren privatesten Gedanken nachhingen.

»Hören Sie«, sagte die Sekretärin plötzlich, »wenn ich noch länger hier warten muß, komme ich zu spät zu meiner Verabredung. Das Telefon wird heute bestimmt nicht mehr klingeln, also werde ich jetzt gehen. Würden Sie ihm bitte ausrichten, daß ich am Montag früh pünktlich da bin?« Damit griff sie nach ihrem Mantel, lief mit einem kurzen Abschiedsgruß zur Tür und schlug sie hinter sich ins Schloß.

In dem nun leeren Empfangszimmer setzte sich Teddy auf eine Stuhlkante. Durch eine offenstehende Tür konnte sie einen Teil des hell erleuchteten Ateliers sehen. Zwanzig endlose, nahezu unerträgliche Minuten lang tat sich gar nichts. In der Remise herrschte jene ganz besondere Freitagnachmittags-Atmosphäre, die eindeutig besagt, daß die Arbeit für diese Woche beendet ist. Hatte es möglicherweise ein Mißverständnis gegeben? Bin ich etwa ganz allein hier, fragte Teddy sich allmählich.

Schließlich erhob sie sich steif von ihrem Stuhl und wagte sich vorsichtig ins Atelier, wo sie unmittelbar hinter der Tür stehenblieb. Sie versuchte die engen Handschuhe abzuziehen, aber sie schienen ihr an den Händen zu kleben. Nirgends gab es eine Sitzgelegenheit, es gab überhaupt nichts in diesem Raum außer den grellen, gleißenden Scheinwerfern, eine Kamera auf einem Stativ und eine Fläche aus schneeweißem Papier, die eine Wand und ein Stück des Fußbodens davor bedeckte. Sie merkte, daß sie die Luft anhielt, und tat zwei tiefe Atemzüge.

»Niemand zu Hause?« rief sie mit leiser, zittriger Stimme. Keine Antwort. Plötzlich wurde die Tür der Dunkelkammer aufgestoßen, und ein Mann kam heraus, der ein Blatt Papier in der Hand hielt und darauf hinabsah. Er warf ihr einen kurzen Blick zu. »Ich komme sofort«, sagte er, während er stirnrunzelnd das Blatt Papier studierte. Dann blickte er wieder auf und ließ das nasse Foto fallen. Quer über die weiße Papierfläche hinweg musterte er sie blinzelnd.

»Red?«

Teddy zuckte zusammen und kniff die Augen ein wenig zu, konnte ihn aber nicht deutlich erkennen.

»Red!«

Energisch trat sie auf das fleckenlos weiße Papier und machte, die Hand über die Augen gelegt, einen großen Schritt vorwärts.

»Nur ein Mensch hat mich je Red genannt, und das war dieser miese Typ, der siebenmal mit mir ins Kino gegangen ist, mir den Zungenkuß beigebracht hat und dann ohne ein Wort der Erklärung verschwunden ist.«

»Red... Ich kann dir alles erklären.«

Ihre angstvolle Nervosität völlig vergessend, machte Teddy fünf lange Schritte und packte ihn beim Hemd. »Die Augen hab ich mir nach dir ausgeweint, du Hund! Monatelang hab ich mir eingebildet, ein totaler Versager zu sein, meiner Mutter habe ich vorgemacht, ich hätte dich satt, deiner Cousine gegenüber hab ich behauptet, du wärst zudringlich geworden ... Warum hast du nie angerufen, Melvin Allenberg?«

»Warst du wirklich, ehrlich traurig?« wollte er wissen.

»Mein Gott, willst du dich auch noch an meinem Kummer weiden? Abscheulich! Außerdem – was tust du eigentlich hier?«

»Ich mache Überstunden.«

»Soso, dann hast du's also wirklich geschafft, dich bei einem Fotografen einzunisten ... Und wo ist Falk? Ich warte schon eine halbe Stunde«, sagte Teddy anmaßend.

»Ich bin Falk.«

»Quatsch!«

»Siehst du vielleicht sonst noch jemand?«

»Kannst du das beweisen?«

Melvin Allenberg lachte. »Mein Gott, Red, du hast dich überhaupt nicht verändert.« Teddy hatte sein Hemd nicht losgelassen und versuchte ihn jetzt zu schütteln, aber es gelang ihr nicht. Stämmig wie ein kleiner Bär, brüllte er vor Lachen über ihre Kraftanstrengung und machte sie damit so wütend, daß ihr die Tränen in die Augen stiegen. Dann packte er ihre Arme, drückte sie hinunter und hielt sie dort fest.

»Komm mit nach oben ... Meine Wohnung liegt im ersten Stock. Da kann ich dir dann so viele Beweise zeigen, wie du nur willst.«

Er gab sie frei und ging durchs Atelier ins Empfangszimmer hinüber. Teddy folgte ihm, und als sie sah, wie er sich bewegte, begann sie ihm allmählich zu glauben. Als sie hinter ihm die Treppe hinaufstieg und das große Zimmer sah, das offenbar die gesamte obere Etage der Remise einnahm, wußte sie sofort, daß er sich im eigenen Heim befand. Dieser Raum paßte zu Melvin Allenberg. Er war unordentlich und gemütlich und vollgestopft mit riesigen Vergrößerungen der Fotos schöner Frauen, die teils an den Wänden hingen, teils achtlos am Boden lagen oder in Ecken und Winkeln gestapelt waren. Dutzende von Büchern lagen aufgeschlagen herum, auf einem Schreibtisch türmten sich Zeitschriften.

»Einen Drink?« fragte er sie und ging zu einer alten Seekiste hinüber, auf der ein Tablett mit Flaschen und Gläsern stand.

»Scotch on the rocks, aber das wird dir bei mir auch nicht viel helfen, Melvin Allenberg.«

»Melvin Falk Allenberg.«

Er schenkte zwei Drinks ein; dann setzte er sich auf einen Sessel neben der Couch, beugte sich vor, Ellbogen auf den Knien, und stützte das Kinn auf die gefalteten Hände. So sah er Teddy eine Zeitlang ruhig an. »Nimm deinen Hut ab«, verlangte er schließlich.

»Wie bitte?« Sie war empört.

»Nimm deinen Hut ab ... Ich mag diesen Schleier nicht, ich kann dich gar nicht richtig sehen.«

»Ich weiß noch gar nicht, ob ich überhaupt bleibe«, gab sie mit einem Lächeln zurück. »Ich weiß noch nicht, ob ich dir gestatten werde, meine Probeaufnahmen zu machen. Das hängt von den Gründen ab, die du dafür anführen kannst, daß du mich nie mehr angerufen hast. Und daß du reich und berühmt geworden bist, genau wie du's vorausgesagt hast, du Bastard, ist mir scheißegal!«

»*Wir* würden reich und berühmt sein, hab ich gesagt«, wandte er ein.

»Daran erinnerst du dich noch? Nach fünf Jahren?«

»Ich erinnere mich an alles. Als wir uns kennenlernten, hattest du gerade deine destruktive Phase begonnen. Also verdrückte ich mich sofort, als ich merkte, daß eine einzige Verabredung mehr, eine einzige weitere ungestüme Kußorgie vor deiner Haustür mein Ende sein würde.« Er verstummte; dann ergänzte er: »Aber es war längst zu spät für diesen Rettungsversuch.«

»Hmmm.« Teddy hatte derartige Erklärungen schon oft gehört – in allen möglichen Variationen. In seinen Worten lag jedoch eine Geduld und eine Art ruhiger Hinnahme, die überzeugender wirkten als alle noch so leidenschaftlichen Beteuerungen. Er hörte auch nicht auf, sie aufmerksam zu beobachten, als sie vorsichtig den Hut abnahm, um sich mit den Fingern durch die Haare zu fahren, die sorgfältig gelegten Wellen zu lockern, bis das Lampenlicht durch die vielen verwirrenden Rottöne schimmerte.

Teddy trank von ihrem Scotch, der für sie immer noch nach Gefahr schmeckte, und erwiderte seinen ruhigen Blick.

Melvin Allenberg hatte sich gut gemacht. Die klaren Augen beherrschten sein Gesicht mit einer von Energie gekennzeichneten Intelligenz, die ihm einen ganz besonderen Charme gab. Sein Gesicht war jetzt bereits ausgereift: Die Zeit würde seine Züge nur noch festigen, das kräftige Kinn, die breite Stirn, den krausen Heiligenschein dunkler Haare. Sein Mund – der erste, den sie jemals geküßt hatte – war ihr unvergeßlich geblieben.

»Ich glaube...«, begann sie, und das kaum wahrnehmbare Zucken in ihren Mundwinkeln verriet, daß sie geneigt war, ihm zu vergeben. Dann jedoch verstummte sie, plötzlich wieder von einer Erinnerung verärgert.

Unvermittelt sprang er auf, ging zu ihr hinüber, setzte sich auf die Couch, nahm sie entschlossen in die Arme und küßte sie fest auf den Mund.

»Ach Red, mein liebes, armes Baby, es tut mir ja so leid... Ich hätte dich anrufen sollen, aber was hätte ich sagen können? Ich konnte dir unmöglich erklären... Ich war so dumm, ich konnte nicht die richtigen Worte finden.« Mit seinem Taschentuch wischte er ihr behutsam den Lippenstift ab und küßte sie abermals. Sie lag in seinen Armen und spürte ihn, kraftvoll wie ein Baum, seine Lippen waren ihr vertraut. Tausende von Küssen hatten ihre Lippen in den vergangen Jahren empfangen, ihr sensorisches Gedächtnis jedoch erkannte sofort seine ganz spezifische Berührung, seinen Geschmack, seine Wärme; und trotzdem hatte er sich so sehr verändert – auf eine Art, die sie auf einmal voll jubelnder Freude begriff: Er war ein Mann geworden und küßte wie ein Mann statt wie ein Junge. Teddy schleuderte die Schuhe von ihren Füßen, seufzte glücklich und duldete es, daß er ihre Haare im Nacken anhob und sie hinter die Ohren küßte. Früher haben wir uns immer nur im Stehen geküßt, dachte sie, entschlüpfte ihm flink wie ein kleines Mädchen und rieb ihre Nasenspitze an der seinen.

»Freunde?« fragte er sie eifrig.

»Ich verzeihe dir. Aber nur wegen der alten Zeiten«, gurrte Teddy. Er strich mit den Händen über ihr elegantes Jackett. »So viele Knöpfe«, beschwerte er sich, als er sich behutsam daranmachte, sie zu öffnen, »zwischen mir und meinem Mädchen.«

Der Versuch, auch nur einen einzigen Knopf zu öffnen,

war für Teddy ein augenblickliches Alarmsignal, doch sie gestattete ihn, weil sie unter der Jacke noch von einer weiteren Doppelreihe winziger Taftknöpfe geschützt war. Kurz darauf lag sie in ihrer feinen Bluse und dem neuen Rock auf der Couch und verging, zerschmolz unter dem Ansturm seiner Küsse. Sie rang nach Atem. Dieser unvermutete Überfall, ohne Präliminarien, ohne einleitendes Werben, mit einer solchen Heftigkeit ... Die Erkenntnis, daß sie mit ihm allein im Haus war, versetzte sie in Schrecken, bis sie Melvins Gesicht ansah und sich sofort wieder beruhigte. Er hatte seine Brille abgenommen und sah so lieb und vertrauenswürdig aus, daß sie sich sofort in die Flut seiner Zärtlichkeiten zurücksinken ließ, das zu Kopf steigende Gefühl der Macht auskostete, das sie immer genossen hatte, wenn der Mann, der sie küßte, immer mehr in Erregung geriet, wenn der Pulsschlag der Leidenschaft schneller, der Rhythmus seines Herzens heftiger wurde. Nun jedoch tat Melvin etwas, das ihr in den drei Jahren hingebungsvollen Knutschens noch niemals passiert war: Er hob sie einfach, ohne jegliche Vorwarnung, von der Couch und trug sie, als sei sie eine Feder, quer durch den weiten Raum in sein kleines Schlafzimmer.

»Melvin!« protestierte sie unter heftigem Gestrampel. »Laß das! Was bildest du dir ein? Ich lege mich nie ins Bett eines Jungen!«

»Einmal ist immer das erstemal, und außerdem bin ich kein Junge«, entgegnete er. Teddy wehrte sich und wollte sich von der Steppdecke hochkämpfen, doch er war so stark, daß es schien, als kämpfe sie gegen eine unüberwindliche Unterströmung. Die ganze Zeit küßte er sie überall, wo es nur ging: auf die Fingerspitzen, aufs Kinn, auf den Haaransatz, auf die Augen – ein äußerst geschickter Brandstifter, der hundert winzige Feuer entfachte. Viel später, als sie von Kopf bis Fuß entflammt war, machte er sich daran, ihre Bluse zu öffnen. Sie protestierte nur schwach. Ihr zuverlässiger Schutzwall, den nie ein Mann hatte durchdringen können, schien zu zerbröckeln.

Das kann nicht wahr sein, dachte sie, als sie ihre Bluse auszog, das Gurtband ihres Rockes öffnete und ihn über die Füße herunterstreifte. Als seine warmen Hände geschickt ihr Korselett aufhakten und ihre Brüste befreiten, als sein heißer Mund sich auf ihre Brustspitzen senkte, diese jungfräulichen Brustspitzen, die niemals in ihrer ganzen Nacktheit berührt worden waren, dachte sie abermals, nein, das kann nicht wahr sein! Als sie dann Melvin Allenberg spürte, der sich nackt, mit jedem Zentimeter seines robusten Körpers an den ihren preßte, da wußte sie, daß es jetzt endlich und unabwendbar geschehen würde, und daß sie selbst, wenn sie es auch kaum zu fassen vermochte, bereit dazu war. Melvin war hinreißend langsam, bebte vor zurückgehaltenem Verlangen, war herrlich geduldig und dennoch unnachgiebig. Er nahm sie Zentimeter für Zentimeter, nahm Teddy Lunel mit einer Gründlichkeit, die all ihre gewohnten Abwehrmechanismen lahmlegte. Bis sie zuletzt, endlich von der Last ihrer starren Keuschheit befreit, glücklich und dankbar neben ihm lag.

Siebzehntes Kapitel

*H*immel, bin ich nervös, dachte Marietta Norton, als die Lockheed Constellation durch die Wolken brach und die Sonne zu den Fenstern hereinschien. Als die Maschine sich wieder waagerecht ausrichtete, stieß die Chefredakteurin von *Mode* einen erleichterten Seufzer aus. Sie wollte es niemals zugeben, aber sie hatte fürchterliche Angst vorm Fliegen, und der Start in Idlewild war unruhig gewesen an diesem windigen Septembermorgen im Jahre 1952. Sehnsüchtig gedachte sie der Tage, da die Herausgabe einer Modezeitschrift noch eine relativ kultivierte Angelegenheit gewesen war, in jenen Jahren nämlich, da man mit der »Normandie« zu den Vorführungen neuer Kollektionen nach Frankreich gereist war: Erster Klasse, natürlich, fünf Tage, in denen man sich an Pâté, Kaviar, Champagner gütlich getan und Gelegenheit gehabt hatte, sich zu erholen. Heutzutage jedoch erwartete man von ihr, daß sie durch diese gräßlichen Himmelshöhen hin und zurück schaukelte, als sei es gar nichts.

Zum Beispiel jetzt, diese Reise: nach Frankreich, wegen der Mode für die Badesaison. Fotos, die in der Januarausgabe zwölf Seiten füllen würden. Die hätten ihrer Meinung nach durchaus in den Hamptons geschossen werden können – schließlich waren es ausschließlich amerikanische Entwürfe –, aber nein, Darcy hatte unbedingt Aufnahmen mit allen Schikanen haben wollen. »Marietta«, hatte er gesagt, »wir sind *Vogue* und *Bazaar* von jeher nur deswegen um eine Nasenlänge voraus, weil wir uns niemals gescheut haben, aufs Ganze zu gehen. *Vogue* fotografiert Sommermode in Portugal, also gehen Sie für *Mode* nach Frankreich – und ich wünsche keine weitere Diskussion.« Marietta Norton zuckte die Achseln. Es war ein uralter Streit zwischen ihnen, den sie nie gewann.

Immerhin wußte sie, daß sie die erfahrenste Moderedakteurin der ganzen Branche war. Nach dreißig Jahren in der Modebranche arbeitete sie, weiß Gott, nur noch wegen des Geldes, das es ihr ermöglichte, ihre vier Töchter auf die besten Schulen zu schicken, und nicht etwa, weil es ihr Spaß machte. Der Glanz war, soweit es sie selbst betraf, schon längst verblaßt.

Es waren einfach zu viele Pariser Kollektionen gewesen, zu viele Tage, an denen sie neue Worte finden mußte, um zu verkünden, daß in der Mode wieder einmal ein neues Blatt aufgeschlagen worden sei und alle Frauen das Alte wegwerfen und das Neue einläuten müßten, während es Marietta Norton selbst völlig gleichgültig war, was sie trug.

Wie viele der besten Moderedakteurinnen war auch Marietta Norton äußerst nachlässig gekleidet – und zwar, ohne sich dessen zu schämen. Sie hatte den größten Teil ihres Lebens damit verbracht, die Couture der gesamten westlichen Welt zu mustern und zu entscheiden, welche Modelle die besten waren; in dieser Hinsicht verfügte sie über einen untrüglichen Instinkt. Marietta Norton jedoch hatte noch nie genug Zeit, Interesse und Energie aufgebracht, um für sich selbst etwas Elegantes auszuwählen.

Dennoch rechnete sie fest damit, auf dieser Reise wieder Fotos zu produzieren, neben denen die Portugal-Aufnahmen von *Vogue* schlicht und einfach langweilig wirken würden.

Bill Hatfield, der schlaksige, flinke Fotograf, war ihrer Ansicht nach der geschmackssicherste Fachmann der ganzen Branche. Berry Banning, ihre Assistentin, schien – bis jetzt jedenfalls – außergewöhnlich tüchtig zu sein, obwohl das letzte Urteil über Berry erst gesprochen werden würde, wenn sie ohne Zwischenfall nach New York zurückgekehrt waren.

Das einzige, was nicht ganz Mariettas Beifall fand, war der Haarschnitt des einzigen Fotomodells, das sie mitnahmen. Verärgert musterte sie Teddys Hinterkopf. Die unvergleichliche Miß Lunel hatte sich standhaft geweigert, ihr Haar im aktuellen Chrysanthemenstil schneiden zu lassen. Es war *die* Coiffure des Jahrzehnts, davon war Marietta überzeugt; doch wann ließ Teddy Lunel sich jemals dazu herab, etwas zu tun, was ihr nicht paßte?

Von dem Tag an, da sie vor vier Jahren zu arbeiten begonnen hatte, war Teddy Lunel das einzige Fotomodell der Welt, das nie mit einem anderen Modell zusammen fotografiert wurde. Was allerdings wohl auch besser war, fand Marietta und verzieh Teddy ihre Sturheit hinsichtlich der Frisur, denn sogar die besten unter den übrigen Fotomodellen wirkten neben Teddy ein bißchen ... na ja ... »bläßlich« war wohl der beste Ausdruck dafür.

Jetzt arbeitete Marietta zum sechstenmal mit Teddy in Europa. Erst im vergangenen Frühling waren sie gemeinsam zu den Herbstkollektionen nach Paris geflogen, und keine Frau konnte so über alle Maßen, so herzbewegend schön in Balenciagas Hut aussehen wie Teddy, jenem Hut aus schwarzem Tüll mit roten Rosen, bei dem sich der Tüll am Hinterkopf wie Zuckerwatte bauschte. Und wo, zum Teufel noch mal, blieb die Stewardeß mit ihrem Martini? New York – Paris, ein Achtzehn-Stunden-Flug, war mindestens ein Acht-Martini-Flug ...

Bill Hatfield brauchte keinen Drink, hatte sich aber trotzdem einen bestellt. Er war im Krieg Pilot bei der Navy gewesen und konnte noch immer eine Linienmaschine besteigen, vor dem Start einschlafen und rechtzeitig zur Landung wieder aufwachen. Er freute sich, daß Marietta, dieses clevere alte Mädchen, ihn für diese Reise gebucht hatte. Denn zu Hause im Atelier wurde die Lage allmählich prekär. Ann war endlich ausgezogen – schön und gut –, aber Monique hatte inzwischen vor, bei ihm einzuziehen, und Elsa ebenfalls. Hatte er das wirklich beiden vorgeschlagen? Die Mädchen schienen davon überzeugt zu sein. Das einzige, was es am Dasein eines Modefotografen auszusetzen gab, waren die Fotomodelle.

Großartige Mädchen, er hatte nie eines getroffen, das ihm nicht gefiel – aber das war ja gerade das Unglück. Auf dieser Reise jedenfalls war er außer Gefahr: Seine Runde mit Teddy Lunel hatte er hinter sich. Es waren die wunderbarsten sechs Monate seines Lebens gewesen, damals, vor drei Jahren, nachdem sie mit Falk nicht mehr fest liiert war. Doch wenn für Teddy etwas vorbei war, dann war es endgültig vorbei, kalt und tot, kein Nachglühen mehr, kein sentimentales Erinnern. Sie blickte kein einziges Mal zurück. Er fragte sich, wie viele Affären sie nach ihm wohl gehabt hatte.

Die Mystik sexueller Promiskuität glich einem Cape aus Samt, in das sie sich mit einem Lächeln hüllte, das einen Mann in die tiefste Hölle stürzen konnte. Immerhin, er hatte es überlebt ... ganz knapp.

Er dachte an die anderen Modelle, die das *Mode*-Team auf diese Reise hätte mitnehmen können. Da war Jean Patchett, deren kleines, rundes Schönheitsmal unmittelbar über dem rechten Auge das berühmteste Schönheitsmal in der Geschichte der Fotografie darstellte. Sie verkörperte damenhafte Eleganz im äußersten Extrem und war ganz und gar ungeeignet für die Art Fotos, die er schießen wollte. Lisa Fonsegrieves, mit ihrer bleichen Schönheit, dem vornehmen Porzellangesicht, der kecken Stupsnase und dem blonden Lockenhaar – ja, die wäre sicher fabelhaft, aber noch immer um eine Nuance weniger perfekt als Teddy. Die einzige Alternative hätte Suzy Parker sein können. Man konnte sich nicht vorstellen, daß es ein schöneres Mädchen als Suzy geben konnte – bis man sie neben Teddy sah.

Merkwürdig, wie man die Schönheit in Kategorien einteilen konnte. Es gab einhundertundfünfzig Fotomodelle in New York, eine Auswahl der schönsten Mädchen von ganz Amerika, und es gab jenes halbe Dutzend unter diesen einhundertundfünfzig, die aus der Masse herausragten und einzigartig waren – und dann gab es noch Teddy Lunel, die Unvergleichliche. Man konnte einfach keinen Ausdruck für die geheimnisvolle Harmonie ihrer Schönheit finden.

Teddy verstand es, immer wieder anders auszusehen, und das gestaltete die Arbeit zu einem Abenteuer gemeinschaftlicher Kreativität, während sie sonst einfach ein technischer Prozeß zu sein schien. Mit jedem Kleiderwechsel schlüpfte Teddy in das Leben einer anderen Frau – einer Frau, die sich eines Tages dieses spezielle Kleid kaufen und darin einen Mann kennenlernen würde, der ihre große Liebe wurde; einer Frau, die sich ihr Leben lang daran erinnern würde, was sie in diesem ganz besonderen Augenblick getragen hatte. Wie zum Teufel sie das anstellte, hatte er nie herausfinden können. Was Teddy für die Kamera produzierte, war ein Gefühl authentischen Lebens – genau das und nicht weniger. Dafür allerdings bekam sie siebzig Dollar pro Stunde – mehr als jedes andere Fotomodell der Welt. Und verdiente jeden Penny davon.

Berry Banning war viel zu aufgeregt, um beim Start auf die Turbulenzen zu achten. Dies war bisher der wichtigste Auftrag, seit sie vor drei Jahren bei *Mode* angefangen hatte. Noch nie war sie zu Außenaufnahmen in Europa abkommandiert worden, und die Verantwortung lastete schwer auf ihr. Marietta hatte natürlich die Kleider bestimmt, und alle waren noch vor der Abreise genau auf Teddys Figur getrimmt worden; alle anderen Details jedoch fielen von da an ausschließlich in Berrys Ressort.

Sie allein hatte das komplizierte Packen und Auflisten der zwölf riesigen Schiffskoffer bewältigt, deren Inhalt so eingeteilt wurde, daß jedes Kleid, wie Marietta Norton es für jede Fotositzung verlangte, von einer riesigen Auswahl von Schuhen, Handtaschen, Schmucksachen, Schals, Hüten, Nylonstrümpfe und Sonnenbrillen begleitet wurde.

Marietta Norton ging ein jedes Foto an, als sei es ein Kunstwerk. Selbst wenn sie nur einen einzelnen Hut fotografieren lassen wollte, vergewisserte sie sich, daß das Modell ein Parfüm benutzte, das der Atmosphäre des Hutes entsprach, und perfekt zum Hut passende Schuhe, schneeweiße Handschuhe und neue Strümpfe trug. Sie spielte mit den Accessoires, als sei sie ein Bühnenbildner, und hatte sie nicht genügend Auswahl, dann gnade Gott ihrer Assistentin. Sollte nur ein einziger Koffer verlorengehen ... *ein* solcher Ausrutscher, auch wenn es die Schuld des Gepäckträgers war, und sie würde Berry nie wieder trauen. Ihre Karriere würde sterben, noch ehe sie recht geboren war, und auf der ganzen Welt wünschte sich Berry nichts so sehr wie eine Zukunft in der Modebranche.

Seit sie ein kleines Mädchen war, hatte Berry Banning jede Ausgabe von *Vogue*, *Mode* und *Bazaar* gesammelt, und in der letzten Zeit auch noch *Charme*, *Glamour* und *Mademoiselle*, hatte jede einzelne Seite studiert, als wären sie ein Gebetbuch und sie eine Nonne im Kloster.

Nie war es ihr in den Sinn gekommen, daß die Art, wie eine Frau sich kleidete, ein echter Ausdruck ihrer Persönlichkeit sein konnte, die ihrer Einstellung zum Leben entsprang. Die Mode war für Berry ein Gesetz. Ständig versuchte sie, sich der Haute Couture würdig zu erweisen. Stundenlang stand sie zutiefst deprimiert vor einem hohen Spiegel und übte sich erfolglos in jenem unbewegten, ewig forschen

Ausdruck entrückter Selbstverherrlichung, den sie in den Seiten der Zeitschriften sah.

Aber ach, Berry Banning hatte das Haar reicher Mädchen: von einem stumpfen Braun und ganz ohne natürlichen Fall, jene Art Haar, das nur gut aussieht, wenn es streng zurückgekämmt und von einem Diadem zusammengehalten wird. Schlimmer noch, sie hatte die Glieder reicher Mädchen, geformt von den Genen vieler Generationen sportlicher Bannings, und war viel zu kräftig für die nahezu viktorianische Papierpuppen-Eleganz des New Look. Und, am allerschlimmsten: Sie hatte die spröden Züge reicher Mädchen – gut, doch unauffällig, angenehm, jedoch zu offen, um sich durch Kosmetika verändern zu lassen.

Immer wieder sehe ich gleich aus, dachte Berry voll ihr nur allzu vertrauter Verzweiflung, egal, was ich anfange. Sie gab sich Mühe, möglichst nicht zu Teddy hinüberzublicken, die in der Reihe vor ihr saß. Schlimm genug, daß sie sie bald zehn ganze Arbeitstage lang ansehen mußte. Sie hatte schon oft mit Teddy gearbeitet, allerdings immer nur jeweils einen Tag lang, und kannte die gräßlichen Kopfschmerzen, die sie jedesmal nach so einem Tag bekam, sobald sie zu Hause war und ihrem eigenen Spiegelbild gegenüberstand.

Es ist wirklich nicht so, redete sie sich schlechten Gewissens ein, daß ich Teddy richtig beneide. Aber sie fand es einfach nicht fair, daß zwei junge Mädchen im selben Alter beide dieselben Dinge im Gesicht haben – Augen, Nase, Lippen etwa –, und damit eine so unterschiedliche Wirkung erzielen konnten. Wie war das wohl für Teddy, wenn sie morgens aufwachte, sich selbst – *dieses Gesicht* – im Spiegel betrachtete und wußte, es war das ihre?

Sam Newman, Bill Hatfields Assistent, beobachtete Berry Banning, ohne daß jemand etwas davon merkte. Mann, wie er diese Art Frauen liebte! Herrlich voller Busen, großartige Beine, lang und von der Sommersonne gebräunt, ein Lachen, in dem jene Selbstsicherheit mitschwang, die angeboren ist, ein Lachen, reich wie sie selbst. Nach seinen vielfältigen Erfahrungen gab es kein Mädchen, das sich so gut beschlafen ließ wie ein reiches; denen schien das einfach mehr Spaß zu machen – selbst mit dem Assistenten ließen sie sich so richtig gehen und hatten ihre Freude daran. Er hatte reiche Mädchen aus den Moderedaktionen sämtlicher Frauenzeitschriften gehabt; sie waren ihm weitaus lieber als die Modelle.

Erstens einmal waren reiche Mädchen weit weniger neurotisch als Modelle; weit weniger ängstlich besorgt darum, daß sie auch genügend Schlaf kriegten; sie hielten weit mehr von gutem Essen; sie vertrugen mehr Alkohol; häufig bestanden sie sogar darauf, die Rechnung zu bezahlen, weil sie genau wußten, wie wenig er verdiente, und sie allesamt ein schlechtes Gewissen hatten, weil keine von ihnen von ihrem Gehalt leben mußte. Eines Tages würde er ein eigenes Atelier besitzen, ein nettes, unauffälliges, *dankbares*, reiches Mädchen heiraten und einen Stall voll reicher Kinder haben. Bis dahin – wo blieb die Stewardess mit seinem Martini?

Teddy ließ ihr Buch sinken, lehnte sich zurück und schloß die Augen. Mit einem Teil ihrer Gedanken war sie noch in New York und rekapitulierte alle Details, aus denen ihr Leben bestand.

Da waren die Taxis, bis zu zehn oder zwölf pro Tag. Etwa die Hälfte aller Taxifahrer von Manhattan kannten Teddy als großzügige Trinkgeldspenderin und identifizierten ihre Silhouette, wenn sie, immer in fliegender Hast, schwer beladen mit ihrem riesigen Lederbeutel, aus einer Haustür zum Straßenrand eilte, und hielten sofort, wenn sie ihren jeden Verkehrslärm durchdringenden Pfiff vernahmen. Während der Taxifahrt von einem Termin zum nächsten legte sie, den Vergrößerungsspiegel zwischen die Knie geklemmt, entweder schnell neues Make-up auf oder klebte sich falsche Wimpern an. Konnte sie eine Minute Zeit erübrigen, versuchte sie Ordnung in ihre Handtasche zu bringen, aus der sie buchstäblich ständig lebte. Denn dieser überdimensionale Beutel enthielt einfach alles, was sie brauchte; nicht nur sämtliche notwendigen Kosmetika, sondern darüber hinaus Haarteile, verschiedene BHs, eine ganze Sammlung von Unterröcken, die unter jedes erdenkliche Kleid paßten, eine eigene Kollektion von Schals, Handschuhen und Schmuckstücken, drei Paar Schuhe in verschiedenen Stilrichtungen und mit unterschiedlicher Absatzhöhe für den Fall, daß niemand daran gedacht hatte, Schuhe in ihrer Größe zu besorgen.

Auf eine Reise zu Außenaufnahmen wie diese brauchte sie natürlich nur einen Lippenstift und ihre eigene Garderobe mitzunehmen, für alles andere sorgten Marietta und Berry.

Seufzend versuchte sie ihre alltägliche Routine zu vergessen, doch die Sonne auf ihren Augenlidern rief ihr nur wieder die Scheinwerfer der Ateliers ins Gedächtnis.

Hatte sie am Abend zuvor zu lange im *St. Regis Roof* getanzt? Wenn ja, mußte sie heute, ganz gleich, was sie ursprünglich geplant hatte, um neun Uhr zu Bett gehen. Kein Mensch würde Teddy Lunel siebzig Dollar pro Stunde bezahlen, wenn auch nur der kleinste Anflug von Müdigkeit unter ihren Augen zu erspähen war.

Dachte wohl eine der vielen Frauen, die die Berufsmodelle um ihre Schönheit beneideten, jemals daran, was es kostete, die Fassade instand zu halten? An die vielen Stunden, die man zum Herrichten brauchte, das Schrillen des Weckers um halb sieben Uhr früh, die kalten Hamburger, die in aller Hast verschlungen wurden, nur um sich bis zu zehn Stunden pro Tag auf den todmüden Beinen halten zu können? Es war die Erschöpfung, die schließlich an der Substanz nagte, die jenen Zustand schuf, in dem die Mädchen fast ohne Angst der ersten Fältchen harrten. Ob der Vater eines Modells gestorben war, ob sie sich gerade scheiden ließ, ob sie soeben entdeckt hatte, daß sie schwanger war, obwohl das nicht hätte passieren dürfen – vor der Kamera hatte sie voll und ganz dazusein. Nur die Kamera zählte. Es wurde eine totale Konzentration verlangt auf das, was der Fotograf von seinem Modell erwartete, deshalb mußte ein völliger Mangel an Selbstbewußtsein herrschen, damit die Mädchen in der Lage waren, die eigene Person stundenlang zu vergessen und es zu bringen. Wenn alles gutging, wirkte es fast wie ein Tanz; aber, o du mein Gott, es war ja so unendlich langweilig! Immerhin erkaufte man sich eine gewisse Freiheit damit. Seit mehreren Jahren betrug Teddys Wochengage fast dreitausend Dollar. Sie war aus dem kleinen Apartment, in dem sie sich anfangs vor Maggys Kontrolle sicher gefühlt hatte, in eine elegante Zimmerflucht in der East Sixty-third Street umgezogen. Warum sollte sie in diesem Tempo nicht noch drei bis vier Jahre weiterarbeiten? Es hing allerdings davon ab, wie gut ihr Gesicht sich halten würde.

Aber wollte sie das überhaupt? Im letzten Frühjahr war Teddy vierundzwanzig geworden, und soweit sie wußte, waren sämtliche Mädchen, mit denen sie das College besucht hatte, inzwischen verheiratet und hatten mindestens ein Kind. *Das* will ich allerdings bestimmt nicht, dachte Teddy; oder vielmehr, nicht in dieser Form, nicht ein Rudel Kinder irgendwo in einem Vorort. Aber sie wollte auch nicht so werden wie ihre Mutter: ganz aufgefressen von ihrer Arbeit.

In letzter Zeit hatte sie praktisch nie Muße genug gehabt, einfach so dazusitzen, zum Himmel emporzublicken und zu träumen. Ein Tag überstürzte den anderen, gefüllt bis zum Rand, vollgestopft mit Verpflichtungen und Terminen. Wenn sie abends von ihren letzten Aufnahmen nach Hause kam, rief sie sofort die Agentur an, um sich zu erkundigen, was am folgenden Tag zu tun wäre.

Wenn sie bis dahin nicht so müde war, daß sie früh zu Bett gehen mußte, badete sie rasch, zog sich an und ging mit einem der zwanzig Männer, die ihr auch noch in letzter Minute liebend gern zur Verfügung standen, zum Dinner in den *Stork Club*, ins *21*, ins *L'Aiglon* oder ins *Voisin*. Seit zwei Monaten und mehr hatte es niemanden mehr gegeben, in den sie sich hätte verlieben können. Mein Gott, dachte sie voller Verzweiflung, warum sind die Männer einander alle so ähnlich?

Im Sommer hatte sie jedes Wochenende draußen in Connecticut auf Long Island verbracht, wo alle Hauspartys sich letzten Endes mehr oder weniger glichen. Obwohl die heißen Sommerwochenenden in der Stadt auch ihren eigenen Charme haben konnten – doch eigentlich nur, wenn man verliebt war und die City sich ausschließlich für die Liebenden geleert zu haben schien. Oder vielmehr, wenn man *glaubte*, sich verliebt zu haben, sinnierte Teddy deprimiert. Ein paarmal in ihrem Leben schon hatte sie fast geglaubt, jemanden zu lieben, doch nie war es dann Wahrheit geworden. Nicht mal mit Melvin, ihrem geliebten Melvin, den sie noch immer liebte, in den sie sich aber nie hatte verlieben können.

Es hatte ein ganzes Jahr gedauert, und kein Freund hätte treuer, kein Liebhaber zärtlicher sein können; doch Melvin hatte nie ganz ihren Träumen entsprochen, obwohl er zuweilen schmerzhaft nahe daran gewesen war – nahe genug, um bei der Erkenntnis, daß ihre Art Liebe und seine Art Liebe nie zueinander passen würden, so verzweifelt unglücklich zu sein, daß sie sich endgültig trennen mußten.

Jedesmal, wenn sie sich ernsthaft mit einem Mann eingelassen hatte, war irgendwann bald der Moment gekommen, da sie erkannte, daß etwas fehlte, etwas, das man anscheinend brauchte, um von ganzem Herzen verliebt zu sein. Ihre tiefste Angst, so tief vergraben, daß sie sich nicht artikulieren konnte, war die, daß irgend etwas in ihr selbst, irgend eine unheilbare Leere, sie dazu verurteilt hatte, Liebe zu wecken, selber jedoch nie lieben zu können.

All ihre Phantasien, selbst die kühnsten, hatten sich für Teddy unzählige Male verwirklicht. Sie hatte alles, was die Modewelt bieten konnte: mehr Bewunderung und Aufmerksamkeit in acht normalen Arbeitsstunden als eine Braut an ihrem Hochzeitstag. Doch immer häufiger spürte sie, wie sich ein lange vernachlässigtes, doch hartnäckiges Kind in ihr ans Licht drängte, ein schüchternes kleines Mädchen, das umsorgt werden wollte, das sich nach einem nur vage umrissenen, doch allmächtigen Mann sehnte, auf den es sich blind verlassen konnte. Bei dieser absurden Vorstellung stieß Teddy ein verächtliches Schnaufen aus. Sie verdiente mehr Geld als jeder Mann ihres Bekanntenkreises ... und doch kamen ihr neuerdings sehr viele Tage vor wie ein endloser, trostlos langweiliger Sonntagnachmittag.

Unvermittelt stand sie auf, musterte die benachbarten Sitzreihen im Erster-Klasse-Abteil der Constellation und schüttelte tadelnd den Kopf über ihre Reisebegleiter. »Euch scheint es ja nicht zu stören, Leute«, sagte sie ernst, »aber ich möchte wissen, wo zum Teufel mein Martini bleibt. Ich werde die Stewardeß holen gehen. Und da ich gerade stehe – hat vielleicht sonst noch jemand einen Wunsch?«

Julien Mistral stand hoch aufgerichtet an der Kante des Sprungbretts. Sein kraftvoller, sonnengebräunter Körper war nur mit einer knappen Badehose bekleidet. Er war jetzt zweiundfünfzig, doch sein Körper wirkte wie der eines Dreißigjährigen. Er besaß die festen, stämmigen Beine eines Künstlers, der sein Leben lang vor der Staffelei gestanden hat oder im Atelier umhergewandert ist, und die prächtig entwickelten Arm- und Rückenpartien eines jeden Mannes, der mit einem Werkzeug umgeht, sei es ein Pinsel oder ein Spaten.

Die Haltung eines Gentleman, die er in seiner Jugend so überheblich zur Schau zu stellen pflegte, hatte sich mit wachsendem Ruhm und zunehmender Meisterschaft nicht verändert. Die Arroganz jedoch, die in seiner Kopfhaltung lag, das Auftreten des Eroberers, wurde nicht mehr als Arroganz interpretiert, sondern als äußeres Merkmal eines allgemein anerkannten Genies. Sein Hals war ein wenig kräftiger geworden, um seine Augen und von der Adlernase bis zum Mund zogen sich tiefe Falten, das überwältigend blaue Feuer jedoch, das in seinen Augen loderte, hatte nichts von seiner Intensität verloren. Sein dunkelrotes, kurz geschnittenes Haar war an den Schläfen jetzt fast sandfarben, sein Mund immer noch hart, herrschsüchtig und unnachgiebig. Mistrals Gesicht war das Antlitz eines Häuptlings.

Bevor er an diesem heißen Septembertag 1952 in den Swimmingpool sprang, den er zwei Jahre zuvor gebaut hatte, hielt er, die Hände in die Hüften gestemmt, noch einmal inne und schien zu lauschen.

In knapp einem Kilometer Entfernung brauste dichter Autoverkehr über die Straße nach Apt, die früher so gut wie leer gewesen war; auf einem Feld, auf dem bis vor kurzem noch Menschen mit ihren Händen gearbeitet hatten, ratterte und quietschte jetzt ein Traktor; von Zeit zu Zeit flog die Maschine Paris–Nizza über den *mas* hinweg; in der Küche, wo das Personal die Dinnerparty vorbereitete, die Kate am Abend geben wollte, wurden streitende Stimmen laut. Auf der anderen Seite des Hauses klappte die Tür von Kates neuem Citröen, und gleich darauf fuhr sie mit quietschenden Reifen davon. Während Mistral da oben stand, konzentrierte er sich mit allen Sinnen auf die Geräusche, die den ländlichen Frieden störten, und überhörte die leichten Schritte, die sich auf dem Sprungbrett näherten.

»Papa!« kreischte eine Kinderstimme direkt hinter ihm.

»*Merde!*« Mistral zuckte erschrocken zusammen, rutschte aus, verlor die Balance und fiel ins Wasser.

Drei Monate nachdem sie nach dem Kriegsende nach Frankreich zurückgekehrt war, entdeckte Kate Mistral, daß sie wieder mal schwanger war. Im Lauf ihrer Ehe hatte sie mehrere Fehlgeburten gehabt, Mistral war darüber jedoch nicht sonderlich traurig gewesen. Er hatte sich nie so sehr ein Kind gewünscht wie andere Männer. Kinder, hätte er wohl gesagt, falls er überhaupt darüber nachgedacht hätte, sind zerstörerisch, zeitraubend, höchstwahrscheinlich enttäuschend und mit Sicherheit die Quelle unverzeihlicher Störungen.

Er wollte, daß Kate ihre volle Aufmerksamkeit der Aufgabe widmete, den *mas* wieder in Ordnung zu bringen. Nie wieder wollte er mit praktischen Problemen belästigt werden, und als Kate im Frühjahr 1945 zurückgekehrt war – mit zwei Überseekoffern voll Ivory-Seife, Kleenex, Toilettenpapier, Pulverkaffee, Nähnadeln, Nähgarn, Taschenlampen und weißem Zucker, Luxusgütern, die man in Frankreich seit fünf Jahren nicht mehr kannte –, stieß er einen tiefen Erleichterungsseufzer aus. Er wünschte sich nur noch, beim ersten Tageslicht im Atelier Zuflucht suchen und die ewig nagenden Probleme des Alltags vergessen zu können. Ein Kind würde sein Leben nur komplizieren. Aber es würde ja doch wieder eine Fehlgeburt werden. Gewöhnliche Männer brauchten Söhne, um sich zu beweisen, daß sie existiert und der Welt etwas hinterlassen hatten. Julien Mistral wußte, daß er unsterblich war und daß ein Sohn seinen Platz in der Geschichte der Kunst nicht noch unantastbarer machen konnte.

Als Kate im Februar 1946 jedoch ein mageres, ernstes und irgendwie grämliches Mädchen zur Welt brachte, war sie so stolz, daß sogar Mistral das Gefühl hatte, irgendwie an ihrem Glück beteiligt zu sein. Kate gab dem Baby den Namen Nadine und beruhigte Mistral, indem sie es gleich auf Flaschenkost setzte und innerhalb weniger Wochen ihre volle Arbeitskraft zurückgewann.

Für Nadine wurde eine Schweizer Nurse eingestellt, während Kate sich ganz dem neuen Aufschwung des öffentlichen Interesses an Mistrals Arbeiten widmete.

Schon 1946 wimmelte es in Frankreich von amerikanischen Kunsthändlern, die unbedingt sehen wollten, was er während des Krieges geschaffen hatte, und Mistral hatte eine große Anzahl von Bildern, die er für würdig erachtete, verkauft zu werden: sämtliche Arbeiten aus den fünf Jahren nach der Fertigstellung von *Les Oliviers*.

»Hast du schon was von Avigdor gehört?« erkundigte sich Kate kurz nach ihrer Rückkehr bei Mistral.

»Nein. Ich habe beschlossen, den Händler zu wechseln«, antwortete Mistral. »Avigdor war immer schon mehr daran interessiert, neue Talente zu entdecken, als die besten Preise für die Künstler auszuhandeln, denen er seinen Erfolg verdankt – warum hat er nie eine amerikanische Filiale eröffnet, frage ich dich? Das allein hat mich eine Menge Geld gekostet. Mein Vertrag mit ihm ist während des Krieges abgelaufen; das solltest du dir zunutze machen.«

Wie Mistral es vorausgesehen hatte, gehorchte Kate ihm, ohne weitere Fragen zu stellen. Vom ersten Tag ihrer Ehe an hatte er darauf spekuliert, daß sie zufrieden sein würde, solange man ihr auf bestimmten Gebieten die Befehlsgewalt ließ. Jeder Händler würde sich mit Kate auseinandersetzen müssen, bevor er auch nur von weitem an Mistral herankam. Dadurch, daß er es Kate überließ, eine neue Galerie zu wählen, gab er keinerlei Autoritäten auf, die er zu behalten gedachte. Der Händler, für den sich Kate schließlich entschied – Etienne Delage, New York, Paris, London –, entdeckte schon bald, daß Julien Mistral die Ausnahme von der Regel war, die da besagt, die meisten Maler kämen erst nach ihrem Tod zu Geld.

Als das Museum für Moderne Kunst in São Paulo im Jahre 1948 eine große Mistral-Ausstellung veranstaltete, machte er sich gar nicht erst die Mühe, hinzureisen, denn Kate war schon Wochen zuvor hinübergeflogen, um das Hängen seiner Bilder zu beaufsichtigen. Ein Jahr darauf fuhr sie zur Eröffnung der großen Mistral-Retrospektive im *Museum of Modern Art* nach New York, und wieder zog ihr Mann es vor, zu Hause zu bleiben. In den Jahren 1950 und 1951 ließ er sich endlich überreden, bei der überaus wichtigen Ausstellung im *Stedelijk Museum* von Amsterdam anwesend zu sein, im *Kunsthaus* von Zürich, im *Palazzo Reale* von Mailand und bei den zwei Monate dauernden Feierlichkeiten anläßlich des zwanzigsten Jahrestags seiner ersten Ausstellung, die das gesamte *Maison de la Pensée Française* in Anspruch nahmen.

Nachdem er das hinter sich hatte, erklärte Mistral, er werde nie wieder zu einer Museums-Ausstellung gehen. Er verabscheute die Masse fremder Menschen, die meinten, nur weil sie seine Arbeit liebten, hätten sie auch das Recht, ihm ihre Reaktionen auf bestimmte Bilder zu schildern.

Dennoch hatte er nichts dagegen, daß mit jeder Ausstellung und jeder größeren Kunstauktion seine Preise stiegen. Etienne Delage entdeckte – wie vor ihm Adrien Avigdor –, daß Mistrals Bilder allein schon durch ihren Seltenheitswert fast unbezahlbar wurden. Nachdem die Arbeiten aus der Kriegszeit verkauft waren, begann er seine neuen Werke wieder zurückhaltender freizugeben. Trotzdem verdiente er allein im Jahre 1951 umgerechnet eine Viertelmillion amerikanischer Dollar, ohne sich von mehr als einem halben Dutzend Bilder trennen zu müssen.

Ende der vierziger und Anfang der fünfziger Jahre fanden immer mehr Journalisten den Weg nach Félice, und auf die vielen Dutzend, denen der Zutritt zu La Tourrello verwehrt wurde, kamen unweigerlich einige, die so wichtig waren, daß Kate ihren Mann überreden konnte, ein Interview zu geben. Meist hielt sie ihm die Leute vom Hals, und das dankte er ihr, empfand es aber dennoch als störend, daß Kate all ihre Bemühungen darauf richtete, die perfekte Gastgeberin zu spielen, die Königin der feinen benachbarten Gesellschaft zu werden. Eine englische Adelsfamilie hatte sich bei Uzès ein Château gekauft, in Ménerbes hatte sich ein bekannter amerikanischer Cézanne-Experte niedergelassen, nicht weit von Félice bewohnten die Gimpels, seit Generationen bekannte Kunstsammler, ebenfalls ein hübsches Château, und nun luden sie alle sich gegenseitig ein.

Das Interesse an Kates Körper hatte Mistral kurz nach Nadines Geburt völlig verloren, sonst hätte er ihrem Treiben einen Riegel vorgeschoben. Was kümmerten ihn völlig Fremde, so berühmt sie auch sein mochten; was konnte es ihn interessieren, ihrem albernen, hektischen Geschwätz über die neuen, sogenannten abstrakten Expressionisten zuzuhören, diesen Abschaum, der mangels Talent die letzte Mahlzeit auszukotzen und das dann Kunst zu nennen sich erdreistete. Als ob ein Apfel abstrakt sein konnte, oder ein Vollmond, oder ein Berg, oder eine nackte Frau . . . Warum sollte er seine Zeit verschwenden und über sie reden oder boshafte Geschichten von Picasso, diesem *pauvre con*, und seinem lächerlichen Engagement bei den Kommunisten anhören!

Weil er mit Kate immer seltener schlief, aus einem undefinierbaren Schuldgefühl heraus, beschloß er, Kate die Freude zu lassen, wenn sie unbedingt mit Charlie Chaplin und der Herzogin von Windsor dinieren wollte.

Sobald ihrem Körper das Leben versagt wird, erwacht der Ehrgeiz in der Frau, sinnierte er. Er selbst fand in Avignon reihenweise junge, willige Mädchen, wenn er sie brauchte.

Kate schien sich mit ihrer ständig wachsenden Gästeliste und mit Nadine zu begnügen, die mit jedem Tag mehr zu einem richtigen Plappermaul heranwuchs. Ein-, zweimal hatte er versucht, Nadine ruhig und still in einer Ecke seines Ateliers sitzen zu lassen, weil sie so sehr darum gebettelt hatte, ihm einmal beim Malen zusehen zu dürfen, aber das Kind konnte sich absolut nicht still verhalten. Darauf verbot er ihr, je wieder das Atelier zu betreten.

Mit ihren sechs Jahren verfügte Nadine allerdings über ein ganzes Arsenal von kleinen Tricks, mit deren Hilfe sie meist erreichte, was sie sich in den Kopf setzte. Immer wieder ertappte Mistral sie beim Lügen, besonders dem Dienstpersonal gegenüber. Und wenn er darauf bestand, sie müsse bestraft werden, wurde Kate ärgerlich. »Sie hat einfach zuviel Phantasie. Sei doch nicht so ein Moralapostel, Julien!« Mistral aber war anderer Meinung. Er hegte tiefstes Mißtrauen gegen ein Kind, das in so jungen Jahren bereits gelernt hatte, so perfekt zu lügen. Wenn Mistral mit Kate darüber sprach, lachte sie nur und behauptete, es sei typisch für die Franzosen, von ihren Kindern zu erwarten, daß sie sich wie kleine Erwachsene verhielten. Ob er denn nicht sehe, daß seine Tochter kein gewöhnliches Kind sei? Sie sei etwas ganz Besonderes und habe einen herrlich wißbegierigen kleinen Verstand.

Als er sich nach dem Sturz in den Pool unter Wasser emporarbeitete, dachte Mistral grimmig: Wißbegieriger Verstand her oder hin, ich werde sie lehren, sich auf dem Sprungbrett von hinten an mich heranzuschleichen! Doch als er auftauchte, war Nadine vorsichtshalber verschwunden. Sie ist von Natur aus hinterhältig und durchtrieben, sagte er sich, und verscheuchte sie aus seinen Gedanken.

Während Julien Mistral im Wasser trieb, dachte er an seine Arbeit. Seit sechs Monaten tastete er sich nun zum Beginn einer Bilderreihe vor, zu der ihn die Formen der Weinstöcke im Winter angeregt hatten. Der Boden seines Ateliers war mit Skizzen und Studien bedeckt, aber der unbezähmbare Impuls, morgens sofort aus dem Bett zu springen und zu malen, bis das Tageslicht schwand, war nicht mehr vorhanden. Er lag morgens im Bett mit einem Brennen im Magen und mit dem charakterlosen, verächtlichen Wunsch, wieder einzuschlafen, um sich nicht der Tatsache stellen zu müssen, daß seine Flamme schwächer wurde. Jeder Kohlestrich seiner Skizzen war von Todesfurcht inspiriert, und jede Bewegung der Finger war nichts als ein sinnloser Protest gegen den Gedanken an den Tod.

Seit seinem fünfzigsten Geburtstag war er von diesem Gedanken besessen. Was war zuerst da, fragte er sich: die Vorstellung des Todes oder der Verlust jenes Gefühls, malen zu *müssen*. Nicht, daß er nicht mehr malen *konnte* – technisch war das kein Problem. Doch irgend etwas war aus seiner Arbeit verschwunden, das konnte er sich selbst gegenüber nicht ableugnen, auch wenn er das Publikum zu täuschen vermochte.

Immer wieder forschte er nach dem Grund. Sein Blick, seine Augen waren so wach wie immer; er *sah* mit der visionären Kraft, die er schon immer besessen hatte... aber nichts *trieb* ihn, festzuhalten, was er sah, höchstens die Angst, daß er sterben würde, sobald er aufhörte zu malen. Worin liegt mein Versagen, fragte er sich, wo ist der Kontakt abgerissen? Nein, nicht der Kontakt, vielmehr das *Verlangen*. Genau das war es!

Und er wußte, daß es im Leben vieles gab, was man erlernen, und vieles, was man mit harter Arbeit erreichen konnte, daß das *Verlangen* jedoch im tiefsten Innern des Menschen entspringen und ohne bewußte Anstrengung ans Licht dringen mußte. Kein Mensch weiß, was den göttlichen Trieb des Künstlers auslöst, welchen Versuchungen er ausgesetzt werden muß, um Tag um Tag sein Verlangen stillen zu können. Und wenn dieses Verlangen erloschen, verdorrt war? Hätte er an Gott geglaubt – Julien Mistral hätte gebetet.

Achtzehntes Kapitel

*E*s klingt zwar seltsam«, sagte Marietta Norton zu Bill Hatfield, »aber ich glaube, ich habe tatsächlich ein bißchen Bammel.«

»Na ja, die letzten drei Fotografen, die Mistral knipsen wollten, mußten mit leeren Händen umkehren; auf dem Film hatten sie nichts weiter als seinen Hinterkopf. Aber die hatten natürlich auch unsere Geheimwaffe nicht: La Belle Théodora.«

Die Moderedakteurin und der Fotograf lehnten sich in die Polster des mit Koffern vollgestopften uralten Renault-Taxis, das sie vom Hotel in Villeneuve-les-Avignon, wo sie die vergangene Nacht verbracht hatten, nach La Tourello bringen sollte. In einem zweiten Taxi folgten Berry, Sam und Teddy. Sie waren jetzt seit fast zehn Tagen in Frankreich. Marietta Norton hatte sich vorgenommen, ihre Sommermode in den Ateliers der drei größten lebenden Maler Frankreichs – Picasso, Matisse und Mistral – zu fotografieren, und hatte durch Darcys Verbindungen zur Kunstwelt auch von allen drei Künstlern die Erlaubnis dazu erhalten.

In Vallauris hatte Bill Hatfield an einem Tag fünfzehn Filme mit Picasso und Teddy verknipst.

In Picassos Bildhaueratelier hatte Berry Teddy in ein trägerloses, mit riesigen weißen Schleifen bedrucktes Kleid aus schwarzem Seidenorgandy gesteckt. Schwerelos auf ihren leichten, hochhackigen schwarzen Sandaletten balancierend, stand sie inmitten von Metallteilen, die Picasso für seine Skulpturen gesammelt hatte: Fahrradketten und Lenkstangen, Räder und Rollen jeglicher Größe, alle möglichen Eisenstücke, die er auf irgendwelchen Schrotthaufen gefunden hatte. Picasso, ein altersloser Pan in einem Kesselraum, flirtete begeistert, während sie ununterbrochen bemüht war, mit ihren hauchfeinen Strümpfen möglichst nicht an Nägeln und Stacheldraht hängenzubleiben. Dann schlüpfte Teddy in ein kornblumenblaues, bedrucktes Seidenkleid, und die gesamte Mannschaft zog um ins Malatelier, wo Picasso, hinter einem bauchigen Ofen hervorlugend, stolz auf die dikken Spinnweben zeigte, die überall hingen. Bill Hatfield, der vor Erregung fast wahnsinnig wurde, versuchte Picassos Mimik festzuhalten, und schoß Foto um Foto von dem unordentlichen, vollgestopften Atelier.

Von Vallauris aus waren sie nach Nizza gefahren, um Matisse aufzusuchen, der in seinem Hotelzimmer im Regina ans Bett gefesselt war, und in einem herrlichen Dschungel von Pflanzen, singenden Vögeln, gurrenden Tauben und den glitzernden Phantasien der bunten Scherenschnitte lebte, die er nun anfertigte, da er nicht mehr malen konnte.

Matisse hatte sie mit seiner berühmten Liebenswürdigkeit begrüßt, hingerissen von Teddy, die in ihrem Haremsgewand mit ihren schönen, bloßen Armen eine Arabeske vollführte, die, wie er ihr versicherte, nicht eine einzige von seinen Odalisken so vollkommen beherrschte. Die acht Seiten von *Mode* waren mit den bisher gemachten Fotos leicht zu füllen. Auf Mistrals Domäne wollte Marietta Norton zum Schluß noch die Kofferkleider fotografieren, die man im kommenden Winter überall mitnehmen konnte – alles in allem Aufnahmen für weitere vier Bildseiten.

Im zweiten Taxi saß Teddy neben dem Fahrer auf dem Vordersitz. Den Fond hatte sie Berry und Sam überlassen, zwischen denen sich eine interessante Beziehung anzubahnen schien. Glückliche Berry, dachte Teddy, ich beneide dich. Dies ist ein Land für Liebende.

Teddy schlug die Landkarte auf. Noch mindestens eine halbe Stunde bis Félice, dachte sie, und ihr Magen verkrampfte sich zu einem nervösen Knoten. Ob die anderen wohl wissen, daß meine Mutter für Mistral Modell gestanden hat? fragte sie sich wieder einmal. Die sieben Bilder der *Rouquinne*-Serie waren seit der Ausstellung 1931 in New York nie wieder öffentlich gezeigt worden, doch jeder, der sich für moderne Kunstgeschichte interessierte, mußte zahllose Reproduktionen von ihnen gesehen haben.

Teddy hatte in der verdunkelten Aula des Kunstgebäudes im College gesessen, als beim Kunstunterricht ein Farbdia von einem Bild der Serie auf die Leinwand geworfen wurde. Mit siedend heißem Erschrecken hatte sie erkannt, daß der selbstvergessen daliegende Rotschopf, der sich dem Betrachter mit so reifer Sinnlichkeit darbot, dieselben Züge besaß wie ihre zurückhaltende, nüchterne, steif frisierte, perfekt gekleidete Mutter.

In ihren nächsten Ferien hatte Teddy dann all ihren Mut zusammengenommen und es gewagt, Maggy nach dem Gemälde zu fragen, war jedoch mit ein paar nichtssagenden Worten abgespeist worden. »Als ich noch sehr jung war, habe ich vorübergehend für Maler Modell gestanden – aber das ist so lange her, daß ich die Einzelheiten vergessen habe. Selbstverständlich haben wir alle nackt posiert – ich dachte, das wüßtest du«, hatte Maggy in einem Ton gesagt, der eindeutig erkennen ließ, daß sie nicht beabsichtigte, ihr Leben in Paris eingehender zu diskutieren. Irgendwie war die Existenz ihrer Mutter vor der Übersiedelung in die Vereinigten Staaten beinahe ebenso sehr tabu wie das Geheimnis ihrer eigenen Geburt, die streng verbotenen Fragen nach ihrem Vater.

Hatte Maggy überhaupt eine Ahnung von den verstörten, stummen, quälenden Frustrationen, unter denen Teddy so lange gelitten hatte? Warum hatte sie es nicht fertiggebracht, Maggy mit ihren Fragen zu konfrontieren, auf einer Antwort zu bestehen?

In den vergangenen vier Jahren, in denen sie allein und finanziell von Maggy unabhängig lebte, hatte sie die qualvollen, konfusen Wirrungen ihrer Kinderzeit fast vergessen. Immer unwichtiger schienen sie zu werden, je geschäftiger und egozentrischer ihr Leben wurde. Doch jetzt kamen sie ihr wieder in den Sinn, weil sie gleich diesem Mistral gegenüberstehen würde.

Als Maggy hörte, was geplant war, hatte sie sich sofort darum bemüht, die Mode-Buchung rückgängig zu machen, doch Teddy hatte darauf bestanden. Sie wollte sehen, ob Maggy schließlich damit herauskam und deutlich sagte, warum sie nicht wollte, daß Teddy in die Provence reiste, doch Maggy hatte ein Dutzend Gründe angeführt, die nicht das geringste mit Mistral zu tun hatten, und deshalb hatte Teddy all ihre Argumente verworfen.

Wovor hatte Maggy Angst? fragte sich Teddy. Welches Geheimnis hütete sie, das nach so vielen Jahren noch geeignet war, andere zu schockieren? Konnte sie so naiv sein, sich einzubilden, die Tatsache, daß sie einem Maler nackt Modell gestanden hatte, der inzwischen ein alter Mann sein mußte, würde ihre welterfahrene Tochter abstoßen?

»Berry«, sagte sie leise, »wir sind gleich da. Leg lieber ein bißchen Lippenstift auf, bevor du Marietta unter die Augen trittst.«

»Tut mir leid, daß ich Sie warten lassen muß«, wandte Kate Mistral sich an Marietta Norton, »aber Julien arbeitet noch, und ich wage ihm nicht zu sagen, daß Sie da sind.«

»Ich hoffe nur, das Licht bleibt solange.«

»Keine Angst. Er hat mir versprochen, heute um fünf Uhr nachmittags aufzuhören. Er läßt sich selten auf so etwas ein, wissen Sie, aber wenn ich ihn dazu bringe, daß er zustimmt, ist er gewöhnlich äußerst zuverlässig.«

»Wir sind Ihnen sehr verbunden.« Innerlich betete Marietta darum, daß diese zusätzliche Betonung ihrer Dankbarkeit Julien Mistrals Erscheinen beschleunigen möge.

»Keine Ursache – ich habe *Mode* mein Leben lang gelesen. Hierher bekomme ich es per Post«, antwortete Kate lächelnd und charmant, ganz und gar Frau des berühmten Künstlers. Sie hatte sie alle durch den *mas* geführt, durch die zahllosen hohen, weiß gestrichenen Räume mit den Böden aus sechseckigen Terrakotta-Fliesen. Hier und da standen Körbe voll getrocknetem Lavendel zwischen den schönen rustikalen Antiquitäten. Auf der Rückseite des Hauses schlossen sich zwei große, aus alten Backsteinen erbaute und durch eine Steinmauer als Windschutz verbundene Seitenflügel an, getrennt durch einen inmitten einer weiten Grasfläche liegenden Swimmingpool. In einem dieser Flügel lag Mistrals Atelier. Fast eine Stunde lang saßen sie nun alle schon im Schatten weinberankter Spaliere und warteten, daß sich die Türen des Ateliers öffneten.

Kate Mistral interessierte sich ausschließlich für Marietta Norton. Sie besaß die Gabe, mit unfehlbarer Sicherheit die wichtigste Person einer Gruppe von Menschen heraussuchen zu können, und diesmal war in ihren Augen die Moderedakteurin das einzige Mitglied des Teams, mit dem sich möglicherweise ein Gespräch lohnte.

Kate hatte in letzter Zeit beobachtet, daß sich die Aufmerksamkeit der Kunstwelt den neuen Malern zuwandte, vor allem jenen der New Yorker Schule, und obwohl sie nicht zu befürchten brauchte, daß Mistral seines Ruhmes, der seit 1926 immer weiter gewachsen war, nicht sicher sein konnte, war sie zu scharfsichtig, um nicht zu merken, daß er von der jüngeren Generation der Kunstkritiker von allen Seiten attackiert wurde.

Es genügte Kate nicht, daß die größten Museen der Welt sich darum rissen, Mistral-Ausstellungen zu veranstalten, daß die Kunstgeschichtler größtes Interesse für ihn bekundeten, daß er jedes Bild verkaufte, das er zum Ausstellen freigab. Nein, sie verlangte kontinuierliche Publicity, damit das Interesse der Öffentlichkeit an Mistral nicht erlahmte. Diese Fotos in *Mode* würden sehr nützlich sein – erstklassige Publicity – obwohl »Publicity« ein Wort war, das sie vor Julien nie zu benutzen wagte.

Während Kate auf dem Korbsofa wortreich mit Marietta plauderte, saßen die anderen Mitglieder des Teams in einiger Entfernung. Nur Teddy stand die ganze Zeit in ihrem ärmellosen, weißen Anne-Fogarty-Kleid herum. Das Oberteil war fein plissiert, lag eng am Körper an und formte sich, schräg über die beiden Brüste verlaufend, zu einem tiefen Dekolleté, während der Rock sich zu Ballerina-Weite bauschte und erst fünfundzwanzig Zentimeter über dem Boden endete.

Hauchzart wie eine schillernde Seifenblase wirkte Teddy in diesem Kleid, das theoretisch knitterfrei sein sollte. Doch Berry wollte nicht riskieren, daß sie sich darin hinsetzte, denn der duftige Stoff wurde von acht steif gestärkten Petticoats gestützt. Behutsam beugte sich Teddy vor und trank einen Schluck aus einem Glas, das Berry für sie hielt. Jetzt fehlt nur noch, daß ich Limonade auf das Kleid gieße, dachte sie. Einfach lächerlich, daß ihre Hände so zitterten! Warum zum Teufel kam der Kerl nicht raus?

»Lampenfieber«, murmelte Berry mitfühlend. Es war seltsam, Teddy so deutlich nervös zu sehen. Picasso und Matisse hatte sie behandelt, als seien die beiden ehemalige Verehrer aus der Tanzstundenzeit.

»Was machen meine Augenbrauen?« erkundigte sich Teddy. Die Mode von 1952 verlangte dicke, gewölbte und kräftig betonte Brauen auf halbem Weg zwischen den normalen menschlichen Brauen und der Stirn. Kein Fotomodell

– nicht einmal Teddy – durfte von diesem Kosmetikdiktat abweichen, doch Teddy hatte sich – im Gegensatz zu den anderen Modellen – strikt geweigert, ihre eigenen, hellroten Brauen zu rasieren oder auszuzupfen. Statt dessen versteckte sie sie unter dem Makeup und strichelte falsche Brauen darüber.

»Sind noch drauf«, versicherte Berry beruhigend.

Die hohe Tür des Ateliers öffnete sich, und Julien Mistral trat heraus. Er säuberte sich die Hände an einem farbfleckigen Lappen, den er in die Tasche seiner Cordhose stopfte, und kam am Rand des Swimmingpools entlang langsam auf die Gruppe zu. Kate machte ihn mit Marietta Norton bekannt und bat die Moderedakteurin dann, ihm ihre Kollegen vorzustellen.

Marietta, verunsichert durch Mistrals kriegerisches Verhalten, durch seine Miene, die unmißverständlich verriet, daß er viel lieber woanders wäre, entledigte sich dieser Aufgabe so schnell wie möglich, indem sie nur den Vornamen ihrer Begleiter nannte. Als Mistral Teddys Hand ergriff, musterte er sie um eine Spur eingehender als die übrigen.

»Kommen Sie mit ins Atelier«, sagte er. »Bringen wir's hinter uns.«

Drinnen in dem weiten Atelier herrschte eine grandiose Unordnung, neben der das Chaos in Picassos Atelier beinahe banal wirkte.

Einzig Bill, der leise fluchte, weil er sich entscheiden mußte, ob er sich die Bilder ansehen oder fotografieren wollte, bevor das Licht zu schwach wurde, vermochte sich in Bewegung zu setzen. Die anderen standen stumm und ehrfurchtsvoll da wie Schulkinder und wagten kein Wort zu sprechen, weil alles, was sie hätten sagen können, während sie den Blick von einer riesigen Leinwand zur anderen wandern ließen, unzulänglich erschien. Jedes Bild war eine Meditation über eine Welt, in der das Alltägliche zum Wunder wurde.

Schließlich nahm Bill seinen Spot. »Komm, Teddy«, sagte er und ergriff ihren Arm. »Stell dich da drüben hin, neben ihn, und tu so, als unterhieltest du dich mit ihm.« Mistral wartete ungeduldig vor der Staffelei, auf der eine leere Leinwand stand.

Teddy nahm all ihre Berufserfahrung zusammen und ging

in ihren Ballerinaschuhen mit leichten Schritten auf ihn zu. Er war so groß, daß sich sich recken mußte, um zu ihm emporsehen zu können. Noch nie hatte sie sich neben einem Mann so klein gefühlt. Teddy hob das fein geschnittene Kinn, und ihr Kopf wurde von der schweren Haarmasse nach hinten gezogen. Ihre immer wieder sich verändernden Augen waren von einer nicht zu beschreibenden Farbe, die den Zauber von tausend blauen Stunden versprach. Ihr Lächeln war ein Abenteuer.

Mistral griff nach ihrem Kinn, um es mit ausdrucksloser Miene hierhin und dahin zu drehen. Seine lodernden blauen Augen erforschten ihr Gesicht. Er zog den Lappen aus der Tasche, an dem er sich die Hände gesäubert hatte. Er riecht nach Terpentin, konnte Teddy gerade noch denken, bevor er begann, ihr damit die Brauen abzuwischen. Marietta kreischte, Berry schrie auf, Bill fluchte und Sam johlte.

»So ist es besser. Du nimmst viel zuviel Farbe«, sagte Mistral so leise, daß nur Teddy ihn hören konnte. »Genau wie deine Mutter.« Zum erstenmal lächelte er jetzt. »Aber du bist tausendmal schöner als sie.«

Nachdem sich der erste Aufruhr gelegt hatte, bat Marietta Norton die anderen zu warten, während sie sich aufmachte, um Kate zu suchen. Sie fand sie bei der Köchin.

»Madame Mistral, wir haben ein Problem«, erklärte sie grimmig.

»O Gott, nein! Kann ich Ihnen irgendwie behilflich sein?«

»Monsieur Mistral hat leider die Augenbrauen unseres Fotomodells entfernt.«

»Wie bitte?«

»Sie waren aufgemalt, und er hat sie abgewischt. Um den oberen Teil ihres Gesichts wieder dem unteren anzupassen, wird sie mindestens eine Stunde brauchen, und bis dahin ist das Licht zu schwach für Farbfotos.«

»Aber warum in aller Welt . . .?« Kate war wütend auf ihn. Wie konnte er sich nur so benehmen – wie ein Bauer! Und nachdem sie alles so sorgfältig arrangiert hatte!

»Ich kann Ihnen gar nicht sagen, wie leid mir das . . . Ich weiß überhaupt nicht, was er sich dabei gedacht hat! Passen Sie auf, ich möchte Sie auf keinen Fall enttäuschen, nachdem Sie von so weit hergekommen sind. Ich werde mit ihm sprechen. Wenn er Ihnen morgen vormittag irgendwann einen Termin gäbe – wäre Ihnen dann geholfen, oder haben Sie morgen schon andere Termine?«

»Bis jetzt haben wir noch gar nichts vor«, entgegnete Marietta mit einem erleichterten Seufzer. Sie verstand sich mit Frauen wie Kate Mistral. Sie waren beide hundertprozentige Profis. Marietta würde ihre vier Fotoseiten bekommen: Alles andere war unwichtig.

Am folgenden Tag fuhren sie gleich nach dem Frühstück wieder nach La Tourrello hinaus. In ihrem ganzen Leben war Teddy noch nicht so durcheinander gewesen. Er hatte kein weiteres Wort zu ihr gesagt, doch es war ihr, als sei ihr Leben ein Film, bei dem der Regisseur, sobald Julien Mistral sie berührte, »Stopp« gerufen hatte. Bis sie ihn wiedersah, blieb die Filmleinwand leer und wartete.

Sobald Teddy Mistral erblickte, wußte sie, daß er sie genauso ungeduldig erwartet hatte, wie sie ihn. Bei einer so von Leidenschaft erfüllten Gewißheit konnte es keinen Zweifel geben. Atemlos trat sie an die Staffelei. Er streckte die Hand aus, Teddy ergriff sie, und ihre Hände hielten einander fest und warm.

»Bonjour, Mademoiselle Lunel. Haben Sie gut geschlafen?«

»Bonjour, Monsieur Mistral. Ich habe überhaupt nicht geschlafen.«

»Ich auch nicht.«

»Teddy«, sagte Bill Hatfield freundlich, »dreh dich bitte ein bißchen um. Wir können das Kleid nicht richtig sehen.«

Ich muß sein Gesicht berühren, dachte Teddy, als sie sich ein paar Zentimeter nach rechts drehte. Ich muß meine Hände um sein Gesicht legen, damit ich jenen Punkt an seinen Schläfen spüre, wo die Haare zu wachsen beginnen und die Haut so unendlich glatt aussieht.

»Kinn bitte etwas senken!« rief Bill. »Sieh dir das Gemälde an.«

Ich möchte seine Augen küssen. Ich möchte seine Lider unter meinen Lippen fühlen, dachte Teddy, während sie blind auf die Leinwand starrte.

»Könnten wir ein bißchen Bewegung kriegen, Teddy?« erkundigte sich Bill.

Ich möchte sein Hemd aufknöpfen und meinen Kopf auf seine Brust legen. Ich möchte mit seinem Atem atmen, ich will, daß mein Herz mit seinem schlägt.

»Bitte, Teddy – sieh hierher, zu mir! Ich kriege wieder nur deine Rückseite.«

Ich möchte, daß sein Mund süß und weich wird. Ich möchte fühlen, wie er unter meinen Lippen lacht, ich möchte um seine Küsse betteln, ich will, daß er um meine Küsse bettelt.

»Verdammt noch mal, Teddy!« Bill war im Grunde eher erstaunt als ungeduldig, denn sonst brauchte Teddy niemals auf diese Art geführt zu werden.

»Er ist nicht zufrieden, dein Fotograf«, sagte Mistral leise.

»Ob er zufrieden ist, interessiert mich nicht.«

»Aber er wird nicht aufgeben, bis er seine Fotos hat.«

»Da hast du recht.«

»Und je früher er fertig ist, desto früher können wir miteinander reden.«

»Worüber werden wir reden?«

»Teddy! Wie soll ich fotografieren, wenn du ständig die Lippen bewegst? Verdammt noch mal!«

»Worüber werden wir reden?« wiederholte sie.

»Über den Rest unseres Lebens.«

»Ich fliege morgen nach New York zurück.«

»Du wirst hierbleiben, bei mir!«

»Hört zu, Leute, Monsieur Mistral, meine ich – so geht es nicht. Wie wär's, wenn ihr beiden an den Tisch dort in der Mitte treten würdet und Sie würden Teddy Ihre Palette zeigen?« schlug Bill betont geduldig vor.

»Wo können wir reden?« fragte sie.

»Im Restaurant *Hiely* in Avignon, heute abend, halb neun. Abgemacht?«

»Abgemacht.« Teddy schenkte Bill ein Lächeln, das ihn bis an sein Lebensende wünschen ließ, er hätte es mit der Kamera festhalten können, und begann dann ihre Posen so routiniert wie ein gut dressiertes Tier.

All diese Jahre, dachte sie, all diese langen Jahre, in denen ich geträumt habe und durch diesen Traum gefallen und immer tiefer gefallen bin, bis zu diesem Ort, bis zu dieser Minute. Bis hierher ist kein Mensch für mich real gewesen. Und nie wieder wird ein anderer für mich real sein.

Sobald sich Teddy ernsthaft ihrer Arbeit widmete, hatte Bill Hatfield die Fotos sehr schnell im Kasten. Kate Mistral bat das Team zum Lunch, doch Marietta lehnte die Einladung ab, weil sie fürchtete, den Nachmittagszug nach Paris zu versäumen.

»Hast du deine Koffer fertig?« fragte Berry später im Hotelzimmer.

»Ich bleibe hier.«

»Ach, Teddy! Laß die Scherze!«

»Ich fliege nicht mit euch zurück.«

»Bitte, nun mach schon, Teddy!«

»Du hast nicht zugehört. Ich bleibe hier in der Provence ... jedenfalls vorläufig. Ich hab mich noch nirgends so wohl gefühlt.«

»Aber das kannst du nicht tun!«

»Und warum nicht?« Teddy sagte es ruhig, doch in ihrer Stimme schwang hintergründig eine fiebrige Intensität.

»Bist du krank? Fühlst du dich nicht wohl genug für die Reise?«

»Unsinn! Es ist einfach so eine Laune ... Hast du denn nie Launen, Berry?«

»Natürlich nicht! Bis ich die kriege, dauert es mindestens noch zwölf Jahre. Na schön – okay. Dann bleibst du also ... Hier ist dein Rückflugschein; ich lege ihn auf die Kommode. Eigentlich hättest du das ja auch früher sagen können!«

»Ich hab's nicht früher gewußt«, gab Teddy mit einer Stimme zurück, die aus einem Traum zu kommen schien. »Ich werde der Agentur ein Kabel schicken, damit die drüben die Nachricht haben, bevor ihr ankommt.«

»Und was ist mit deiner Mutter? Die wird bestimmt nicht begeistert sein – oder?«

»Ach, sie wird mich verstehen«, antwortete Teddy nachdenklich. »Ich glaube, sie wird mich besser verstehen als jeder andere.«

Das Restaurant *Hiely* in Avignon bestand aus einem einzigen großen, jedoch unscheinbaren, holzgetäfelten Raum, dessen angenehm große Tische mit einfarbig gelben Tafeltüchern gedeckt waren. Auf einem Mitteltisch stand ein ganzer Räucherschinken, umgeben von Schalen mit frischem Obst, Platten mit gekochten Hummern und Weinflaschen in

Dekantierkörben. Weitere Dekorationen gab es nicht: Die Fenster hatten keine Vorhänge, auf den Tischen standen keine Blumen und die harten Holzstühle waren streng und praktisch um die Tische plaziert. Die ganze Einrichtung dokumentierte, daß man hier der Philosophie einer absoluten Konzentration auf die Gastronomie huldigte.

Als Julien Mistral und Teddy Lunel sich an einem ruhigen Tisch in einer Fensternische gegenübersaßen, fragte sich Teddy, warum kein Mensch sie jemals darauf vorbereitet hatte, daß Liebe auf den ersten Blick sie sprachlos machen würde.

Und Julien Mistral, für den Schüchternheit ein unbekannter Zustand war, mußte feststellen, daß er fast ebenso sprachlos war wie Teddy. Ein erbärmliches Benehmen, sagte er sich. Fast meinte er an den Dingen zu ersticken, die gesagt werden mußten, aber er schob nur immer wieder das Essen auf seinem Teller umher. Womit sollte er anfangen? Sie kannten einander nicht, und doch konnte er sich für sie beide keine Zukunft ohne einander vorstellen. Die für ihn lebensnotwendige Nähe dieser Frau durfte ihm niemals entzogen werden.

Teddy hatte das Gefühl, als zittere das durchaus normale Licht im Raum genauso sehr wie ihre Hände, wenn sie zu tun versuchte, als äße sie. Sie wollte nichts als Mistral berühren, ihn halten. Sie hatte nicht das geringste Bedürfnis, mit ihm zu flirten, denn darüber waren sie schon in dem Augenblick hinaus, da sie einander eingestanden, daß sie in der Nacht zuvor beide nicht hatten schlafen können.

Mistrals Gesicht, das berühmte Gesicht, um soviel schöner, als sie es sich je vorgestellt hatte, war ernst. Er machte keinen Versuch zu scherzen, er schien nachzudenken, und die belanglosen Bemerkungen, mit denen sie diesen Moment vielleicht überbrücken konnte, blieben ihr im Halse stecken. Alle Fragen, die sie ihm gern gestellt hätte, waren entweder zu unwichtig oder zu wichtig. Etwas dazwischen gab es nicht. Teddy wollte alles über Julien Mistral erfahren, von der Sekunde seiner Geburt an, irgendwie wußte sie, daß nur ein hauchdünner Schleier sie davon trennte, sich gegenseitig besser zu kennen, als beide jemals einen Menschen gekannt hatten.

Als die Mahlzeit beinahe beendet war, sah Teddy von ihrem Weinglas auf und begegnete, jeden Versuch einer unverfänglichen Unterhaltung aufgebend, Mistrals Blick. Eine verwirrende, zögernde Freude senkte sich auf beide herab, so zart und heiß, daß sie seine Zunge von ihren Fesseln befreite und er endlich mit ihr zu sprechen vermochte.

»Vergangene Woche«, sagte er, »war ich fest davon überzeugt, daß ich mich nie wieder jung fühlen würde. Ich blickte zum Himmel empor, den ich immer so geliebt habe, die Sonne brannte durch eine dünne Wolkenschicht, und alles war von absoluter Hoffnungslosigkeit.«

»Und nun?« erkundigte sich Teddy ernst.

»Fühle ich mich, als wäre ich nie jung gewesen, hätte keine Ahnung gehabt, was das heißt, hätte die Jahre meiner Jugend in einer Art Leere verbracht. Ich glaubte zu leben, weil ich mir nichts Besseres vorstellen konnte. Ich war nicht unglücklich, weil ich malte und stets der Meinung gewesen war, das sei das einzige, was ich mir wünschte. Ich kann nicht sagen, daß ich mich damals nach dir gesehnt habe, weil ich ja nicht wußte, daß es dich gab. Erst jetzt begreife ich, wie unvollkommen mein Leben war.«

»Wir hätten am selben Tag geboren werden müssen«, rief Teddy leidenschaftlich. »Wir hätten zusammen aufwachsen müssen! Du hättest immer bei mir sein können – o Gott, schon ewig hab ich auf dich gewartet! Die Stunden, in denen ich unglücklich war und das Gefühl hatte, ein halber Mensch zu sein – so unendlich viele Stunden! –, das war doch nur, weil du nicht da warst. Nie hätte ich erwartet, eine Frau sein zu können, wie ich es jetzt bin.«

»Und ich«, entgegnete Mistral fassungslos, »hätte niemals erwartet, ein Mann zu sein, wie ich es jetzt bin . . . Es macht, daß ich auf einmal andere Männer verstehe, die alles aufgeben für eine Frau, Männer, die ich sonst immer verachtet habe . . . Es macht, daß ich mir . . . menschlich vorkomme, genau wie alle anderen.«

»Ist das ein schwerer Schlag für dich?« Teddys Lachen war eine Verheißung.

»Bis gestern wäre es einer gewesen. Jetzt ist es eine ungeheure . . . Erleichterung . . .« Während er sprach, staunte er über sich selbst. Noch nie hatte er so mit einer Frau gesprochen, hätte sich niemals träumen lassen, daß es überhaupt möglich sei, hatte nicht gewußt, daß ihm solche Worte über die Lippen kommen konnten, sich nie vorstellen können, daß er das jemals erleben würde, einen solchen Rausch!

»Du wirst mich niemals verlassen.« Das war ein beseligter Befehl, keine Frage.

»Wie könnte ich das?« gab Teddy zurück. Ihr ganzes Gesicht leuchtete bei dieser Erklärung bedingungsloser Liebe.

»Du könntest es nicht.«

Gemeinsam lachten sie wie heidnische Götter. Mit nur fünf Sätzen hatten sie sich dafür entschieden, die Außenwelt aus ihrem Leben zu verbannen, hatten alle Probleme weggewischt, die sich erheben würden, hatten beschlossen, obwohl sie die Konsequenzen kannten – denn keiner von beiden war so töricht zu glauben, man würde sie entkommen lassen –, daß sie sich durch nichts aufhalten lassen würden. Sie hatten das Chaos akzeptiert, und die Tollheit – jene *folie à deux*, die alle Liebenden überfällt – sollte ihr täglich Brot werden.

»Komm mit mir – sofort«, verlangte Mistral.

»Wohin?«

Sekundenlang wurde Mistrals Miene ausdruckslos. Morgen würde er endgültige Dispositionen treffen können, heute jedoch mußte das Hotel *Europe* sie beherbergen, das in dieser sinnenfrohen Stadt, wo der päpstliche Hof so manchem fröhlichen Sünder gnädig gesonnen war, schon so oft Liebende aufgenommen hatte.

»Komm nur«, sagte er zu Teddy. »Ich werde für dich sorgen. Hast du das nicht gewußt?«

Sie errötete vor nie gekannter Freude. Kein Mann in ihrem Leben schien jemals gewußt zu haben, was sie wirklich wollte: daß man ihr sagte, was sie tun sollte, ja, daß man es ihr sogar befahl. Melvin hatte es fast begriffen ... Eine flüchtige Erinnerung an ihn schoß ihr durch den Kopf, um dann endgültig zu erlöschen.

Sie erhob sich und schritt mit ihm durch das Restaurant, ohne zu bemerken, daß Dutzende von Franzosen ihr hier die allergrößte Ehre erwiesen: Sie hielten mit Essen und Trinken inne, um sie ungestört betrachten zu können.

Unwiderruflich. Dieses Wort dröhnte in ihrem Kopf, als Julien Mistral zum erstenmal in sie eindrang. Kaum hatten sie die Tür ihres Hotelzimmers hinter sich geschlossen, da waren sie schon, ohne eine Sekunde zu zögern, zusammen aufs Bett gefallen, denn der Wahnwitz ihres ungezügelten Begehrens war zu heftig, um ihnen Zeit für eine konventionelle, ritualisierte Annäherung zu lassen. Beinahe vollständig angezogen liebten sie sich mit einer Unbeholfenheit, einer Dringlichkeit, die endgültig und notwendig war. Es mußte schnell geschehen, der Pakt mußte durch diesen Akt besiegelt werden – sofort.

Erst als es vorbei war, zog er sie aus, legte die eigenen Kleider ab und hieß sie, still in den Kissen liegen zu bleiben, während er sie sanft berührte, sie so langsam, zärtlich und bedächtig abtastete, als sei er blind und könne sie nur durch die Fingerspitzen kennenlernen.

Jetzt genoß Teddy es, fügsam zu sein, empfand eine ganz neue Freude daran, nicht zu stöhnen, sich nicht zu bewegen, als hätte er ihr befohlen, ruhig zu warten. Sie ließ es zu, daß seine Hände sich mit unendlicher Behutsamkeit hin und her bewegten, nie jedoch ganz das empfindsame Fleisch zwischen ihren Beinen berührten, bis sie schließlich so heiß brannte, daß sie es nicht mehr aushalten konnte. Sie hob sich ihm entgegen, bedeckte seinen Körper mit dem ihren und fand ihn so gierig wie einen Knaben.

Unwiderruflich. Machtvoll bewegte er sich in ihr, füllte sie, wie sie noch nie zuvor gefüllt worden war. Sie umschloß ihn tief in ihrem Schoß, und all ihre Sinne erweiterten sich, bis sie wußte, daß sie die eigenen Grenzen überwunden hatte, frei dahinschwebte, daß sie sich aufgelöst hatte und daß er sich aufgelöst hatte, und daß sie beide zusammen ein neues Wesen bildeten. Auf ewig, dachte sie. *Auf ewig.*

Neunzehntes Kapitel

Selbst mitten im Winter herrschte in Avignon stets eine ganz besondere Heiterkeit. Vom klaren Himmel schien fröhlich die Sonne auf die uralten Steine der Stadt herab, während Teddy zu ihrem festen Freitagstermin zum Friseur ging, dem einzigen Termin der ganzen Woche, denn Teddy Lunel und Julien Mistral hatten sich ein Leben eingerichtet, das außerhalb der normalen Zeit existierte.

Von der ersten gemeinsamen Nacht an hatten sie sich kein einziges Mal mehr getrennt. Er war nicht mehr nach La Tourrello zurückgekehrt, hatte es so selbstverständlich verlassen, als seien sein Haus, sein Atelier, seine Frau und sein Kind gar nicht vorhanden, und lebte seit vier Monaten mit Teddy in einem Zustand, unberührt von alltäglichen Problemen, wie ein Segelschiff, das von einem kräftigen, steten Wind unaufhörlich einem rosigen Eiland zugetrieben wird.

Sie hatten eine geräumige Mietwohnung gefunden und lebten nun in dieser königlichen Stadt mit ihrem satten, toskanischen Licht, ihren hundert Glockentürmen, ihrer Vergangenheit voll Prachtentfaltung und frohen Festen. Einstmals hatten die Päpste hier verschwenderisch hofgehalten und – gegen einen entsprechenden Preis – jene unter ihren Schutz genommen, die sich außerhalb der Stadtgrenzen nicht sicher fühlten: Juden, Schmuggler, entflohene Gefangene und, wie Teddy vermutete, zahlreiche Liebende wie sie und Julien.

Die Wohnung, die Mistral gemietet hatte, nahm den ganzen ersten Stock einer Villa aus dem achtzehnten Jahrhundert ein, die früher einem reichen Kaufmann gehört hatte. Die hohen Fenster gingen auf die Blumenbeete und mit stolzierenden Pfauen betupften Rasenflächen des Calvet-Museums hinaus. Das größte Zimmer hatte Mistral sich als Atelier vorbehalten, und gleich daneben, im Schlafzimmer, hatten sie ein riesiges Himmelbett mit Vorhängen aus königsblauem Samt aufgestellt. In frostigen Nächten konnten sie zugezogen werden, bis sie das Bett von allen Seiten schützend umfingen.

Da es in der Wohnung keine Zentralheizung gab, war jedes Zimmer mit einem riesigen Kamin ausgestattet, in dem von Anfang November an Tag und Nacht Feuer aus würzigem Eukalyptus- und Fichtenholz brannten. Das Atelier wurde wärmer gehalten als die übrigen Räume des Hauses: von einem Wiener Barockofen aus weißem Porzellan, damit Teddy nicht fror, wenn sie für ihn posierte, wie sie es fast jeden Nachmittag tat.

Niemals zuvor im Leben, erklärte er Teddy, sei er so lange aufgeblieben wie jetzt, wenn sie im Schlafzimmer vor dem Kaminfeuer saßen und bis tief in die Nacht hinein diskutierten, lachten, Walnüsse knackten, Kastanien rösteten und die klaren Obstschnäpse tranken, die Teddy wegen ihrer verlockenden Namen kaufte: *Prunelle de buissons*, *Mûre sauvage*, *Egantine* und *Myrtille des bois*. Und nie zuvor hatte er morgens so lange geschlafen. Wenn er jetzt aufwachte, blieb er liegen und beobachtete die schlafende Teddy, bis auch sie die Augen aufschlug. Dann vergaßen sie oft Zeit und sogar Raum und liebten sich in köstlichem Nirwana.

Ganz für sich lebten sie vor sich hin, geschützt im Wirbelwind ihrer Liebe, zufrieden damit, sich küssen, einander ansehen zu können und zu wissen, daß es richtig war.

Jeden Tag vor dem Mittagessen gingen sie auf einen Apéritif ins *Café du Palais,* weil sie es niemals müde wurden, das Leben auf der Place de l'Horloge zu beobachten, einem weiten Platz, gesäumt von ehrwürdigen Platanen mit ihrer glatten, gefleckten Rinde, belebt von Tauben und zahlreichen Einwohnern von Avignon, die mittags hier promenierten und sich in den Cafés drängten. In der Dämmerung stiegen sie oft auf den *Rocher des Doms,* wo sie in einem Park voll Rosen spazierengingen, die bis Weihnachten blühten. Manchmal, wenn ein Film mit Gérard Philippe, Jean Gabin oder Michèle Morgan gespielt wurde, besuchten sie auch ein Kino.

Obwohl Teddy zuweilen feststellte, daß sie und Mistral auf der Straße oder in einem Restaurant angestarrt wurden, hatte sie das Gefühl, daß sich in Avignon kein Mensch wirklich für sie interessierte. Mistral war eine Persönlichkeit, die man im Laufe der vielen Jahre immer wieder in der Stadt gesehen hatte, und wenn er nun öfter mit einer jungen Frau auftauchte, wäre es taktlos und indiskret gewesen, sie neugierig anzustarren.

Die beiden hatten keinerlei Freundschaften geschlossen – nur mit dem Arzt und seiner Frau, die direkt unter ihnen das *Rez-de-chaussée* bewohnten. Zwei Freunde – mehr brauchten sie nicht, denn Julien Mistral wurde von schmerzhaft primitiven Gefühlen geplagt. Er wollte über Teddy wachen und sie keine Sekunde aus den Augen lassen. Sie verkörperte für ihn den Inbegriff aller Frauen, seine Braut, sein Kind, war manchmal so liebevoll wie eine Mutter, dann wieder verspielt wie die Schwester, die er nie gehabt hatte, immer jedoch sein kostbarster Schatz, den nur er und er allein durch und durch kannte.

Beim Friseur unter ihrer Haube von Seifenschaum erinnerte sich Teddy mit schiefem Lächeln an Maggys Brief, den sie am Morgen erhalten hatte. Er klang recht versöhnlich, ganz anders als die ersten Briefe, die kamen, nachdem Teddy der Mutter ihr neues Leben mit Julien geschildert hatte. Jetzt schrieb Maggy liebevoll, ihre einzige Sorge gelte Teddys Zukunft. Sie habe schreckliche Angst davor, daß Juliens Bemühungen um eine Scheidung genauso erfolglos bleiben könnten wie jene von Teddys Vater.

Wie konnte sie die beiden Fälle nur vergleichen? Kate und Julien waren nur auf dem Standesamt getraut worden, nicht in der Kirche. Teddy versuchte die Kate Mistral, die ihre Mutter beschrieb – eine Frau, von der Maggy behauptete, sie habe sie vom ersten Augenblick an gefürchtet, eine Frau, von der sie behauptete, sie besitze eine noch größere Willenskraft als Mistral –, mit der Frau in Einklang zu bringen, die sie selbst kennengelernt hatte.

Nein, suchte Teddy sich zu beruhigen, während ihr Kopf sanft massiert wurde, meine Mutter irrt sich, sie sieht Gespenster. Die Zeiten hatten sich geändert. Heutzutage würde doch ganz bestimmt keine Frau sich an einen Mann klammern, den sie so eindeutig ganz und gar verloren hatte.

Es dauerte endlos, bis der Friseur das lange Haar mit dem Handtuch getrocknet und ausgebürstet hatte. Außerdem verzichtete sie jetzt auf jedes Make-up – bis auf die Wimperntusche. Sie wirkte jünger denn je, seit sie Fotomodell geworden war. Das ständige Essen und Trinken, die lange Reihe der trägen Tage, an denen ihre einzige Beschäftigung darin bestand, drei bis vier Stunden für Julien zu posieren und sich in der Wärme des Wiener Ofens zu aalen, hatten bewirkt, daß sie zunahm.

Jetzt könnte ich überhaupt nicht mehr für *Mode* arbeiten, dachte Teddy, als sie zum *Café du Palais* hinüberschlenderte, wo sie sich mit Mistral treffen wollte. In einem Supermarkt machte sie noch kurz halt, um sich ein Töpfchen Lavendelhonig, eine lange, ofenwarme Baguette, einen kalkweißen Kegel Ziegenkäse und ein Pfund hellgelbe Bauernbutter zu kaufen. Die einzige Mahlzeit, die sie selbst zubereitete, war das Frühstück; die anderen nahmen sie in Restaurants ein oder besorgten sich etwas in der *Charcuterie*.

Teddy sah auf die Uhr und beschleunigte ihren Schritt. Ihr Einkaufsnetz schwingend, entdeckte sie Mistral, der die Straße entlangeilte, den Kopf mit den roten Locken so arrogant erhoben wie eh und je, so daß er aufgrund seiner Größe über die Menge hinausragte und schon von weitem deutlich zu sehen war.

Nachdenklich stand Kate Mistral in dem großen, fensterlosen und feuersicheren Raum neben Mistrals Atelier, in dem, an herausziehbaren Metallschienen hängend, Mistrals Gemälde gelagert waren. Vor Tageslicht und Staub geschützt, datiert und gefirnißt, doch weder signiert noch gerahmt, befanden sich hier die besten Bilder aus mehr als einem Vierteljahrhundert Arbeit. In manchen Jahren hatte Mistral ein halbes Dutzend Bilder behalten, in anderen jeweils nur eins oder zwei, dann wieder einmal sogar zwanzig. Kate kannte jede Arbeit auswendig, wußte, in welchem Regal sie hing, wußte fast bis auf den Penny genau, wieviel sie einbringen würde, sollte Etienne Delage jemals Erlaubnis bekommen, sie zum Verkauf anzubieten. Sie knipste alle Lichter an und zog ein Regal heraus, das sich im hintersten Winkel des Lagerraums befand. Es enthielt ein Bild von Maggy, die nackt auf grünen Kissen ruhte – das berühmteste Gemälde der *Rouquinne*-Serie. Kate hatte das Bild nicht mehr angesehen, seit es 1931 von der New Yorker Ausstellung zurückkam, aber vergessen hatte sie es keineswegs.

O ja, dachte sie, es ist ganz leicht zu begreifen. Junges Fleisch – alle Männer in seinem Alter begehrten es. Julien ist da um keinen Deut anders. Höchstens ist er anfälliger als die anderen; ich hab schließlich immer gewußt, daß ihm nichts wichtiger ist als das Aussehen der Dinge, als das, was seine Augen sehen können. Äußerlichkeiten, nichts als Äußerlichkeiten. Doch welch ein Tor er ist, welch ein riesengroßer, kindischer Tor, typisch für das mittlere Alter! So etwas heiratet man doch nicht!

Wie lange hatte es gedauert, bis er das bei der Mutter eingesehen hatte? Nur wenige Monate. Wie ich sie doch gehaßt habe, diese launische Jüdin, dieses Mädchen, das keine Ahnung davon gehabt hatte, was ein Genie wie Julien von einer Frau brauchte! Beim Gedanken an Maggy verkniff sich Kates Mund zu einem harten Strich. Das gierige Mädchen mit dem lockeren Lebenswandel mußte nach Julien noch zahlreiche Liebhaber gehabt haben, denn die Tochter war ganz eindeutig ein Bankert – warum hätte sie sonst den Namen der Mutter getragen?

War es möglich, daß Julien in der Tochter die Mutter sah? Glaubte der Mann, in der Zeit zurückkreisen und wieder jung werden zu können? Kate verkrampfte beide Hände, um nicht die Leinwand zu zerreißen oder das Bild mit einem der scharfen Werkzeuge, die in dem wenige Meter entfernten Atelier herumlagen, zu zerstören.

Entschlossen schob sie das Regal in seine Reihe zurück. Während der sieben Jahre seit Kriegsende waren die sieben *Rouquinne*-Bilder als schönste Beispiele für Mistrals frühe Arbeiten um das Dreifache ihres Wertes gestiegen. Die beste Geldanlage, die ich jemals gemacht habe, dachte sie grimmig, und ich würde sie morgen verkaufen, wenn ich nicht sicher wäre, daß ihr Wert sich in den nächsten zehn Jahren abermals verdrei-, ja sogar vervierfachen würde. Wenn sie einmal das Gefühl hätte, die Existenz dieser Bilder in ihrer Nähe nicht mehr ertragen zu können, nicht einmal im hintersten Winkel des Lagerraums versteckt –, dann würde sie sie über Adrien Avigdor verkaufen.

Kate dachte an ihre erste Fahrt nach Paris in der Nachkriegszeit und an ihr letztes Gespräch mit Avigdor. Sie hatte ihn aufsuchen müssen, weil er immer noch eine Anzahl von Mistral-Bildern besaß, die er vor der Besetzung versteckt hatte. Sie hatte befürchtet, er würde sie selbst verkaufen wollen, doch Avigdor war mehr als bereit gewesen, sie an Delage weiterzugeben.

Sie hatte das damals nicht verstanden, bis er ihr erklärte, warum er nie wieder etwas mit Mistral zu tun haben wollte. Vor dem Tor von La Tourrello abgewiesen? Na und? Jeder Franzose, der Juden aufnahm, tat das unter Lebensgefahr, konnte Avigdor das nicht einsehen?

Wieso er das Recht zu haben glaube, Julien in Gefahr bringen zu dürfen, wollte sie von Avigdor wissen, ob er der Ansicht sei, ein Genie wie ihr Ehemann habe nach den Regeln zu leben, die Avigdor für sich selbst aufgestellt habe? Ob er nach all diesen Jahren immer noch so wenig von Künstlern verstehe, daß er annehme, sie würden sich mit Politik beschäftigen – es sei denn, sie brauchten das für ein Sujet? Damals hatte sie eigentlich beschlossen, ihn zu vergessen. Er hatte seine Schuldigkeit getan.

Kate wanderte durch die Regalreihen und blieb abermals stehen, weil sie an ein Gespräch denken mußte, das sie vor einer Woche mit einem Notar in Nizza geführt hatte.

Der Besuch selbst hatte nicht sehr lange gedauert, denn die Antworten auf ihre Fragen waren simpel. Die Zivilehe, so versicherte er ihr, werde in Frankreich respektiert, wie nur in wenigen anderen Ländern der Welt. Seit 1866 sei eine Scheidung nur *pour faute* möglich. Erwartungsvoll lehnte er sich der Notar im Sessel zurück: Er wußte, daß er sich sein Honorar noch nicht verdient hatte.

»*Pour faute?*« fragte sie, geschickt ihre Besorgnis verbergend.

»Nach Darlegung von Tatsachen, Madame, die ernste und wiederholte Verfehlungen der Pflichten und Aufgaben der Ehe darstellen und eine Fortsetzung des ehelichen Zusammenlebens unzumutbar machen.«

»Das verstehe ich nicht ganz«, gab sie zurück. »Bedeutet das, daß ich mich von meinem Mann scheiden lassen kann, wenn er mir einen Scheidungsgrund liefert?«

»Allerdings, Madame. Es wäre dann lediglich eine Frage der Zeit und der Beweise.«

»Und wenn ich mich trotzdem nicht von ihm scheiden lassen will?«

»Ist eine Scheidung nicht möglich«, antwortete er.
»Unter gar keinen Umständen? Auch wenn er selbst die Scheidung verlangt?«
»Niemals, Madame. Absolut ausgeschlossen.« Sie bedankte sich bei dem Notar, bezahlte sein Honorar und fuhr die lange, kurvenreiche Straße durch die winterlichen Wiesen nach Félice zurück. Sie brauche sich keinerlei Sorgen zu machen, sie war geschützt durch das Gewicht eines nahezu hundert Jahre alten französischen Gesetzes.

Wußte ihr Mann, dieser verächtliche Schwachkopf, davon? Hatte er sich inzwischen bei einem anderen Notar informiert? Sie selbst beabsichtigte nicht, es ihm zu sagen. Sollte er es doch selbst herausfinden, sollte er die Tatsachen hören und sich darüber klarwerden, daß er zum erstenmal im Leben absolut hilflos, absolut machtlos war. Fast konnte er einem deswegen schon wieder leid tun. Doch sie bedauerte ihn nicht. Er schien vergessen zu haben, wie geduldig sie war, daß sie nie aufgab.

Ich habe dich nicht gehenlassen, als ich jung war, dachte Kate, als ich jedes Leben hätte führen können, das mir gefiel, als ich meine Zukunft gestalten konnte, wie es mir paßte – aber ich habe dich gewählt, Julien. Ist es da wohl wahrscheinlich, daß ich dich jetzt gehen lasse, nachdem ich mein Leben damit verbracht habe, deine Karriere zu machen? O nein, du abscheulicher Mann, wie kannst du es wagen, dir einzubilden, ich würde dich je diesem verschlagenen, diebischen Mädchen überlassen, das einfach daherkommt und dich mir stiehlt? Kennst du mich wirklich so schlecht? Du gehörst mir. Ich besitze dich, wie ich diese Bilder besitze. Ich habe sie bezahlt, die Quittung dafür ist in meinen Händen, sie sind mein Eigentum. Genau wie du, ob es dir paßt oder nicht!

Unvermittelt ließ Mistral die Pinsel sinken und stand ganz still. Teddy blickte noch immer verträumt zu den Stuckverzierungen der Zimmerdecke hinauf, die ihr während des stundenlangen Posierens so vertraut geworden waren. Es konnte doch noch nicht Zeit für die Pause sein! Vielleicht war sie ein wenig eingeschlummert, wie es ihr nach dem Lunch häufig passierte. Er kam zu ihr und blickte geistesabwesend auf sie hinab.

»Was ist, Liebling?« fragte sie ihn. »Sag bloß nicht, ich hätte geschnarcht.«

Er ging in die Hocke, streckte die Hand aus und zog auf ihrem nackten Körper eine Linie nach, die von dem Tal zwischen ihren Brüsten über den Leib abwärts führte.

»Nein, du schnarchst nie. Aber du hast zugenommen.«

»Ich weiß. Das macht das gute Leben. Eines Tages krieg ich noch eine Rubens-Figur. Aber im Grunde stört mich das gar nicht – dich etwa?«

»Natürlich nicht.« Das klang allerdings ein bißchen unsicher. Machte sie diese schöne, neue mollige Fülle, die sie so angenehm fand, vielleicht weniger malgerecht? Mistral nahm ihre beiden Brüste in seine großen Hände und streichelte sie nachdenklich. Dann legte er seine Hände so um ihre Taille, daß die Daumen sich berührten und die langen Finger den Körper umspannten. Er wirkte, als lausche er oder ähnlich.

»He, was ist los?« fragte Teddy ihn lachend. »Du hast kalte Hände!«

»Du bist schwanger«, sagte er in einem Ton, der ungläubige Freude verriet.

»O nein, bestimmt nicht!« Mit angstvoll aufgerissenen Augen richtete sie sich auf.

»O doch, das bist du. Das ist kein Fett – nicht so, wie das hier verteilt ist. Glaub mir, ich kenne den Unterschied.« Er preßte sein Gesicht auf ihren Bauch und küßte sie mit wilder Begeisterung. »Mein Gott, du kannst dir nicht vorstellen, wie glücklich ich bin!«

»Du! Du!« stieß Teddy hervor. »Himmel, Julien – du erschreckst mich. Woher willst du das wissen?«

»Ich weiß es einfach!« verkündete er triumphierend.

»Was soll ich bloß machen?« Teddy griff nach einem Schal, um sich hastig zu bedecken.

»Machen? Wieso solltest du etwas machen?«

»Aber Julien! Mann Gottes, du bist noch nicht mal geschieden...«

»Das werde ich aber bald sein, Teddy. Ich hab's dir bei meinem Leben versprochen, bei meiner Liebe zu dir, bei meiner Arbeit, bei allem, was dir heilig ist. Ich werde bald geschieden sein! Vor allem nun, wo du schwanger bist.

Wenn Kate von diesem Kind erfährt, wird sie einsehen, daß es sinnlos ist, sich noch länger an mich zu klammern.«

Er erhob sich und blickte auf Teddy hinab, die sich in ihren Schal verkroch. »Wenn wir erst eine Familie sind, wenn ich das Kind auf dem Rathaus anerkenne und es der ganzen Welt verkünde, wenn es öffentlich bekannt wird, dann wird Kates Stolz einfach nicht dulden, daß sie untätig bleibt. Oder nein, viel früher schon: Sobald sie erfährt, daß das Kind unterwegs ist, wird sie zur Vernunft kommen und selber Schritte einleiten ... Jawohl, so wird es kommen, davon bin ich fest überzeugt.«

»Was soll das heißen, Julien Mistral?« gab Teddy heftig zurück. »Du spricht von mir, von Teddy Lunel, die ein uneheliches Kind bekommt! Du willst das Kind anerkennen, so, so – und sogar auf dem Rathaus – das ist doch barbarisch! Ich bin New Yorkerin, kein Bauernmädchen. Ich verdiene siebzig Dollar die Stunde! Ach, Julien, du verstehst einfach nicht ...« Ihre Stimme versagte; sie brach in Tränen aus und umklammerte ihn wie ein Kind, spürte, wie seine Arme sie umfingen und hielten und sie fest, besitzergreifend an seinen Körper preßten.

Und während sie weinte, wurde ihr klar, daß sie nicht mehr jene Teddy Lunel war, die siebzig Dollar pro Stunde verdiente, sondern eine Frau, die einen Mann liebte, eine Frau, die das Kind dieses Mannes trug, eine Frau, die Teil der Lebensgeschichte dieses Mannes geworden war.

Ihre Gedanken jagten; sie dachte daran, wie einfach es wäre, das Kind abtreiben zu lassen. Doch während sie noch darüber nachdachte, wußte sie, daß sie es nicht tun würde. Obwohl Julien es verstehen würde, denn er brauchte kein Kind, um sein Glück mit ihr vollkommen zu machen.

Nein, es war etwas ganz anderes, ein Gefühl, das sie erst ein einziges Mal erlebt hatte, eine Ahnung unentrinnbaren Schicksals, die in ihr aufkeimte. Schon jetzt kam sie sich völlig verändert vor. Es war dasselbe Gefühl wie an jenem ersten Abend im Hotel *Europe*: Es war unwiderruflich, so unwiderruflich wie ihre Liebe zu Mistral, und darum ebenso richtig.

Das Baby werde irgendwann im Juni 53 kommen, erklärte ihr der Arzt, und so lebte sie, seit sie ihr Kind akzeptiert hatte, in einem Bannkreis von Harmonie. Mistral arbeitete, das wußte sie, sehr intensiv auf seine Scheidung hin, aber sie wollte sich nicht mit den Details von Verhandlungen belasten, von denen sie annahm, daß sie in einer höchst unerfreulichen Atmosphäre verliefen. In diesen Monaten ließ sie nichts Negatives an sich heran. Um sicherzustellen, daß Maggy nicht plötzlich geflogen kam und ein schreckliches Theater machte, erwähnte sie in ihren Briefen nichts von dem Kind. Dazu war noch reichlich Zeit, wenn sie zugleich ihre Eheschließung vermelden konnte.

Julien bestand inzwischen darauf, Dienstboten einzustellen, die in einigen leerstehenden Zimmern untergebracht wurden, ein junges Ehepaar, das auch unübersehbar verliebt war. Teddy selbst war sehr gehorsam, fügte sich in Mistrals Fürsorge, obwohl sie noch nie gesünder gewesen war. Ich bin ein phantastisch gesundes Tier, gratulierte sie ihrem Spiegelbild und bewunderte sich wie nie zuvor, selbst nicht in den Umkleideräumen der weltbesten Fotografen.

Vormittags machten sie ausgedehnte Spaziergänge, und nachmittags saß Teddy ihm weiterhin Modell. Noch nie war Mistral von einem Sujet so fasziniert gewesen wie von ihrem jetzt schwellenden Körper. Als Kate schwanger war, hatte er sich irgendwie abgestoßen gefühlt, weil ihr Bauch so übergangslos aus ihrem dürr gebliebenen Körper herausragte, als sei er kein organischer Teil ihrer selbst. Ihr Zustand hatte ihr Gesicht der Farbe und Energie beraubt, und auch das Kind in ihr war ihm ein Fremdling geblieben.

Teddy dagegen blühte hinreißend schön auf: Ihre Brüste reiften zu prachtvoller Fülle unter der durchscheinend weißen Haut; sie wurde insgesamt weicher und überall köstlich gerundet. Ihr Körper war für ihn ein Wunder an Schönheit, in dessen üppiger Fruchtbarkeit er die Macht der Natur spürte, wie er sie in einer Landschaft noch nie gespürt hatte. Kein Gewitter, kein Himmel und keine sternklare Nacht, weder reifende Obst- noch traubenschwere Weingärten hatten ihn jemals so tief bewegt. Es war ein unerschöpfliches Thema; er wollte nichts anderes mehr malen als die geheimnisvolle Rundung ihres herrlichen Leibes, die sich von einem Tag zum anderen veränderte. Nicht selten brauchte er für ein Bild nur eine einzige Woche, und bald schon war sein

Atelier überfüllt mit mehr Bildern, als er jemals gemalt hatte, seit Maggy ihm zum erstenmal Modell stand.

Mitte Juni setzten bei Teddy die Wehen ein. Julien fuhr sie in die nahe gelegene Entbindungsklinik und durfte, wie es der uralten Tradition der Provence entsprach, bei der Geburt anwesend sein. Als das Baby zur Welt kam, mußte der Arzt ihm ein paar kräftige Klapse versetzen, bevor es zu schreien begann, doch dann brüllte es laut und wütend los, und die Hebamme legte es Mistral in den Arm.

»Ein Mädchen, Monsieur«, sagte sie so stolz, als hätte sie es selber zur Welt gebracht. Benommen, überwältigt, starrte Mistral auf dieses erstaunliche Bündel hinab. Ein purpurrotes Gesichtchen, das unentwegt energisches Protestgebrüll ausstieß, mit flammend orangeroten Haaren! Aufmerksam begutachtete er seine Tochter, um dann vor Glück laut loszulachen.

»Eine *fauve*, bei Gott! Mein Liebling, du hast ein kleines, wildes Biest geboren! Und genauso werden wir sie nennen, nicht wahr? Fauve. Gefällt dir der Name?«

Teddy nickte zustimmend, die Hebamme jedoch protestierte. »Aber Monsieur Mistral – das ist kein Heiligenname! Wollen Sie unsere alten Bräuche mißachten!«

»Ein Heiligenname? Den Teufel werde ich! Fauve ist die Tochter eines Malers!«

Zwanzigstes Kapitel

»*Maman*«, jammerte Nadine, »Arlette hat gesagt, daß ich eine kleine Schwester habe. Ich hab ihr ins Gesicht gesagt, daß sie lügt. Ich werde nie wieder mit ihr spielen, sie ist gemein, und ich hasse sie!«

»Wann hat sie das gesagt?«

»Heute, in Félice, als ich mit Monsieur Pollison ein Paket von der Post geholt habe. Arlette hat es sofort allen weitererzählt.«

»Sie hat gelogen, Nadine. Du hast keine kleine Schwester, du wirst nie eine kleine Schwester bekommen. Aber dein Vater hat ein Bankert-Kind. Das kannst du Arlette mitteilen, wenn sie wieder einmal so etwas sagt.«

Nadine machte große Augen. Sie wußte, was das Wort bedeutete, jedes siebenjährige Kind in ihrer Umgebung wußte, was es bedeutete, denn in Félice waren uneheliche Geburten keineswegs unbekannt.

»Das verstehe ich nicht, *Maman*.«

»Erinnerst du dich, wie lange dein Vater schon nicht mehr bei uns ist? Nun, er lebt mit einer schlechten Frau zusammen, und die Frau hat jetzt ein Kind bekommen. Dieses Kind ist ein Bankert.«

»Wann kommt Papa wieder?«

»Du weißt sehr gut, daß ich das nicht genau sagen kann, aber wenn du geduldig wartest, wird er früher oder später nach Hause kommen.«

»Wird er den Bankert mitbringen?« erkundigte Nadine sich eifersüchtig, wagte es, dieses Wort zu benutzen, weil ihre Mutter es benutzt hatte. Der ganze Haushalt hatte sie seit Mistrals Verschwinden so sehr verwöhnt, daß sie fast gar nicht mehr an ihn dachte. Er hatte ihre Lügen immer durchschaut – sie fand ihn beängstigend.

»Natürlich nicht! Hör auf, so dummes Zeug zu reden, Nadine!« Kate sprang auf und ließ ihre Tochter ungerührt weiterschluchzen. Sie hastete in ihr Zimmer hinauf, verschloß die Tür, setzte sich in ihren Lieblingssessel und starrte blind vor sich ins Leere. Sie hatte die Nachricht täglich erwartet, war aber nicht darauf gefaßt gewesen, sie aus dem Mund ihrer eigenen Tochter zu hören. Wie viele andere Gerüchte mochte Nadine schon gehört haben, ohne sie je zu erwähnen?

Daß die Lunel schwanger war, hatte sie schon vor sechs Monaten von Julien gehört. Ja, sie hatte es sogar auf sich genommen, ihren Anwalt aufzusuchen und ihren Standpunkt offiziell darzulegen. Ihr Ehemann sei das Opfer einer Verirrung, einer Illusion, eines vorübergehenden Wahns, wie ihn Millionen Männer seines Alters erlebten, erklärte sie ihm. Ihre eigene Position war unerschütterlich.

Julien jedoch hatte das nie akzeptiert. Er hatte ihr mehrmals geschrieben, um sie zu überzeugen, daß sie nichts zu verlieren habe, wenn sie in eine Scheidung einwilligte, da er ihr nie wieder ein Ehemann sein werde.

Nichts zu verlieren? Sie, Madame Julien Mistral, der in der Welt internationaler Kunst größte Hochachtung entgegengebracht wurde, deren Macht schon legendär war, weil sie die Herrschaft über Mistral besaß; sie, zu der Museums-Kuratoren kamen und bettelten; sie, die ganz allein die Erlaubnis zur Reproduktion eines Gemäldes von Mistral erteilen oder verweigern konnte; sie, die absolute Kontrolle über seine komplizierten Geschäftsangelegenheiten ausübte – *sie* sollte nichts zu verlieren haben?

Was wäre geworden, wenn sie Avigdor nicht dazu bewogen hätte, seine Arbeiten anzusehen? Sie war es, die ihm jene erste, lebenswichtige Chance gegeben hatte; ihr Geld war es gewesen, mit dem La Tourello gekauft worden war; später war es ihre Wachsamkeit gewesen, die es ihm ermöglichte, während der letzten fünfundzwanzig Jahre so sorgenfrei zu arbeiten, wie es ein anderer Künstler sich kaum je erträumen konnte. O nein, sie dachte gar nicht daran, abzutreten, all das einfach wegzuwerfen, einer kleinen Hure von Fotomodell ihren Platz zu überlassen. Er schuldete ihr sein Leben!

Kate stieß einen unartikulierten, knirschenden Zorneslaut aus und begann zwischen den Fenstern auf und ab zu gehen. Wie schlecht er sie im Grunde doch kannte! Nichts gab es auf der ganzen Welt, was ihren Entschluß, an ihren Rechten festzuhalten, mehr gestärkt hätte, als die Geburt dieses

Bankerts. In seinen Briefen hatte Julien ihr alles versprochen: La Tourello, das sie ihm einst als Mitgift geschenkt hatte; sämtliche Bilder; das Geld auf den gemeinsamen Bankkonten – als sei es nur eine Frage des Preises, den man ihr zahlen müsse, damit sie ihre Identität aufgab! Sie war Madame Julien Mistral. Und daran durfte sich niemals etwas ändern.

Kate strich sich die Haare glatt und öffnete die Tür. Wenn Nadine ihre Worte nachplapperte, würde es die Dinge nur schlimmer machen. Den Dorfbewohnern hatte der Skandal zweifellos die aufregendste Unterhaltung seit Jahren beschert. Sie lebten nur, um über ihre Nachbarn zu klatschen. Kate fand Nadine in der Küche, wo sie trübsinnig in einer Ecke hockte.

Sie nahm sie mit in ihr Zimmer und hob sie auf ihre Knie.

»Nadine, Liebling, was ich vorhin zu dir gesagt habe, war nicht richtig. Denk nicht mehr daran! Ich möchte nicht, daß du ein einziges Wort zu Arlette sagst, wenn sie dich nach deinem Vater und mir fragen sollte. Es wird bald wieder alles gut werden, Papa wird zu uns zurückkehren, aber es wäre nicht richtig, mit den Leuten darüber zu sprechen. Die verdrehen ja doch nur alles, und außerdem geht es sie nichts an. Ich möchte, daß du eine Zeitlang nicht mehr nach Félice gehst...«

»Aber – die Schule geht noch bis Juli weiter!«

»Das weiß ich, Kleines, aber ich werde mit deiner Lehrerin sprechen, und die wird das schon verstehen. Wir werden es uns so richtig schön einrichten, du darfst mit mir im Restaurant essen und sehr viel Neues sehen. Würde dir das nicht Spaß machen?«

Nadine wirkte nicht ganz überzeugt. Wenn ich nur mit ihr nach Paris oder New York reisen könnte, dachte Kate. Wenn ich nur aus diesem verdammten Tal fort könnte, wo alle immer alles von allen wissen. Aber ich kann nicht fort, jedenfalls nicht länger als einige Stunden. Wenn Julien hört, daß wir fort sind, glaubt er, ich hätte aufgegeben. O nein, ich muß so tun, als sei nichts passiert, ich muß weiterleben wie bisher. Er darf mich nicht zur kleinsten Aktion provozieren. Eines Tages wird es vorbei sein, eine alte, wirre, unwichtige Geschichte. Jetzt aber darf ich niemandem, nicht einem Menschen gestatten, mich zu bemitleiden.

Vor dem Dinner saßen Teddy und Julien oft auf der Terrasse des *Sennequier* in St. Tropez und tranken Pastis. Sobald Fauve zwei Wochen alt war, hatten sie sie mit ihrer Nurse ins Auto gepackt, waren an die Küste hinuntergefahren und hatten für den Sommer eine Suite im Hotel *L'Aioli* gemietet.

»Ich bin so unruhig, Julien«, erklärte Teddy düster.

»Ich weiß, Liebling; ich spüre, wie es mich anspringt. Habe ich euch heute zu lange beansprucht? Das tut mir leid. Aber es gefällt mir hier so gut . . .«

»Das kann ich mir vorstellen!« fuhr Teddy in einem plötzlichen Ausbruch von Zorn empor. »Weil Fauve und ich, selbst wenn die Kleine nicht stillhält, die besten Modelle sind, die du dir wünschen kannst. Die Geliebte des Künstlers und seine uneheliche Tochter – ein klassisches Sujet, nicht wahr? Inzwischen müßtest du so viele Bilder von uns haben, daß es für mindestens drei von deinen berühmten Serien reicht.«

»Aber Teddy!«

»Ich weiß, ich weiß, es ist nicht deine Schuld! Ich mache dir ja auch keine Vorwürfe, aber wie lange soll das noch so weitergehen? Es ist eine scheußliche Situation für mich, Julien!«

»Sei doch vernünftig, Liebling! Fauve ist erst zwei Monate alt. Du glaubst doch nicht im Ernst daran, daß Kate jahrelang durchhält, oder? Wir müssen auch durchhalten.«

»Ach, Julien! Versteh mich doch! Das letzte Jahr hab ich in einem Zustand hormonell bedingter Passivität verbracht – sozusagen im Winterschlaf, habe mich in unserer Wohnung verkrochen, ganze Monate lang gegessen, geschlafen und geträumt wie eine Bärenmutter. Das ist ein kleiner Trick der Natur, doch jetzt bin ich wieder völlig normal und kann's nicht ertragen, daß ich nicht weiß, was mir bevorsteht.«

»Du hast wieder einen Brief von deiner Mutter bekommen.« Er stöhnte.

»Verdammt recht hast du! Und allmählich frage ich mich, ob sie nicht doch den Nagel auf den Kopf getroffen hat. Was ist, wenn die Geschichte sich tatsächlich wiederholt?«

Mistral ergriff ihre beiden Hände und drückte seine Lippen auf die Innenflächen. »Bitte, sag so etwas nicht, Liebes, damit machst du alles nur noch schlimmer, als . . .«

»Teddy! Teddy Lunel! Das ist . . . Ich kann's einfach nicht

glauben!« ertönte die Stimme eines jungen Mädchens. Verdutzt entzog Teddy Julien ihre Hände und blickte hoch. Auf dem Gehsteig vor dem Café standen zwei Herren und zwei Damen. Peggy Arnold, die sie erkannt hatte, war seit zwei Jahren Top-Modell bei der Lunel Agency. Teddy sprang auf und umarmte sie liebevoll. Sie staunte selber darüber, daß sie so überglücklich war, ein altvertrautes Gesicht zu sehen. Urplötzlich hatte sie ein Gefühl, als wäre Peggy ihre beste Freundin.

»Hier hast du dich also versteckt! Die Leute rätseln schon ewig herum!« Sie stellte die drei anderen vor: »Das ist Ginny Maxwell, Teddy, sie ist auch bei Lunel; und das sind Bill Clark und Chase Talbot. Wir sind übers Wochenende hier.«

Mistral erhob sich und kam näher. »Das ist Julien Mistral«, verkündete Teddy mit unverhohlenem Besitzerstolz. Der sonnengefleckte Schatten des *Sennequier* schien sich in die Bühne eines Theaters zu verwandeln, während sie zusah, wie Julien den vier gebräunten, weiß gekleideten, verblüfften Amerikanern die Hand schüttelte.

Die Szene erinnerte sie an jenen Tag vor vielen Monaten, an dem sie Mistral kennengelernt hatte, und als sie ihn jetzt beobachtete, war sie stolz und froh, daß endlich jemand aus ihrem früheren Leben sie beide zusammen sah, und sie sehnte sich weiß Gott danach, ihn vorzuzeigen.

»Ach, Peggy, ich hab Millionen Fragen an dich!« rief Teddy begeistert. »Hör zu, habt ihr vier Lust, heute abend mit Julien und mir zu essen?«

»Geht leider nicht, Schätzchen, wir müssen zu einer Party. Aber hör zu: Chase hier hat eine Jacht, sie liegt gleich unten im Hafen. Wollt ihr nicht morgen rauskommen, ein bißchen mit uns segeln und an Bord zu Mittag essen?«

»Und ob wir das wollen – nicht wahr, Julien?«

»Es würde uns eine große Freude sein«, sagte Mistral zu Peggy Arnold. Im Augenblick war ihm jede Abwechslung recht. Kate würde letztlich nachgeben, davon war er fest überzeugt. Er mußte allerdings allmählich einsehen, daß es doch länger dauern würde, als er anfangs erwartet hatte, wagte es aber nicht, Teddy seine Vermutung mitzuteilen. Es wurde mit jedem Tag schwerer, sie zu beschwichtigen.

Am nächsten Vormittag gingen Teddy und Julien an Bord der »Baron«, Chase Talbots Charterjacht. Eine vierköpfige Crew, inklusive Koch, war für eine gemächliche Kreuzfahrt entlang der Küste angeheuert worden.

Während die »Baron« aus dem Hafen von St. Tropez in die Gewässer des Mittelmeeres hinausglitt, lagen ihre sechs Passagiere vorn im Bug gemütlich auf Matratzen in der Sonne. Wie zufällig legte Teddy ihre Hand auf Mistrals Arm, während sie mit Ginny und Peggy genußvoll das Neueste aus der Welt diskutierte, die sie ohne einen einzigen Blick zurück verlassen hatte.

Während sie eifrig plauderten und Teddy sich in allem, was New York betraf, auf den neuesten Stand bringen ließ, streichelte sie mit einem Finger die festen Muskeln an Juliens Unterarm. Schon diese leichte Berührung machte ihr klar, daß alles, was ihr das alte Leben geboten hatte, ein oberflächliches Faksimile des Daseins gewesen war, nicht mehr. Sie hörte auf, sich am Gespräch zu beteiligen, und ließ die Lider halb über die Augen sinken. Die Realität, das war Julien Mistral, der Mann, der ihr Leben vollkommen gemacht hatte, der Mann, der aus dem Mädchen, das fürchtete, niemals lieben zu können, eine Frau gemacht hatte, die wußte, daß sie auf ewig lieben konnte. Die Realität, das war Fauve, ihre Tochter, der sie durch ein Gefühl verbunden war, das sich unendlich von allem unterschied, was sie jemals für Liebe gehalten hatte. Wenn sie das Baby nahm, das bis auf die Windel völlig nackt war, wenn sie Fauve in ihre Halsgrube bettete und spürte, wie dieses seidige rundliche, weiche und dennoch unglaublich kräftige Wesen sich an ihrem Körper in absolutem Vertrauen völlig entspannte, erlebte Teddy ein Gefühl, für das sie keine Worte fand.

Die Realität, das waren Julien und Fauve. O ja, die Realität war angefüllt mit wunderbaren Dingen, die man tun, essen, trinken, riechen und berühren konnte! Und sollte in dieser Realität Platz für ein weiteres Kind sein, dachte Teddy lächelnd, dann *mußte* Kate sich geschlagen geben. Warum war sie nicht längst auf diese Idee gekommen! Ein genialer Einfall!

»Wollen wir den Lunchanker werfen!« schlug Bill vor.

»Wozu?« fragte Teddy, aus ihren Träumereien gerissen.

»Wir könnten eine Stunde oder so stoppen, zum Baden und zum Essen. Dazu können wir den leichten Anker werfen. Der schwere Pflug ist furchtbar groß, deswegen bleibt er bei mir fast immer unter dem Bug vertäut. Ich bin nämlich ein ziemlich fauler Segler.«

»Ach so.« So genau wollte sie es gar nicht wissen.

»Wie ist das Wasser?« erkundigte sich Ginny.

»Herrlich! Wenn ihr schwimmen wollt – jetzt wäre die beste Zeit dazu.«

Die Jacht lag mehrere Meilen vor der Künste in ruhigem Wasser. Die Sonne brannte heiß aufs Deck, daher stimmten alle dafür, zuerst zu baden und später etwas zu trinken. Das Deck der »Baron« erhob sich hoch über das Mittelmeer, so daß die Kanzel, die sich noch einen Meter über dem Bug befand, einen großartigen Sprungturm abgab.

Teddy hatte seit zwei Jahren keine Gelegenheit mehr gehabt, Sprünge in tiefes Wasser zu machen, nach wenigen Versuchen jedoch erinnerten sich all ihre Muskeln wieder daran, sie kletterte auf die oberste Reling der Kanzel, dann ließ sie das Fockstag los und tauchte immer wieder ins Wasser hinab.

»Gin und Tonic für alle!« rief Peggy ihr zu, als Teddy gerade ihren Platz auf der Kanzel einnahm. Sie drehte sich um. Alle vier Amerikaner hatten sich lachend auf die Matratzen an Deck geworfen und lagerten um ein von einem Crewmitglied serviertes Tablett mit Gläsern. Dann sah sie wieder aufs Meer hinaus. In ungefähr acht Meter Entfernung winkte ihr Julien aus dem Wasser zu.

»Nur einmal noch, ganz schnell«, rief sie zu den anderen hinunter. Sie wollte zu Julien hinausschwimmen, die Arme auf seine Schultern legen, ihn küssen, und ihm ihre wunderbare neue Idee ins Ohr flüstern.

Kurz zuvor war, wegen des fröhlichen Lärms von allen unbemerkt, ein großes Fischerboot hinter dem Heck der »Baron« vorbeigefahren. Gerade als Teddy, graziös zum Sprung gereckt, das Fockstag losließ, schlug das schwere Kielwasser des Fischerbootes gegen das leichte Schiff. Die Jacht begann heftig zu schlingern. Teddy verlor das Gleichgewicht, schwankte einen Sekundenbruchteil ohne Halt und schlug dann einen ungeschickten Salto. Aus dem großen, direkt unter dem Bug befestigten Pflug-Anker ragten zwei spitze zwanzig Zentimeter lange Stahlpflüge heraus. Beim Fallen traf Teddys Kopf seitlich auf eine dieser gefährlichen Pflugspitzen. Mistral tauchte nach ihr, sobald er sah, daß sie verletzt war. Er fand sie sofort, packte sie, hielt sie mit einem Arm und brachte sie mit kraftvollen Schwimmstößen des anderen Arms nach oben. Chase und Bill halfen ihm, Teddy an Deck zu bringen. Sie war nicht ertrunken. Dazu hatte sie keine Zeit mehr gehabt. Teddy war tot gewesen, bevor sie ins Wasser tauchte.

Drei Tage später wurde Teddy auf dem amerikanischen Friedhof von Nizza beerdigt. Maggy und Julien Mistral waren die einzigen Trauernden. Den vier Amerikanern von der Jacht hatte Mistral die Teilnahme verboten, und sie hatten viel zuviel Scheu vor seinem monumentalen Kummer, um darauf zu bestehen.

Maggy hatte Mistral noch kein einziges Mal ins Gesicht gesehen und brachte es auch jetzt noch nicht fertig. Sie empfand einen so überwältigenden Haß auf ihn, daß es ihr fast unmöglich war, auch nur die unumgänglichsten Worte zu sprechen. Sie mußte unbedingt ruhig genug bleiben, um ihn überzeugen zu können, daß er ihr ihre Enkelin überlassen mußte, das wußte sie.

»Ich möchte Fauve mitnehmen«, sagte sie schließlich.

»Natürlich«, antwortete er undeutlich.

»Hast du mich verstanden?« Er konnte nicht begriffen haben. Anscheinend hatte er nicht zugehört.

»Natürlich mußt du sie mitnehmen. Es gibt ja sonst niemanden. Ich habe keine Zuhause für sie, nach Avignon werde ich nicht zurückkehren, La Tourrello will ich nie wiedersehen ... Ich gehe fort – wohin, weiß ich nicht, wie lange, weiß ich auch nicht ...«

»Wenn ich sie jetzt mitnehme, wenn du damit einverstanden bist, dann ist das aber endgültig«, sagte sie grimmig.

Mit einer ungeschickt tastenden Bewegung, zögernd, beinahe blind, stand Mistral auf; sein gewaltiger Körper schwankte, seine Hände zitterten. Seine Augen waren nicht rot, denn er hatte nicht weinen können, das blaue Feuer jedoch, das immer in ihnen gelodert hatte, war erloschen. Er war ein alter Mann mit toten Augen.

»Nimm sie und geh, Maggy. Ich kann nicht mehr reden.

Adieu!« Unsicher suchte er sich einen Weg durch die Hotelhalle, und kurz darauf hörte Maggy ihn davonfahren.

Eine Weile blieb sie regungslos sitzen, wagte sich nicht zu rühren, aus Angst, der Wagen könne zurückkommen. Dann ging sie plötzlich, wie elektrisiert, zum Empfang, und bat um eine Reservierung für die nächste Maschine nach Paris, bestellte ein Taxi und ging auf ihr Zimmer, um zu packen.

»Madame?« Es war die Nurse, die auf Zehenspitzen hereinkam?

»Packen Sie einen Koffer mit den Sachen des Kindes. An welche Babynahrung ist sie gewöhnt?«

»Seit zwei Wochen an normale Milch, Madame. Aber vergessen Sie nicht, die Flasche zu wärmen.«

»Danke, Mademoiselle. Soviel weiß ich auch heute noch.«

Am Tag darauf durchquerte Maggy mit Fauve auf dem Arm die Halle des Pariser Flughafens. Als sie an einem Zeitungsstand vorbeikam, blieb sie plötzlich stehen. Auf der Verkaufstheke war gerade ein Stapel des neuesten *Paris-Match* deponiert worden. Das Titelfoto, in Schwarzweiß, war an Bord der »Baron« geknipst worden: Da standen Teddy und Julien Mistral und sahen einander in die Augen. Ganz und gar ineinander versunken, lachten sie beide glücklich und unbekümmert. Eine Locke von Teddys nassem Haar lag auf Mistrals muskelbepackter Schulter, während er sie mit beiden Armen besitzergreifend an seine Brust drückte.

Wie viele Minuten, fragte sich Maggy, hat Teddy in diesem Moment noch zu leben gehabt? Sie fühlte sich, als sei eine lebenswichtige Membran in ihrer Brust zerrissen.

»Was ist, Madame?« erkundigte sich der Zeitschriftenverkäufer besorgt, als er ihr Gesicht sah.

»Bitte, ein *Paris-Match*«, verlangte Maggy erstickt. Sie mußte sich der Story stellen. Sie konnte nicht so tun, als existiere sie nicht.

Maggy saß mit Fauve in einem Arm im Warteraum erster Klasse und fingerte an der Zeitschrift herum, doch ihre Hände zitterten so heftig, daß es ihr fast unmöglich war, die glatten Seiten umzublättern. Die Titel-Schlagzeile kündigte an: *La Mort de la Compagne de Mistral* – wenigstens bezeichnen sie Teddy nicht als seine Mätresse, sondern als seine Gefährtin, dachte Maggy benommen.

Offenbar gab es auf der ganzen Welt in dieser Woche keine einzige andere interessante Story oder jedenfalls keine, die von den schlauen Redakteuren der großen französischen Illustrierten für so attraktiv gehalten wurde, denn sie widmeten ihr zwölf Seiten mit Text und Fotos.

Es gab drei faszinierende Fotos, die Bill Hatfield von Teddy und Mistral im Atelier aufgenommen hatte – nicht die Bilder, die in *Mode* veröffentlicht worden waren, sondern Fotos, auf denen sie miteinander sprachen, ohne die Kamera zu beachten: jetzt schon verzaubert, jetzt schon verloren. Es gab Seiten mit Aufnahmen von Mistral, Kate und Nadine in La Tourrello, der Künstler mit seiner Familie, aufgenommen erst zwei Jahre zuvor. Auch ein sehr würdevolles Porträt von Maggy im Kreis ihrer berühmtesten Modelle, das vor drei Jahren für *Life* gemacht worden war, war abgebildet. Und natürlich, genau wie sie es erwartet hatte, gab es die Reproduktion des berühmtesten Bildes der *Roquinne*-Serie, Maggy selbst, über zwei ganze Seiten, in Farbe, auf diesen verdammten Kissen ausgestreckt. Sie brauchte die Überschrift nicht zu lesen, um zu wissen, wie sie lautete. Die Leute von *Paris-Match* waren mit sämtlichen Tricks vertraut.

In angstvoller Ahnung den Atem anhaltend, überflog sie den Hauptteil des Textes. Bis jetzt waren noch keine Nachrichten über Fauves Existenz aufgetaucht. Maggy selbst hatte von Fauves Geburt erst drei Wochen nach dem großen Ereignis erfahren. Sie war viel zu schockiert, viel zu empört gewesen, um den Brief zu beantworten. Jetzt ist das nicht mehr nötig, erkannte sie in tiefem Schmerz, der sie mit jener Kraft erfüllte, die unwiederbringlichem Verlust entspringt, und mit ihrer Hilfe schaffte sie es, die Story zu lesen.

Im zweiten Abschnitt fand sie den Bericht über die Eintragung im Geburtenregister von Avignon. Der Familienstand ihrer Enkelin Fauve Lunel lautete *enfant adulterin*. Das Baby war ein Kind des Ehebruchs, das nach dem französischen Recht niemals anerkannt werden durfte – weit entfernt vom Status des *enfant naturel*, einem nur unehelichen Kind, dessen Eltern einander heiraten konnten, wenn sie wollten, dessen Vater ihm sogar den eigenen Namen geben konnte, wenn die Mutter nicht heiratete.

Auch die Eintragung der Geburt Théodora Lunels im Register von Paris lautete damals *enfant adulterin*. Doch die berühmte Gründlichkeit des *Paris-Match* hatte diesmal nicht voll funktioniert: Dies wenigstens hatten die Reporter nicht herausgefunden.

Maggy klappte die Zeitschrift zu, ohne den Artikel zu Ende zu lesen. Nichts war mehr von Bedeutung, da Teddy nicht mehr auf Erden weilte. Teddy, ihre liebliche, verträumte, unbekümmerte, bezaubernde Tochter, war nicht mehr, und deshalb wurde alles andere unwichtig.

Das Baby in Maggys Armen erwachte. Fauves Augen, von einem zarten, klaren Rauchgrau, waren unendlich tief. Mit einer erschreckenden Klarheit für ein so winziges Wesen sah sie Maggy an. Zweimal blinzelte sie, unter ihrem karottenroten Haarflaum, und als dann immer noch nichts geschah, stieß sie einen leisen, doch unüberhörbar hungrigen Laut aus. Während Maggy in ihrer Schultertasche nach der Flasche kramte, die gewärmt werden mußte, fiel ihr das Sprichwort ein, das jedes französische Kind zitiert, wenn zwei unerwartete Ereignisse hintereinander passieren: zwei umgekippte Tintenflaschen, zwei Stürze auf dem Schulhof, zwei Splitter im selben Finger. *Jamais deux sans trois.* Niemals zwei ohne das dritte. Magali Lunel. Théodora Lunel. Und nun – Fauve Lunel.

Das Kind brüllte inzwischen so laut, daß sich alle Passagiere der Lounge zu Maggy umdrehten. »Hör zu, du kleiner Bankert«, flüsterte sie Fauve zu, »halt jetzt den Mund! Die Milch kommt ja, sie kommt!« Sofort verstummte das Baby. »Aha, dann willst du lieber zuhören als trinken? Das ist wenigstens ein Zeichen von Intelligenz. Vielleicht wirst du die glückliche Dritte.« Als sie der Lounge-Hostess winkte, die Flasche zu wärmen, hielt sie das Baby liebevoll an sich gedrückt und sang ihr, so leise sie konnte, ein Wiegenlied vor, an dessen Text sie sich nur zur Hälfte erinnerte. Meine eigene Großmutter muß es mir vorgesungen haben, dachte Maggy. Meine zärtliche Großmutter Cécile Lunel.

Einundzwanzigstes Kapitel

Ein Jahr war vergangen, seit Maggy mit Fauve aus Frankreich zurückgekehrt war. Sie saß mit Darcy im großen Salon ihrer luxuriösen neuen Wohnung an der Fifth Avenue. Das Zimmer war bewußt so eingerichtet, daß es den Eindruck erweckte, als würde es sich auf den weitläufigen Park eines vornehmen georgianischen Herrenhauses öffnen. In Wirklichkeit war der Raum sogar teurer als ein ganzer Morgen englischer Parklandschaft: Er befand sich in einem der unbestritten schönsten Gebäude Manhattans, in einem Apartmenthaus auf der East Side, mit einem Stammbaum, der die Herkunft eines jeden, dem darin zu wohnen gestattet wurde, praktisch garantierte.

Maggy war zu dem Schluß gekommen, wenn sie ein Baby anständig großziehen wollte, dessen sowohl ehebrecherische als auch uneheliche Geburt von der gesamten Weltpresse so erschöpfend dokumentiert worden war, müsse das im exklusivsten Stil geschehen, in alleroffenster und vornehmster Form. Sie gedachte ihre Enkelin von Anfang an in der Gesellschaft zu etablieren. Jedermann wußte alles von ihr, was es zu wissen gab. Gut so! Da Mistral nun mal ihr Vater war, sollte sich das zu ihrem Vorteil auswirken. Als Tochter eines der größten Maler der Welt sowie Enkelin und einzige Erbin von Maggy Lunel und der Lunel Agency würde Fauve schon in der Wiege eine Persönlichkeit sein!

Eigenlich hätte ich mir die Mühe sparen können, dachte sie oft. Fauve war ein Kind, das ohne weiteres auch ganz allein groß werden konnte. Wenn sie mit ihren Ärmchen wedelte und ihr erstaunlich tiefes, gurgelndes Lachen ausstieß, tat sich immer sofort etwas, kamen Leute gelaufen, gehorchten sogar völlig Fremde ihren Befehlen. Schmusereien duldete sie nie sehr lange; nach kurzer Zeit wand sie sich aus Maggys Armen und fuhr fort mit der Erforschung ihres ganz persönlichen Weltalls; nichts fand sie so herrlich wie ein neues Gesicht, das sich über sie beugte, oder einen ihr fremden Gegenstand, ganz gleich, welchen. Wäre sie in die Nähe einer dicken Schlange oder eines großen, bissigen Hundes geraten – sie hätte sich mit Freudengeschrei auf das Tier gestürzt.

Ihr fehlte jegliches Gefühl für Angst, und Beschränkungen haßte sie. Mit ihren vierzehn Monaten bekam Fauve häufig Wutanfälle, denn jedesmal, wenn sie zu laufen versuchte, fiel sie hin, und in ihrer Bewegungsfähigkeit behindert zu werden war die allerschlimmste Beschränkung für sie. Sie krabbelte mit erstaunlicher Geschwindigkeit und einem verblüffenden Mangel an Urteilsfähigkeit umher, riß krachend Tische, Lampen, Vasen und Aschenbecher zu Boden und lachte glücklich über den herrlichen Lärm, den sie produzierte. Selbst wenn sie von einem fallenden Gegenstand getroffen wurde, weinte sie nur sekundenlang. Das Leben war viel zu interessant für Tränen, es sei denn, es waren Zornestränen, und selbst die währten nur, bis sie einen neuen faszinierenden Gegenstand zum Bestaunen gefunden hatte.

Fauve hatte eine ganze Reihe von Nurses gehabt, die eine nach der anderen kündigten, weil sie ihrer Energie nicht gewachsen waren. Sie liebten die Kleine, erklärten sie Maggy, ja, sie vergötterten sie sogar, aber sie seien ganz einfach zu erschöpft. Maggy bekundete Mitgefühl und engagierte eine neue Nurse.

Wiederum gab sie sich Mühe, einen der vielen Fehler nicht zu wiederholen, die sie ihrer eigenen Ansicht nach bei Teddy gemacht hatte. Also verbrachte sie sehr viel Zeit mit Fauve und reorganisierte, um das zu ermöglichen, sogar die Lunel Agency. Sie hatte drei äußerst tüchtige Leute eingestellt, die ihr die Arbeit abnahmen, von der sie früher überzeugt gewesen war, daß nur sie selbst sie beaufsichtigen könne, und nun wuchs und gedieh die Agentur wie nie zuvor.

Maggy und Darcy hatten es sich zur Gewohnheit gemacht, Fauve samstags in ihrer Kinderkarre zu einem Spaziergang im Park mitzunehmen. Dort konnten sie sich im *Russian Tea Room* in einer der kleinen, roten Ledernischen der langen Bartheke gegenüber einen Drink genehmigen, während Fauve frisch gepreßten Orangensaft trank. Die Bedienungen in ihren roten Russen-Kasaks wetteiferten darin, diesem phantastischen Kind, das ein halbes Dutzend von ihnen bei Namen kannte, das Glas zu bringen: »Katja!« rief Fauve gebieterisch. »Rosa!« »Gregor!« Nach keinem verlangte sie jedoch so oft wie nach Sidney Kaye, dem Besitzer des *Russian Tea Room*, der stets lustige Geschichten mit jiddischer Pointe erzählte. Sie kicherte, wenn er die Geschichte beendete, als hätte sie ihn auf geheimnisvolle Weise verstanden.

»Sehe ich aus wie eine Großmutter?« erkundigte sich Maggy unvermittelt bei Darcy, als sie zusammensaßen und die so selten gewordene Ruhe genossen.

Maggy war jetzt sechsundvierzig und hatte irgendwann zwischen ihrem vierzigsten und einundvierzigsten Geburtstag aufgehört, jünger auszusehen, als sie war, wie sie es in ihren Dreißigern getan hatte.

In den folgenden sechs Jahren hatten sich die Veränderungen zwar ganz allmählich, für jemanden mit Maggys sicherem, unnachsichtigem Blick jedoch unverkennbar vollzogen. Sie gehörte nicht zu den Frauen, die nur ihre vorteilhaftesten Charakteristika beachten, wenn sie vor dem Spiegel stehen, und die Regionen, an denen sich das Alter zeigt, unbewußt und überaus geschickt meiden. Maggy wußte genau, wie oft sie ihr rotes Haar schon hatte tönen müssen, damit das leichte Grau am Haaransatz nicht zu sehen war. Wenn sie ihren Mund betrachtete, erkannte sie deutlich die feinen, vertikalen Linien über der Oberlippe. Ihre Kinnlinie war erschlafft und ganz leicht verschwommen. O ja, sie war im mittleren Alter, und kein ausgiebiger Nachtschlaf, kein Urlaub, keine Schönheits-Chirurgie konnten ihr je die unberührte Jugendfrische zurückgeben.

Andere Veränderungen, die seit Teddys Tod mit ihr vorgegangen waren, sah sie nicht. Sie machte auf andere den Eindruck großer Verletzlichkeit, und der Schmerz, mit dem sie leben mußte, war an einem Ausdruck bitterer Trauer zu erkennen, der ihre Augen verschleierte, wenn sie geistesabwesend in eine weite, beängstigende Ferne zu blicken schien.

Ihr Verhalten im Geschäft, das nie besonders umgänglich gewesen war, wurde strenger, und sie neigte schneller zur

Ungeduld. Die meisten Lunel-Modelle hatten eindeutig einen Heidenrespekt vor ihr. Das wußte Maggy, und hin und wieder ärgerte es sie, machmal lachte sie auch darüber und fand diesen Zustand weitaus besser als zu große Lässigkeit.

»Sehe ich aus wie eine Großmutter?« wiederholte sie.

»Du kannst gar nicht aussehen wie eine Großmutter«, antwortete Darcy. Ihn störten die Veränderungen an ihr nicht – er sah sie gar nicht. Maggys grüngoldene Augen, die ihn zuerst gefesselt hatten, ließen ihn auch jetzt noch nicht frei. Sie war immer noch die prachtvolle Frau, die er seit dem Abend, als er sie bei Lally Longbridges Trophäenjagd zum erstenmal gesehen hatte, ganz und gar für sich haben wollte, obwohl ihm das niemals gelungen war. Auf eine gewisse Art, die er ganz allmählich zu schätzen gelernt hatte, statt sie zu bekämpfen, hatte sie sich einen geheimnisvollen inneren Kern bewahrt. Es gab Dinge an Maggy, die unberechenbar waren: Rätsel, Ungereimtheiten, Teile ihres Lebens, die sie ihm nie anvertraut hatte, so nahe sie sich inzwischen auch standen. Obwohl sie niemals seine Frau werden würde, war sie doch seine Geliebte und beste Freundin, und damit gab er sich zufrieden.

Daß ihre langlebige Affäre verschiedene Leute störte, wußte er. Wenn Maggy und Darcy doch zusammenbleiben wollen – und einander so verdammt treu sein müssen –, knurrten sie, warum heiraten sie dann nicht einfach wie alle anderen? Weil wir nicht wie alle anderen sind, hätte Darcy ihnen geantwortet, wenn sie es gewagt hätten, ihm diese Frage offen zu stellen. Er war nicht ganz sicher, was er damit sagen wollte, wußte aber, daß er soviel von Maggy besaß, wie nur ein Mann je besitzen konnte.

Maggy warf ihm einen kurzen Blick zu. Nein, er meinte wirklich, was er sagte. Er hatte ihre Frage mit jenem harten, grauen Aufblitzen beantwortet, mit jenem messerscharfen Blick, der überhaupt erst ihre Aufmerksamkeit erregt hatte. Sein mageres Gesicht wirkte sogar noch distinguierter als damals, sein Haar wurde ganz eindeutig allmählich grau, und der unverkennbare Ausdruck der Autorität um seine Lippen hatte sich noch mehr gefestigt. Voll Liebe streckte sie ihm ihre Hand entgegen. Wie recht sie doch gehabt hatte, diesen Mann nicht zu heiraten!

Eine ganze Kaskade von Büchern glitt mit lautem, anhaltenden Poltern hinter ihnen zu Boden. Sie zuckten zusammen und fuhren herum. Die winzige Fauve kam auf ihren kleinen, pummeligen Füßen zu ihnen herübergetapst, so unsicher, als tanze sie auf Seifenblasen, die Arme, um die Balance zu halten, weit ausgestreckt, auf dem Gesicht einen Ausdruck ekstatischer Genugtuung über ihren ersten gelungene Alleingang.

Venedig, London, Alexandria, Oslo, Budapest – Städte halfen einfach nichts. Doch auf dem Land war es nicht besser: weder in den Schweizer Alpen noch in der Toscana oder in Guatemala. Inseln waren ebenso unmöglich: Ischia, die griechischen Zykladen, die Fidschi-Inseln – nirgendwo fand er, was er suchte, was immer es sein mochte, und schließlich begriff Julien Mistral, daß er ebensogut nach Hause zurückkehren konnte.

Gemalt hatte er in den letzten drei Jahren nicht einen Strich, getrunken dagegen jedoch Unmengen, je nachdem, was es an dem Ort, an dem er sich für eine Woche, einen Monat oder einen Tag niederließ, jeweils als stärkstes alkoholisches Getränk gab. Manchmal nahm er ein Hotelzimmer, nur um es eine Stunde darauf ganz ohne Grund wieder zu verlassen. Jetzt war er viel zu müde, um irgendwo anders hinzugehen als nach Hause. Félice war besser als alles, was er auf seinen Wanderungen gefunden hatte.

Als Mistral vor La Tourrello hielt, waren die Tore geschlossen. Es war Mittagszeit: Sämtliche Hausbewohner waren vermutlichen drinnen versammelt, und er wollte den unvermeidlichen Moment der Begrüßung hinausschieben. Also schlug er den inzwischen fast zugewachsenen Pfad ein, der an der hohen, schützenden Umfassungsmauer des *mas* entlangführte, bis er die schmale Hintertür seines Ateliers erreichte. Für diese Tür gab es nur einen Schlüssel, und den trug er in seiner Tasche. Er war – außer den Kleidern, die er am Leib trug, und dem Wagen, den er fuhr – der einzige Gegenstand, den er mitgenommen hatte, als er vier Jahre zuvor, an einem Septemberabend, zum Abendessen mit Teddy Lunel ins *Hiely* nach Avignon gefahren war.

Er schloß die Tür auf und trat ein. Das Atelier lag im Dunkel bis auf wenige Sonnenstrahlen, die durch die Ritzen der Vorhänge fielen. Mistral zog an den Schnüren, mit denen die schweren Leinenbahnen bewegt wurden, und kurz darauf lag das Atelier im vollen Mittagslicht. Seit er es verlassen hatte, war hier nichts berührt worden. Die leere Leinwand, neben der er mit Teddy damals für die Modeaufnahmen posiert hatte, stand noch auf der Staffelei. Auf einem unaufgeräumten Tisch lag seine Palette.

Langsam ließ Mistral den Blick über die Wände wandern. Da waren sie, seine Werke – zuweilen so dicht gehängt, daß sie sich überschnitten. Lange betrachtete er eines nach dem anderen, ohne sich einem von ihnen auch nur um einen Zentimeter zu nähern. In einer aufsteigenden Woge der Erkenntnis begriff er, daß er gemalt hatte, was er zu dem Zeitpunkt, als er es sah, *empfunden* hatte. Die Bilder waren das visuelle Äquivalent seiner Gefühle. Nicht die Tätigkeit seines Gehirns war hier festgehalten worden, sondern die Gezeiten seines Herzens.

Diese Erkenntnis vermittelte ihm den ersten Trost, den er sich gestattete, seit er auf dem Deck der »Baron« neben der toten Teddy gekniet hatte. Die Bilder waren der Beweis dafür, daß Julien Mistral einmal gelebt, gefühlt und Anteil genommen hatte. Er schwankte, überwältigt von Erschöpfung und dem Schock darüber, daß er einem Gefühl erlaubte hatte, ihn zu berühren. Denn Mistral war während er letzten drei Jahre so fanatisch vor Emotionen geflohen, daß jedes Gefühl, sogar ein positives, ihn schwindeln ließ vor Angst, es könnte von einem Schmerz gefolgt werden, so vernichtend, daß er sich umbringen würde, um ihm zu entrinnen.

In einer Ecke des Ateliers stand ein uralter Lehnsessel aus Leder und Mahagoni, auf dem man sich der Länge lang ausstrecken konnte. In diesem Sessel ließ Mistral sich nieder und stieß einen tiefen, erleichterten Seufzer aus. Innerhalb von Minuten war er eingeschlafen.

Stunden später, als Kate für ihre nachmittägliche Schwimmrunde zum Pool hinausging, stellte sie fest, daß die Sonne durchs Glasdach des Ateliers hereinschien. Alle Fenster schienen jedoch noch genauso fest verschlossen wie in den vergangenen vier Jahren. Entweder waren die Leinenbahnen herabgefallen, oder ein Dieb, ein Vandale, war durch die Seitentür eingebrochen. Mit lautlosen Schritten ging sie um den Swimmingpool herum und näherte sich dem Atelier. Einer der dicken, hölzernen Fensterläden hing ein wenig schief in den Angeln, daher konnte sie durch einen Spalt ins Atelier hineinspähen. Sie sah nichts als eine Männerhand, die regungslos und schlaff herabhing. Sofort machte Kate kehrt, eilte ins Haus und betrat die Küche.

»Marte, richten sie der Köchin aus, sie soll fürs Abendessen noch ein Huhn schlachten«, befahl sie der Haushälterin. »Und Sie selbst schließen Monsieurs Zimmer auf und beziehen das Bett mit frischer Wäsche. Vergewissern Sie sich, daß gut staubgewischt ist, daß es ausreichend Handtücher im Badezimmer gibt, frische Seife im Waschbecken und in der Wanne ... Was stehen Sie hier noch herum?«

»Sie haben mir nicht gesagt, daß Sie Besuch erwarten, Madame«, entgegnete Marte Pollison voll Würde. Sie haßte hektische Vorbereitungen in letzter Minute.

»Monsieur ist nach Hause gekommen.«

»O Madame!«

»Kein Grund zur Überraschung«, gab Kate zurück. Dann wandte sie sich hastig ab, damit Marte ihr kleines, stilles, triumphierendes Lächeln nicht sah. »Ich habe ihn erwartet.«

Vier Jahre später, 1961, kleidete sich Maggy eines Nachmittags im Spätfrühling zum Dinner an, als Fauve ohne anzuklopfen in ihr Zimmer gestürmt kam. Sie wandte sich vom Spiegel ab, doch als sie ihre prachtvolle Enkelin über den hellen Teppich hüpfen sah, wollten ihr die tadelnden Worte nicht über die Lippen kommen.

Fauve war inzwischen beinahe acht, und wie immer kam sie nach einem Ausflug in den Park mit aufgeschürften Knien und verdreckten Schuhen nach Hause, die zerrissene Bluse halb aus dem Baumwollrock herausgezogen, von dessen Taschen die eine nur noch an einem Faden hing. Wenigstens ein blaues Auge hat sie heute nicht, dachte Maggy, oder eine blutende Nase. Denn Fauve, so beschwerten sich alle Jungen ihrer Klasse, »rauft sich nicht wie ein Mädchen«. Es gab nicht einen darunter, den sie nicht schon einmal k.o. geschlagen hätte. Doch unwiderstehlich von ihr angezogen, verliehen sie ihrer Bewunderung durch die für kleine Jungen typischen hinterhältigen Tricks und Belästigungen Ausdruck. Sie besaß eine beunruhigende, herausfordernde Schönheit. Ihre Farben blendeten das Auge: Der karottenrote Flaum, mit dem sie geboren war, hatte sich zu einem Rot vertieft, für das es keine Bezeichnung gab, weil es aus einer Vielzahl von Rottönen bestand, und ihre dichte Haarmähne faszinierte mit ihrem elektrisierenden Feuer. Die hellgraue Iris ihrer Augen war von einem Ring aus tiefdunklem Grau umgeben. War sie ernst, wirkte ihr Blick schwer und verständig, und wenn Maggy in ihren Augen forschte, war ihr, als schaue sie auf einen dichten Dunstschleier, der sich nur hob, um einen weiteren Dunstvorhang freizugeben, hinter dem wieder mehr Dunst hing. Heute jedoch blitzten Fauves Augen so hektisch und hell, daß Maggy sie überrascht anschaute.

»Na, was hast du nun wieder ausgeheckt?« erkundigte sie sich ein wenig besorgt. Fauve war ein unbändiges, wißbegieriges, rebellisches und hartnäckiges Kind, bei dem man nie wußte, was es im nächsten Moment tun würde.

Neckend hielt Fauve eine Hand auf dem Rücken.

»Ich hab eine Überraschung für dich, eine ganz fabelhafte Überraschung, die schönste Überraschung von der Welt, Magali, Magali!« Maggy hatte sich strikt geweigert, sich mit irgendeiner Variation des Wortes Großmutter ansprechen zu lassen, der Name Maggy jedoch schien zu respektlos, darum hatte Fauve sich für ihren eigentlichen Namen entschieden. Maggy wollte nach der versteckten Hand greifen, doch Fauve wich schnell einen Schritt zurück.

»Kein Tier, hoffentlich!« warnte Maggy. Es war eine altvertraute Streitfrage.

»Hab ich dir doch verprochen, oder?«

»Ich gebe auf.«

»Mein Vater!« verkündete Fauve und zog ein Blatt Zeichenpapier hervor, das sie Maggy in die Hand drückte. Es handelte sich unverkennbar um eine Skizze von Fauve, die mit in die Hand gestütztem Kinn auf einer Parkbank saß.

Während Maggy sie vor Schreck stumm anstarrte, sprudelten die Worte so schnell aus Fauve heraus, daß sie ihr kaum zu folgen vermochte. »Wir haben im Park gespielt, und da kam ein alter Mann mit Bart, der sich bei Mrs. Bailey und Mrs. Summer vorstellte; die waren ganz wahnsinnig aufgeregt und überrascht. Und dann kam er zu mir und sagte, ich sei bestimmt Fauve Lunel, und ich hab ja gesagt, und er hat gefragt ... er hat mich gefragt, ob ich wüßte, wer mein Vater ist. Ich hab gesagt, natürlich, ich bin Mistrals

Tochter, das weiß doch jeder, und dann, stell dir vor, Magali, dann hat er gesagt, er wäre mein Vater, er wäre Julien Mistral! Zuerst hab ich ihm nicht geglaubt, weil er auf dem Bild, das ich habe, viel jünger aussieht und keinen Bart hat, aber dann wußte ich's ganz einfach und hab ihn in den Arm genommen, Magali, so fest ich nur konnte, und er hat gesagt, ich sähe genauso aus, wie er sich das vorgestellt hätte, und dann hat er meine Hände genommen und sie geküßt, und dann schien er nicht mehr zu wissen, was er sagen sollte ... Dann kamen Mrs. Bailey und Mrs. Summer rüber, um mit ihm zu sprechen, aber er wollte nicht mit ihnen sprechen, deswegen bat er mich, eine Minute stillzusitzen, damit er mich zeichnen konnte. Das hat er auch ganz schnell getan, sogar noch schneller als ich, Magali, und du weißt, wie schnell ich zeichnen kann, und dann hat er dir einen Brief geschrieben, und ich mußte versprechen, ihn dir zu geben. Mein Vater! Ach, Magali, ich bin ja so glücklich! Ich wollte, daß er mit mir nach Hause kommt, aber er sagte, das kann er nicht, noch nicht ... Ach ja, hier ist der Brief.« Sie zog ein zusammengefaltetes Blatt Zeichenpapier aus der einzigen intakten Tasche ihrer Bluse.

»Fauve, du gehst jetzt auf dein Zimmer, wäschst dir Hände und Gesicht und ziehst dir saubere Sachen an«, verlangte Maggy liebevoll.

»Aber ich möchte sehen, wie du den Brief liest!«

»Lauf zu, mein Liebling. In zehn Minuten kannst du wiederkommen. Vergiß nicht, daß heute Sabbat ist und ich bald die Kerzen anzünden werde – dabei kannst du unmöglich so abgerissen rumlaufen.«

Es ist also passiert, dachte Maggy, ohne den Brief zu entfalten. Hatte es in den vergangenen acht Jahren einen einzigen Tag gegeben, an dem sie nicht vor dieser Minute gebangt hatte? Zuerst hatte sie sich gesagt, es sei nur eine Frage der Zeit, bis er kommen werde, ganz gleich, was er ihr versprochen hatte. Als Fauve dann älter wurde, redete sie sich ein, sich doch getäuscht zu haben: Vielleicht hatte dieser Mann, der sich um kein Gesetz außer den eigenen scherte, beschlossen, sein unbequemes Kind zu vergessen. Doch nun war sie keineswegs überrascht. Sie entfaltete das Blatt.

*Liebe Maggy,
ich dachte, ich könnte sie nur einmal sehen und dann wieder verschwinden. Ich hatte in New York zu tun, und als ich hier war, konnte ich nicht widerstehen. Nun muß ich Dich unbedingt sprechen. Ich werde Dich morgen im Büro anrufen – oder zu Hause, falls das Büro geschlossen ist. Verzeih mir bitte, aber ich weiß, daß Du mich verstehen wirst. Julien.*

Ihm verzeihen? Ihm verzeihen wäre genauso unmöglich, dachte Maggy, wie ihn nicht verstehen.

Julien Mistral begriff nie, daß es nicht seine logischen Argumente waren, die Maggy veranlaßten, Fauve für den Sommer nach La Tourrello zu schicken; er ahnte nicht, daß er sich das Gespräch mit ihr hätte ersparen können.

In den Jahren nach Teddys Tod hatte sie immer wieder in ihrem Kopf die Vergangenheit rekapituliert. Wäre Teddys Leben nicht anders verlaufen, wenn sie einen Vater gehabt hätte? War es vielleicht die Suche nach einem Vater gewesen, die Mistral für sie so anziehend gemacht hatte? Wenn Maggy es über sich gebracht hätte, von Perry Kilkullen zu sprechen – hätte Teddy dann nicht wenigstens das *Gefühl* gehabt, einen Vater zu haben. Und hätte Teddy von Maggys Verbindung mit Mistral gewußt, hätte sie gewußt, wie grausam er alles genommen hatte, was sie zu geben bereit war, um sie ohne einen einzigen Skrupel zugunsten einer reichen Amerikanerin fallenzulassen – hätte Teddy ihn dann nicht von klein auf gehaßt? War nicht vielleicht alles *ihre* Schuld?

Schließlich hatte Maggy sich dazu durchgerungen, daß Fauves Leben in praktischer Hinsicht anders verlaufen sollte als Teddys. Fauve muß mit Traditionen aufwachsen, entschied sie und kaufte als erste eine neue Menora. Solange Fauve zurückdenken konnte, erinnerte sie sich an das Bild, wie Maggy am Sabbat die Kerzen anzündete. Der acht Chanukka-Tage wurde durch die speziellen Gaben und das Entzünden zuerst einer und dann an jedem Feiertag einer weiteren Kerze gedacht. Als sie alt genug war, durfte Fauve die vier Fragen bei der Pessach-Seder stellen, die Maggy nun jedes Jahr gab – immer darauf bedacht, daß keine jüngeren Kinder anwesend waren, die dieses Privileg für sich hätten beanspruchen können.

Lange bevor die Kleine begriff, was es wirklich bedeutete, erklärte Maggy ihr, sie sei die am meisten geliebte uneheliche Enkelin der Welt, und als Fauve alt genug war, um sie zu verstehen, erzählte Maggy ihr die Geschichte ihrer Familie – von den reich ausgeschmückten Berichten über die uralte Geschichte der provençalischen Juden, die ihr die eigene Großmutter erzählt hatte, bis zu der Tragödie von Teddy und Julien Mistral. Bevor sie vier war, wußte Fauve von Maggy und Perry Kilkullen, kannte sie die traurige Geschichte vom feschen David Astruc, Maggys Vater, und Maggys Mutter, die im Kindbett gestorben war.

Sogar in den Lehren des Rabbi Taradash war sie eingehend unterrichtet worden. Zuweilen fragte sich Maggy, ob es richtig war, dem Kind den Kopf mit soviel jüdischer Familienkunde vollzustopfen – einem Kind, das nur ein einziges jüdisches Großelternteil von vieren hatte? Doch von den Kilkullens wußte sie nichts, ebensowenig von den Mistrals, nur was die Lunel-Frauen betraf, da war sie Spezialistin.

»Warum kommt mich mein Vater nie besuchen?« wollte Fauve wissen, und das war die einzige Frage, auf die Maggy keine zufriedenstellende Antwort wußte. Sie hatte schon erwogen, Mistral zu schreiben und ihn an die Existenz seiner Tochter zu erinnern. Da Julien nun von sich aus den Kontakt mit Fauve aufgenommen hatte, erklärte sich Maggy einverstanden, daß Fauve den Sommer in der Provence verbrachte. Einzig der Gedanke an Kate Mistral verursachte ihr Unbehagen.

»Ich schwöre dir, Maggy, Kate will alles, was ich will«, versicherte Julien ungeduldig. »Sie nimmt mich so, wie ich bin; das hat sie schon immer getan. Ein achtjähriges Kind ist doch keine Gefahr für sie. Du glaubst doch nicht etwa, sie würde auf eine Achtjährige eifersüchtig, wie?«

»Ich glaube, sie würde auf einen Kanarienvogel eifersüchtig, wenn du ihn zu deinem Lieblingstier machst.«

»Also Maggy, in Sachen Kate bist du schon immer unlogisch gewesen.«

»Kate ist eben eine Frau, bei der es mir unmöglich ist, logisch zu bleiben. Hätte sie sich zu einer Scheidung bereit erklärt, damit du Teddy heiraten konntest...«

»Auch dann wären wir vielleicht an Bord dieses Bootes gegangen, Maggy. Und das Schicksal hätte genauso seinen Lauf genommen...«

»Ich hätte nie gedacht, dich einmal von Schicksal sprechen zu hören.«

»Es ist die einzige Erklärung, die ich verkraften kann.«

»Und du wachst niemals in der Nacht auf und fragst dich, was du getan hast, daß alles so furchtbar gekommen ist? Du machst dir niemals Vorwürfe?«

»Ich werde mir immer Vorwürfe machen. Ich lebe mit meiner Schuld, aber was hilft das? Jede winzigste Veränderung der Ereignisse hätte das, was geschehen ist, verhindern können. Wäre das Fischerboot eine Minute später gekommen, hätte ich Teddy nicht zugewinkt, wären die Amerikaner nicht nach St. Tropez gekommen, hätten wir nicht im *Sennequier* gesessen, hätte... wäre... Die Liste ist endlos. Alles, was ich tun kann, Maggy, ist malen; alles andere ist sinnlos. Oder täusche ich mich da?«

»Nein.« Maggy verstummte. Fauve Julien auch nur für die kurzen Sommermonate anzuvertrauen war gefährlich. Ihm überhaupt jemanden anzuvertrauen war gefährlich. Doch hatte sie eine andere Wahl? »Nein«, wiederholte Maggy laut, aber es war nicht Mistral, den sie damit ansprach. Noch weit gefährlicher wäre es, Fauve einen Vater zu verweigern.

Zweiundzwanzigstes Kapitel

An einem Junitag im Jahre 1969 bestieg Julien Mistral am *Gare de Lyon* mit seiner sechzehnjährigen Tochter Fauve den Luxusschnellzug Paris–Marseilles. Seit acht Jahren reiste Mistral im Juni von Félice nach Paris, um Fauve vom Flughafen abzuholen, mit ihr in Paris zu übernachten und dann für den ganzen Sommer in die Provence zu fahren. Und jedesmal war Fauve wieder aufs neue davon begeistert, daß dieser Zug »Le Mistral« genannt wurde.

Als sie ihn zum erstenmal benutzte, glaubte sie, er heiße so nach ihrem Vater, und Julien mußte ihr sagen, daß er seinen Namen von dem alles beherrschenden Wind der Provence hatte. Der Mistral, dieser infernalische, trockene Wind, bläst, wenn der Himmel strahlend blau ist und die Sonne glühheiß brennt. Er bleicht den Himmel weiß und versteckt die Sonne; er bläst immer entweder drei, sechs oder neun Tage lang, ohne aufzuhören; er zwingt jeden einzelnen Baum der Provence, sich nach Süden zu neigen; er ist der Grund, warum kein Haus Fenster in der Nordwand hat; er gleicht einem Drachen, der sich versteckt und ruhig verhält, bis das Land ihn beinahe vergessen hat, und dann plötzlich aufspringt, um laut kreischend, mit achtzig Stundenkilometern, von den Alpen bis zum Mittelmeer zu jagen und den Bewohnern der Provence eine Ausrede für alle möglichen Anwandlungen zu liefern, von Kopfschmerzen bis zum Mord.

Fauve liebte den Mistral; für sie war er ein immens persönlicher Wind, und sie war seine Vertraute. Sie nannte ihn bei seinen provençalischen Namen »Le Mistrau« oder »Le Vent Terrau«, und geriet in wilde Begeistertung, wenn sie das brausende, fast brüllende Geräusch hörte, das er in den Zweigen der Bäume erzeugte. Für Fauve war er die Seele des Landes.

Die Erster-Klasse-Wagen des »Mistral« sind in Abteile

mit zwei Bankreihen zu je drei Plätzen eingeteilt, die einander gegenüberliegen. Fauve belegte sofort die beiden Fensterplätze, während ihr Vater beim Oberkellner des Speisewagens Platzkarten fürs Mittagessen kaufte. »Lyon, Dijon, Valence, Avignon«, zählte sie leise auf und fragte sich, wie jedesmal, ob ihre Geduld wohl für die sechs Stunden ausreichen würde, die es noch bis zur Ankunft dauerte. Zwischen Valence und Avignon veränderte sich die Landschaft mit jedem einzelnen Kilometer. Ach, das Herzklopfen beim ersten, lang ersehnten Zypressenwäldchen mit seinen zerzausten Zweigen, beim Anblick der ersten Olivenhaine, bei den ersten langgestreckten, geduckten Reihen der Weinstöcke!

»Möchtest du einen Apéritif vor dem Essen, Fauve?« unterbrach Mistral sie in ihren Gedanken, als der Zug den Bahnhof verließ. Sie sprang auf und folgte ihm in den Speisewagen, wo die Kellner in ihren weißen Jacken schon die Weinflaschen öffneten. Dieser Drink vor dem Lunch war eine Tradition, die sie seit ihrer ersten Reise nach Félice pflegten. Fauve trank jeweils zwei Flaschen süßen Ananassaft und dann, nach mehrmaliger, liebevoller Aufforderung, noch eine dritte, denn es waren wirklich sehr, sehr kleine Flaschen.

»Einen Sherry, bitte«, sagte Fauve.

»So, so – jetzt trinkst du also Alkohol, wie?« Mistral legte seine Hand auf die ihre.

»Nur bei besonderen Gelegenheiten.« Sie lachte ihm zu, glücklich über die Berührung, die sie spüren ließ, daß alles, was sie betraf, für ihn weit wichtiger war als sonst etwas in seinem Leben.

»Einen Sherry für meine Tochter«, bestellte er. »Und mir bringen Sie bitte einen Pastis.« Mistral musterte ihr Gesicht, suchte, wie immer, mit einer schmerzlichen Mischung aus Hoffnung und Angst nach Spuren von Teddys klassischer, verhängnisvoller Schönheit. Doch als Fauve allmählich heranwuchs, erschien es ihm, daß sie mit ihrer Mutter nur Körpergröße und Haarfarbe gemeinsam hatte. Sie hat, sinnierte er, nach dem richtigen Wort für dieses Kind suchend, das er so unendlich vergötterte, eine ganze eigene, intelligente Schönheit. In Fauves Ausdruck lag immer etwas faszinierend Nachdenkliches, etwas, das in ihm den Wunsch weckte, zu ergründen, was in ihrem Kopf vorging, und was ihn daran hinderte, jemals vollständig zufrieden mit einem der vielen Porträts zu sein, die er von ihr gemalt hatte. Es lag etwas Unerschrockenes, Geheimnisvolles in ihren grauen Augen, die man kaum zu malen vermochte. In den Winkeln ihres bezaubernden Mundes lauerte bis zu der Sekunde, da er sich zum Lächeln verzog, ein unübersehbarer Ernst.

Ihr Gesicht glich einer Landschaft an einem wetterwendischen Frühlingstag. Nie hielt eine Stimmung lange an, jeder Moment brachte eine neue Verzauberung, eine neue Offenbarung. Nein, es war ihm noch nie gelungen, sie ganz auf die Leinwand zu bannen.

Als Fauve ihren Sherry trank, war ihr bewußt, daß Mistral sie aufmerksam beobachtete. Während der ersten Woche ihres Besuchs studierte er immer eingehend die Veränderungen, die im Verlauf des letzten Jahres mit ihr vorgegangen waren. Sie unterwarf sich dieser Inspektion mit jener fröhlichen Resignation, die der Tatsache entsprang, daß sie unter Maggys alles sehenden Augen aufgewachsen war. Hatte jemals ein anderer Teenager es über sich ergehen lassen müssen, tagtäglich von der versiertesten Frau der Welt im Hinblick auf das weibliche Antlitz gemustert zu werden, und in den Sommerferien wurde sie eben zum Gegenstand eingehendster Aufmerksamkeit ihres Vaters, der schlechthin *alles* zu sehen pflegte.

»Mascara«, stellte Mistral neutralen Tones fest.

»Ich dachte schon, du würdest es nie merken.«

»Das geht wohl Hand in Hand mit dem Sherrytrinken, wie?«

»Genau. Magali sagt, es ist durchaus akzeptabel, mit sechzehn – wenn ich sie richtig auftrage. Sie hat es mir selbst beigebracht. Gefällt es dir nicht?«

»Nicht übermäßig; aber was würde es nützen, wenn ich mich beschwere? Ich habe vier Jahre Miniröcke überlebt, die jedes Jahr kürzer wurden, ich habe die Zeit der kleinen, weißen Plastikstiefel überlebt, ich habe beinahe nicht mit der Wimper gezuckt, als du dir einen geometrischen Haarschnitt zugelegt hattest. Warum sollte ich mich also über ein bißchen Tusche auf deinen Wimpern aufregen, die ohnehin im Laufe des Tages abgehen wird?«

»Was habe ich doch für einen philosophisch-gelassenen, geduldigen, lieben Papa!«

»Du hast dich immer schon über mich lustig gemacht, sogar als ganz kleines Kind. Du bist der einzige Mensch auf der Welt, der das wagt.«

»Und meine Mutter? Die hat doch bestimmt gesehen, wie drollig du bist!«

»Nein, nein . . . Oder vielleicht doch, aber sie hat mich nie geneckt, sie war nicht so wie du, Fauve. Kein Mensch ist so mutig wie du.«

»*Chuzpe*, Papa – so nennt Magali das. Und das ist keineswegs ein Kompliment. Auf hebräisch heißt das eigentlich Unverschämtheit.«

»Und was ist so falsch an ein bißchen Unverschämtheit? Die braucht man, wenn man es zu etwas bringen will.«

»Na ja, ich glaube, Maggy wäre es lieber, wenn meine Unverschämtheit ein bißchen damenhafter wäre. Immerhin, ich bessere mich. Ich habe mich in letzter Zeit für alle diese gräßlichen Tanzereien in hübsche Kleider geschmissen und alberne Konversation mit stupiden, gräßlich langweiligen Jungen getrieben . . .«

»Und es gibt keinen, für den du dich interessierst?«

»Das hätte ich dir geschrieben, das weißt du doch! Nein, Papa, du hast eine Tochter, die das männliche Geschlecht weit weniger interessant findet, als sie es sich, den vielen Beschreibungen nach, erhofft hatte.«

»Aber du bist doch erst sechzehn! Warte nur ab, bis du erwachsen bist.«

»Mit sechzehn ist man angeblich erwachsen«, erklärte Fauve ernst, Mistral jedoch schüttelte den Kopf. Er selbst war jetzt neunundsechzig, und für ihn war sechzehn so jung, daß er sich gar nicht mehr erinnerte, was für ein Gefühl das gewesen war; und vor allem wollte er nicht daran denken, daß Fauves Großmutter nur ein Jahr älter gewesen war, als er zum erstenmal ihren nackten Körper sah.

An Maggy dachte er sowenig wie möglich. Er wollte, daß Fauve ihm allein gehörte, nur seine, Mistrals, Tochter war, und sonst nichts; und doch war er nun mit Maggy über Fauve auf ewig durch Blutsbande verbunden. Seine Enkel würden Maggys Urenkel sein, und wer würde in jener unvorstellbaren Zukunft einen Unterschied zwischen den Generationen machen? Er haßte es, wenn Fauve gelegentlich hebräische oder jiddische Ausdrücke benutzte, er haßte es, daß sie die jüdischen Feiertage einhielt und daß Maggy sie mit ihrer jüdischen Familiengeschichte indoktrinierte. Was hatte Fauve mit alldem zu tun? Sie war keine Jüdin!

Und dennoch wagte er Maggy nicht zu kritisieren, denn das war der einzige Anlaß für Fauve, sich wütend gegen ihn zu wenden. Im letzten Jahr hatte sie ein provençalisches Gedicht des Poeten Frédéric Mistral entdeckt. Es lautete: *Mai, o Magali, Douco Magali, Gaio Magali, Es tu que m'as fa trefouli.*

»Wie schön, wie gut das paßt!« freute sich Fauve. »»Aber o Magali, süße Magali, fröhliche Magali, du bist es, die mich vor Freude erzittern läßt« – findest du das nicht unerhört sexy, Papa?«

»Es wird ihr sicherlich gefallen«, antwortete er zurückhaltend.

»Gefällt es dir nicht, daß ich Provençalisch lerne?«

»Und wozu soll das gut sein?«

»Oh, in der Provence zumindest ist es weit nützlicher als alle anderen Sprachen, die ich lernen könnte. Ich habe doch vor, eine Mädchen-Boulemannschaft aufzustellen...«

»Was?«

»So reagieren sie hier alle! Aber warum sollte in Félice nicht der Anfang gemacht werden mit weiblichem Boulesport? Allerdings sind die Mädchen immer furchtbar schockiert, wenn ich es nur erwähne. Was ist eigentlich so sakrosankt an einer einfachen Metallkugel?«

»Bitte, Fauve – versuch nicht Bräuche zu ändern, die seit Hunderten von Jahren gelten! Spielen Mädchen bei euch in den Vereinigten Staaten etwa Football?«

»Bei uns in den Vereinigten Staaten dürfen Mädchen alles tun.«

Im Erster-Klasse-Speisewagen des »Mistral« gab es immer erstaunlich gute Speisen auf gehobenem Bistro-Niveau. Fauve und Mistral bestellten sich beide die Lotte, den Fisch, den es nur in Frankreich gibt, und anschließend Kaninchenragout mit jungen Kartoffeln und Salat, gefolgt von einer Käseplatte und der *Bombe glacée,* einer Eisbombe, auf die Fauve sich von einem Jahr bis zum nächsten freute.

»Und was malst du gerade?« erkundigte sich Fauve. Im Laufe der Jahre malte Mistral immer langsamer, wurde immer selbstkritischer, produzierte immer weniger Bilder und vernichtete einen immer größeren Prozentsatz auch der fertiggestellten Bilder.

»Uninteressant – aber woran arbeitest du? Besuchst du immer noch diesen Malkurs?«

»Selbstverständlich. Ach, Papa, es gibt ja so unendlich viel zu lernen! Kommt denn eigentlich niemals der Tag, an dem man das Gefühl hat, eine einzige Sache nun hundertprozentig zu können?«

»Für mich ist dieser Tag niemals gekommen – warum sollte er also für dich kommen? Jedes Bild muß dich zu einem neuen Problem führen, an jedem Morgen mußt du dich beim Aufwachen fragen, was du heute wohl entdecken, was du lernen, welche neuen Dinge, die du am Morgen noch nicht wußtest, du am Abend wissen wirst ... Aber wie oft habe ich dir das schon erklärt, Fauve? Wirst du mir denn niemals glauben?«

»Ich denke ständig, ich müßte besser sein«, gab Fauve leise zurück.

Früher war sie so wagemutig gewesen, hatte keinerlei Grenzen gekannt bei dem, was sie zu zeichnen oder zu malen versuchte; mit jedem Jahr jedoch war die Last, Mistrals Tochter zu sein, schwerer geworden. Zuweilen wünschte sie, überhaupt kein künstlerisches Talent zu besitzen: Würde sie nicht auf demselben Gebiet wie ihr Vater arbeiten wollen, wäre ihr Leben sehr viel leichter.

Während Fauve ihren Fisch verzehrte, dachte sie an jenen ersten Sommer in La Tourrello, als Mistral sie nach mehrtägigem Überlegen unter der Bedingung in sein Atelier eingelassen hatte, daß sie sich, solange er arbeitete, absolut still verhielt. Er hatte ihr ein paar Kohlestifte und Papier sowie einige alte, fast leere Tuben Farbe, abgenutzte Pinsel und eine Leinwand gegeben und sie damit in eine Ecke gesetzt.

Anfangs hatte sie ihm nur zugesehen, aber er wanderte zwischen den einzelnen, blitzartig ausgeführten Pinselstrichen so lange im Atelier auf und ab, daß sie schon bald das Interesse an seinen seltsamen Bewegungen verlor und sich den Materialien zuwandte, die er ihr gegeben hatte.

Zu Hause, in New York, hatte sie nur Buntstifte, Ölkreiden und Malkästen mit Wasserfarben gehabt, mit denen sie jahrelang versuchte, die Illustrationen in ihren Lieblings-Märchenbüchern zu kopieren; doch nie war jemand auf den Gedanken gekommen, ihr Ölfarben in die Hand zu geben.

Der Duft der Farbtuben wirkte sofort berauschend auf sie; genau erinnerte sie sich an den Moment, als sie die Finger in die Farben getaucht und hingerissen daran geschnuppert hatte. Anschließend machte sie es dann Mistral nach und drückte genau wie er, bevor er zu arbeiten begann, im Halbkreis aus jeder Tube einen Farbklecks auf die Holzplatte, die er ihr gegeben hatte. Was nun? hatte sie sich gefragt, als sie vor der ersten leeren Leinwand ihres Lebens stand. Am liebsten hätte sie ihren Vater gefragt, aber sie wagte ihn nicht zu stören. Bücher, aus denen sie sich Bilder zum Abmalen heraussuchen konnte, gab es hier nicht. Die überdimensionalen Gemälde an den Wänden ringsum waren viel zu verwirrend, zu kompliziert; nicht mal im Traum hätte sie daran zu denken gewagt, sie zu kopieren. Also stippte Fauve ihren Pinsel schließlich in die dunkelste Farbe, die sie hatte, ein volles, tiefes Blau, und begann den alles beherrschenden Gegenstand des Ateliers zu malen: die Staffelei ihres Vaters.

Die rötlichen Brauen zu einem waagerechten Strich zusammengezogen, konzentrierte sie sich und arbeitete stetig und so lautlos, daß es eine Stunde dauerte, bis Mistral sich wieder an sie erinnerte. So vertieft war sie in ihr Werk, daß sie es nicht bemerkte, als er hinter sie trat, um sich anzusehen, was sie da trieb. Die feinen Härchen auf seinen Armen und in seinem Nacken richteten sich auf, weil ihn ein Schauer überlief, als er erkannte, was vor sich ging. *Sie sieht, wie nur ein Maler sieht,* dachte er sofort. An jenem Tag sagte er kein Wort über seine Erkenntnisse, am folgenden jedoch gab er ihr ein paar Gräser in einer Vase, die sie malen sollte, und am Tag darauf einen Apfel.

»*Regard! Regard,* Fauve ... Gebrauch deine Augen, mein Kleines, du mußt *sehen* lernen ... Siehst du den Apfel? Er sieht rund aus, nicht wahr? Aber wenn du genau hinsiehst, erkennst du, daß er oben links höher ist als rechts ... Also ist er gar nicht richtig rund, nicht wahr? Unten ist er beinahe flach. *Siehst* du das mit deinen Augen, mein Kleines? Und diese kleine Narbe da, auf der Apfelschale – kannst du mir ganz genau sagen, wo sie beginnt und wo sie aufhört? Welche Farbe hat diese Narbe? *Regard!* Siehst du, wie das Rot des

Apfels geblich getönt ist? Und siehst du, wo das Gelb, ganz am Rand, leuchtender wird? Paß auf – Liebes, sag mir, *siehst du*, wo du auf deiner Palette diese Farben aufgetragen hast, dieses Rot, dieses Gelb? Es ist alles da, Fauve, wenn du nur deine Augen gebrauchst!«

Und dann legte er, wie er es sich seit dem ersten Tag voll schmerzhafter Sehnsucht gewünscht hatte, in einem Moment, den sie beide nie wieder vergessen sollten, seine große Hand auf Fauves kleine und lenkte sie mit seinen kraftvollen Finger so, daß ihr Pinsel sich unter seiner Führung bewegte, seine Erfahrung sich auf ihre kleinen Finger übertrug. Sie entspannte ihre Hand bewußt, hielt aber den Pinsel eisern fest, ließ ihr Handgelenk, ihre Knochen und Sehnen sich so an die seinen schmiegen, wie eine gute Tänzerin sich ihrem besseren Partner anpaßt, weder zu nachgiebig noch zu steif; und als sie fühlte und sah, wie ihr Pinsel einen Strich um den anderen ausführte, sog sie dieses Wissen ganz in sich auf.

In der Malerei gab es, davon war Mistral überzeugt, genau wie in jeder Sprache, eine grundlegende Grammatik, die man erlernen mußte, und diese Grammatik brachte er Fauve bei.

Der Sommer, in dem Fauve acht Jahre alt war, der Sommer, in dem ihre Malstunden begannen, war außerdem der Sommer, in dem Mistral seine Besuche im Café von Félice wieder aufnahm. Nach zwanzig Jahren gewöhnte er es sich wieder an, tagtäglich vor dem Abendessen mit Fauve hinzugehen. Nach und nach versammelten sich die Männer des Dorfes wieder um ihn und bewunderten das kleine Mädchen, langsam und mißtrauisch zunächst, dann aber völlig besiegt von diesem lebhaften, wißbegierigen, liebenswürdigen Kind.

Seine Tochter Nadine hatte Mistral niemals nach Félice mitgenommen. Und selbst wenn er es gewollt hätte, wäre Kate dagegen gewesen. Als er 1956 von seinen Reisen heimkehrte, entdeckte er – ohne jedes Bedauern –, daß Nadine mit acht Jahren auf ein Internat in England geschickt worden war.

Obwohl Nadine die ersten vier Jahre lang die Dorfschule besucht hatte, war der Gedanke, daß ihre Tochter auf dem Land aufwachsen sollte, für Kate unvorstellbar: Nadine sollte sich der großen Welt zugehörig fühlen, in der Kate gelebt hatte, bevor sie Mistral kennenlernte.

Schon in sehr jungen Jahren existierte Félice für Nadine nur als Kulisse, als ein äußerst primitiv gestalteter Rahmen, der die Vorzüge der Mademoiselle Nadine Mistral höchst vorteilhaft betonte. Kate ließ es zu, daß ihre Tochter sogar La Tourrello lediglich als bezaubernd unkonventionelle, alternative Wohnstätte betrachtete, ihr aufgezwungen von der Laune eines berühmten und daher zulässig exzentrischen Vaters.

Als sie dann älter wurde, entdeckte Nadine, daß La Tourrello für ihre eigenen Absichten unerhört wertvoll war, denn es war in der ganzen Welt berühmt, und wenn sie es ihren Freunden gegenüber erwähnte, rief es bei ihnen eine so tiefe Ehrfurcht hervor, als sei es ein Ahnenschloß. Es wurde zu einem Ausstellungsstück, das sie von Zeit zu Zeit einmal besonders bevorzugten Freunden zeigte, bevor sie wieder davonrauschte.

Nadine, die vornehme Nadine, mit ihren kalten, aquamaringrünen Augen, den glatten, schulterlang geschnittenen Haaren und dem ewigen, leichten Lächeln, das gar kein Lächeln war, sondern durch die Form ihrer zartrosa Oberlippe bedingt wurde, war in Félice extrem unbeliebt.

Als Mistral Fauve im Sommer 1961 zum erstenmal ins Café mitnahm, gab es einen großen Wirbel über das Auftauchen der kleinen Halbschwester, die aus dem phantastischen Skandal übriggeblieben war, den sie alle nur allzu gut kannten, denn er war schließlich von jeder Zeitung, von jeder Zeitschrift breitgetreten worden: eine von jenen Storys, die man nie vergißt.

Aber auch Kates Emotionen wurden sehr genau beobachtet. Der Klatsch blühte bei Fauves Ankunft wunderbar auf, denn dies war ja ein weiteres Kapitel jener endlosen, köstlichen, auf der Zunge zergehenden Vorstöße in Mistrals Privatleben, die den Dörflern im Laufe der Jahre so manche Stunde lang auf das angenehmste die Zeit vertrieben hatte. Ihre Einkäufe erledigte Kate Mistral ausschließlich in Apt oder in Avignon; die einheimischen Geschäfte ignorierte sie völlig, ein unverzeihlicher, abscheulicher Zug, der ihr eine ständig zunehmende Feindseligkeit garantierte. Ja, Kate ließ sich kaum einmal herab, ihren Wagen bei der Tankstelle des

Dorfes auftanken zu lassen. Aber was konnte man schon von einer Frau erwarten, die sich immer für etwas Besseres hielt?

Nicht eine einzige der reichen Familien, die sich im Lubéron angekauft hatten, war jemals Gegenstand so vieler Spekulationen wie die Mistrals. Die anderen bewohnten ihre Häuser nur in den Sommerferien, waren Besucher. Mistrals Position dagegen war fast vom ersten Tag an, da er sich 1926 in Félice niederließ, eine andere gewesen. Er war eines der getreuesten Mitglieder der Boule-Mannschaft gewesen. Sie hatten in jenen Jahren vor dem Krieg in relativer Zurückgezogenheit gelebt, und er hatte in jener Zeit beinahe den Status eines Einheimischen erreicht.

Nach dem Krieg war dann das Klima im Dorf verändert. Im Café, wo einst lebhafte Diskussionen über die relativen Vorzüge der Bouleplätze anderer Dörfer stattgefunden hatten, wurde jetzt ernsthaft über Politik gestritten: Die Anhänger de Gaulles weigerten sich sogar, mit denen zu trinken, die kommunistisch gewählt hatten. Mistral, der Politik verabscheute, mied das Café. Sein Fernbleiben wurde als Überheblichkeit interpretiert, was sich noch verstärkte, als Kate den Swimmingpool anlegen ließ. Nichts hätte sie ihren Nachbarn, deren Einkommen im unmittelbarsten Sinn von der alljährlichen Regenmenge abhing, mehr entfremden können.

Die Distanz, die Mistral und Kate seit der Zeit zum ganzen Dorf mitsamt seinen Bewohnern wahrten, war jedoch nicht geeignet, dem Klatsch über sie ein Ende zu machen.

Dazu trug auch bei, daß Marte Pollison es nicht lassen konnte, ihren Verwandten, denen die Eisenwarenhandlung in Félice gehörte, gewisse Details über das Leben in La Tourello zuzutragen. Bald wußte jede Hausfrau im Ort genau, wieviel Madame Mistral bei den Partys, die sie veranstaltete, für Champagner ausgab, wieviel Kilo *Pâté de foie gras* und Räucherlachs vor einem großen Empfang vom besten Feinkostgeschäft in Avignon geliefert wurden, wie viele zusätzliche Dienstboten Marte während der Sommersaison zu beaufsichtigen hatte. Fünf Badezimmer mit heißem Wasser und Badewannen hatten diese Leute im Haus installieren lassen, zu einer Zeit, als viele der reichsten Bauern des ganzen Tals nicht mal fließendes Wasser in ihren Häusern hatten. Ein Wahnsinn!

Natürlich hatten die Einwohner von Félice keine Vorstellung davon, daß 1960 in New York ein früher Mistral für eine halbe Million Dollar verkauft worden war. Es fiel ihnen schwer genug, den Berichten über die Ausstattung des Zimmers Glauben zu schenken, das vor Fauves Ankunft im Sommer 1961 hergerichtet wurde.

Als ihnen ein Maurer, der beauftragt war, das runde, obere Turmzimmer – den Taubenschlag – instand zu setzen, die Einrichtung schilderte, waren sie sprachlos.

»Jawohl, ich schwöre es euch, die Wände sind mit Stoff bespannt, vom Fußboden bis zur Decke, in tiefen Falten, wie ein Vorhang, aber ringsherum, von einem Fenster zum anderen. Hunderte von Metern, mit lavendelblauen und weißen Blumen bedruckter Baumwollstoff aus der Fabrik von Tarascon. Und das Bett hat einen Baldachin aus demselben Stoff, und das Kopfteil ist geschnitzt wie für eine Prinzessin. Auf dem Fußboden natürlich Fliesen, aber dazu ein weißer Teppich, von dem Marte Pollison behauptet, er kommt aus Spanien, und ein weißer Vogelkäfig mit zwei Sperlingspapageien drin. Jawohl, ich habe sie selbst gesehen!«

Mistral persönlich war es gewesen, der die Handwerker fieberhaft angetrieben hatte, den Taubenschlag umzubauen, weil er wußte, daß ein kleines Mädchen begeistert sein würde von einem romantischen Turmzimmer. Er selber war auf die Idee gekommen, wie man den im traditionellen Muster bedruckten Stoff drapieren mußte, um sicherzugehen, daß der zuweilen kalte Sommer-Mistral nicht durch die alten Mauern pfiff, obwohl sie neu verputzt worden waren. Er hatte das Unmögliche möglich gemacht und provençalische Handwerker dazu gebracht, die Arbeiten, die sie übernommen hatte zur festgesetzten Zeit nicht nur fertigzustellen, sondern darüber hinaus mit einer im gesamten Midi beispiellosen Perfektion auszuführen.

Als Fauve in jenem ersten Sommer in La Tourrello eintraf, hatte sie sich auf den ersten Blick in ihr Zimmer verliebt. Später saß sie oft stundenlang in ihrem Turm und grübelte an den Gründen für den Haß herum, den sie bei Nadine und auch bei Kate so eindeutig spürte.

War es, überlegte sie, weil der Vater ihr das Malen beibrachte? War es, weil sie ein Bankert war, daß Kate ihr mit einer Animosität begegnete, die niemand spürte als Fauve selbst, denn Kate war viel zu klug, um nicht zu wissen, daß jede Unfreundlichkeit gegen das Kind ihr großen Ärger mit ihrem Mann eintragen würde. Sie war sorgfältig darauf bedacht, sich stets herzlich und großzügig zu geben, ihr Haß aber äußerte sich allein schon in der Art, wie sie Fauve drängte, noch etwas hausgemachte Aprikosenmarmelade zu nehmen, in der Geste, mit der sie Fauves Milchglas füllte, in dem Lächeln, das ihren Vorschlag begleitete, Fauve werde sich vielleicht über ein Fahrrad freuen, damit sie auch mal ins Dorf fahren könne.

Schließlich jedoch regte sich Fauves Stolz. Wenn Kate und Nadine sie haßten, würde sie die beiden einfach nicht beachten und ihre eigenen Wege gehen. Sie würde sich in Félice Kinder in ihrem Alter suchen und sich bemühen, Freundschaft mit ihnen zu schließen.

Sie erfuhr nie, wie einig sich die fest miteinander verbundene Gruppe der Achtjährigen in ihrem Mißtrauen gegen dieses hoch aufgeschossene, merkwürdig gekleidete amerikanische Mädchen gewesen war, das mit wehenden roten Haaren vom *Château,* wie sie La Tourrello nannten, herübergeradelt kam. Fauve unterhielt sich zwar auf französisch mit ihnen, begriff aber nicht, daß sie jedem einzelnen die Hand geben mußte oder nicht mit dem Jungen am Flipper spielen durfte, und sie hatte einen so unkultivierten Namen, daß sie nicht mal einen Namenstag feiern konnte!

Sie lachten darüber, daß Fauves Vater die Tochter im Café herumzeigte, als sei sie ein Baby, das soeben die ersten Schritte gemacht hatte, und nicht ein Mädchen ihres Alters; sie beneideten sie um das blitzende neue Fahrrad und die hübschen Kleider. Was bildete die sich ein, so einfach über ihre Clique herzufallen und sich ihnen aufzudrängen!

Doch keiner von ihnen konnte Fauve sehr lange widerstehen, keiner von ihnen konnte sich ihrer offenen und eifrigen Entschlossenheit entziehen, sie zu lieben. Sie erbot sich, ihnen beim Grasschneiden für die Kaninchen zu helfen, die sie für den Markt züchteten, und paßte freiwillig auf kleine Geschwister auf, wenn sie lieber Fangen spielen wollten. Fauve lud sie auch allesamt immer wieder zu einem üppigen *goûter* ein, dem Nachmittagsimbiß mit Brot, Brioches, Kakao und drei verschiedenen Marmeladen, der die Lieblingsmahlzeit aller französischen Kinder ist. Anschließend nahm sie sie dann mit in ihr Zimmer hinauf, wo sie sich alle zusammen lang auf ihren außergewöhnlichen Himmelbett ausstreckten, während sie ihnen von New York erzählte. Im Winter schrieb sie ihnen allen dann fleißig Briefe, so daß es im Sommer, wenn sie wiederkam, jedesmal so war, als sei eine alte Freundin zurückgekehrt.

Zwei Mädchen der Gruppe hatten sich ganz besonders mit Fauve angefreundet: die dunkle, hübsche Sophie Borel, von Fauve wegen ihrer roten Apfelbäckchen *Pomme* genannt, und Louise Gordin, wegen ihres hitzigen Temperaments, das in so erstaunlichem Kontrast zu ihrem Engelsgesichtchen stand, von allen nur *Epinette* – Dörnchen – gerufen. Pomme, geborene Komikerin und Unruhestifterin, war eine hochgeschätzte Informationsquelle, denn ihr Vater war der Postbote. Und die aufbrausende Epinette hatte Fauve beinahe vom ersten Augenblick an gegen die anderen Mädchen verteidigt, die sich nicht mit der Existenz dieser Fremden in ihrer abgeschlossenen und chauvinistischen Gemeinschaft abfinden wollten.

Ich kann's kaum erwarten, Pomme und Epinette wiederzusehen, dachte Fauve beim Mittagessen, während die Kellner die Gäste im Speisewagen mit graziösen, gekonnten Bewegungen bedienten, obwohl der Zug, der mit Höchstgeschwindigkeit dahinjagte, ständig von einer Seite zur anderen schwankte.

Da weder Pomme noch Epinette gute Briefschreiberinnen waren, befürchtete Fauve jedesmal, daß sich in diesem Dorf, das sie von ganzem Herzen liebte, etwas verändert hätte. Wenn nun ein Supermarkt gebaut worden war oder ein Monoprix oder ein Kino?

Für sie war Félice so, wie es war, ganz einfach wunderschön. Es ist so malerisch, wie nur ein Dorf auf diesem Planeten sein kann, dachte Fauve.

Sehr oft wunderte sich Fauve darüber, wie unterschiedlich die Menschen in New York und in Félice auf ihre uneheliche Geburt reagierten. In Manhattan spürte sie, als sie älter wurde, eine Unterströmung unwillkommener und boshafter Aufmerksamkeit, wenn sie mit Maggy und Darcy oder auch mit ihrem künstlerischen Mäzen Melvin Allenberg in der Öffentlichkeit auftrat. Es gab da eine gewisse Art neugieriger Blicke, eine unverkennbare Nuance im Ton der diskret gedämpften Stimmen am Nachbartisch in Restaurants und alle möglichen Zeichen des Erkennens, die ihr eindeutig signalisierten, daß jemand einer anderen Person soeben zugeflüstert hatte: »Sieh mal, da drüben – das ist dieses Mädchen, Mistrals uneheliche Tochter.«

In derartigen Situationen richtete sich Fauve ganz unbewußt zu ihrer vollen Größe von einssechsundsiebzig auf, straffte die schmalen Schultern, öffnete die Augen weit und konfrontierte die Leute, die über sie sprachen, ohne zu blinzeln, mit einem Ausdruck so ernsten, freimütigen Stolzes, daß die Neugierigen recht plötzlich verstummten.

»Unehelich«, hatte Fauve einmal zu Maggy gesagt. »Warum versuchen die Menschen nicht ein bißchen origineller zu sein? Es gibt so viele andere Bezeichnungen für mich: Malheurchen, Querschläger, Liebesandenken und Hurenkind.«

Wenn es jedoch in Félice Folgen vorehelichen Geschlechtsverkehrs gab, ging die öffentliche Meinung dahin, daß die Eltern eben nicht vorsichtig genug gewesen waren. Niemand zeigte mit dem Finger auf ein Kind, das unehelich aufwuchs. In Félice hatte Fauve das Gefühl, auf eine vernünftige, völlig natürliche Art und Weise Mistrals Tochter zu sein, als unschuldiges Ergebnis einer schuldbeladenen Leidenschaft zwar, aber immerhin *akzeptiert* zu werden!

Voll Ungeduld sah sie zum Zugfenster hinaus. Noch immer hatten sie Lyon nicht erreicht, und das Mittagessen war fast vorbei. »Gibt es im Dorf irgendwas Neues?« erkundigte sie sich bei ihrem Vater. »Irgendwas, seit deinem letzten Brief?«

»Etwas Neues? Nun ja, wenn du diesen verfluchten, geschmacklosen Pöbel als neu bezeichnest, dieses unsägliche Pack von Immobilienmaklern aus Paris, die im ganzen Tal alte Häuser aufkaufen. Es ist eine richtige Plage!« knurrte Mistral.

»In Félice?« fragte Fauve beunruhigt.

»Nicht mehr als zuvor, nur ein paar Außenseiter! Aber in Gordes und in Roussillon wird es immer schlimmer. Die Dörfer haben ihren ganzen Charme verloren, sie sehen aus, wie ich mir euer Disneyland vorstelle, ekelhaft aufgetakelt wie Huren bei einer Hochzeit. Und überall Schwärme von Fremden, die mit Reisebussen ankommen, in den Cafés Coca-Cola trinken, dutzendweise Ansichtskarten kaufen, sich für das Dorf selbst gar nicht interessieren, wieder in den Bus einsteigen und zum nächsten sehenswürdigen Ort weiterfahren – ein einziger Tag, um das gesamte Lubéron zu besichtigen!«

Mehr denn je sieht er jetzt aus wie ein ritterlicher, heroischer *Conquistador,* dachte Fauve, als Mistral vor sich hinschimpfte. Während sie älter wurde, erschien es ihr, als werde er jünger – vielleicht, weil sie gelernt hatte, ihn richtig zu sehen, vielleicht, weil er sich den Bart abrasiert hatte. Seine vorspringende Nase war kraftvoller, seine herausfordernde, arrogante Kopfhaltung hatte sich überhaupt nicht verändert: Er wirkte, wie immer, stärker, aufrechter, *größer* als jeder andere Mann, dem sie jemals begegnet war. Er ist gewaltig, dachte sie und benutzte dafür ihr neuestes Lieblingswort. Ich habe einen gewaltigen Vater!

Dreiundzwanzigstes Kapitel

*U*nmöglich!« kreischte Pomme. »Verderbt...
verkommen... unsittlich – du bist ja krank, Fauve Lunel,
krank bist du!«

»Hinterwäldlerisch... mittelalterlich...«, keuchte Fauve
unter Lachtränen, während Pomme heftig den Kopf schüttelte. »Du lebst in einem anderen Jahrhundert, du Ärmste.«
Als sie ihre Schallplatte auflegte, auf der die Three Dog
Night *Easy To Be Hard* sangen, hatte sie von vornherein gewußt, daß ihre Freundinnen noch längst nicht so weit waren,
daß sie an dieser Musik Gefallen fanden.

Die Teenager der Provence waren aber – obwohl ihr Musikgeschmack weit hinter dem von New York herhinkte –
überaus tanzwütig. In jedem Dorf gab es im Laufe des Jahres
zwei Tanzveranstaltungen, so daß man innerhalb eines Umkreises, der mit dem Auto oder dem Bus zu bewältigen war,
eigentlich jeden Samstagabend tanzen gehen konnte.

Mit vierzehn und fünfzehn hatte Fauve diese Tanzabende
zusammen mit einer Gruppe von Mädchen besuchen dürfen, die von einem der Väter beaufsichtigt wurde; jetzt jedoch, mit sechzehn, durften sie sich von einem Jungen zum
Tanz begleiten lassen.

Nachdem Pomme und Epinette widerwillig zum Abendessen nach Hause gegangen waren, räumte Fauve nachdenklich ihre Schallplatten fort. Es war ihr keineswegs entgangen, daß mit ihren Freundinnen seit dem letzten Sommer
eine auffällige Veränderung vorgegangen war. Heute hatten
sie kaum einmal von etwas anderem gesprochen als von
dem Tanz am nächsten Samstag in Uzès, zu dem jede von einem Jungen aus der Umgebung aufgefordert worden war.
Sie versicherten Fauve, sie sei herzlichst eingeladen, mit ihnen in einem Wagen, der dem Vater des einen Jungen gehörte, zu der Veranstaltung zu fahren. Doch wenn wir dann
da sind, dachte Fauve – was dann?

Im letzten Jahr war es für sie noch durchaus statthaft gewesen, wenn sie nicht von einem Kavalier aufgefordert wurde, mit einer ihrer Freundinnen zu tanzen. Ja, wegen ihrer ungewöhnlichen Körpergröße war Fauve als Partnerin sogar sehr begehrt. In diesem Jahr dagegen, das war ihr klar, würde es eine Schande sein, mit einem anderen Mädchen tanzen zu müssen. In der *Salle des Fêtes* zogen Jungen und Mädchen sich sofort in ihre getrennten Ecken zurück, selbst wenn sie gemeinsam gekommen waren. Die ersten Tänzer waren stets Paare, denen es gleichgültig war, was man von ihnen dachte: Cousin und Cousine, die sich zu einem fröhlichen Bündnis zusammengefunden hatten; und vielleicht ein oder zwei jungverheiratete Paare, die vor ihren Nachbarn angeben wollten.

Schließlich holte sich jeder Junge sein Mädchen, falls er eins hatte, allerdings ohne die geringste Andeutung von Höflichkeit und Freude. Wieso sind die bloß alle so wild aufs Tanzen, wenn sie dabei immer so unlustig aussehen, hatte sie sich gefragt. Jedes Gespräch, ja sogar ein Lächeln zwischen den Partnern war ausgeschlossen. Sobald der Tanz beendet war, trennten die Partner sich so abrupt, als hätten sie eine Boxrunde beendet, und kehrten in ihre entsprechenden Ecken zurück, wo sie sich endlich munter mit Angehörigen ihres eigenen Geschlechts unterhalten konnten. Und das nannten sie Tanzabend!

Warum mußte sie so etwas mitmachen? Sie konnte am Samstagabend zu Hause bleiben, ohne daß jemand ein Wort darüber verlor. Zum Wochenende wurden ein paar englische Freunde von Kate erwartet. Doch sie hatte sich vorgenommen, zur echten *Félicienne* zu werden, und wenn sie diesen Tanz versäumte, würde man das – mit Recht – so auslegen, als wende sie sich von ihren Freunden ab. Daß sie keinen Begleiter hatte, war kein Entschuldigungsgrund. Es würden alle Mädchen aus den Dörfern im kilometerweiten Umkreis dort sein, die irgendwie ein Transportmittel fanden, denn dieses Netz von Tanzabenden war die einzige Möglichkeit für sie, sich einen Ehepartner zu suchen. Selbst Pomme und Epinette, die voriges Jahr noch nichts anderes im Kopf gehabt hatten als gemeinsame dumme Streiche, redeten nur noch von ihren Begleitern am Samstagabend.

In zwei Jahren würden sie vermutlich schon verlobt oder

verheiratet sein, und bald darauf junge Mütter, die stolz ihre Babys vorführten und ihre Freiheit aufgegeben hatten.

Im Grunde, dachte Fauve mit ahnungsvollem Erschauern, sind Pomme und Epinette für mich jetzt schon verloren. Ihre Sommerfreundschaft, die sie im letzten Jahr noch für unauflöslich gehalten hatten, war im Verlauf eines einziges Winters verdrängt worden. Das Ende der Jungmädchenzeit war unabwendbar.

In einem Anfall leidenschaftlicher Abwehr warf sich Fauve lang aufs Bett. Warum interessierten Pomme und Epinette sich für die Jungen? Sie fuhren bereits mit vollen Segeln aufs Meer der Liebe hinaus – jedenfalls nach einem gewissen Ton ungewohnter Zärtlichkeit zu urteilen, den Pomme, normalerweise so spöttisch, jedesmal anschlug, wenn sie Raymond Binard, den jungen Elektriker aus Apt, erwähnte. Und wo blieb Epinettes gewohnte Derbheit, wenn sie voll Stolz verkündete, Paul Alouette, ihr Freund, auf Urlaub vom Militär, habe sich für die Fahrt den neuen Citroën seines Vaters ausgeliehen? Was war so großartig daran, wenn man sich einen Wagen auslieh?

In New York gehörte Fauve einer Gruppe von Gleichaltrigen ihrer Schule an, die gemeinsam zu Rockkonzerten und Partys gingen. Sie galten alle in einer Schulklasse, in der Pot geraucht und mit Sex experimentiert wurde, als Spätentwickler, doch keiner von ihnen hatte es eilig, sich in das komplizierte Spiel Mann–Frau zu stürzen, das überall um sie herum begann.

Wenn nur die Zeit stillstehen könnte! Wenn sich nur niemals etwas ändern würde!

Ganz allmählich fühlte sich Fauve von ihrem Zimmer getröstet: Dies wenigstens würde sich niemals ändern. Jedes Jahr würde das Turmzimmer hier auf sie warten, es besaß ein eigenes Leben, das es nur ihr allein enthüllte.

In den letzten acht Jahren hatte Fauve immer mehr in ihr Zimmer hineingestopft, bis es jetzt einem Museum der Jugendzeit glich. Generationen von Puppen saßen steif an den Wänden, darüber hingen Fotos von Fauve und Mistral, die in den vielen Sommern geknipst worden waren, neben altmodischen Ansichtskarten und Blumen, die sie gepreßt und gerahmt hatte, Plakate von früheren Dorffesten und anderen, für sie wichtigen Ereignissen. Sie hatte nie etwas entfernt von dieser Andenkensammlung, und auch nach New York hatte sie nie etwas mitgenommen. Ganz instinktiv hielt sie ihre beiden Welten genauso voneinander getrennt, wie sie in der Realität voneinander entfernt lagen.

Als Fauve auf ihrem Bett lag und träumte, fiel ihr auch Nadine ein, die jetzt mit Philippe Dalmas verheiratet war und in Paris lebte und im Sommer nur noch ein- oder zweimal nach La Tourrello kam.

Falls Nadine und ihre Freunde sich jemals bei einem Dorftanz hatten sehen lassen, dann sicher nur, um am Rand der Tanzfläche zu stehen und die Leute mit unverhohlener Belustigung anzustarren, als sei es ein besonders skurriles, folkloristisches Spektakel. Und hätte sie sich zum Tanzen herabgelassen, dann nur, weil sie daraus eine hübsche Geschichte machen konnte, die veranschaulichte, wie drollig diese Einheimischen doch waren.

Bei dem Gedanken an ihre Stiefschwester ballte Fauve die Fäuste, sprang vom Bett, und ihre Depressionen gingen in einer Woge von Kampflust unter: Sie würde zum Tanz gehen.

Fünf Tage später stand Fauve in der Mädchenecke des Festsaals von Uzès, einer belebten Marktstadt mit vielen mittelalterlichen Türmen. Das Jahr 1969 war, was die Kleidung betraf, besonders kompliziert. Die ganze Woche lang hatte Fauve immer wieder Stunden damit verbracht, ein Kleid nach dem anderen anzuprobieren und abzulehnen. In ihren plötzlich sehr selbstkritischen Augen wirkten sie alle entweder zu aufgedonnert, als erwarte sie eine weit elegantere Veranstaltung als einen Dorftanz, oder zu salopp, als hätte sie es der Mühe nicht für wert befunden, ihr bestes Kleid anzuziehen, wie es die anderen Mädchen mit Sicherheit tun würden. Sie hatte, nur mit einer orangeroten Strumpfhose bekleidet, noch unentschlossen dagestanden, als Marte Pollison schon an ihre Tür klopfte, um ihr zu sagen, daß ihre Freunde draußen im Wagen warteten.

In einem unvermittelten Anfall von Trotz warf Fauve sich in ein Minikleid in Shocking Pink, geschmückt mit einem langen, breiten, geometrischen Streifen aus purpurfarbenem Band. Noch einmal bürstete sie sich das rote Haar, bis jede lange, springlebendige Strähne mit der Luft zu flirren schien. Dann schlüpfte sie in ein Paar leuchtendgrüner Ballerinas und lief die Treppe ihres Privatturms hinab, ohne noch in den Salon zu gehen und sich zu verabschieden. Falls Kate etwas gegen ihren Farbensinn einzuwenden hatte, wollte sie das gar nicht erst wissen.

In der Mädchenecke wurde aufgeregt getuschelt, doch Fauve achtete nicht auf die Gespräche: Von der Jungenecke näherten sich zwei junge Männer, jeder mit der eindeutigen Absicht, sie zum Tanzen aufzufordern. Der eine von ihnen war Lucien Gromet, an dessen Mundgeruch sie sich noch vom letzten Sommer erinnerte, und Henri Savati, der andere, konnte nur müde rumschlurfen und nicht tanzen. Hektisch überlegte sie, ob sie nicht eines der jüngeren Mädchen zum Tanz bitten und so ihnen beiden entfliehen sollte.

Die beiden Jungen waren höchstens noch einen Meter entfernt, als sie auf einmal von einer dritten männlichen Gestalt, die beinahe rutschend vor Fauve zum Stehen kam, kurzerhand beiseite geschoben wurden. Mit elegantem Schwung drehte ihr Retter sich zu den anderen um. »Ich bitte tausendmal um Entschuldigung, meine Freunde, aber Mademoiselle hat mir heute abend sämtliche Tänze versprochen.« Lucien und Henri blieb der Mund offenstehen. Normalerweise forderte man ein Mädchen zu jedem einzelnen Tanz auf, indem man etwas vor sich hinmurmelte, mit dem Daumen in Richtung Tanzfläche zeigte und dann davonschlenderte, ohne abzuwarten, ob sie auch mitkam.

Fauve zwinkerte zweimal. »Ah, Roland! Ich habe mich schon gefragt, wo du wohl bleibst«, sagte sie, ihren Arm durch den seinen schiebend. »Ich dachte, du hast vielleicht erst die Nachtigallen füttern müssen.«

»Nein, heute waren es die Pfauen. Ich heiße übrigens Eric«, gab er zurück, »aber du darfst mich ruhig auch Roland nennen.«

»Ich heiße Fauve.« Gewöhnlich machten die jungen Männer der Umgebung, wenn sie zum erstenmal ihren Namen hörten, eine alberne Bemerkung. Sie wartete, doch er sagte kein Wort und musterte sie nur mit offener Bewunderung. Er war ein Mann – kein Junge mehr –, der sich in seiner Haut sehr wohl zu fühlen schien. Mit seiner Größe von einsachtzig hatte er etwas Außergewöhnliches an sich, das Fauve nicht sogleich benennen konnte. Es lag nicht daran, daß er auffallend hübsch war, mit seinen kraftvollen, wohlgeformten Zügen, der tiefgebräunten Haut und dem dichten, braunen Haar, das über dem rechten Auge einen Wirbel bildete. Seine Unterlippe war voll und in der Mitte eingekerbt – der Mittelpunkt seines Gesichts, der ihm einen humorvollen, großzügigen Ausdruck verlieh. Aber was ist nur an diesem Fremden, dachte Fauve, was macht einen so außergewöhnlichen Eindruck auf mich?

»Du starrst mich an«, sagte er grinsend.

»*Du* starrst *mich* an«, antwortete sie indigniert.

»Möchtest du lieber tanzen?«

»Ist vielleicht besser.«

Das Orchester stimmte *La Vie en Rose* an, und Eric legte den Arm um sie. Fauve, die in der üblichen Tanzpose der Region dagestanden hatte, wurde zu ihrem Erstaunen an seine Brust gezogen. Das Orchester spielte zwar nicht das erforderliche *eins*, zwei, drei, *eins*, zwei, drei des Wiener Walzers, sie walzten aber dennoch so graziös dahin, daß der Kapellmeister, der sie beobachtete, seinen Mannen bedeutete, als nächstes die *Blaue Donau* zu spielen. Als auch dieser Walzer vorüber war, hielten sie plötzlich inne und merkten verwundert, daß sie von einem Kreis anderer Tänzer umgeben waren, die ihnen so ehrfürchtig zusahen, als wären sie Ginger Rogers und Fred Astaire.

»Das war wunderbar!« sagten sie beide gleichzeitig.

»Komm, Fauve, wir holen uns etwas Kaltes zu trinken. Ich habe drei wichtige Dinge an dir entdeckt und möchte dich mit meiner Intelligenz beeindrucken.« Damit führte Eric sie aus dem Kreis hinaus zu einem freien Tisch und bestellte Cola.

»Erstens«, begann er, »bist du keine Einheimische, zweitens Malerin, und drittens duftest du besser als alle anderen Mädchen der Welt.«

»Aber ich benutze gar kein Parfüm«, protestierte Fauve.

»Das sagte ich ja gerade.«

»Oh.« Sie dachte kurz darüber nach und spürte, wie sie errötete – dieses gräßliche Erröten, das sich in direkter Linie von einer Lunel auf die andere vererbt hatte. »Woher weißt du, daß ich keine Einheimische bin?« fragte Fauve, hastig zum Akzent des Midi übergehend.

»Zu spät für diesen Trick. Du tanzt den Walzer einfach göttlich. Das hast du auf keinen Fall hier gelernt.«

»Und woher weißt du, daß ich Malerin bin?« erkundigte sie sich nervös.

»Weil nur eine Malerin bewußt diese Farbkombination tragen würde. Dieses Kleid zu deinen Haaren könnte einfach gewählt worden sein, um aufzufallen, aber dann dazu die orangerote Strumpfhose und diese Schuhe...«

»Ich interessiere mich für Malerei«, entgegnete Fauve ausweichend. Sie hatte nie jemandem erzählt, daß sie selbst auch malte. Nur ihre Familie, Melvin Allenberg und ein paar sehr gute Freunde wußten davon, und auch von ihnen ahnte keiner, wie stark sie gefühlsmäßig mit ihrer Arbeit verbunden war.

»Ich besuche oft Galerien und Museen. New York ist schließlich die Welthauptstadt der Kunst.«

»Das hätten die New Yorker wohl gern«, antwortete Eric entrüstet. Kein Franzose würde je zugeben, daß das Zentrum der Kunstwelt sich nach Kriegsende in die Vereinigten Staaten verlagert hatte.

»Ach was, komm – du weißt doch, daß es so ist! Jeden Samstagnachmittag kannst du in New York, wenn du nur die Galerien der Madison Avenue abklapperst, mehr neue Malerei sehen als je in Paris – von den Museen ganz zu schweigen. Mit meinem Freund Melvin gehe ich zwei- bis dreimal im Monat hin«, erklärte Fauve.

»Dein Freund Melvin? Ist der so eine Art Experte?« fuhr Eric auf.

»Melvin ist einfach fabelhaft! Unheimlich, was der alles weiß... Und so unerhört lieb ist er!«

»Na so was, ein Muster an Vollkommenheit, wie?«

»Er ist einfach zauberhaft. Manchmal glaube ich, es gibt auf der ganzen Welt keinen Menschen, mit dem ich so reden kann wie mit Melvin – es ist, als hätte er für alles Verständnis.«

»Das klingt ja, als wärst du in ihn verliebt«, stellte Eric grimmig fest.

»Verliebt? O Eric, was für ein wunderbarer Gedanke!« kicherte Fauve.

»Was, zum Teufel, ist so wunderbar daran? Ich finde es absolut geschmacklos, daß du hier mit mir sitzt und unentwegt von deinem klugen, gutaussehenden, zauberhaften Melvin redest!«

Eric leerte sein Glas und knallte es auf die Tischplatte. »Ich gehe jetzt wieder hinein.«

»Eric!«

»Was ist?« fuhr er sie wütend an.

»Melvin ist alt – uralt! Er muß mindestens drei-, vierundvierzig sein. Er ist mein Onkel, oder so ähnlich ... Verflixt noch mal, er war der Freund meiner Mutter.«

»Wie alt bist du überhaupt?« fragte er und setzte sich schnell wieder auf seinen Stuhl.

»Sechzehn«, antwortete Fauve. Sechzehn klang plötzlich unglaublich jung.

»Ich bin zwanzig.«

Sie lächelten einander zu – ohne Grund, mit jedem Grund. Jetzt wußte Fauve plötzlich, was ihr an Erics Gesicht sofort aufgefallen war, als sie ihn sah: Sie hatte Vertrauen zu ihm. Sie hatte vom ersten Augenblick an ein überwältigendes Vertrauen zu ihm gehabt. Es war seltsam, daß sie das als vorherrschenden Zug in seinem Gesicht empfunden hatte, denn wie konnte man einem vollkommen Fremden auf den ersten Blick vertrauen? Und dazu noch einem so gutaussehenden?

»Und außer über Malerei – dank dem gebrechlichen, lieben, uralten Melvin – weißt du vermutlich auch alles über die Architektur, wie ich annehme?«

»Überhaupt nichts; nur das, was man so aufschnappt. Da bin ich echt ungebildet.«

»Gott sei Dank!« sagte Eric erfreut. »Ich bin nämlich Architekt oder vielmehr, ich werde bald einer sein ... Ich studiere am Beaux-Arts.«

»Warum freust du dich so über meine Unwissenheit?«

»Weil ich dir gern etwas beibringen möchte.«

»Okay. Fang an!«

»Ich meine nicht jetzt, ich meine morgen, übermorgen, nächste Woche, den ganzen Sommer lang ... Hast du denn gar keine romantische Ader?«

»Ich weiß nicht recht ... Ich meine, woran erkennt man das?« erkundigte sich Fauve allen Ernstes, die Brauen grübelnd zusammengezogen.

»Ach komm, Fauve, wir wollen noch ein bißchen tanzen.

Und darf ich dich dann nach Hause bringen? Oder bist du mit jemandem gekommen?« Das klang überraschenderweise unsicher.

»Ich bin mit Freunden gekommen, aber die haben bestimmt nichts dagegen, daß du mich nach Hause bringst.«
»Wo wohnst du denn?«
»Bei Félice.«
»Das ist nicht gerade nebenan.« Das klang jubilierend.
»Es sind etwa sechzig Kilometer«, bestätigte sie entschuldigend.
»Das ist ja gerade das Gute daran! Aber weißt du was, Fauve? Du mußt endlich aufhören, rot zu werden, wenn ich dir ein Kompliment mache. Ach nein, eigentlich mag ich es, wenn du errötest ... Das ergänzt deine verschiedenen Rottöne um eine unerhört interessante Nuance!«

Die Tanzveranstaltungen in der Provence beginnen niemals vor neun Uhr abends und sind kaum jemals vor zwei Uhr nachts beendet, doch Fauve bestand darauf, schon kurz nach Mitternacht aufzubrechen, weil es eine so weite Fahrt war und ihr Vater stets aufblieb, bis er sich vergewissert hatte, daß sie heil und gesund nach Hause kam.

In der Nähe von Remoulins, wo sie die Route Nationale 100 nahmen, die fast ostwärts nach Félice führt, versuchte Eric sie zu einem kleinen Umweg zu überreden, um ihr den *Pont du Gard* im Mondschein zu zeigen. »Die Brücke ist eines der herrlichsten Wunderwerke der Antike, nach zweitausend Jahren noch fast intakt ... Nein? Bist du sicher? Du meinst, du kannst noch einen Tag länger leben ohne den Aquädukt? Na schön ... dann müssen wir eben ein anderes Mal wiederkommen.«

In Villeneuve-les-Avignon unterbreitete er ihr einen anderen Vorschlag: »Wir fahren schnell zu meinen Eltern rauf. Der Blick von unserer Terrasse aufs Fort St. André ist der schönste, den du dir vorstellen kannst ... Nein, auch das nicht? Ja, magst du denn keine Festungen?«

»Nach Hause, Eric«, verlangte Fauve.

Eric erwog und verwarf noch mindestens ein Dutzend Pläne für den folgenden Tag. Es war eine große Verantwortung, die richtige Wahl für Fauves erste Begegnung mit der Architektur zu treffen. Da es in der unmittelbaren Umgebung nicht nur die Ruinen einer sechshundert Jahre vor Christi Geburt gegründeten phönizischen Stadt, sondern noch hundert weitere Sehenswürdigkeiten aus jeder späteren Ära gab – was sollte er als Ausgangspunkt nehmen?

Fauve hörte ihm, je mehr sie sich Félice näherten, um so unaufmerksamer zu. Was würde der Vater dazu sagen, daß sie mit einer Gruppe von alten Freunden zu diesem Abend aufgebrochen war und nun mit einem jungen Mann zurückkam, den sie auf dem Tanzboden kennengelernt hatte? Eigentlich sollte er froh sein, daß ich kein Mauerblümchen bin, sagte sie sich, als sie Eric den Weg nach La Tourrello zeigte.

Das große Tor des *mas* stand weit offen.

»Du kannst einfach reinfahren«, sagte Fauve geistesabwesend. Eric parkte den Wagen im Hof.

»Es ist wohl besser, wenn ich dich meinem Vater vorstelle«, murmelte Fauve nervös und ging in den Salon voraus, wo er, wie sie wußte, immer auf ihre Heimkehr wartete.

Als sie eintraten, erhob sich Mistral aus seinem Sessel vor dem Kamin und kam ihnen, erstaunt von Fauve zu Eric blickend, ein Stückchen entgegen. Nur überrascht, registrierte Fauve zutiefst erleichtert, nicht ärgerlich.

»Das ist mein Vater«, stellte sie vor, wagte es aber nicht, Eric anzusehen. Sie hätte ihm sagen müssen, daß sie Mistrals Tochter war, das war ihr klar, aber die richtige Gelegenheit dazu hatte sich nicht ergeben. Nun war es zu spät, und er glaubte vielleicht, sie hätte unbedingt Eindruck schinden wollen.

»Eric hat mich nach Hause gebracht, Papa«, erklärte sie leise.

»Das sehe ich.« Mistral reichte ihm lächelnd die Hand. »Aber was soll dieser seltsame Brauch, den ihr jungen Leute heutzutage übt, einander nur beim Vornamen zu kennen? Eric – und wie weiter, wenn ich fragen darf?«

»Guten Abend, Monsieur Mistral.« Warum, fragte sich Fauve, klingt Eric nur so sonderbar?

»Der Name meiner Familie«, fuhr Eric fort, »ist Avigdor. Und mein Vater, Monsieur Mistral, ist Adrien Avigdor.«

»Aber du kannst Fauve unmöglich verbieten, mit diesem jungen Mann auszugehen«, sagte Kate ruhig. »Das ist heutzutage völlig ausgeschlossen, Julien. Überleg doch mal! Du hast nicht einen einzigen Grund, den sie verstehen und akzeptieren könnte. Du würdest sie damit nur provozieren, dir Fragen zu stellen, die du bestimmt nicht besonders gern beantworten würdest, nicht wahr? An deiner Stelle würde ich die alte Geschichte ruhen lassen.«

»Aber du hast sein Gesicht nicht gesehen, Kate. Und seine Stimme nicht gehört.«

»Hat er irgend etwas Ungewöhnliches gesagt?«

»Nein. Er hat sich durchaus korrekt verhalten. Doch irgend etwas war da...«

»Aber Julien – er kann doch wohl kaum mehr wissen, als daß sein Vater früher einmal dein Kunsthändler war. Sicher existiert so eine familieninterne Horrorstory: Wie Papa Avigdor Julien Mistral zum Start verholfen hat und dieser dann so undankbar war, den Händler zu wechseln. Dich zu verlieren war vermutlich das wichtigste Ereignis in Avigdors Leben – gleich hinter dem, dich zu bekommen.«

»Ich will nicht, daß Fauve sich mit ihm einläßt.«

»Sie ist noch ein Kind. Was kann diese Bekanntschaft schon schaden? Der Junge ist erst zwanzig, hat Fauve gesagt, nicht wahr? Und du hast Avigdor seit der Zeit vor dem Krieg nicht mehr gesehen. Das ist über dreißig Jahre her! Sei doch vernünftig! Ich finde, du nimmst das alles viel zu ernst – nur weil es sich um Fauve handelt. Bei Nadine hast du nie so ein Theater gemacht um die Frage, mit wem sie ausgeht.«

Es hatte keinen Sinn – das hatte Kate schon vor langer Zeit eingesehen –, Julien wissen zu lassen, daß Marte Pollison ihr haarklein erzählt hatte, was während des Krieges zwischen ihm und Avigdor vorgefallen war, und daß sie bei ihrem Besuch bei Avigdor diese Schilderung und einige andere bestätigt gefunden hatte. Es gab eine Menge Informationen über ihren Mann, die sie in ihrem Gedächtnis bewahrte. Man wußte nie, wann sie einmal nützlich sein konnten!

Inzwischen genoß sie Juliens besorgte Miene. Sie besaß so wenige Waffen, und er so viele! Seltsam. Einstmals schien Fauve eine von seinen Waffen gewesen zu sein, eine Bedrohung für sie, eine Gefahr für Nadine. Jetzt jedoch, da Fauve älter wurde und Mistral mit jedem Jahr mehr ans Herz wuchs, ihm teurer wurde als alles andere – denn Kate war zu aufmerksam, um das nicht zu sehen –, würde Fauve vielleicht zu einer Waffe, für die *sie* einmal eine Möglichkeit zur Anwendung finden würde.

Eines Tages, irgendwann in der Zukunft, würde Julien büßen müssen für das Leid, das er ihr bereitet hatte. Kate glaubte fest an die ausgleichende Gerechtigkeit. Wie hochinteressant es doch war, daß Fauve diesen jungen Avigdor kennengelernt hatte! »Wie sieht er aus?« erkundigte sie sich beiläufig. »Hat er viel von seinem Vater?«

»Ich habe nicht so darauf geachtet. Er sieht viel besser aus, ist viel größer; ich hätte nicht gedacht, daß sie verwandt sein könnten.«

»Meinst du, er sieht nicht jüdisch aus?«

»Nein, das habe ich nicht gemeint! Avigdor selbst hat auch nicht so ausgesehen, das weißt du.«

»Gott im Himmel, Julien! Du hast keinen Grund, mich so anzufahren! Sei doch nicht so furchtbar empfindlich. In zwei Wochen wird Fauve es satt haben, mit diesem Studenten uralte Bauwerke zu besichtigen, und dann wird es zehn andere Jungen geben, über die du dir Gedanken machen kannst.«

»Versuch ein bißchen zu schlafen, Julien«, sagte Kate nach einer Weile. »Du siehst Gespenster.«

Vierundzwanzigstes Kapitel

»Was hast du dir dabei gedacht, Eric, ausgerechnet mit dem Besuch des Papstpalastes zu beginnen?« fragte Beth Avigdor mit leicht indignierter Belustigung. »Eine so riesige, alte Scheune, ganz ohne Möbel, aber dafür voll von Touristen, stimmt's? Kein Wunder, daß Sie müde sind, Mademoiselle Lunel. Ich weigere mich seit Jahren, auch nur einen Fuß hineinzusetzen.«

»Mir hat es Spaß gemacht – ungefähr eine Stunde lang«, antwortete Fauve, die mit den Zehen wackelte und dankbar war für den Sonnenschirm, der dem Mittagstisch im Garten des *Le Prieuré* kühlen Schatten spendete.

Erics Mutter, eine Frau mit schönen, dunklen Augen und Haaren, die gerade erst begannen, hier und da ein bißchen Grau zu zeigen, sah mindestens zwanzig Jahre jünger als Erics Vater, der ruhig und gelassen dasaß und eingehend die Weinkarte studierte. Auch als junger Mann hatte Adrien Avigdor nicht besonders jung gewirkt, und jetzt wirkte er, kahlköpfig, etwas rundlich und voll liebenswerter Falten, abgeklärt, rüstig und unauffällig wie eh und je.

Im Jahre 1945 hatte er die schöne Beth Levi geheiratet, die drei Jahre lang neben ihm in der Résistance gekämpft hatte. Eric, der das Aussehen seiner Mutter und das Auftreten seines Vaters geerbt hatte, war 1949 zur Welt gekommen. Die Avigdors führten eine gute, harmonische Ehe, und seine Galerie in der Rue du Faubourg St. Honoré gehörte zu den erfolgreichsten und angesehensten von ganz Frankreich.

Vor vielen Jahren hatte er sich entschlossen, in dieser liebenswürdigen, eleganten Kleinstadt Villeneuve-les-Avignon zu leben, die sich in Topographie und Atmosphäre völlig von den primitiven Bergdörfern des Lubéron unterschied, in denen für ihn noch Erinnerungen ruhten, die er nicht wachrufen wollte. Und nun, bei Gott, kam Eric mit Mistrals Tochter an!

Er hatte Beth, deren mütterliche Neugier durch Erics Begeisterung geweckt worden war, nicht davon abhalten können, dieses Mittagessen zu arrangieren. Seine Frau hatte von Mistral nie mehr gewußt, als daß ihr Mann früher einmal der Kunsthändler des Malers gewesen war. »Wir haben uns nicht vertragen, aber das ist zu unwichtig, um groß darüber zu diskutieren«, hatte er ihr vor Jahren erklärt. Im vergangenen Jahr war Eric neugierig geworden, hatte den Grund für seinen Streit mit Mistral wissen wollen, doch Avigdor hatte sich von seinem Sohn nicht zu einer Erklärung drängen lassen.

Es gab keinen Menschen, den sich Avigdor weniger zum Gegenstand von Erics Interesse gewünscht hätte als Mistrals Tochter, aber er nahm sich vor, dennoch liebenswürdig zu sein. Und wahrhaftig – welcher Mann hätte das wohl nicht sein wollen, wenn er sie sah?

Im Laufe der Jahre war Adrien Avigdor zu der Erkenntnis gekommen, daß er froh sein mußte, am Leben zu sein, während so viele andere umgekommen waren. Er wollte nicht in alten Wunden stochern; er wollte in Würde leben und anderen gegenüber anständig sein; die hart erlernten Lektionen der Selbsterhaltung, die ihm während der Besetzung erteilt worden waren, veranlaßten ihn jedoch, sich sofort abzuwenden, wenn irgendwo von Religion oder Politik die Rede war. Er wollte nichts mehr zu tun haben mit gewissen Erinnerungen, die trotz seiner philosophischen Einstellung niemals verblaßt waren, und Fauve Mistral rief sie ins Leben zurück.

»Soso, Mademoiselle«, mit betont gütigem Ausdruck wandte er sich zu Fauve hinüber, »Sie gehen also in den Vereinigten Staaten zur Schule.«

»Ach bitte, nennen Sie mich doch Fauve ... Ja, ich lebe eigentlich in New York, aber im Sommer besuche ich jedes Jahr meinen Vater. Und ich freue mich sehr, Sie kennenzulernen, Monsieur Avigdor«, sagte Fauve. »Meine Großmutter hat mir von Ihnen erzählt.«

»Dann hat Maggy mich also nicht vergessen«, stellte Avigdor erfreut fest.

»Natürlich nicht. Maggy hat mir wirklich alles aus ihrer Vergangenheit erzählt. Sie hält es für wichtig, daß Kinder so viel wie möglich über ihre Eltern und Großeltern erfahren, vor allem, wenn sie unehelich sind.«

Fauve hatte bewußt diesen Ausdruck gewählt. Sie wollte Erics Eltern von vornherein klarmachen, daß man sie, ganz gleich, wie sie über die Umstände ihrer Geburt dachten, durchaus nicht mit übertriebenem Takt behandeln mußte.

»Ich wünschte, Sie würden mir etwas über meinen Vater erzählen, als er noch jung war«, fuhr sie fort. »So richtig kenne ich ihn ja erst seit acht Jahren, und in Erinnerungen will er nicht kramen. Sie haben seine erste Ausstellung veranstaltet, also müssen Sie ihn seit mindestens vierzig Jahren kennen! Wie war er damals?« Brennende Neugier stand in ihrem Gesicht geschrieben.

Mistral als junger Mann? Rasch suchte Avigdor nach einer angenehmen Erinnerung. Er konnte dieser so treu ergebenen Tochter kaum klarmachen, daß ihr Vater von jeher ein verflucht unangenehmer, übellauniger, arroganter, egoistischer Mann gewesen war. Und ein Mann, der mehr als einen Juden in den Tod geschickt hatte! Doch irgend etwas mußte er sagen.

»Nun, lassen Sie mich überlegen ... Es ist schwer, ihn genau zu beschreiben. Er war immer sehr eindrucksvoll, immer der auffallendste Mensch in jedem Raum.« Er hielt inne, dachte nach und hatte eine Eingebung. »Was ich niemals vergessen werde, ist der Tag, an dem ich ihn kennenlernte. Kate Browning, Ihre Stiefmutter, nahm mich mit in das kleine Atelier Ihres Vaters in Montparnasse, wo er mit Ihrer Großmutter zusammenlebte. Ich sehe Maggy heute noch vor mir, wie sie barfüßig mit Wein und Gläsern aus der Küche kam! Sie war wunderschön, ein prachtvolles junges Mädchen, und kaum älter, als Sie es jetzt sind, Fauve ... Gerade achtzehn, glaube ich, und so verliebt, so loyal ...«

»Loyal?« wiederholte Fauve mit ganz kleiner Stimme.

»Selbstverständlich loyal, das vor allem! Ich habe sie sehr bewundert, daß sie Ihren Vater mit ihrem Modellstehen durchbrachte, bevor er begann, Bilder zu verkaufen. Ach, sie waren ein phantastisches Paar, beide groß, beide rothaarig, er dunkel, sie leuchtend, sie waren eine lebende Legende im Quartier ... O ja, Julien Mistral und Maggy, *La Rouqinne*. Sie müssen eine ganze Weile zusammengelebt haben, bevor er Kate kennenlernte. Übrigens, wie geht es Kate? Ich habe sie ganz aus den Augen verloren.«

»Es ... geht ihr gut«, antwortete Fauve, in eine so tiefe

Verwirrung gestürzt, daß sie nur nichtssagende Worte fand.

»Ist sie gesund?« erkundigte sich Avigdor.

»Durchaus, soweit ich weiß.« Fauve zwang sich zu einem höflichen Lächeln. Adrien Avigdor sprach noch einige Zeit weiter, bis das Gespräch auf das Essen gelenkt wurde, doch Fauve hörte nichts mehr.

Ihr Vater und ihre *Großmutter*? Die beiden sollten sich geliebt haben? Aber es waren doch ihre *Mutter* und ihr Vater gewesen, die sich geliebt, die zusammengelebt hatten! Eine Woge kummervoller Konfusion fiel über sie her, so stark und verwirrend, daß nur der Druck von Erics Hand auf der ihren unterm Tisch sie aus ihren Gedanken riß und es ihr ermöglichte, zur Gabel zu greifen.

Mit einigen gutgemeinten, nostalgischen Worten hatte Adrien Avigdor das Muster, das sie sich geschaffen hatte, um ihre eigene Existenz zu erklären, so unwiderruflich zerstört, als hätte er durch eine Drehung ein Muster im Kaleidoskop gelöscht. Warum hast du mir davon nie etwas erzählt, Magali? Ich wußte nur, daß du für meinen Vater posiert hast, weiter nichts. *Was für ein Mann ist er?* Was ist wirklich zwischen euch vorgefallen? Was kann ich jetzt noch von alldem glauben, was du mir jemals erzählt hast?

»Schmeckt Ihnen die Seezunge nicht, Fauve?« erkundigte sich Beth Avigdor freundlich. Hätte sie eine Ahnung gehabt, daß er so einfältig drauflosplappern würde – sie hätte ihrem Mann einen kräftigen Tritt versetzt; aber man fair zu sein: Fauve hatte es selbst herausgefordert. Aus welchem Grund auch immer, das junge Mädchen war tief in eigene Gedanken versunken. »Fauve«, wiederholte sie, »schmeckt Ihnen die Seezunge nicht?«

»Ach so! Nein, nein, sie ist ausgezeichnet. Vielen Dank, Madame Avigdor.«

»Ich schwöre dir, Fauve – kein bißchen Architektur mehr, in den nächsten vierundzwanzig Stunden«, versprach Eric reuevoll. »Zwei Tage...? Eine Woche? Ganz wie du willst. Heute nachmittag tun wir nur noch, was dir gefällt.«

»Laß uns zum *Pont du Garde* fahren.« Fauve schenkte ihm ein entschlossenes Lächeln.

»Hat Eric Sie auch schon mit seiner Auffassung angesteckt, daß man Kultur nicht richtig verstehen kann, wenn man nicht begreift, was die Menschen im Hinblick auf das

Wasser empfinden«, knurrte Adrien Avigdor. »Warum Wasser, und wieso nicht Wein, möchte ich wissen. Aha! Diese Frage kann mir keiner beantworten. Das hat noch nie einer gekonnt.«

»Ein Talmudgelehrter könnte es vielleicht doch«, meinte Fauve. »Falls Sie wirklich eine Antwort wollen.«

»Wie bitte?« fragte Eric verblüfft.

»Ja, im Talmud gibt es bestimmt eine Antwort darauf, vielleicht sogar mehrere. Das hat, meiner Großmutter zufolge, wenigstens Rabbi Taradash gesagt.«

Avigdor blieb vor Staunen der Mund offenstehen.

»Komm, Liebling, trink noch einen Schluck Wein«, sagte Beth Avigdor hastig zu ihrem Mann. Was Fauve sagte, kam unerwartet und klang sonderbar für ein so junges Mädchen, gewiß, aber es war kein Grund für ein so tiefes Erstaunen. Mistrals Tochter oder nicht – Lunel war ein guter, alter jüdischer Name. Was war nur in diesen Mann gefahren?

Als Fauve an diesem Abend zu Bett ging, hatte sie Adrien Avigdors Enthüllungen mit einem schützenden Mäntelchen gefälliger Deutungen umgeben. Sie fühlte sich nicht mehr von ihrer Großmutter betrogen. Jetzt, da sie über alles, was er gesagt hatte, in Ruhe nachdenken konnte, erschien es ihr vollkommen vernünftig, daß Magali ihr nicht die ganze Geschichte erzählt, sondern einen Teil davon vor ihr geheimgehalten hatte. Als sie noch jünger war, hätte sie das alles einfach nicht verstehen können. Im Grunde ist es ja sehr romantisch – Liebe über zwei Generationen, dachte sie müde, doch irgendwie hatte sie das Gefühl, daß sie ihren Vater nicht darüber ausfragen sollte: Sie würde lieber Magali fragen, wenn sie wieder zu Hause war. Niemand hatte etwas vor ihr geheimgehalten ... niemand hatte sie betrogen ... sie konnte allen Menschen trauen ... alles war so wie immer ... nur ein ganz kleines Geheimnis gab es ... unwichtig ... so weit in der Vergangenheit ... so lange her ...

»Beeil dich mit dem Frühstück, Fauve«, drängte Mistral. »Es wird Zeit für deinen Malunterricht.«

»Aber ich habe Eric versprochen, den Tag heute mit ihm zu verbringen«, entgegnete Fauve. »Er fährt mit mir zur römischen Arena in Arles.«

»Das kann nicht dein Ernst sein! Ich habe diese Zeit des Vormittags extra täglich für dich reserviert.«

»Aber es ist mein Ernst.«

»Hör zu, Fauve. Bei deinem Talent solltest du deine Zeit nicht mit der Besichtigung von Sehenswürdigkeiten verschwenden. Wie viele Tage hat der Sommer? Weißt du nicht, wieviel du noch lernen mußt?«

»Ich weiß es, Vater. Aber ich hab's versprochen.«

»Julien«, mischte sich Kate ins Gespräch, »findest du nicht, daß du unvernünftig bist? Warum sollte Fauve den ganzen Vormittag mit dir im Atelier hocken, wo sie mit einem so unwiderstehlichen jungen Mann zusammensein kann? Ich hätte in ihrem Alter bestimmt lieber geflirtet als gemalt. Hab doch ein bißchen Mitgefühl!«

»Diese Angelegenheit hat nichts mit dir zu tun, Kate. Komm mit, Fauve. Und wenn dieser Bursche kommt, Kate, sagst du ihm, er soll warten, bis Fauve für heute fertig ist. Falls er sich für sie interessiert, wird er um zwölf Uhr schon noch dasein.«

»Nein, Vater.«

»Nein? Was soll das heißen?«

»Daß ich in diesem Sommer nicht mehr mit dir malen werde – überhaupt nicht. Ich kann es nicht mehr.«

»Was redest du da?« Jetzt war Mistral viel zu verblüfft, um zornig zu sein. »Du kannst nicht? Was kannst du nicht? Du willst doch nicht etwa behaupten, du seist unfähig zu malen! Wie oft habe ich dir erklärt, daß du ein ernstzunehmendes, natürliches Talent besitzt! Was soll das also?«

»Ich habe den ganzen Winter darüber nachgedacht.« Anfangs zögerte Fauve noch ein wenig, doch schnell wurde ihr Ton fester. »Ich wollte es dir neulich schon sagen, daß ich nicht mehr immer nur versuchen kann, wie Mistral zu malen, daß ich nicht Mistral bin und niemals Mistral sein werde, und du solltest endlich die Hoffnung aufgeben, daß ich jemals so werden könnte wie du – nur hab ich mich nicht getraut. So, und jetzt ist es raus, und du wirst verstehen, daß ich deshalb nicht mehr mit dir ins Atelier komme.«

»Fauve.« Mistral nahm sich sehr zusammen, um ruhig zu bleiben. »Du lebst im Zentrum eines Strudels aus allem Dreck der gesamten Kunstwelt, falls man diese Geldmaschine, diese totale Anarchie, die in New York herrscht, überhaupt mit Kunst bezeichnen kann. Aber du kannst doch Leute nicht ernst nehmen mit ihren Neonlichtleisten, vorgefertigten Teilen aus Styropor, den Comic strips und den Gegenständen, die sie in Abfalltonnen finden – Himmel, Herrgott, Fauve! Wenn du dich über Kunst amüsieren willst, vertief dich in Marcel Duchamp – der hat es wenigstens auf stilvolle Art gemacht, und der hat überhaupt mit allem angefangen!«

»Du verstehst nicht, was ich sagen will, Vater: Ich will weder Pop noch Op oder Minimal malen – oder irgendeinen anderen Stil –, ich will überhaupt nichts von dem machen, was andere tun. Und was du machst, *kann* ich nicht machen. Ich will überhaupt nicht mehr malen!«

»Du kannst unmöglich nicht mehr malen wollen, Fauve. Du *bist* eine Malerin, dir bleibt keine andere Wahl.« Mistral sagte es sanft, geduldig, als rede er einem unerwartet widerspenstigen Vollblutpferd zu. »Ich habe nie von dir verlangt, mich zu kopieren, jedenfalls niemals bewußt. Du weißt, was ich dir immer gesagt habe: Du kannst erst fliegen, wenn deine Flügel stark genug sind, dich vom Boden zu heben und in den Himmel zu tragen. Zuerst mußt du das grundlegende Werkzeug haben, danach kannst du alles machen. Sogar Picasso, so abgetakelt und von Erotika besessen er auch ist, kann immer noch tausend Engel zeichnen, wenn er will. Er brauchte die klassische Ausbildung, um sie hinter sich lassen zu können. Ich will dir damit nur sagen, daß du noch nicht ganz die notwendigen Grundlagen besitzt, die notwendige Übung. Komm, Fauve, gehen wir ins Atelier. Für heute kannst du dort alles tun, was du willst, ohne Kritik, ohne Verbesserungsvorschläge, ganz einfach malen.«

»Nein, Vater.«

Mistral preßte die Lippen zusammen. Er sah Fauve an und entdeckte etwas in ihrem Ausdruck, das ihn sekundenlang stutzig machte und veranlaßte, ihr entgegenzukommen. »Nun gut, wenn du dir heute vormittag unbedingt eine römische Arena ansehen mußt, geh nur und amüsiere dich. Später werden wir uns dann weiter unterhalten, ja? Wir müssen dieses Thema schließlich nicht sofort abhandeln.«

Die Küchenklingel schrillte.

»Das ist Eric!« Damit sprang Fauve von ihrem Stuhl auf. »Zum Abendessen bin ich zurück ... wenn nicht, rufe ich an.« Sie küßte Mistral schnell auf die Wange. »Bis später!« Sie nahm ihre Schultertasche von einem Stuhl und lief hinaus.

»Nun, Julien«, sagte Kate in ihrer nüchternen Art, »ich muß zugeben, ich bin verblüfft. Ich hatte keine Ahnung, daß sie deinen Unterricht so sehr haßt. Ist ihr denn nicht klar, was für ein Privileg es ist, von dir unterrichtet zu werden?«

»Hör auf, Kate, du redest Unsinn! Sie ist meine Tochter, und mit Privileg hat das überhaupt nichts zu tun. Es ist diese Welt in New York, in der sie lebt. Es sind die Leute, mit denen sie verkehrt, Falk, dieser Fotograf, dem man gestattet, sie in all diese widerwärtigen neuen Galerien zu schleppen...«

»Ist es dir nicht in den Sinn gekommen, Julien, daß sie vielleicht ganz einfach nicht mehr daran interessiert ist? Warum erwartest du von Fauve, daß sie anders ist als die meisten anderen Sechzehnjährigen? Eines Tages entdecken sie einen Jungen – wie Avigdors Sohn – und verlieren über Nacht jedes Interesse an Dingen, denen sie Jahre ihres Lebens gewidmet haben. Es ist ein allseits bekanntes Phänomen.«

Kate stand auf, eine Einkaufsliste in der Hand. Dann fuhr sie fort, als sei es ihr eben erst eingefallen: »Schließlich, wie oft hast du gesagt, daß Frauen ihre ganze Energie ins Kinderkriegen stecken? Hat es denn jemals eine große – ja, auch nur eine bekannte – Malerin gegeben, die auch noch die Tochter eines Künstlers deines Kalibers war?« Sie legte Mistral die Hand auf die Schulter. »Nimm's nicht so schwer... Der junge Avigdor hat nur einen Funken geliefert, der die Mixtur zur Explosion brachte... Und ich muß sagen, ich verstehe durchaus, warum. Ein ganz außerordentlich gutaussehender junger Mann! Und wie gastfreundlich seine Eltern Fauve gegenüber gestern waren! Sie schienen es ziemlich eilig gehabt zu haben, sie an den Busen ihrer Familie zu nehmen.«

»Eine absurde Bemerkung über ein einziges Mittagessen«, gab Mistral, rot vor Wut, zurück.

Kate zog eine philosophische Miene. »So geht es eben, mit den Kindern.« Sie beobachtete Mistral aufmerksam. »Man tut alles für sie, was man kann, und dann, wenn sie in ihr interessantestes Alter kommen, gehen sie auf und davon mit dem erstbesten Menschen, der daherkommt, und lassen einen allein zurück. Habe ich mich jemals beschwert darüber, daß Nadine praktisch nie mehr nach Hause kommt? Bei Nadine hast du's auch akzeptiert; und jetzt passiert dasselbe mit Fauve, mein Lieber, das ist alles.« Resigniert hob sie die Schultern.

»Kaum zu glauben, daß du mal eine intelligente Frau warst, Kate.« Mistral war so erbost, daß seine Stimme fast heiser wurde. »Fauve und Nadine haben nicht das geringste gemeinsam! Fauve ist begabt, unendlich begabt ... Sie ist zum Malen geboren. Sie macht nur eine rebellische Phase durch. Morgen oder übermorgen wird sie wieder zur Arbeit erscheinen.« Er stand auf und ging ohne ein weiteres Wort hinaus.

Bei der Erinnerung an Juliens Wut, die er vor Fauve zu kaschieren versucht hatte, huschte ein flüchtiges Lächeln über Kates Gesicht. Ach, Julien, dachte sie, weißt du denn nicht, daß dies nur der Anfang ist? Daß du soeben begonnen hast, sie zu verlieren? Du ... du, der du mal ein intelligenter Mann warst?

»Warum ausgerechnet Cavaillon?« erkundigte sich Eric unterwegs. »Dort kriegt man die besten Melonen von Frankreich, ich weiß; aber ich hatte gedacht, wir wollten nach Arles. In Cavaillon gibt es überhaupt nichts, was architektonisch interessant wäre.«

»Weil eine römische Arena noch einen Tag länger warten kann, es aber in Cavaillon etwas gibt, das ich unbedingt sehen möchte. Und bin ich etwa nicht mit dir zu diesem uralten Aquädukt gefahren und habe mir all deine Erklärungen angehört?«

»Und ich dachte, es interessiert dich aufrichtig.«

»Ich fand es wahnsinnig faszinierend, ehrlich! Die römischen Wassersysteme haben eine ganz eigene, geheimnisvolle Anziehungskraft«, dozierte Fauve provozierend.

»Ich glaube, du mußt jetzt geküßt werden«, erklärte Eric streng.

»O nein, bestimmt nicht!« rief Fauve erschrocken.

»O doch, bestimmt.« Eric lenkte den Wagen in eine schmale Nebenstraße und stellte den Motor ab. Er langte quer über den Sitz und zog Fauve trotz ihrer Abwehrversuche mühelos an sich, doch sobald sie sicher in seinen Armen lag, versuchte er nicht, ihr Kinn anzuheben, das sie fest an ihren Hals preßte, sondern küßte sie sanft auf ihr seidiges Haar. Ganz allmählich entspannte sie sich, und dann saßen sie eng aneinandergeschmiegt, lauschten auf ihren Atem und tauschten wortlos ein Geheimnis, von dem sie jeder die Hälfte besaßen. Lange, süße, verträumte Minuten vergingen, und dann sagte Fauve schließlich, das Kinn noch immer gesenkt, mit einer ganz kleinen, schüchternen Stimme: »Wenn du unbedingt willst, darfst du mich küssen.«

»Willst du es denn nicht?« fragte Eric, der über ihre Naivität lächeln mußte.

»Wenn du mich das fragen mußt...« Fauve hob den Kopf und fuhr mit einem Finger über seine Unterlippe mit dem Grübchen darin. Aufstöhnend preßte er seinen Mund auf den ihren, und seine Seele jubelte, als er die Unschuld ihres von Herzen kommenden Kusses empfing. »Oh!« wisperte sie voll aufrichtiger Überraschung. »Oh, wie schön!« Sie öffnete beide Arme weit und schlang sie ihm fest um den Hals. Fest aneinandergeklammert, küßten sie sich immer wieder. Ganz und gar gefangen vom Augenblick, spürte Fauve tief in ihrer Brust einen unbekannten Puls schlagen, als verkündige eine Trommel die Geburt von etwas Neuem, das in ihr gewartet hatte.

Plötzlich begann der Wagen zu schaukeln. Erschrocken zuckten Fauve und Eric zusammen und sahen sich um. Eine Herde staubgrauer Gestalten zog vorbei, die den Renault hin und her stießen, als sei er ein im Weg stehender Busch.

»Ich hab die Schafe nicht einmal kommen gehört«, sagte Fauve zutiefst verwundert.

»Ich auch nicht... Ach Fauve, mein Liebling... Verdammt noch mal, da kommen die Schäfer!« Eric rückte von ihr ab.

»Na und?« spöttelte Fauve atemlos, suchte in der Neckerei Zuflucht. »Die sind an die Natur mit all ihren Tatsachen gewöhnt. Komm sofort zu mir zurück!«

Cavaillon, in Richtung Avignon etwa fünfzehn Kilometer südwestlich von Félice, ist eine stille, wohlhabende Marktstadt mit achtzehntausend Einwohnern. Fauve und Eric saßen vor dem Café, in dem sie zu Mittag gegessen hatten, hielten sich schweigend bei der Hand und blickten auf den verschlafenen, unbedeutenden Marktplatz hinaus. Schließlich sagte Eric: »Ich frage mich immer noch, was wir hier eigentlich tun.«

»Wir warten auf den Fremdenführer.«

»Den Fremdenführer? Hier gibt es doch nichts, was eine Besichtigung wert wäre!«

»Warte nur ab«, gab Fauve überlegenen Tones zurück. »Ah, da ist er, Eric! Komm mit.« Fauve sprang auf und lief über den Platz auf eine Treppe vor einem unauffälligen, dreistöckigen Gebäude zu, auf der sich gerade ein junger Mann in Hemdsärmeln eingefunden hatte. Eric folgte ihr kopfschüttelnd.

Während sie sich dem jungen Mann näherten, tauchten plötzlich von überall her Menschen auf. Sie stiegen aus geparkten Autos, strömten aus den Häusern, schienen fast aus dem Boden zu wachsen. Bis sie den Fuß der Treppe erreicht hatten, waren ungefähr fünfundzwanzig Personen versammelt, die alle, wie Eric erstaunt feststellte, gleichzeitig die Stufen emporzudrängten. Oben gab es ein großes, schön geschnitztes Tor mit geschlossenen Flügeln, die in einen schweren Steinbogen eingelassen waren.

»Was . . .?« begann Eric, doch Fauve bedeutete ihm, still zu sein. Die ganze Gruppe scharte sich schließlich im Kreis um den Fremdenführer und wartete in gespanntem Schweigen. Mit einer gewissen ernsten Feierlichkeit zog der junge Mann die Torflügel auf.

»Willkommen in der Synagoge von Cavaillon«, sagte er.

»Das glaube ich einfach nicht!« flüsterte Eric.

»Das habe ich mir gedacht«, sagte Fauve erfreut, weil ihr die Überraschung gelungen war. »Ich hab sie im Michelin-Fremdenführer entdeckt«.

»Na schön. Und was machen wir nun?« erkundigte sich Eric.

»Wir besichtigen sie natürlich. Möchtest du das denn nicht?«

»Doch . . . sicher. Warum nicht?«

»Ich muß mich über dich wundern, wirklich! Ich meine, du bist doch schließlich ein Jude, nicht wahr?«

»Natürlich. Meine Eltern sind Juden, also bin ich auch einer . . . Aber was hat das damit zu tun? Sie sind überhaupt nicht religiös, beide nicht, und ich hab nie einen Gottesdienst besucht. Jude zu sein hat für mich nichts mit dem Besuch einer Synagoge zu tun, es sei denn, man empfindet den Wunsch dazu, aber den hab ich noch nie empfunden. Außerdem, wieso interessierst du dich so sehr dafür? Ist das eine Art Hobby von dir?«

»Gestern hat dein Vater von meiner Großmutter Magali gesprochen, weißt du noch? Sie ist Jüdin, in Frankreich geboren, und ihre Tochter, meine Mutter, war halb jüdisch und halb irisch-katholisch. Mein Vater ist französisch-katholisch, also bin ich Vierteljüdin – jüdisch genug, um fasziniert davon zu sein, weil es ein Teil meiner Geschichte ist, meiner persönlichen Geschichte. Darum bin ich neugierig, die Synagoge zu besichtigen, kapiert?«

»Wie du meinst, meine kleine Verrückte. Aber all diese Touristen ... die sprechen mindestens fünfzehn verschiedene Sprachen ... Wo sind die nur alle hergekommen?«

»Aus fünfzehn verschiedenen Ländern. Dies ist ein Wallfahrtsort, Eric. Und mehr noch: Es gibt, dem Michelin zufolge, sogar ein Wassersystem da drin, auch wenn es kein römischer Aquädukt ist.«

»Was ist es dann?«

»Ein rituelles Bad«, verkündete Fauve, deren Augen vor Mutwillen funkelten. »Und außerdem ist diese Synagoge ein Denkmal und wird nicht mehr benutzt. Siehst du? Der Fremdenführer hat ein Buch zu verkaufen. Laß uns eins nehmen, dann können wir uns allein umsehn.«

Eric löste Eintrittskarten und kaufte das schmale Bändchen. Es enthielt eine kurze Geschichte der jüdischen Gemeinde von Cavaillon sowie Fotos und Beschreibungen der Synagoge.

Fauve und Eric ließen die Gruppe der Touristen zurück, die aufmerksam dem Fremdenführer lauschten, und wanderten allein in den Hauptteil des Tempels hinein. Keiner von beiden hatte eine Vorstellung davon, was sie drinnen erwartete, daher blieben sie, nachdem sie die Schwelle überschritten hatten, sprachlos vor Überraschung stehen. Sie befanden sich in einem nahezu leeren Raum, der dennoch sofort den Eindruck äußerster geistiger Harmonie erweckte. Die Synagoge war im Jahre 1774 am Platz eines älteren, aus dem Jahr 1499 stammenden Tempels errichtet worden, und der Architekt sowie die Handwerker von Cavaillon, die den Innenraum geschaffen hatten, waren in dem unnachahmlichen, zierlichen, doch ein wenig steifen Louis-XV-Stil ausgebildet worden.

Die Wände des hohen Raumes mit dem Balkon waren mattweiß gestrichen und ganz getäfelt. Jedes Paneel war verziert mit holzgeschnitzten, vergoldeten Motiven aus Rosen, Palmwedelgirlanden, Blumenkörben, Meeresmuscheln und Musikinstrumenten. Von der hohen Decke hingen Kronleuchter herab, und durch die hohen Fenster fiel gedämpftes, goldenes Licht herein.

Sowohl Fauve als auch Eric fühlten sich unwiderstehlich vorwärts gezogen, bis sie vor einer Balustrade aus dekorativ verschlungenem Schmiedeeisen standen. Das Gitter schützte eine herrlich geschnitzte, reich verzierte Doppeltür, eindeutig der Mittelpunkt des Tempels. Die Torflügel, die aussahen, als hüteten sie etwas besonders Schönes, waren von hohen, korinthischen Säulen flankiert.

Fauve schlug in ihrem Büchlein nach und erfuhr, daß früher, als die Synagoge noch als Gotteshaus benutzt wurde, hinter der Tür die Thorarollen aufbewahrt waren, die hebräische Bibel. Ehrfurchtsvoll stand sie davor und versuchte sich vorzustellen, was sie wohl sehen würde, wenn man sie durch die Barriere treten und die geschlossene Tabernakeltür öffnen ließe, aber es wollte ihr nicht gelingen. Es überstieg ihre Phantasie.

Vorsichtig beugte sich Fauve über die Balustrade, die hauchzart wie feine Spitze wirkte. Sie versuchte sich vorzustellen, daß der kleine Tempel mit Bankreihen und die Bankreihen mit Leuten gefüllt seien, gekleidet, wie es damals in der ganzen Provence üblich war, in eine Tracht, die heute nur noch von Folkloregruppen getragen wurde, wenn sie bei Festen auftraten.

Die Vergangenheit schien so nahe, als liege sie gleich hinter einem Vorhang aus Licht; so machtvoll, so nahezu greifbar war die Atmosphäre dieses bezaubernden Raumes. Wie alle verlassenen geweihten Räume, in denen einst die menschliche Seele ihre tiefsten Gefühle verströmte, summte er fast vor einer vielfältigen Energie, die den Besucher verstummen ließ.

Als die Horde der Touristen in den Hauptteil der Synagoge einzudringen begann, liefen Fauve und Eric hastig die Treppe hinab und drangen ins Souterrain des Gebäudes vor, wo in der ehemaligen Bäckerei der jüdischen Gemeinde ein Museum eingerichtet worden war.

Zwei Vitrinen mit Fotografien und Dokumenten nahmen die Mitte des Raumes ein, und an den Wänden standen beleuchtete Schränke mit allen möglichen Gegenständen, die bei den Gottesdiensten benutzt worden waren.

»Sieh nur!« sagte Eric aufgeregt und zeigte in einen der Schränke. »Eine römische Öllampe aus dem ersten Jahrhundert vor Christi. Siehst du die beiden Menoras auf dem Fuß? Hier in dem Buch steht, daß es eine der ältesten Darstellungen der Menora ist, die je auf französischem Boden gefunden wurde – einhundert Jahre älter als der Pont du Gard!«

Fauve war beim Anblick der bescheidenen kleinen Lampe auf einmal bedrückt. »Ach Eric, wie tief unter der Erde muß sie gelegen haben! Wie viele Generationen haben seitdem gelebt, wie viele Menschen sind geboren worden und gestorben? Ich kann den Gedanken daran nicht ertragen...«

Langsam, fast müde, schlenderte sie auf und ab, betrachtete mit erlahmendem Interesse uralte Briefe und Proklamationen. Plötzlich jedoch erstarrte sie vor der 1913 aufgenommenen Fotografie eines würdevollen, gutaussehenden alten Herrn mit sauber gestutztem, weißem Schnauzbart, zweireihigem, schwarzem Anzug und schwarzem Hut mit hochgeschlagenem Rand im typisch provençalischen Stil. Er stand neben dem Geländer, das die Türen des Tabernakels in der Synagoge schützte, und auf der anderen Seite stand eine dunkeläugige, stattliche Frau in langem, schmal tailliertem schwarzem Kleid mit einem hauchzarten Schleier auf dem grauen Haar. »Eric!« rief sie aufgeregt. »Komm her, sieh dir das an! Sieh doch nur! Hier steht, daß dies zwei der letzten Mitglieder der jüdischen Gemeinde von Cavaillon waren.«

»Wirklich sehr beeindruckend«, gab Eric zu, ohne ihre Erregung zu begeifen.

»Aber sieh dir doch ihren Namen an! Monsieur und Madame Achille Astruc! Magalis Vater hieß Astruc, David Astruc! Diese Leute sind vielleicht mit mir verwandt! Sie müssen schon alt gewesen sein, als Magali ein kleines Mädchen war; vielleicht waren es Großtante und -onkel, oder...

Ach, ich weiß nicht – irgendwas . . .« Mit Tränen in den Augen betrachtete Fauve das Foto des vornehmen, ruhig-heiteren alten Paares. Eric stand still da und hatte einen Arm um ihre Taille gelegt, während sie ganz in Staunen und Spekulationen versunken war.

Es dauerte nur Minuten, bis auch die anderen Touristen nach und nach ins Museum kamen, und sie flüchteten vor ihnen.

Sie kehrten ins Café zurück, wo sie sich an einem Tisch auf zwei Stühle fallen ließen – überwältigt von einer besonderen, herzerhebenden Erschöpfung, weil es ihnen gelungen war, in der Zeit zurückzureisen und nicht nur einfach etwas zu besichtigen.

Eric griff nach dem Buch und begann neugierig darin zu blättern. »Ich möchte wissen, wie viele Juden in Cavaillon gelebt haben. Hör dir das an: In den Archiven der Stadt ist schon im elften Jahrhundert ein Rabbi verzeichnet, doch als 1790 die Revolution ausbrach, begannen die Juden die Provence zu verlassen und sich über ganz Frankreich zu verteilen, und 1793 gibt es nicht eine Spur von Gemeindetätigkeit mehr. Sieh mal, hier ist eine Liste mit den Namen der letzten Gemeindemitglieder. Die Namen sind in Gruppen eingeteilt – je nach ihrer Herkunft.«

Fauve griff nach dem Buch. »Mehr französische Namen als fremde«, stellte sie fest. »Alle haben sich nach den verschiedenen Orten genannt, aus denen sie kamen . . .

Carcassonne, Cavaillon natürlich, und Digne, und Monteux, allesamt Ortsnamen, und . . . und Lunel.«

»Lunel?« wiederholte er verblüfft.

»Jawohl, Lunel! Es muß also einen Ort namens Lunel geben! Das hab ich gar nicht gewußt! Nicht mal auf die Idee bin ich gekommen, Lunel könnte ein Ortsname sein. Ach Eric, wir *müssen* ihn auf der Landkarte finden, wenn er noch existiert! Bitte, Eric!«

Fauve, die ihre Müdigkeit vollkommen vergessen hatte, sah aus, als sei sie bereit, sofort zu einer Suchexpedition aufzubrechen. Eric lächelte über ihren Eifer.

»Wenn es diesen Ort gibt, werde ich ihn für dich ausgraben, Fauve. Aber nicht gleich heute.« Er nahm ihr das Buch aus der Hand und überflog die Seite.

»Da sind noch andere Namen hebräischer Herkunft, Cohen etwa, und Jehuda, und auch ein paar aus dem Lateinischen ... Daher kommt sicher auch der Name Astruc. Vielleicht von *astrum*, das heißt Stern. Die letzte Gruppe hier klingt ausländisch, Lissabon ... und Lubin – ein Pole –, und ...«

»Und?« drängte Fauve, verwundert über die Pause.

»Die verdammte Zeit! Alles vergeht!« murmelte er. Menschen namens Astruc oder Lunel hatten in dieser Synagoge gebetet, und lockend, aber ungreifbar, immer eben außerhalb der Reichweite, hatte die Vergangenheit ihn berührt, so daß er erschauerte vor Staunen und vor der Vergänglichkeit.

»Ach komm, es ist nicht zu ändern«, tröstete ihn Fauve, die seine Gefühle ahnte. »Wir sind beide so furchtbar unwissend und dumm, Eric, nicht wahr? Wir sind eine Schande.«

»Das sind wir wahrhaftig.«

»Aber stell dir vor ...«, fuhr Fauve fort, die Augen groß vor staunender Betrachtung, »stell dir bloß vor ... die Lunels und Astrucs und Lubins, sie kennen einander, ihre Familien haben Hunderte von Jahren hier gelebt! Vielleicht war einer von ihnen dieser Rabbi aus dem elften Jahrhundert! Ich kann sie direkt vor mir sehen – du auch?«

Eric schwieg; er betrachtete ihr liebliches, nachdenkliches Gesicht, und unvermittelt fühlte er sich aus der Vergangenheit in die so herrlich lebendige Gegenwart zurückversetzt.

»Ich kann nichts anderes sehen als dich.«

»Aber Eric!« schalt Fauve ihn liebevoll. »Hast du denn keine Phantasie?«

»Ich liebe dich eben.«

»Wie bitte?«

»Jawohl, ich liebe dich. Liebst du mich auch? Liebst du mich, Chérie?«

»Ich weiß es nicht ... Ich habe noch nie jemanden geliebt«, antwortete sie leise.

»Sieh mich an!« forderte er. Ganz langsam hob sie die Lider, und was er in ihren Augen sah, war so unverkennbar, daß er vor Glück fast laut gejubelt hätte.

»Aber ich wollte mich nicht verlieben!« protestierte Fauve.

»Zu spät, mein Liebling«, gab er triumphierend zurück.

Fünfundzwanzigstes Kapitel

Das riesige Atelier, in dem Julien Mistral in La Tourrello arbeitete, war seit vierzig Jahren sein eigentliches Zuhause. Wenn er die Tür öffnete, atmete er tief ein, genoß den vielfältig zusammengesetzten Duft nach Farben und Leinwand, nach dem würzigen Fichtenholz der Keilrahmen, den angenehm ranzigen, farbverschmierten Lappen, die überall herumlagen – Gerüche, die sich alle zu einem geradezu magischen Duft vereinten. Die Bilder repräsentierten alles, was ihm lieb und wert war. In diesem Atelier hatte er Pinselstrich um Pinselstrich sein Leben destilliert. Auch die Bilder, die er im Laufe der Jahre verkauft hatte, schienen noch gegenwärtig zu sein, als hätten sie sich geweigert, ihn zu verlassen. In diesem dichtbevölkerten Atelier hatte er sich bisher nie auch nur eine einzige Minute lang einsam gefühlt. Was war nun aber dieses Gefühl, das so hartnäckig an ihm zerrte, daß er stundenlang ausdruckslos auf eine halbfertige Leinwand starrte? Was sollte diese Rastlosigkeit, diese Gereiztheit?

Einen Monat dauerte es, bis er sich eingestand, daß es Fauves Abwesenheit war, bis er den Punkt erreichte, an dem er sich nicht mehr einreden konnte, sie werde morgen wiederkommen. Er erkannte, daß die Malstunden, die er ihr während ihrer Sommeraufenthalte jeden Vormittag gegeben hatte, im Laufe der letzten acht Jahre lebenswichtig für ihn geworden waren.

Er brauchte sie.

Nach Teddys Tod hatte Julien Mistral beschlossen, nie wieder einen anderen Menschen zu brauchen. Fauve hatte er damals aufgegeben, ohne eine Sekunde zu zögern, und sich acht Jahre lang von ihr ferngehalten, weil er fürchtete, sie werde ihn an Teddy erinnern. Kein Mann konnte zweimal so sehr lieben, wie er Teddy geliebt hatte, und weiterleben. Er konnte es sich nicht leisten, dem Schicksal noch einmal ein solches Pfand zu überlassen. Die neun Monate jedes Jahres, die Fauve in New York verbrachte, vergingen ohne allzu viel Kummer, nur allerdings viel zu langsam, in dem sicheren Bewußtsein, daß sie jeden Juni zu ihm heimkommen würde.

Nie hätte er geglaubt, daß sie ihn verlassen könnte. Während der letzten Bahnfahrt von Paris hierher, noch vor fünf Wochen, hatte es keinerlei Anzeichen für eine grundlegende Veränderung an ihr gegeben. Eine neue Reife, gewiß, und eine Andeutung von Unzufriedenheit mit ihrer eigenen Arbeit. Doch welcher echte Künstler war jemals zufrieden? Nein, es hatte nichts damit zu tun, daß er ihre Ausflüge in die Abstrakte mißbilligte; das war nur eine bequeme Ausrede. Der wahre Grund dafür, daß sie ihn verließ, war Eric Avigdor. Bis jetzt war Fauve nur seine, Mistrals, Tochter gewesen.

Was war geschehen in diesen letzten Tagen? Arles, Cavaillon und Nîmes hatte sie besucht, Carpentras, Tarascon, St. Rémy und Aix-en-Provence. Mein Gott, wie banal und touristenhaft! Und um was drehte sich ihre Konversation an den wenigen Tagen, an denen sie ihnen die Gnade ihrer Anwesenheit beim Abendessen gewährte? Um ein paar architektonische Wunder und um die Entdeckungen, die sie nach und nach auf dem Gebiet der Geschichte der provençalischen Juden machte.

Wollte sie ihm vielleicht damit imponieren? Er hatte nichts gegen Juden, sie interessierten ihn einfach nicht – nicht mehr als Mohammedaner und Hindus. Wieso war sie so fasziniert von einer Vergangenheit, mit der sie nichts zu tun hatte, die sowenig für die moderne Welt bedeutete?

Maggy, die schließlich selbst Jüdin gewesen war, hatte dem Thema, soweit er sich erinnerte, keinen Gedanken geschenkt, und Teddy hatte sich nur für die Gegenwart interessiert, in der sie zusammengelebt hatten; doch seine eigene Tochter mußte in Synagogen rumstöbern, in Avignon, in Aix, in Carpentras. Synagogen!

Erst gestern abend hatte er sie aufgebracht gefragt, warum sie, da sie offenbar eine religiöse Phase durchmache, und da drei ihrer vier Großeltern katholisch gewesen waren, nicht Kathedralen besichtige. »Weil Kathedralen viel zu leicht zugänglich sind«, hatte sie empörend selbstzufrieden geantwortet. »Sie sind für mich ganz ohne Mystik.«

Mistral legte seine Palette hin. In wachsender Panik wanderte er im Atelier auf und ab. Es war jetzt fast Mitte Juli. In sechs Wochen waren Fauves Sommerferien vorüber, und sie entfernte sich immer weiter von ihm. Wenn sie nächstes Jahr wiederkam, war sie siebzehn – kein Kind mehr –, und er selbst wurde siebzig. Siebzig, pah! Das war doch nur eine Zahl. Er verfügte über mehr Energie, mehr Wißbegier als mit fünfzig!

Fauves Verhalten war es, das ihn beunruhigte, nicht das Gewicht seiner Jahre. Die Aufmerksamkeiten des erstbesten jungen Mannes hatten bewirkt, daß sie überdreht und leichtsinnig wurde, übersprudelnd von hektischer, allzu flüchtiger Begeisterung. Sie mußte auf die Erde zurückgeholt werden, das war alles.

In den vergangenen acht Jahren hatte ihm Fauve im Sommer stets für ein Porträt gesessen; diesmal jedoch trieb sie sich so viel herum, daß er gar keine Gelegenheit dazu gehabt hatte. Die Malstunden und das Posieren, die Ausflüge ins Café von Félice – alles hatte ein plötzliches Ende gefunden, als dieser verdammte Bengel in Fauves Leben trat!

Mit plötzlich beflügelten Bewegungen, wie ein junger Mann, der einem Rendezvous mit der Frau, die er liebt, entgegeneilt, lief er hinüber zu den leeren Leinwänden und suchte die größte heraus. Jawohl! Ein lebensgroßes Bild, eine Ode, eine Hymne an Fauve Lunel und ihren Minirock – das würde ihr bestimmt gefallen!

»Ich habe entdeckt, daß Avigdor ›Richter‹ heißt«, sagte Eric zu Fauve.

Die beiden befanden sich in einer antiquarischen Buchhandlung in Avignon und fahndeten nach historischen Büchern.

»Wie hast du das nur herausgefunden?«

»Durch einen Anruf. Ich habe mir aus dem Telefonbuch von Marseille einen Rabbi herausgesucht, ihn angerufen und einfach gefragt. Er wußte es auf Anhieb.«

»Hmmm ... Ja, wahrscheinlich.« Sie hatte das Interesse verloren.

»He, Fauve – was ist?«

»Ach, weißt du ... mein Vater.«

»Ja, ich weiß, daß er mich nicht mag. Kein Mensch kann

Julien Mistral vorwerfen, er sei ein guter Schauspieler. Wenn ich dich abholen komme, hält er sich eben noch an der äußersten Grenze der Toleranz, aber solange er mich zur Tür hereinläßt, ist mir das genug.«

»Nein, nein! Es geht nicht um dich.« Fauve setzte sich auf die Treppe, die ins obere Stockwerk der Buchhandlung führte, und schlang die Arme um ihre Knie. Sie trug ein rüschenbesetztes, ärmelloses Batistmieder mit winzigem Schoß, das vorn geschnürt war. Ihre Haare, bronzefarben jetzt, im wäßrigen Licht des Treppenhauses, fielen in schweren Wellen bis auf die Brust. Hätte sie einen Petticoat getragen, statt Blue jeans, sie hätte ausgesehen wie ein viktorianisches Mädchen, das sich zum Schlafengehen bereitmacht.

»Er hat jeden Sommer ein Porträt von mir gemalt«, fuhr Fauve fort. »Und jetzt will er, daß ich ihm von morgen an sitze. Ich kann das nicht ablehnen, Eric, wirklich nicht. Es ist eine Tradition geworden. Ich komme mir schon schäbig vor, weil ich mir von ihm keine Malstunden mehr geben lassen will. Er hat zwar kein Wort mehr darüber gesagt, doch wenn ich ihn beim Frühstück sehe, merke ich, daß es ihn bedrückt und er sich nur zusammennimmt.«

»Ich finde es bewundernswert, daß du genug Willenskraft aufbringst, um ihm Widerstand zu leisten«, erklärte Eric.

»Das muß ich«, antwortete Fauve schlicht. »Es ist eine Frage der Selbstbehauptung. Mein Vater ist sich dessen zwar nicht bewußt, aber er will, daß ich ihn kopiere. Das drückt sich in allem aus, was er mir zeigt, was er mir erklärt. Doch seine Arbeit kommt ganz allein aus ihm selbst heraus, sie entspringt allem, was er ist, und das kann man nicht lernen!«

»Dann wären die Malstunden all dieser Jahre . . .«

»O nein, vergebens waren sie nicht! Ich besitze technische Fähigkeiten – in dieser Hinsicht will ich mein Licht nicht unter den Scheffel stellen –, aber die haben sehr viele andere Maler auch. Sollte ich aber mehr haben, werde ich das nur feststellen können, wenn ich anfange, in meinem eigenen Stil zu malen, und den Stil werde ich niemals finden, wenn ich weiterhin bei ihm lerne.«

»Und warum hast du so lange gebraucht zu diesem Entschluß?«

»Bis zum vergangenen Jahr war ich zufrieden damit, ›kleine‹ Mistrals zu malen. Die Lehrer an meiner New Yorker Kunstschule scheuen sich, echte Kritik an mir zu üben, weil sie wissen, wer ich bin, und sie sind so überwältigt von ihm, daß ich kein ehrliches Wort aus ihnen herausbringe. Es hat lange gedauert, bis ich das begriffen habe.«

»Vater hat mich immer viel zuviel gelobt«, ergänzte Fauve nachdenklich. »Vermutlich, um mich zu ermutigen, doch er erreicht nur das Gegenteil: Da ich mir bewußt bin, daß meine Arbeit ein so überschwengliches Lob nicht verdient, frage ich mich, ob sie überhaupt Lob verdient. Wenn ich wirklich nicht malen könnte, würde er es mir sagen, aber ich sitze irgendwie dazwischen. Ich kann malen – wie ein sehr viel kleinerer Mistral – und gerade das will ich nicht.«

»Könntest du ihm das nicht erklären?«

»Ich glaube kaum, daß ich auch nur den ersten Satz beenden würde. Du hast noch nicht erlebt, wie er diskutiert oder vielmehr doziert. Aber sitzen muß ich ihm, daran führt wirklich kein Weg vorbei.«

Eric hockte sich zu ihren Füßen auf die Treppe. »Und wie wirkt sich das zeitlich aus?«

»Er wollte vormittags einige Stunden arbeiten, und nachmittags auch, aber ich hab ihm gesagt, ich könnte nur vormittags. Ich fühle mich hin und her gerissen, Eric. Früher bin ich mir nie unloyal vorgekommen, aber jetzt habe ich das Gefühl, euch beiden gegenüber unloyal zu sein.«

»Unsinn! Du bist uns beiden gegenüber loyal. Fauve, Fauve, Liebling! Quäl dich doch nicht! Ich weiß, wieviel von deiner Zeit ich beansprucht habe und kann's deinem Vater nicht verübeln. Wir haben doch immer noch die Nachmittage und Abende. Hör zu, ich wollte mir das für später aufheben, aber du brauchst jetzt ein bißchen Aufmunterung.« Eric holte ein altes, ledergebundenes Buch aus seinem Rucksack und gab es Fauve.

»Stell dir vor, das hat meine Mutter mir gestern gegeben. Ihr ist plötzlich eingefallen, daß sie es irgendwo verwahrt hat: Es wurde 1934 veröffentlicht, und als meine Großmutter starb, war es bei ihrem Nachlaß. Anscheinend hat kein Mensch in der Familie jemals daran gedacht, es zu lesen.«

»*Histoire des Juifs d'Avignon et du Comtat Venaissin* von Armand Mossé.« Fauve las den Titel mit vor Aufregung ansteigender Stimme. »Das ist es! Da muß alles drinstehen! Die

Comtat umfaßt die gesamte Umgebung hier. Oh, wie wunderbar! Hast du schon angefangen zu lesen?«

»Nein, ich dachte, wir würden es zusammen lesen, aber da wir nun doch nicht mehr soviel Zeit haben, kannst du's mitnehmen und lesen, sobald zu Gelegenheit dazu hast. Vielleicht kannst du ja beim Sitzen lesen.«

»Nicht bei meinem Vater, völlig unmöglich: keine Ablenkung, keine Augenbewegungen, ich wage kaum zu schlukken.« Fauve beugte sich vor, umschlang das Buch mit beiden Armen und drückte es an ihre Brust. »Ich werde sehr vorsichtig damit umgehen, das verspreche ich dir.«

Fauve stand in ihrem Minikleid in Shocking Pink, das sie an jenem Abend in Uzès getragen hatte, an dem sie Eric kennenlernte, neben dem Posierpodest. Da sie nicht bei ihm sein konnte, wenn sie posierte, wollte sie wenigstens das Kleid tragen, in dem sie ihm zuerst begegnet war. Sie hatte das dringende Bedürfnis, zu jeder Minute des Tages irgendwie mit ihm verbunden zu sein.

Nachdem sie sich mit dem vormittäglichen Posieren abgefunden hatte, stellte sie fest, daß diese Stunden sich auf eine unerwartete Art positiv auswirkten: Sie gaben ihr Muße, eingehend über Eric nachzudenken. Bisher, wenn sie nach Hause kam, war sie viel zu benommen von dem trägen, süßen Gefühl seiner Küsse, um vernünftig denken zu können. Welch eine Wunderwelt war das doch, in der es einen Eric gab, der sie liebte! Dieses Wunder war so groß, daß es nicht zu erklären war, es änderte alles, verwandelte ihre Vergangenheit in ein fernes Land, das sie ohne einen Blick zurück hinter sich gelassen hatte.

Sie stand da, in ihren Ballerinas, die Füße im rechten Winkel zueinander, das Gewicht auf ein Bein verlegt, das andere leicht angewinkelt, die Handflächen nach außen gekehrt, die Arme locker auf dem Rücken. Mistral hatte diese Pose als Verbeugung vor Degas gewählt und weil der rosarote Minirock kürzer war als jedes Tutu.

Auf ihren Lippen spürte Fauve in Gedanken, wie glatt und warm Erics Haut war, wenn sie ihn aufs Ohrläppchen küßte und ihre Küsse dann Zentimeter um Zentimeter hauchzart und sanft seine glattrasierte Wange hinab und bis zu seinem sehnsüchtigen Mund wandern ließ.

Sie habe die weichsten Lippen von der Welt, hatte er ihr erklärt. Doch Fauve hatte erwidert, sie könne keinen entsprechenden Vergleich anstellen, da keiner von den übrigen Männern, die sie schon mal geküßt hätte, erinnerungswürdige Lippen gehabt habe. Sie lächelte, als sie daran dachte, wie er zurückgewichen war, als sie das sagte, und wissen wollte, wie viele Männer sie vor ihm geküßt habe. Ein paar, hatte sie geantwortet, ein paar nur, eine winzige, armselige Anzahl. Sie konnte es nicht lassen, ihn eifersüchtig zu machen, weil er vier Jahre älter war als sie und – obwohl er es niemals erwähnt hatte – im Gegensatz zu ihr sicher schon seine Erfahrungen gemacht hatte.
Er nimmt so verdammt viel Rücksicht auf meine sechzehn Jahre, dachte Fauve stirnrunzelnd. Hätte sie nur gesagt, sie sei achtzehn! Bei ihrer Größe wäre das sogar glaubhaft gewesen. Aber er wußte nun mal, daß sie die Fünfzehn kaum hinter sich hatte, und zeigte sich auf sehr galante, idealistische Weise entschlossen, ihre Unerfahrenheit nicht auszunutzen.
Am Abend zuvor hatten sie relativ zeitig in einem preiswerten italienischen Hotel-Restaurant in Villeneuve-les-Avignon gespeist. Hinterher waren sie in den von Mauern umgebenen Blumengarten hinter dem Hotel geschlüpft – ein Blütenparadies, dessen Beete von kleinen, hohlen, roten Pflanzen umsäumt waren, die man Chinesische Laternen nennt.
Dort waren sie umhergeschlendert, bis sie bei einem alten, ausgewucherten, unausgeschnittenen Birnbaum weit hinten haltmachten und sich, an den Stamm gelehnt, niederließen.
Hier hatte sich Fauve plötzlich auf Eric geworfen, sich an ihn gepreßt und sich wild auf und ab bewegt, ganz ohne zu überlegen, ob sie sich dabei ungeschickt oder aggressiv anstellte. Sie wollte lernen, was sie über die sexuelle Liebe noch nicht wußte. Er jedoch schob sie von sich, behutsam erst, dann sehr energisch, und hielt sie auf Armeslänge von sich fort.
Nein, hatte er gesagt, das sei völlig unmöglich, das müsse sie einsehen. Das würde weiter und weiter führen, bis sie beide nicht mehr aufhören könnten, nicht mehr aufhören *wollten*. Ob sie das nicht begreife? Sie sei zu jung, es sei nicht

richtig, sei nicht fair ... Fauve stieß einen tiefen Seufzer aus, fragte sich, ob er recht hatte. Ach, wie sehr sie sich nach ihm sehnte!

»Fauve! Ich kann nicht arbeiten, wenn du eine Grimasse nach der anderen schneidest!«

Mit übertrieben gespitztem Mund blies Fauve sich eine Haarsträhne aus der Stirn. »Ich schneide keine Grimassen, ich denke nach. Willst du eine hirnlose Puppe malen oder eine denkende Frau?«

»Ha! Ein Punkt für dich, obwohl das ein wenig frühreif klingt. Na schön, machen wir Pause.«

Fauve löste ihre Pose, straffte sich und streckte alle Glieder. Dann ging sie zu dem Pflanzersessel in der Ecke hinüber, setzte sich, griff nach dem Buch, das Eric ihr gegeben hatte, und vertiefte sich in die Lektüre.

Mistral ärgerte sich über das Buch. Als er mit ihrem Bild begann, hatte sie es mitgebracht und während jeder Pause darin geschmökert, hier und da sogar laut daraus vorgelesen. Schließlich hatte er ihr gereizt erklärt, es störe ihn in der Konzentration, wenn er jetzt auch noch eine Geschichtslektion über sich ergehen lassen müsse.

»Na, schön! Ich werde dir dann später alles erzählen.« Im letzten Jahr noch hatten sie in jeder Pause über die Malerei gesprochen; er hatte ihr erklärt, warum die Kunst die einzig wertvolle Beschäftigung in einer vom Chaos beherrschten Welt sei, das einzige, was möglicherweise Bestand haben werde. Die Geschichte, hatte er ihr erzählt, bestehe doch nur aus Erzählungen über Dinge, von denen die Menschen glaubten, daß sie geschehen seien, oder anderen vormachen wollten, daß sie geschehen seien. Der Geschichte dürfe man nicht trauen.

Und nun saß sie da und las selbstvergessen in einem Geschichtsbuch, als sei es die Offenbarung der unverbrüchlichen Wahrheit. Was hätte er darum gegeben, seine geliebte Tochter wiederzuhaben, die Fauve vom letzten Jahr! Aber was hatte er einer Sechzehnjährigen schon zu geben, was konnte ein so junges Mädchen sich von ihm wünschen? »Können wir weitermachen?« fragte er.

»Äh ... ja, natürlich. Aber, Vater, würde es dir sehr viel ausmachen, wenn wir heute eine halbe Stunde früher aufhören? Erics Eltern sind auf ein paar Tage zum Musikfestival nach Aix gefahren und haben uns zum Mittagessen ins *Vendôme* eingeladen. Das ist eine Fahrt von anderthalb Stunden, und ich möchte mich nicht verspäten. Hast du was dagegen – nur heute mal?«

Was konnte er tun? Darauf bestehen, daß sie blieb? Daß sie die Zeit morgen nachholte? Wenn er sie früher während der Sommermonate malte, war die Zeit, die sie miteinander verbrachten, von einer innigen Kommunikation erfüllt gewesen, deren Harmonie er jetzt erst zu schätzen wußte, da es sie nicht mehr gab, da sie von Pflichtgefühl und einer oberflächlichen Zuneigung verdrängt worden war.

»Aber gewiß, Fauve, lauf nur los! Wenn du willst, können wir jetzt gleich aufhören.«

»Ach, Vater! Du bist ein Schatz! Danke!« Selig umarmte sie ihn und hüpfte zum Atelier hinaus, ohne ihre Erleichterung zu verbergen.

Und trotzdem, stellte er fest, den Mund zu einem grimmigen, harten Strich verkniffen, einer Linie aus Schmerz und verletztem Stolz, hatte sie nicht vergessen, dieses verdammte Buch mitzunehmen.

Wenn das Äußere eines Menschen, sein persönlicher Stil also, hundertprozentig seinem inneren Wesen entspricht, wenn er aussieht, wie er ist, dann ist Nadine unendlich stilvoll, überlegte Fauve, als sie sich zu ihrem Vater, ihrer Stiefmutter und ihrer Stiefschwester zu einer der seltenen Familienmahlzeiten an den Tisch setzte. Nadine war gerade zu einem mehrtägigen Besuch aus Paris nach La Tourrello gekommen. Mistral verabscheute den Mann, den Nadine geheiratet hatte, daher hatten sich Kate und ihre Tochter stillschweigend darauf geeinigt, Mistral nicht öfter an Philippe Dalmas zu erinnern als unbedingt notwendig.

Auf Fauve hatte Nadine schon immer vornehmer gewirkt als irgend jemand sonst, den sie kannte.

Heute, mit dreiundzwanzig, wirkte Nadine womöglich noch geschliffener. Ihr blondes Haar fiel, leicht nach innen gerollt, in zwei schimmernden Halbbogen unter dem Kinn zusammen, die langen, glatten Ponys waren so gerade geschnitten, daß sie ihre Stirn messerscharf teilten, die Augen mit ägyptischer Präzision von scharfen, dunkelgrünen Strichen umrandet.

Die Flächen der Nase liefen zu einem extrem schmalen Nasenrücken zusammen, die Zähne blitzten so weiß und regelmäßig, daß sie Fauve ständig an ihren Hauptdaseinszweck erinnerten: das Beißen. Die Linie des Mundes erinnerte an eine Messerschneide, und doch war ihre Oberlippe immer noch zu ihrem alten, ewigen Lächeln geschwungen. Sie wirkte anziehend, mußte Fauve zugeben.

Nadine Mistral versuchte nie, ihren ausgeprägten Eigendünkel zu verbergen. Ihre Überlegenheit manifestierte sich in der Perfektion ihrer erstklassig geschnittenen weißen Leinenhose, in den streng-eleganten Linien der schwarzen Seidenbluse, die in der schmalen Taille gerafft und geknotet war, in den kostbaren, mit glitzernden Brillanten gerahmten Ohrgehängen aus Onyx.

Sie gestattete sich nicht den geringsten Makel, nicht einmal einen Fingernagel, der um eine Winzigkeit kürzer war als die anderen. Wie viele Stunden es wohl dauerte, dieses unbarmherzig blendende Exterieur instand zu halten? Fauve war fest davon überzeugt, daß viele Frauen ihr Leben lang versuchten, eine solche eisige, überhebliche Eleganz zu erreichen, aber sie würden doch in letzter Minute als kleine Ergänzung eine Perlenkette hinzufügen, dem Haar mit ein paar Bürstenstrichen einen etwas weicheren Schwung verleihen oder sich eine Blume anstecken. Auf ihre eigene Art war Nadine eine Minimalistin, die ihre Aussage mit so wenigen Elementen wie irgend möglich machte.

Die vier Jahre, in denen Mistral mit Teddy Lunel zusammengelebt hatte, um anschließend in der Welt umherzuziehen, hatten in Kate ein leidenschaftliches Muttergefühl geweckt. Auch wenn es ihr vor allem anderen wichtig war, Madame Julien Mistral zu sein, gleich danach kam die Sorge um das Glück ihrer Tochter und deren Position im Leben.

Einst würde Nadine alles erben, was Julien besaß, die ungeheuer wertvollen Gemälde im Lagerraum, den reichen, einkommensintensiven Besitz La Tourrello, die beiden Bankkonten; das ganze riesige Vermögen würde ihr nach französischem Recht zufallen. Bis dahin jedoch war Nadine, wenn sie ihren Lebensstil beibehalten wollte, tatsächlich gezwungen, eine Stellung anzunehmen.

Vor zwei Jahren hatte sie Philippe Dalmas geheiratet, der von der Presse in Ermangelung einer eindeutigeren Beschäftigung als Finanzier bezeichnet wurde. Schon Jahre vor seiner Bekanntschaft mit Nadine war er in den Klatsch- und Gesellschaftskolumnen der Medien wegen seiner Romanzen mit vielen der begehrtesten Frauen jener Zeit gefeiert worden, doch mit seinen neununddreißig Jahren war er noch nie verheiratet gewesen.

Von Beruf war er so eine Art Vermittler: Er brachte Leute, die Geld brauchten, mit Leuten zusammen, die investieren wollten. Irgendwie aber kamen nur wenige der Geschäfte, die er einfädelte, jemals zum Abschluß, und die Provisionen hatten gerade genügt, um ihm ein Junggesellenleben großen Stils zu ermöglichen.

Philippe konnte sich einen Kammerdiener leisten, ließ sich immer die besten Maßanzüge anfertigen, und seine Kollektion von Kaschmirschals – er trug niemals einen Mantel – war riesig. Sein kleines Apartment, in einem vornehmen Haus in der Nähe des Arc de Triomphe, war hübsch mit ein paar guten Empirestücken möbliert, sein einziges Kapital aber war sein Charme, und deshalb war er der Traum einer jeden Gastgeberin.

Als Nadine diesen sinnesfreudigen, ganz dem geschenkten wie dem empfangenen Vergnügen ergebenen und in den überwältigenden Glamour der Unerreichbarkeit gehüllten Mann kennenlernte, war sie sofort fest entschlossen, sich ihn zu fangen. Und Philippe, der seinen vierzigsten Geburtstag nahen sah, befand, es sei ein vernünftiger Augenblick, seine triumphale Junggesellenzeit zu beenden.

Nadine gelang also, was andere nicht fertiggebracht hatten: Philippe zu heiraten – ganz einfach, in dem sie im richtigen Augenblick seines Lebens auftauchte. Mit ihren strahlend jungen einundzwanzig Jahren, der vornehmen Perfektion und natürlich ihren unbestreitbar glänzenden Aussichten als Tochter Julien Mistrals war sie für Philippe Dalmas sehr verlockend, denn er konnte es sich, obwohl er niemals ausschließlich des Geldes wegen geheiratet hätte, auf gar keinen Fall leisten, eine Frau ohne Geld zu nehmen.

Nadine Mistral und Philippe Dalmas lebten beide in jener anerzogenen Oberflächlichkeit, die sogar eine gewisse Bedeutung vorspiegeln kann, wenn sie derart exquisit präsentiert wird. Da sie beide so ungeheuren Wert auf eine glänzende Fassade legten, waren sie ein unvergeßlich dekoratives Paar, zwei seltene Kunstobjekte, auf einen beneidenswerten Hochglanz gebracht.

Julien Mistral hatte sich nur eine halbe Stunde mit Philippe Dalmas unterhalten und dann festgestellt, er sei ein wertloser Mensch. Es werde keine Mitgift geben, erklärte er, und zur Hochzeit schenkte er ihnen lediglich eine mittelgroße Wohnung an der Avenue Montaigne. Das war das mindeste, was er anstandshalber tun mußte, wie Kate ihm mühsam klargemacht hatte.

Er gewährte seiner Tochter seitdem nicht die geringste Unterstützung – und würde auch nie etwas zahlen, solange er lebte, versicherte er Kate. Aber auch sie war nicht mehr in der Lage, ihnen großzügige Geschenke zu machen, denn Mistral, der es während ihrer ganzen langen Ehe bisher stets seiner Frau überlassen hatte, die Finanzfragen zu regeln, bestand plötzlich darauf, die gesamte Korrespondenz mit den Kunsthändlern und Banken selbst zu führen. Das einzige Geld, über das Kate noch frei verfügen konnte, war das, was sie zur Instandhaltung von La Tourrello brauchte. Ich bin auf die Stufe einer Haushälterin und Verwalterin reduziert worden, dachte sie giftig. Nadine jedoch nahm diese Enttäuschung mit der philosophischen Gelassenheit einer Tochter auf, deren Vater fast siebzig Jahre alt ist.

Sie hatte sich eine Stellung gesucht, in der sie nichts weiter tun mußte, als sich selbst darzustellen: Sie arbeitete bei Jean François Albin, einem großen französischen Couturier.

Ihre Arbeit hatte keine spezifische Bezeichnung, die Grenzen waren schwer zu definieren. Sie machte nicht die Public Relations, hatte auch nichts zu tun mit dem eigentlich Design der Modelle, mit dem Verkauf oder sonst einer wichtigen Funktion des Hauses Albin. Doch es war so klar, als wäre es offiziell proklamiert worden, daß Jean François Albin sie zu seiner rechten Hand gemacht hatte.

Sie war der einzige Mensch auf der Welt, ohne den er ganz einfach nicht arbeiten konnte. Sie war der Puffer zwischen ihm und der gesamten Welt. Er war überzeugt, daß Nadine ihn niemals belügen würde. Er glaubte fest daran, daß sie der einzige Mensch war, der niemals einen Vorteil aus seiner Verbindung mit ihm zu schlagen suchte, denn welchen Vorteil konnte Julien Mistrals Tochter schon aus der Verbindung mit einem Couturier schlagen?

Für Albin war Nadine Dalmas die idealisierte Inkarnation der Frau, für die er entwarf. Er dichtete ihr eine nahezu mystische Gabe an, ihn zu trösten, zu inspirieren und aufzumuntern. Inzwischen brauchte er sie vor allem dann an seiner Seite, wenn es zu einer Krise kam. Henri Gros, ein solider Geschäftsmann und Albins Partner in diesem Courture-Haus, das durch den Profit von drei Parfüms und einer Anzahl weltweiter Lizenzabkommen überdimensional aufgebläht war, bezahlte Nadine mit Freuden ein recht anständiges Gehalt für ihre Treue, wenn ihre Rolle auch nur höchst vage umrissen war. Die sensible, kreativ so begabte Maschine Jean François Albin mußte um jeden Preis umhegt, getröstet und verstanden werden, damit sie weiterhin in der Lage war, pro Jahr zwei Kollektionen herauszubringen.

Auch als Nadine beim Essen mit den Eltern und Fauve von ihrem Job erzählte, veränderte sich nichts an ihrer stolzen, kühlen, überheblichen Art. Sie sprach, wie immer, in einem ruhigen, selbstsicheren Ton, der um eine Nuance leiser war als bei anderen Menschen und damit bewirkte, daß die Leute unwillkürlich ihre eigenen Gespräche beendeten, um ihr zuzuhören.

»Weißt du, Vater, Jean François stand kurz vor dem Zusammenbruch. Die neue Kollektion ist bis auf den letzten Stich fertig, aber am letzten Mittwoch rief er mich mitten in der Nacht verzweifelt an, und als ich ins Atelier hetzte, wollte er sich gerade mit einer Schere über die Roben hermachen. Ich hab ihn kurzerhand in die beste Pariser Klinik gebracht, wo er bis Montag eine Schlafkur machen wird, und seine Hand gehalten, bis er friedlich einschlief. Am Montag, wenn ich zurückkomme, wird er ein neuer Mensch sein.«

»Kommt das oft vor?« erkundigte sich Kate.

»Er hat in diesen letzten Monaten nur Ärger gehabt«, berichtete Nadine. »Unsere neuen schwarzen Mannequins haben uns alle fünf im Stich gelassen und arbeiten jetzt für Givenchy, und dieses Ferienhaus auf Sardinien, von dem ich euch erzählt habe, treibt ihn noch in den Wahnsinn.«

»O Mann!« flüsterte Fauve vor sich hin.

»Zum Glück«, fuhr Nadine fort, »war es mir möglich, ihm eine Menge Arbeit abzunehmen, damit er sich auf seine Kunst konzentrieren konnte; aber soviel ich auch erledigen kann, die Entscheidungen muß er letzten Ende selbst treffen. Er kann sich nicht vor der Tatsache drücken, daß er ein Kultobjekt geworden ist. Er muß sich immer und immer wieder exponieren, muß Risiken eingehen, muß ändern.«

»Ändern – was?« fragte Mistral, der seinen Teller fortschob.

»Die Länge, Vater. Jean François meint, es wäre Zeit, die Maxilänge einzuführen. Aber er hat einen solchen Horror vor den Einkäufern und der Presse – ich weiß nicht, ob er es schafft, sich ihnen zu stellen, wenn die Kollektion vorgeführt worden ist . . .«

»Warum tut er es dann?« knurrte Mistral.

»Wenn er nicht rauskommt und sich verbeugt, Vater, wird es wieder Gerüchte geben . . . Sie werden behaupten, er sei tot oder voll Drogen oder in der Klapsmühle . . . Ich weiß nicht, wie er das erträgt!«

»Sag mal«, erkundigte sich Mistral, »wie alt ist dein Jean François eigentlich?«

»Das weiß kein Mensch so genau, nicht einmal ich; aber ich glaube, er muß an die Vierzig sein.«

»Er klingt wie ein Kind. Und du begibst dich allmählich auf sein Niveau hinab«, sagte Mistral verächtlich.

»Nun aber genug mit diesem Thema!« Kate wollte Nadine unter allen Umständen beschützen, und sie war nur allzu vertraut mit Mistrals Meinung vom Wert der Haute Couture. »Nadine, du mußt Fauve unbedingt fragen, was sie in diesem Sommer erlebt hat. Es war eine Offenbarung!«

Nadine sah ihre Mutter an und entdeckte ein zielbewußtes Funkeln in ihren Augen. Die beiden hatten nie viele Worte gebraucht, um sich zu verständigen. Mit leichtem Achselzucken wandte sie sich an Fauve.

»Jetzt fällt es mir auch auf – du bist ungewohnt still heute abend. Die kleine Fauve läßt sich also wohl endlich herab, das männliche Geschlecht zur Kenntnis zu nehmen, wie? Und wie findest du's, zum erstenmal verliebt zu sein?«

Nadine sprach mit einer so eiskalten, gespielten Neugier, daß Fauve fast zusammengezuckt wäre. Instinktiv suchte sie nach einer Möglichkeit, diese Neugier abzuwehren.

»Vielen Dank, ich finde das männliche Geschlecht recht nützlich. Wie habe ich früher nur den Sommer hier verbringen können, ohne ein anderes Transportmittel als mein

Fahrrad? In diesen sechs Wochen habe ich mehr von der Umgebung gesehen als in den ganzen letzten acht Jahren.«

»Dein Interesse gilt also nur den Sehenswürdigkeiten? Das kannst du mir doch nicht weismachen, Fauve!«

»Glaub von mir aus, was du willst. Ich erforsche die Geschichte der Juden der Provence.«

»Großer Gott, wie exzentrisch! Ich dachte, die wären alle in Paris.«

»Das denken die meisten.« Fauve lachte fast über den Erfolg ihres Tricks. Nadine hatte sich nicht mal nach Erics Namen erkundigt. »Seit zweitausend Jahren gibt es in dieser Gegend Juden.«

»Seit zweitausend Jahren, Fauve? Sieh einer an!« gab Nadine gedehnt zurück.

»Aber ja! Und bis zu den Kreuzzügen wurden sie mehr oder weniger wie alle anderen Menschen behandelt. Selbst die Vandalen, die Visigoten und die Barbaren haben sie in Ruhe gelassen, wenn sie ins Land eindrangen. Im zwölften Jahrhundert erst, als die Könige von Frankreich das Heilige Land zurückerobern wollten, fing die Verfolgung der Juden richtig an.«

Fauve hatte die Gabel sinken lassen, so freudig erregt war sie von der Chance, über die Entdeckungen reden zu können, die sie tagtäglich bei der Lektüre ihres Buches machte.

Sie sprühte buchstäblich von Namen, Daten und Statistiken; sie kam sich vor, als seien die Päpste Alexander VI. und Julius II., die beide jüdische Ärzte gehabt hatten, ihre persönlichen Freunde. Und nicht weniger heftig haßte sie Julius III., der den Befehl gegeben hatte, den Talmud zu verbrennen.

So sehr war sie in ihr Thema vertieft, daß sie die heimliche Verachtung nicht wahrnahm, die Nadine auch auf Kate übertrug, als Fauve immer erregter wurde und erst mit der Revolution endete. Mistral lauschte ausdruckslos, als sie die Schrecken der alten Gettos beschrieb, die jede Nacht zugesperrt und verriegelt wurden. Die grausamen, erstickenden und willkürlichen Vorschriften, mit denen die Behörden sämtliche Aspekte jüdischen Lebens belegten, brachen in einem langen, hitzigen Monolog aus ihr heraus. Daß Mistral aufhörte zu essen und seine Lippen wütend zusammenpreßte, merkte Fauve nicht. Sie hatte keine Ahnung, wie lange und wie leidenschaftlich sie dozierte, bis Nadine ihren Käse gegessen hatte und leichthin bemerkte: »Engagierst du dich nicht ein bißchen zu sehr dabei, Fauve? Diese Leute sind doch schon so lange tot. Es ist morbid, von ihnen zu reden, als spielten sie heute noch eine Rolle. Ich finde das äußerst merkwürdig von dir.«

»So merkwürdig nun auch nicht, Nadine. Ich bin überall auf die Namen Lunel und Astruc gestoßen, die Namen meiner Familie – mein eigener Name!«

Jetzt brach Mistral endlich sein düsteres Schweigen.

»Genug! Als du aus Cavaillon zurückkamst, hast du mir den Ort auf eine Art beschrieben, die mich überzeugt hat, daß es den dort ansässigen Juden gutging und daß sie gut behandelt wurden. Und nun setzt du uns diese endlose Leidensliste vor. Allmählich scheinst du von diesem Thema richtig besessen zu sein.«

»Ich war eine unwissende Romantikerin, Vater; ich habe in einer Illusion gelebt.« Fauve sagte es mutig, unbeeindruckt von seiner Mißbilligung. »Ja, es gab eine kurze Periode, in der man den Juden ein Leben in relativer Ruhe gestattete ... Und doch waren sie von einem furchtbaren Getto umgeben, das inzwischen abgerissen wurde. Es gibt immer noch Menschen, die damit prahlen, die Provence sei das Paradies der Juden gewesen. Nun gut, vielleicht im Vergleich zu anderen Teilen Frankreichs, in denen die Juden bei lebendigem Leibe verbrannt wurden. Die Provence war vielleicht das vergleichsweise angenehmste Gefängnis für Menschen, die keinerlei Verbrechen begangen hatten.«

»Gefängnis?« fragte Kate, die aufmerksam Mistrals Miene beobachtet hatte, als Fauve ihm Trotz bot. Sie war sich als einzige Person am Tisch dessen bewußt, wie tief er Fauves Interesse für alles Jüdische verabscheute, und genoß seine Reaktion auf jedes von Fauves gesprochene Wort. »Wieso sagst du uns das, Fauve? Wir waren nicht dafür verantwortlich, was jenen Menschen zugestoßen ist, wir waren Juden gegenüber nie grausam, wir haben die Juden niemals behandelt, als hätten sie ein Verbrechen begangen. Wirklich, Fauve, ich frage mich, warum du uns nicht alle zusammen beschuldigst, sie ins KZ geschickt zu haben!«

Sechsundzwanzigstes Kapitel

Kate Mistral hatte Julien Mistral gegenüber seit dem ersten Moment ihrer Bekanntschaft etwas vorgespielt, was sie gar nicht war. Nach zweiundvierzig Jahren Eheleben war sie in dieser Rolle gefangen, zu der es auch gehörte, daß sie ihm niemals ihre Gefühle offenbarte. Trotzdem war es ihr nie in den Sinn gekommen, daß sie in ihrem Eheleben wie eine routinierte Schauspielerin agierte. All ihre menschlichen Beziehungen spielten sich in einem intimen Theater ab. Die Momente, da sie ihre Maske wenigstens teilweise fallen ließ, waren selten. Hin und wieder – in Augenblicken echter Verbundenheit – zeigte sie sich Nadine gegenüber wahrhaftig. Ihrem Mann gegenüber jedoch niemals.

Kate saß gelassen vor ihrem Toilettentisch und nahm ihre Perlen ab, während Mistral zornig an der Tür ihres Schlafzimmers stehengeblieben war.

»Warum in aller Welt bist du so beunruhigt, Julien?« erkundigte sie sich nachsichtig. »Ich gebe zu, es ist ärgerlich, daß Fauve uns beim Essen so langweilen mußte, aber warum machst du so ein Problem daraus? Alle Mädchen in ihrem Alter machen schwierige Phasen durch.«

»Du hast sie bewußt herausgefordert.«

»Unsinn! Man kann im Moment kein einziges höfliches Wort sagen, ohne damit die Schleusentore ihrer Besessenheit zu öffnen. Wenn man ihr nur guten Morgen sagt, riskiert man damit eine Lektion über eintausend Jahre Klagemauer, das weißt du genau. Warum verbietest du es ihr nicht?«

»Man kann es Fauve nicht verbieten, dazu ist sie nicht der Mensch«, antwortete er ärgerlich. »Zum Teufel mit diesem Burschen Avigdor! Hinter allem steckt doch nur er.«

»Jetzt bist du aber wirklich unfair. Wenn du jemandem die Schuld geben willst, solltest du Maggy Lunel nicht vergessen.«

»Was soll das heißen?«

»Die Jesuiten sagen, wenn man ihnen ein Kind während der ersten sieben Jahre überläßt, können sie es fürs ganze Leben konditionieren. Du hast Fauve ihrer Großmutter überlassen, und die hat nichts Eiligeres zu tun gehabt, als deiner Tochter ihre eigene Identität aufzuzwingen. Und schließlich hat Fauve jüdisches Blut, sowenig dir das auch gefällt. Mach nicht den Fehler, dessen Wirkung zu unterschätzen. Jedes Kind braucht das Gefühl einer Identität, Julien!«

»Fauve ist meine Tochter; sie ist Malerin. Mein Gott, genügt das denn nicht? Doch statt die Chance dieses Sommers zu nutzen, verplempert sie ihre Zeit, fährt in der Gegend herum und bildet sich ein, eine sogenannte Tradition gefunden zu haben, bildet sich ein, die Lunels und Astrucs in diesem verfluchten Buch seien mit ihr verwandt! Und selbst wenn, dann ist das doch absolut unwesentlich!«

»Vielleicht genügt Fauve das Bewußtsein nicht, deine uneheliche Tochter zu sein.« Kate räumte ihre Armbänder ein, schloß ihren Schmuckkasten und begann sich das feine Haar auszubürsten, das ihr Gesicht so glatt umrahmte. »Geh jetzt schlafen, Julien. Du machst mich nervös, wenn du da stehst!«

Eine Minute darauf war Mistral unterwegs zum Atelier. Der Nachthimmel der Provence schien alle Sterne aus dem Weltall heranzurücken, sie leuchteten wie sonst nur in der Wüste oder in den Polargebieten. Er schaltete das Arbeitslicht nicht an, sondern trat direkt an die Staffelei, auf der das halbfertige Bild von Fauve wartete. Tief in Gedanken versunken starrte er auf das Rechteck der Leinwand. Noch immer hallten Kates Worte in ihm nach: »Jedes Kind braucht das Gefühl einer Identität.« Er konnte nicht abstreiten, daß sie recht hatte. Nie war es ihm möglich gewesen, Fauve seinen Namen zu geben. Nach französischem Recht konnte er sie nicht als Tochter anerkennen, sie durfte sich nicht Fauve Mistral nennen; also sah sie sich verständlicherweise als eine Lunel – eine von *ihnen*. Langsam war sie ihm immer mehr entglitten, und obwohl er ihr Bild auf der Leinwand festgehalten hatte, war ihm klar, daß er ihr nicht, wie in anderen Jahren, nahe genug gekommen war, um ihr Wesen einzufangen.

Zornig kehrte Mistral dem Bild den Rücken und wanderte im dunklen Atelier hin und her. Wie fängt man eine Sechzehnjährige ein, hält sie fest und bringt sie zur Vernunft? Ein Kolibri wäre leichter zu fangen. Wenn sie doch nur Französin wäre und hier in Félice, unter seinen Augen aufgewachsen! Wenn sie ihm nur nicht jedes Jahr wieder entfliehen würde!

Schließlich wandte er sich dem einzigen Trost zu, der jemals auf ihn gewirkt hatte – seiner Arbeit. Er schloß die Tür zum Lagerraum auf, schaltet das Deckenlicht an und stöberte in den Regalen herum, betrachtete die Bilder, als seien sie fremde Gegenstände. Nach langer Zeit erst wagte er es, die Hand auszustrecken und eine Farbfläche zu betasten, die rauhe Struktur der Leinwand zu streicheln, als sei sie ein fühlendes Wesen. Nach und nach beruhigte er sich, akzeptierte den erwarteten Trost. *Sie lebten.* Es waren nicht einfach fertiggemalte Bilder, sondern sprechende, atmende Lebewesen. Hier war seine Identität, dieser fensterlose Raum barg alles, das jemals über Julien Mistral zu sagen sein würde.

Ganz hinten in diesem Raum gab es allerdings etwas, das er niemals mehr angeschaut hatte: Die Bilder, die er von Teddy gemalt hatte, als sie schwanger war, und von Teddy mit Fauve während Fauves erster beider Lebensmonate. Er hatte sie nach Teddys Tod in seiner Wohnung in Avignon zurückgelassen. Nach seiner Rückkehr nach La Tourrello hatte Mistral veranlaßt, daß die Gemälde abgeholt und in den Lagerraum gebracht wurden. Betrachtet aber hatte er sie niemals mehr.

Jetzt trat er langsam an eins dieser Regale heran und zog es in den breiten Gang heraus. Es enthielt nur eine einzige große, unfertige Leinwand: das letzte Bild, das er in St. Tropez von Teddy gemalt hatte. Sie saß darauf mit Fauve auf dem Schoß in einem Garten in einer blau-weiß gestreiften Hollywoodschaukel und war ganz in den Anblick des Kindes versunken.

Selbst in seinen qualvollsten, sehnsüchtigsten Träumen war Teddy niemals so schön gewesen. So deutlich hatte er seine Liebe gemalt, daß die Leinwand ein einziger hoher, klarer Freudenschrei war. Rasch stieß er das Regal wieder zurück, damit er es nicht mehr sehen mußte, verließ den Lagerraum und verschloß die Tür hinter sich. Durch die Hintertür schlüpfte er aus dem Atelier, eilte den Pfad entlang, der um die Mauer von La Tourrello herumführte, und machte erst halt, als er tief in den Wald eingedrungen war. Hier setzte er sich, den Rücken an den Stamm einer Lebenseiche gelehnt, auf den Erdboden und atmete so hastig, als sei er um sein Leben gelaufen. Warum hatte er das getan? Warum hatte er sich einem so unausweichlichen, furchtbaren Schmerz ausgesetzt?

Er wollte nicht Teddy begegnen, sondern was er sehen wollte, war das Baby Fauve. Selbst damals schon war ihr eine fast glühende Vitalität eigen gewesen. Er erinnerte sich an den Moment ihrer Geburt, als sie, gerade erst aus dem Mutterleib gestoßen, schon eine solche Persönlichkeit gewesen war, daß er für sie sofort den ihr zukommenden Namen gefunden hatte. Der Zorn auf sie, der sich im Laufe des Sommers allmählich in ihm aufgestaut hatte, weil sie seiner Hand langsam entglitt, verflüchtigte sich.

Julien Mistral war einer nicht körperlichen Leidenschaft absolut unfähig. Nicht nur hatte er kein Mitgefühl mit anderen Menschen, es ebenso fehlte ihm auch das Bedürfnis, Mitgefühl zu haben. Seine Kunst war durch und durch persönlich; sie umfaßte bestimmte Aspekte der Natur, gewisse Elemente des Lebens in der Provence und die wenigen – sehr wenigen – Menschen, die er liebte. Ohne die Motivation der Liebe war er ein Stein – ein Stein, der malte.

Als er so an den Baum gelehnt dasaß, war es nur seine tiefe Liebe zu Fauve, die es ihm ermöglichte, in ihr Wesen einzudringen, und allmählich begriff er die Fragen, die sie sich selbst vermutlich stellte: Wer bin ich? Was ist der Sinn des Lebens? Wohin gehe ich? Wer ging mir voraus? Gibt es einen Zusammenhang?

Es war nur natürlich, daß sie nach einer Antwort auf diese Fragen suchte. Sekundenlang gestattete Mistral sich die Vorstellung, wie herrlich das Leben für Fauve hätte sein können, wenn sie unter Teddys Aufsicht aufgewachsen wäre, behütet und umsorgt – ein Kind mit Vater *und* Mutter –, gesichert, geborgen, geliebt. Er stöhnte auf unter dem Anprall hilfloser Verzweiflung und wehrte die Vorstellung sofort ab; zum erstenmal im Leben jedoch erkannte er, daß er nicht der einzige Mensch auf der Welt war, der bitterlich unter dem Verlust von Teddy Lunels Liebe zu leiden hatte. Und das Bild von Fauve und Teddy hatte er keinem einzigen Menschen gezeigt. Nicht einmal Fauve.

Er saß ganz still – so benommen von der Idee, die ihm plötzlich kam, daß er sie in Gedanken drehte und wendete, nach Fehlern abklopfte, einfach nicht fassen konnte, daß sie ihm nicht schon viel früher eingefallen war. Er *wußte,* wie er Fauve ein Gefühl der Identität vermitteln konnte, das sie auf ewig an ihn binden, das ihn ihrem Leben so fest einfügen mußte, daß es ihr unmöglich sein würde, jemals nach einer Zugehörigkeit zu suchen, die nichts mit ihm zu tun hatte! Auf der ganzen, weiten Welt lag es allein in seiner Macht, ihr eine Identität zu geben, ein Erbe, ein Zugehörigkeitsgefühl, das sie zu der Erkenntnis bringen würde, daß ihre grundlegendste, wichtigste Zugehörigkeit ihm selber galt und immer gelten würde!

Bisher hatte Julien Mistral noch kein Testament gemacht. Jetzt fiel ihm seine Mutter ein, die vor langen Jahren zu seinem Ärger ein Drittel ihres winzigen Nachlasses einer Freundin vermacht hatte, einer Frau, mit der sie nicht einmal verwandt war. Als Mistral sich bei dem Notar erkundigte, ob das legal sei, hatte dieser ihm erklärt, daß jeder Erblasser ein Drittel seines Nachlasses einer fremden Person vermachen könne. Die verbleibenden zwei Drittel müßten dann, ob er es wolle oder nicht, unter die gesetzlichen Erben aufgeteilt werden.

Nach dem Gesetz war Fauve für ihn eine fremde Person. Als *enfant adulterin* durfte er ihr nichts vererben – als fremder Person jedoch ein Drittel! Welch wunderbarer Gedanke, daß er mit ihr all die Bilder im Lagerraum sichten würde, wie viele Stunden würden sie mit dem komplizierten, gründlichen Prozeß der Auslese des Drittels verbringen, das Fauves Eigentum werden sollte. Fauve würde auf ewig in sein Leben integriert sein. Kein verstaubter Geschichtsband konnte ihr eine größere, engere Bindung vermitteln als der Besitz der besten Werke seines Lebens. Was konnte ihr ein tieferes Zugehörigkeitsgefühl verschaffen als das Bewußtsein, daß ihr Vater ihr vor seinem Tod soviel von dem Schatz vermacht hatte, der sein Leben darstellte, wie er nur konnte? Von dem Werk, das sein innerstes Wesen war.

Er stand auf und klopfte sich den Staub des Waldbodens von der Hose. Als er jetzt nach La Tourrello zurückwanderte, wirkte Julien Mistrals Silhouette im Licht der Sterne so eifrig und jung wie an dem Tag, als er sich zum erstenmal dem Tor des Gutshauses genähert hatte, das ihm zum Schicksal werden sollte.

»Würdest du bitte dafür sorgen, daß zwei Gästezimmer hergerichtet werden, Kate?« sagte Mistral am folgenden Morgen zu seiner Frau.

»Hast du Besuch eingeladen?« fragte sie erstaunt.

»Es kommen zwei Herren. Sie werden bei uns auch ihre Mahlzeiten einnehmen, da es hier in der Umgebung keine Möglichkeit gibt, essen zu gehen. Sie werden vermutlich acht bis zehn Tage bleiben.«

»Was soll das heißen, Julien?«

»Ich habe beschlossen, mein Testament zu machen. Die Bilder müssen geschätzt werden. Heute morgen habe ich Etienne Delage angerufen und um seinen Rat gebeten. Als Kunsthändler sind ihm sämtliche Tricks vertraut. Er sagte mir, ich solle mein Testament erst machen, nachdem der Wert eines jeden Bildes festgestellt worden sei. Sonst werde die Regierung das nach meinem Tod übernehmen, und die würden natürlich den jeweils höchsten Wert ansetzen, so daß aus meinem Nachlaß die höchstmöglichen Erbschaftssteuern abgeführt werden müßten. Wenn es aber geschieht, solange ich noch am Leben bin, steht mir das Recht zu, einen der Experten selbst zu benennen, während der andere von der Regierung bestimmt wird – das sind die beiden Herren, die zu uns kommen –, und gemeinsam schließen sie dann einen fairen Kompromiß. Etienne hat einen Mann für mich an der Hand, der den Bildern den niedrigsten Realwert zuspricht, der möglich ist – darin ist er Spezialist.«

»Wie überaus fürsorglich von Etienne! Darf ich fragen, warum du beschlossen hast, dein Testament zu machen?«

»Ich werde Fauve ein Drittel meines Nachlasses vermachen, den Teil, den man einer fremden Person hinterlassen darf.« In Kates Gesicht suchte er nach Anzeichen von Zorn, doch ihre Augen waren von der Sonnenbrille bedeckt, und sie verzog keine Miene. »Gestern abend ist mir eingefallen, daß so etwas möglich ist, und weil mir deine Worte – ›jedes Kind braucht ein Gefühl der Identität‹ – immer noch im Kopf herumgingen, wußte ich plötzlich, was ich tun muß. Du und Nadine, ihr werdet natürlich die anderen zwei Drittel bekommen; Fauves Anteil wird ausschließlich aus Bildern bestehen, denn es wäre ja wohl sinnlos, ihr ein Drittel eines Landguts zu hinterlassen. Das heißt, ich muß den Gesamtwert von La Tourrello, von unseren Bankkonten und den übrigen Investitionen ebenso feststellen lassen wie den der Bilder, um sicherzustellen, daß sie auch wirklich ein Drittel bekommt.«

»Ich verstehe«, sagte Kate tonlos.

»Es wird einige Zeit dauern, bis das alles erledigt ist. Etienne hat mir gesagt, daß Bilder – genau wie Möbel, Silber oder Schmuck – individuell nachgelassen werden können. Mit anderen Worten, ein Bild, das einen bestimmten Wert hat, wird Fauve hinterlassen, ein anderes im selben Wert Nadine, wieder ein anderes dir und so weiter.«

»Und nun wirst du sie alle einzeln mit Namen und Beschreibung ins Testament aufnehmen?«

»Genau. O nein, die *Rouquinne*-Serie habe ich nicht vergessen, keine Angst. Das war die klügste Investition, die du jemals gemacht hast, Kate.«

»Allerdings.«

»Ich möchte sie von dir zurückkaufen.«

»Ach, wirklich?«

»Ja. Sie soll in Fauves Besitz übergehen. Schließlich sind die Bilder sozusagen Familienporträts.« Er grinste, wie sie es seit Jahren nicht mehr an ihm gesehen hatte.

»Allerdings... Das sind sie. Hast du eine Ahnung, was sie heute wert sind?«

»Ganz gleich, wieviel – ich werde zahlen.«

»Wunderbar.«

»Nun gut.« Mistral erhob sich erleichtert.

»Hast du Fauve schon davon unterrichtet?« fragte Kate.

»Noch nicht. Ich werde heute abend mit ihr sprechen.« Er zog sich in sein Atelier zurück. Heute sollte Fauve ruhig in der Gegend herumlaufen, denn morgen würde sie nicht in der Lage sein, sich von den Entdeckungen im Lagerraum loszureißen.

Kate saß ganz still, um die schneidende, reißende Wut niederzukämpfen, die sich wie ein stählerner Bohrer in ihr Fleisch fraß. Es genügte ihm also nicht, Nadine an den Bettelstab zu bringen, so daß sie sich ihren Lebensunterhalt verdienen mußte, bis er starb! Jetzt mußte er sie auch noch berauben, ausplündern, bestehlen, die eigene Tochter auf das Niveau seines Bankerts hinabdrücken.

Hielt er sie wirklich für so dumm, nicht zu merken, was er mit der Auswahl der Gemälde für Fauve bezweckte? War ihm nicht klar, wie genau sie wußte, daß zwischen zwei Bildern, die auf denselben Wert geschätzt wurden, ein ungeheurer Unterschied an Bedeutung bestand, den ihnen nur der Künstler selbst zumessen konnte? Hatte er denn keine Ahnung davon, wie genau sie wußte, daß er Fauve ausschließlich die Bilder geben würde, von denen er sicher war, daß sie seine größten waren? Die Meisterwerke seiner Meisterwerke? Wenn Fauve ihr gesamtes Drittel in Form von Bildern bekam, würden ihr mindestens die Hälfte der Bilder im Lagerraum gehören. Bei dem Gedanken an diesen Lagerraum hielt sie den Atem an, preßte die Hände auf ihren Magen und beugte sich vor.

Wie konnte er es wagen, ihr das anzutun? Sie hatte ihn zu Julien Mistral gemacht; und bei allen Teufeln der Hölle, dadurch *gehörte* er ihr! Wieso wagte er es, von einer Aufteilung *seiner* Arbeiten zu reden, wo doch alles, jedes letzte Fetzchen Leinwand, auf das er je einen Farbklecks getupft hatte, von Rechts wegen ihr gehörte?

Er war ihr Geschöpf! Was würde aus ihm geworden sein, ohne sie? *Gar nichts!* Ein verbitterter alter Mann in einem schäbigen Pariser Atelier, der sich fragte, warum die Welt nicht an seine Tür geklopft hatte. Und dennoch wagte er es, *wagte* er tatsächlich, ihr zu erklären, er werde Fauve seine Arbeiten hinterlassen!

Wenn er seine Arbeiten verschenkte, verschenkte er etwas, das auf der ganzen Welt einzig und allein ihr gehörte. Und das durfte er nicht. Das konnte er nicht. Beinahe gelähmt vom Ansturm einer Wut, die heftiger war als alles, was sie jemals im Leben empfunden hatte, heftiger als ihre Emotionen damals, als Julien sie wegen Teddy verließ, saß Kate Mistral blind in der Sonne, während in ihrem Innern ein Brei von Gewalttätigkeit kochte und brodelte, bis sie sich aus der Starre herausreißen und in den Badepavillon stürzen mußte, um ihren Haß in die Toilette zu speien.

Als sie das hinter sich hatte, fühlte sie sich gestärkt, ruhig und absolut sicher hinsichtlich dessen, was sie jetzt tun mußte.

»Würdest du bitte einen Moment zu mir hereinkommen und die Tür schließen, Fauve?« rief Kate, sobald sie das junge Mädchen am Nachmittag die Treppe heraufkommen hörte.

»Ja, gern – aber Eric will mich um sechs Uhr abholen. Brauchst du mich lange?«

»Nein, nicht sehr lange. Weißt du, Fauve, ich glaube, dir ist gar nicht klar, wie sehr du deinen Vater aufregst, mit dem, was du uns gestern abend aufgetischt hast.«

»Ach Kate, ich weiß ja, daß ich viel zu lange geredet habe. Es tut mir wirklich aufrichtig leid.«

»Es geht nicht darum, daß du zu lange geredet hast, Fauve. Es geht um das Thema. Ich hatte gehofft, dir dies alles niemals erzählen zu müssen, doch wie ich sehe, identifizierst du dich voll mit der Herkunft deiner Mutter – das ist durchaus verständlich, und ich finde es rührend –, aber dein Vater, siehst du ... Wenn du so von den Juden sprichst, dann reißt das bei ihm alte Wunden auf.«

»Meinst du die Sache mit Maggy? Darüber bin ich informiert, Kate ...«

»Das habe ich durchaus nicht gemeint. Es wäre mir nie in den Sinn gekommen. Nein, Fauve, es geht um etwas anderes, und das zu erklären ist für mich viel schwieriger.«

»Worauf willst du hinaus?« Der gespannte, beunruhigende Ausdruck auf Kates normalerweise so beherrschtem Gesicht irritierte Fauve.

»Du bist erst sechzehn, Fauve; du hast immer in einer gesicherten Welt gelebt. Doch nur zehn Jahre vor deiner Geburt herrschte der Zweite Weltkrieg, und Katastrophen, die über deine Vorstellungskraft hinausgehen, waren zu jener Zeit an der Tagesordnung.«

»Oh, mein Gott!« sagte Fauve langsam. »Als du gestern abend von den Konzentrationslagern sprachst, dachtest du an das, was den Juden im Krieg angetan worden ist, nicht wahr? Du wolltest mich warnen ... Oh, mein Gott, Kate, es tut mir so leid! Ich ahnte nicht, daß ihn das so bewegen würde...«

»Ich habe mich offenbar nicht klar genug ausgedrückt, Fauve. Ich spreche von der Besetzung Frankreichs und von dem, was während jener Zeit hier geschah. Als ich nach dem Krieg nach Félice zurückkam, hat Marte Pollison, die in La Tourrello geblieben war, mir Dinge erzählt, von denen ich immer geglaubt habe, daß ich sie nie einem anderen Menschen berichten könnte.« Aufmerksam beobachtete Kate Fauves ungläubiges Gesicht, auf dem schon jetzt all jene strahlende Freude erloschen war, mit der das junge Mädchen das Zimmer betreten hatte. »Seit Wochen, Fauve, bist du nun schon fasziniert von den Juden, die in der Provence gelebt haben. Bevor ich dir sage, warum du das Thema niemals mehr anschneiden darfst, möchte ich ganz sicher sein, daß du deinen Vater wirklich verstehst. Er lebt nur, um zu malen. Du weißt doch, was seine Arbeit ihm bedeutet, nicht wahr? Du weißt, daß für ihn die Kunst alles, daß sie sein Lebenszweck ist?«

»Aber er ist auch ein Mann, ein Mensch«, wandte Fauve langsam ein.

»Aber nicht so wie die anderen. Das kann ein Genie wie er einfach nicht sein. Ich hab das im Laufe der Jahre einsehen müssen, und ich erwarte nicht, daß du das jetzt schon richtig begreifst, aber es gibt eine bestimmte Dimension, die einem Genie einfach fehlt, eine Dimension normaler Menschlichkeit, die dem Genie versagt bleibt, gerade weil es ein Genie ist.«

»Ich verstehe nicht, worauf du hinauswillst, Kate.«

»Ja, das hatte ich befürchtet. Ein Beispiel wird dir vermutlich besser klarmachen, was ich meine. In den letzten Kriegsjahren waren die Deutschen überall; kein Ort konnte so entlegen sein, daß sie nicht wußten, was dort vorging, nicht einmal Félice. Sie verschleppten fast alle arbeitsfähigen Männer zur Zwangsarbeit nach Deutschland...« Kate unterbrach sich, um traurig den Kopf zu schütteln.

»Ja, und...?«

»Dein Vater wäre ebenfalls verschleppt worden, hätte er nicht die Protektion eines hohen deutschen Offiziers genossen, mit dem er sich... nun ja, sehr befreundete.«

»Das glaube ich nicht!«

»Nein, Fauve. Natürlich nicht. Das ist genau, was ich meinte, als ich davon sprach, wie schwierig es sein würde, dir alles begreiflich zu machen, sogar eine solche Kleinigkeit.«

»Kleinigkeit?« Fauve war schneeweiß geworden, wie Kate voller Genugtuung feststellte. Und was hatte sie ihr bis jetzt erklärt? Nichts von Bedeutung, überhaupt nichts.

»Der Offizier war ein Kunstliebhaber. Er strich deinen Vater von der Liste jener, die in die deutschen Fabriken geschickt wurden. Einige seiner besten Arbeiten sind in jenen Jahren entstanden, und doch würden die Leute ihn, wenn sie davon erführen, als Kollaborateur bezeichnen.«

»Warum erzählst du mir das?«

»Damit du voll verstehst, was das Genie deinem Vater abverlangt. Als er dem Deutschen von einer Bande jugendlicher Taugenichtse erzählte, die seine kostbaren Bettlaken, die er damals als Leinwände benutzte, gestohlen hatten, konnte er nicht wissen, daß sie dem Maquis angehörten. Es war ein furchtbares Mißverständnis, und er hat sich das niemals verziehen. – Alle zwanzig wurden gefangen und auf der Stelle hingerichtet.«

»Ich glaube dir kein einziges Wort«, sagte Fauve heftig. »Es ist eine bösartige Lüge, und was zum Teufel hat das mit gestern abend zu tun? Ich sprach von der Geschichte der Juden vor der Revolution, nicht vom Krieg!«

Kate seufzte tief und barg einen Moment das Gesicht in den Händen. Jetzt, dachte sie. *Jetzt!* »Ach, Fauve«, sagte sie müde, in sanftem, fast flehentlichem Ton. »Es war ja nur ein Beispiel für viele tragische Dinge, wie sie in Kriegszeiten geschehen. Ich wollte dir einen Einblick geben in seine Situation gegenüber den Juden, die während der Besetzung Hilfe bei ihm suchten.«

»Was für Juden?«

»Juden aus Paris, die aus der besetzten Zone Frankreichs zu fliehen versuchten. Immer wieder kamen sie – Menschen, die aus der Tatsache Nutzen ziehen wollten, daß sie alte Freunde aus der Zeit waren, als er noch in Paris lebte, oder daß sie vor dem Krieg einmal hierher eingeladen worden waren. Zuweilen waren es sogar nur Freunde von Freunden. Marte hat mir das alles erzählt ... Ach Fauve, einem Menschen deiner Generation kann man das wirklich kaum erklären ... Was wißt ihr schon vom Krieg?« Mit verschlossener, abwartender Miene sank Kate im Sessel in sich zusammen.

»Was ist so schwer zu erklären?« fragte Fauve kraftlos, und ihr Herz klopfte so stark, daß sie das Gefühl hatte, fliehen zu müssen, als stehe das Haus in Flammen und sie befinde sich in Lebensgefahr. Kate holte tief und energisch Luft und fuhr dann, den Blick auf den Teppich gesenkt, ruhig fort:

»Dein Vater befahl Marte und Jean, den Weg nach La Tourrello unten an der Hauptstraße zu verbarrikadieren, damit kein Flüchtling, Jude oder nicht, hierherkommen und ihn stören, in seiner Arbeit unterbrechen konnte. Dein Vater wußte, wenn er ein einziges Mal schwach wurde und gestattete, daß ein einziger Jude nur eine einzige Nacht unter seinem Dach verbrachte, geriet er selbst in große Gefahr, denn jeder Franzose, der einem Juden half, setzte sein eigenes Leben aufs Spiel.«

»Aber was ist denn mit den vielen Franzosen, die trotzdem Juden halfen?« wollte Fauve gepreßt wissen.

»Kleine Leute, Fauve, kleine Leute, die nicht soviel zu verlieren hatten wie dein Vater. Er mußte wählen: Entweder malte er, oder er riskierte sein Leben. Ich selbst bin fest davon überzeugt, daß er die richtige Wahl getroffen hat, und hoffe zu Gott, daß du derselben Meinung bist. Er kam zu der Einsicht, daß seine Loyalität einzig der Arbeit zu gelten hatte und nicht der Beherbergung von Menschen, für die er keinerlei Verantwortung trug. Sie hätten seinen Seelenfrieden gestört. Warum, glaubst du, hat es acht Jahre gedauert, bis er zu dir kam? Er fürchtete um seinen Seelenfrieden, sein Konzentrationsvermögen. Diese Juden hätten ihn vom Malen abgehalten, selbst wenn sie niemals geschnappt worden wären, selbst wenn kein Mensch davon erfahren hätte. La Tourrello liegt sehr einsam, aber im Dorf wird früher oder später über alles geredet. Irgend jemand hätte ihn bei den Behörden anzeigen können. Und deswegen, Fauve, hat er sich so sehr aufgeregt darüber, daß du unentwegt von den Juden reden mußtest...«

»Woher willst du das alles wissen? Du warst nicht hier! Ich glaube dir kein einziges Wort!«

»Ach, Fauve, warum sollte ich dich belügen? Die Arbeit

deines Vaters stand auf dem Spiel, begreifst du nicht, was das bedeutet? Nichts könnte wichtiger sein als das.«

»Lügnerin!«

»Wenn du mir nicht glauben willst – frag doch Adrien Avigdor.«

»Wie bitte?«

»Du hast mich schon verstanden. Er war der beste Freund deines Vaters, vor dem Krieg. Aber dein Vater mußte auch ihn abweisen, ihm den Eintritt hier verwehren. Das hat Avigdor mir 1946 in Paris selbst gesagt, und seit du mit Eric befreundet bist, hab ich eine entsetzliche Angst ausgestanden, der alte Herr könnte dir etwas erzählen. Er war furchtbar verbittert darüber, als ich ihn das letztemal sah. Er tat, als sei es allein die Schuld deines Vaters, daß viele von diesen unglücklichen Menschen verhaftet und deportiert wurden – sie wären wahrscheinlich ohnehin umgekommen, ganz gleich, was dein Vater damals getan hat.«

»Deportiert ... gestorben ... verhaftet ...«

»Ich mußte es dir sagen, Fauve! Wir dürfen ihm bei den Mahlzeiten keine derartigen Geschichtslektionen mehr vorsetzen. Gibst du mir jetzt dein Wort ...«

Kates Satz blieb unbeendet, während sie Fauve nachsah, die zum Schlafzimmer hinausstürzte. Nein, dachte sie, ich glaube nicht, daß ich etwas Wichtiges ausgelassen habe.

Als Fauve die Tür zum Atelier aufstieß, arbeitete Mistral, neu inspiriert, an Fauves Porträt. Daß er fähig war, sich an Fauves Suche nach einer Identität zu beteiligen, hatte sich als das Element erwiesen, das seiner Arbeit in den vergangenen Wochen gefehlt hatte, und nun hatte er das Bild in einem einzigen Tag bewältigt.

»Gott sei Dank, daß du wieder da bist! Ich hab dir so viel zu erzählen.« Er warf den Pinsel hin und ging auf sie zu, um sie zu küssen. Sie war an der Tür stehengeblieben und hob abwehrend die Hand.

»Vater! Hast du dich während des Krieges geweigert, jüdischen Flüchtlingen Obdach zu gewähren, hast du sie am Tor klingeln hören und sie nicht eingelassen?«

Mistral fuhr auf. Durch den Schock, den Fauves Kampfansage in ihm auslöste, war er nur noch zu einem einzigen Gedanken fähig.

»Avigdor!« brüllte er. »Was zum Teufel hat er dir erzählt?«
»Dann stimmt es also!« stellte Fauve erregt fest. Als er Avigdors Namen nannte, war all ihre verzweifelte Hoffnung erloschen. »Denkst du überhaupt manchmal an sie, die Juden, die deinetwegen sterben mußten?«

Sie wandte sich ab, jedoch nicht schnell genug, um nicht die Wahrheit zu erkennen, die so eindeutig im Gesicht des Vaters geschrieben stand. Er streckte die Hand nach ihr aus, doch sie war schon fort. Und er wagte ihr nicht zu folgen! Zitternd, unentschlossen stand er in der Mitte des Ateliers, bis er – mit der Hast eines Menschen in Lebensgefahr – sämtliche Türen und Fenster des Ateliers von innen zu verschließen begann, damit er sicher war vor dem Haß, den er in den Augen seiner Tochter gelesen hatte.

Eric Avigdor, der eine Dreiviertelstunde später eintraf, fand Fauve draußen vor der Mauer von La Tourrello. Sie trug ihren Regenmantel, und neben ihr, auf dem Kies der Einfahrt, standen ihre Koffer.

»Verreisen wir, Liebling?« fragte er fröhlich. Er war bereit, auf alle Kapricen einzugehen, die Fauve sich ausdachte.

»Bitte, Eric – fahr mich zum Bahnhof von Avignon.«

»Auf gar keinen Fall! Wenn du dich mit deiner sogenannten Schwester gestritten hast, werde ich sofort hineingehen und ihr einen Fingernagel brechen.«

»Nicht, Eric – bitte nicht scherzen...« Fauve senkte den Kopf, und in plötzlicher Angst teilte Eric den Haarvorhang, der ihr Gesicht fast ganz verbarg. Bei seiner Berührung schluchzte sie ein einziges Mal herzzerreißend auf, und er sah, daß sie lange geweint haben mußte, bevor er kam.

»Großer Gott, was ist denn passiert?« fragte er sie besorgt, aber sie schüttelte nur stumm den Kopf, stieg in den Wagen und kauerte sich auf den Sitz. Er warf die Koffer in den Fond und wollte sie in den Arm nehmen und trösten, aber sie wehrte ihn ab. »Bring mich fort von hier«, verlangte sie in einem Ton, der ihn veranlaßte, ohne ein weiteres Wort loszufahren. »Bitte, Fauve, sag mir doch, was geschehen ist! Ich möchte dir helfen, Liebling. Ich weiß, daß ich das kann.«

»Nein, Eric.« Ihre Stimme schien nicht mehr zu ihrem Körper zu gehören.

»Hast du kein Vertrauen zu mir, Fauve? So schlimm kann es doch sicher nicht sein.«

»Ich kann nicht darüber sprechen.« Sie hatte aufgehört zu weinen, aber ihr Gesicht zeigte einen so abgrundtief hoffnungslosen, zerquälten Ausdruck, daß er erschrak, wenn er sie ansah. Er bremste und hielt am Straßenrand.

»Ich werde keinen Schritt weiterfahren, bis du mir sagst, was eigentlich los ist, Fauve. Ich habe noch nie jemand in einem derartigen Zustand erlebt.«

Sie öffnete den Wagenschlag und sprang hinaus. Dann griff sie nach einem von ihren Koffern. Er packte ihren Arm und zerrte sie in den Wagen zurück. »Was soll das heißen? Bist du verrückt geworden? Fauve!«

»Hör bitte auf, mir Fragen zu stellen!«

»Schon gut, schon gut. Ganz wie du willst. Aber, warum willst du nicht mit mir reden? Du weißt doch, wie sehr ich dich liebe!«

Bei diesem Angebot von Zärtlichkeit verlor Fauve die Beherrschung und überließ sich einem Sturm wildesten Schmerzes und tiefer Verzweiflung. Erst als sie sich dem Stadtrand von Avignon näherten, hatte sie sich zu einem Ausdruck verwischter, niedergeschmetterter Leere beruhigt.

»Bitte, laß mich am Bahnhof aussteigen. Dann kann ich auf den Abendzug warten.«

»Ich bleibe bei dir.«

»Bitte nicht!«

»Du kannst mich nicht daran hindern.«

Sie setzten sich auf eine Bank vor dem Stationsgebäude. Fauve starrte stumm und von jedem Kontakt abgeschnitten vor sich hin, als sei sie in einem Betonblock gefangen. Eric wollte ihre Hand halten, doch sie wich hastig vor seiner Berührung zurück. Nur ihr Haar, das mit seiner unlöschbaren Flamme brannte, bestätigte ihm, das dies Fauve war, das immer lustige, ausgelassene Mädchen mit dem fröhlichen Herzen und den komischen Einfällen. Selbst wenn sie ernst oder bekümmert war, war sie jederzeit bereit gewesen, komplizierte Gefühle rückhaltlos zu analysieren; jetzt aber befand sie sich in einer Art Eispanzer von Trance, den er mit all seiner unendlichen Liebe nicht zu durchdringen vermochte.

Fauve fühlte sich vernichtet von der Last einer Schuld, so tief, daß sie sich kaum von der Schuld selbst unterschied. Sie fühlte sich beschmutzt, weil sie die Tochter ihres Vaters war, seine ungeheure Liebe gab ihr das Gefühl, von seiner Verderbtheit befleckt zu sein. Kates enthüllende Worte, ein widerliches Geheimnis um das andere, füllten ihren Kopf wie knirschende, mahlende Steine, die sich eine grausame Ewigkeit lang aneinander reiben würden.

»Wohin willst du?« fragte Eric.
»Nach New York.«
»Hast du ein Flugticket?« Sie nickte. »Eine Fahrkarte für die Bahn?«
»Die kann ich im Zug lösen?«
»Ich werde dir jetzt gleich eine besorgen.«
»Nein.«
»Fauve, bitte! Erlaube mir, etwas für dich zu tun, sonst werde ich hier noch verrückt!«

Achselzuckend erklärte sie sich einverstanden, und er lief los, um ihr die Fahrkarte zu kaufen, einen Vorrat an Sandwiches und Mineralwasser für die Bahnfahrt und, in einem Anfall hilfloser Trauer, jede Zeitschrift, die er finden konnte, obwohl er jetzt schon genau wußte, daß sie bis nach Paris regungslos dasitzen würde. Man hatte ihr irgend etwas Furchtbares angetan, und seine liebende Intuition sagte ihm, daß nichts auf der Welt ihm je dasselbe Mädchen zurückgeben konnte, das er vor wenigen Stunden erst vor dem Tor von La Tourrello abgesetzt hatte.

»Danke«, sagte Fauve tonlos, als er mit seinen Einkäufen zurückkehrte. »Tut mir leid, Eric.«
»Wirst du meine Briefe beantworten?«
»Ja.«
»Wirst du hin und wieder innehalten, Fauve, und daran denken, daß ich dich liebe, daß ich niemals aufhören werde, dich zu lieben? Wenn du nur einige Jahre älter wärst! Ich würde dich für immer bei mir behalten. Das weißt du doch, oder?«
»Ja, Eric«, antwortete sie, doch sein Herz zog sich zusammen, als er ihre passive, weit entfernte Stimme hörte. Sie sagte ganz einfach ja zu allem, um ihn loszuwerden.

Als der Zug hielt, ging Eric voraus, hob ihre Koffer ins Gepäcknetz eines Erster-Klasse-Abteils, suchte ihr einen Platz aus und verstaute ihren Proviant.

Sie sank schlaff auf den Sitz, während er unschlüssig vor

ihr stehenblieb, bis er den Stationsvorsteher zur Abfahrt des Zuges pfeifen hörte. Da ergriff er sie bei den Ellbogen, damit sie aufstand und ihn ansah.

»Wir sind nicht mehr nach Lunel gekommen«, sagte er.
»Nein.«

Als er sie küßte, setzte sich der Zug langsam in Bewegung. Erst als er schneller wurde, ließ Eric sie los. »Ich hab dir versprochen, daß wir hinfahren, und wir werden es tun. Du bist meine eine, einzige Liebe, Fauve. Vergiß mich bitte nie!« Er rannte den Gang entlang, sprang ganz am Ende des Bahnsteigs ab und blieb, während ihm die Tränen über die Wangen liefen, dort stehen, um dem Zug nachzusehen, der nach Norden fuhr und sein Herz mitnahm.

An einem anderen Spätsommertag, ein Jahr darauf, saß Kate Mistral allein beim Frühstück und wartete, bis Mistral das Haus verließ. Seit Monaten blieb er von morgens bis abends fort. Er befand sich in einer langen, unproduktiven Phase und hatte seit Monaten sein Atelier nicht mehr betreten. Kate war zu realistisch, um nicht einzusehen, daß diese Trockenheit nicht zufällig eingesetzt hatte, als Fauve La Tourrello verließ. Seitdem hatte Mistral sechsmal an Fauve geschrieben, aber die Briefe kamen ungeöffnet zurück. Als Fauve verschwand, hatte er ihr lediglich gesagt, es handle sich um ein für Teenager typisches Mißverständnis, einen dummen Streit darüber, daß sie so oft mit dem jungen Avigdor zusammen sei und sich zu sehr in die Familie Avigdor hineinziehen lasse.

Vor einigen Wochen hatte er schließlich an Maggy geschrieben, und seitdem wartete Karte voll Angst auf eine Antwort, die möglicherweise ihren Anteil an Fauves Abreise aufdeckte. Gestern nun, kurz bevor Kate zu einem Termin in Apt aufbrach, war Maggys Antwort endlich gekommen, doch Mistral hatte den Brief ungeöffnet eingesteckt.

Gestern abend beim Essen, das wie immer in diesem vergangenen Jahr schweigsam und trübselig verlief, war Mistrals Miene zornig, müde und bitter gewesen. Was mochte Maggy geschrieben haben? Sie *mußte* es in Erfahrung bringen.

Sobald Kate hörte, daß Mistral davonfuhr, lief sie in sein Zimmer hinauf und schloß sich ein. Hier herrschte, wie immer, eine peinliche, unpersönliche Ordnung, denn sein richtiges Leben spielte sich hier nicht ab. Auf dem Nachttisch lag kein Brief, nur das Buch über die Juden von Avignon, das Fauve zurückgelassen hatte. Kate konnte nicht verstehen, warum er es aufhob. Es sah Julien gar nicht ähnlich, daß er sich selbst quälte. Auch seine Schreibtischplatte war leer. Rasch durchsuchte sie die Schubladen und entdeckte schließlich tief unter einem Stoß unbeantworteter Verehrerpost aus aller Welt den Umschlag, den er gestern eingesteckt hatte. Er war geöffnet. Hastig überflog sie den kurzen Brief.

Julien,
nein, ich habe keine Ahnung, warum Fauve Deine Briefe nicht beantwortet und sie nicht einmal liest. Ich habe versucht, mit ihr über den letzten Sommer zu sprechen, aber sie weigert sich hartnäckig, mir irgend etwas zu erzählen, und sagt immer nur, daß sie nicht darüber sprechen will. Sie ist sehr bedrückt und durcheinander, mehr, als ich es beschreiben kann, und fühlt sich jedesmal, wenn Du ihr schreibst, noch elender. Als sie sah, daß Du mir geschrieben hast, sagte sie nur, ich solle Deinen Brief beantworten, wie ich wolle, doch wenn Du ihr in Zukunft schreibst, wolle sie nicht mehr davon erfahren. Von nun an soll ich Deine Briefe zurückgehen lassen und ihr nicht mal etwas davon sagen.

Von dem, was zwischen Euch vorgefallen ist, weiß ich nichts, und ich beabsichtige auch nicht, mich einzumischen. Was Du auch getan haben magst, das Fauve so sehr gegen Dich aufgebracht hat, ist geschehen und kann nicht mehr rückgängig gemacht werden. Meine eigenen Erfahrungen mit Dir sind von einer Art, daß ich nicht glaube, daß es daran irgendeinen Zweifel gäbe.

Maggy

Kate las den Brief zweimal durch, legte ihn zurück und schlüpfte zum Zimmer hinaus, um sich am Swimmingpool in die Sonne zu setzen.

Jetzt bin ich in Sicherheit, dachte sie. Nie mehr würde es Briefe geben, vor denen sie Angst haben mußte, nie würde Fauve ihrem Vater schreiben und ihm erklären, von wem sie vor einem Jahr alles erfahren hatte. All seine Bilder, das Land, die Aktien, die Bankkonten – alles war dadurch gerettet vor der Aufteilung, würde unangetastet Nadines Erbe werden.

Die Ironie der ganzen Sache ging ihr jetzt erst auf, und sie brachte es fertig, ganz gelassen in der Sonne zu sitzen, obwohl sich gestern in Apt bei ihrem Besuch bei Dr. Elbert etwas Unvorhergesehenes ereignet hatte. Elbert war der Arzt, der Nadine zur Welt gebracht hatte und den sie allen anderen Spezialisten von Avignon vorzog. Als sie vergangene Woche abermals blutete, fünfzehn Jahre nach der Menopause, hatte sie widerwillig den Arzt aufgesucht, den sie seit Jahren nicht mehr konsultiert hatte. Gebärmutterkrebs, hatte er gestern diagnostiziert, und zwar so weit fortgeschritten, daß er sich auf die Leber ausgedehnt hatte. Wie lange sie noch zu leben hatte? Ein Jahr vielleicht, etwas mehr oder weniger. In diesem Stadium der Krankheit war nichts mehr zu machen. Sie hätte sich eher untersuchen lassen müssen, doch selbst dann... wer kann das mit Sicherheit sagen?

Ja, so war das. Kate blickte sich um. Alles in Ordnung, ein reiches Imperium, prachtvoll, gesichert und hundertprozentig intakt. Zum erstenmal, seit Teddy Lunel La Tourrello betreten hatte, konnte sich Kate in dem Bewußtsein sicher fühlen, daß alles voll und ganz in ihrem Besitz war... für ein Jahr – oder ein bißchen mehr oder weniger.

Siebenundzwanzigstes Kapitel

Es war Mitte Juni 1974, Fauve Lunels einundzwanzigster Geburtstag, und im ersten Stock des *Russian Tea Room* drängten sich etwa zweihundert Personen.

Durch seine dicke Brille musterte Falk, von seinen besten Freunden immer noch Melvin genannt, die lautstarke Horde, die so typisch war für New York. Hier, dachte er sich, genau hier sind all die jetzt versammelt, in deren Macht es liegt, das Image zu bestimmen, dem gleichzukommen die amerikanische Frau sich jeden Morgen beim Aufwachen wünscht.

Als er Diana Vreeland und Cheryl Tiegs küßte, reckte er sich den beiden ebensowenig verlegen entgegen wie eine kleine Frau, die einen großen Mann küßt. Als er Lauren Hutton umarmte, deren ganz spezieller Gesichtsschnitt ihn immer entzückte, sagte er sich, die Frauen glaubten zwar, selbst zu bestimmen, welches Idealbild sie äußerlich anstrebten, in Wirklichkeit jedoch waren es Fotografen wie er, die für die neuen Moderichtungen verantwortlich waren und die Frauen veranlaßten, zum Friseur, in die Parfümerien und Warenhäuser zu eilen. Dabei war ihm klar, daß nicht einmal er so einflußreich war wie Maggy Lunel, die einfach, indem sie neue Fotomodelle auswählte und sie zu den richtigen Leuten schickte, entscheiden konnte, wie das aussah, was letzten Endes von aller Welt für das weibliche Schönheitsideal gehalten wurde.

Doch lag die *eigentliche* Macht wirklich in den Händen der Mode- oder Schönheitsredakteurinnen, die bestimmten, daß dieses Mädchen eingesetzt wurde statt jenes, und nicht vielmehr, sinnierte er, als er Christina Ferrare auf jede strahlende Wange einen Kuß drückte, in den Händen dieser exquisiten Geschöpfe, die sich der Kamera darboten? Wo wäre das gesamte Establishment der Modezeitschriften, Werbeagenturen, Kosmetikfirmen, Fotografen und Modellagenturen ohne den unerschöpflichen Vorrat an schönen Mädchen, die bereit waren, ihr junges Leben zu opfern und sich in Idole für andere Frauen verwandeln zu lassen? Wie dem auch sei, heute abend waren sie alle hier in diesem Raum versammelt. Alle, das hieß, bis auf Fauve. Wo war Fauve?

In den letzten fünf Jahren hatte Falk sie seltener gesehen, als ihm lieb war. Während sie heranwuchs, hatten sie fast jeden Samstagnachmittag miteinander verbracht, seit dem Frühherbst 1969 jedoch hatte sie der Kunst den Rücken gekehrt. Die Schuld an diesem plötzlichen und erschreckenden Verlust des Interesses schob Falk dem Besuch jenes Marksteins von Ausstellung namens »New York Painting and Sculpture: 1940–1970« zu, die Henry Geldzahler im Metropolitan Museum veranstaltet hatte.

Auch Falk selbst, der Veteran aller Kunst-Spektakel, war von der beispiellos übertriebenen Aufdringlichkeit des Abends völlig zerschlagen gewesen, verwirrt von den Exzessen, betäubt von der barbarischen Rockband und fußlahm von der immensen Größe der Show; doch Fauve hatte beinahe hysterisch darauf reagiert und erklärt, sie wolle nie wieder ein Gemälde oder eine Skulptur ansehen. Er hatte vermutet, daß das nur bis zur nächsten interessanten Ausstellung galt, doch mußte er mit der Zeit einsehen, daß ihr Abscheu nicht nur anhielt, sondern sich noch vertiefte und in eine gewisse Schwermut verwandelte, fast als betraure sie den Tod der Kunst. Sie hatte behauptet, alle großen Bilder seien bereits gemalt, alle Erfindungen seien gemacht, alle großen Themen komponiert, alle graphischen Möglichkeiten erschöpft worden, so daß die neuen Künstler lediglich mit dem Kehricht vom Boden der Ateliers vergangener Meister arbeiteten.

Falk hatte über Fauves Ideen gelacht, bis er merkte, daß sie auch aufgehört hatte, an ihren eigenen Bildern zu arbeiten. Als er sie danach fragte, hatte sie sehr direkt geantwortet, sie wolle nie wieder malen. Wie könne sie weitermalen, wenn sie nichts Neues zu bieten habe? Obwohl Falk stets der unverkennbare Einfluß Mistrals auf ihre Arbeit aufgefallen war, hatte er darüber hinaus jedoch erkannt, daß hier ein echtes, eigenständiges Talent ans Licht strebte. Er wußte genau, es war nur eine Frage der Zeit, bis sie sich freikämpfte, bis alles, was an ihren Arbeiten persönlich und frisch war, so stark wurde, daß sie sich von ihrem Vater zu lösen und eigene Wege zu gehen vermochte.

Falk überlegte weiter, daß das, was seiner festen Überzeugung nach einen echten Verlust für die Welt der Kunst darstellte, für das Geschäft der Modellagentur ein eindeutiger Gewinn geworden war.

Wer hätte sich damals, als Fauve mit siebzehn die High School abschloß, vorstellen können, daß sie es vorziehen würde, für Maggy zu arbeiten, statt aufs College zu gehen? Und wer hätte erwartet, daß sie so phantastisch gut darin sein würde? In den letzten vier Jahren hatte sie das Geschäft nicht nur durch und durch kennengelernt, sondern Neuerungen eingeführt, durch die die Lunel Agency ihrer Konkurrenz immer um einen Schritt voraus war, so daß Maggy allmählich zum stellvertretenden Kommandeur zu werden schien. Inzwischen bezog sich der Name Lunel immer mehr ebenso sehr auf Fauve wie auf Maggy.

Falk entdeckte, daß neben ihm Dick Avedon und Irving Penn standen, die einzigen Fotografen, die sich ebenso lange wie er an der Spitze gehalten hatten, die einzigen außer ihm, an denen jedes neue Talent unweigerlich gemessen wurde. Während er sich mit ihnen unterhielt, sann er darüber nach, wie selten in dieser Welt, in der die Veränderung die Regel war, Langlebigkeit, Stehvermögen und anhaltende Spitzenleistung zu finden waren. Und doch nahm Maggy Lunel noch immer ihre alte Vormachtstellung ein.

Sie war jetzt in einem Alter, das man am besten als alterslos beschreiben konnte: rätselhaft, strahlend, triumphierend alterslos. Und so würde sie noch mindestens zwei Jahrzehnte lang bleiben, um dann ganz zweifellos zur lebenden Legende werden.

Als er sie heute abend begrüßte, war ihrer beider Lächeln wie immer von einem unausgesprochenen, niemals verblassenden Kummer umwölbt: *Wenn Teddy doch dabeisein könnte!*

Falk schob diesen Gedanken energisch beiseite, wie er es schon so viele tausend Mal getan hatte, und sah sich suchend nach dem einzigen Menschen in diesem Gedränge um, an dem ihm lag. Er liebte seine vier Kinder aus drei Ehen mit Fotomodellen, wirklich, doch Fauve hatte sich in seinem Herzen eingenistet; durch irgendeinen Prozeß von Wunschdenken, den er nie näher zu erforschen wagte, war sie schon immer die Tochter gewesen, die er mit Teddy Lunel gehabt hätte. Doch wo war Fauve?

Maggy Lunel warf einen letzten Blick auf ihr Bild in dem vom Boden zur Decke reichenden, dreiteiligen Spiegel, bevor sie die Wohnung verließ, um zu Fauves Geburtstagsparty zu fahren. Sie war also eine Frau mit einer einundzwanzigjährigen Enkelin, wie? Na schön, um so besser! Sie drehte sich auf dem Absatz, um die Rückseite ihrer Jacke zu kontrollieren, die aus mehreren Lagen hauchzart-fließendem, schwarzseidenem Crêpe de Chine bestand, aufgehellt von überdimensionalen Blüten in verlaufenden, orientalischen Schattierungen von Pflaumenblau, Lavendel und tiefem, ins Purpur changierendem Violett. Sie empfand, als sie sich mit der Hand über den Hinterkopf strich, wo sich ihr Haar im Nacken zu einem eleganten Pagenschnitt nach innen bog, als hätte sie in einem nicht näher zu bestimmenden Alter innerlich auf einmal aufgehört, älter zu werden.

Sie hob einen Zipfel ihrer Jacke und inspizierte die mit einem Blattmuster bedruckte Innenseite. Also, das war wirklich Perfektion, denn selbst das Futter war, obwohl es von niemandem bemerkt werden würde, von Karl Lagerfeld von Chloé, der diese an einen Kimono erinnernde Création sowie die zugehörige Tunika geschaffen hatte, eindeutig mit viel Liebe entworfen worden. Jawohl, diese Robe war ein Erfolg, weil die schlanken, festen Umrisse des Körpers darunter dem Zahn der Zeit widerstanden hatten; doch als Maggy sich das Brillantenkollier von Van Cleef and Arpels umlegte, mußte sie trotzdem zugeben, daß ihr inneres Alter nicht ganz mit dem äußeren, das ihr Hals verriet, in Einklang stand.

Als Maggy sich bei diesem flüchtigen Gedanken ertappte, fragte sie sich amüsiert und gleichzeitig ärgerlich, ob sie gerade jetzt etwa eitel wurde, an Fauves einundzwanzigstem Geburtstag, obwohl dieses Alter bei Fauve durchaus nicht den Beginn der Reife oder des Erwachsenseins markierte. O nein, dieser Übergang hatte bereits vor fünf Jahren stattgefunden, und Maggy wußte heute noch nicht mehr über die Ursache dafür als damals, als Fauve unerwartet früh von ihren Sommerferien in Frankreich zurückgekehrt war. Anfangs hatte Maggy sie mit Fragen bombardiert, doch Fauve hatte sich hartnäckig und mit einer bleischweren und unbeweglichen Beharrlichkeit geweigert, darüber zu sprechen. Doch als sie im Laufe der Wochen Veränderungen an Fauve entdeckte – den Verlust ihrer Jungmädchenträume, ihrer unschuldigen Verspieltheit –, begriff sie, daß sie schon wieder einmal ein geliebtes Kind nach Europa geschickt hatte, und daß dieses Kind durch Julien Mistrals Schuld verändert, erschreckend verändert zu sein schien. Nur daß das Kind diesmal wenigstens nach Hause zurückgekehrt war.

Nach einem Jahr mußte Maggy die Tatsache hinnehmen, daß sie vermutlich niemals erfahren würde, was wirklich passiert war. Fauve, so spontan, so freimütig, so lebhaft, daß sich jeder begeisterte Gedanke, der ihr Herz berührte, auf ihrem Gesicht abzeichnete, hatte irgendwie gelernt, ein Geheimnis zu bewahren. Es war ein zutiefst deprimierendes Jahr gewesen, aber das Geheimnis ihres Schmerzes war nie gelüftet worden. Fauve war nie wieder nach Frankreich gereist. Nachdem Maggy Mistrals Brief beantwortet hatte, war jede Verbindung zwischen ihm und seiner Tochter so vollständig abgerissen, als hätten die acht Sommer in Félice nie existiert.

Fauve, so flexibel, so liebenswert und so schnell bereit, zu verzeihen, zeigte sich ihrem Vater gegenüber unversöhnlich. Sie hatte ihn aus ihrem Leben gestrichen.

Während der ersten Jahre hatte Fauve häufig Briefe erhalten und beantwortet, von diesem Jungen, den sie drüben kennengelernt hatte – ausgerechnet den Sohn des alten Avigdor! Inzwischen aber kam fast überhaupt keine Post mehr von ihm – Maggy wußte nicht mal genau, ob sie sich überhaupt noch schrieben. Und schließlich hatte Fauve die Depressionen, in die sie versunken gewesen war, doch noch abgeschüttelt.

Die Zeit ... teilweise war es die Zeit gewesen, entschied Maggy, teilweise die gesegnete Flexibilität der Jugend und vor allem die Heilsamkeit der Arbeit. Als Fauve verkündete, sie wolle nicht aufs College gehen, sondern Geld verdienen, hatte Maggy einen bekümmerten Augenblick lang gedacht, Fauve wolle als Fotomodell arbeiten. Sie hätte es nicht verhindern können. Fauve strahlte ganz unbestreitbar jene Faszination aus, mit der sie ihre Zeit ebenso prägen konnte wie Suzy Parker und Teddy die fünfziger und Jean Shrimpton die Mitte der sechziger Jahre geprägt hatten. Zum Glück hatte Fauve jedoch nur in ihre Firma eintreten wollen. Sie lehnte es ebenso strikt ab, die Privilegien der Schönheit als Quelle der Identität zu benutzen, wie sie es abgelehnt hatte, ihr künstlerisches Talent fortzubilden. Fauve hatte keinerlei Lust, ihre äußere Erscheinung zu vermarkten, sondern hatte sich voll ins Agenturgeschäft gestürzt. Sie legte eine Geschicklichkeit und einen Eifer an den Tag, über die Maggy staunte, und bekam im Laufe der ersten zwei Jahre Gelegenheit, jede Abteilung der Agentur gründlich kennenzulernen. Als Fauve im Frühsommer 1972 neunzehn wurde, hatte sich Maggy ganz daran gewöhnt, Fauve sogar Entscheidungen zu überlassen, die sie sich sonst ausschließlich selbst vorbehielt. Bei der Arbeit gab Fauve sich auf eine Art energisch, durchsetzungsstark und tüchtig, die von einer Reife weit über ihre Jahre hinaus zeugte.

Damals hatte Maggy es zum erstenmal nach sehr langer Zeit gewagt, Urlaub zu nehmen, und als sie nach zwei Wochen London mit Darcy zurückkehrte, florierte die Agentur, und Fauve gab sich selbstsicher und gelassen. Maggy war von einem Glücksgefühl erfüllt, das sie fast schwindeln ließ, einer berauschenden, köstlichen Erleichterung, die ihr Flügel verlieh und in ihr den Wunsch nach Aktivitäten weckte, für die sie sich in all den Jahren seit der Gründung ihrer Agentur niemals viel Zeit hatte nehmen können.

Sie genoß es, am Morgen herrlich lange zu schlafen, im Büro erst zwei Stunden vor dem Lunch mit einer Freundin zu erscheinen, mit der sie bis in den Nachmittag hinein so unbekümmert plauderte, als hätte sie das ihr Leben lang so gemacht. Sie warf sämtliche Hüte und Handschuhe hinaus – was hatten die in ihrem Kleiderschrank zu suchen? Sie legte sich eine neue Frisur zu und ließ sich sogar das Haar anders färben: statt in dem strengen Kastanienbraun, das zu ihr als Agenturchefin gepaßte hatte, in einer weicheren, kunstvoll mit Tizianrot und Hellbraun vermischten Farbe, in die sich einzelne silbrige Strähnen stehlen durften, als hätte man sie übersehen. Viele Stunden verbrachte Maggy damit, sich eine neue, weniger strenge Garderobe zuzulegen, und engagierte Susie Frankfort, um ihrer imposanten, beinahe zu würdevollen Wohnung ein bißchen exzentrischen originellen Charme zu verleihen. Ach, welch eine Wonne ist es doch, nach und nach die Last abzuwerfen, die ich so lange allein tragen mußte, dachte Maggy.

An einem Abend gegen Ende des Frühlings, der für Maggie zu einer Wiedergeburt geworden war, ging sie mit Darcy zum Dinner ins ›21‹. Walter Weiss, der Oberkellner, führte sie sofort an ihren Tisch, denselben Tisch, an dem sie an jenem ersten gemeinsamen Abend im Jahre 1931 saßen.

Darcy saß, wie es seit zweiundvierzig Jahren seine unveränderliche, beinahe geheiligte Gewohnheit war, an Tisch 7 im vordersten Teil der Bar, links vom Eingang und in der Mitte der Seitenwand. Es war ein erstklassiger, strategischer, unübersehbarer und äußerst geschätzter Aussichtsplatz, um den sich schon viele andere einflußreiche Männer umsonst beworben hatten.

In den ersten beiden Sektionen der Bar war jeder Tisch äußerst begehrenswert, denn das ›21‹ war das einzige Speiselokal von New York, das sich den Ruhm und Glanz seiner Legende bewahrt hatte, während es die Jahrzehnte mit der steten Gelassenheit eines Ozeanriesen durchpflügte, auf dem nichts passieren kann: eine Welt für sich, ein Zustand, den kein anderes Restaurant der Vereinigten Staaten jemals erreicht hat und auch niemals erreichen wird. Die Gewißheit, jedesmal zu einem bestimmten, auserlesenen Tisch in der Bar des ›21‹ geführt zu werden, war etwas, das man mit Geld nicht kaufen konnte, ein Statussymbol, das mehr wert war als die Mitgliedschaft in den exklusivsten Clubs oder ein Platz im prominentesten Aufsichtsrat, denn es war das Zeichen für eine feste Position ganz oben in der Machtstruktur des Landes. Darcys Anrecht auf Tisch 7 war integraler Bestandteil seines Lebens, und als er sich auf der Polsterbank niederließ, stieß er einen zufriedenen Seufzer aus.

»Warum«, erkundigte Maggy sich vorwurfsvoll, »müssen wir immer in dieser Bar sitzen? Ist dir klar, daß wir noch kein einziges Mal oben im Hauptrestaurant gegessen haben?« Darcy sah sie so verdutzt an, als hätte er Tisch 7 von einem Rockstar besetzt vorgefunden. »Wie ich hörte«, fuhr Maggy mit sehnsüchtigem Ausdruck fort, »soll es oben sehr angenehm sein. Nicht so laut und viel geräumiger. Onassis speist immer oben, und Dr. Armand Hammer, und Mrs. Douglas

MacArthur und Nelson Rockefeller... Nur wir müssen immer hier unten hocken. Eigentlich zu schade!«

»Aber du hast noch nie oben essen wollen, du hast das Restaurant noch nicht mal gesehen!« Darcy war außer sich.

»Das ist noch lange kein Grund, so was als selbstverständlich vorauszusetzen«, sagte Maggy nörgelnd. Geringschätzig zupfte sie an der leuchtendrot und weiß karierten Tischdecke. »Die Tische oben sind mit wunderschönem, reinweißem Leinen gedeckt, von der schweren, altmodischen Sorte, ganz glatt und gestärkt, das hat wenigstens Lally gesagt. Und auf den Tischen stehen Blumen statt dieser häßlichen, roten Streichholzhalter.« Sie seufzte mit der traurigen Resignation eines armen, kleinen Mädchens, das sich die Nase am Schaufenster eines Schokoladengeschäfts plattdrückt.

»Verdammt noch mal, wenn es dich so unglücklich macht, hier unten zu sitzen, warum zum Teufel hast du nicht schon eher was davon gesagt!« schalt Darcy zornig. »Komm mit, wir gehen sofort nach oben!«

»Nein, nein, viel zuviel Mühe. Das war nur so ein Gedanke, der mir durch den Kopf ging«, wehrte Maggy leise ab. »Außerdem macht es mich nicht direkt unglücklich, hier unten zu sitzen, ich bin nur ein bißchen nervös.« Sie trank ihren Champagner Bollinger Brut 1947, den der Kellner gebracht hatte, sobald er sah, daß Maggy und Darcy an dem Tisch Platz nahmen, an dem sie zwei- bis dreimal die Woche zu speisen pflegten. »Ich möchte wissen, wie Tequila schmeckt«, sagte sie in niedergeschlagenem Ton.

»Ich werde dir einen bestellen«, knurrte Darcy.

»Nein, nein, laß nur, keine Umstände; Champagner ist durchaus gut genug für mich... hast du ja wohl immer angenommen... Hör bitte mit auf mich.«

»Was zum Teufel soll das?« fragte Darcy, der sich herumdrehte, damit er sie ansehen konnte. Maggy saß da, aufrecht und schlank wie stets, und war immer noch eine genauso verwirrende Sirene wie damals, als er sie zum erstemal hierhergeführt und ihr in die großen, auch heute noch grüngoldenen Augen geblickt und sich gefragt hatte, wer zum Teufel Maggy Lunel eigentlich war.

»Ich bin müde...« Sie flüsterte es fast.

»Dann werden wir heimgehen.« Er war beunruhigt. Maggy war niemals müde, es sei denn, sie war krank.

»Ich bin es müde, daß du denkst, ich bin nicht für neue Experimente offen, ich bin es müde, behandelt zu werden, als sei mir jede Änderung der Routine zuwider«, sagte sie leise. »Ich bin es müde, unter ... unter deinem Mangel an Aufmerksamkeit zu leiden, Darcy. Du hältst mich für selbstverständlich«, erklärte sie finster.

»Was für ein absoluter Unsinn!«

»Du willst also alles abstreiten, wie?« Sofort vibrierte sie vor Energie. Die Worte strömten nur so aus ihr heraus. »Das habe ich mir gedacht, ein so unsensibler, gedankenloser, unromantischer Mann wie du ... Da kann man als Frau ja auch gleich mit einem alten Onkel ausgehen ... oder mit dem eigenen Urgroßvater!«

»Wie bitte?« brüllte er.

»Schrei mich nicht an! Wie lange ist es jetzt her, daß du mich zum letztenmal gebeten hast, deine Frau zu werden?« Ihr Gesicht war gerötet von vorwurfsvoller Empörung.

»Wie lange? Seit ich beschlossen habe, mich endlich nicht mehr lächerlich zu machen! Das heißt also, seit ...« Er geriet ins Stottern, so außer sich war er über die Ungerechtigkeit ihrer Beschuldigung.

»Du hast meine Frage nicht beantwortet.« Maggy war unerbittlich.

»Fünfzehn Jahre... Nein, warte. Einmal hab ich dich, glaube ich, noch am Valentinstag gefragt, vor ungefähr zwölf Jahren, ich Esel. Jawohl, jetzt erinnere ich mich ... Du warst besonders bezaubernd an jenem Abend, und ich hab noch einen letzten Versuch gemacht, ich armer, alter, getreuer Trottel, obwohl ich ganz genau wußte, daß ich keine Chance hatte.«

»Aha!« In Maggys Zorn lag Triumph. »Jetzt weiß ich endlich, warum du mich immer wieder gefragt hast! Weil es ungefährlich war und die Geste dich nichts kostete! Das hab ich mir schon immer gedacht, ich wußte schon immer, daß du genauso bist wie die anderen, ich habe dich immer durchschaut. Ich habe genug davon, so vernachlässigt zu werden! Es ist eine Schande!«

»Du ... du ... undankbares Biest!«

»Ist das ein Antrag?« wollte sie mit wutsprühenden Augen wissen.

»Keineswegs!«

»Ach so! Wenn's drauf ankommt, bist du nicht bereit, dich festzulegen, wie?« höhnte sie. »Okay, Darcy, du hast noch genau eine Minute, um zu entscheiden, was dir wichtiger ist.«

»Ist *das* ein Antrag?«

»Nur ein Mann, dem es im tiefsten Herzen an Ritterlichkeit mangelt, kann von einer Frau verlangen, daß sie eine derartige Frage beantwortet. Wie kannst du es wagen!«

»Ober!« Darcy winkte den Kellner heran. »Wir werden zum Essen nach oben gehn. Schicken Sie zwei doppelte Tequila mit Eis hinauf. Madame und ich habe einiges zu besprechen.« Und so, erinnerte sich Maggy, hatten sie vor zwei Jahren geheiratet. Maggy stand noch fast in Trance vor ihrem Spiegel, als Darcy fertig angekleidet für Fauves Geburtstagsparty ins Zimmer kam. Als sie das doppelte Spiegelbild betrachtete, tat ihr Herz einen winzigen, ununterdrückbaren, herrlichen Freudensprung. Wie recht sie gehabt hatte, diesen Mann zu heiraten!

Darcy aß eine von den winzigen, mit frischem Kaviar gefüllten und mit saurer Sahne betupften Kartoffeln, und dann schnell noch eine weitere. Die Party steuerte auf den Moment zu, da man behaupten konnte, sie sei voll in Schwung. Doch wo war Fauve?

Polly Mellen von *Vogue*, die Frau, die es wie keine zweite verstand, das richtige Fotomodell ins richtige Kleid zu stecken, war mit den meisten ihrer Mitarbeiter gekommen, ebenso Tony Mazzola, seit einer Ewigkeit Chefredakteur von *Harper's Bazaar*, Estée Lauder mit ihrer Familie, Gilbert Shawn, Präsident von *Warshaw*, dem Kataloghersteller und wohl produktivsten Auftraggeber für Fotomodelle der ganzen Welt, und – zu Darcys größtem Erstaunen – Eileen und Jerry Ford, deren Modellagentur seit dem Ende der vierziger Jahre Maggys erfolgreichste Konkurrentin war.

Die Tatsache, daß Maggy ihre einzigen großen Rivalen eingeladen hatte, war der deutlichste Beweis dafür, daß sich die Frau, die er seit so langer Zeit liebte, grundlegend verändert hatte, fand Darcy. Hätte man ihn vor drei Jahren gefragt, was er für wahrscheinlicher halte – daß Maggy ihn heirate oder daß sie die Fords zu einer Party einlade –, er hätte sich für die Heirat entschieden, obwohl er sie damals für absolut ausgeschlossen hielt.

Maggys Bruttoeinkommen aus den Gagen der Mädchen belief sich auf nahezu zwei Millionen Dollar pro Jahr, doch die Fords lagen nicht weit dahinter. Jede Agentur verfügte unter ihren mehreren hundert Fotomodellen über eine Gruppe von etwa sechs Topmodellen, die, obwohl sie mehr verdienten als die meisten amerikanischen Männer, immer nur als »Mädchen« bezeichnet wurden, niemals als »Frauen«. Diese Mädchen waren genauso ein Realbesitz wie ein voll vermietetes Bürogebäude, dessen Mieter stets pünktlich die Miete zahlen.

Seit über zwanzig Jahren wetteiferten Maggy Lunel und Eileen Ford nun schon um dieselben kostbaren Stücke dieses Realbesitzes, und da keine der beiden Frauen ein guter Verlierer war, und da jedesmal, wenn eine von ihnen gewann, die andere verlor, versetzte dieser Waffenstillstand, so temporär er auch sein mochte, Darcy in tiefes Erstaunen.

»Wir sind wie die ölproduzierenden Länder«, hatte Maggy ihm erklärt, »Eileen und ich und jetzt, in den letzten sieben Jahren, Wilhelmina sowie seit 1970 sogar Zoli, leiten die einzigen erwähnenswerten Agenturen von New York. Wir können zwar keine Preisabsprachen machen oder ein Monopol bilden, weil das gegen diese lächerlichen Antitrustgesetze verstößt. Aber wir sind unseren Mädchen gegenüber verpflichtet, ein gewisses Niveau zu wahren, damit sie von den Werbeagenturen und Fotografen nicht unfair behandelt werden: Schließlich haben sie nur wenige lukrative Verdienstjahre, bevor sie passé sind. Also sollten wir als ihre Repräsentanten – und das war schon immer meine Meinung – auf angemessen gutem Fuß miteinander stehen.« Jetzt begriff Darcy ihre Gründe: Sie hatte Fauves Zukunft im Auge. Eines Tages würde Fauve die Agentur selbständig leiten, und Maggy wollte sie möglichst gesichert wissen, unbelastet von uralten Fehden.

Jason Darcy wußte, daß er sich glücklich schätzen durfte. Er hatte Maggy vor den Friedensrichter gezerrt, bevor sie sich anders besinnen konnte, doch schon bei der Trauung hatte er sich gefragt, was diese Zeremonie an ihrer Verbindung ändern könnte, die nun schon so unendlich lange bestand. Während er die obligatorischen Sätze nachsprach, dachte er an endlose Beispiele von Paaren, die lange und liebevoll zusammengelebt hatten, bis sie den Fehler machten, die Ehe einzugehen. Doch Maggy, diese strahlende, sehnsüchtige, kleinmädchenhafte Frühlings-Maggy, die eines Abends im ›21‹ ans Licht gekommen war, wollte unbedingt seine Frau werden, und er hatte es nicht gewagt, zu viele Einwände zu erheben.

Und es *war* anders. Es war ganz einfach *schöner*. Schöner, zu wissen, daß sie ihm endlich vertraute; schöner, zu wissen, daß sie nun schließlich doch bereit war, sich ein bißchen auf ihn zu verlassen; schöner, am Morgen nicht in einem anderen Zimmer in einer anderen Straße zu erwachen und nicht zu wissen, was die Liebste tat oder empfand, bis er zum Telefon griff. Er fand, die Ehe sei etwas so Köstliches, daß sie nur Menschen mittleren Alters erlaubt sein dürfte. Den jungen Leuten müßte es gesetzlich verboten sein, ihre Liebe zu legalisieren, denn sie konnten unmöglich den Charme der Ehe zu schätzen wissen. Eine Belohnung für Loyalität und Liebe müßte sie sein, reserviert für jene, die einander treu geblieben waren. Er war allerdings vernünftig genug gewesen, diese Ideen für sich zu behalten. Sein Ruf als bärbeißiger, harter Mann wäre ruiniert, falls sie jemals bekannt werden sollten.

»Wo in aller Welt steckt Fauve?« erkundigte sich eine Männerstimme hinter ihm.

»Ich dachte, sie ist bei dir«, antwortete Darcy und wandte sich Ben Litchfield zu, seinem ehemaligen Protegé, der unter seinen Augen vom Annoncen-Acquisiteur der Werbeabteilung des *Woman's Journal,* der größten und erfolgreichsten Frauenzeitschrift des Landes, zum Chefredakteur aufgestiegen war und die gesamte Welt der Frauenzeitschriften in Verwirrung gestürzt hatte, indem er noch vor seinem dreißigsten Geburtstag ganz oben an die Spitze gelangt war.

»Ich wünschte, es wäre so«, sagte er. »Aber ich hab sie seit Montag nicht mehr gesehen.«

Benjamin Franklin Litchfield war der eifrigste und scheinbar erfolgreichste von Fauves zahlreichen Bewunderern, obwohl sie nichts darüber verlauten ließ, so daß Maggy und Darcy nur raten konnten. Darcy empfand eine Art väterlichen Interesses für die Bemühungen des jungen Mannes, denn er hatte die beiden vor einem Jahr miteinander bekannt gemacht. Fauve und Ben müßten sich kennenlernen, hatte er eines Tages gedacht, als er sie beide an einem Sonntagmorgen anzurufen versuchte und jeden in seinem Büro aufgestöbert hatte, vertieft in die Arbeit an Vorgängen, die sie fürs Wochenende zurückgestellt hatten, weil sie da ganz ungestört waren. Er hatte energisch darauf bestanden, daß sie innerhalb einer Stunde Schluß machten und mit Maggy und ihm zu Mittag aßen. Es hatte all seiner Autorität bedurft, um das fleißige Paar zu einer derartigen Zeitverschwendung zu überreden. Auch Maggy war mit dem jungen Litchfield einverstanden. Irgendwie erinnerte er sie an Darcy, als sie ihn damals kennengelernt hatte: Er besaß eine ähnliche Intensität, den gleichen Wissensdurst und, wie sie spürte, sehr viel von Darcys Großzügigkeit. Physisch jedoch hatte er nichts von der schlanken und philosophischen, ja fast asketischen Noblesse, die sie an ihrem Mann auf Anhieb so attraktiv gefunden hatte.

Der relativ gutaussehende Ben Litchfield wirkte ständig zerknittert. Er begann zwar jeden Tag mit den allerbesten Absichten, wenn er sich, hochgewachsen und muskulös, konventionell in einen perfekt gebügelten Anzug, ein sauberes Hemd und frisch geputzte Schuhe kleidete; doch schon beim Lunch war er eine Schande für die Welt des *Gentleman's Quarterly*. Das dichte, sandfarbene Haar hatte er sich so oft gerauft, daß es dort, wo es ihm nicht in die Augen fiel, senkrecht emporstand, er hatte vor Ungeduld so lange am Knoten seiner Krawatte gezerrt, bis der über dem dritten, mittlerweile geöffneten Knopf seines Hemdes hing, das sich zwischen Weste und Hosenbund bauschte; seine Taschen waren vollgestopft mit Papieren und den Bleistiftstummeln anderer Leute, und die Hornbrillen, die er brauchte, um Layouts zu begutachten und Manuskripte zu lesen, hatte er gewöhnlich alle drei irgendwo verlegt.

Doch wenn Ben Litchfield die Brille abnahm, blickten seine großen, kurzsichtigen blauen Augen so erstaunt und glücklich drein wie die eines Babys beim Anblick seines ersten Elefanten. Er war so sehr damit beschäftigt gewesen, zur Spitze emporzusteigen, daß er nie innegehalten hatte, um sich nach einem ernsthaft in Frage kommenden Mädchen umzusehen, bis er Fauve kennenlernte.

»Seit Montag nicht mehr?« gab Darcy zurück. »Ich dachte, ihr beiden seht euch viel öfter ... Das sind drei Tage!«

»Ich weiß«, stöhnte Litchfield. »Hör zu, Darcy. Du hast mir alles beigebracht, was ich kann, wie du mir bei zahllosen Gelegenheiten unter die Nase zu reiben pflegst, gewöhnlich in aller Öffentlichkeit. Wie kriegt ein Mann ein Mädchen dazu, ihn zu heiraten?«

»Mit viel Geduld, mein Junge. Mit sehr viel Geduld.«

»Vielen Dank. Das ist mir eine große Hilfe.«

»Die Lunel-Frauen heiraten nicht so schnell – wenn überhaupt.« Tatsächlich, dachte Darcy selbstzufrieden, bin ich der einzige, der es geschafft hat, eine zu heiraten, der einzige, dem es gelungen ist, eine aus der Reihe der drei schönen, rothaarigen Lunel-Frauen zur Ehe zu verführen. Eine der drei unehelichen Lunel-Frauen, sinnierte er, denn Maggy hatte ihm in den Flitterwochen die ganze Geschichte erzählt, und er war, wie er glaubte, außer Fauve der einzige Mensch auf Erden, der wußte, daß Maggy und Teddy ebenso unehelich geboren waren wie Fauve selbst. »Ich werde keine Ruhe mehr finden, bis Fauve sicher verheiratet ist«, hatte Maggy zu ihm gesagt. »Drei Bankerte hintereinander sind mehr als genug.«

Vielleicht war es nicht ganz fair, die Lunel-Frauen für sich allein zu reservieren, dachte Darcy.

Er schuldete es Maggy, ihr ein bißchen zu helfen. Doch wo war Fauve?

Abermals sah er die Treppe hinab. Endlich! Unverschämt hinreißend wie eh und je kam sie mit wehenden roten Haaren, in einem silbrigen Strich von Kleid, geschnitten wie ein kurzer Unterrock, die Wangen glühend vor Erregung, zwei Stufen auf einmal die Treppe herauf und rief: »Magali, Magali! Tut mir leid, daß ich zu spät komme!« Ein vor Leben strotzendes junges Mädchen, ein Salamander, dessen Element das Feuer ist; so wirkte Fauve, als sie zu ihrer Geburtstagsfeier eintraf – allerdings nicht allein. Mit festem Griff hielt sie das Handgelenk eines anderen Mädchens gepackt – wenigstens vermutete Darcy, daß es ein Mädchen war –, einer einsachtzig großen Vogelscheuche in Overall und Turnschuhen, das flachsblonde Haar ganz kurz geschoren, die mit verwirrter Miene hinter Fauve dreinstolperte.

»Sieh mal, was ich dir mitgebracht habe, Magali! Sie kommt direkt vom Bus aus Arkansas. Siehst du vielleicht, was ich sehe?«

Maggy musterte das junge Mädchen. Der Typ des Top-Modells jener Tage war elegant, vornehm, feingliedrig, mit lang wallendem Haar. Dieses Mädchen aber bestand nur aus Knochen und hatte leicht vorstehende Zähne, Sommersprossen und dichte, geschwungene Brauen. Und war unendlich verheißungsvoll. Der »Look« würde sich also ändern. Auf Fauve konnte man sich verlassen.

»Kommst du deswegen so spät?«

»Ja. Ich war oben im Büro, wollte vor der Party nur noch schnell einiges durchsehen, da kam sie einfach hereingewandert. Ihre Freundinnen, die mit ihr im Bus gekommen waren, hatten gewettet, daß sie sich nicht traut, zu uns zu kommen. Also mußte ich natürlich mit ihnen sprechen, und dann mußte ich mit ihren Eltern telefonieren und ihnen sagen, warum sie nicht nach Hause kommt, sie überzeugen, daß ich kein weißer Sklavenhändler bin, und schnell noch eine Unterkunft für sie suchen ... Ach, du weißt schon.«

»Wie heißen Sie?« fragte Maggy das junge Mädchen.

»Ida Clegg.«

»Hm ... Nun ja, herzlich willkommen bei der Lunel Agency. Trinken Sie Wodka?«

»O Mann, wenn das kein Tag für Premieren ist!« sagte das Mädchen. »Ja, Ma'am, ich glaube schon.«

Magali drehte sich zu Fauve, gab ihr einen Kuß: »Warum hast du das nicht alles auf morgen verschoben?«

»Weil sie außerdem einen Zettel mit Eileens Adresse hatte – auch dahin hatte sie laut ihrer Wette mit den Freundinnen gehen sollen«, gab Fauve flüsternd zurück.

»Um Himmels willen ...«

»Herzlichen Glückwunsch zum Geburtstag, Fauve«, sagte Eileen lächelnd und stand plötzlich hinter Maggy.

»Vielen Danke, Eileen.«

»Sie sind sicher sehr stolz auf Ihre Enkelin, Maggy.«

»O ja, sehr stolz!«

»Und wer ist das?«

»Ein Mädchen, das wir eben entdeckt haben. Arkansas.« Eileen bedachte Ida Clegg mit einem kurzen, durchdringenden Blick, der alles sah, alles wußte, alles verstand. »Arkansas?« fragte sie. »Und weiter?«

»Einfach Arkansas«, gab Fauve zurück.

Nachdenklich ging Eileen. Sehr zufrieden sah sie nicht aus.

Achtundzwanzigstes Kapitel

*F*auve Lunel sprintete durch die Türen des uralten Fahrstuhls, die sich so unendlich langsam zum neunten Stock des Carnegie-Hall-Bürogebäudes öffneten, in dem die Lunel Agency ihren Sitz hatte. Sie kam zu spät zu ihrer regelmäßigen Freitagsbesprechung mit Casey d'Augustino; doch da Benjamin Franklin Litchfield in der vergangenen Nacht außergewöhnlich ausdauernd gewesen war, hatte sie heute morgen verschlafen. Wie ein Sturmwind fegte Fauve durch den Empfangsraum, an dessen Wänden sechs gerahmte Titelblätter von Zeitschriften hingen, auf denen ehemalige Lunel-Modelle abgebildet waren.

»Nur sechs«, hatte Maggie einmal erklärt, »von unseren vielen Hunderten. Denn wenn ein Mädchen in diesem Zimmer sitzt und darauf wartet, daß sie sich vorstellen darf, und wenn sie dann diese Titel sieht, wird sie sofort wieder umkehren – es sei denn, sie besitzt so viel Selbstsicherheit, daß sie es trotzdem versucht. Und wenn ich sie dann doch ablehnen muß, wird sie beim Hinausgehen bei diesen selben Fotos Trost finden, denn wer kann schließlich so schön sein wie diese sechs?«

Die Agentur, die im Laufe der Jahre ständig weitergewachsen war, beanspruchte immer mehr Raum in dem schönen, alten Gebäude, und war trotzdem noch zu klein.

Maggys Chefbüro war groß und bequem, doch Fauve und Casey teilten sich zwei kleine Büros unmittelbar neben einem der drei Buchungsbüros, die das Herz der Agentur bildeten. Die Bucher hingen alle am Telefon, stellte Fauve automatisch fest, als sie an ihrem Schreibtisch Platz nahm und den Summer betätigte, um Casey hereinzubitten.

Casey d'Augustino arbeitete erst seit einem Jahr bei der Agentur, bildete aber mit Fauve ein Team. Sie hatte die Hunter-Schule besucht, die High School, die nur die besten und begabtesten New Yorker Schüler aufnimmt. Sie war hochintelligent, in eine große, vor zwei Generationen aus Palermo eingewanderte Familie aus Brooklyn hineingeboren und inzwischen Fauves beste Freundin geworden. Jetzt setzte sie sich in einen der beiden Sessel vor dem Schreibtisch und fuhr sich stöhnend unter die kurzen, krausen Haare, die ihr in die Stirn fielen.

»Was ist?« erkundigte sich Fauve munter.

»Champagnerkater. Der schlimmste, den's gibt. Haben wir alle von den vielen Trinksprüchen auf deiner Party.«

»Mir geht's wunderbar!« entgegnete Fauve erstaunt. »Ich hab dir was mitgebracht.«

»Auch das wird mich nicht kurieren können.«

»Ein Gegengift.«

»Ich mag es schon jetzt nicht.«

»Die neueste Ausgabe von *Cosmo*. Ein Artikel über Lauren Hutton von Guy Flatley. Hör dir das an. Sie erzählt von einem Vorstellungsbesuch bei Diana Vreeland, ihrem ersten Vorstoß in die Haute Couture: ›Ein Dutzend Mädchen promenierten um sie herum. Und ich saß da wie eine Kröte und beobachtete die Szene. Plötzlich – mitten im Satz – unterbrach sich D. V. und deutete mit ihrem langen, weiß behandschuhten Finger auf mich. "Sie!" sagte sie.

"Ich?"

"Jawohl, Sie . . . Sie haben eine starke Ausstrahlung", erklärte sie und durchbohrte mich mit dem Blick ihrer großen Adleraugen.

"Vielen Dank", gab ich zurück. "Sie ebenfalls."

Sie schenkte mir ein winziges Lächeln. Am selben Nachmittag wurde ich telefonisch aufgefordert, mich in Richard Avedons Atelier einzufinden und ein paar Fotos von mir machen zu lassen.‹«

»Verdammt noch mal!« Casey sprang auf. »Bitte sag, daß es nicht wahr ist! Bitte sag, daß es ein dummer Streich ist, den du mir spielst, um mich von meinem körperlichen Zustand abzulenken!«

»Siehst du? Du fühlst dich schon viel besser, nicht wahr?« konstatierte Fauve zufrieden.

»Na schön, ja. Ich fühle mich, als könnte ich einer Löwin mit bloßen Händen die Kehle aufreißen. Mein Gott, wie können die uns das bloß antun? Ist dir klar, daß Millionen von Frauen jede Ausgabe von *Cosmo* gewissenhaft durcharbeiten? Und wenn sie diese Story lesen, werden sie alle fest überzeugt sein, daß ihnen dasselbe passieren kann! Und wo werden die vielen *Cosmo*-Leserinnen landen? Hier bei uns, in unserem Flur!«

»Ja, Casey, aber du weißt genau, daß es tatsächlich passieren kann.«

»Na sicher. Der ›Blitz‹ muß schließlich hier und da einschlagen! Apropos, was habe ich da über dich und Miß Arkansas gehört? Faith ist mit ihr Kleider einkaufen gegangen – was soll das?«

»Vielleicht auch ein ›Blitz‹!«

Die beiden Mädchen tauschten ein Lächeln, das von erwartungsvoller, freudiger Erregung sprach: wie zwei Goldsucher, die beim Goldwaschen Erfolg gehabt haben. Ohne den Blitz, das plötzliche Auftauchen eines neuen, einzigartigen Schönheitstyps, wäre das Geschäft mit den Fotomodellen im Laufe der letzten Jahrzehnte längst nicht so faszinierend gewesen.

Wie alle, die auf einem Gebiet arbeiten, das irgendwie mit der Glitzerwelt des Glamour zu tun hat, war ihnen die absolute Notwendigkeit der tagtäglichen Tretmühle bekannt; die unvorstellbare Ausdauer und niemals endende Disziplin, ganz zu schweigen von der unabdingbaren Pflicht, zur rechten Zeit am rechten Ort zu sein. Und dennoch wußten sie, daß es den Glamour wirklich gab, daß bestimmte Gesichter ihn besaßen, eine Eigenschaft, die ebensowenig zu analysieren ist wie Charme. Sie wußten, daß manche Gesichter Emotionen weckten, und waren darauf trainiert, derartige Gesichter auch mitten in einem Meer von Mädchen zu entdecken, die ganz einfach schön waren. Der Unterschied war so gering, daß es in den meisten Fällen eine subjektive Entscheidung blieb.

Jedes Jahr sichtete die Lunel Agency Tausende und aber Tausende von jungen Mädchen und wählte höchstens dreißig aus, deren Vertretung sie übernehmen wollte. Wieso gerade diese dreißig? Das hätten weder Maggy noch Fauve oder Casey genau sagen können. So viele Bewerberinnen bekamen sie zu sehen, daß nur eine, die wirklich etwas Besonderes war, ihnen einen zweiten Blick abnötigte. Casey glaubte, es wäre irgend etwas, das man mit den Augen nicht feststellen könnte, und Fauve bezeichnete es als Gefühl einer überhöhten Wirklichkeit. Im Grunde aber meinten sie beide dasselbe: das Einschlagen des Blitzes.

»Als ersten Fall«, sagte Casey, »habe ich Miß Day O'Daniel auf der Liste, die mich heute vormittag noch einmal angerufen hat. Sie ist bereit, zu uns überzulaufen, aber sie verlangt einen eigenen Bucher.«

»Wie weit läßt sich darüber verhandeln?« erkundigte sich Fauve energisch.

»Entweder ein eigener Bucher oder gar nicht, sagt sie.«

Day O'Daniel war eins von den ungefähr sechs Topmodellen einer anderen Agentur. Vor kurzem hatte sie erkennen lassen, daß sie erwog, zur Lunel Agency überzuwechseln. Ihr Vertrag schrieb eine beiderseitige Kündigungsfrist von nur dreißig Tagen vor, und Fauve wie Casey legten den größten Wert darauf, die Vertretung dieser zarten Brünetten zu übernehmen, die zu den vielseitigsten der Branche zählte. Vielseitigkeit, das heißt die Kunst, eine Galanos-Création mit lässiger Selbstverständlichkeit zu tragen und dennoch auch in der Werbung für eine Massenzeitschrift unendlich bezaubernd zu wirken, gehörte zu den Eigenschaften, die ein Topmodell brauchte, um den Status des Superstars zu erreichen – und Day besaß sie. Die Lunel Agency jedoch beharrte auf einem Prinzip, das Maggy persönlich aufgestellt hatte: Kein Mädchen erhielt seinen eigenen Bucher.

»Day meint, sie brauche einen eigenen Bucher, bei dem sie sich absolut sicher und wohl fühle, jemanden, der all ihre Bedürfnisse kenne, jemanden, der ihr das Gefühl gebe, umsorgt zu sein. Das war ein Zitat.«

»Vielleicht sollte sie zu Mama nach Hause zurückkehren«, meinte Fauve düster. »Es ist doch völlig falsch und naiv, zu meinen, nur ein eigener Bucher sei der Beweis dafür, daß man's geschafft hat. Wenn ich ihr einen eigenen Bucher gebe, werden alle anderen Bucher der Agentur sie im Geist abschreiben und sie vergessen – ist ihr das nicht klar? Das hast du ihr hoffentlich erklärt.«

»Äh – nein, Fauve. Ich dachte, das sollte ich dir überlassen, weil du doch so gut darin bist.«

»Komisch. Wie ich sehe, geht es dir besser. Eigentlich beängstigend, wie nett du sein kannst, wenn du dich wirklich krank fühlst! Unser Big Board soll also nicht gut sein für Day O'Daniel?«

Fauves Blick wanderte zu der Betriebsamkeit, die sie durch die halb verglaste Wand ihres Büros beobachten konnte. Die drei Buchungsbereiche lagen offen vor ihr: der relativ kleine Test Board Room, in dem vier Bucher sämtliche neuen Mädchen betreuten, die ihre Laufbahn gerade erst begannen; der riesige Center Board Room, in dem vierzehn Bucher die Termine für den Großteil der Lunel-Girls aushandelten; und der legendäre Big Board Room, in dem drei Spitzenbucher die Anrufe für nur zwanzig Fotomodelle, die Stars der Agentur, tätigten. »Hat sie tatsächlich offen erklärt, es genüge ihr nicht, auf dem Big Board zu sein?« wollte Fauve wissen.

»Ich dachte, das solltest du lieber selbst rausfinden.«

»Ich glaube, ich werde Magali bitten, mit ihr zu sprechen«, sagte Fauve.

»Sie ist doch übers Wochenende aufs Land gefahren, und Miß O'Daniel wünscht ihre Antwort noch heute. Day hat ihre Privatnummer hinterlassen – du kannst sie heute abend erreichen.«

»Okay. Nächster Punkt.« Wieder einmal wurde Fauve daran erinnerte, daß Maggy sich jetzt von Donnerstagabend bis zum späten Montag in dem Landhaus aufhielt, das sie und Darcy sich bei Bedford Village gekauft hatten, und Fauve ihre Agentur an zwei von fünf Wochentagen allein anvertraute. Auch Darcy hatte seine verschiedenen Redakteure darauf gedrillt, ihn nur noch an drei Wochentagen zu beanspruchen, und dabei festgestellt, daß sie viel tüchtiger und selbständiger wurden. Er hatte anläßlich der Hochzeit beschlossen, sich einen lange gehegten Traum zu erfüllen und die verlängerten Wochenenden auf dem Land zu verbringen.

»Der nächste Punkt«, sagte Casey, »ist Miß Nebula, Super Nova, Miß Milky Way oder wie immer der Titel lautet, den sie errungen hat. Sie weigert sich, das Programm zu absolvieren. Das habe sie nicht nötig, behauptet sie stur, sie habe schon so viel Ausbildung hinter sich, daß es ihr bis ans Lebensende reicht. O nein, wag bloß nicht, mich danach zu fragen! Ich hab ihr schon gesagt, daß jede, ohne Ausnahme, das Programm absolvieren muß, es sei denn, sie wäre ein Topmodell, das von einer anderen Agentur zu uns kommt.«

Die Lunel Agency bewertete all ihre neuen Modelle aufgrund eines sogenannten Programms, an dem Maggy, Fauve, Casey und drei der erfahrensten Bucherinnen teilnahmen. Die Agentur schickte die Mädchen auf ihre Kosten zum Fotografen, der eine umfassende Serie von Fotos anfertigte, bewußt darauf angelegt, zu zeigen, wie sie in ihren eigenen Kleidern und ihrem persönlichen Make-up vor der Kamera arbeiteten. Anschließend wurden die Fotos in allen Einzelheiten analysiert, und die sechs Expertinnen überlegten, wie das neue Modell am besten aufzupolieren sei. Sie entschieden, ob sie Nachhilfe für ihre Körperhaltung brauchte, ob ihre Frisur, was Länge, Stil und Farbe betraf, perfekt war, was sie für das Make-up dazulernen mußte, um ihre Bandbreite noch zu erweitern, ob sie Sonderlektionen für Ausdruck brauchte oder eventuell auch Tanzunterricht für geschmeidigere Bewegungen und Posen. Und falls sie von einer Modellschule kam, fragten sie sich, was sie wieder verlernen mußte.

»Ich werde mir Miß Supergirl vorknöpfen, sobald ich ein bißchen Zeit haben. Aber jetzt wollen wir erst mal Loulou reinholen.« Fauve griff zum internen Telefon, wählte den Big Board Room und bat Loulou, die dienstälteste Bucherin der Agentur, zu sich ins Büro.

Eine halbe Minute später kam Loulou hereingeschlendert und ließ sich erleichtert in einen Sessel sinken. Sie war dreißig, eine rundliche, blonde, freundlich wirkende Frau, deren Miene stets eine Mischung aus tiefster Sorge und schönstem Optimismus spiegelte. Wie ein erfolgreicher Rennpferdetrainer oder eine kluge Ballettmeisterin hatte Loulou eine besondere Kunst darin entwickelt, mit jenem Menschentyp umzugehen, der einer anderen Gattung Mensch anzugehören schien: das hypernervöse, hochbezahlte, superempfindliche Fotomodell, dem es durch das Klassensystem der Schönheit versagt war, jemals ganz so zu sein wie andere Frauen.

»Hi, Kinder«, grüßte sie. «Dann wollen wir mal. Betty will sich für die Brillantstecker der De-Beers-Werbung nicht die Ohren durchstechen lassen. Sie sei kein Feigling, meint sie, aber sie kann Nadeln nicht ausstehen. Hillary hat sich für den ganzen Oktober abgemeldet; sie will in den Himalaja, um da mit ihrem Guru zu meditieren. *Glamour* hat mir das Budget für die Reise nach Tanger übergeben, aber das reicht nur für zweieinhalb Mädchen, und sie brauchen drei, also hab ich die Mädchen gefragt, ob sie mit etwas weniger zufrieden sind, wenn sie dafür die Kasbah sehen. Die neue Kanadierin liegt mir ständig in den Ohren, sie will nur Kataloge machen, während ich ganz genau weiß, daß sie Zeitschriften machen kann. Wie üblich sind neun Telefone ausgefallen, Pete ist auf Urlaub, und da außer ihm kein Mensch unser System richtig kapiert, können wir von Glück sagen, daß heute Freitag ist. Eine von euch muß Cindy entlassen; sie ist einfach passé, aber was soll's, sie ist sechsundzwanzig und weiß seit mindestens einem Jahr, daß das auf sie zukommt, also ist es vielleicht sogar eine Erleichterung für sie. Im Vorführraum bei Anne Klein findet ein Ausverkauf statt; Halston gibt eine Party. Die Leute von Fabergé habe ich immer wieder drängen müssen, sie sollen Jessica nehmen, und nun sind sie in sie verliebt, wollen keine andere, brauchen sie unbedingt morgen, aber sie ist in Mexiko. Dawns Vater ist aus Syracuse gekommen, aber sie hat sich ausgerechnet dieses Wochenende ausgesucht, um mit ihrem Kerl zu verreisen – was soll ich Papa sagen? Eine von den Bucherlehrlingen hat heute morgen vergessen, Lani telefonisch zu wecken, also hat sie verschlafen und zehn Leute eine Stunde warten lassen, und nun wollen die ihre Unkosten ersetzt haben. Patsy hat eben angerufen und uns gebeten, Termine bei Zahnarzt, Arzt und Kosmetikerin festzumachen, aber wir wissen nicht mal, *was* sie behandelt haben will ... Wie dem auch sei, wenn ihr nichts Besseres zu tun habt, als hier rumzusitzen, zu quatschen und zu jammern, seid ihr gut dran, aber ich hab 'ne Menge Arbeit, also gestattet mir, mich jetzt zu empfehlen ... Ach ja, ihr wolltet mich sprechen! Was gibt's?«

»Reizend von dir, daß du danach fragst«, brummelte Casey.

»Day O'Daniel wird sich unserer fröhlichen Gemeinschaft anschließen«, verkündete Fauve.

»Warum auch nicht?« Loulou zeigte nie Überraschung. Falls Fauve beschlossen hätte, die zwanzig Mädchen vom Big Board allesamt zu entlassen, hätte Loulou höchstens die

Achseln gezuckt. Ihre Philosophie lautete, daß alle drei Monate eine neue Generation von Modellen aus den Weiten der geheimnisvollen, bedeutungslosen Welt außerhalb der Mauern Manhattans eintreffe und daß ihre Aufgabe lediglich darin bestehe, sie so gewinnträchtig einzusetzen wie möglich. Die Modelle des Big Board bei Lunel verdienten einhundertundfünfzig Dollar pro Tag, obwohl ein paar von ihnen der Auffassung waren, sie seien tausend Dollar täglich wert. Niemand, nicht Maggy, nicht Eileen Ford, nicht Fauve und ganz bestimmt nicht Loulou konnte ahnen, daß die Topmodelle sämtlicher Agenturen innerhalb der nächsten sechs Jahre dreitausend Dollar pro Tag verdienen sollten.

»Ich werde eine Karte für sie anlegen.« Loulou seufzte, reckte sich und gähnte. »Mein Kopf«, stöhnte sie.

»Willst du denn gar nicht wissen, warum sie zu uns kommt?« fragte Casey.

»Ich weiß, warum. Und habe eben damit fünf Dollar gewonnen. Hätte ich doch nur mehr gesetzt! Mein Gott, warum trink ich bloß Alkohol? Nichts kann so schön sein, daß es sich lohnt, hinterher so einen Kater zu haben! Hört mal, Kinder, ich muß wieder rüber. In euren Augen ist meine Arbeit vielleicht ja ein lausiger Job, aber für mich geht's um Leben und Tod da draußen.« Sie ging und machte die Tür hinter sich zu.

»Eines Tages«, sinnierte Casey verdrossen, »werd ich sie doch noch überraschen.«

Die Rechnungen von *Arene*, dachte Nadine Mistral, können auf keinen Fall richtig sein. Sie konnte unmöglich in den letzten paar Monaten zwölftausend Francs für Blumen ausgegeben haben! *Arene* war die teuerste Blumenhandlung von ganz Paris und auch die mit dem größten Prestige. Die richtigen Blumen zu schicken, aus dem richtigen Geschäft, gehörte zu den sorgfältig kalkulierten Nuancen, die Nadine im Verlauf ihrer sechs Jahre als Madame Philippe Dalmas perfektioniert hatte.

Sie waren das meistbeneidete Paar von Paris gewesen, erinnerte sich Nadine, als sie in ihrem modern eingerichteten Salon am Schreibtisch saß und den Stoß Rechnungen betrachtete, den zu erledigen sie sich endlich aufgerafft hatte.

Die meisten waren drei bis vier Monate alt, darunter einige, deren Absender es nicht interessierte, daß sie die Tochter von Julien Mistral war, dessen Nachlaß sie nach seinem Tod zu einer steinreichen Frau machen würde. Aber bei ihrem Vater schienen alle Anzeichen darauf hinzuweisen, daß er mindestens hundert Jahre alt werden würde, und die Pariser Geschäftsleute waren nicht geneigt, langfristige Kredite einzig aufgrund des zu erwartenden Vermögens zu gewähren.

Nadine kontrollierte die Blumenrechnung. Sie schickte nicht jedesmal Blumen, wenn sie eine Einladung hatten, doch wenn sie es tat, mußte es etwas Ausgefallenes sein.

Die Maiglöckchen für die Vicomtesse de Ribes hatte sie erst geschickt, nachdem sie an zwei Einladungen zu intimen, von privaten Filmvorführungen gefolgten Diners und einer Dinnerparty in kleiner Abendgarderobe für vierzig Personen teilgenommen hatten. Nadine hatte lange gezögert, bevor sie sich entschied, welche Blumen sie der elegantesten Frau von Paris schicken sollte. Und hatte schließlich eingesehen, daß nur die schlichtesten Blümchen in Frage kamen. In diesem Fall hatten es natürlich vier Dutzend Sträußchen sein müssen! Blumen für Helene Rochas, Blumen für die Prinzessin Ghislaine de Polignac... Sie legte die Rechnung beiseite. Sie zweifelte nicht mehr daran, daß sie korrekt war. Es war der Tribut, den sie zahlen mußte, um dem inneren Zirkel der Pariser Gesellschaft anzugehören.

Außenseiter mochten zwar den Eindruck gewinnen, die feine Gesellschaft von Paris sei ziemlich lose gefügt. Nadine jedoch war sich mit dem feinen Gespür eines ohne Netz auftretenden Hochseilartisten für jede kleinste Vibration nur allzu deutlich bewußt, daß sie in Wirklichkeit eine Welt war, in der ohne ihre nie nachlassende Wachsamkeit sogar das meistbeneidete Paar von Paris sehr schnell in der Versenkung verschwinden konnte.

Diskriminierung war von jeher eine besonders gepflegte Kunst der Pariser Gesellschaft, wo der Status jeweils so fein abgestimmt wird, daß selbst drei Herzöge – Brissac, Uzès und Luynes – herzoglicher sind als ihre Standesgenossen. Es ist eine Gesellschaft, die immer noch auf Titeln basiert. Ein paar unvorstellbare reiche Ausländer wurden allerdings auch immer zugelassen, im Grunde zählten sie aber nicht, da sie keine Franzosen waren. Sie durften ihr vieles Geld für das Vergnügen ausgeben, sich einen zeitlich begrenzten Platz in der Gesellschaft zu erkaufen. Ein wohlerzogener, attraktiver lediger Mann mit hochbetitelten Geliebten, wie es Philippe vor seiner Heirat gewesen war, wurde genauso oft eingeladen wie gewisse ausländische Diplomaten – solange sie ihren Posten innehatten – und eine winzige Handvoll einflußreicher Politiker.

Jede Einladung, ganz gleich, wie groß die Party war, wurde sorgfältig überlegt, durchleuchtet, erwogen, ermessen und dann noch einmal überlegt. Warum, würde sich eine Gastgeberin fragen, bitte ich die Dalmas' zu mir zum Essen? Haben sie noch Verkehrswert? Vom Status her gibt er nichts her, denn er ist schon seit Ewigkeiten dabei, trägt keinen historischen Namen, hat keine Meriten aufzuweisen und jetzt nicht einmal mehr den Vorzug, ledig zu sein. Sie aber ist mit Jean François Albin vertrauter als jeder andere. Seine letzte Kollektion war göttlich. Und sie sind beide noch immer höchst dekorativ. Doch, ja, ich werde sie auch diesmal einladen. Schließlich ist sie Mistrals Tochter.

Vor drei Jahren hatte Nadine sich gefragt, wie lange man den Dalmas', diesem amüsanten, unbemittelten Ehepaar, gegenüber noch Toleranz beweisen würde. Ein Jahr noch vielleicht ... Oder weniger? Das war der Zeitpunkt gewesen, zu dem sie eingesehen hatte, daß sie es sich nicht mehr leisten konnten, arm zu sein – und sei es auch nur vorübergehend –, ohne gesellschaftlich abzusteigen. Sie faßte daraufhin den Entschluß, daß sie ganz einfach auch Einladungen geben mußten, sonst würden sie bald den tödlichen Stempel von Leuten tragen, die nur Einladungen annahmen, und dann würde ein allmählicher Abstieg folgen. Sie würden zu Mitgliedern der Café Society werden, die sich Karten für jeden großen Wohltätigkeitsball kauften und dem Oberkellner im Relais Plaza ein viel zu großes Trinkgeld gaben, um einen Tisch in der Nähe der Bar zu bekommen, nur um sich in der Illusion zu sonnen, sie nähmen eine Stellung in der Pariser Gesellschaft ein.

Was tun sie eigentlich, die Leute, die nicht zu den richtigen Partys eingeladen werden, sinnierte Nadine, verkrampft vor Geringschätzung und Verachtung. Wie konnten sie es ertragen, außerhalb der einzigen Welt zu leben, die zählte? Sahen sie nicht, daß sie ein Ödland bewohnten, leer und bedeutungslos wie der Weltraum? Sie könnten ihr vielleicht sogar leid tun, wenn sie sie nicht so grauenhaft fände, wenn ihre Minderwertigkeit sie nicht in ihren Augen weniger als menschlich machte.

Nadine beugte sich über die Rechnung von Lenôtre, dem besten Partylieferanten von Paris. Da sie und Philippe bis auf eine Putzfrau kein Personal hatten, war Lenôtres Rechnung die größte, die sie zu begleichen hatte. Alle drei Monate gaben sie einen Cocktail, geschickt vor einer wichtigen Premiere, einem großen Ball geplant, denn dann gaben die Gäste sich mit einem superben kalten Buffet von Horsd'œuvres zufrieden, weil sie wußten, daß sie später am Abend noch einmal zu essen bekamen. Während Nadine den extrem hohen Scheck ausschrieb, überlegte sie, daß es doch einmalig dumm wäre, einen zweitrangigen Partyservice zu engagieren. Lieber einen Lenôtre-Cocktail als ein nicht ganz erstklassiges Diner, suchte sie sich zu beruhigen. Sie riß sich aus ihren Gedanken und sagte sich, sie selbst sei weitaus anspruchsvoller, weitaus vorsichtiger, weitaus zurückhaltender in der Wahl ihrer Gäste als manche Herzogin, die sonstwelche Leute empfing, die Nadine niemals in ihr eigenes Heim einladen würde. Nein, Nadine Dalmas' kleine Cocktails waren berühmt geworden dafür, daß sie rücksichtslos jeden ausschloß, der nicht einwandfrei erstklassig war.

Oft akzeptierten sie und Philippe Einladungen von Leuten, deren gesellschaftliche Stellung ein klein wenig zweifelhaft war, nur um sie anschließend *nicht* einzuladen. Die waren dann immer so komisch gekränkt, erwarteten ganz zweifellos, ein Cocktail sei ein Auffangbecken für alle möglichen Leute, und eine Gegeneinladung stehe ihnen zu. Nein, ihr Rezept war durchaus richtig, das stand außer Frage. Vier Cocktails im Jahr für nur die allerbesten Leute verliehen der Gastgeberin eine unendlich größere Anziehungskraft als Dutzende von üppigen, doch weniger exklusiven Diners. Und außerdem war es viel billiger.

Wer würde es sich träumen lassen, daß sie nicht reich waren? Die beste Blumenhandlung, der beste Partyservice, die besten Clubs. Hier waren die Rechnungen vom Polo Club und dem Golf de St. Cloud. Zu denen hatte Philippe schon als Junggeselle gehört – eine der wenigen Ausgaben aus jener Zeit –, und die konnte er unmöglich aufgeben. Seine Rechnung für gemietete Polopferde in den letzten zwei Monaten, in denen er in Aga Khans Team gespielt hatte, betrug über viertausend Francs, wie sie feststellte; doch es war durchaus akzeptabel, sich Pferde zu mieten, wenn man gut genug spielte.

Nadine erledigte die Schecks möglichst schnell, weil sie es hinter sich bringen wollte, und meditierte beim Schreiben über die Dinge, für die sie nicht zu bezahlen brauchte. Diese Rechnungen, so hoch sie auch sein mochten, repräsentierten nur einen winzigen Prozentsatz des Stils, in dem sie lebten. Nadines gewaltige Garderobe, ständig auf dem neuesten Stand, wurde vom Haus Jean François Albin angefertigt; die Wohnung kostete sie nichts, sie reisten in den Privatjets von Freunden, gingen von deren Chalets im Haute Savoie oder St. Moritz aus zum Skifahren, segelten mit deren Jachten in der Ägäis, verbrachten Wochen in den Privatpalästen von St.-Jean-Cap-Ferrat, Porto-Cervo und Bayern. Und während der Saison in Paris dinierten sie natürlich jeden Tag außer Haus.

Nadine gab nur wenig Bargeld aus, und auch nur da, wo es bemerkt wurde. Bei Edouard und Frédéric, den feinsten Friseuren von Paris, deren Salon sie fast täglich aufsuchte, gab sie stets reichlich bemessene Trinkgelder. Wenn eine Fürstin oder die Frau eines griechischen Reeders es sich auch leisten konnte, geizig zu sein – die einfache Madame Dalmas konnte es nicht.

Die einfache Madame Dalmas. Nadine verließ ihren Schreibtisch und wanderte im Salon umher. Warum hatte sie nur einen armen Mann geheiratet? Warum hatte ihre Mutter sie nicht daran gehindert? Warum hatte sie es ihr gestattet, die größte Dummheit ihres Lebens zu begehen? Wenn sie selbst auch geblendet gewesen war – irgend jemand hätte sie doch davor bewahren können, nein *müssen*! Und nicht nur einen armen Mann, sondern darüber hinaus einen untüchtigen Esel, der in den sieben Jahren ihrer Ehe nur sehr wenige seiner nebulösen Geschäfte hatte abschließen können.

Sie mußte ihn einmal geliebt haben, so unglaublich ihr das auch jetzt vorkam. Wie sollte sie sich sonst erklären, wieso sie all das Geld verschleudert hatte, das ihr von ihrer Mutter vererbt worden war? Kate war vor vier Jahren an

Krebs gestorben und hatte weit mehr Geld hinterlassen, als sie Nadine gegenüber je hatte verlauten lassen. Offenbar waren einige Bilder in ihrem Besitz gewesen, die sie mit hohem Profit hatte verkaufen können. Wie dem auch sei, das Geld war weg. Die Hälfte ihrer Erbschaft war für den Erwerb eines Château in der Normandie draufgegangen, das Philippe unbedingt besitzen wollte. Und er weigerte sich, es aufzugeben, obwohl sie nie die Mittel hatten, es gründlich restaurieren und bewohnbar machen zu lassen. Sie würden ja schon bald soviel Geld haben, wie sie nur wollten, behauptete er.

Ihre Liebe zu Philippe. Es mußte sie einmal gegeben haben, denn warum hätte sie es ihm sonst gestattet, den Rest der Erbschaft ihrer Mutter in seine Geschäfte zu investieren? Es hatte ausgereicht, um ihn als Partner in einen neuen Nightclub einzukaufen, der Jean Castel mit seinen dreitausend Mitgliedern Konkurrenz machen sollte. Castel mußte jeden Abend Hunderte von seiner Tür weisen, also schien eine andere *boîte* durchaus angebracht zu sein.

Philippe glaubte jeden zu kennen, der in dem kleinen Kreis der Nachteulen eine Rolle spielte, all die berühmten, gelangweilten Leute, die so sehr gelangweilt waren, daß sogar ihr Ruhm sie langweilte, die permanent Ruhelosen, die jeden Abend um elf nach einem Ersatz für den Schlaf zu suchen begannen. Was nicht einzusehen war, war die Tatsache, daß diese Leute eine andere Kneipe als ihren alten, lieben, vertrauten Castel in der Rue Princesse weder wollten noch brauchten oder begrüßten. Nach einem Jahr hatte Philippe das fürchterlich kostspielige Unternehmen als Totalverlust abschreiben müssen.

Doch, sie mußte ihn geliebt haben, denn woher kam sonst dieser Mangel an Urteilsfähigkeit? Nach dem Reinfall mit dem Nightclub tat Philippe, als sei das Ganze ihre Schuld gewesen. Er schmollte, wurde depressiv vor Enttäuschung und bestrafte Nadine dafür, daß sie nicht in der Lage war, ihn mit neuen Geldmitteln zu versorgen. Er hörte sogar auf, ihr gegenüber seinen Charme spielen zu lassen.

Allerdings, sobald das Telefon läutete, legte er, wenn er sich meldete, den alten Charme sofort wieder an. Auf den Partys konnte sie ihn so unbeteiligt beobachten, als sei er hinter Glas, konnte zusehen, wie sowohl Männer als auch

Frauen auf ihn reagierten, wenn er ihnen auf phantasievollste Art schmeichelte, höflich zuhörte und sich, wenn er von sich sprach, so gewinnend bescheiden und humorvoll gab. Jeder einzelne seiner Tricks war ihr so vertraut, daß ihr ganz schlecht wurde. Selbst sein gutes Aussehen stieß sie ab. Er interessierte sie so wenig, daß sie sogar seinen Seitensprüngen gleichgültig gegenüberstand. Zum Glück hatte er wenigstens so viel Geschmack, sich auf reiche und einflußreiche Frauen zu beschränken, die allesamt gastfreundlich waren. Das war das einzige, worin er ein bißchen Klugheit bewies. Nadine stapelte die Kuverts mit den Schecks und trug sie in ihr Schlafzimmer hinüber. Am Montag wollte sie sie zu Albin mitnehmen, damit sie zur Post gebracht wurden. Warum Geld auf Briefmarken verschwenden, wenn ihre Sekretärin sie aufgeben konnte? Sie öffnete die drei Doppeltüren an der Wand ihres Schlafzimmers und begutachtete ihre Garderobe. Kleider, Schuhe, Pelze, Wäsche im Wert von einer Million Francs – jedes einzelne Stück, bis auf die Wäsche, nach Maß gearbeitet ... Und das Ganze verursachte ihr keine Kosten außer den Preis für die Reinigung – und ihren Stolz.

Vor Jahren schon war ihr klargeworden, daß sie für Jean François Albin nichts weiter war als ein besseres, fein herausgeputztes Kindermädchen für einen schwachen, ganz und gar egozentrischen, häufig auch grausamen Jammerlappen von kleinem Jungen mit einer einzigen Begabung, die von der Welt für unendlich wertvoll gehalten wurde.

Welch eine Farce das doch war! Doch sie spielten sie beide immer weiter. Nadine, weil sie es sich nicht leisten konnte, die kostenlosen Kleider und das Prestige zu verlieren, die diese Verbindung ihr garantierte; und Albin, weil er feststellte, daß die elegante, überlegene Nadine Mistral ihm unentbehrlich geworden war. Er brauchte sie jetzt, um seine neurasthenischen Afghanen zum Tierarzt zu führen, seine Domestiken einzustellen und zu feuern, seine Dankkarten zu schreiben, mit seinen langweiligsten und reichsten Kundinnen zu Mittag zu essen, eventuell übernachtende Eintagsgeliebte, die Tendenzen zur Anmaßung zeigten, loszuwerden, Haschisch zu kaufen und ihm vierundzwanzig Stunden am Tag zur Verfügung zu stehen.

Er war unerträglich, schon den Klang seiner Stimme haßte sie, doch ihre Arbeit bei Albin war die einzige regelmäßige Einnahmequelle der so beneidenswerten Dalmas'. Das Geld reichte gerade eben für ein paar lebensnotwendige Dinge, doch nicht mehr für die hohen Blumenrechnungen, die sie soeben bezahlt hatte. Seit der Pleite mit dem Nightclub lebten sie fast ausschließlich von dem Geld, das sich Nadine von Etienne Delage, Mistrals Kunsthändler, vorstrecken ließ. Sie ging nur äußerst ungern zu ihm, weil sie sich ihm bei jedem Besuch mehr ausgeliefert fühlte, aber wer sonst würde ihr im Hinblick auf den Tag, an dem ihr Vater starb, Geld leihen?

Nadine warf sich aufs Bett und überließ sich ihrem stets unfehlbar tröstlichen Wunschtraum: Er würde sterben. Sie würde erben. Der Wert des Nachlasses war unendlich; sie konnte sich gar nicht vorstellen, wieviel. Natürlich durfte sie nicht gleich zu viel verkaufen, um den Wert nicht zu drücken, sie konnte aber leicht sofort so viele Millionen Francs flüssig machen, um ihre sämtlichen Rechnungen zu bezahlen und jeden Franc zur Verfügung haben, den auszugeben sie Lust hatte. Albin würde sie im ungünstigsten Augenblick verlassen, ihn unmittelbar vor einer Kollektion, wenn er am empfindlichsten war, seelisch verkrüppeln. Philippe würde sie auf eine so demütigende Art und Weise hinauswerfen, daß er niemals mit seinen Freunden darüber sprechen konnte. Und dann würde sie richtig zu leben beginnen: Nadine Mistral, die reiche Erbin, würde den ihr *allein* zustehenden Platz im Herzen des inneren Zirkels der Pariser Gesellschaft einnehmen.

Bis dahin aber würde sie nicht das geringste tun, was ihren Status gefährden konnte. Scheiden lassen konnte sie sich auf keinen Fall, solange ihre gesellschaftliche Stellung vom Charme und den Freundschaften ihres Mannes sowie der magischen Anziehungskraft des Namens Albin, ihres Arbeitgebers, abhing. Vorläufig mußte sie weiterhin Madame Philippe Dalmas, die beste Freundin von Jean François Albin, bleiben. Als unverheiratete Frau konnte sie nur noch als *reiche* unverheiratete Frau triumphieren. Also mußte sie warten. Herrgott, wie lange wollte der Alte denn noch leben?

Neunundzwanzigstes Kapitel

*F*auve reckte sich. Ah, das tat gut! Recken, dachte sie verschlafen, ist genauso schön wie essen, Musik hören und küssen. Und niemand war zu arm dazu.

Sie rollte sich im Bett herum und langte nach Ben, aber er war nicht da. Sie machte die Augen auf und sah sich im dunklen Schlafzimmer um, einem Raum, der ihr nicht vertraut war, da sie zum erstenmal in seiner Wohnung erwachte. Ob es noch Nacht war? Wo konnte er sein? Sie wartete eine Weile und wäre fast wieder eingeschlafen; doch als er nicht kam, schlüpfte sie aus dem Bett, tastete sich zum Fenster hinüber und öffnete die Vorhänge.

Der dünne, widerwillige Sonnenschein eines Märzmorgens in New York ließ sie zurückzucken. Die kleinen Wölkchen hoch über der Stadt wirkten frostig. Rasch sprang sie ins Bett zurück und überlegte, was sie tun sollte. Sie konnte noch einmal einschlafen oder sich etwas zum Anziehen suchen und sich die Zähne putzen. Die Zähne zuerst, entschied sie, hob die Tagesdecke vom Boden auf, weil von ihren eigenen Sachen nirgends ein Stück zu sehen war, und wickelte sich darin ein.

Im Badezimmer fand sie, auf eine Tube Zahnpasta gespießt, einen Zettel.

Liebling,
ich will nur schnell Frühstück einkaufen. Bin gleich wieder da. Ich lieb › Dich. *Ben*

Also das ist wirklich lieb von ihm, dachte sie, während sie nach einer Zahnbürste Ausschau hielt. Ein richtiges schönes Frühstück – ein fürstliches, üppiges, erotisches Frühstück – nur so konnte man einen Sonntag in New York beginnen. Da sie außer Ben Litchfields eigener keine andere Zahnbürste fand, sagte sie sich, die Anwesenheit einer Dame sei für ihn offenbar keine Selbstverständlichkeit, sonst müßte er irgendwo eine Reservezahnbürste haben. Sie duschte, trocknete sich mit einem seiner ein wenig feuchten Handtücher ab und zog den sauberen, jedoch recht fadenscheinigen Bademantel an, der am Haken hinter der Badezimmertür hing. Eindeutig eine Junggesellenwohnung.

Auf bloßen Füßen tapste Fauve ins Wohnzimmer hinüber und sah sofort, daß niemand in der Küche war, um irgend etwas Köstliches zusammenzuzaubern. Das Zimmer war nicht einfach leer, es strahlte auch noch eine unpersönliche Kälte aus. Der Teppich war genau wie die Stühle eindeutig kostbar und sorgfältig auf die tweedähnlichen Vorhänge abgestimmt; die wenig ansehnlichen Pflanzen jedoch sahen aus, als hätte man sie wegen der Fähigkeit ausgewählt, auch bei der größten Vernachlässigung nicht einzugehen, und die Grafiken an den Wänden verrieten nicht eine Spur persönlichen Geschmack.

Das einzige Zeichen dafür, daß hier ein Mensch wohnte, waren die Sonntagsausgabe der *New York Times* und die *Sunday News*, die er gestern abend auf dem Heimweg am Stand Fifty-eight Street/Madison Avenue gekauft hatte. Sie starrte auf die über den ganzen Tisch verstreuten Zeitungsseiten und gab die Idee, sie zu lesen, sofort wieder auf. Irgendwie paßte das nicht zu ihrer positiven Stimmung. Sie spürte noch immer ihren ganzen Körper, fühlte sich, als sei ausgiebig davon Gebrauch gemacht worden, was ja auch den Tatsachen entsprach. Am Spätnachmittag würde sie mit fünf Mädchen, die Valentino zum Vorführen seiner Frühjahrskollektion auf dem Laufsteg ausgewählt hatte, nach Rom fliegen. Vierzehn Tage würden sie bleiben, von Rom aus noch nach Mailand und Paris reisen.

Erfolglos versuchte sich Fauve in einen federnden Berg Schaumgummikissen zu kuscheln. Benjamin Franklin Litchfield, wo bist du? Dies war das erstemal, daß sie eine ganze Nacht mit ihm verbracht hatte – das heißt, überhaupt mit einem Mann, überlegte Fauve, die kurze Liste ihrer Liebhaber vor Augen. Sie wußte, es war altmodisch von ihr, doch außer Ben hatte es wirklich nur zwei gegeben.

Wenn sie mal Zeit hatte, darüber nachzudenken, sagte sich Fauve, daß ihre Lebensweise doch etwas merkwürdig sei. Obwohl sie sich finanziell so unabhängig gemacht hatte wie nur wenige andere junge Mädchen ihres Alters, hatte sie bis vor zwei Jahren zu Hause gewohnt. Umworben worden war sie von zahlreichen Männern, doch mindestens drei Jahre nach ihrem letzten Besuch in der Provence war Fauve noch zu sehr von der Erinnerung an Eric Avigdor verfolgt worden, um auf einen anderen zu reagieren.

Schließlich war eine Zeit gekommen, da Briefe allein nicht mehr genügten, um diese Liebe lebendig zu halten. Nach seinem Abschluß am Beaux-Arts hatte Eric seine zwei Jahre Militärdienst ableisten müssen und dadurch keine Gelegenheit gehabt, sie in den Vereinigten Staaten zu besuchen.

Nach einer Weile bekam Fauve das Gefühl, daß sie beide recht unrealistisch waren im Hinblick auf ein Wiedersehen. Im Laufe der Jahre wurde die Erinnerung an jene kurzen, gemeinsamen Wochen, als sie sechzehn gewesen war, immer blasser. Bestimmte Augenblicke blieben ihr lebhaft und klar ins Gedächtnis geprägt, doch sie konnte keinen einzigen Tag mit Eric vollständig rekapitulieren, nur Bruchstücke.

Waren sie ihren Gefühlen nicht gewachsen gewesen, oder hatten sie ganz einfach die Stärke dieser Gefühle überschätzt?

Fauve vertiefte sich ganz in die Welt der Mode, und mit der Zeit fiel es ihr immer schwerer, an Eric zu schreiben. Wenn sie ihre Briefe noch einmal durchlas, fragte sie sich, was ihn daran überhaupt interessieren mochte. Was ging es ihn an, daß ihre bedeutendste Entscheidung dieser Woche darin bestanden hatte, ein Mädchen vom Central Board zum Big Board zu befördern? Die Details, mit denen ihre Tage ausgefüllt waren, die Erwägungen, die ihr so wichtig erschienen, weil sie Menschen betrafen, die sie mochte, und weil sie geschäftliche und persönliche Auswirkungen hatten, schrumpften, sobald sie sie zu Papier gebracht hatte, zu so lächerlichen Trivialitäten zusammen, daß sie für jeden Brief, den sie schließlich abschickte, fünf Entwürfe zerriß.

Hätte Magali nicht so überraschend geheiratet, würde sie vermutlich immer noch zu Hause wohnen und mehrmals in der Woche mit Magali und Darcy zu Abend essen. Sie hatte sich dort so zufrieden und glücklich gefühlt, daß nur der Entschluß, den beiden die Möglichkeit zum Alleinsein zu geben, sie zum Wohnungswechsel bewogen hatte.

In einem schmalen, altmodischen Sandsteinhaus in den

siebziger Straßen der East Side, nicht weit von der Third Avenue, hatte sie eine gemütliche, kleine zweistöckige Wohnung gefunden, in der sie kurz vor ihrem zwanzigsten Geburtstag das erste Liebesabenteuer erlebte. Und das zweite. Keins von beiden war sonderlich beglückend für sie gewesen, wie Fauve sich selbst eingestand. Irgend etwas, irgendein wesentliches Element hatte gefehlt, und wenn sie ihm einen Namen geben sollte, dann fiel ihr, verdammt noch mal, nur ein einziges Wort dafür ein: Romantik.

Physisch waren diese Erlebnisse relativ befriedigend verlaufen. Beide Männer waren intelligent und amüsant gewesen, doch diese andere Dimension, diese Verzauberung der ganzen Welt, die sie einst erlebt hatte, als sie, von Schafen umdrängt, auf einer Straße bei Félice in einem kleinen Auto saß – nein, die war nicht eingetreten.

Fauve hatte es keinem der beiden gestattet, die ganze Nacht bei ihr zu bleiben, obwohl ihr Bett zweifellos breit genug war. Es war nur so, daß sie es sich einfach nicht vorstellen konnte, neben einem von ihnen aufzuwachen. Das war für sie in mancher Hinsicht etwas weitaus Intimeres, als mit ihm zu schlafen.

In der letzten Nacht hatte sie beim Einschlafen gedacht, neben Ben Litchfield aufzuwachen könnte sich eventuell als Offenbarung erweisen. Romantik schien in der Luft zu liegen. Er hatte von Ehe zu sprechen versucht, sie jedoch hatte ihn daran gehindert: Es war nicht der richtige Augenblick. Sie hatte sich gefühlt, als lausche sie einem Orchester beim Stimmen der Instrumente, einem unkoordinierten Durcheinander von Tönen, das den Beginn von Musik verhieß.

Im Augenblick, dachte Fauve, wär ich durchaus mit etwas Eßbarem zufrieden, und die Romantik könnte von mir aus in ihrem Versteck bleiben. Bauernwürste – die kleinen, scharf gewürzten, oder von Ahornsirup triefende Pfannkuchen zum Beispiel. Vielleicht brachte Ben so was ja mit. Oder Waffeln mit zerlassener Butter und Erdbeermarmelade. Vielleicht holte er ja auch Brioches und Croissants und hauchdünne Scheiben in Zucker gebeizten Virginia-Schinken oder sogar einen Pepperidge Farm Coffee Cake, den man nur warm zu machen brauchte, so einen mit köstlichem, klebrigem Zuckerguß und vielen Rosinen. Sie war ja so bescheiden, sie verlangte ja gar nicht Eier Benedikt mit einem Extraschlag Sauce Hollandaise; sie bestand gar nicht auf einem großen, kühlen Glas frisch gepreßten Orangensaft ohne Fruchtfleisch; sie wollte ja nur ein einfaches Frühstück, keinen Brunch, verflixt noch mal!

Fauve zog die Füße zum Lotussitz unter sich. Einmal um sie zu wärmen und dann in der Hoffnung, daß vielleicht etwas Meditation sie daran hindern würde, noch länger ans Essen zu denken.

Bevor sie mit Ben Litchfield auszugehen begann, hatte sie bereits viel von ihm gehört, denn viele Redakteurskolleginnen verzehrten sich – erfolglos – nach ihm. Er hatte einen bohrenden Verstand, war spitzfindig und skeptisch. Fauve mochte seine Ecken und Kanten. Ben Litchfield hatte sie sehr lange unermüdlich und zielbewußt umworben, bevor sie ihm vor einigen Monaten endlich gestattet hatte, mit ihr zu schlafen. Er ist ein überaus... gemütlicher Liebhaber, dachte Fauve, die nach der richtigen Bezeichnung suchte. Sie fühlte sich sicher bei ihm, geborgen, ruhig, warm und... gemütlich.

Fauves Magen knurrte, und sie erwog, vielleicht doch noch die Zeitung zu lesen. Wann in aller Welt hatte Ben Zeit gehabt, die *Times* oder die *News* derart zu zerlesen, fragte sie sich. Dunkel erinnerte sie sich, mitten in der Nacht halb aufgewacht zu sein, im Badezimmer Licht gesehen und das Rascheln von Zeitungspapier gehört zu haben. Hatte er nicht schlafen können und versucht, sich in den Schlaf zu lesen?

Ben Litchfields Schlüssel kratzte in der Tür, und Fauve sprang auf, um ihm abzunehmen, was er eingekauft hatte.

»Zwei Kellogg's Snack-Paks, Milch, Eier... und das ist alles?« Fast hätte sie vor Enttäuschung gewimmert, doch das verbot letztlich ihr Stolz.

»Ich wußte nicht, ob du lieber Corn Flakes hast oder Rice Crispies«, erklärte er, »deshalb habe ich genug von beidem genommen. Butter ist noch in der Küche und Toastbrot auch.« Er küßte sie auf die Nasenspitze – über einen meterhohen Stoß Zeitungen hinweg.

»Aber du bist stundenlang fort gewesen!«

»Ich dachte, du schläfst noch. Ich bin zum Times Square gefahren, und ob du's glaubst oder nicht, der *Philadelphia Inquirer* kam ausgerechnet heute zu spät, also mußte ich natürlich warten.« Vorsichtig legte er die Sonntagsausgaben des *Boston Globe*, der *Pittsburgh Press*, der *Washington Post*, des *Cleveland Plain Dealer*, der *Los Angeles Times*, des *Newsday*, des *Houston Chronicle*, des *Atlanta Journal-Constitution* und des *San Francisco Examiner & Chronicle* ab. »Andererseits hab ich aber Glück gehabt. Sieh mal, ein *Miami Herald*! Den kriegt man sonst am Sonntag kaum ... Ist fast ein Trost dafür, daß ich die *Chicago Trib* nicht bekommen habe – die kommt leider immer erst morgen. Komm, gib mir schnell noch einen Kuß!«

»Gibt es vielleicht ein bißchen Speck?« erkundigte sich Fauve behutsam. »Zu den Eiern?«

»Ich hatte daran gedacht, aber ich habe nur eine Pfanne, deswegen können wir nicht Speck *und* Eier machen.«

»Ist es dir schon mal in den Sinn gekommen, daß man den Speck zuerst und dann in dem Fett die Eier braten könnte?« erkundigte sie sich.

»Mein cleveres Liebling – Frauen sind ja so furchtbar klug! Das müssen wir unbedingt mal ausprobieren«, gab er zerstreut zurück, während er in den Zeitungen zu blättern begann.

»Was suchst du?« sprudelte Fauve heraus. »Ist irgendwas wahnsinnig Wichtiges passiert?«

»Hmmmm ... nein ... nichts Besonderes ... Ich muß alle Sonntagsmagazine lesen ...«

»Du *mußt* sie lesen?«

»Du würdest staunen, was für neue Ideen die auswärtigen Zeitungen am Sonntag bringen – äußerst nützlich ...«, murmelte er, während er fieberhaft im *Cleveland Plain Dealer* blätterte.

»Ben!«

»Ja, Liebling?« Er hob den Kopf.

»Laß uns wieder ins Bett gehen.«

»Jetzt?«

»Jetzt sofort.« Sie legte die Arme um ihn und nahm ihm die Brille ab.

»Vor dem Frühstück?«

»Auf leeren Magen liebt sich's besser. Mit vollem kann's gefährlich sein.«

»Tja ...«, sagte er mit einem unendlich bedauernden und zögernden Blick auf seine Zeitungen. »Tja ...«

»Oder«, fragte Fauve ihn sanft, »möchtest du lieber Zeitung lesen, während ich das Frühstück mache, und dann wieder ins Bett gehen?«

»Eine wunderbare Idee! Ach, Schatz, ich liebe dich ja so sehr!«

»Wo sind meine Sachen, Ben?«

»Fühlst du dich so nicht wohl?«

»Der Bademantel ist mir zu groß, und ich habe nichts an den Füßen.«

»Ich habe alles in meinen Schrank gehängt, als du schliefst ... Ich hasse es, morgens in einem unaufgeräumten Zimmer aufzuwachen.«

»Danke«, antwortete sie, während er sich mit der Gier eines Süchtigen auf den Magazinteil der *Los Angeles Times* stürzte.

Fünf Minuten später verließ sie die Wohnung so geräuschlos, daß Ben Litchfield ihre Abwesenheit erst bemerkte, als es zu spät war. »Bin zum Lunch«, lautete die Nachricht, die sie mit Lippenstift auf seinen Badezimmerspiegel geschrieben hatte.

Maggy lag in brauner Tweedhose und toastfarbenem Kaschmirpullover lang ausgestreckt auf dem Fußboden des großen Wohnzimmers. Auf dem karierten Teppich hatte sie um sich herum eine lange Rolle Millimeterpapier, eine Auswahl von Farbstiften und den *White-Flower*-Farm-Katalog arrangiert. Darcy saß mit einem Buch auf dem Schoß vor dem Kamin und sah in die Flammen des prachtvollen Feuers, das er fleißig mit Scheiten fütterte.

Er trank einen Schluck Martini und dachte, wie glücklich er doch war. Gab es etwas Schöneres als zu wissen, daß es Sonntagabend war und man morgen trotzdem erst spät in die Stadt zurückzufahren brauchte? Am Nachmittag hatte er mit Maggy einen langen Spaziergang im knospenden Wald gemacht.

»Was machst du da, Liebes?« fragte er Maggy.

»Ich bestelle ein paar neue Pflanzen für meinen Taglilengarten.«

»Aber wozu das Millimeterpapier?«

»Weil ich die Pflanzen nicht einfach so in den Boden stecke, Herzchen. Ich messe den Garten aus und zeichne alles auf, und dann koloriere ich die Form der Liliengruppen, damit sie ganz natürlich ineinander übergehen. Anschließend suche ich mir im Katalog die Farben aus, die mit den Anpflanzungen vom vorigen Jahr harmonieren. Eigentlich hätte ich das schon im letzten Monat tun sollen, aber da hatte ich keine Zeit, weil ich die neue englische Blumenrabatte entwerfen mußte.«

»Großer Gott, warum hab ich das bloß jemals gesagt?« fragte er die weißgetünchten Deckenbalken. »Warum hab ich das nicht vorausgesehen, warum hat mich kein Mensch gewarnt?«

»Wovon redest du?«

»Von dem Tag, an dem ich gesagt habe, du hättest keine Ahnung vom Gärtnern. Ich könnte mich prügeln. Das war an dem Tag, an dem du den Gärtner entlassen hast, weißt du noch?«

»Das war ein Wendepunkt in meinem Leben! Du hattest mich furchtbar geärgert, Liebling, da mußte ich dir einfach beweisen, daß jeder, sogar ein Stadtmensch wie ich, das Gärtnern aus Büchern lernen kann. Es ist nicht schwieriger als Kochen.«

»Aber, Maggy, du bist fanatisch!«

»Wieso?«

»Denk nur an all die Abende, an denen du raus mußtest und Unkraut jäten, und ich mußte dir mit der Taschenlampe leuchten, damit du überhaupt etwas sehen konntest? Ist das normal?«

»Wenn man nur das Wochenende hat, muß man jede Minute nutzen«, gab Maggy gelassen zurück.

»Und im letzten Herbst hast du sechs Tage damit verbracht, den ganzen Boden acht Zentimeter tief mit getrocknetem Kuhdung durchzuarbeiten. Bis zu den Ellbogen hast du im Dreck gewühlt.«

»Wenn man im Herbst den Garten schlafen legt, Zuckerschnäuzchen«, belehrte Maggy ihn mit weiser Miene, »sagt man nicht einfach gute Nacht, sondern man düngt! Den Lohn für meine Mühe werde ich nächsten Monat bekommen, wenn alles zu blühen beginnt. Das Gärtnern hat mich Geduld gelehrt. Du solltest dich freuen.«

»Ich bin entzückt! Ich hab eine ganz neue Maggy, die Königin vom Komposthaufen. Ich begreife nur nicht, warum du unbedingt morgen ins Büro fahren willst. Was schadet es schon, daß Fauve nicht da ist? Damit machst du unser Wochenende kaputt«, klagte er, als ihm plötzlich der nächste Tag einfiel.

»Du brauchst doch erst am Abend reinzukommen, Liebling, aber ich möchte die Agentur nicht ganz ohne Aufsicht lassen.«

»Die Aufsicht kann Casey doch für den einen Tag übernehmen, oder? Du erzählst mir ständig, wie zuverlässig sie ist und was für ein gutes Urteilsvermögen sie hat.«

»Das ist nicht dasselbe. Fauve hat das Geschäft im Blut. Und wenn sie nicht da ist, muß wenigstens ich dasein«, behauptete Maggy.

»Immer eine Lunel am Steuer, wie? Ist es das?«

»Der Name Lunel hat einen bestimmten Ruf, und eine von uns beiden muß im Notfall sofort greifbar sein.« Maggy war nicht zu erschüttern.

»Du mußt es am besten wissen. Im Grunde habe ich nie daran geglaubt, daß du deinen Vorsatz, hier ausgedehnte Wochenenden zu verbringen, tatsächlich durchhalten würdest ... Ich sollte mich nicht beklagen.«

»Nein, das solltest du wirklich nicht.« Maggy wandte sich wieder dem Millimeterpapier zu.

Als Darcy dieses Haus gekauft hatte, schien sein Plan für ihr gemeinsames Leben die ideale Kombination von Arbeit und Erholung zu verheißen. Nach wenigen Monaten schon hatte Maggy jedoch einsehen müssen, daß sie für vier Tage entspanntes Landleben in jeder Woche einfach nicht geschaffen war. Es wurde erst besser, als plötzlich die Idee des Gärtnerns auftauchte und sie vor eine Aufgabe stellte, die ihre ganze Energie herausforderte.

Aber auch das war ihr einfach nicht genug, nicht mal während der Wachstumszeit; und von Ende Oktober bis Ende März, wenn der Garten schlief, mußte sie sich damit begnügen, Pläne fürs nächste Frühjahr zu machen. Maggy hätte Darcy gestehen müssen, daß es mit seinem Plan nicht klappte, daß sie zu unglücklich war, wenn sie untätig sein mußte, daß sie einfach noch nicht bereit war für diesen halben Ruhestand; doch da war Fauve, die man darauf vorbereiten mußte, die Leitung allein zu übernehmen, wenn die Agentur an sie überging.

Seit ihrer Gründung im Jahre 1931 war die Lunel Agency ständig gewachsen. Robert Powers hatte sein Geschäft 1948 aufgegeben, und selbst nach dem Auftauchen von Eileen und Jerry Ford war Lunel jetzt, 1975, noch immer die größte und bestetablierte Modellagentur der Welt. Doch wenn Modellagenturen erfolgreich sein sollten, brauchten sie Menschen, die sie leiteten. Mit voller Absicht gab sie Fauve die Möglichkeit, die Agentur selbständig zu führen, Fehler zu machen und durch diese Fehler zu lernen.

Und es hatte geklappt. Nur allzu gut, wie Maggy wehmütig zugeben mußte. Fauve hatte es sich verdient, die Macht zu übernehmen, und wenn Maggy an dieser Macht zu kratzen versuchte, wenn sie versuchte, sie sich zurückzuholen, würde sie der tüchtigen, selbstbewußten Geschäftsfrau in den Rücken fallen, zu der Fauve sich entwickelt hatte.

Doch wenn Fauve morgen nach Europa reiste, hatte sie wenigstens einen Grund, am Montag schon an ihren Schreibtisch zurückzukehren – dem herrlichen Montag, an dem sich aus den Wochenend-Aktivitäten von zweihundert Mädchen, ganz zu schweigen von achtzig gesunden jungen Männern, eventuell eine Krise ergeben konnte, sagte sich Maggy voll Vorfreude. Probleme. Sie war genau in der richtigen Stimmung für Probleme. Und wenn an diesem speziellen Montag gar nichts geschah, würde mit Sicherheit in den darauffolgenden zwei Wochen, die Fauve fortblieb, irgend etwas schiefgehen. Sie würde mit Loulou zu Mittag essen gehen. Seit Wochen hatten sie schon nicht mehr so richtig schön getratscht. Doch wie gewöhnlich verlangt es die Geschäftsordnung, daß ich vor allem die Post unbemerkt zurückschmuggele, dachte Maggy, als ihr der Koffer einfiel, den sie oben in ihrem kleinen Salon versteckt hatte, der Koffer, bis an den Rand gefüllt mit Hunderten von Briefen hoffnungsvoller Möchtegern-Modelle, die die Post jede Woche brachte.

Bei Lunel wurde die Post genau wie bei den anderen Agenturen routinemäßig von einem Bucher-Lehrling oder sogar von der Empfangsdame geöffnet und geprüft, die beide durchaus in der Lage waren, die Fotos herauszusuchen, die jemandem mit größerer Erfahrung vorgelegt werden mußten. Doch Maggy schaffte es jedesmal, sich einen Teil dieser primitiven Ergüsse zu sichern, unter denen, solange die Agentur bestand, allerdings nur sehr selten einmal ein Modell gefunden worden war, und die nahm sie am Donnerstag mit aufs Land. Sobald Darcy im Verlauf des Wochenendes anderweitig beschäftigt war, lief sie sofort zu ihrer Schatzkiste hinauf und machte sich über ihre Beute her. Es besteht doch immer die Chance... immer die Möglichkeit... daß der Blitz einschlägt, dachte sie. Noch hatte sie nicht ihr letztes Fotomodell entdeckt. Man konnte nie wissen!

Fauve dirigierte ihre fünf hochgewachsenen Schützlinge, die sich von den sie umgebenden Römern so grundlegend unterschieden, als seien sie eine Herde wilder Gazellen, zu einem freien Tisch auf der Terrasse der *Pasticceria Rosati*.

Bis auf Fauve, die schon einmal in Rom gewesen war, kannte keine aus der Gruppe die Ewige Stadt. Sie hatten einen Tag frei, um die Auswirkungen der Zeitverschiebung zu überwinden, bevor die Mädchen mit der Arbeit begannen, und für den Drink vor dem Lunch hatte Fauve *Rosati* gewählt, weil es an der schönen Piazza del Popolo lag.

Die Piazza war dreihundert Jahre zuvor angelegt worden, um auf den Reisenden, der die Ewige Stadt betrat, einen möglichst tiefen Eindruck zu machen, und war so überaus erfolgreich darin gewesen, daß man es fast als Sakrileg empfand, sich angesichts dieser kaiserlichen Pracht hinzusetzen und einen Campari zu bestellen. Doch dies war Rom, die Quintessenz der Stadt Rom, die unvergleichliche Dramatik des täglichen Lebens, in dem an von Michelangelo entworfenen Palästen die Wäsche zum Trocknen vor den Fenstern hing, ein schlichtes Restaurant das Erdgeschoß des Hauses einnahm, in dem Lucrezia Borgia geboren war und in dessen Gärten der Villa Medici die Kinder Fangen spielten.

Die Bürger von Rom lassen sich durch nichts überraschen, von nichts beeindrucken. Sie sind eine Rasse, die überheblich, reserviert und Touristen gegenüber auffallend wortkarg ist. Sie müssen ihre Stadt seit Cäsars Zeiten mit Pilgern teilen. Für alle Römer ist jeder andere Mensch der Welt nur ein Provinzler, dem gegenüber sie sich am liebsten blind und taub stellen. Nur eine einzige Ausnahme gibt es, nur eine einzige Art von Fremden, nach der ein Römer sich umdreht.

»Gottchen«, staunte Arkansas, »was sehn diese Leute doch alle freundlich aus!«

Durchaus nicht überrascht musterte Fauve die faszinierten Mienen der Männer ringsum, die nicht mal den Versuch machten, ihr Interesse zu verbergen. Noch nie in der Geschichte der Fotomodelle hatte es eine so weltweite Leidenschaft für junge Amerikanerinnen gegeben, für hochgewachsene, superschlanke, superflotte Mädchen mit Haarmähnen, in denen ständig der Wind zu spielen schien, mit einer starken, doch unschuldigen Sinnlichkeit, über die Maßen schön und erfrischend jung. Die Alte Welt schien einfach nichts hervorbringen zu können, was an diese herrlichen Geschöpfe herankam, die sich mit ihrer lachenden Lässigkeit und ihrem begeisternden Glamour anschickten, Europa zu erobern.

Amerikanische Fotomodelle führten inzwischen die neuen Kollektionen von Couturiers vor, die noch vor wenigen Jahren niemals daran gedacht hätten, ihre Créations von anderen als den Hausmannequins zeigen zu lassen, denen sie auf den Leib geschneidert worden waren. Inzwischen jedoch war die Haute Couture nur noch die Lokomotive, die einen riesigen Güterzug jener Massenprodukte hinter sich herzog, die unter dem Namen eines jeden Designers angeboten wurden. Zwar wurden in Paris, London und Rom immer noch Kleider von Hand gefertigt, aber die wenigen reichen Kundinnen, die sie kauften, wurden als die letzten Exemplare der Gattung der Dinosaurier angesehen, die nahezu völlig vom Antlitz der Erde verschwunden waren.

Und doch waren Modenschauen noch nie so dramatisch und spektakulär gewesen. Die wachsende Nachfrage nach amerikanischen Modellen hatte sich auch auf europäische Modezeitschriften übertragen, und so war es bei Maggy, Wilhelmina und Eileen Ford zur Routine geworden, die vielversprechendsten neuen Modelle für jeweils drei Monate nach Paris oder Rom zu schicken. Unbekannte Mädchen wurden sofort von den besten Fotografen gebucht, die alle auf die herrlich frischen amerikanischen Gesichter wild waren. Die Mädchen lernten, Kleider zu tragen, die teurer und eleganter waren als alles, was in den Vereinigten Staaten hergestellt wurde; sie konnten ihre Mappe mit Dutzenden von Fotos der italienischen Ausgabe von *Bazaar* und der französischen *Vogue* sowie aus zahlreichen anderen im Ausland erscheinenden Modezeitschriften füllen. Wenn diese relativ ungeschliffenen High-School-Schönheitsköniginnen dann, geschliffen, exotisch, auf Hochglanz poliert und keineswegs mehr naiv, aus der Schule von Paris oder Rom heimkehrten, hatten sie bessere Starts in der Branche. Es war, als wären sie zwei bis drei Jahre langsam, aber sicher in New York herangereift.

Falls sie heimkehrten.

Maggy und Fauve waren sich der Risiken, die sie eingingen, indem sie die Mädchen nach Europa schickten, durchaus bewußt. Obwohl die meisten von ihnen über Agenturen gebucht wurden, die in engem Kontakt mit Lunel standen, gab es eine endlose Liste von Dingen, die bei jungen Mädchen fern der Heimat schiefgehen konnten. Daher flog alle paar Monate irgend jemand von Lunel nach Europa, um sich zu vergewissern, daß alles in Ordnung war. Auf dieser Reise nun war es Fauves Aufgabe, nicht nur sämtliche in Europa arbeitenden Lunel-Modelle zu besuchen, sondern darüber hinaus dafür zu sorgen, daß Arkansas und die vier anderen Mädchen, die in Rom bei Valentino, in Mailand bei Armani und Versace und in Paris bei Saint Laurent und Dior vorführen sollten, ihren anstrengenden Terminplan einhielten.

»Was hab ich euch über die römischen Männer gesagt?« fragte sie Arkansas, die schüchtern zum Nachbartisch hinüberlächelte.

»Daß wir ihnen nicht über den Weg trauen sollen«, antwortete Arkansas, deren Lächeln allmählich breiter wurde.

»Und wofür hältst du diese Männer, die du so angrinst?«

»Na ja, was weiß ich, sie könnten doch Ausländer sein wie wir. Schließlich tragen sie keine Namensschildchen. Weißt du, Fauve, warum du so mißtrauisch bist? Weil du ein Stadtmensch bist. Richtiggehend unfreundlich bist du! Für mich sehen die absolut prima aus.«

»Und du für sie. O Gott, soll das zwei ganze Wochen lang so weitergehen!«

»Aber, Fauve«, protestierte Angel, eine der Neuerwerbungen aus South Carolina, dem Staat, der seltsamerweise mehr Haute-Couture-Modelle hervorbrachte als jeder andere, »meine Mama hat mir gesagt, wenn man als Mädchen in

Rom nicht in den Po gekniffen wird, ist das eine Beleidigung. Das ist hier so Sitte, hat sie gesagt...«

»Der neueste Trick der italienischen Taschendiebe ist es, daß einer dich in den Po kneift, während der andere dir das Portemonnaie klaut, die Zeiten haben sich geändert«, sagte Fauve warnend.

»Sollen wir denn in den nächsten zwei Wochen wirklich nur arbeiten? Wir müssen doch schließlich was essen«, beschwerte sich Ivy Columbo mit ihrem Bostoner Akzent.

»Hört mal zu«, entgegnete Fauve, »in Mailand sind die Männer anders, sachlicher, um eine Nuance weniger gefährlich. Wenn wir in Mailand sind, könnt ihr von mir aus zum Dinner ausgehen, mit wem ihr wollt. Hier in Rom aber bleibt ihr bei mir. Ich hab euch versprochen, mit euch in die besten Restaurants zu gehen, stimmt's?«

Fauve musterte die Runde der rebellischen Mienen. Ein Kellner nahte mit einer Flasche Wein.

»Die Herren am Nebentisch möchten die Damen zu einem Glas Wein einladen«, sagte er.

Fauve winkte ab. »Danken Sie den Herren in unserem Namen, aber sagen Sie ihnen, die Religion der Damen schreibt vor, daß sie das, was sie trinken, selbst bezahlen.«

»Ach, Mist!« schimpfte Arkansas.

»Schäbig!« knurrte Angel. »Spielverderberin, Miesmacherin!«

»Es könnte nicht schaden, wenigstens ein bißchen höflicher zu sein«, fiel Ivy in den Chor der anderen ein und schüttelte den schwarzen Lockenkopf ganz bewußt so, daß sie alle Blicke auf der Terrasse auf sich zog. Selbst Bambi Eins und Bambi Zwei, die bisher noch nichts gesagt hatten, blickten Fauve mit ihren wunderschönen Augen vorwurfsvoll an.

»Hört mal zu, Mädchen«, sagte Fauve streng. »Dies ist der erste Vormittag des ersten Tages unserer Reise, und schon macht ihr mir Schwierigkeiten. Wenn ich irgend jemandem gestatte, uns zu einem Drink einzuladen, wird das sofort als Aufforderung ausgelegt, zu uns an den Tisch zu kommen, und dann werden wir die Burschen nie wieder los. In Rom gibt es das einfach nicht, daß ein Mann so etwas einfach als freundliche Geste meint... Das Leben der Römer dreht sich ausschließlich um das Verführen von Frauen; die römischen Männer sind die unverschämtesten, leichtsinnigsten Casanovas der Welt; mit einem von denen dürft ihr euch nie, unter gar keinen Umständen einlassen. Habt ihr das alle verstanden? Hab ich mich klar genug ausgedrückt? Nicht *ein* Wort, nicht *ein* Blick, nicht *ein* Lächeln...«, warnte sie und sah sie alle fünf tiefernst an. Sie allein war für diese Mädchen verantwortlich und wollte, daß ihnen keinerlei Zweifel an ihrer Autorität blieben. So konzentriert war Fauve auf das, was sie sagte, daß sie den Herrn nicht bemerkte, der sich zu einem Tisch auf der anderen Terrassenseite durchdrängte, dann plötzlich stehenblieb, zu ihr herübersah, kehrtmachte und so schnell wie möglich auf sie zukam.

»... nicht einmal einen Wink mit dem kleinen Finger«, schloß sie mit einem strengen Blick für ihre Schützlinge. Der Herr blieb einen Moment hinter ihr stehen, um ungläubig auf sie hinabzublicken, beugte sich dann, als alle fünf Mädchen ihn staunend anstarrten, zu ihr hinunter und drückte ihr einen Kuß aufs Haar. Fauve blieb vor Empörung der Mund offenstehen. Kampfbereit sprang sie auf.

»Wie ... können ... Sie es ... wagen!« brüllte sie, als Eric Avigdor sie in die Arme nahm.

Die Mädchen applaudierten, doch Fauve hörte nichts mehr davon.

Dreißigstes Kapitel

*I*ch hab auf die Uhr geschaut«, sagte Ivy leise. »Seit gut fünf Minuten hat sie uns keinen mißtrauischen Blick mehr zugeworfen.« Sie saß mit den vier anderen Mädchen, Arkansas, Angel, Bambi Eins und Bambi Zwei, an einem Tisch im *Dal Bolognese*, einem lärmerfüllten Restaurant direkt neben *Rosati*. Eric und Fauve hatten an einem anderen Tisch Platz genommen, von wo aus Fauve sie im Auge behalten, aber nicht hören konnte, was sie sagten.

»Ich finde Fauve einfach gemein!« erklärte Angel. »Sie selbst darf mit einem männlichen Wesen essen, nur weil er ein alter Freund ist, wie sie behauptet, und um zu beweisen, daß er keiner von diesen finsteren römischen Typen ist, hat er sich einen französischen Akzent zugelegt. Na und? Ich könnte schwören, das ist alles Humbug.«

»Wenn du nicht so gut wie blind wärst, würdest du merken, daß er ein alter Freund sein muß«, wandte Bambi Zwei ein. »Du hättest sehen sollen, wie er sie angeschaut hat. Wenn du mich fragst – der ist ein bißchen mehr als nur ein Bekannter.« Sie seufzte sehnsüchtig.

»Verschone mich!« entgegnete Angel verärgert.

»Hört auf, euch zu zanken, Freunde«, warnte Ivy die anderen. »Wir halten uns vorbildlich. Sie hat uns vergessen. Sitzt nicht krumm da, dreht euch nicht um, werdet nicht albern. Wer hat den Reiseführer?«

»Ich.« Bambi Eins bog den langen Hals auf eine Art, mit der sie, seit sie zwölf war, Männerherzen gebrochen hatte.

»Dann schlag ihn mal auf, Bambi, und lies uns was vor«, verlangte Ivy.

»Aber ich esse doch«, protestierte Bambi Eins. »Und nennt mich bloß nicht mehr Bambi. Ich habe soeben beschlossen, mir einen anderen Namen zuzulegen. Meine arme Mom hat sich die größte Mühe gegeben, originell zu sein, aber nun

gibt es fünf Bambis in der Branche. Von jetzt an heiße ich ...
Harold.«

»Harold, Liebling, schlag bitte den Reiseführer auf. Essen kannst du später noch. Wir werden uns abwechseln mit dem Vorlesen«, versprach Ivy.

Die Mädchen am Tisch machten sich ernsthaft über ihre Pasta her, während sie aufmerksam verfolgten, was Harold ihnen vorlas.

»›Dal Bolognese‹«, dozierte sie, »›ist ein beliebter Treffpunkt für hübsche, angehende Filmsternchen, junge, kreative Künstlerinnen ...‹ Verdammt! Was sagt man dazu?«

»Halt den Mund und lies, Harold«, befahl Ivy. »Fauve hat gerade zu uns rübergeschaut.«

Harold beugte den schönen, aschblonden Kopf noch tiefer über das dicke, rote Buch und las schnell weiter, während die Mädchen mit angestrengter Konzentration und starr geradeaus gerichtetem Blick aßen, ohne zu merken, daß ihr Tisch zum Mittelpunkt des ganzen Restaurants geworden war. Hatte man in der langen Geschichte Roms schon jemals so etwas gesehen? Fünf Göttinnen, zweifellos Amerikanerinnen, die nur Augen füreinander und ein Buch hatten? War das vielleicht ein neuer religiöser Orden? Oder ein Kult von Lesbierinnen?

»Sie beobachten uns, das spüre ich.« Fauve richtete sich befangen auf.

»Keineswegs. Sie befassen sich wie alle guten Touristen mit einem Reiseführer. Es scheinen sehr charmante, seriöse Mädchen zu sein«, gab Eric zurück.

Nach den ersten Minuten heller Aufregung, in denen er und Fauve viel zu überrascht und verwirrt waren, um einen zusammenhängenden Satz herauszubringen, schien eine ganz und gar unerwartete Schüchternheit ihn zu lähmen. Sie war eine Frau geworden, eine disziplinierte, erfahrene Frau, die mit dem Leben fertig wurde. Was war mit seiner Fauve geschehen? Sie wirkte so ... so sachlich in ihrem männlich geschnittenen, schwarzen Kaschmirblazer, dem grauen Flanellrock, den flachen, teuren Schuhen und der schneeweißen Seidenbluse. Einzig ein Halstuch erinnerte ihn daran, wie herrlich verrückt sie sich früher anzuziehen pflegte. Die strenge Kleidung hob ihre Schönheit allerdings noch hervor.

Ihr Kopf glich einer herrlichen, großen Blüte auf einem perfekt geformten Stengel. Sie wirkte viel erwachsener als diese hübschen jungen Mädchen, von denen sie umgeben war. Kein Wunder, daß sie seinen letzten Brief nicht beantwortet hatte ...

»Was machst du in Rom?« erkundigte sich Fauve ruhig.

»Ich gehöre zu einer Architektenfirma in Avignon und nehme hier an einer Wohnungsbaukonferenz teil. Sie fängt zwar erst in ein paar Tagen an, aber ich bin absichtlich früher gekommen. Jeder Architekt sollte mindestens einmal im Jahr Rom besuchen, ganz gleich, welche ästhetischen Theorien er vertritt ... Findest du nicht?«

»O ja, natürlich. So viele ... Ruinen.«

»Nicht nur das! So viele Gebäude aus so vielen Epochen, die noch in gutem Zustand sind«, stimmte ihr Eric ohne das kleinste Lächeln zu.

Er hat die Ruinen vergessen, dachte Fauve traurig. Kein Wunder, daß er ihren letzten Brief nicht beantwortet hatte. Aber was hatte sie denn erwartet? Sie hatte einem zwanzigjährigen, begeisterten, impulsiven jungen Mann geschrieben, der in verfallene Aquädukte und Fauve Lunel verliebt war; jetzt jedoch war er so erwachsen, so ganz Mann! Er sprach mit einer Zurückhaltung und Ausgeglichenheit, die ihn von ihr distanzierte. Sein hübsches Gesicht war voll entwickelt und ausgeprägt, beinahe einschüchternd.

»Fauve ...«, begann Eric, wurde jedoch unterbrochen: Ivy stand an ihrem Tisch.

»Tut mir leid, Fauve, daß ich euch beide stören muß, aber wir dachten, da wir ja nur einen einzigen Nachmittag für eine Stadtbesichtigung haben, wäre es vielleicht am besten, wir nehmen einen von diesen Bussen mit Glasdach und englisch sprechendem Fremdenführer.« Ivy hatte den Reiseführer unterm Arm.

»Eric, das ist Ivy Columbo.« Fauve funkelte Ivy zornig an. »Eric Avigdor.«

»Da haben Sie durchaus recht, Miß Columbo«, versicherte Eric rasch. »Rom bei Nacht ist eine Rundfahrt wert – das heißt, falls Sie vom Flug nicht zu müde sind.«

»O nein, wir sind viel zu aufgeregt, um schlafen zu können. Dann würden wir gern aufbrechen, sobald du fertig bist, Fauve. Keine von uns hat großen Hunger.«

»Tja...« Fauve zögerte. Verflixte Mädchen! Warum konnten sie nicht in Ruhe essen? Warum zum Teufel hatten sie es so eilig?

»Wie du meinst.« Ivy blieb, eindeutig eine Entscheidung erwartend, am Tisch stehen. »Wir könnten auch zur Via Condotti bummeln gehen. Sag, was dir am liebsten ist!«

»Es gibt ja auch noch den Vatikan!« sagte Eric und tauschte mit Ivy einen kurzen, verständnisinnigen Blick.

»Fabelhaft! Großartige Idee! Fauve, du möchtest doch sicher gern zum Vatikan, nicht wahr?«

»Na ja...«

»Ach komm, Fauve! Entscheide dich! Wir vergeuden kostbare Zeit. Wir brennen alle darauf, Ansichtskarten vom Vatikan aus nach Hause zu schicken.«

»Ach was, verdammt noch mal, nun zieht schon los, Ivy! Wir treffen uns später im Hotel. Ich hab den Vatikan schon gesehn.«

Vibrierend vor Genugtuung kehrte Ivy an den anderen Tisch zurück. Die gute, herrschsüchtige Fauve Lunel würde Ivy Columbo nicht daran hindern, in Rom zu tun, was immer die Römerinnen mit hochgewachsenen, dunklen, gefährlichen, schwarzgelockten römischen Männern taten, die das Hemd bis zum Nabel offen trugen.

»Kommt mit, Freunde«, flüsterte sie den anderen vier Mädchen zu, »bevor sie sich's überlegt. Dieser Mann ist ein Schatz. Aber bitte keinen Sturmlauf. Ich verlange einen würdevollen, damenhaften Abgang. Arkansas, hör auf zu kichern. Bambi Zwei, wag bloß nicht, zu Fauves Tisch rüberzusehen. Harold, hör auf, diesem Mann da zuzuzwinkern...«

»Gehn wir zu Fuß?« fragte Eric, als sie in das Gewühl auf der Piazza del Popolo hinaustraten, wo die Marmorkaskaden der zum Pincio hinaufführenden Balustraden nicht weniger in Bewegung zu sein schienen als die sich wiegenden Pinien im hochgelegenen Garten der Villa Borghese.

»Wohin?« fragte Fauve verwirrt zurück, weil er ihr die Wahl ließ.

»Kein festes Ziel.« Eric ergriff ihren Arm.

»Oh, mein Gott, ich komme mir vor wie beim Schuleschwänzen. Ich sollte ein schlechtes Gewissen haben, weil ich die Mädchen sich selbst überlasse, aber ich konnte den

Gedanken an den Vatikan nicht ertragen. Für Ivy ist das anscheinend sehr wichtig, nur ich bin dem einfach nicht gewachsen.«

»Erinnerst du dich an den Papstpalast in Avignon?« fragte Eric. »Seit damals weiß ich, daß du nicht der Vatikantyp bist. Der Vorschlag war kein Risiko.«

»Ach so.«

»Du hattest doch wohl nicht geglaubt, ich würde dich mit den Mädchen losziehen lassen, oder?«

»Ich . . . war mir nicht sicher.«

»Ich hab eine Unmenge Fragen an dich. Erstens: Bist du je wieder in Félice gewesen?«

»Nein.«

»Und du willst mir immer noch nicht erklären, warum?«

»Nein«, antwortete Fauve brüsk. »Wie geht's deinen Eltern?«

»Danke, sehr gut. Prachtvoll. Und was macht deine Großmutter? Ist sie glücklich in ihrer Ehe?«

»Sie und Darcy haben sich ein Haus auf dem Land gekauft, und Magali liebt ihr neues Leben; sie kommt nur noch drei Tage pro Woche in die Agentur und setzt inzwischen so viel Vertrauen in mich, daß sie endlich mehr oder weniger für sich selbst leben kann . . . und das hat sie weiß Gott verdient«, ergänzte Fauve nachdenklich.

Sie schlenderten die belebte, schmale Via Margutta in Richtung auf die Spanische Treppe entlang, ohne die vielen Kunstgalerien zu beachten, als Eric Fauve plötzlich durch ein großes Tor in ein altes und schlecht instand gehaltenes Haus hineinsteuerte. Drinnen kamen sie in einen geräumigen Innenhof, an dessen Rückseite sich der steile Hang des Pincio mit seinem dichten, grünen Laubdach bis mitten ins Herz von Rom hinabsenkte.

»Das ist es . . . das nicht feste Ziel«, erklärte er und forschte in ihren Zügen nach der Reaktion auf seine Überraschung. In seinem Ausdruck entdeckte sie wieder dieselbe alte Zuverlässigkeit, und plötzlich verblaßten die Jahre, die sie voneinander getrennt hatten. Sie wandte sich zu ihm um und sah ihm in die Augen.

»Warum hast du meinen letzten Brief nicht beantwortet?« Endlich war Fauve in der Lage, die Frage zu stellen, die ihr nie aus dem Kopf gegangen war.

»Aber das habe ich doch! Du warst es, die nicht mehr geschrieben hat.«

»Ich weiß, daß ich geschrieben habe.«

»Wir können nicht beide recht haben«, stellte Eric fest.

»Wir können auch nicht beide unrecht haben.«

»Vielleicht haben wir beide ... beide recht und beide unrecht«, meinte er.

»Ich dachte ... meine Briefe wären zu banal für dich gewesen.«

»Und ich dachte, meine Briefe wären zu langweilig für dich, im Vergleich zu deinem Leben. Deine Briefe waren Kleinodien für mich ... Ich habe sie alle aufgehoben. Sie liegen zu Hause in meinem Schreibtisch.«

»Ich habe geglaubt, daß du dich verliebt hättest und mir nichts davon schreiben wolltest«, sagte Fauve mit erstickter Stimme.

»Und ich habe geglaubt, daß sämtliche Männer von New York hinter dir her wären.«

»O ja, das waren sie. Ich mußte mich mit einem Stock gegen sie wehren.«

»Und daß du mit einem liiert wärst ... in einen verliebt.«

»War ich nicht. Aber du?«

»Versucht hab ich's. Ich habe sämtliche traditionellen Mittel gegen ein gebrochenes Herz durchprobiert: viel Arbeit, Alkohol und andere Frauen. Geholfen hat nichts.«

»Was für ein gebrochenes Herz?« Ihre Augen hatten die Farbe aufsteigenden Flußnebels am Ende eines Frühlingstags.

»Meines. Meine Liebe zu dir ist nie erloschen, und du bist nicht zu mir zurückgekehrt. Also mußte es brechen.«

»Oh, mein Liebling!« Fauve schmiegte sich an ihn; die Welt kreiste in einem weiten, schwindelnden, herrlichen Wirbel um sie. »Wie weit ist es zu deinem Hotel?«

»Fünf Minuten, wenn ...«

»Aber der Verkehr: Er steht praktisch still.«

»... wenn wir zu Fuß gehen. Drei Minuten, wenn wir laufen.«

Es war ein großes Bett mit einer Matratze, die sich in der Mitte zu einer kuscheligen Mulde senkte und sich um sie herum in weichen, wogenden Wolken türmte. Als sei man tief in einer warmen Schneewehe geborgen, dachte Fauve. Ihre Gedanken drifteten durch Schichten von Gefühlen und Emotionen. So vieles hatte sie in den letzten Stunden erlebt, daß sie wie berauscht war von allem, was sie entdeckt hatte. Die Einzelheiten waren kaum zu trennen: Erst der kleine Stich von Scham, als er sich ihr zum ernstenmal nackt zuwandte, die atemlosen, stillen Minuten, als er ihre Brustspitzen küßte, während sie auf sein dunkles Haar hinabblickte und erkannte, daß sie noch nie zuvor wahre Zärtlichkeit erfahren hatte, und dann der Moment, da die Zärtlichkeit sich in eindeutiges Begehren verwandelte, in den Ausbruch ungehinderter Leidenschaft, in dem Vergangenheit und Gegenwart miteinander verschmolzen. Sie tanzten nach der Musik einer Dorfkapelle, sie saßen im Schutz der Äste eines uralten Birnbaums in einem mauerumschlossenen Garten, sie lagen in jener durchscheinenden, honigmilden, rotgoldenen Wärme, die nur die von der Zeit vergoldeten Steine und Stuckfassaden Roms aus der Sonne destillieren können. Seine Lieder zuckten unter ihren Lippen.

»Ich schlafe nicht«, sagte er. »Ich hatte nur die Augen ein bißchen zugemacht.«

»Nie, niemals im Leben bin ich so haargenau da gewesen, wo ich sein wollte«, dachte Fauve und merkte dann, daß sie es laut ausgesprochen hatte.

»In Rom?« murmelte er an ihrem Hals.

»In diesem Bett. Dieses Bett ist die Welt. Ich möchte es nie wieder verlassen.«

»Aber, Liebling, das brauchst du nicht. Ich werde dich für immer hier festhalten. Ich werde dir köstliche Speisen bringen und köstliche Getränke, und zwischendurch werde ich mal die Laken wechseln, obwohl sie so wunderbar nach unserer Liebe duften, daß ich das nur höchst ungern täte... Ich lasse dich nie wieder gehen. Ich hätte dich heiraten sollen, als du sechzehn warst.«

»Du bist ein Träumer, so was zu denken«, seufzte sie.

»O nein, ich hätte es durchsetzen können, wenn ich klug gewesen wäre, vorausgedacht hätte.« Eric schlüpfte unter ihrem Arm hervor, stützte den Kopf in die Hand und blickte ernst auf sie herab. »Du hast keine Ahnung, wie oft ich die Szene auf dem Bahnhof rekapituliert habe! Statt dich zum Bahnhof zu bringen, hätte ich dich sofort zu meinen Eltern nach Hause bringen und mich um dich kümmern sollen, bis du diesen seltsamen, furchtbaren Zustand überwunden hattest, in dem du warst; und dann hätten wir heiraten können und nicht all diese Jahre verschwendet. Aber ich war zu jung; ich kindischer, hilfloser Dummkopf habe dich einfach davonfahren lassen. Das hab ich mir nie verziehen.«

»Aber, Eric!« Fauve richtete sich lachend, liebevoll spottend auf: »Wir waren beide Kinder damals, und Kinder heiraten nicht, um in einer kleinen Hütte an einem Wasserfall zu leben. Das hast du dir doch nicht wirklich so vorgestellt, oder?«

Eric senkte den Kopf; er antwortete nicht.

»Ich hätte damals nie heiraten können!« fuhr Fauve fort. »Ich hatte doch keine Ahnung, nicht die geringste Erfahrung; ich hatte nicht gelernt, wie das ist, wenn man seinen Lebensunterhalt verdient, ein Geschäft führt ... Ich hätte mich nie damit zufriedengegeben, eine kindliche Ehefrau zu sein! Du ... du machst doch nur Spaß, nicht wahr?« Sie spöttelte, in ihrem Ton lag jedoch eine bängliche Frage.

Es wurde still zwischen ihnen, eine abwartende Stille wie im Konzertsaal zwischen dem Ende des einen Satzes einer Klaviersonate und dem Beginn des nächsten. Eine gespannte Stille, erfüllt von dem Bewußtsein, daß ein Mensch, der die Sonate nicht kennt, womöglich glaubt, das Stück sei zu Ende, und an der falschen Stelle klatscht.

»Selbstverständlich war das ein Scherz«, antwortete er ihr schließlich. »Ich war zu vernünftig dazu und du auch – schon damals.«

»Ach, Liebling, ich bin es leid, so fest in der Realität verwurzelt zu sein. Ich gehöre nicht zu den Leuten, die glauben, man solle sein Leben so leben, als könne jeder Tag der letzte sein.«

»Ich frage mich, wie die Welt aussehen würde, wenn jeder Mensch wirklich so leben würde, als gäbe es kein Morgen«, sinnierte Eric.

»Über die anderen kann ich nichts sagen, aber was ich täte, wenn es für mich kein Morgen gäbe, das weiß ich jetzt.«

»Was denn?« wollte Eric wissen.

»Das werd ich dir zeigen.« Sie rutschte wieder in das Matratzental hinab, umfing seine kraftvollen Schultern mit ihren schlanken Armen und neigte den Kopf, so daß ihre Lippen dort auf die warme Haut zwischen seinen Schlüsselbeinen trafen, wo ein kräftiger Puls klopfte. »Ich werde es dir eingehend zeigen ... Nichts werde ich auslassen ...«

Draußen vor dem Fenster sank langsam die Sonne, doch sie achteten nicht darauf. Erst als in einem Fenster gegenüber das Licht anging, fuhr Fauve plötzlich erschrocken hoch. »Großer Gott, wieviel Uhr ist es?«

Eric griff auf den Nachttisch und sah auf die Uhr. »Ungefähr zehn vor sechs.«

»O nein! O nein!« Sie sprang aus dem Bett, jagte ins Bad, machte dort Licht und betrachtete sich im Spiegel. »O Gott, nein! Die brauchen mich nur anzusehen, und schon wissen sie, wie und wo ich den Nachmittag verbracht habe«, rief sie mit Panik in der Stimme. »Ich muß duschen und mein Make-up auffrischen und irgendwas mit meinen Haaren machen, aber selbst dann werden sie noch alles erraten. Wann wird der Vatikan geschlossen, Eric? Hast du eine Ahnung? O Gott, ich weiß nicht, was ich zuerst tun soll! Was für ein Mist!«

»Warte eine Minute, Liebling. Mach dich nicht verrückt, laß uns in Ruhe überlegen.«

»Überlegen? Wer hat jetzt Zeit zum Überlegen? Ich muß so schnell wie möglich ins Hotel zurück und beten, daß sie da nicht schon auf mich warten. Aber was mach ich bloß, wenn sie nicht da sind?« Splitternackt hastete Fauve im Badezimmer umher, unfähig, ihre Gedanken zusammenzunehmen, entsetzt darüber, daß ihr die Zeit so zwischen den Fingern zerronnen war.

»Du bist ganz atemlos, Liebling. Und du frierst; du hast am ganzen Körper Gänsehaut.« Eric fing sie mit einer Steppdecke ein, wickelte sie fest hinein, hob sie auf und trug sie, die laut protestierend strampelte, ins Bett zurück. »Jetzt halt den Mund und laß mich telefonieren. Grand Hotel, hast du gesagt?« In fließendem Italienisch verhandelte er mit dem Hotelportier. »Aber was soll ich bloß sagen? Leg um Gottes willen auf! Ich muß mir das erst zurechtlegen.« Sie versuchte ihm den Telefonhörer zu entwinden, doch er hielt sie mit einem Arm unten.

»La Signorina Ivy Columbo, per favore«, sagte er.

»Nein! Nicht Ivy. Die ist die Intelligenteste. Laß dir ... laß dir Bambi Zwei geben.«

Eric ignorierte sie. »Hallo, Miß Columbo? Hier Eric Avigdor, ja ... Wie war's im Vatikan? Erhebend? Hatte ich mir gedacht. Fauve? Die ruht sich auf einer Bank aus und hat mich gebeten, Sie anzurufen und zu beruhigen. Nein, alles in Ordnung, aber ihr ist ein bißchen schwummrig ... Wir kommen gerade aus den Katakomben ... Ja, die Katakomben von St. Callisto ... ganz draußen, an der Via Appia Antica. Meilenweit ... Es ist leider meine Schuld, es war meine Idee ... Ich hatte vergessen, wie eng und dunkel es da unten ist, und wenn man erst drin ist, muß man beim Fremdenführer bleiben, sonst verirrt man sich und findet nie wieder heraus ... Die Sache ist nur, daß mit meinem Auto was nicht in Ordnung zu sein scheint, und jetzt ist Berufsverkehr, und der Tankwart hier möchte schließen – ich telefoniere von einer Tankstelle aus –, also ich kann nicht genau sagen, wann wir zurück sein werden. Ziemlich spät, fürchte ich. Sie regt sich schrecklich darüber auf, daß sie Sie so im Stich lassen muß ... Ach wirklich, kein Problem? Aha, Sie wollen sich das Essen aufs Zimmer bringen lassen und früh zu Bett gehen! Ja, da haben Sie ganz recht; das ist wirklich das Gescheiteste. Ich werde es Fauve sagen, daß sie sich keine Sorgen machen soll.«

»Weckruf!« zischte Fauve.

»Und vergessen Sie nicht, der Vermittlung zu sagen, wann Sie morgen geweckt werden wollen ... Nein, verlassen Sie sich lieber nicht auf Ihre Reisewecker, die gehen ja doch nie richtig. Jawohl, werd ich ihr sagen. Gute Nacht, Miß Columbo – wie bitte? Ivy? ... Gute Nacht, Ivy. Danke, daß Sie so vernünftig sind. Fauve wird sehr erleichtert sein.« Er legte auf.

»Katakomben!« höhnte Fauve. »Nicht ein Wort hat die dir geglaubt!«

»Ich fand mich ziemlich überzeugend.«

»Das warst du auch – ich wußte nicht, daß du so perfekt lügen kannst –, aber wer in aller Welt würde so idiotisch sein und an einem herrlichen Vorfrühlingsnachmittag in Rom die Katakomben besichtigen?«

»Dieselben Leute, die auch den Vatikan besichtigen würden.«

»Soll das heißen, daß ich meine moralische Autorität verloren habe?«

»Du hast sie nur zeitweilig außer Kraft gesetzt. Morgen kannst du wieder deine so eindrucksvoll strenge Jacke und die praktischen Schuhe anziehen, deine kleine Herde zusammentreiben . . .«

»Aber was, glaubst du, tun sie wirklich? Hast du ihr geglaubt?«

»Wieso nicht? Sie klang ziemlich müde.«

»Ivy? Völlig unmöglich. Die tanzt wahrscheinlich in ihrem Zimmer herum«, gab Fauve grimmig zurück.

»Das mit dem Zimmerservice glaube ich ihr.« Mit einem Kuß auf ihren Hals beendete Eric die Konversation. Er hatte ganz deutlich einen Champagnerkorken in Ivys Zimmer knallen gehört.

Am nächsten Morgen saß Fauve in der Hotelhalle und las mit der leicht gekränkten Engelsmiene einer geduldig Wartenden im *Daily American*, als die Mädchen pünktlich und, wie sie zutiefst erleichtert feststellte, eindeutig erholt aus dem Lift kamen. Gemeinsam begaben sie sich zu Valentino, wo sie die Mädchen bis zum Abend ablieferte, damit sie die Kleider für die Modenschau am Donnerstag anprobierten.

Schon füllten sich die Straßencafés, Espressoduft würzte die laue Luft, Bäume reckten blühende Zweige über die Mauern, an jeder Straßenecke schien es einen Blumenstand zu geben.

Fauve kaufte Hunderte von winzigen dunkelroten Nelken, füllte sich Arme und Schultertasche bis obenhin. Ihr Herz quoll über von einer unbändigen, berauschenden Zärtlichkeit. Sie fühlte sich wie ein rosa, heliumgefüllter Ballon, der mit fröhlich tanzendem Bindfaden in den türkisblauen Himmel aufsteigt. Warum hab ich so viele Blumen? fragte sie sich flüchtig, als sie auf die Erde zurückkehrte. Dann fiel ihr ein, daß sie die drei Lunel-Modelle besuchen wollte, die seit sechs Wochen in Rom arbeiteten. Sie fand sie alle bei bester Laune und schenkte ihnen je einen Berg Nelken und einen flüchtigen Kuß; dann konnte sie endlich auf und davon laufen und sich mit Eric treffen.

Bis sie die Mädchen wieder bei Valentino abholen mußte, gehörte der Tag ihr. Es war eine Zeit außerhalb der Zeit, eine

Zeit, die keinerlei Verbindung mit dem realen Leben hatte. Es war erst Mittwochvormittag, und nach Florenz brauchte sie nicht vor Donnerstagabend zu fliegen – eine Ewigkeit, wenn man sie sich als Folge wundervoller Augenblicke vorstellte, von denen jeder in sich vollkommen war.

Beim Mittagessen in einem kleinen Restaurant nahe dem Forum konnte Eric nicht aufhören, Fauve zu betrachten. Sie sah aus wie fünfzehn, das Gesicht bis auf die Wimperntusche ohne Make-up, die Haare eine glänzende zinnoberrote Wolke. Sie trug einen weichen Rollkragenpullover, grün wie Pistazieneis, und eine naturweiße Kordhose, deren Beine in niedrigen, honiggelben Stiefeln steckten. Mit dem leuchtendblauen Poncho über dem Arm und der Schultertasche sieht sie aus wie für den ersten Schultag angezogen, dachte er, und sein Herz war vor lauter Liebe so ungebärdig, daß es ihm den Verstand raubte. Nach dem Essen schlenderten sie zum Forum, um in die Zeitgeschichte zurückzureisen.

»Letztes Mal bin ich auch hier gewesen«, erzählte Fauve. »Am Tag nach dem Vatikan. Und hab mir geschworen, jedesmal, wenn ich in Rom bin, wieder hierher zurückzukommen. Du hast doch nichts dagegen, oder? Für einen Architekten gibt es hier nämlich nicht viel zu sehen.«

»Zerborstene Säulen, ein paar Torbogen, einige kopflose Statuen?« entgegnete Eric, als er sich umsah. »Eine Wildnis von Trümmern – alles übereinandergestürzt, der Schutt von Jahrhunderten zu Bergen gehäuft und das Ganze mit Efeu und Weinranken überwuchert – für Archäologen jedenfalls eine ganze Menge.« Er lachte. »Was zieht dich hierher?«

»Es ist der einzige Platz in Rom, an dem ich wirklich spüre, wie alt die Stadt ist. Überall sonst sind die Baudenkmäler so gepflegt und restauriert, daß es mir gar nicht wie Vergangenheit vorkommt.«

Unter Zypressen suchten sich Fauve und Eric einen Weg bergauf zum Gipfel des Palatin. Nirgends waren andere Touristen zu sehen und Römer schon gar nicht.

»Dies ist bestimmt das friedlichste Fleckchen von ganz Rom«, sagte Fauve leise. Glücklich genoß sie die poetische Stille des Forums. Ein prickelnder Schauer von Hochgefühl überlief sie, als steige sie in Siebenmeilenstiefeln über Jahrtausende hinweg. Sie pflückte einen dunkelgrünen Akanthuszweig und betrachtete die klassische Form der Blätter.

Ich wünschte, ich könnte ihn zu einem Kranz biegen, dachte sie, als sie zu Eric emporsah. Ein junger römischer Konsul, fand sie, zurückgekehrt, um Bericht über die Lage an der Peripherie des Imperiums zu erstatten, mochte denselben Ausdruck von Abenteuerlust und Kraft besessen haben, der Erics breites, gebräuntes Gesicht kennzeichnete. Sein Kopf verlangte nach einem Kranz.

Auf dem Gipfel des Hügels stiegen sie die steilen Stufen ins Grün des kleinen, überwucherten Buchsbaumgartens empor.

»Ach, es ist wunderbar hier!« rief Fauve. »Riecht es nicht zauberhaft? Woher kommt dieser Duft?«

»Vom Buchsbaum – oder vielleicht von den Jahrhunderten?« fragte Eric, den Blick auf das trümmerübersäte Forum unten gerichtet.

»Hier fühle ich mich lebendiger als irgendwo sonst in Rom«, stellte Fauve fast verwundert fest. »Sogar die Geister sind hier freundlich.«

»Ja... Ich spüre es auch.«

Sie setzten sich auf eine Steinbank und schwiegen, durchdrungen und getröstet von den greifbaren Schwingungen einer versunkenen Vergangenheit.

Eric brach als erster das Schweigen. »Erzähl doch mal, was macht deine Malerei? Du hast mit keinem Wort davon gesprochen.«

»Ich male nicht mehr – nicht mehr seit dem Sommer, in dem ich dich kennengelernt habe.«

»Du hast es aufgegeben?« fragte er verblüfft. »Wie kommt das... Wie kann das möglich sein, wo es dir doch so unendlich viel bedeutet hat?«

»Eric, Liebling«, entgegnete Fauve mit einer Stimme, deren Ton tiefster Trauer ihn berührte, »frag mich bitte nicht danach... Ich kann es nicht genau erklären, nicht einmal mir selbst. Erzähl mir lieber noch was von dir. Diese Konferenz hier in Rom – worum geht es dabei?«

Er erhob sich von der Bank, um auf dem Kiesweg auf und ab zu gehen und, Begeisterung im Blick, mit seinen großen, wunderschön geformten Händen lebhaft zu gestikulieren. »Erinnerst du dich an diese scheußlichen Mietskasernen, die neben dem Industriegelände von Cortine am Stadtrand von Avignon gebaut wurden?«

»Wie könnte ich die vergessen? Die waren das einzig Häßliche in der Landschaft.«

»Und das mußten sie nicht sein! Unsere Konferenz hat die Humanisierung preisgünstigen Wohnungsbaus zum Thema, das heißt, wie man für dieselben – oder sogar geringere – Kosten gute statt schlechte Häuser bauen kann ... Es ist lediglich eine Frage des Designs, des Interesses. Für den Sozialwohnungsbau interessieren sich inzwischen eine Menge Architekten aus der ganzen Welt. Deswegen treffen wir uns hier, um Ideen und technische Methoden auszutauschen.«

»Interessierst du dich ausschließlich für solche Bauten?«

»Keineswegs. Meine Spezialität ist das Restaurieren alter Bauernhäuser in der Provence. Ich baue sie so um, daß sie auf das moderne Leben zugeschnitten sind, ohne die Schönheit des Originals zu zerstören. Aber am schönsten ist es für mich, wenn ich ein neues Haus bauen kann. Ein neues Haus für die provençalische Landschaft zu konzipieren, ein modernes Haus, das eine Freude fürs Auge ist, dem Menschen Obdach bietet und den Horizont und die Berge respektiert – und natürlich auch die Nachbarn –, ja, das ist der Traum eines jeden Architekten! Ich möchte sie dir so gern zeigen – wirst du kommen und dir ein paar von meinen Häusern ansehen? Flieg bitte von Paris aus nicht gleich nach New York! Weißt du, es ist ganz einfach ...«

Fauve zuckte sofort vor seinem Ungestüm zurück. Abwehrend hob sie die Hand. »Keine Pläne, Eric! Ich kann jetzt höchstens so weit in die Zukunft vorausdenken, daß ich mir überlege, was wir heute abend mit meinen Mädchen anfangen sollen. Ich habe den starken Eindruck, daß sie einen geheimen Terminplan gemacht haben. Ich kann sie nicht sich selbst überlassen, aber ich kann es auch nicht ertragen, auch nur eine Minute von dir getrennt zu sein.«

»Könnten wir nicht alle zusammen essen gehen?« schlug Eric vor.

An jenem Abend vergewisserte sich Fauve nach einem Dinner, das in den Annalen der Lunel Agency weiterleben sollte, daß all ihre Schützlinge sich brav auf ihren Zimmern befanden, bevor sie zu Eric ins Hotel zurückkehrte.

»Für uns gibt es nur noch heute nacht«, sagte er und nahm

ihren Kopf in beide Hände. »Morgen kannst du höchstens mit mir zusammensein, während die Modenschau läuft, und dann mußt du dieses infernalische Flugzeug nach Florenz nehmen. Warum nur?«

»Du darfst nicht die Stunden zählen. Du darfst nicht die Minuten zählen – dadurch verdirbst du uns das Jetzt. Mach mich nicht traurig, bitte, mach mich nicht trauriger, als ich schon bin«, flehte Fauve.

»Nein, Liebes, aber eines verstehe ich nicht: Warum du mir jedesmal, seit wir uns getroffen habe, ausgewichen bist, wenn ich ernsthaft mit dir sprechen wollte. Ich habe dich nicht gedrängt, aber jetzt . . .«

»Ach bitte, laß mich dir noch einmal ausweichen. Ich kann ungeheuer faszinierend ausweichen«, flüsterte Fauve, die seine Brust mit Küssen bedeckte.

»Das werde ich tun, wenn du mir eine einzige, ganz simple Frage beantwortest: Liebst du mich, Fauve?«

»O ja!«

»Dann müssen wir Pläne machen, müssen wir über die Zukunft sprechen . . .«

»Du hast gesagt, wenn ich deine Frage beantworte, läßt du mich . . .«, unterbrach Fauve protestierend seinen Wortschwall. »Pläne . . . die Zukunft – das hat mit Ausweichen nichts zu tun.«

»Wenn du gesagt hättest, daß du mich nicht liebst, hätte ich einfach den Mund gehalten und mit dir geschlafen. Aber du liebst mich. Siehst du nicht ein, daß das alles ändert?« Erleichterung verklärte seine Stimme.

Fauve löste sich aus seinen Armen, stieg aus dem Bett und trat ans Fenster, stand nackt und weiß in der Dunkelheit, die außerhalb des Lampenscheins herrschte. Sie verschränkte die Hände hinter ihrem Kopf und drehte ihn mit einer kaum wahrnehmbaren, hilflosen Geste der Verneinung von einer Seite zur anderen. »Bitte, Eric, ich bitte dich! Nicht heute nacht.«

»Aber wann denn? Du kannst doch nicht einfach abreisen, Fauve! Wie viele zweite Chancen, glaubst du, werden uns noch geschenkt?«

»Ich habe einfach nicht denken wollen«, entgegnete sie langsam mit abgewandtem Gesicht. »Ich habe gelebt, ohne zu kalkulieren oder über Möglichkeiten nachzudenken . . .

Ich habe gelebt, mich einfach mit dem Wind treibenlassen. Ich habe es so genossen, wie eine Seifenblase dahinzufliegen, doch wenn wir jetzt weiterreden, wird meine hübsche Seifenblase platzen. Bitte!«

Eric trat hinter sie, nahm sie in die Arme und hielt die weiche Schwere ihrer Brüste in seinen Händen. Er legte das Kinn auf ihren Kopf und barg sie an seinem warmen Körper.

»Du zitterst. Du kannst hier nicht stehenbleiben, es ist zu kalt. Komm ins Bett, mein Kleines. Und bring deine Seifenblase mit. Sie schillert so hübsch, und sie steht dir so gut.«

»Morgen, Eric. Das verspreche ich dir.«

»Morgen.«

Am Donnerstag saß Eric nach dem Mittagessen bei *Rosati* und wartete auf Fauve. Die Valentino-Modenschau mußte inzwischen begonnen haben. Fauve und er würden noch zwei Stunden Zeit haben, um ihre Pläne zu besprechen, bevor sie die Mädchen und das Gepäck holen mußte, um pünktlich zum Start der Maschine am Flughafen zu sein.

Als er sie kommen sah, sprang er auf. Der Frühlingswind fegte kühl über die Piazza.

»Komm, wir setzen uns hinein«, sagte er und hob ihren Kopf an, um sie zu küssen. »Gut, daß du nicht aufgehalten wurdest.«

»Ich hab mich einfach davongeschlichen. Ich muß zwar rechtzeitig zurück sein, um Valentino zu gratulieren, aber es ist eine recht ausgedehnte Modenschau.«

»Espresso?« schlug er vor.

»Ein Kännchen Tee wäre mir eigentlich lieber. Gibt es so was in Italien?«

»Daß exzentrische Engländer und Engländerinnen nach Rom kommen und es nie wieder verlassen, ist eine uralte Tradition ... Ich glaube schon, daß es hier Tee gibt. Willst du mich heiraten, Fauve?«

»Ich hatte gefürchtet, daß du das sagst«, antwortete sie mit seltsam erstickter Stimme. Als Eric sie ansah, schien es unmöglich, daß dieses blasse junge Mädchen, wieder in Schwarz und Weiß gekleidet, so daß nur das Haar ihrem Gesicht Farbe verlieh, derselbe hemmungslose Feuergeist sein sollte, mit dem er die Nacht verbracht hatte, bis sie ihn kurz vor Tagesanbruch verlassen mußte.

»Warum gefürchtet?«

»Weil ich es nicht kann.«

»Warum nicht, mein Liebling? Welchen Grund könnte es dafür geben, daß zwei Menschen, die einander lieben wie wir beide, nicht heiraten sollten?« Er sagte es ruhig und gelassen. Er hatte geahnt, daß sie einen gewissen Widerstand leisten würde, darauf hatte schon ihr ausweichendes Verhalten, ihre Weigerung, über die Gegenwart hinauszuplanen, schließen lassen.

»Ich bin noch nicht bereit zur Ehe. Du kannst nicht von mir erwarten, daß ich zwei Tage mit dir verbringe und eine so schwerwiegende Entscheidung treffe! Es war wunderbar. Doch im wirklichen Leben ist nie etwas so perfekt, niemals! Es würde nicht so weitergehen, dies war ein Zwischenspiel, Eric. Doch das ist nicht der einzige Grund.« Fauves Stimme klang stark, sehr sicher dessen, was sie zu sagen hatte. »Ich habe Magali gegenüber eine Verantwortung, der ich mich nicht entziehen kann. Wenn ich die Agentur verließe, müßte sie wiederkommen und fünf Tage pro Woche arbeiten oder die Firma aufgeben, wahrscheinlich sogar verkaufen. Sie hat ihr ganzes Leben darauf verwandt, das Geschäft aufzubauen, und ich habe fünf Jahre damit verbracht, es zu erlernen. Sie verläßt sich auf mich – das ist ihr gutes Recht. O nein, sie würde mir niemals im Weg stehen, doch wenn ich New York verlassen müßte, würde das ihr ganzes Leben umkrempeln, und das wäre einfach nicht fair! Und außerdem – was sollte ich mit meiner Zeit anfangen in Avignon?«

»Einen Moment mal! Das sind drei Gründe – könntest du vielleicht eine Sekunde still sein und Luft holen? Trink deinen Tee. Milch? Zitrone? Okay, eine Ehe würde nicht so verlaufen wie zwei Tage in Rom. *Nichts* ist so wie zwei Tage in Rom. Aber unsere Ehe würde wunderbar werden; von Zeit zu Zeit würde sie vielleicht nicht ganz so perfekt sein, aber nur Kinder glauben, daß eine Ehe stets perfekt sein kann – und du bist kein Kind. Das war erstens. Zweitens: Nach allem, was du mir von Magali erzählt hast, kann sie durchaus für sich selbst sorgen. Sie wäre empört, wenn sie glauben müßte, daß du dich für sie opferst ... Ich kann mir nicht vorstellen, daß sie nicht irgendwie eine Lösung findet; sie hat sich doch fast ihr ganzes Leben lang hervorragend geschlagen, nicht wahr? Drittens – also da liegt ein echtes Problem, aber auch das werden wir mit Sicherheit lösen. Ich könnte zum Beispiel nach Paris umsiedeln, dort einer Firma beitreten, und du könntest dir einen Job suchen oder eine Modellagentur gründen, wenn du das willst ... Ich muß nicht unbedingt in Avignon leben ...«

»Hör auf, Eric! Du siehst das alles so gottverdammt rational, du klingst wie ein Kursbuch.«

»Aber du hast mir deine Gründe genannt, und ich nenne dir Gründe, warum deine Gründe keine sind. Wenn du irrational sein willst, werde ich still sein und zuhören.«

»Ich habe Angst, ich hab eine fürchterliche Angst«, stieß sie hervor. »Ich bin gelähmt vor Angst bei dem Gedanken, eine so schwerwiegende Entscheidung treffen zu müssen. Es ist zuviel für mich; schon bei dem Gedanken daran erstarrt mein Blut zu Eis. Ich brauche alte Gewohnheiten, Sicherheit, Vertrautheit ... Die Vorstellung, mein ganzes Leben mit dir – oder mit einem anderen Mann – verbringen zu müssen, wirkt versteinernd auf mich. Ich kenne dich doch gar nicht richtig, nicht als Erwachsenen. Ich kenne ja nicht einmal mich selbst! Für dich ist es leicht, du bist sechsundzwanzig, du hast Zeit genug gehabt, um dich selbst zu finden, herumzuexperimentieren. Ich fühle mich gedrängt, unter Druck gesetzt ... Du kannst nicht von mir erwarten, daß ich bereit bin!«

»Das ist nicht irrational, das ist natürlich.« Er nahm ihre Hände in seine beiden. »Ich kann verstehen, daß es zu früh ist für eine Entscheidung. Weißt du was, flieg von Paris aus nicht nach New York zurück – komm mit, und wir verbringen erst mal den Frühling gemeinsam in Avignon, keine feste Bindung, die Fortsetzung des Zwischenspiels ...«

Fauve starrte in ihre Teetasse, hilfloser denn je in ihrem Leben. Ich kann's ihm nicht begreiflich machen ... Wie kann ich überhaupt zu einem Mann Vertrauen haben? Ein Zwischenspiel, sagt er ... Wenn es beginnt, ist es immer ein Zwischenspiel – so lange, bis es einem etwas Furchtbares antut. Für Magali war es vor langer Zeit in Paris ein Zwischenspiel, für meine Mutter war es ein Zwischenspiel ... Aus einem Zwischenspiel wird ein Vorspiel – und dann? Was dann, o Gott? Ich spüre die Gefahr. Es besteht immer Gefahr, wenn man Vertrauen hat, wenn man sich auf einen anderen Menschen verläßt, wenn man das eigene Leben in seine Hände legt. O nein, ich will das Leben, das ich kenne, ich will das Leben, in dem ich meinen Platz habe, in dem ich mein Büro habe, wo die Menschen mich brauchen, wo ich in Sicherheit bin.

»Nein«, sagte sie, in ihre Teetasse starrend. »Nein, ich kann nicht. Ich muß nach New York zurück. Vielleicht, wenn ich Urlaub habe...« Ihre Stimme brach. »In meinem nächsten Urlaub, dann vielleicht...«

»Nicht nötig.« Eric stand auf. »Du hast zwar behauptet, daß du mich liebst, aber das stimmt nicht. Du liebst mich nicht genug, nicht annähernd genug! Tut mir leid – mein Fehler.«

Er legte Geld auf den Tisch und ging davon.

»Ich wußte, er würde mich nicht verstehen«, flüsterte Fauve vor sich hin.

»Irgendwas nicht in Ordnung, Signora?« erkundigte sich der Kellner.

»Nein, nein«, antwortete Fauve. »Es ist nur das Ende...«
»Das Ende?«
»...eines Zwischenspiels.«

Einunddreißigstes Kapitel

*F*alk war die Schmeicheleien schöner Frauen gewöhnt und ignorierte sie. Doch als Fauve Lunel ihn zu einem Essen zu zweit in ihre Wohnung einlud – zum ersten Essen, das sie tatsächlich selbst gekocht hatte –, fühlte er sich wirklich geschmeichelt.

»Ich bin aber wahrscheinlich keine gute Köchin«, warnte sie ihn.

»Wer sagt das?«

»Kein Mensch. Aber ich hab noch nie für jemanden gekocht. Wie kann ich da eine gute Köchin sein?«

»Das Risiko nehme ich auf mich.«

Während Falk darauf wartete, daß Fauve aus der Küche kam, sah er sich in ihrem Wohnzimmer um. Es ist wie der Blick auf den Dachboden eines alten Familienhauses, dachte er, oder das Blättern in alten Alben. Hatte Fauve eigentlich nie etwas weggeworfen?

Er erinnerte sich an die Genesis zahlreicher Gegenstände, die er hier sah: Da war der riesige Vogelkäfig, den Fauve eines Samstagnachmittags in der Third Avenue gekauft hatte. Er schien sieben weitere Vogelkäfige gezeugt zu haben, die kunstvoll um ihn herumgehäuft waren – eine komplizierte Konstruktion, in der kein einziger Vogel sang. Und dort drüben hing der überdimensionale Strohhut, den er ihr von Aufnahmen in Yucatan mitgebracht hatte, im Kreise Dutzender anderer Hüte jedweder Form und Größe. Die zierliche alte Lyra, die er ihr zu Weihnachten geschenkt hatte, als sie zwölf Jahre alt war, schmückte mit zahlreichen anderen antiken Musikinstrumenten die andere Wand: Flöten, Violinen, Oboen. Überall standen Körbe herum, überall gab es Kissen. Fauve scheint sämtliche erreichbaren Kissen aufgekauft zu haben, dachte er mit der Verbeugung des Connaisseurs, der sich selber für einen Experten der überquellenden Unordnung hält. Das hier war mehr als überquellend und unordentlich – es war geschichtsträchtig! Zu den Büchern in den überfüllten Regalen gehörte ein kompletter Satz der Oz-Bücher, die vielen Abenteuer der Mary Poppins und wohl sämtliche Bücher, die sie seit ihrer Kindheit gelesen und offenbar nie mehr aus ihrem Besitz entlassen hatte. Zwei steinerne Sphinxen bewachten den Kamin, in dem ein blankgeputzter Messingrost stand.

Ein Feuer brannte nicht – es war ein milder Septembertag im Jahre 1975 –, doch Fauve hatte ein Meer von weißen Votivkerzen in kleinen, durchsichtigen Bechern angezündet und sie auf dem Rost verteilt, damit der Kamin nicht leer und dunkel wirkte. Der runde Tisch war mit drei verschiedenen Tüchern gedeckt. Das erste, das in Volants bis auf den Boden hing, bestand aus steifem, leuchtendrotem Taft, das zweite war ein kleiner, seidiger, in sämtlichen Pinktönen geblümter Teppich, und das oberste bestand aus feinem, weißem Leinen mit einer breiten Kante aus besticktem Organdy.

Auf Fauves Schreibtisch standen in reichverzierten alten Rahmen drei Fotos: ein Schnappschuß: von Maggy und Darcy auf dem Rasen vor ihrem Haus; ein Bild aus einer *Life*-Ausgabe von 1951, auf dem Maggy im Kreis ihrer zehn berühmtesten Modelle saß; und die Vergrößerung einer der Probeaufnahmen, die Falk 1947 von Teddy gemacht hatte, als sie zwanzig war.

Als er sich abwandte, weil er es einfach nicht länger betrachten konnte, fiel sein Blick auf eine Armee kleiner Statuen, eine Sammlung von Spieluhren, ein Wald aus verschiedensten Kerzenhaltern und auf jedem Tisch Gruppen von schmalen Vasen in jeder Höhe, jede mit einer einzigen Blume, einem Zweig winziger Blättchen oder ein paar wilden Gräsern.

»Sehr gemütlich«, lobte er, als Fauve kam und ihm ein Glas reichte.

»Viel habe ich eigentlich gar nicht damit gemacht«, antwortete sie, »aber so nach und nach nimmt es Gestalt an.«

»Welche Gestalt hattest du denn im Auge?«

»Das weiß ich nicht so genau. Das wird sich herausstellen, wenn ich sie erreicht habe – wahrscheinlich dann, wenn ich nicht mehr durchs Zimmer gehen kann, ohne über irgend etwas zu stolpern. Ich scheine ständig Sachen zu finden.«

»Ich liebe Sachen«, erklärte Falk. »Es gibt nichts Schöneres als Sachen.«

»Ich wußte, daß du mich verstehen würdest.« Erfreut lächelten sie einander an. »Du würdest mich nie fragen, ob das nicht furchtbare Staubfänger sind und was für eine Neurose das alles darstellt.«

»Niemals! Nur eins fällt mir auf . . .«

»Was denn?«

»Keine Bilder.«

»Nein. Ich hab keinen Platz für Bilder. Hier hängt doch viel zuviel Zeug an den Wänden herum, und außerdem müßte man, um Bildern gerecht zu werden, ihnen das ganze Zimmer unterordnen.«

»Dieses Zimmer ist ganz eindeutig übergeordnet.«

»Genau. O Gott, das Huhn! Entschuldige mich einen Moment.«

Als sie zurückkam, trug sie eine schlicht-weiße Kochschürze über dem ärmellosen, im Rücken tief ausgeschnittenen Kleid aus leuchtendsafrangelber Baumwolle. »Es kocht, mehr kann ich vorläufig nicht darüber sagen.«

»Was für ein Huhn ist es denn?« erkundigte er sich hungrig.

»Ein ungarisches Paprikahuhn. Ich verlasse mich darauf, daß es nichts auf der Welt gibt, das man nicht mit einer gehörigen Portion saurer Sahne verbessern könnte.«

»Wann hast du eigentlich angefangen zu kochen? Ist das ganz plötzlich über dich gekommen?«

»Ich glaube, das hat was mit Reife zu tun. Vor ein paar Wochen kam ich beim Schlachter vorbei, ging hinein und kaufte zwei Lammkoteletts. Ich wollte sie in die Pfanne legen und braten. Ich weiß heute noch nicht genau, was ich falsch gemacht habe, aber die ganze Küche war voll Qualm, und Unmengen heißes Fett spritzten mir entgegen. Daraufhin hab ich mir ein Kochbuch zugelegt. Heute abend wird Geschichte gemacht.« Sie begann den Tisch zu decken.

»Maggy findet, du arbeitest zuviel«, sagte Falk. »Sie hat mir erklärt, du läßt dein Leben vom Geschäft bestimmen.«

»Die hat Nerven! Weißt du, was sie am letzten Wochenende gemacht hat? Sie hat fünftausend Narzissenzwiebeln bestellt. Fünftausend! Sie will sie eigenhändig hinter dem

Haus einpflanzen, und im nächsten Frühjahr werden sie sprießen, als seien sie da seit Jahren wild gewachsen. Und wenn die Narzissen in der Erde sind, will sie im Wald einen Schattengarten anlegen. Kannst du dir vorstellen, daß jemand, der fünftausend Pflanzlöcher gräbt, mir vorwirft, ich arbeite zuviel? Aber weißt du, ich habe das Gefühl, daß Maggy sich jetzt mehr für ihren Garten interessiert als für die Agentur.« Fauve stellte die Teller auf die Leinendecke.

»Wie kommst du darauf?«

»Es ist wirklich komisch, jeden Donnerstag wird sie im Laufe des Nachmittags immer reizbarer, als könnte sie es gar nicht erwarten, endlich gehen zu können; aber sie will das einfach nicht zugeben. Überall entdeckt sie nichtexistierende Fehler, sie rennt in den Bucherbüros herum und kontrolliert alle Karten zweimal, damit auch ja niemand Freitag mit Montag verwechselt hat, macht sich Sorgen wegen der Mädchen, denen es großartig geht, läuft in die Buchhaltung, um sich zu erkundigen, ob alles für den Zahltag vorbereitet ist, als wüßte sie nach all den Jahren nicht genau, daß jedes Modell am Freitag ihren Scheck abholen wird, ob es nun regnet oder schneit. Mit einem Wort: Sie macht uns alle ganz schön verrückt. Es ist, als zwinge sie sich, länger zu arbeiten, um kein schlechtes Gewissen haben zu müssen, weil sie soviel Freizeit hat.«

»Hast du mal mit ihr darüber gesprochen?« erkundigte sich Falk.

»Nein. Ich glaube, ich möchte vermeiden, etwas zu sagen, das als Kritik ausgelegt werden könnte. Eines Tages wird sie vermutlich selbst darauf kommen, daß sie keine Lust mehr hat, drei Tage pro Woche zu arbeiten, und dann wird sie's mir zweifellos selber sagen.« Fauve musterte den Tisch und fand ihn perfekt.

»Was wäre das für ein Gefühl für dich, die Agentur allein zu leiten, wenn sie nicht mehr da ist?«

»Dazu bin ich erzogen worden, ich bin jetzt seit fünf Jahren dabei und glaube, daß ich es schaffen werde. Trotzdem... Maggy *ist* einfach Lunel. Jedes ehrgeizige Modell auf der Welt will zu *Maggy* Lunel, nicht zu Fauve. Die Zeitschriften-Redakteure verlassen sich auf Maggys Urteil. Und doch... wenn sie wirklich keine Lust mehr hat, kann ich das verstehen. Ich müßte... O Gott, mein Huhn!«

Als Fauve aus der Küche kam, wirkte sie erleichtert. »Ich hab's probiert, und ich glaube, es wird tatsächlich annähernd ungarisch.«

»Hast du Ben Litchfield noch nie bekocht?«

»Ben Litchfield besitzt keine Geschmacksknospen.«

»Ich dachte . . .«

»Ich weiß, was du dachtest. Das denken alle. Ehrlich, Melvin, man könnte meinen, Manhattan besteht nur aus vier Häuserblocks, so tief steckt jeder die Nase in die Privatangelegenheiten anderer Leute.« Fauve setzte sich zu Falk und trank ein halbes Glas Wein. »Anwesende natürlich ausgenommen.«

»Das weiß ich. Also dann erzähl mir mal was von deinen Privatangelegenheiten.«

»Er will heiraten.«

»Gibt's sonst nichts Neues?«

»Nein, ich meine, er will wirklich heiraten. Früher hat er jedes fünfte oder sechste Mal davon geredet, wenn wir uns sahen, jetzt aber redet er dauernd davon. Dieser Druck, dieser Druck!« stöhnte Fauve finster.

»Die meisten Mädchen . . .«, begann Falk.

»Genau. Wahrscheinlich alle Mädchen. Er ist ein wunderbarer Mann, er ist hochintelligent, er ist gutmütig, er ist erfolgreich. Er ist ein Mensch, mit dem ich reden kann, wir haben sehr viel gemeinsam, er ist lieb, er ist alles, was man sich wünschen kann.«

»Es klingt, als wolltest du eigentlich sagen, er sei unmöglich, verrückt, unberechenbar, und du könntest nicht begreifen, warum du so in ihn verliebt bist.«

»Vielleicht bin ich es. Vielleicht auch nicht.«

»Es ist immer ein Vabanquespiel, Fauve«, belehrte Falk sie liebevoll.

»Gibt es denn gar keine Möglichkeit, sicherzugehen, gar keine Möglichkeit, die Dinge unter Kontrolle zu halten? Wenn man ganz, ganz vorsichtig ist?« fragte Fauve sehnsüchtig.

»Nicht, wenn du das Risiko einer Veränderung eingehst. Es liegt in der Natur der Veränderung, daß sie dich irgendwo anders hinführt als da, wo du jetzt bist. Jede Veränderung jedoch bringt Überraschungen mit sich.«

»Überraschungen hab ich nie gemocht«, gestand Fauve

mit einer so bedrückten Miene, daß sich Falks Herz zusammenzog.

»Was meinst du – ob das Huhn fertig ist?« fragte er. »Es duftet so.«

»Ich werd mal nachsehen. Woran erkenne ich, daß es fertig ist?«

»Wenn sich das Bein leicht im Gelenk drehen läßt. Dann nimmst du eine lange Küchengabel, stichst hinein und siehst nach, ob klarer Saft heraustritt.«

»Woher weißt du das?«

»Wie viele Ehefrauen hab ich gehabt?«

»Nur drei.«

»Eine von ihnen muß es mir beigebracht haben, aber ich weiß nicht mehr, welche.«

Mit einer Platte in der Hand kam Fauve strahlend aus der Küche zurück.

»Es sieht gut aus, falls das etwas zu sagen hat.«

Das Huhn war gut, der Reis war gut, die grünen Bohnen ebenfalls, und die mit Paprika gewürzte saure Sahne hob alles auf ein Niveau, daß es eine krasse Unterlassungssünde gewesen wäre, wenn sie nicht alles heißhungrig verschlungen hätten.

Nach dem Essen saßen Fauve und Falk Brandy trinkend vor dem Kamin. Nach einem langen, vertrauten Schweigen hob Fauve den Kopf. »Die wichtigsten Menschen in meinem Leben«, begann sie, »Magali, Darcy und selbst Lally Longbridge, die so etwas wie meine Tante ist, und du, Melvin, vor allem du, mit dem ich offener reden kann als mit allen anderen – keiner von euch will mir etwas von meiner Mutter erzählen. Warum?«

»Ich hatte immer gedacht... Maggy hätte dir alles über sie erzählt... dir nichts verheimlicht«, gab Melvin beunruhigt zurück.

»Oh, sicher – in groben Zügen schon. Aber die grundlegenden Einzelheiten niemals. Ich hab so viele Stunden lang so viele Fotos von ihr betrachtet – von Teddy Lunel gibt es von 1947 bis 1975 buchstäblich Tausende von Aufnahmen –, aber sie alle können mir nicht das sagen, was ich gern wissen möchte, auch wenn ich ihr noch so lange in die Augen sehe.«

»Was würdest du denn gern wissen?« Falks Herz klopfte schwer.

»Ich bin nur wenige Jahre jünger als sie bei ihrem Tod. Hätte ich sie geliebt? Wofür interessierte sie sich am meisten? Warum hat sie dich nicht geheiratet?«

»Du weißt davon? Wer hat dir das gesagt?« Mit einer abrupten, erschrockenen Bewegung stellte er seinen Cognacschwenker hin.

»Ach, das hab ich schon vor sehr langer Zeit erraten. Du hast so einen gewissen Ausdruck im Gesicht, wenn du mich ansiehst. Du hast sie geliebt, das weiß ich. Doch wart ihr auch ein Liebespaar, ihr beiden?« Fauve fragte es leise, aber sehr ernst.

»Ich war... Ich war der erste Junge, der ihr gesagt hat, daß sie schön ist; ich war der erste, der sich mit ihr verabredet hat; ich hab ihr den ersten Kuß gegeben; ich war der erste Mann, der mit ihr geschlafen hat. Das einzige, was ich nicht war, das ist der erste Mann, dem sie das Herz gebrochen hat.«

»Es tut mir leid, Melvin... Es tut mir unendlich leid! Ich wünschte, sie hätte dir nicht das Herz gebrochen.«

»Sie wollte es nicht, sie konnte nicht anders, sie konnte mich einfach nicht *ganz* lieben... Sie suchte nach etwas anderem, nach etwas... nun eben nach etwas *anderem*.«

»Hatte sie viele Liebhaber?«

Falk zögerte. War er berechtigt, ihr zu antworten?

»Siehst du?« sagte Fauve. »Das habe ich eben gemeint. Wenn sie noch lebte, würde ich sagen: ›Mutter, hattest du viele Liebhaber, als du so alt warst wie ich?‹ Und sie würde mir eine Antwort geben müssen, selbst wenn sie nur lauten würde: Das geht dich nichts an. Doch Magali kann ich natürlich nicht fragen, und jetzt verstummst plötzlich auch du. Was hätte sie mir erzählt?«

»Ich glaube, sie hätte dir alles erzählt, was du wissen willst. Ja, ich glaube, sie hätte dir ehrlich geantwortet.«

»Also?«

»Ich sagte vorhin, daß sie etwas *anderes* suchte. Sie hat sehr lange gesucht, und jedesmal, wenn sie einsah, daß sie nicht gefunden hatte, was sie suchte – was immer das sein mochte –, suchte sie eben anderswo... Daher hatte sie viele Liebhaber. Was ›viele‹ genau heißt, weiß ich nicht.«

»Aber lag ihr etwas an ihnen?«

»An jedem einzelnen – bis sie ihr gleichgültig wurden und sie wieder von neuem zu suchen begann. Und dann fand sie deinen Vater, und er war genau das, was sie suchte, Gott helfe ihr!«

»Bin ich sehr unfair zu dir?« erkundigte sich Fauve unvermittelt. »Dich hier heraufzulocken und nach Dingen zu fragen, über die du nicht sprechen willst?«

»Nein, nein! O Gott, nein! Ich finde, wir alle sind *dir* gegenüber fürchterlich unfair gewesen, daß wir dir nicht von Teddy erzählt haben, weil es für uns zu schmerzhaft war. Ihr Tod hat jeden, der zurückblieb, verändert. Keiner von uns ist je wieder so geworden wie früher.«

»Ist das nicht immer so, wenn ein junger Mensch stirbt?«

»Mag sein. Doch deine Mutter war ... sie war ...«

»Anders? Etwas Besonderes?« Fauves Stimme schwankte, so sehr sehnte sie sich danach, endlich alles zu erfahren.

»Ich wünschte, ich könnte auch nur annähernd beschreiben, wie bezaubernd sie war. Ich las damals E. E. Cummings – jeder in meinem Alter las E. E. Cummings – und sah in ihr immer ›jenen klingenden weißen Frühling‹ ... Nein, ich müßte ein Dichter sein, um auch nur ein Zehntel von Teddy zu beschreiben. Und – jawohl, du hättest sie unendlich geliebt ... Das ist ja gerade das Traurigste daran.« Er stand auf, ging zu Fauve hinüber, die sich in ihrem Sessel zusammengerollt hatte, und nahm sie liebevoll in den Arm.

»Du mußt immer nur an eines denken: Deine Mutter hat letztlich gefunden, was sie so lange gesucht hatte, und war bis in die letzte Sekunde ihres Lebens unendlich glücklich.«

»Darf ich dir noch etwas Brandy einschenken, Melvin?« Fauve stand so unvermittelt auf, daß sie einen dicken Ordner herunterstieß, der auf einem Tisch neben ihrem Sessel lag. Er fiel zu Boden und verstreute ringsum Papier. Fauve versuchte die Blätter hastig einzusammeln, und Falk bückte sich, um ihr zu helfen. Er sah ein Blatt flüchtig an, sah noch einmal aufmerksamer durch seine Brille und trug die Blätter dann aus der gedämpften Beleuchtung unter das helle Licht einer Lampe.

»Ach, das ist nichts«, behauptete Fauve. »Gib sie mir einfach rüber.«

»Den Teufel werd ich!«

»Das ist doch nur Gekritzel, Melvin. Komm, mach mich nicht böse! Das ist privat!« Sie stopfte die Blätter, die sie aufgehoben hatte, in die Mappe zurück und versuchte, ihm die übrigen aus der Hand zu ziehen.

»Nicht zerreißen!« warnte er zurückweichend.

»Und wenn ich's doch tue?«

»Du hast gezeichnet, Fauve! Du hast gearbeitet! Seit wann tust du das schon?«

»Ich bin nur . . . Ich krieg nur so eine Art nervöses Bedürfnis, etwas zu zeichnen . . . Wie ein Tick ist das . . . Jeder kritzelt doch so herum; zeig mir einen einzigen Mensch, der das nicht tut!«

»Mein Gott, Fauve – was glaubst du wohl, wem du das vormachen kannst? Hältst du mich für völlig verblödet? Diese Blätter hier sind großartig! Hast du auch gemalt, Fauve? Bitte, sag's mir!«

»Es gibt nichts zu sagen. Okay – ich zeichne ein bißchen, das gebe ich zu. Aber ich male nicht, ehrlich nicht! Das ist nicht gelogen . . . keine Farben, das würde man doch riechen hier in der Wohnung.« Ihre Unschuld beteuernd, breitete Fauve ihre Arme aus. »Komm, Melvin, sieh mich nicht so an! Das macht mich verlegen. Und gib mir bitte meine Kritzeleien wieder!«

Achselzuckend händigte er ihr die Blätter aus. »Wenn du's unbedingt willst, Baby, kann ich nichts machen. Aber ich will dir nur eins sagen: Du hast deinen Stil gefunden, Mädchen – deinen ganz persönlichen Stil, und der hat nichts mit deinem Vater zu tun und nichts mit irgendeinem anderen Maler! Begreifst du, was das bedeutet? Nein? Macht nichts, du Dummkopf! Ich glaube, ich werde jetzt diesen Brandy nehmen, den du mir vorhin angeboten hast. Ich hab ihn noch nie so dringend gebraucht.«

Marte Pollison, inzwischen über siebzig, hatte niemals in ihrer Ergebenheit zu Nadine geschwankt. In ihren Augen war Nadine immer noch das wunderschöne Töchterchen, das sie nie haben konnte. Nadine hatte sich von kleinauf schamlos die sentimentale Ader der bärbeißigen Bäuerin zunutze gemacht, sich von ihr bemitleiden lassen, sobald sie auch nur einen winzigen Kratzer hatte, und in der Küche gesessen und auf die köstlichen Süßigkeiten gewartet, die Marte ausschließlich für sie zubereitete. Als Nadine aufs Internat geschickt wurde, vergaß sie Marte so lange, bis sie in den Ferien wieder nach Hause kam, wo dann die alte, äußerst praktische Verbindung sofort wiederaufgenommen und Marte mit jedem Jahr ehrfürchtiger wurde. Nach Kates Tod war Marte Nadines einziger Kontakt mit La Tourrello, denn Mistral hatte rundheraus gesagt, daß sie ihm nicht willkommen sei.

»Dein Leben ist eine Farce, dein Mann taugt nichts, und ich habe zuviel zu tun, um mich von dir stören zu lassen. Du bist hier nicht willkommen, Madame Dalmas«, hatte er ihr erklärt, als sie ihm das letztemal ankündigte, sie werde zum Wochenende nach Félice kommen. Von da an – es waren nahezu vier Jahre – hatte Nadine vorsichtshalber beschlossen, mit Mistral weiterhin nur durch gelegentliche Telefonate mit Marte Pollison Kontakt zu halten.

Auch wie oft hatte sie Martes brüchige, alte Stimme immer wieder denselben trostlosen Bericht liefern hören, der sie stets auf die Palme brachte: »Es geht ihm wie üblich, *ma petite chérie*. Er steht auf, er frühstückt, er schließt sich den ganzen Tag im Atelier ein, er ißt zu Abend, er geht zu Bett. Nein, es geht ihm gut, er spricht nie mit mir, sagt höchstens, ich soll keine Fremden reinlassen, als ob ich das nicht selber wüßte. Was er den ganzen Tag tut? Das Atelier ist ständig verschlossen, und ich bin kein Mensch, der spioniert. Das Land läßt er verkommen, die Männer hat er entlassen, die Maschinen sind alle verrostet, die Weingärten und Olivenhaine eine Schande für die ganze Gegend, aber ihn stört das nicht. Wenn ich nicht wäre, würde er vermutlich verhungern und es noch nicht mal merken. Ich bleibe nur deinetwegen und im Gedenken an deine arme Mutter.«

Mitte September 1975 rief Marte Pollison Nadine an, um ihr mitzuteilen, ihr Vater huste jetzt schon seit Tagen. Er habe ununterbrochen gearbeitet und sich geweigert, die tägliche Routine zu ändern. »Er will nicht, daß ich den Doktor rufe, *ma petite,* aber ich glaube, er hat Bronchitis. Was soll ich tun?«

»Gar nichts, Marte. Ich bin morgen früh bei euch. Du weißt doch, was er von den Ärzten hält – wir dürfen ihn nicht aufregen.«

Als Nadine ans Tor kam, war sie entsetzt. La Tourrello

wirkte verlassen, ein Steinhaufen, aus dem das Leben gewichen war. In der Küche überließ sie sich dankbar Marte Pollisons Umarmungen.

»Warum ist das Haus verschlossen, Marte? Warum sind die Läden geschlossen und sämtliche Möbel zugedeckt?«

»Oh, das ist nicht meine Schuld! Das Haus wird von mir saubergehalten, und das Dach wird repariert, sobald es notwendig ist, aber du weißt ja, daß Monsieur nach Madames Tod alle Dienstboten gefeuert hat, und meine Arthritis wird jedesmal schlimmer, wenn der Mistral bläst.«

»Arme Marte – natürlich verstehe ich das«, versicherte ihr Nadine.

»Eine ganze Zeitlang hab ich ihm angeboten, ihm im Salon Feuer zu machen, damit er abends dort sitzen kann, aber er wollte keins. Dein Zimmer hab ich heute morgen geputzt und gelüftet, und wenn du willst, serviere ich dir das Abendessen im Eßzimmer oder in der Küche bei mir. Wie lange wirst du bleiben können?«

»Bis ich sicher bin, daß es ihm bessergeht«, hatte Nadine geantwortet und war die Treppe zu Mistrals Zimmer hinaufgestiegen.

»Was, zum Teufel, hast du hier zu suchen?« blaffte Mistral sie an, als sie eintrat.

»Marte macht sich Sorgen um dich.«

»Die muß ihre Nase in alles stecken. Ich hab eine Erkältung und brauche höchstens ein paar Tage Bettruhe.«

»Meinst du nicht, du solltest den Arzt rufen?«

»Mach dich nicht lächerlich! Ich hab im Leben noch nie einen Arzt gebraucht. Und jetzt brauche ich auch keinen; das einzige, was ich brauche, ist ein bißchen Ruhe und Frieden.«

»Bist du überarbeitet?« erkundigte sich Nadine.

»Überarbeitet? Hast du eine Ahnung, was das ist? Ich arbeite, mehr nicht. Arbeit ist Arbeit.« Er hustete, ein explosives, plötzliches, unkontrollierbares Husten.

»Verschwinde!« verlangte er, als er wieder zu Atem kam. »Du wirst dich anstecken.« Er trank einen Schluck Wasser aus einem Glas neben dem Bett.

»Nein, Vater, ich werde dir ein bißchen Gesellschaft leisten. Achte einfach gar nicht auf mich. Ich setze mich ganz still da hin.«

Mistral schloß gleichgültig die Augen und fiel nach kurzer Zeit in einen leichten Schlaf mit gelegentlichem Schnarchen. Nadine konnte nicht aufhören, ihn anzustarren. Mistral war so mager geworden, daß sein Körper sich nur als langgestreckter, knotiger Wulst unter der Bettdecke abzeichnete. Von ihrem Sessel an seinem Bett aus roch er muffig und stank nach Schweiß. Es schüttelte sie vor Ekel.

Er war ein zäher alter Mann und erst fünfundsiebzig. Bis gestern hatte er arbeiten können wie gewohnt. Wer wußte denn, welche Kraftreserven noch in diesem Körper steckten? In ihrer Kindheit war er für sie der stärkste Mann von der Welt gewesen. Große Maler konnten, genau wie große Dirigenten, ewig leben, das heißt, wenn sie es nicht vorzogen, sich schon in der Jugend auf die eine oder die andere Art umzubringen. Sein Verhalten glich keineswegs dem eines Menschen, der sich in Lebensgefahr wähnt.

In einem Anfall ohnmächtiger Wut biß Nadine sich auf die Lippen. Wahrscheinlich war es falscher Alarm: Fieber, Husten, Schweißausbrüche – aber wieso hatte er soviel Gewicht verloren? Sie schlich auf Zehenspitzen näher ans Bett, um ihm ins Gesicht sehen zu können. Seine Nase wirkte doppelt so groß wie je, denn sein Gesicht war jetzt eine harte Maske, finster und archaisch.

»Verdammt, Nadine, laß mich in Ruhe! Ich will schlafen!« schnarrte Mistral, ohne die Augen zu öffnen.

Ihr Herz tat einen Sprung, und sie floh in die Küche hinunter.

»Ich glaube, Marte, wir brauchen uns keine Sorgen um ihn zu machen. Er ist viel zu schlecht gelaunt, um wirklich krank zu sein.«

»Ich konnte die Verantwortung dafür nicht auf mich nehmen, ich mußte dich anrufen«, klagte Marte.

»Natürlich, Marte. Jedenfalls freue ich mich, daß ich gekommen bin, und sei es auch nur, um dich zu sehen. Ich wäre viel öfter gekommen, das weißt du, aber er wollte mich ja nicht sehen. Was sollte ich da tun? Es ist schließlich sein Haus.«

»Wenn nur deine Mutter noch am Leben wäre! Erinnerst du dich an die vielen Partys? Und wie schön das Haus immer war, voll Blumen, überall Dienstboten, die Küche voller Lebensmittel! Und die vielen berühmten Leute! O ja, Madame war die Königin der ganzen Umgebung«, seufzte sie traurig.

»Du siehst müde aus, meine arme Marte«, versuchte Nadine sie zu trösten.

»Immer wieder hab ich in der letzten Nacht nach ihm gesehen, rauf die Treppe, runter die Treppe. Schlaf hab ich nicht viel gekriegt, aber um mich brauchst du dir keine Gedanken zu machen.«

»Ich glaube, wir sollten heute beide zeitig zu Bett gehen. Ich schlafe nur eine Tür weiter; wenn ich also seine und meine Tür offenlasse, kann ich Vater hören, wenn er was braucht... Ich habe einen leichten Schlaf. Und wenn ich es für nötig halte, werde ich morgen den Doktor holen – ohne Rücksicht darauf, was er befiehlt.«

»Ich bin froh, daß du hier bist, *petite chérie*. Jetzt, wo du die Verantwortung übernimmst, fühle ich mich schon viel besser. Es ist einfach zuviel für eine alte Frau wie mich.«

Als Nadine an jenem Abend im Bett lag, war sie viel zu erregt, um zu schlafen. Sie stellte sich vor, eine Kerze zu nehmen, in die Küche hinunterzuschleichen und sich den Schlüssel zum Atelier von dem großen Schlüsselring zu holen. Sie stellte sich vor, wie sie durch die stillen Räume des verschlossenen Hauses wanderte, zur Hintertür hinaus und am leeren Swimmingpool vorbei zu der großen Holzdoppeltür des Ateliers. Sie sah sich aufschließen, die Arbeitsbeleuchtung einschalten und durchs Atelier in den Lagerraum gehen, wo die besten Arbeiten des größten lebenden französischen Malers zu Hunderten gestapelt lagen. In Gedanken zählte sie sie, schätzte ihren Wert. Einige hundert Millionen Francs, falls Mistrals Kunsthändler recht hatte, und es gab keinen Grund zu der Annahme, daß das nicht der Fall war. Ein Vermögen, zu groß, zu ungeheuer, um es zu begreifen. In diesem Atelier liegt meine strahlende, triumphale Zukunft, dachte Nadine. Die Häuser, die sie auf der ganzen Welt besitzen würde, die herrlichen Dinge, die sie kaufen, kaufen, kaufen würde, die Empfänge, die sie geben würde; der ererbte Ruhm, der ihr endlich, endgültig zuteil werden würde, diese Attraktion, die es ihr ermöglichen würde, alle und jeden kennenzulernen. Die Welt würde Mistrals Tochter zu Füßen liegen. Bald. Sehr bald. *Wie* bald?

Sie stieg aus dem Bett und ging leise in Mistrals Zimmer hinüber. Sein Atem war häßlich anzuhören, sehr viel mühsamer als zuvor. Er mußte furchtbar kämpfen, um jedes erstickte Schnarchen produzieren zu können. Sie beobachtete ihn lange und eingehend. Schließlich kehrte Nadine in ihr Zimmer zurück, wo sie tief und fest bis zum Morgen schlief. Nachdem sie sich hastig angezogen hatte, begab sie sich wieder zu Mistral. Er war halb wach, und das Wasserglas neben dem Bett war leer. Sie holte frisches Wasser und hielt ihm das Glas an die Lippen.

»Wie fühlst du dich?« erkundigte sie sich.

»Genau wie gestern«, antwortete er, doch seine Stimme war nur ein Flüstern, und Nadine spürte, auch ohne seine Haut zu berühren, wie das Fieber die heißen Finger nach ihr ausstreckte. Sie holte Waschlappen und warmes Wasser und tupfte ihn, ihren Abscheu überwindend, vorsichtig ab. »Rasieren sollte ich dich wohl lieber nicht, das hab ich nämlich noch nie getan«, erklärte sie leichthin. »Soll ich Marte bitten, daß sie dir Frühstück macht?«

»Keinen Hunger ... mehr Wasser«, wisperte er und begann wieder so fürchterlich keuchend zu husten, daß der Husten, der tief aus seinem Leib zu kommen schien, ihn im Bett hochriß und wie ein Taschenmesser zusammenklappen ließ.

Als Nadine die Küche betrat, war Marte gerade hereingekommen; ihre Miene war besorgt.

»Er hat eine gute Nacht gehabt«, behauptete Nadine munter. »Ich hab ihn gewaschen und es ihm bequem gemacht. Jetzt ist er wieder eingeschlafen. Das ist wohl auch das beste für ihn. Ich hab versucht, ihn zum Essen zu bringen, aber er wollte nicht. Es ist eine schlimme Erkältung, aber dagegen ist bisher noch nichts erfunden worden, das so gut wirkt wie Bettruhe und viel Flüssigkeit.«

»Ich hab richtig ein schlechtes Gewissen, daß ich dir das alles allein überlasse«, klagte Marte unglücklich.

»Ach, meine alte Marte, ich werd doch meinen eigenen Vater pflegen können? Paß auf, du kochst ihm jetzt eine schöne, kräftige Fleischbrühe, und ich kriege ihn später dann vielleicht dazu, daß er ein paar Löffel davon schluckt.«

»Meinst du nicht, wir sollten den Doktor in Apt anrufen, der Madame behandelt hat?«

»Das würde Vater so wütend machen, daß es ihm nur noch schlechter ginge. Du weißt doch, wie stolz er darauf ist, daß er nie krank war. Ich möchte es nicht auf mich nehmen, einen Arzt ins Haus zu holen, solange es ihm nicht wirklich schlecht geht. Er wäre genauso außer sich, als wenn ein Priester sein Zimmer beträte! Alles, was Vater braucht, ist eine gute häusliche Pflege, Marte. Ach ja, ich weiß, wie du dich nützlich machen kannst! Mach mir ein schönes Brathuhn, weißt du, so eins, wie nur du allein es fertigbringst. Ich habe einen Mordshunger. Und eine von deinen Aprikosentorten und eine große Käseplatte, ganz allein für mich. Ich träume von den Käsesorten von Félice! Und von Landbutter.«

»Dann muß ich aber ins Dorf runter; wir haben nicht genug im Haus.«

»Geh nur, geh. Keine Angst, ich bin ja hier.«

Den ganzen heißen Septembertag lang wachte Nadine über das Krankenzimmer. Sie stand im Flur vor der halb offenen Tür und lauschte aufmerksam hinein. Mistral hustete ständig und heftig. Heiser flüsternd verlangte er nach Marte, immer wieder nach Marte, dann hustete er abermals, von Stunde zu Stunde qualvoller und dennoch, wie es ihr schien, mit nicht weniger Kraft als zuvor. Gelegentlich schien er einzuschlafen, doch nie für lange.

»Öffne sämtliche Läden, Marte, nimm diese scheußlichen Tücher von den Möbeln, pflück ein paar Blumen, mach Feuer im Kamin – am Abend ist es einfach zu deprimierend so«, befahl Nadine am Nachmittag, und Marte, beglückt über das neue Leben im Haus, gehorchte freudig. Wenn Monsieur wieder gesund genug war, um herunterzukommen und zu schimpfen, konnte man die Läden ja wieder schließen.

Mitten in der Nacht schreckte Nadine aus dem Schlaf, als hätte jemand ihren Namen gerufen, doch es war still im ganzen Haus. Aber . . . irgend etwas . . . irgend etwas *war* da. Sie warf schnell einen Morgenrock über und ging zu Mistral ins Schlafzimmer. Gleich als sie eintrat, spürte sie, daß ihr Vater im Sterben lag. Endlich. *Endlich!*

Er ertrank an der Flüssigkeit in seiner Lunge. Niemals zuvor hatte sie ein so gräßliches Geräusch gehört, und doch erkannte sie es sofort. Denn was konnte es sonst sein, dieses erstickende, verzweifelte Gurgeln? Wenn nur der Gestank im Zimmer nicht so ekelerregend gewesen wäre ... Aber sie würde nicht hinausgehen – nicht, bevor sie ganz sicher war.

Nadine trat ans Fenster und öffnete es, damit etwas Luft hereinkommen und diese widerliche Scheußlichkeit, die vom Bett herüberdrang, wenigstens zum Teil vertreiben konnte. Sie rückte sich einen Sessel so dicht wie möglich ans Fenster und knipste eine Stehlampe unmittelbar über ihrem Kopf an. Aufmerksam kontrollierte sie ihre Fingernägel. Auf einem war der Lack abgestoßen. Nein, auf zweien. Sie mußte vor der Beerdigung unbedingt eine Maniküre in Félice auftreiben.

Vom Bett kam ein schwacher, neuer Laut, ein bittender Laut, ein flehender Laut. Wasser? Konnte er Wasser wollen, wo er doch ertrank? Unmöglich! Er versuchte zu sprechen. Sinnloses Zeug. Sie hörte nicht zu.

Bald kam kein weiterer Laut mehr vom Bett. Nadine saß noch immer ruhig im schwachen Lichtschein. Sie wartete, bis sie ganz sicher war, daß sie gesiegt hatte; dann kehrte sie rasch in ihr Zimmer zurück.

Sie brauchte Schlaf.

Zweiunddreißigstes Kapitel

*E*s regnete jetzt schon den ganzen Tag, dachte Fauve, während sie aus dem Fenster von Maggys Wohnung starrte, wohin sie sich zurückgezogen hatte, nachdem die Nachricht von Julien Mistrals Tod gekommen war.

»Wie lange, meinst du«, fragte Darcy Fauve gütig, »wirst du noch nicht in der Lage sein, mit den Reportern zu sprechen? Abgesehen von der *New York Times*, der *Daily News* und der *Post* warten draußen vor dem Haus Leute von den Nachrichtenagenturen, ein halbes Dutzend auswärtige Korrespondenten, ein Rudel Fotografen und zwei Fernsehteams. In die Halle dürfen sie nicht herein, aber gehen wollen sie auch nicht – trotz des Regens.«

»Warum können die mich nicht rauslassen aus der ganzen Sache?« fragte Fauve unglücklich.

»Weil es um Mistrals Biographie geht, und darin stellt Mistrals Tochter, Fauve Lunel, unbestritten den interessantesten Punkt dar. Und außerdem bist du hier in New York und sofort greifbar. Sein Tod allein erregt schon ungeheures Aufsehen, doch fügt man die Geschichte deiner Mutter hinzu ... Na ja, da siehst du, warum sie dich wollen.«

»Muß ich wirklich mit ihnen reden und die Fragen beantworten?«

»Ich sehe nicht ein, warum Fauve das tun muß, Darcy!« warf Maggy ein. »Ist das nicht zu umgehen?«

»Es wäre die beste Chance, das Ganze möglichst schnell hinter dich zu bringen«, antwortete Darcy.

»Was werden sie denn von mir wissen wollen?« erkundigte sich Fauve völlig verunsichert.

»Zunächst mal haben sie mich alle gefragt, ob du zur Beerdigung rüberfliegst. Wann du ihn zum letztenmal gesehen, wie du auf die traurige Nachricht reagiert hast ... Du weißt schon, so Dinge, die sie üblicherweise den Angehörigen stellen.«

»Es wiederholt sich alles«, sagte Maggy bitter. »Ich weiß noch, wie es war, als deine Mutter starb ... Könntest du nicht ein Statement abfassen, es ihnen vorlesen, Darcy, und erklären, Fauve sei zu erschüttert, um mit ihnen zu sprechen?«

»Ich kann's ja mal versuchen«, sagte er zweifelnd.

»Aber schreib bitte nicht, daß ich an der Beerdigung teilnehme«, warnte ihn Fauve. »Denn das tu ich auf gar keinen Fall.«

Daraufhin herrschte Schweigen im Wohnzimmer, bis Maggy und Darcy einen schnellen Blick tauschten und Darcy sich daraufhin erhob. »Ich bin in der Bibliothek und schreibe das Statement«, erklärte er.

Maggy setzte sich zu Fauve aufs Sofa und ergriff ihre Hand. »Sieh mal, Fauve – angenommen, du gehst wirklich nicht zur Beerdigung: Begreifst du denn nicht, daß das noch zehnmal mehr Aufsehen erregt? Worin die persönlichen Probleme auch immer bestehen mögen, die du mit ihm hattest – dein Vater war eine prominente Persönlichkeit für die ganze Welt, nicht nur für Kunstsammler, und außer Nadine Dalmas bist du das einzige Kind, das er je hatte. Du *mußt* hin.« Maggys Ton war ruhig, doch bestimmt. Seit dem Morgen hatte sie ausreichend Zeit gehabt, die Sachlage zu durchdenken.

»Es sind keine persönlichen Probleme, Magali«, murmelte Fauve.

»Liebling, in drei Tagen wird in Félice ein großes Begräbnis stattfinden, das wissen wir durch die Pressekonferenz, die Nadine gegeben hat. Wenn du willst, komme ich mit. Das wird zwar noch mehr Aufsehen erregen, aber das stört mich nicht.«

»Nein, Magali. Das ist nicht nötig. Vielen Dank, aber ich gehe nicht.«

»Hör mal, Fauve, Tag für Tag gehen Tausende von Menschen zu Begräbnissen, und niemand fragt sie, was sie im tiefsten Herzen für den Verstorbenen empfinden. Es genügt, daß sie sich zeigen. Es mag nur eine Formalität sein, aber sie ist von großer Bedeutung, eine Geste des Respekts, wenn schon nichts anderes. Vor allem wenn es sich um einen Vater handelt.«

»Ich kann diese Geste nicht machen«, gestand Fauve so

leise, daß Maggy sie kaum verstand. Sie rückte näher und legte den Arm um ihre Enkelin.

»Ganz gleich, was zwischen euch vorgefallen ist, Kind – in seinem Werk wirst du doch genug Größe finden, um Respekt vor ihm zu haben! Du *mußt* dich überwinden ... Das ist deine Pflicht als seine Tochter.«

»Nein. Und nun wollen wir nicht mehr davon sprechen.« Fauve erhob sich.

»Also, ich begreife dich einfach nicht«, rief Maggy bestürzt und verständnislos. Fauve war Vernunftgründen sonst immer zugänglich.

»Ich hatte geschworen, dir nie was davon zu sagen ... von den Gründen, warum ich es nicht ertragen konnte, ihn jemals wiederzusehen ... Aber ich glaube, jetzt muß ich es doch wohl tun, sonst würdest du mich nie verstehen.« Fauve kniete sich vor das Sofa, auf dem Magali saß, und blickte zu ihr auf mit einem Ausdruck, gemischt aus Bedauern und Trauer und einer anderen Emotion, die Maggy nicht identifizieren konnte.

»Dieses Werk, vor dem ich Respekt haben soll, Magali – diesem Werk hat er zahllose Menschen geopfert.«

»Geopfert?«

»Während des Krieges zog er es vor, zu malen, während der Rest der Welt kämpfte. Er kollaborierte mit den Deutschen. Als eine Gruppe Widerständler vom Maquis die Laken stahl, auf die er malte, denunzierte er sie bei einem Freund, einem deutschen Offizier. Sie wurden allesamt ermordet, er aber bekam seine Laken zurück, damit er seine Arbeit nicht unterbrechen mußte. Aber das war nicht das Schlimmste, Magali! Während des ganzen Krieges, wann immer Flüchtlinge baten, die Nacht in La Tourrello verbringen zu dürfen, weigerte er sich, sie aufzunehmen. Es waren Freunde aus Paris, Magali, viele davon vermutlich auch Freunde von dir. Sogar Adrien Avigdor hat er abgewiesen. Er hätte manche von diesen Menschen retten können, aber das hätte ihn bei seiner Arbeit gestört. Juden – niemand kann sagen, wie viele – kamen wegen seiner Arbeit ins Konzentrationslager und starben dort.«

»Wie ... Wer?« keuchte Maggy entsetzt.

»Kate sagte es mir, aber er gab es zu. Ich wollte nicht, daß du es erfährst, Magali.«

»Mein Gott ... mein Gott ... Du hättest es mir erzählen müssen«, sagte Maggy gebrochen.

»Ich schämte mich viel zu sehr. Und später gab es keinen Grund mehr, etwas zu sagen, es war alles vorbei. Er wußte, daß er mich nie mehr wiedersehen würde.«

»Du schämtest dich?«

»Ich schämte mich, weil er mein Vater war. Und ich schämte mich vor allem *für* ihn, schämte mich, zu wissen, was er als Mensch wert war. Deswegen kann ich keine Geste des Respekts machen, Magali – nicht vor ihm, nicht vor seinem Werk. Welches Werk kann wichtiger sein als ein Menschenleben?«

Nadine Mistral Dalmas empfand eine nicht ganz so tiefe Genugtuung, wie sie es eigentlich erwartet hatte. Die Beerdigung war fast genauso verlaufen, wie sie es sich vorgestellt hatte. Der Direktor vom Beaux-Arts war samt Entourage aus Paris gekommen, und der zugige alte Friedhof auf dem höchsten Punkt von Félice hatte eine höchst fotogene Kulisse für den langen Trauerzug abgegeben, der nach dem Requiem-Hochamt dem Sarg folgte.

Sämtliche erwachsenen Féliciens waren natürlich gekommen, wie es der Brauch war bei einem Todesfall in der Gemeinde; ergänzt wurde diese Gruppe noch durch Kunstfreunde aus der ganzen Provence, die später sagen können wollten, sie hätten gesehen, wie Mistral ins Grab gesenkt wurde. Eine schöne Feier, dachte sie. Allerdings hatte aus Paris außer Philippe und einigen seiner unwichtigen Freunde keiner dabeisein können. Alle, die sie gern gesehen hätte, waren im Urlaub. Und es war ihnen natürlich unmöglich, zur Beerdigung an einen so ungünstig gelegenen Ort zu kommen. Wäre der Alte im Oktober und in Paris gestorben, wäre die Sache ganz anders verlaufen, dachte Nadine.

Sie kam sich ein bißchen verlassen vor, jetzt, da die Presse so unhöflich abrupt und unmittelbar nachdem der Sarg ins Grab gesenkt worden war kein Interesse mehr an ihr bekundete. Immerhin hatte sie dadurch zum erstenmal seit Mistrals Tod Gelegenheit, sich zu entspannen und nachzudenken.

Da war die Sache mit dem Typen von der Finanzbehörde. Wie konnte dieser miese, kleine Beamte es wagen, ihr zu verbieten, das Atelier zu öffnen? Ob er glaube, sie werde ihr Eigentum stehlen, hatte sie ihn gefragt, als er die Vorder- und Hintertür versiegelte. Reine Routine in einem derartigen Fall, hatte er gesagt, nur bis die Herren aus Paris eintreffen. Als sie sich bei Etienne Delage beschwert hatte, Mistrals Kunsthändler – jetzt *mein* Kunsthändler, sagte sie sich –, hatte der ihr erklärt, sie könne nichts dagegen tun. Der Staat müsse seinen Anteil am Nachlaß festlegen, bevor irgend etwas entnommen, geschweige denn verkauft werden dürfe.

»Und was gibt's diesmal?« erkundigte sich Nadine, als Marte die Salontür öffnete.

»Maître Banette, ein Notar aus Apt, ist eben gekommen. Er möchte Sie sprechen.«

»Ich kenne den Herrn nicht. Sag ihm, ich schlafe. Sieh zu, daß du ihn los wirst.«

»Das hab ich versucht, aber er läßt sich nicht abweisen. Es ist wichtig, behauptet er.«

»Na schön, von mir aus.« Nadine seufzte. Sie hatte sich schon mit dem Tod und dem Finanzamt auseinandergesetzt, wieso sollte ihnen nun nicht noch ein Notar folgen?

Der Mann, der eintrat – rundlich, mit rotem Gesicht, in feierliches Dunkelblau gekleidet –, besaß die Frechheit, sich wichtig zu tun, bemerkte Nadine in einem Anfall von Reizbarkeit.

»Sie haben sich einen ungünstigen Zeitpunkt für Ihr Eindringen hier ausgesucht, Monsieur.«

»Darf ich Ihnen mein aufrichtigstes Beileid aussprechen, Madame Dalmas? Sie werden sicher gleich einsehen, daß ich Sie so schnell wie möglich aufsuchen mußte.«

»Ich habe keine Ahnung, warum ... Maître Banette, nicht wahr? Was wollen Sie hier?«

»Madame«, begann er vorwurfsvoll, »nur meine Pflichten als Notar veranlassen mich, Sie in Ihrer Trauer zu stören. Da es sich jedoch um Monsieur Mistrals Testament handelt, war es natürlich unumgänglich, Sie zu benachrichtigen. Es liegt, wie es Vorschrift ist, bei der *Fichier Centrale des Dernières Volontés* in Aix, aber ich habe eine Kopie mitgebracht, denn ich vermute, daß Sie gern Einsicht darin nehmen würden.«

»Sein Testament?« Mit einem Ruck richtete Nadine sich auf. »Er hat ein Testament gemacht? Das wußte ich nicht.« Höchst beunruhigt überlegte sie, ob der Alte einen Teil seines Geldes vielleicht wohltätigen Institutionen vermacht haben könnte. Aber nein, das sähe ihm gar nicht ähnlich!

»Monsieur Mistral kam vor drei Jahren zu mir, Madame«, fuhr Maître Banette fort. »Es ging um die Frage des Gesetzes vom dritten Januar 1972...«

»Um was für ein Gesetz? 1972? Ich erinnere mich an kein Gesetz von damals, das sich mit Hinterlassenschaften befaßt. Darüber hätte mich mein Anwalt in Paris informiert.«

»Äh – nein, Madame. Mit Hinterlassenschaften im eigentlichen Sinn hat es nichts zu tun. Im Jahr 1972 schuf das französische Parlament zum erstenmal die Möglichkeit, Kinder aus ehebrecherischen Verhältnissen legal anzuerkennen. Monsieur Mistral hat Mademoiselle Fauve Lunel durch eine offizielle Erklärung anerkannt.«

Nadine verschlug es die Sprache. Maître Banette fuhr fort: »Zunächst wollte er seinen gesamten Besitz Mademoiselle Fauve Lunel hinterlassen. Wie ich ihm erklärte, ist das nach französischem Recht nicht möglich. Er konnte den Nachlaß höchstens unter seine zwei Kinder aufteilen...«

»Aufteilen!«

»Beruhigen Sie sich, Madame! Nicht etwa zur Hälfte aufteilen, nein; das macht Paragraph siebenhundertsechzig des Erbfolgegesetzes eindeutig klar. Mademoiselle Fauve Lunel kann nur die Hälfte dessen beanspruchen, was sie als eheliches Kind bekäme, das heißt also fünfundzwanzig Prozent statt fünfzig. Sie, Madame, erhalten dagegen fünfundsiebzig Prozent dessen, was nach Abzug der Steuern verbleibt.« Er hielt inne und wartete ab, ob Nadine etwas sagen wollte; als sie sich jedoch nicht äußerte, fuhr er, allmählich immer eifriger werdend, mit seinen Erläuterungen fort. »Das Testament, Madame, ist auf eine Art abgefaßt, die ich nicht billige. Ich unterrichtete Monsieur Mistral von meiner Meinung, muß bedauerlicherweise jedoch zugeben, daß er meinen Rat nicht akzeptierte.«

»Fauve«, stieß Nadine giftig hervor. »Immer wieder Fauve.«

»Exakt, Madame. Es scheint da eine... eine Neigung speziell zu diesem Kind hin bestanden zu haben.«

»Was hat er geschrieben?« fragte Nadine. »Geben Sie mir die Papiere!«

»Aber, Madame!« Schützend hielt er die Papiere dicht an

seine behäbige Brust. »Es ist quasi ein Entgegenkommen von mir, Sie über den Inhalt des Testaments in Kenntnis zu setzen.«

»Verdammt, dann lesen Sie mir das Ding doch endlich vor!« Nadine spie die Worte heraus.

»Genau das, Madame, hatte ich vor«, gab er gekränkt und mißbilligend zurück und räusperte sich.

»Ich, Julien Mistral, habe den Wunsch, meine gesamten Werke meiner über alles geliebten und geschätzten Tochter Fauve Lunel zu hinterlassen. Da das Gesetz mir dies jedoch verbietet, bestimme ich, daß sie die Serie La Rouqinne *bekommt, die ich von meiner Frau, Katherine Browning Mistral, zurückgekauft habe; der entsprechende Kaufvertrag ist diesem Dokument beigefügt. Des weiteren ist es mein Wunsch, daß meine Tochter Fauve alle Bilder bekommt, die ich von ihr und ihrer Mutter Théodora Lunel gemalt habe, der einzigen Frau, die ich jemals geliebt habe. Vor allem aber hinterlasse ich Fauve die* Cavaillon-Serie, *zu der sie mich inspirierte. Durch Fauve lernte ich die wichtigste Lektion meines Lebens. Wie ich hoffe, wird sie eines Tages begreifen, daß ich auf sie gehört und mich geändert habe. Es wäre mir lieb, wenn Fauve auch die Domäne* La Tourrello *übernähme, will sie es nicht, bestimme ich, daß sie verkauft und der Erlös meinem Nachlaß zugeschlagen wird.*

Ich verbiete strengstens, daß La Tourrello *und das Atelier, in dem ich gearbeitet habe, in den Besitz von Madame Nadine Dalmas übergeht. Nach meinen gesicherten Erkenntnissen hat sie nie ein Gefühl oder Verständnis für die Schönheit eines Landes oder das Wesen der Kunst aufgebracht. Den Rest meines Besitzes hinterlasse ich bis zum geschätzten Wert von fünfundzwanzig Prozent ebenfalls meiner Tochter Fauve. Sie würde mir eine Ehre erweisen, wenn sie bereit wäre, sich Fauve Mistral zu nennen, ich hätte aber auch Verständnis dafür, wenn sie das ablehnt.*

Alles übrige muß, dem Gesetz zufolge, an Madame Nadine Dalmas fallen, die es, davon bin ich fest überzeugt, so schnell wie möglich verkaufen wird, um sich die Fortsetzung des seichten, wertlosen, unwürdigen und zutiefst eitlen Lebens zu sichern, das zu führen sie sich entschlossen hat.

Das ist alles, Madame.«

»Dieser Bastard! Diese Schlampe, dieses Flittchen, dieses Dreckstück! Nein! Niemals! Kein einziges Stück kriegt die, nichts, was auch nur einen Sou wert ist, solange ich lebe! Er muß total verrückt geworden sein! Ich werde das Testament anfechten, es wird nicht durchgehen!« Nadines Gesicht, eine Maske des Bösen, spie eine Stimme heraus, die den Notar veranlaßte, sich schnell zu erheben und ihr aus dem Weg zu gehen; seine Miene verriet, wie schockiert er über ihren Ausbruch war. Noch einen letzten Versuch machte er, sich in seine Würde zu retten.

»Ich muß Ihnen erklären, Madame«, brachte er ein wenig zittrig heraus, »daß von Unzurechnungsfähigkeit keine Rede sein kann. Hätte ich an Monsieur Mistrals Zurechnungsfähigkeit gezweifelt, ich hätte dieses Testament nie abgefaßt. Es ist hundertprozentig gültig.«

»Hinaus! Was wissen Sie denn, zum Teufel? Ich werde mit meinem Anwalt in Paris sprechen. Sie aufgeblasener, kleiner Esel, Sie provinzieller, stupider Dummkopf – selbstverständlich kann dieses Testament angefochten werden. Hinaus!« So bösartig kam Nadine auf den Notar zu, so drohend, daß Maître Banette seinen Hut nahm und ohne ein weiteres Wort entfloh; das Testament aber nahm er mit.

Gar keine Frage, das ist die beste Story seit langer Zeit, erklärten die Reporter einstimmig, als sie die Einzelheiten erfuhren. Nach dem *Code Civile*, Paragraph 339, war das *fortgesetzte unmoralische Verhalten*, das Teddy Lunel, dem größten Cover Girl aller Zeiten, vorgeworfen wurde, zweifellos eine wirkungsvolle Möglichkeit, das außergewöhnliche Testament Julien Mistrals anzufechten, dessen Text sie in den Registraturen von Aix aufgestöbert hatten, sobald die Nachricht von der Klage ruchbar wurde. Eine verdammt großartige Story, die sicher wochenlang laufen würde, sagte ein junger Reporter freudig erregt. »Monate«, korrigierte ein älterer Kollege ihn händereibend.

»Es spielt keine Rolle, daß Nadine Dalmas nichts beweisen kann«, sagte Darcy. »Sie wird trotzdem ihre Rache bekommen, wird Teddys Namen durch den Dreck ziehen.«

»Sie darf also alles über meine Mutter ausgraben, was sie kann, selbst wenn es nicht zutrifft, wie?«

»Ich fürchte, genau das wird sie vorhaben. Warum hätte sie sonst den Inhalt des Testaments publik werden lassen? Hätte sie das Testament nicht angefochten, hätte kein Mensch je erfahren, wie sehr Mistral sie verachtete.«

Fauve lief, die Hände zu Fäusten geballt, unruhig in Maggys Wohnzimmer umher. Sie war von einem Zorn erfüllt, so groß, wie sie es nie für möglich gehalten hätte. Er war wie eine Superwoge, die urplötzlich mitten aus dem ruhigen Meer aufsteigt, haushoch über einem kleinen Boot emporragt und es fünfzehn Meter in die Luft hinaufhebt. Alles, was sie im Leben durchgemacht hatte, schien jetzt zu verblassen im Vergleich zu Nadines Attacke auf das Andenken ihrer Mutter.

»Ich fliege morgen nach Avignon. Ich werde verhindern, daß das geschieht. Meine Mutter wird nicht als Hure gebrandmarkt werden! Die Bilder sind mir scheißegal, aber Nadine darf das nicht tun – ich werde es nicht zulassen.«

»Fauve...«, begann Maggy, hielt aber inne. Dann versuchte sie es noch einmal. »All das ist passiert, bevor du geboren warst...«

»Ich gehe jetzt packen«, verkündete Fauve, ohne sie zu beachten.

»Gibt es denn nicht wenigstens jemanden in Frankreich«, flehte Maggy, »der dir beistehen könnte? Will dir denn kein einziger Mensch einfallen?«

»Doch«, gab Fauve langsam zurück und blieb, schon auf dem Weg zur Tür, noch einmal stehen. »Doch, es gibt einen. Wie konnte ich ihn nur vergessen?«

Eric Avigdor erwartete sie auf dem Flughafen von Marseilles. Er war verkrampft, als er Fauve sein Beileid aussprach, weil er daran dachte, wie sie sechs Monate zuvor auseinandergegangen waren.

»Papa hat sich sehr gefreut, daß du ihn angerufen hast«, erklärte er, als sie auf der *Autoroute du Sud* in Richtung Avignon fuhren.

»Hat er einen Anwalt für mich gefunden?« erkundigte sich Fauve besorgt.

»Den besten von ganz Avignon. Er erwartet dich bei meinen Eltern. Sein Name ist Maître Jean Perrin. Er hat mit Papa in der Résistance gekämpft.«

»Das ist wirklich sehr liebenswürdig von deinem Vater.«
»Er mag dich sehr gern.« Zum erstenmal lächelte Eric ihr zu, und auch Fauve lächelte ein wenig. Sie war nach der Landung in Paris sofort nach Marseilles weitergeflogen und daher erschöpft und ziemlich zerzaust; aber das Nachmittagslicht der Provence im frühen Oktober, der Anblick der Olivenbäume und der schlanken Zypressen und eine plötzliche, naturhafte Freude darüber, endlich wieder hier zu sein, ließen ihr Blut schneller kreisen. Zum erstenmal, seit sie sechzehn war, gab Fauve sich der Erinnerung daran hin, wie sehr sie dieses Land liebte.

Eine halbe Stunde später traf Fauve im Haus der Avigdors mit ihrem neuen Anwalt zusammen. Sie hatte erwartet, Jean Perrin sei etwa so alt wie Adrien Avigdor, doch dieser Mann konnte nicht älter sein als höchstens Ende Dreißig. Er war schlank und klein und wirkte fast wie ein Junge, jedoch hatte er graue Augen, unter deren Eindruck sie sich sofort hoch aufrichtete, denn Jean Perrin gehörte zu jenen Menschen, die mit einem einzigen, schnellen, umfassenden und beherrschenden Blick alles, aber auch alles in sich aufnehmen.

Beth Avigdor umarmte Fauve herzlich.

»Sie müssen furchtbar müde sein, meine arme Fauve. Das Gästezimmer wartet schon auf Sie. Möchten Sie sich vor dem Essen noch eine Stunde hinlegen?«

»Nein, vielen Dank, Madame Avigdor. Ich möchte lieber gleich mit Maître Perrin sprechen.«

Mit dem Anwalt zusammen setzte Fauve sich auf den breiten Balkon des Hauses hoch über der Stadt, mit der Rhône im Mittelgrund und den Silhouetten der Paläste von Avignon dahinter, deren Türme und Spitzen wirkten wie ein riesiges Segelschiff, das den ungestümen Fluß befährt.

»Maître Perrin – können Sie mir helfen?«

»Seit Adrien mich gestern nacht anrief, habe ich an nichts anderes gedacht. Ich habe, Mademoiselle, sogar den ganzen Tag daran gearbeitet – einen sehr viel interessanteren Tag, als ich ihn normalerweise in meiner Kanzlei verbringe, das muß ich sagen.«

»Sie haben bereits daran gearbeitet? Aber wir haben ja noch nicht einmal miteinander gesprochen!«

»Das Problem reduziert sich eindeutig auf die Frage der

Leumundszeugen, nicht wahr? Also hab ich nach ihnen geforscht. Und ich freue mich, Ihnen sagen zu können, daß ich einen gefunden habe.«

»Einen? Einen einzigen Leumundszeugen?« protestierte Fauve verzweifelt. »Was kann der ausrichten gegen den Vorwurf des ›fortgesetzten unmoralischen Verhaltens‹? Meine Mutter war vierundzwanzig, als sie meinen Vater kennenlernte ... Sie hatte gelebt, das ist ja wohl klar, sie war keine Nonne – und nun ist sie meiner Stiefschwester ausgeliefert, die darauf aus ist, sie zu ruinieren ...«

Fauves Vertrauen zu Jean Perrin war ebenso schnell wieder verflogen, wie es aufgekeimt war. Wie konnte dieser Mann auch nur annähernd ahnen, was für Tatsachen ermittelt und verdreht werden konnten, über Teddy Lunel, die die Herzen so vieler Männer erobert hatte, die heute noch lebten? Sie hätte eine Reihe von Liebhabern gehabt, hatte Melvin ihr erklärt, und sie wußte genau, daß er sich sehr taktvoll ausgedrückt hatte.

Wie viele von ihnen würden prahlen? Wie viele von ihnen würden der Versuchung widerstehen können, über ihre Affären mit dem schönsten Mädchen der Welt zu reden?

»Sehen Sie, Mademoiselle«, fing der Anwalt lächelnd an, »das französische Recht ist hier überaus klar und eindeutig, es läßt keinen Raum für Zweifel, es duldet nicht, daß böswillige Verleumdungen vorgebracht werden. Der Vorwurf des unmoralischen Verhaltens würde sich ausschließlich auf die Zeit beziehen, in der Ihre Eltern einander kannten, in der also die Vaterschaft strittig sein könnte. Nach allem, was ich in Erfahrung gebracht habe, haben sie sich vom Tag ihres Kennenlernens bis zu dem Tag, an dem sie starb, niemals getrennt. Und diese Tatsache werde ich über jeden Zweifel hinaus beweisen.«

Er wandte den Blick von Fauves Gesicht: Es war taktlos, eine so große Erleichterung zu beobachten. Als Jean Perrin sie schluchzen hörte, stand er auf und kehrte leise ins Haus zurück.

»Was ist passiert?« fragte Beth Avigdor. »Soll ich zu ihr hinausgehen?«

»Nein, nein. Ich würde sie erst mal allein lassen«, riet Jean Perrin.

Eric mißachtete seinen Rat und lief auf den Balkon hinaus.

Fauve hockte in einem Liegestuhl und weinte hemmungslos, so sehr von Schluchzen geschüttelt, daß es ihn ängstigte. Er zog sie hoch und hielt sie fest in den Armen.

Eine halbe Stunde später saß Fauve mit gewaschenem Gesicht und gebürstetem Haar mit den drei Avigdors im Salon, während Maître Perrin die Ergebnisse seiner Nachforschungen mit so perfekt kaschiertem Stolz schilderte, daß einzig Adrien Avigdor wußte, was er empfand. So hatten die Augen des Zwölfjährigen geleuchtet, wenn er während der Résistance von einem seiner Beutezüge zurückkehrte. Er wirkte genauso schüchtern-stolz wie in der Nacht, als er den Güterzug in die Luft gejagt hatte, der Waffen für die Schlacht an der Bulge beförderte.

»Zunächst habe ich mich gefragt, was zwei Menschen, die sich sozusagen völlig aus ihrer gewohnten Welt zurückgezogen haben, immer noch genauso tun wie andere Menschen. Das heißt Menschen, die nicht von Luft und Liebe allein leben«, begann Jean Perrin. »Und darauf gibt es nur eine Antwort, nicht wahr?« Er hielt inne, doch niemand wagte zu raten. »Sie essen.«

»Sie trinken Wein«, korrigierte Adrien Avigdor.

»Beides, *mon vieux,* beides. Und wo essen sie? Wo würde der größte französische Maler in Avignon essen?«

»Bei Hiely!«

»Woher wissen Sie das, Mademoiselle?«

»Weil mein Vater früher mit mir dorthin gegangen ist, wenn er mich ganz besonders verwöhnen wollte«, rief sie erregt und unterbrach sich verdutzt. Sie errötete tief. Sie hatte ihn seit so vielen Jahren nicht mehr als ihren Vater betrachtet, daß sie es nicht fassen konnte, wie selbstverständlich ihr das Wort jetzt über die Lippen gekommen war.

»Bei Hiely natürlich, das war nicht schwer zu erraten. Also bin ich heute vormittag hingegangen und habe mit Monsieur Hiely gesprochen. Er lernte 1953 sein Metier in der Küche des Vaters, ist aber oft genug zur Tür geschlichen, um hinauszuspähen und Ihre Mutter zu bewundern. Er kann sich gut an sie erinnern. Ich bat, das *Livre d'Or* sehen zu dürfen, weil ich wußte, daß sie Julien Mistral zweifellos gebeten hatten, sich einzutragen. Und da fand ich tatsächlich seine Unterschrift. Nein, mehr als das: eine bezaubernde Zeichnung von Papa Hiely. Und darunter hatte sich auch Ihre Mutter eingetragen.«

»Aber ... aber ... das beweist doch gar nichts«, wandte Fauve mit versagender Stimme ein.

»Natürlich nicht. Doch die Familie Hiely verschickt an alle guten Stammgäste Weihnachtskarten und hat daher eine Adressenliste. Nach kurzer Suche in diesen Akten fand ich heraus, wo Ihre Eltern in Avignon gewohnt hatten, und ging dorthin. Das Haus steht noch, und es gibt sogar noch dieselbe Concierge wie damals. Madame Berte war äußerst hilfreich ...«

»Die Concierge?« fiel Fauve ihm ins Wort.

»Nein, nein, Mademoiselle, sehen Sie nicht so zweifelnd drein! Nicht die Concierge ist Ihre Leumundszeugin, obwohl wir sie gut gebrauchen könnten, wenn wir zwei bringen müßten. Madame Berte erzählte mir nur, daß Ihre Eltern sich mit einem Arzt angefreundet hatten, der im Erdgeschoß des Hauses wohnte. Vor zwei Stunden erst traf ich diesen Arzt zu Hause an. Er berichtete mir, daß er und seine Frau Ihre Eltern von dem Tag an kannten, an dem sie dort einzogen. Die beiden Paare luden einander von Zeit zu Zeit zu einem Drink ein und gingen auch gemeinsam zum Essen – zu Hiely, ins Prieuré, in Landgasthäuser. Sie liebten Ihre Mutter sehr, wirklich sehr. Ihren Vater haben sie nach dem Tod Ihrer Mutter nie mehr gesehen, haben verstanden, warum er aus ihrem Leben verschwunden ist. Sie sprachen davon, wie absolut treu ergeben Ihre Eltern einander gewesen seien. Der Arzt, Professor Daniel ...«

»Dr. Daniel!« rief Beth Avigdor erstaunt. »Aber den kenne ich doch!«

»Natürlich, Beth. Er ist einer der prominentesten Bürger von Avignon, Professor an der Universität von Aix. Mademoiselle Lunel«, erklärte Jean Perrin, »Professor Daniel war äußerst indigniert über diese abscheuliche Anschuldigung ... Er hat sich maßlos empört – ja, ich möchte sagen, er nahm es persönlich. Selbstverständlich sind sowohl er als auch seine Frau bereit, auszusagen, daß Ihre Mutter während der gesamten Zeit, da sie in Avignon lebte, niemals etwas mit einem anderen Mann als Ihrem Vater zu tun gehabt hat. Die Anfechtung des Testaments wird gestoppt werden, bevor sie überhaupt beginnt. Aus der Ecke von Madame

Dalmas wird ganz zweifellos kein weiterer Ärger mehr kommen.« Jean Perrin zeigte sein schüchternes, triumphierendes Lausbubengrinsen.

»Wieso nahm es der Arzt so persönlich?« fragte Fauve. »Nur weil er mit meinen Eltern befreundet war?«

»Weil er es war, Mademoiselle, der Sie auf die Welt geholt hat.«

Dreiunddreißigstes Kapitel

»Madame Dalmas, welch eine Freude, Sie bei uns begrüßen zu dürfen!« Madame Violette, die Verkaufschefin des Salons Yves Saint Laurent, war viel zu versiert, um ihr Erstaunen merken zu lassen, als Nadine das Haus betrat. Als sie Nadine zu dem am günstigsten plazierten Stuhl im Raum führte, erkundigte sie sich: »Interessieren Sie sich für etwas Besonderes, Madame?«

»Für eine neue Garderobe, eine *ganz* neue«, antwortete Nadine überheblich. »Ich habe so lange Albin getragen, daß er für mich zu langweilig geworden ist, viel zu berechenbar.«

Nadine griff zu dem traditionellen, kleinen Goldbleistift und dem winzigen, weißen Block, auf dem die Nummern der Créationen notiert wurden, die gefielen und anprobiert werden sollten. Es war irritierend, hier zu sitzen wie eine ganz gewöhnliche Kundin, die auf die Vorführung der neuen Kollektion wartete. Aber eigentlich auch irrsinnig aufregend.

Saint Laurent war der beste Couturier der Welt; das hätte sie vor dem gestrigen Tag unmöglich zugeben können. Heute dagegen war sie frei, endgültig frei von der Tyrannei dieses weit überschätzten, winselnden Säuglings Jean François Albin mit seinem Trotz und seinen Wutanfällen. Heute war sie in einer Position wie keine andere Frau der ganzen Welt: Sie hatte soviel Geld, wie sie überhaupt nur ausgeben konnte. In den langen Reihen ihrer Schränke befand sich kein einziges Kleid, keine einzige Bluse, nicht einmal eine einzige Handtasche, die sie auch nur einen einzigen Tag länger als unbedingt notwendig zu behalten gedachte. Seit ihrem gestrigen Gespräch – falls man es als ein solches bezeichnen konnte – mit Jean François hatte Nadine die Absicht, einfach alles über Bord zu werfen. Nicht weil er irgend etwas gesagt hätte, denn zwischen ihnen waren nur wenige Worte gefallen: Nadine war einfach in sein Büro marschiert und hatte ihm erklärt, er müsse von nun an ohne sie auskommen.

»Ah ja, ich verstehe«, hatte er so ausdruckslos erwidert, als sei er viel zu verdutzt, um seine gewohnte Klagetirade loszulassen.

»Du verstehst doch, nicht wahr, Jean François, daß ich jetzt...« Mit einer Geste, die alles ausdrückte, was Worte nicht sagen konnten, hob sie die Schultern: Ich kann meine Zeit nicht mehr auf deine lächerlichen, schmollenden Bedürfnisse verschwenden, du mußt dich jetzt ohne mich behelfen, du wirst endlich merken, daß dein törichtes, kleines Leben vollkommen auseinanderbricht, weil ich keine Lust mehr habe, mich mit dir abzugeben.

»Ich verstehe, Nadine. Ich werde sehen, wie ich zurechtkomme. Entschuldige, Nadine, aber Fürstin Grace ist im Anprobenraum, und ich habe versprochen, mich um sie zu kümmern. Sehen wir uns heute abend beim Essen? Nein? Aber natürlich, du bist noch in Trauer! Nun dann – *à bientôt*!« Er hatte ihr einen trockenen Kuß auf die Wange gedrückt, wie er es bei aller Welt tat, und war geschäftig summend davongeeilt, hatte nur ein einziges Mal haltgemacht, um die Afghanen zu tätscheln, die vor der Tür seines Arbeitszimmers lagen.

Ein guter Auftritt, dachte Nadine, der jeden anderen vermutlich getäuscht hätte. Sie dagegen wußte natürlich, daß sie ihm einen tödlichen Schlag versetzt hatte, der mit größter Wahrscheinlichkeit wieder mal eine von seinen nervösen Depressionen auslösen würde.

Dennoch war da etwas gewesen – irgend etwas, das ihr nicht entgangen war und das sie veranlaßt hatte, heute zu Saint Laurent zu gehen. Hätte sie Albin nicht so gut gekannt, sie hätte gesagt, es sei ein Ausdruck gewesen von... Belustigung? War das möglich? Ganz gewiß nicht, dachte sie, während sie mit kaum verdeckter Verachtung die Frauen um sich herum anstarrte. Dies war nicht die richtige Jahreszeit, um eine neue Garderobe zu bestellen; es waren nur Frauen aus der Provinz oder Ausländerinnen. Sie haßte es, mit ihnen gemeinsam die Kollektion anzusehen, aber sie wollte Albins Kleider nicht mehr tragen. Worüber mochte Jean François nur so gelächelt haben?

Die ersten Mannequins tanzten im Quickstep mit einer

Folge von Tageskostümen vorbei, die für den Herbst und Winter entworfen und schon im Frühsommer gezeigt worden waren.

Wenn sie Madame Violette darum bat, würde die Zeit für die Anfertigung ihrer Garderobe zweifellos auf ein Minimum reduziert werden. Und die nächste Frühjahrskollektion würde sie bei der Pressevorstellung sehen und dabei mit anderen bevorzugten Kundinnen von Saint Laurent in der vordersten Reihe sitzen: ein Ritual, das ebenso wichtig war wie die Kleider selbst.

Sie schrieb Nummern auf ihren Block, versuchte dabei aber möglichst nicht an das Gespräch zu denken, das sie am Vormittag mit ihrem Anwalt geführt hatte. Nachdem er von der Aussage des Dr. Daniel in Avignon erfahren hatte, wollte er ihr die Aussichtslosigkeit des Einspruchs gegen das Testament ihres Vaters klarmachen. Anschließend hatte sie sich an andere Anwälte gewandt, und alle hatten sie ihr dasselbe gesagt. Sie müsse das Testament anerkennen: Nichts könne nunmehr verhindern, daß Fauve fünfundzwanzig Prozent des Nachlasses in genau der Form erhalte, die im Testament festgelegt sei. Der Einspruch war eindeutig abgeschmettert.

Bei der Erinnerung an diese Tatsache zerbrach Nadines Bleistift unter dem Druck ihrer Finger. Madame Violette, die im Hintergrund stand und ihre Kundinnen beobachtete, brachte ihr sofort einen neuen.

Jetzt erschien eine Gruppe Hosenanzüge auf dem Laufsteg, im Herrenschnitt, mit jener besonderen Saint-Laurent-Betonung, die Albin niemals erreichte. Ganz ihr Stil. Nadine beugte sich über ihren Block und schlug eine neue Seite auf.

Die Damen rechts und links von ihr beobachteten sie beim Notieren der Nummern mit einem so unverhohlenen Neid, daß sie ihnen am liebsten ins Gesicht gelacht hätte. Was war das wohl für ein Gefühl, mit dem Bewußtsein hierherzukommen, daß man sich nur ein einziges Ensemble leisten konnte? Unvorstellbar, so ein Leben, daß man beim Öffnen des Kleiderschranks nur ein einziges maßgeschneidertes Kleidungsstück vorfand! Das wäre, als bekomme man im Jahr nur eine einzige warme Mahlzeit und müsse ansonsten von Wasser und Brot leben. Warum kamen sie überhaupt? Nadine schrieb weitere Nummern auf, schnell, gierig, versiert. Sie konnte es kaum abwarten, in den Anproberaum zu gehen und sich selbst in diesen Kleidern zu sehen.

Sie machte ihren Anwalt für mehr verantwortlich als nur für die ruinöse Aussage dieses Arztes aus Avignon. Warum hatte er sie nicht darauf aufmerksam gemacht, daß das Testament ihres Vaters veröffentlicht werden würde? Warum hatte er ihr nicht gesagt, daß die Reporter in Scharen nach Aix strömen würden, um die Kopie zu lesen, die dort in den Akten lag? Hatte er nicht voraussehen können, daß das Testament, in alle Sprachen übersetzt, auch überall im Ausland zum Knüller werden würde? Philippe behauptete das jedenfalls, aber Philippes Meinung war ihr jetzt absolut unwichtig, nicht einmal einen kleinen Ärger wert. Sie hatte ihn am selben Tag vor die Tür gesetzt, an dem das Testament in *Le Monde* und *Le Figaro* erschienen war. Es war verblüffend, ja auf seine Art fast bewundernswert, mit welcher Geschwindigkeit er packte und unter wie wenig Protest!

Er hat es wahrscheinlich kommen sehen, folgerte Nadine, und war darauf vorbereitet. Ein Mann von seiner Erfahrung mußte wissen, daß sie ihn hinauswerfen würde, sobald sie Geld hatte. Vermutlich hatte er von Mistrals Todestag an schon geplant, wie er am besten das Gesicht wahren konnte. In derartigen Fragen war Philippe keineswegs dumm, das mußte sie zugeben. In allem andern, ja, aber nicht, wenn es um das Geld anderer Leute ging. Ein Mann, der es verstand, sein Leben lang zu schmarotzen, mußte über ein gewisses Maß an Klugheit verfügen.

Wie dem auch sei, dachte sie mit Erleichterung, ich brauche mich nie wieder mit seinen Rechnungen zu belasten, weder mit seinen Schulden noch mit seinen Ansichten. Die einzigen Ansichten, die sie schätzte, waren die ihrer Freunde. Die würden einsehen, daß Mistral senil gewesen war – verrückt, krank, senil. Niemand von ihnen, keine einzige Menschenseele, hatte ihr gegenüber das Testament überhaupt erwähnt.

Etwa um sie nicht in Verlegenheit zu bringen? Gestern, als sie vor Hermes Hélène und Peggy begegnet war, hatte keine von beiden ein Wort über das Testament gesagt. Aber sie hatten ihr auch nicht kondoliert. Sie hatten getan, als sei überhaupt nichts passiert, seit sie sich das letztemal vor dem Tod ihres Vaters gesehen hatten. Sie hatten ... na ja, vielleicht ein bißchen zu lässig gewirkt.

Hatte da eine Spur von ... Belustigung ... in ihren Blicken gelegen? Nadine zog ein winziges Taschentuch heraus und betupfte sich die Stirn unter den Ponyfransen. Es war viel zu heiß bei Saint Laurent.

Aha, die kurzen Abendkleider. Wie er die machte, das hatte sie immer besonders bewundert, seine Flamenco-Bravour. Es war ihr schon immer zuwider gewesen, Albins Cocktailkleider mit ihrem gedämpften Sex-Appeal zu tragen.

Während Nadine die Kleider musterte und ihr geübter Blick jedes Detail vermerkte, fragte sie sich beiläufig, was das wohl sein mochte, die *Cavaillon*-Serie. Es war ein Witz, daß er ihr ein Haus versagt hatte, in dem zu wohnen sie nicht mal im Traum dachte, und dazu die Porträts von drei Generationen von Schlampen, als könnten die auch nur entfernt so wichtig sein wie die große Masse seiner Bilder, die an sie fallen würde. Cavaillon? Ein Marktflecken, ein Ort ohne das geringste Interesse.

Ihre Neugier ging jedoch nicht so weit, daß sie bereit war, dabeizusein, wenn die Steuerbehörde morgen das Atelier öffnete. Sie würde von Etienne Delage, ihrem Kunsthändler, vertreten werden. Der würde weiß Gott genug Provisionen an ihr verdienen, dafür konnte er nun auch so lange wie nötig dort ausharren und die Steuerbeamten im Auge behalten, während sie mit ihrer infernalischen Bestandsaufnahme beschäftigt waren.

Als das erste Mannequin in einem Abendkleid herauskam, das sie einfach haben *mußte,* ging Nadine das Papier aus, auf dem sie sich ihre Notizen machte: Der winzige Block war ganz und gar vollgekritzelt mit Nummern all der phantastischen Kleider, die sie sich bestellen wollte. Sie hob den Kopf, um Madame Violette um einen neuen zu bitten, und ertappte sie dabei, wie sie hinter der vorgehaltenen Hand mit zwei anderen *vendeuses* flüsterte. Alle drei starrten Nadine an. Als sie sahen, daß sie das bemerkt hatte, wandten sie sofort den Blick von ihr ab, nicht jedoch, ohne daß Nadine vorher denselben belustigten Ausdruck erkannte, den sie bei Jean François, bei Peggy, bei Hélène entdeckt hatte.

Die Mädchen lachten über sie. Oder hohnlächelten sie? Nein, sie *lachten*.

Nadine stand auf und ging ohne Rücksicht auf die Beine der anderen Damen die Stuhlreihe entlang. Immer schneller schritt sie aus, je weiter sie sich dem Ausgang des Vorführraums näherte.

»Madame Dalmas? Ist etwas nicht in Ordnung? Kann ich Ihnen helfen?« flüsterte Madame Violette, die sie kurz vor der Tür einholte.

»Es ist so stickig hier. Man kann mir nicht zumuten, an einem so heißen Tag stundenlang ohne Klimaanlage hier zu schmoren.«

»Da haben Sie vollkommen recht, Madame Dalmas. Ich bin untröstlich. Monsieur Saint Laurent wird untröstlich sein. Wenn Sie gestatten, Madame, nehme ich Ihren Block. Sobald Sie wiederkommen, wird die Klimaanlage laufen, und die Nummern, die Sie ausgewählt haben, werden im größten Anprobenraum auf Sie warten, darauf können Sie sich verlassen.«

»Ich hab nichts gesehen, was mir gefällt.«

»Gar nichts?« Madame Violette wiederholte es ungläubig.

»Nicht mal eine Bluse. Eine enttäuschende Kollektion. Albin hat mich für alle anderen verdorben.«

Fauve Lunel kann, falls das überhaupt möglich ist, beinahe so stur sein wie ihr Vater, dachte Adrien Avigdor, als er sich in seiner Bibliothek mit ihr unterhielt.

»Ich werde trotzdem direkt nach New York zurückkehren«, wiederholte Fauve sanft, denn sie empfand große Zuneigung zu Adrien Avigdor.

»Selbstverständlich werden Sie das, Fauve, aber nicht jetzt, bevor das Atelier geöffnet wird, nicht bevor Sie die Bilder gesehen haben, die Ihnen Ihr Vater hinterlassen hat.«

»Können Sie nicht einfach die Tatsache akzeptieren, daß ich nichts mit den Bildern zu tun haben will?« flehte sie abermals. »Ich habe Maître Perrin gebeten, alles für mich zu regeln, und er hat zugesagt.«

»Ich habe rückhaltloses Vertrauen zu Jean, aber es gibt ein paar Dinge, die zu übernehmen man von keinem anderen Menschen verlangen kann.«

»Ich werde in New York gebraucht.« Fauve versuchte es mit einem anderen Argument.

Sie zögerte, musterte forschend sein Gesicht. Nun, da das Problem mit Nadines Klage gelöst, da das Andenken ihrer Mutter gerettet war – *warum* war Adrien Avigdor so hartnäckig darauf aus, das ganze Gewicht seiner Autorität einzusetzen, um sie zu etwas längerem Bleiben zu bewegen? Sie empfand eine zu große Dankbarkeit für seine Hilfe, um seinen Wunsch einfach zu ignorieren.

»Es gibt nichts mehr zu entscheiden«, sagte Fauve schließlich. »Was soll ich mit La Tourrello? Ich müßte es vermieten oder einen Verwalter engagieren, der ständig dort wohnt. Und das ist mir zu kompliziert. Also werde ich es verkaufen.«

»Im Testament Ihres Vaters steht ausdrücklich, daß Sie damit tun sollen, was Ihnen beliebt.«

»Na also!« gab Fauve zurück.

»Dennoch bin ich der Ansicht, daß Sie sich das Vermächtnis, die *Cavaillon*-Serie, wenigstens ansehen müssen. Das ist Ihre Pflicht.«

»Monsieur Avigdor«, sagte Fauve entschlossenen Tones, »wir könnten tagelang so weitermachen. Das ist aber nicht der springende Punkt. Ich weiß ... Ich weiß, wie sich mein Vater während des Krieges verhalten hat.«

»Ach.« Es gelang ihm, sich den beunruhigenden Schock der Überraschung und des Schrecks nicht anmerken zu lassen, der ihn durchfuhr.

»Und ich weiß außerdem, daß Sie wissen, was er getan an. Nicht nur Ihnen angetan hat, sondern vielen anderen auch – nein, sagen Sie bitte nichts! Und jetzt frage ich Sie, sind Sie immer noch der Meinung, es sei meine *Pflicht*, wie Sie es ausdrückten, mir sein Vermächtnis anzusehen?«

»Das bin ich«, antwortete er fest.

»Aber warum ... Wie können Sie das?«

»Weil man, was immer er gewesen sein oder getan haben mag, nicht leugnen kann, daß Julien Mistral Ihre Mutter liebte und daß sie ihn liebte. Und Sie liebte er über alles. Das hat er in seinem Testament eindeutig klargemacht. Die *Cavaillon*-Serie hat er allein für Sie gemalt, Fauve, hat er Ihretwegen gemalt. Dieser Tatsache können Sie nicht einfach den Rücken kehren.«

»Haben Sie ihm denn vergeben?«

»Doch. Das hoffe ich.«

»Warum?« fragte sie abermals und beugte sich vor, suchte zu verstehen.

»Warum? Zum Teil natürlich, weil er ein Genie war. Ich weiß, Genialität ist keine Entschuldigung, doch zweifellos eine Erklärung, eine teilweise Erklärung. Mein Vater pflegte mir zu sagen, daß es im Buch Hiob, wenn ich mich recht erinnere, eine Stelle gibt, an der es heißt: ›Große Männer sind nicht immer weise.‹ Sie sind auch nicht immer freundlich oder mutig, Fauve. Ich habe ihm vergeben, weil er ein Mensch war und ich auch ein Mensch bin – nur ein Mensch, Fauve, nicht sein Richter.« Als er diese letzten Worte sprach, kam Eric in die Bibliothek, blieb stehen und hörte zu. Als Fauve seinem Vater antwortete, blickte sie dabei Eric an.

»Vielleicht haben Sie recht, aber ich will trotzdem nichts mit der Vergangenheit zu tun haben.«

»Ein einziger Besuch, Fauve – mehr nicht«, drängte Avigdor. »Danach machen Sie, was Sie wollen.«

Interessiert bemerkte Adrien Avigdor das tiefe Rot, das von Fauves Schultern bis zu ihrem Haaransatz aufstieg, als sie widerwillig nickte. Also hatte er die Diskussion gewonnen, wie er es von vornherein nicht anders erwartet hatte. Er war es nicht gewohnt, bei derartigen Dingen der Verlierer zu sein.

In der zweiten Oktoberwoche hatten die drei vom Nachlaßgericht bestimmten Taxatoren endlich alle Zeit, nach La Tourrello zu kommen. Die Regierung hatte gewartet, bis die erfahrensten Kunstexperten von ganz Frankreich zur Verfügung standen, denn der Inhalt von Mistrals Atelier war eine viel zu wichtige Steuerquelle, um von anderen als den Allerbesten geschätzt zu werden.

Das beklemmende Gefühl, das Fauve quälte, während sie mit Eric und seinen Eltern nach Félice fuhr, wuchs und wuchs. Sie konnte es kaum fassen, daß sie sich tatsächlich hatte überreden lassen, auch nur ein letztes Mal das Haus zu besuchen und die zwei Zimmer, die sie einst auf der Welt am meisten geliebt hatte – das Atelier ihres Vaters und ihr Schlafzimmer, das Haus, das sie zu vergessen versuchte, seit sie sechzehn Jahre alt war.

Das Grauen, das sie empfunden hatte, das hilflose Mitleid mit den Unbekannten, denen er Obdach verweigert hatte, die unerträgliche Scham, all die Gefühle, von denen sie gequält wurde, als sie La Tourrello vor so vielen Jahren verließ, fielen nun erneut über sie her. Eiseskälte kroch ihr bis in die Knochen, bange Ahnung und Nervosität bewirkten, daß sie ein nahezu unerträgliches Unbehagen verspürte.

Fauves Sinne waren übersensibilisiert. Die Farben der Landschaft wirkten so grell, daß selbst die Sonnenbrille ihr wenig Erleichterung verschaffte; die Stimmen von Eric und seinen Eltern klangen, als seien sie übertrieben laut, leicht verzerrt und auf eine höhere Tonlage geschraubt als normal. Und ihre Bewegungen wirkten abgehackt, ruckartig, flakkernd. Sie mühte sich, den Kontakt mit der Realität nicht zu verlieren, doch alles schien ihr wie eine Halluzination, die noch weit unerträglicher wurde, als hinter der Zypressenallee die uralten Mauern von La Tourrello aufragten.

Sie parkten draußen auf der Wiese mit ihrem Gestrüpp aus Dornen und stachligen Gräsern, die im Laufe des Sommers verdorrt waren. Langsam, widerwillig stieg Fauve aus dem Wagen. Der Duft des Geißblatts traf sie wie ein Schlag. Es war ihr gelungen, so viele Einzelheiten zu vergessen. Es war ihr gelungen, zu vergessen, daß der *mas* völlig mit Geißblatt bewachsen war; zu vergessen, daß sie diese Süße nie tief genug hatte einatmen können, daß sie ihr nie widerlich wurde. Es war ein Duft, der ein Geheimnis barg, das sie nie hatte lüften können, ein Duft, der die Erinnerung an das Glück verkörperte.

»Sehen Sie, da stehen schon Autos. Die Taxatoren warten sicher drinnen«, sagte Adrien Avigdor, damit Fauve weiterging. Sie stand starr; jede gespannte Linie ihres Körpers drückte Widerwillen und Angst aus. Avigdor selbst wurde ebenfalls von tiefen, schmerzlichen Erinnerungen gequält. Hier, auf diesem Fleck, hatte er im Sommer 1942 gestanden, als Marte Pollison ihm den Einlaß verweigerte und er entdeckte, daß Julien Mistral mit ansah, wie er davonging.

»Komm«, sagte Eric und ergriff kurz entschlossen Fauves Hand. Er zog sie durch das offene Tor.

Hier stand rauchend und plaudernd eine Gruppe von fünf Herren. Einer von ihnen war Etienne Delage, Mistrals Kunsthändler, der nunmehr Nadine Dalmas vertrat; drei waren die Taxatoren und einer ein Inspektor des Finanzamts von Avignon.

»Ich habe die Schlüssel«, erklärte der Kunsthändler. »Das Haus steht leer. Maître Banette bat mich, sie Mademoiselle Lunel zu übergeben, da es ihm leider unmöglich sei, heute hier anwesend zu sein. Er bat mich außerdem, Ihnen zu sagen, er stehe zu Ihren Diensten, falls Sie ihn in Nachlaßfragen brauchen.« Er nahm einen Schlüsselbund und reichte ihn Fauve.

»Bitte, Monsieur«, sagte sie hastig und zuckte ängstlich zurück, »würden Sie aufschließen?«

Etienne Delage nickte und ging voraus und führte sie durch das Haus. Endlich standen sie alle zusammen vor der Tür zu Julien Mistrals Atelier.

Der Steuerinspektor aus Avignon entfernte die Siegel, die wenige Stunden nach der Bekanntgabe von Mistrals Tod an der Tür angebracht worden waren.

»Mademoiselle?« wandte er sich an Fauve und deutete auf die Tür. Sie schüttelte ablehnend den Kopf, und Delage öffnete die Tür zum Atelier.

Nun jedoch traten die anderen alle gleichzeitig zurück und zwangen Fauve durch ihre Höflichkeit und ihr Taktgefühl, als erste einzutreten. Sie straffte die Schultern und tat ungefähr sechs schnelle, entschlossene Schritte in das verschattete Atelier hinein, bevor sie unvermittelt erstarrte. Der Schock, den ihr der Duft des Geißblatts versetzt hatte, war nichts gegen den Überfall jenes so heiß geliebten, zutiefst vertrauten Geruchs in diesem Reich, in dem ihr Vater fast fünfzig Jahre lang gemalt hatte. Fast hätte sie aufgeschrien, als sie so abrupt mit den wichtigsten Stunden ihres Lebens konfrontiert wurde.

Obwohl die Läden geschlossen waren, war es keineswegs ganz dunkel im Atelier, denn das Oberlicht war geöffnet, und auch die Arbeitsbeleuchtung brannte noch so, wie Mistral sie verlassen hatte. Balken aus Sonnenlicht, in denen Milliarden von Staubpartikeln schwirrten, wirkten wie Säulen, die das würzige Aroma von Ölfarben verströmten.

Fauve schloß, bestürmt von Erinnerungen, sekundenlang die Augen und blieb auch dann, als sie sich wieder gefaßt hatte, steif und starr mit gesenktem Blick stehen. Endlich hob sie doch den Kopf und sah sich um.

Was war das? Was war das, diese jubelnde Symphonie strömender Farben? Was war das, diese riesigen Leinwände voll atmenden Lebens, dieses Gefühl einer Schöpfung, so selig, so üppig, daß sie auf Flügeln getragen schien. Und woher kam der Rhythmus, der mit majestätischem Dröhnen durchs ganze Atelier brauste?

Nichts anderes befand sich in dem weiten Raum als einige monumentale Gemälde, größer, als Mistral sie je gemalt hatte, ein jedes so perfekt plaziert, daß sehr viel Überlegung dazugehört haben mußte.

Fauve hielt den Atem an, so verwirrt, geblendet, überwältigt war sie von den vielfältigen Darstellungen, die ihr überall entgegentanzten. Auf einer Leinwand sah sie eine verwirrende Menge gekrönter, sich aufbäumender Löwen, hüpfender Lämmer, dahinjagender Gazellen und flatternder Tauben vor einer bunt leuchtenden Vielfalt edelsteinheller Wiesenblumen und blühender Apfelbäume in verschiedenen Grüntönen. Ihr Blick wanderte weiter zur nächsten Leinwand, wo ihre Aufmerksamkeit vom majestätischen Gewicht hoch aufgetürmter Korngarben gefesselt wurde, Bergen von Granatäpfeln und Datteln, Trauben, Oliven und Feigen. Hier hatte Mistral flammende Farben benutzt, lodernde Grün- und Goldtöne des Hochsommers. Die nächste Leinwand explodierte beinahe vor praller herbstlicher Reife: Amethyst, Weinrot, Kürbisgelb und Rubinrot, dem pulsierenden Überfluß der Ernte. Palmzweige, mit Weide und Myrte verflochten, wurden von einer jubelnden Prozession geschwenkt, die unter einem roten Vollmond und funkelnden Sternen dahinzog.

Singende Vögel ... die Rose von Sharon ... die Zedern des Libanon ... Was bedeutete das alles?

Und dann entdeckte sie an der Rückwand das größte von allen Bildern und fühlte sich sofort in seinen Bann gezogen. Ringsum verblaßte die Farbenpracht der anderen Bilder, und sie konzentrierte sich, näherte sich der gigantischen Leinwand, auf der ein siebenarmiger Leuchter, eine monumentale Menora, vor einem Hintergrund triumphierenden Karmesins den Glanz Tausender Jahre des Glaubens an die Welt verströmte. Fauve stand da – stumm, den Blick emporgerichtet, jubelnden Herzens, bar aller Gefühle bis auf eins: heilige Scheu.

Hinter ihr las Eric laut die Worte, die Julien Mistral mit großen, kräftigen Strichen unter den Fuß der Menora gesetzt hatte:

»*La Lumière Qui Vit Toujours. La Synagogue de Cavaillon,* 1974. Das Licht, das ewig lebt ...«

»Er ... er ist nach Cavaillon gefahren!« rief Fauve in freudigem Staunen.

»Die *Cavaillon*-Serie – das hat er damit gemeint«, sagte Eric langsam, voll Ehrfurcht.

»Aber die anderen Bilder? Was ...«

»Auf jedem von ihnen steht eine Inschrift«, gab Eric zurück. Die übrigen Besucher verteilten sich über das Atelier, verloren sich im Abenteuer dieser Entdeckung, stießen erstaunte Rufe aus, sprachen mehr zu sich selbst als miteinander, erlebten die unerforschten Weiten von Mistrals Genie.

Fauve wandte sich nicht um, sondern betrachtete forschend den großen Kandelaber, das Andenken an jenes heilige Gefäß, das im Sanktuarium der Wüste und in den beiden Tempeln von Jerusalem gestanden hatte. Nach langer Zeit erst löste sie sich von dem Bild und ergriff Erics Hand. Gemeinsam kehrten sie zum Eingang des Ateliers zurück und blieben vor dem ersten der Monumentalgemälde stehen.

Auf einem schneeweiß gedeckten Tisch sahen sie zwei hohe Kerzen in blankgeputzten Leuchtern, einen geflochtenen Laib Brot und einen silbernen Kelch voll Wein. Jede einzelne der schlichten, elementaren Formen kündete von leidenschaftlichem Dank für die Gaben der Schöpfung an den Menschen. Friede, Fröhlichkeit und freudige Feierlichkeit gingen von diesem Gemälde aus, und Fauve nickte in aufkeimendem Verstehen.

»*Shabat*«, sagte der bärtige Kunstexperte aus Paris und lieferte sogleich die Übersetzung, denn hier war die Inschrift nicht französisch gehalten, sondern in den Buchstaben des hebräischen Alphabets. »Sabbat.« Fauve betrachtete die kraftvolle, fremdartige Form der Buchstaben und erkannte unverwechselbar Mistrals vertrauten Pinselstrich – lebensvoll und leidenschaftlich und dennoch von einer Disziplin beherrscht, der er sich zuvor niemals gebeugt hatte.

Die drei Gemälde, auf denen die Gazellen sprangen und Bäume wuchsen, die ersten, auf die ihr Blick gefallen war, waren so plaziert, daß sie sich eindeutig von den anderen abhoben. Sie trat zurück, um sie als Ganzes zu betrachten.

Verwirrt blickte sie von einem zum anderen. Wo lag der Schlüssel zu diesen leidenschaftlichen Rhythmen, dieser Fülle von Darstellungen?

Adrien Avigdor, immer wieder innehaltend, entzifferte die hebräischen Inschriften; Buchstaben und Begriffe, die er vor langer Zeit gelernt hatte und die, wie er jetzt feststellte, nie ganz aus seinem Gedächtnis verschwunden waren.

»*Pessach*«, las er mit seiner dröhnenden Stimme, den Blick auf die erste Leinwand gerichtet.

»Das Fest des Exodus«, ergänzte der Kunstexperte aus Paris. »Jahrestag der Offenbarung auf dem Sinai: Er hat die Symbole aus dem Lied der Lieder benutzt.«

»*Shavus*«, las Avigdor von der nächsten Leinwand ab, und abermals lieferte der Experte die Erklärung. »Das Sommerfest, an dem Früchte und Korn in den Tempel gebracht wurden.«

»*Sukos*«, verkündete Avigdor die Inschrift auf dem dritten Bild und hielt inne. »Das Herbstfest«, ergänzte die Stimme des Parisers. »Das Tabernakel aus Zweigen und Schilf, in dem alle Gläubigen eine Woche lang unter freiem Himmel schlafen müssen. Das Laubhüttenfest.«

Fauve schwankte; die riesigen Flächen der Bilder schienen immer höher hinaufzuwachsen, bis sie ans Dach des Ateliers stießen, bis sie darüber hinaus und in ein von Mondlicht erfülltes Firmament griffen. Die Mauern wichen zurück, die Farben glühten immer heller, sie hörte die Sterne singen und die Palmzweige lachen, sie spürte die Schwingen des Windes, als die Darstellungen sich zu bewegen, sich von der Leinwand zu lösen schienen in einem sieghaften Hosianna der Farben.

Irgend etwas öffnete sich, und Fauve verstand alles: Julien Mistral hatte die grünen Felder der Zeit durchquert und im alten Jerusalem gelebt; sein heidnischer Pinsel war mitgerissen worden, und er hatte seine letzten und größten Kräfte darauf verwandt, diese Feiern eines Volkes zu malen, das damals – und heute noch – zu einem unsichtbaren Gott betete.

Diese Unsichtbarkeit des Gottes hatte er respektiert. Er hatte nicht versucht, das Unmögliche zu tun; er hatte nicht versucht, die Stimme aus dem brennenden Dornbusch zu malen; aber er hatte ins Herz ihrer Feste geschaut und den Geist gemalt, in dem sie ihres Gottes gedachten, ihn so gemalt, daß alle anderen Völker der Erde ihn verstanden, denn alle Menschen lebten vom ewig sich drehenden Rad der Natur. Sie schloß die Augen und stützte sich auf Erics Arm.

»Ist dir nicht gut?« erkundigte er sich besorgt.

»Komm, laß uns einen Moment hinausgehen ... Die anderen Bilder kann ich mir später ansehen.«

Als sie sich der Tür zuwandten, kam Adrien Avigdor auf Fauve zu und streckte die Hand aus: In seinem Gesicht stand eine Frage, die ein einziger Blick in Fauves verzauberte Augen beantwortete. Zufrieden zog er die Hand zurück und ließ die beiden weitergehen. Fauve war bereits an Mistrals Staffelei vorbeigegangen, als sie plötzlich innehielt, weil sie ein Stück Papier entdeckt hatte, das an dem Holz befestigt war. Es enthielt in der vertrauten Handschrift ihres Vaters nur eine einzige Zeile. Sie zögerte. Der Zettel war abgegriffen, vergilbt und mit einem Regenbogen verblassender Farben verschmiert, als wäre er häufig zur Hand genommen worden.

»Höre, o Israel, der Herr, unser Gott, der Herr ist Eins«, las sie. »Mehr steht nicht da.«

»Ist das nicht genug?«

Vierunddreißigstes Kapitel

*E*s ist zum Verrücktwerden, aber man kann sie am Telefon einfach nicht beschreiben. Kannst du nicht rüberkommen und sie dir selbst ansehen, Magali?« bettelte Fauve.

»Das werde ich sicher, im Augenblick ist es jedoch unmöglich. Hier herrscht eine fürchterliche Hektik, und ich wage es einfach nicht, die Agentur sich selbst zu überlassen. Hauptsache, wir wissen, daß dein Vater sich bewegt fühlte, diese Bilder zu malen, daß er etwas schaffen wollte, das seine Vergangenheit aufwiegt. Ich glaube, man kann es als eine Art Buße bezeichnen. Ich danke Gott, daß er dazu noch Zeit hatte.«

»Es geht um viel mehr als darum, daß er noch Zeit hatte, Magali. Das wirst du begreifen, wenn du sie siehst. Er hat sie mit seinen letzten Blutstropfen gemalt. Monsieur Avigdor sagt, daß einem Maler im hohen Alter zuweilen eine solche Vision geschenkt wird, etwas absolut Neues, das sich hoch über alles erhebt, was er zuvor geschaffen hat.«

»Waren alle so überwältigt wie du?«

»Ja. Obwohl sie, bis auf Avigdor, nicht den zusätzlichen Schock des Wissens von Vaters früherer Einstellung zu den Juden empfanden. Die Experten waren überwältigt, einfach baff, obwohl sie doch ständig mit großen Kunstwerken zu tun haben. Ich wollte dich sofort anrufen, aber zum Glück fiel mir ein, daß es in New York ja Mitternacht war, also hab ich gewartet, bis ich annehmen konnte, daß du im Büro bist.«

»Oh, selbstverständlich bin ich hier«, antwortete Magali. »Schließlich ist es ja fast neun Uhr.«

»Die Sache ist, ich kann jetzt nicht gleich heimkommen, Magali. Es wird ein unerhörtes Interesse an der *Cavaillon*-Serie geben, und da sie mir gehört, muß ich hierbleiben. Es ist mir unangenehm, dich so in der Luft hängen zu lassen...«

»Mach dir keine Sorgen. Es ist alles in bester Ordnung.«
»Aber deine Wochenenden!« protestierte Fauve.
»Kümmere dich nicht um meine Wochenenden. Der Garten hat für dieses Jahr fast ausgeblüht, und bis du zurückkommst, werden wir nur noch Samstag und Sonntag aufs Land fahren. Darcy wird das schon verstehen...«
»Ach, Magali, ich danke dir, und ich danke Darcy! Ich werde alle paar Tage anrufen. Gib allen einen Kuß von mir, vor allem Casey und Loulou und... Ich liebe dich, Magali. Ach, ich bin ja so unendlich froh!«
»Das höre ich an deiner Stimme, Liebling. Nimm dir Zeit, überlege dir deine Entschlüsse gut, überstürze nichts. Ich liebe dich auch, meine Fauve.«

Maggy legte auf und lehnte sich in ihrem Schreibtischsessel zurück. Sie war im gleichen Schockzustand der Euphorie wie Fauve. Mistral hatte also endlich sein gottgegebenes Talent dazu benutzt, der Welt ein weit größeres Geschenk zu machen als nur Schönheit. Erstaunt merkte Maggy, daß sie nicht nur überglücklich für ihre Enkelin war, sondern sich ebenso für Julien Mistral freute, den Julien Mistral, den sie so viele Jahre lang geliebt und gehaßt hatte. Zwar blieb eine Rechnung offen zwischen ihm und ihr, die niemals beglichen werden konnte, doch jetzt wünschte sie ihm aufrichtig: »Ruhe in Frieden.« Sie blieb lange nachdenklich sitzen. Dann wurde sie durch einen zufälligen Blick auf ihre Schreibtischuhr aus den Grübeleien gerissen und bat sofort Casey und Loulou in ihr Büro.

»Meine Damen, ich habe gerade mit Fauve telefoniert. Sie läßt euch ganz besonders herzlich grüßen und ausrichten, daß sie noch eine Zeitlang in Frankreich bleiben muß. Sie hat da noch einiges zu erledigen.«

»Wie geht's ihr denn so?« erkundigte sich Casey besorgt.

»Einfach großartig! So gut wie nie... Also! Es gibt ein paar Fragen, die wir jetzt besprechen müssen. Casey, ich hab mir die Probeaufnahmen von dem Mädchen angesehen, das du letzte Woche aufgetan hast. Kommt nicht in Frage, Casey, kommt nicht in Frage.« Maggy schüttelte energisch den elegant frisierten Kopf.

»Aber, Maggy, sie war eindeutig das hinreißendste Mädchen von allen«, protestierte Casey.

»Du bist da in eine uralte Falle gegangen. Du hast dir Hunderte von Mädchen angesehen und dir die schönste herausgesucht. Hast du aber auch daran gedacht, zum Vergleich ein paar Fotos von unseren eigenen Mädchen mitzunehmen?«

»Äh – nein, das hab ich vergessen. Aber ich hab drei lange, sehr lange Tage damit verbracht, diese Mädchen zu taxieren.«

»Das ist ja gerade das Problem. Nachdem du dir drei Tage ein Mädchen nach dem anderen ansehen mußtest, hast du dich auf das beste gestürzt. Es ist unglaublich leicht, das Auge zu täuschen, Kompromisse zu schließen und zu vergessen, wie überragend gut ein Mädchen sein muß. Mir selbst ist es auch oft genug so ergangen. Sie ist wirklich ein sehr hübsches Mädchen, Casey, aber nicht hübsch genug für Lunel.« Maggy schob die Probeaufnahmen zu Casey hinüber, die sie gründlich studierte und dann zustimmend seufzte.

»Kapiert«, gab sie zu.

»Loulou«, fuhr Maggy fort, »ich hab bei den offenen Vorstellungsgesprächen zugehört. Wie ich feststelle, scheint unser Empfangsraum überhaupt nicht mehr leer zu werden. Ist dir klar, daß etwas geschehen muß?«

»O Gott, Bobbie-Ann hat diese Gespräche vor zwei Monaten übernommen, und ich habe zuviel zu tun gehabt, um mich weiter darum zu kümmern. Was ist denn?«

»Loulou, es gibt Millionen von Möglichkeiten, den Menschen eine höfliche Absage zu erteilen. Doch Bobbie-Ann sagt nicht einfach ›tut mir leid‹, kurz und schmerzlos. Es ist unfair, in einem Menschen falsche Hoffnungen zu wecken, und sei es auch nur für ein paar Minuten«, empörte sich Maggy. »Sprich du mit Bobbie-Ann, Loulou. Wenn eine Bewerberin abgelehnt werden muß, sollte das mit einem Minimum an persönlichem Kontakt geschehen, bevor sie das Gefühl bekommt, sie habe eine neue Freundin gefunden. Auf die Art tut es nicht halb so weh, das versichere ich euch.«

»Jawohl, Ma'am! Ich werd's weitergeben. Hör mal, Maggy, Bambi Zwei macht mir Sorgen. Sie hat Heimweh, behauptet sie, und frißt hemmungslos. Ich hab sie gestern dabei erwischt.«

»Ich werde mit ihr sprechen. Vielleicht wäre es ihr schon

eine Hilfe, wenn ihr zunächst mal aufhören würdet, sie Bambi Zwei zu nennen. Versucht's mal damit.«

»Sonst noch etwas?« fragte Casey mißtrauisch.

»Im Augenblick nicht. Hab ich euch schon gesagt, daß ihr beiden für mich absolut unentbehrlich seid? Nein? Nun, dann betrachtet euch jetzt als inoffiziell informiert. Ach ja, und laßt mir doch eine rote Nelke besorgen – nur eine einzige für mein Knopfloch.« Während die beiden hinausgingen, griff sie zum Telefon, um Darcy anzurufen.

Nadine Dalmas hatte beschlossen, den Friseur zu wechseln, es mal mit Alexandre zu probieren. Es war doch wirklich immer dasselbe: War man nett zu den Leuten, neigten sie zu viel zu großer Vertraulichkeit und vergaßen, daß die Grenze zwischen jenen, die bedient werden, und jenen, die sie bedienen, zwar unsichtbar sein mag, aber durchaus real ist und nie überschritten werden darf.

Als sie sich letzte Woche die Haarwurzeln hatte nachbleichen lassen, hatte Monsieur Christophe, der für ihre Haarfarbe verantwortlich war, es doch tatsächlich gewagt, sie mit einer Geschichte über seinen Großvater zu belästigen, der ohne Testament gestorben war. Nadine hatte nur deswegen nicht einfach aufstehen und sich vor dieser unerquicklichen Erzählung retten können, weil der Mann gerade dabei war, das Bleichmittel aufzutragen; doch ebensowenig hatte sie anzudeuten gewagt, wie empört sie darüber war, daß er sie als wehrlose Zuhörerin ausnutzte. Wenn ein Friseur mit dem Färben der Haare beschäftigt war, sollte man aufpassen, daß man ihn nicht reizte – ohne Rücksicht darauf, wer man war.

»Sehen Sie, Madame Dalmas, er hat sich auch geirrt, mein Großvater, als er erwartete, daß seine Söhne sich gütlich einigen würden. Er hätte ein Testament machen sollen, finden Sie nicht?« Um ihm zu zeigen, daß sie zuhörte, mußte Nadine zwangsläufig den Kopf neigen, tat es jedoch mit völlig gelassener und unbeteiligter Miene. Warum nur mußte sie sich diese Familiengeschichte anhören? Woher nahm sich Monsieur Christophe das Recht, ihr seine persönlichen Erfahrungen aufzudrängen? »Ja, ja, Madame – sogar ein schlechtes Testament ist besser als gar keins«, sagte er noch, bevor er sie einem Lehrling zum Haarwaschen überließ.

Eine erstaunliche Impertinenz von diesem Mann, ihr gegenüber einen *tröstenden* Ton anzuschlagen! War er ihr etwa gleichgestellt, daß er es wagte, sich eine derartige Vertraulichkeit zu leisten? Ihr sein Verständnis, seine Loyalität zu offerieren? Aus welchem Grund glaubte er, sie brauche Trost, Treue? Seine Unverschämtheit verschlug ihr die Sprache. Und wenn sie nächste Woche wiederkam, hatte er womöglich noch mehr zu sagen über dieses verhaßte Thema, das er eindeutig nur angeschnitten hatte, um so zu tun, als stehe er auf demselben Niveau wie sie.

Nein, hier bei Alexandre, den sie zuvor noch niemals beehrt hatte, würde sie so bedient werden, wie es ihr zukam; und jetzt, wo sie reich war, brauchte sie auch nicht mehr so großzügig mit Trinkgeldern zu sein wie bisher, lauteten Nadines Überlegungen, als sie auf dem kreisrunden, an einen Harem erinnernden überdimensionalen und mit Leopardenfell bezogenen Möbel saß, auf dem außer Königinnen alle Damen zu warten hatten, bis sie an der Reihe waren.

Es war entsetzlich voll, selbst für einen Freitag. Einer der Vorteile ihres ehemaligen Salons war es gewesen, daß jeder dort auf ihre Termine eingestellt war: dienstags und freitags Waschen und Föhnen, montags, donnerstags und samstagvormittags Frisieren. Es dauerte immer eine Weile, bis man die Angestellten eines neuen Salons erzogen hat, sagte Nadine sich, fest entschlossen, bei Alexandre auszuharren, bis sich ihr Haarpflegeplan zu ihrer Zufriedenheit eingespielt hatte.

Nadine lehnte einen Stoß Zeitschriften ab, die ein Lehrling im Kittel ihr bringen wollte. Nein, sie wollte weder *Match* noch *Jours de France*, *Marie Claire* oder *Elle*. Vielen Dank, nein.

Sie hatte sie allesamt schon gesehen. Gestern hatte sie sich an einem Kiosk einen Stapel leuchtendbunter Wochenzeitschriften gekauft und schnell mit nach Hause genommen, um sie in aller Ruhe lesen zu können, denn sie alle brachten die *Cavaillon*-Serie als Hauptstory. Was für ein unbegreiflicher Wahnsinnsanfall hat nur den Alten dazu getrieben, diese monströsen Dinger zu malen, und auch noch mit hebräischen Inschriften, fragte sich Nadine voll Abscheu. Wie typisch von der Presse, ein solches Theater um sie zu machen, ein dermaßen übertriebenes Theater, als sei

Julien Mistral eine Neuentdeckung, eine über Nacht aufgetauchte Sensation, eine Offenbarung. Sie begriff nicht, wieso man dieser bloßen Handvoll von Bildern soviel Raum, so viele Titelseiten und ganzseitige Fotos gewidmet hatte. »Unsterblich«, hatte ein Kritiker doch tatsächlich gesagt. »Der letzte Beweis für seine grenzenlose Genialität«, ein anderer. »Ein Vermächtnis, das die gesamte Menschheit bereichert«, hatte ein dritter verkündet.

Aber was letztlich dabei herauskam, war eigentlich nur, daß ihre eigenen Bilder um so wertvoller wurden. Im Grunde sollte ich mich nicht beklagen, wenn sie Mistral unbedingt entdecken wollen, dachte Nadine. Natürlich hatten sie sich alle auf die *Cavaillon*-Serie gestürzt, weil der Alte sie in seinem Testament hervorgehoben hatte, und natürlich hatten sie alle darauf bestanden, Fauve zu behandeln, als sei sie der Star der ganzen Show. Sie gönnte Fauve ihren billigen, kleinen Auftritt im Rampenlicht. Es würde sehr schnell verlöschen.

So tief versunken in ihre Gedanken war Nadine, daß sie aufschreckte, als der Coiffeur sein Werk beginnen wollte.

Während er arbeitete, sah sie sich um. Es mußte mindestens ein Dutzend Damen hiersein, die sie kannte, entdeckte Nadine. Sie alle waren ihrer Meinung nach viel zu sehr aufgetakelt. Warum hatte sich die Comtesse d'Ornano einen falschen Zopf in ihr wunderschönes schwarzes Haar stecken lassen? Und die Princesse Laure de Beauveau-Craon hatte es sich aus irgendeinem unbegreiflichen Grund einfallen lassen, in ihrem Chignon Zweiglein aus winzigen purpurroten Orchideen zu tragen. Sehr merkwürdig. Die langen blonden Locken der Baronin Guy waren in einer Art goldenem Netz gefaßt. Madame Patiño, Prinzessin Alexandra von Jugoslawien, die junge Baronin Olimpia de Rothschild – sie alle waren äußerst aufwendig frisiert. Wußten sie denn nicht, wie übertrieben das wirkte, wie unpassend für das alltägliche Leben? Wenn Alexandres Stylisten das aus den Damen machten, deren Geschmack normalerweise exzellent war, mußte sie auf der Hut sein.

»Wenn ich einen Vorschlag machen dürfte, Madame«, sagte der Coiffeur, »sollten wir uns möglicherweise zu etwas Formellerem entschließen für den Ball heute abend...«

»Ich bin in Trauer«, unterbrach ihn Nadine hastig.

»Mein Beileid, Madame.« Er war eindeutig erleichtert, daß er nicht taktlos gewesen war.

»Ich könnte unmöglich einen Ball besuchen.«

»Selbstverständlich, Madame. Es ist sehr schmerzlich, nicht wahr?« murmelte er. »Besonders schmerzlich, gerade diesen Ball zu verpassen, da die Prinzessin Marie-Blanche zum erstenmal seit dem Tod ihres Gatten ihr Château wieder öffnet. Deswegen ist es bei uns auch heute so voll . . .«

Prinzessin Marie-Blanche? Dann war ihre Affäre mit Philippe sogar noch weitergegangen, als der Fürst schon im Sterben lag, selbst nach seinem Tod, *sogar jetzt*. Warum hätte sie sonst eine so enge Freundin wie Nadine nicht zu ihrem Ball eingeladen? Die einzig mögliche Erklärung dafür war, daß Philippe irgendwie den inoffiziellen Gastgeber spielte.

Während Nadine im Spiegel in ihre eigenen, scharf umschminkten Augen starrte, zählte sie in Gedanken die unverheirateten Männer mittleren Alters in Paris, die charmant waren, gutaussehend, gut gekleidet und heterosexuell, die gut tanzten, gut Karten und Polo spielten und von jeder Gastgeberin verhätschelt wurden. Außer Philippe kannte sie drei . . . nein, vier mit Omar Sharif. Und wie viele Frauen gab es, die reich waren – viele von ihnen weit reicher als sie –, unverheiratet und verzweifelt auf der Suche nach einem Begleiter, ganz zu schweigen von *so* einem Mann? Dutzende und aber Dutzende. Das Herz wurde ihr schwer, ein fauliger, widerlicher Staub füllte ihren Mund, und ein Schmerz, so grausam, wie sie es nie für möglich gehalten hätte, brannte in ihrem Magen.

Sie hatte keinen Klatsch über Philippe und Marie-Blanche gehört. Und zwar deshalb, weil sie seit Wochen keine Einladungen mehr bekommen hatte. Vor die Wahl zwischen Prinzessin Marie-Blanche und Nadine Dalmas gestellt, würden die Leute selbstverständlich Prinzessin Marie-Blanche wählen. Sie selbst hätte ebenfalls so gewählt.

Als sie dem Coiffeur ein Trinkgeld gab – ein so großes, daß er tatsächlich verblüfft dreinsah –, hatte Nadine nur einen einzigen Gedanken: Rein zufällig hatte sie heute ein schwarzes Kostüm getragen. Von nun an durfte sie nur noch Schwarz tragen. Sie würde um ihren Vater Trauer tragen und überlegen, was sie mit dem Rest ihres Lebens anfangen sollte, eines Lebens, in dem sie wohl nur noch Jean François

Albins Ex-Angestellte, Philippe Dalmas' Ex-Frau sein würde. Wer war sie als Nadine Dalmas? Wen interessierte die?

Sie ging die Straße entlang und blieb plötzlich wie gebannt stehen. Eine Schlagzeile des *France Soir* an der Wand eines Kiosks lautete: *Fauve Lunel – prendera-t-elle le nom de Mistral, son père?* Würde Fauve wirklich den Namen ihres Vaters annehmen? Wen kümmerte es, was sie tat, dieses Bankert-Flittchen, dieser Eindringling, diese hinterlistige Schlampe! Warum wurde sie behandelt, als sei sie Julien Mistrals *einzige* Tochter? »Ich«, hätte Nadine am liebsten jedem, der vorbeikam, ins Gesicht geschrien: »Ich, ich bin Mistrals Tochter!«

Eines Vormittags gegen Ende November lenkte Fauve ihren gemieteten Peugeot von Avignon, wo sie im Hotel Europe wohnte, nach Félice, fest entschlossen, noch vor dem Abend ihre Entscheidung hinsichtlich La Tourrello zu treffen. Das Haus war voller Menschen gewesen, seit die *Cavaillon*-Serie veröffentlicht worden war. Für eine bunte Mischung von Gästen hatte sie die Gastgeberin spielen müssen: Journalisten, Kunsthistoriker und Museumskuratoren. Inzwischen aber war die Frage, was mit der *Cavaillon*-Serie geschehen sollte, geregelt. Gestern war die letzte Leinwand sorgfältig in Kisten verpackt und auf den gepolsterten Wagen geladen worden, der die Bilder nach Amsterdam brachte, wo sie ihre gemächliche Reise von Kontinent zu Kontinent antreten sollten – von Großstadt zu Großstadt, in alle Museen, die darum gebeten hatten –, um ihre frohe Botschaft der Brüderlichkeit aller Menschen in die ganze Welt zu tragen. Eines Tages würden diese ergreifenden Bilder letztlich zu ihr zurückkehren; auf Jahre hinaus jedoch würde die *Cavaillon*-Serie der ganzen Menschheit gehören.

Nun, da das Atelier ausgeräumt, der Lagerraum bis auf die Familienporträts, die Fauve behalten wollte, von allen Bildern geleert worden war – nun konnte sie endlich zu einer vernünftigen und wohlüberlegten Entscheidung über das Haus gelangen. Sie hatte das Gefühl, seit ihrer Abreise aus New York im Oktober mit Ausnahme des Beschlusses über das Schicksal der *Cavaillon*-Serie keine einzige Entscheidung getroffen zu haben, die auf wirklich eingehenden Überlegungen beruhte.

Während der letzten Tage hatte der Mistral geweht, deswegen hatte sich Fauve entsprechend warm in eine dicke, karierte Jacke, eine lodengrüne Wollhose und einen cremefarbenen, im Zopfmuster gestrickten irischen Seemannspullover eingepackt; an diesem Morgen war der Wind jedoch so unvermittelt aus dem Lubéron verschwunden, wie er gekommen war. Der viel zu grelle Himmel war wieder zartblau, und Kräuselwolken drapierten sich hier und da wie weiße Zierbänder. Das einzig ernstzunehmende Zeichen für das Nahen des Winters waren die kahlen Felder. Die als Windschutz dienenden Zypressenreihen standen grün und hoch, und die Blätter der Olivenbäume glichen so sehr einem silbrigen Bach, daß Fauve fast erwartete, Fische in ihnen schwimmen zu sehen. Beim Fahren hörte sie in den Bergen die Büchsen der Bauern knallen, die auf Vogeljagd gingen; Kinder lachten, und am Eingang so manch eines *mas* stand ein Tisch mit Obst, das zum Verkauf geboten wurde. Bei einem hielt Fauve den Wagen an und kaufte sich zum Lunch einen Apfel und eine Birne.

Alle Leute, die sie kennengelernt hatte, waren so unendlich gastfreundlich gewesen, daß sie, so müde sie bei Tagesende auch sein mochte, sich immer wieder bei einem großen Abendessen mit Jean und Félice Perrin, mit Dr. Lucien Daniel und seiner Frau Céline oder anderen neuen Freunden einfand, die sie in Avignon, Apt oder Bonnieux gefunden hatte. In Félice hatte sie häufig mit Pomme und Epinette gegessen, die beide trotz ihres würdigen Ehestandes so respektlos und sarkastisch waren wie eh und je. Und natürlich besuchte sie Adrien und Beth Avigdor.

Eric hat sich nicht sehr oft sehen lassen, sinnierte sie und fand, gegen jede normale Vernunft, daß er das eigentlich doch hätte tun sollen. Aber er hatte zwei wichtige neue Hausbauten auf der anderen Seite des Lubéron-Bergzugs zu beaufsichtigen, und von dort nach Avignon war es eine erstaunlich lange und komplizierte Fahrt über kleine Landstraßen, denn die Autoroute machte um Les Baux einen Bogen. Eric wollte die Häuser unbedingt bis zum Frühjahr fertig haben, und wenn er dafür in Les Baux bleiben und sie Zentimeter um Zentimeter beim Wachsen beaufsichtigen mußte.

Natürlich war er genauso beschäftigt, wie ich es war, redete Fauve sich ein. Es war nicht Absicht, daß sie einander so selten gesehen hatten. Nein, nicht Absicht, vielleicht – aber hätte er sich nicht mehr Zeit für sie nehmen können? Hätte er, verdammt noch mal, sich nicht ein bißchen mehr nach ihr sehnen können? Vor neun Monaten hatte dieser Mann von ihr verlangt, alles liegen- und stehenzulassen, was ihre eigene Welt ausmachte, um ihn zu heiraten! Und jetzt bewiesen seine Eltern ihr gegenüber weitaus mehr liebevolle Zuneigung als er. Zum Teufel mit Eric Avigdor! dachte sie hitzig, als sie die Haustür von La Tourrello mit einem der Schlüssel an dem schweren Ring öffnete, der ihr inzwischen vertraut und selbstverständlich geworden war.

Fauve wanderte im Salon von La Tourrello umher und vergewisserte sich, daß Lucette, die junge Hilfskraft, die ihr in der Küche beigestanden hatte, sämtliche Aschenbecher geleert und alle Weingläser vom Tisch geräumt hatte, an dem sie gestern mit Adrien Avigdor, Jean Perrin und mehreren Herren vom Amsterdamer Museum auf die Tournee der *Cavaillon*-Serie angestoßen hatte. Der Salon wirkte viel zu ordentlich: sämtliche Kissen aufgeschüttelt, alle Tischplatten leer. Es kam ihr vor wie ein Büro am Sonntag. Fauve zog sich in die Küche zurück, wo sie feststellte, daß die Reste des großen Festtagslunchs ordentlich im Kühlschrank verstaut waren. Kaltes Huhn, die Hälfte einer Leberpastete, mehrere Käsesorten, die letzte Flasche Weißwein, noch beinahe voll.

Als sie die Speisen auf den Küchentisch stellte, nahm sie sich vor, morgen mit einer strengen Diät zu beginnen. In einer Woche, das heißt, bis sie wieder in New York ankam, mußte sie die fünf Pfund wieder abgenommen haben, die sie ganz zweifellos zugenommen hatte. Sie würde wieder zu Hause sein, bevor in den Geschäften der Fifth Avenue der Weihnachtsschmuck angebracht wurde, rechtzeitig zu all den Partys, rechtzeitig zum ersten richtigen Winterschnee. Nein, korrigierte sich Fauve sofort, der erste Schnee war vor einer Woche gefallen, wie Maggy ihr erzählt hatte, als sie das letztemal telefonierten. Aber Partys würde es geben; wahrscheinlich eine Willkommens-Party, die alljährliche Lunel-Weihnachtsparty, eine Tanzparty bei Doubles, wo sie Mitglied war, das Horowitz-Konzert, für das Melvin Karten hatte, wie er schrieb, die Avedon-Ausstellung, Bobby Short im Café Carlyle und Baryshnikov und Bagels: Wo denn sonst, wenn nicht in New York?

Fauve suchte nach Tomaten; vielleicht sollte sie lieber nur Tomaten und Obst zum Lunch essen. Es wäre wirklich nicht gut, um ein Gramm schwerer zur Agentur zurückzukehren, als sie sie verlassen hatte ... Die Mädchen würden ihr nur zu gern einen Mangel an jener Selbstdisziplin vorwerfen, die sie ihnen sonst immer predigte.

Fauves Gedanken schweiften ab zu einem Traum, in dem die Spezialitäten der Provence wild durcheinanderwirbelten: die *tapenade*, eine pikante Beilage aus schwarzen Oliven, die man wie Butter aufs Brot strich; die Sterne, die am nächtlichen Himmel so tief auf die Erde herabsanken, daß man bei einem Nachtspaziergang das Gefühl hatte, zu fliegen; das Café in Félice, wo man sitzen und das ganze Dorf vorbeipromenieren sehen konnte, während man jeden Tag mehr Leute mit Namen kennenlernte; die Farbe des Lichts, die Farbe des Himmels, die Farbe der Steine – die Farbe des Lichts, des Lichts, des Lichts! Seufzend blies sie sich das Haar aus der Stirn und richtete ihre Gedanken energisch auf das Problem La Tourrello.

Sie konnte es vermieten oder verkaufen. Jean Perrin hatte ihr versichert, daß beides keinerlei Schwierigkeiten bereiten werde: Es gebe eine enorme Nachfrage nach Immobilien im ganzen Süden Frankreichs, und das luxuriös ausgestattete Haus Julien Mistrals könne mit einem extrem hohen Preis angesetzt werden. Es war ebenso berühmt wie einzigartig, mit seinen herrlich restaurierten Gebäuden, dem Swimmingpool, der Zentralheizung und den komfortablen Badezimmern.

Am besten, ich verkaufe alles auf einmal, dachte Fauve plötzlich. Die Aprikosenbäume, die Rebstöcke, die Spargelfelder, die Olivenhaine – das ganze Land von La Tourrello befand sich in einem beschämend vernachlässigten Zustand. Konnte man einem Pächter zumuten, die viele Arbeit zu beaufsichtigen, die getan werden mußte? Niemand, der ein Haus nur mietete, würde die viele Arbeit auf sich nehmen, die notwendig war, um die Domäne wieder auf ihren ehemaligen, so ungeheuer produktiven Stand zu bringen. Andererseits würde jeder, der den Besitz erwarb, das in dem Bewußtsein tun, daß das Gut ein ständiges, beachtliches Einkommen garantierte, solange es so bewirtschaftet wurde, wie es erforderlich war.

In Gedanken versunken verproviantierte sich Fauve mit der Birne und dem Apfel, die sie am Straßenrand gekauft hatte, und wanderte durch die Zimmer von La Tourrello, stellte sich vor, die Frau eines potentiellen Käufers zu sein. Ein paar von den blankpolierten antiken Kommoden und Tischen würde ich behalten, entschied sie; die Teppiche und Vorhänge würde ich allerdings austauschen. Das Haus schrie direkt nach größeren Couches, tieferen Sesseln; es brauchte Farbe, es brauchte Wärme. Seltsam, zuvor war ihr noch nie die kunstvolle Strenge der Einrichtung aufgefallen; aber sie hatte es ja auch immer als Kates Haus betrachtet, und zu Kate hatte es gepaßt.

Und ihr eigenes Schlafzimmer im Turm? Das würden die neuen Besitzer vermutlich zum Gästezimmer machen – es sei denn, es gab eine Teenager-Tochter, die es unbedingt haben wollte. Fauve hoffte sehr, daß es eine Tochter gab, ein Mädchen, das auf dem Bett liegen und mit weit offenen Augen träumen würde.

Und was würde aus dem Atelier werden? Gestern war sie zu intensiv damit beschäftigt gewesen, die letzten Arrangements mit den Leuten aus Amsterdam zu verabreden, um das Atelier selbst abzuschließen, nachdem die *Cavaillon*-Serie abtransportiert worden war; deswegen hatte Jean Perrin das übernommen und ihr, bevor er abfuhr, den Schlüssel übergeben. Noch nie hatte sie das Atelier ohne Bilder gesehen: Das wurde ihr plötzlich klar, als sie vor der verschlossenen Tür zögerte. Wollte sie wirklich hineingehen? Mußte sie wirklich hineingehen? Wagte sie es hineinzugehen?

Sie ermahnte sich, nicht albern zu sein, und schloß auf. Der Raum, den sie immer als riesig, weit, gewaltig empfunden hatte – war nun zwar immer noch ein großes Atelier, aber ohne Mistrals Bilder nicht mehr so einschüchternd. Von menschlichen Ausmaßen. Es war Fauve klar, daß sie das so empfand, weil die Wände leer waren. Die Bilder ihres Vaters hatten stets eine zusätzliche Dimension eröffnet.

Jetzt waren da nur noch die Wände, und die einzigen Stücke, die daran erinnerten, daß Mistral hier gearbeitet hatte, waren sein Arbeitstisch, die Leiter und die Staffelei mit der leeren Leinwand.

Sie legte Apfel und Birne, beide noch nicht angebissen, auf die am wenigsten farbverkleckste Ecke des Arbeitstisches und machte sich automatisch, ohne nachzudenken, daran, die vielen Pinsel zusammenzusuchen, die überall verstreut herumlagen. Seine Pinsel hatte ihr Vater immer genauso sorgfältig gepflegt wie jeder gute Handwerker sein Werkzeug. Trotz der Unordnung, die in seinem Atelier ständig herrschte, begann er die Arbeit des Morgens stets mit sauberen Pinseln, und als er Fauve das Malen beibrachte, hatte er ihr auch beigebracht, hinterher alles aufzuräumen.

Sie hatte beide Hände voll von Pinseln, die er am letzten Abend seines Lebens, an dem er malte, aus der Hand gelegt, nein, hastig hingeworfen hatte, wie sie merkte, als sie sie bestürzt musterte. Verklebt waren sie, verfilzt, ganz steif von ausgetrockneter Farbe. Man sollte sie einfach wegwerfen. Dennoch ging Fauve unwillkürlich zu dem Waschbecken hinüber, in dem die zugeschraubten Gläser mit Terpentin und Verdünner standen.

Bedächtig, liebevoll und gewissenhaft begann sie mit der langwierigen Arbeit. Zunächst stellte sie sie zum Einweichen in ein Glas – bis auf einen, der noch nicht benutzt worden war. Mit diesem sauberen Pinel kehrte sie an den Arbeitstisch zurück und blieb unentschlossen, mit leerem Kopf und reglosen Händen vor der leeren Leinwand stehen. Sie verharrte dort, ohne daß etwas zu entscheiden gewesen wäre, ohne einen Gedanken an das, was sie als nächstes zu tun gedachte, bis sie sich plötzlich dabei ertappte, daß sie in der Zeit zurückwanderte und, gefangen in einem trägen Wirbel des Erinnerns, spürte, wie Julien Mistrals große Hand sich über die ihre legte, sie hinabdrückte, ihr seine Kraft übertrug, ihre Finger führte. Sie hörte seine vertrauten Befehle. »*Regard*«, hörte sie seine Stimme sagen. »*Siehst* du, Fauve? *Regard,* immer wieder. Du mußt *sehen* lernen.«

Und sie sah – in einer Sekunde absoluter Klarheit sah sie, was sie tun mußte. Es war mehr als einfach nur Wissen, es war das unvermittelte Eingeständnis eines lange verleugneten, doch absolut unwiderstehlichen Bedürfnisses, total und unumgänglich, ohne jegliche Komplikationen: ein eindeutiger Befehl.

Sie war Malerin. Sie war immer Malerin gewesen. Sie hatte die Malerin in sich selbst zurückgestoßen, als sie ihren Vater zurückgestoßen hatte; doch jetzt ... Jetzt wußte sie nur noch mit Sicherheit, daß sie es versuchen mußte. Mauern waren eingerissen, Türen aufgestoßen worden; vor ihr lag eine weite, offene Wiese, die sie ohne Furcht durchschreiten konnte, eine Wiese, die, einmal überquert, sie zu unvorstellbaren Veränderungen, zu Aufgaben und Herausforderungen führen würde, die sie nicht einmal ahnte. Aber sie mußte es versuchen!

Fauve wußte, daß sie am Anfang einer langen Entdeckungsreise stand, eines Abenteuers, das ihr unwiderstehlich winkte. Hinter der Wiese lag ein Geheimnis, eine unbekannte Welt, die erforscht werden mußte. Fauve war erfüllt von wundersamen, kühnen Impulsen, von Eifer, sich diesem Geheimnis zu stellen: bereit zum Wagnis, bereit zum Versuch, bereit für die Veränderung.

Sie würde noch einmal neu anfangen müssen. Nicht ganz von vorn, doch immerhin. Sie hatte zweifellos Technik, Geschicklichkeit, Leichtigkeit verloren; die Farben und sie würden erst wieder miteinander vertraut werden müssen. Aber sie war ja vertraut mit der Sprache ... Ganz so leicht war das Vergessen doch nicht gewesen, vor allem, da sie niemals diese nervöse Gewohnheit verloren hatte, die ihre Hand zwang, jeden erreichbaren Bleistift zu ergreifen und ein Stück Papier mit Linien zu bedecken.

Ohne zu wissen, wie es geschehen war, saß Fauve auf dem Arbeitstisch, in der einen Hand einen Pinsel, in der anderen den Apfel, und betrachtete die leere Leinwand. Sollte sie den Apfel essen oder ihn lieber malen? Laut auflachend biß sie kräftig in den Apfel. Sie würde die Birne malen.

Fünfunddreißigstes Kapitel

Wenn sie jetzt gleich anrief, würde sie Maggy und Darcy in ihrem Landhaus bei der Lektüre der Sonntagszeitungen nach dem Frühstück antreffen, überlegte Fauve, die fünf Stunden Zeitdifferenz in ihre Rechnung einkalkulierend.

Sie wählte das Fernamt, legte jedoch, bevor sich jemand meldete, schnell wieder den Hörer auf: Sie mußte es doch noch einmal überdenken. Diese plötzliche Entscheidung, diese Kehrtwendung, die sie so unvermittelt vollzogen hatte – wie würde sie sich auf Maggy auswirken und auf das Leben, das sie sich mit Darcy so sorgfältig aufgebaut hatte, in dem sie sich so geborgen, so wohl und so glücklich fühlten?

Ist dies nicht genau der Egoismus, fragte sich Fauve, den mein Vater gelebt hat? Er hatte immer nur das getan, was für ihn am besten war, ohne Rücksicht auf die Folgen. War sie selbst jetzt im Begriff, ihre Arbeit über alle anderen Verpflichtungen zu stellen? War ihre Zielstrebigkeit, ihr physisches und geistiges Bedürfnis, zu malen, dasselbe Gefühl, dem er selber gefolgt war? Der Zwang, der ihn getrieben hatte? Und blind gemacht?

Fauve saß ganz still und versuchte sich vorzustellen, diesen Vormittag zu vergessen und zur Lunel Agency zurückzukehren. Sie würde sich wieder um das Geschick der zweihundert besten Fotomodelle der Welt kümmern, würde versuchen, sich wieder ebenso dafür zu interessieren wie zuvor. Dazu war sie schließlich erzogen worden, nicht wahr?

Nein, eigentlich nicht. Überhaupt nicht, nun, da sie es sich recht überlegte. Als sie den High-School-Abschluß machte, hatte Magali mit keinem Wort angedeutet, sie hoffe insgeheim, die Agentur eines Tages in Lunel und Enkelin umtaufen zu können. Es war ihre eigene Idee gewesen, sich in diesen Beruf zu stürzen, als sei er die Lösung für all ihre Probleme.

Während Fauve abermals den Hörer aufnahm, sagte sie sich, daß eines feststand: Maggy würde immer verlangen, daß sie ihr gegenüber aufrichtig war, selbst wenn ihr die Wahrheit weh tat. Das Malen vielen anderen Dingen voranstellen, das taten fast alle Maler. Sie selbst mußte sich nur davor hüten, es nicht *allen* anderen Dingen voranzustellen. Wenigstens nicht immer.

Fauve bat Darcy, an den anderen Apparat zu gehen, und berichtete beiden, was sie am Vormittag erlebt hatte. Dabei drückte sie sich so offen und deutlich aus, wie sie nur konnte. Es hatte keinen Sinn, um den heißen Brei herumzuschleichen oder so zu tun, als hätte sie ihren Entschluß nicht schon gefaßt. »Nun ja«, sagte Maggy nach kurzer Pause mit einer Stimme, die sehr weit entfernt klang. »Nun ja, ich muß schon sagen, Fauve ... Ich weiß noch nicht so ganz, wie überrascht ich bin.«

»Es ist nicht so, Magali, als hätte ich mir nicht überlegt, was das für dich bedeutet«, versicherte Fauve ernst. »Ich weiß doch, wie pedantisch du darin bist, daß täglich eine von uns in der Agentur ist, und mir ist klar, daß du jetzt entweder ganztägig arbeiten oder irgendwie einen Kompromiß schließen und dich mehr auf Casey und Loulou verlassen mußt.«

»Ich hatte mich schon allmählich gefragt, was dich so lange da drüben hält; schließlich war es nicht unbedingt nötig, daß du den ganzen Winter in Félice verbringst ... Du hättest Leute finden können, die dir das Nowendige abnehmen. Wie oft, Darcy, habe ich dir gesagt, daß irgend etwas Seltsames mit Fauve vorgeht?« fragte Maggy wie jemand, der eine Wette gewonnen hat.

»Magali! Ist dir eigentlich klar, was ich gesagt habe? Verdammt noch mal, ich will keine Modellagentur leiten!«

»Also, *das* kann ich nun wirklich verstehen. Nicht jeder ist dazu berufen«, entgegnete Maggy mit einer Spur Genugtuung im Ton.

»Das ist dir gleichgültig?« rief Fauve ungläubig aus.

»Nicht daß ich euch stören möchte bei eurer Fachsimpelei«, mischte sich Darcy ein, »aber, Maggy, mir ist gerade eingefallen, daß ich dir lieber etwas mitteilen sollte: Ich werde mich gegen deinen Plan, ein Gewächshaus ans Eßzimmer anzubauen, energisch wehren.«

»Verdammt, Darcy, du weißt genau, daß ich mir vorgenommen habe, wenn Fauve zurückkommt, den ganzen Winter lang Orchideen zu züchten«, schalt Maggy verärgert. »Und das geht nun mal nicht ohne Gewächshaus.«

»Aber sie kommt nicht zurück! Ich weiß, du langweilst dich zu Tode an diesen viertägigen Wochenenden. Seit Fauve nach Frankreich geflogen ist, macht es mir zehnmal mehr Spaß, mit dir zusammenzuleben. Ergo, kein Gewächshaus.«

»Darcy! Seit wann weißt du das schon ... das mit den Wochenenden?« wollte Maggy wissen.

»Sagen wir mal, ich ziehe es vor, den Unergründlichen zu spielen.«

»Redet ihr beide nun miteinander oder mit mir?« fragte Fauve. »Schließlich bezahle ich für dieses Telefonat.« Jean Perrin hatte ihr mitgeteilt, sie werde letztlich mindestens fünfundzwanzig Millionen Dollar erben, doch das klang in Fauves Ohren einfach nicht real. Ein Ferngespräch dagegen war ein Ferngespräch.

»Du hättest per R-Gespräch anrufen sollen«, warf Maggy ihr vor. »Wir hätten die Kosten schon übernommen. Und jetzt hör zu, Darcy: Soll das bedeuten, du *weigerst* dich, mir den Ausbau des Gewächshauses zu erlauben?«

»Ich dachte, ich hätte mich klar ausgedrückt.«

»Wenn das so ist«, gab Maggy zurück, »weigere *ich* mich, meine Freitage in der Agentur aufzugeben.«

»Und was ist mit montags?« konterte Darcy schnell.

»Unter einer Bedingung: Die Montage werde ich mit dir auf dem Land verbringen, wenn du mich das kleine Stück Sumpf kaufen läßt, das an unser Grundstück grenzt.«

»Was willst du damit denn bloß anfangen?«

»Einen Seerosengarten anlegen wie den von Monet in Giverny«, erklärte Maggy verträumten Tones.

»Dann einigen wir uns auf drei Tage, ja?« entgegenete er. »Von Freitagabend bis Montag?«

»Abgemacht. An den Montagen können Casey, Loulou und Ivy für mich übernehmen – das ist gewöhnlich ein Tag, an dem alles langsam anläuft.«

»Welche Ivy?« fragte Fauve erstaunt.

»Ivy Columbo. Gibt es mehr als eine Ivy? Sie fand plötzlich, als Fotomodell habe sie eine zu kurze Karriere, also fängt sie als Bucherin an. Außerdem ist sie mit einem hinreißenden Italiener verlobt, den sie im letzten März, als sie mit dir in Rom war, in der Sixtinischen Kapelle kennengelernt hat. Ich mag sie, sie wird sich machen«, erklärte Maggy voller Genugtuung. »Aber, Fauve, wenn du zurückkommst, falls du es dir doch anders überlegst, steht dir dein Job natürlich immer offen. Das weißt du.«

»Danke«, antwortete Fauve zerstreut.

»Also, wo wirst du wohnen?« fragte Maggy nüchternen Tones.

»Ich dachte, das hättest du begriffen. Hier draußen, in La Tourrello natürlich.«

»Ganz allein?« Maggy wurde jeder Zoll Großmutter. »Das halte ich aber nicht für richtig.«

»Du«, sprudelte Fauve heraus, »die jede Nacht bis zum Morgen getanzt hat und splitternackt auf einem Tablett herumgetragen worden ist und in einem Loch in Montparnasse gewohnt hat mit Gott weiß wem alles und wahrscheinlich Opium geraucht hat ... *du* hast überhaupt kein Recht, so zu reden!«

»Wie ich sehe, hat Adrien Avigdor sich in Erinnerungen ergangen. Aber ich habe nie, *niemals* Opium geraucht! Nicht daß man es mir nicht angeboten hätte. Wie dem auch sei, das alles hat sich abgespielt, als ich noch jung und töricht war. Als ich dann so alt war wie du, habe ich ausgezeichnet verdient, und zwar auf höchst ehrbare Art und Weise.«

»Mit einem unehelichen Kind und während du dich vermutlich völlig verrückt mit Darcy aufgeführt hast«, wandte Fauve leise ein.

»Ich glaube, Darcy kannte ich damals noch gar nicht – stimmt's, Liebling?«

»Laß nur, Magali, ich brauch das genaue Datum nicht«, fiel Fauve ihr ins Wort. »Außerdem werde ich hier gar nicht allein sein. Sämtliche Männer, die die Felder bewirtschaften, werden im Haus sein. La Tourrello wird nie wieder leer stehen«, verkündete Fauve glücklich.

»Übrigens, Fauve, ich muß dir erzählen, daß ich letzten Donnerstag Ben Litchfield im ›21‹ getroffen habe«, berichtete Darcy wie jemand, der sich verpflichtet fühlt, auch noch das letzte Argument ins Feld zu führen. »Stell dir vor, Pete Krindler hat ihm Tisch neun gegeben, und er ist doch erst dreißig! Jedenfalls hat er sich beim Hinausgehen erkundigt, wann du zurückkommst.«

»Mit wem war er da?« erkundigte sich Fauve automatisch.

»Mit einem außergewöhnlich hübschen Mädchen. Ganz zweifellos einem Fotomodell.«

»Und bei wem ist sie?« Interessiert richtete Fauve sich auf.

»Bei uns«, antwortete Maggy trocken. »Es war Arkansas, wie Darcy durchaus bekannt sein dürfte.«

»Arkansas! Also, wieso bin ich nicht darauf gekommen? Das ist doch perfekt! Sie lernt sehr schnell, und Ben bleibt in der Familie. Erklär ihr nur auf jeden Fall, daß er sich sonntagmorgens wirklich merkwürdig verhält, daß sie sich darum aber nicht kümmern soll: Es dauert nicht lange.«

»Ich werde ihr nichts dergleichen sagen«, entgegnete Maggy.

»Dann wird sie's eben auf die harte Tour lernen müssen. Gib ihr einen Kuß von mir. Ach, Maggy, ich habe dir das Bild geschickt, das Vater dir gegeben und das Kate dir weggenommen hat ... du weißt schon, wo du auf diesen grünen Kissen liegst, erinnerst du dich?«

»Kaum ein Bild, das man jemals vergessen könnte«, warf Darcy ein. »Die Frage ist nur, wo hängen wir's auf?«

»Ihr werdet schon einen Platz finden«, gab Fauve munter zurück. »Die anderen sechs hab ich für deine Urenkel behalten.«

»Urenkel? Fauve ... du bist doch nicht ... du bist doch nicht ...«, stammelte Maggy.

»Wirklich, Magali, wie könnte ich? Schließlich bin ich nicht verheiratet«, antwortete Fauve vorwurfsvoll.

»Sollen wir dir irgendwelche Sachen aus deiner Wohnung schicken?« fragte Darcy schnell.

»Eigentlich ... Dies Haus ist so kahl. Vielleicht solltet ihr eine Speditionsfirma beauftragen, die Sachen zu packen und rüberzuschicken.«

»Welche Sachen?«

»Alles. Aus der ganzen Wohnung. O ja, ich weiß, das ist nur ein Tropfen auf den heißen Stein, aber ich habe dann wenigstens eine Grundlage, auf der ich weiter aufbauen kann.«

»Aber sicher!«

»Ach, Darcy, du bist ein so verständnisvoller Goldschatz!

Ich bin so froh, daß du Magali rumgekriegt hast, dich zu heiraten.«

»Eigentlich hat sie mich rumgekriegt.«

»Das wußte ich nicht!« staunte Fauve fasziniert. »Wie kam denn das? Du mußt mir alles genau erzählen!«

»Ich denke, dieses Gespräch dauert inzwischen lange genug«, unterbrach Maggy die beiden. »Fauve, Liebling, du tust wirklich das einzig richtige, und darüber bin ich sehr glücklich für dich, glücklich für mich und glücklich für Darcy...«

»Es ist jemand an der Haustür. Ich höre die Küchenklingel läuten«, warf Fauve hastig ein. »Ich muß Schluß machen. In ein paar Tagen rufe ich wieder an. Ich liebe euch alle beide!«

Frohen Herzens und beflügelt von Glück lief sie zur Haustür. Lässig an einen Türpfosten gelehnt, das Jackett über eine Schulter gehängt, wartete dort Eric Avigdor.

»Aha! Der Baumeister. Komm herein.«

»Ich bin gestern abend spät aus Les Beaux heimgekommen und hab dich gleich heute morgen gesucht. Als ich dich im Hotel nicht fand, dachte ich mir, du könntest vielleicht hier draußen sein, also bin ich schnell vorbeigekommen... Ist dir das recht?«

»Aber natürlich! Ich freue mich immer, den Sohn meiner lieben Freunde, der Avigdors, begrüßen zu dürfen.«

»Du klingst fürchterlich...«

»Wie klinge ich?« fragte sie neugierig und wirbelte herum, daß ihr flammender Haarschopf wie ein Fächer flog und ihre Schönheit, wie sie genau wußte, aufreizend unterstrich.

»Ich kann es nicht genau definieren«, sagte er vorsichtig.

»Ich nehme das als Kompliment. Wie geht's deinen Häusern?«

»Die machen sich großartig. Der Hauptteil der Bauarbeiten ist geschafft, sie werden pünktlich fertig sein. Bald kann ich zu meinem normalen Terminplan zurückkehren. Hör zu, Fauve, eigentlich bin ich gekommen, um dir zu sagen, wie leid es mir tut, daß ich mich so selten hab sehen lassen. Aber du warst immer so beschäftigt, daß du ohnehin kaum Zeit für mich zu haben schienst – und nun sagt mir Papa, daß du nächste Woche nach New York zurückkehren wirst.«

»Die Pflicht ruft.« Aus den Winkeln ihrer großen, dunstgrauen Augen warf sie ihm einen kurzen, mutwilligen Blick zu. Genauso, dachte sie dabei, muß Mutter die Männer behandelt haben, die sich hilflos in sie verliebt hatten. Sie fühlte sich ganz und gar als eine Lunel, und das konnte ihr niemand übelnehmen, oder?

»Muß wohl so sein«, sagte er ausdruckslos.

»Möchtest du etwas essen?« erkundigte sich Fauve gastfreundlich.

»Ich will dir keine Mühe machen . . . Paß auf, wir fahren irgendwo zum Essen.«

»Ich bin so hungrig, ich kann nicht mehr warten; und außerdem ist meine ganze Küche voll von Resten, die wir eigentlich aufessen könnten. Seit dem Frühstück habe ich außer einem Apfel nichts mehr gegessen . . .«

Sie ging voraus in ihre Küche, wo der Tisch bereits mit den Dingen beladen war, die sie für sich herausgeholt hatte. Die Käse waren jetzt richtig schön weich, die Pâté und das Huhn hatten die Kühlschrankkälte verloren, und während Eric ein Glas Weißwein trank, deckte Fauve den Tisch und schnitt die Tomaten für einen Salat in Scheiben.

»So hausfraulich kenne ich dich gar nicht«, bemerkte er düster.

»Das ist noch gar nichts. Ich bin eine phantastische Köchin. Meine Spezialität ist Paprikahuhn mit Unmengen von saurer Sahne.«

»Irgendwie hab ich an dich niemals als Köchin gedacht.«

»Falls du überhaupt an mich gedacht hast«, murmelte sie, während sie das Olivenöl abmaß.

»Das ist unfair!« fuhr er auf und stellte sein Weinglas hart auf den Tisch.

»Ach, schon gut. Entschuldige bitte. Es war schäbig. Aber jetzt komm, der Lunch ist fertig.«

Sie aßen beide mit Appetit, doch schweigsam. Fauve hielt den Kopf gesenkt und konzentrierte sich darauf, nicht auf Erics Hände, auf seinen Hals und vor allem nicht in sein Gesicht zu sehen.

»Weißt du«, sagte sie schließlich nachdenklich, »ich hätte dich nie für einen Menschen gehalten, der ein heiliges Versprechen bricht.«

»Verdammt noch mal, wovon redest du?«

»Du hast mir versprochen, mit mir nach Lunel zu fahren – erinnerst du dich? Ich hatte immer gehofft, dort einen Hinweis zu finden, eine Erleuchtung, die mir etwas über meine Identität verriet. Vor wie vielen Jahren hast du mir das versprochen? Und du hast es noch immer nicht getan, und ich habe nicht den Eindruck, daß du beabsichtigst, mit mir hinzufahren«, sagte sie ruhig und schlug dabei unbarmherzig einen vorwurfsvollen Ton an.

»Zum Teufel, Fauve, das ist doch die Höhe! Du reist ab ohne ein Wort; du verschwindest jahrelang; du tauchst nur zwei Tage lang in Rom auf, verschwindest wieder, tauchst sechs Monate später aus heiterem Himmel wieder auf aus einem Grund, der nichts mit mir zu tun hat; du verbringst deine Zeit ausschließlich im Kreis von Anwälten, Kunsthändlern, neuen Freunden, Journalisten und Fotografen, und jetzt willst du schon wieder verschwinden – und *du* besitzt die unglaubliche, atemberaubende Impertinenz, *mir* auch noch vorzuwerfen, ich hätte ein Versprechen gebrochen?«

»Du leugnest also nicht, daß du es versprochen hast?« wiederholte sie gelassen mit süßem, unschuldigem Lächeln, das seinen Ausbruch ignorierte, als hätte er nie stattgefunden.

»Selbstverständlich hab ich's versprochen! Ich kann's beweisen: In meinem Auto liegen die Landkarten. Mein Gott, wie bist du *ekelhaft*! Lunel liegt südlich von Nîmes und nördlich von Montpellier – ein kleines Stück neben der A9. Wenn wir jetzt losführen, könnten wir in einer guten Stunde dort sein – mit einer Abkürzung durch St. Rémy und Tarascon... Es ist nicht weit vom Meer entfernt, an der Grenze der Carmargue; im Grunde sind es nur ein paar Meilen von der Provence, genau gesagt, im Languedoc.«

»Du bist ohne mich hingefahren!« warf sie ihm vor.

»Natürlich nicht! Das würde ich niemals tun.«

»Woher weißt du denn so genau, wo es liegt? He, Eric – wo ist meine Birne?«

»Die hab ich gerade aufgegessen... Tut mir leid, ich hätte dich fragen sollen, ob du die eine Hälfte willst. Was ist denn los?«

»Du hast... du hast...«, quietschte Fauve, kaum noch

fähig, Worte zu artikulieren, »du hast . . . mein erstes . . . *Sujet* gegessen!«

»Was? Es war doch nur eine Birne . . . Ich schwöre dir, Fauve, ich bin niemals nach Lunel gefahren, aber ich wollte ganz genau wissen, wo es liegt . . .«

»Warum?« fragte sie, nachdem sie sich mit einiger Mühe von ihrem Lachanfall erholt hatte.

»Nur für den Fall«, antwortete er, »daß du doch wieder zurückkommen und dich daran erinnern würdest, daß du dorthin wolltest.«

»Seit wann hast du diese Landkarten in deinem Wagen?«

»Seit du damals abgereist bist . . . mit sechzehn. Jedesmal wenn ich mir einen neuen Wagen kaufte, hab ich sie aus dem Handschuhfach genommen und sie ins neue Auto gesteckt.«

»Dann, denke ich, werde ich dir doch verzeihen. Du hast es wenigstens gut gemeint, auch wenn du einen beklagenswerten Mangel an Hartnäckigkeit an den Tag gelegt hast. Gutgemeinte Absichten zählen vermutlich auch ein bißchen . . .«

»Ich würde es als verdammt viel mehr als gutgemeinte Absichten bezeichnen!«

»Wie würdest du es denn bezeichnen?« Fauve stützte sich auf beide Hände und sah ihm über den Küchentisch hinweg direkt in die Augen, während ihr Herz jubilierende Luftsprünge vollführte.

»Komm mir nicht wieder mit diesem Spielchen! Du hast deinen Spaß schon in Rom gehabt, erinnerst du dich? Mich glauben zu lassen, daß du mich noch liebst und dann in der letzten Minute davonzulaufen, aufreizend, sadistisch, herzlos . . . genau wie du es jetzt auch wieder machst . . .« Er stand auf.

Auch Fauve erhob sich und kam rasch um den Tisch herum.

Als Eric sie ansah, war seine Welt neu erschaffen. Die einzige Liebe seines Lebens streckte ihm errötend und mit einem Ausdruck, der so von Liebe erfüllt war wie er selbst, mit einer Geste, die ihre ganze strahlende, gemeinsame Zukunft umfaßte, die Arme entgegen.

»Versuchst du mir auf deine eigene, unnachahmliche Art zu sagen, daß du mich immer noch liebst?« fragte Fauve, als sie ihm die Arme um den Hals legte. »Versuchst du mich zu fragen, ob ich dich heiraten will? Dann muß ich dich warnen! Ich bin heute nachmittag genau in der Stimmung, jedes Risiko einzugehen. Ich fühle mich erstaunlich leichtsinnig, ich schwebe im siebten Himmel!«

»Es hat keine einzige Sekunde gegeben, in der ich dich nicht begehrt habe. Ich dachte, du wolltest mich nicht«, sagte er leise, während er sich in das Geheimnis ihrer Augen vertiefte und bis in ihr innerstes Herz vordrang. »Aber« – Eric wich plötzlich beunruhigt ein wenig zurück – »ich möchte deine Stimmung nicht ausnutzen ... Du hast mich ganz schön an der Nase herumgeführt ... Was ist, wenn du's dir morgen schon wieder anders überlegst?«

»Es ist keine vorübergehende Stimmung, Eric. Ich konnte nicht anders; ich mußte dich völlig verrückt machen, um zu dir durchzukommen. Ich hab dich all diese Jahre heiraten wollen: Erinnerst du dich an deinen Traum, mit mir durchzubrennen, als ich sechzehn war? Das war auch mein Traum, immer und immer wieder; nur fürchtete ich mich, das zuzugeben, weil ich wußte, was das bedeutete, wohin es uns führen würde. Mein Herz ist nicht wetterwendisch, aber mir fehlte der Glaube – o nein, nicht an dich, sondern an die Möglichkeit absoluten Vertrauens. Das ist inzwischen vorbei. Es gibt zwei Dinge, die ich mir im Leben wünsche, und keins von beiden wäre vollkommen ohne das andere: Ich will deine Frau sein, und ich will malen ...«

»Malen? Wie kommt denn das? Wann ... Ach nein, laß nur; das kannst du mir später erzählen ... Ich habe immer gewußt, daß du eines Tages wieder darauf zurückkommen würdest.«

»Würdest du hier wohnen wollen in La Tourrello, Eric?«

»Dieses Haus hat nur auf uns gewartet – wußtest du das nicht?«

»Ich bin zwar ein etwas langsamer Denker – aber ja, jetzt weiß ich es.«

Mit dem Finger zog er ihre Lippen nach, fühlte sein Herz in der Brust hämmern. »Willst du immer noch nach Lunel? Ich möchte mein Versprechen nicht noch länger brechen«, sagte er ernst.

»Nicht jetzt, nicht heute«, antwortete sie.

»Möchtest du's denn nicht sehen?«

»Ich hab's nicht eilig«, antwortete Fauve nachdenklich. »Ich hab das Gefühl, ich brauch's nicht mehr. Aber, Eric, ich möchte trotzdem eine Autofahrt machen. Nicht weit, nur bis unten an die Straße. Ich *muß* mir wieder eine Birne kaufen!«

BLANVALET

Elizabeth George
Gott schütze dieses Haus

Jahrhunderte hat ein Nest im englischen Yorkshire im Dornröschenschlaf verbracht – bis ein brutaler Mord die Spinnweben für alle Bewohner zerreißt: Enthauptet liegt der brave Kirchgänger und Moralapostel William Theys in seiner Scheune, und Roberta, seine leicht labile Tochter, behauptet: »Ich hab's getan!« Dann verstummt sie...

Roman. 384 Seiten.

DANIELLE STEEL

8494 — Schiff über dunklem Grund

6882 — Palomino

6860 — Träume des Lebens

6802 — Das Haus von San Gregorio

6781 — Nur einmal im Leben

6716 — Nie mehr allein

6402 — Der Ring aus Stein

Vertrauter Fremder
Roman. (6763)

Glück kennt keine
Jahreszeit
Roman. (6732)

Die Liebe eines
Sommers
Roman. (6700)

Liebe zählt keine
Stunden
Roman. (6692)

Alle Liebe dieser Erde
Roman. (6671)

Doch die Liebe bleibt
Roman. (6692)

GOLDMANN

FRAUEN-LITERATUR

Judith Krantz
Mistrals Tochter
8496

Judith Krantz
Skrupel
6713

Janet Dailey
Das hungrige Herz
8795

Janet Dailey
Sturmritt
8852

Johanna Kingsley
Rivalinnen
8522

Johanna Kingsley
Traumlichter
8975

GOLDMANN

Goldmann Taschenbücher

Allgemeine Reihe
Unterhaltung und Literatur
Blitz · Jubelbände · Cartoon
Bücher zu Film und Fernsehen
Großschriftreihe
Ausgewählte Texte
Meisterwerke der Weltliteratur
Klassiker mit Erläuterungen
Werkausgaben
Goldmann Classics (in englischer Sprache)
Rote Krimi
Meisterwerke der Kriminalliteratur
Fantasy · Science Fiction
Ratgeber
Psychologie · Gesundheit · Ernährung · Astrologie
Farbige Ratgeber
Sachbuch
Politik und Gesellschaft
Esoterik · Kulturkritik · New Age

Goldmann Verlag · Neumarkter Str. 18 · 8000 München 80

Bitte senden Sie mir das neue Gesamtverzeichnis.

Name: _____

Straße: _____

PLZ/Ort: _____